ハヤカワepi文庫
〈epi 115〉

# 半生の絆

はんせい

張 愛玲

濱田麻矢訳

*epi*

早川書房

*9152*

半生縁

HALF A LIFELONG ROMANCE

by

Eileen Chang



Translated by
Maya Hamada

Published 2025 in Japan by
HAYAKAWA PUBLISHING, INC.
This book is published in Japan by
arrangement with
ROLAND SOONG c/o CROWN PUBLISHING
COMPANY, TAIPEI, TAIWAN
through ANDREW NURNBERG ASSOCIATES, LONDON
via TUTTLE-MORI AGENCY, INC., TOKYO.

# 半生の絆

この小説には、トラウマを引き起こす可能性がある要素が含まれています。（性暴力、家庭内暴力など）

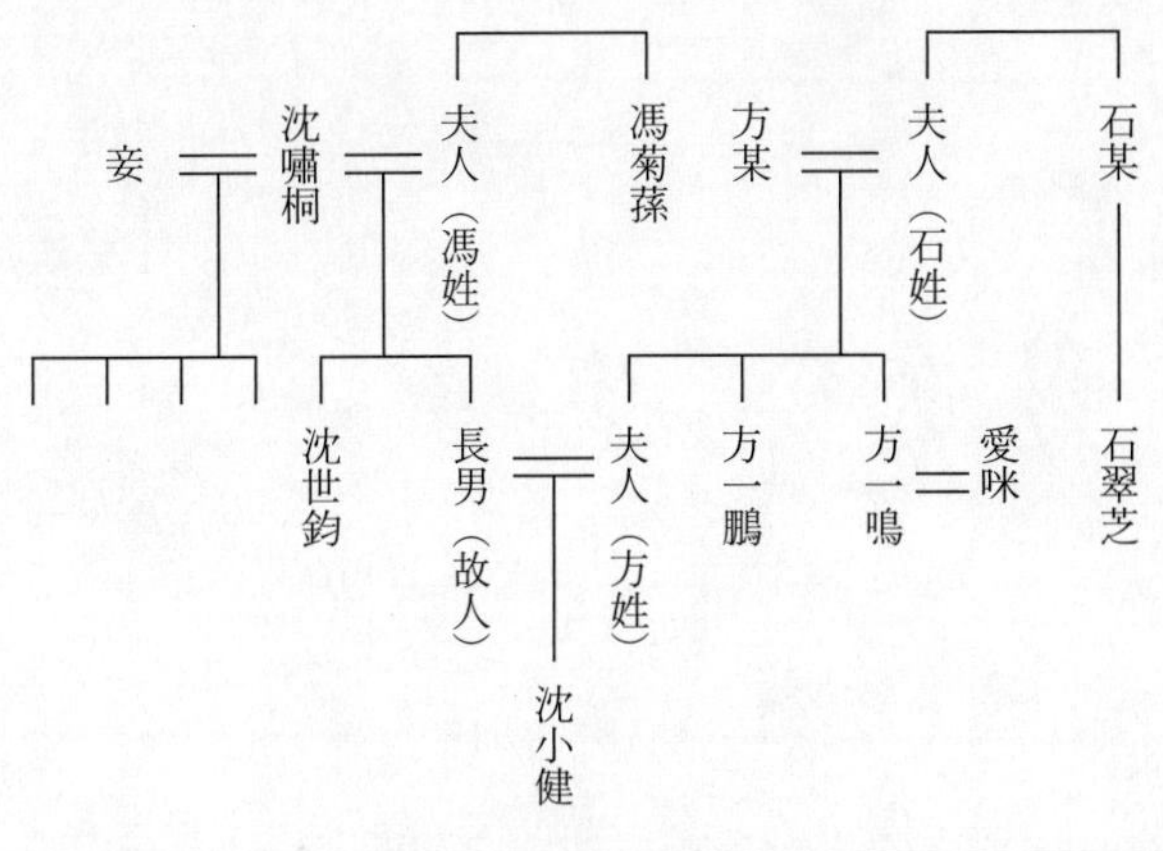
石某
夫人（石姓）
方某
馮菊蓀
夫人（馮姓）
沈嘯桐
妾
石翠芝
愛咪
方一鳴
方一鵬
夫人（方姓）
長男（故人）
沈世鈞
沈小健

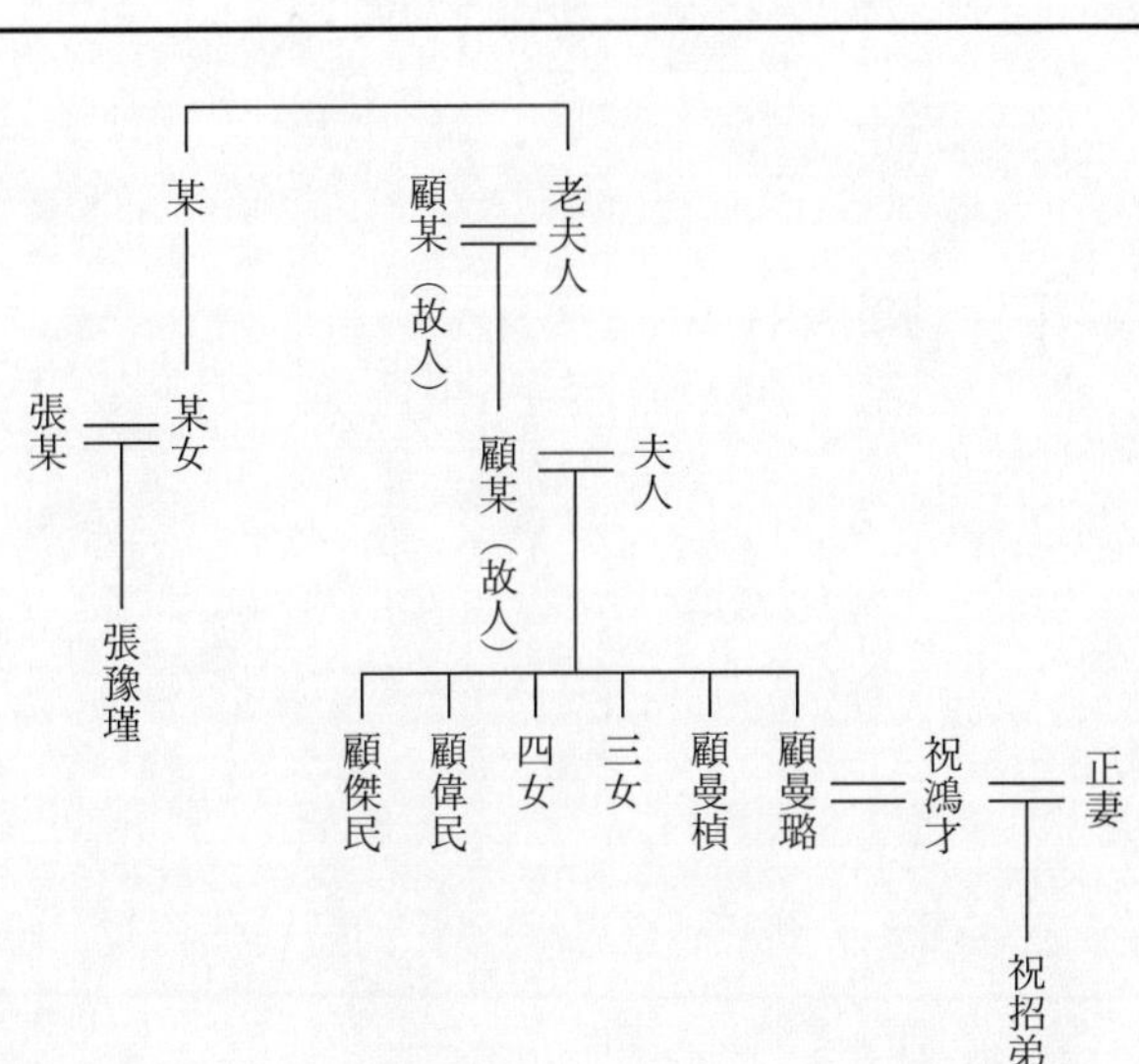
老夫人
顧某（故人）
某
夫人
顧某（故人）
某女
張某
張豫瑾
正妻
祝鴻才
祝招弟
顧曼璐
顧曼楨
三女
四女
顧偉民
顧傑民

# 1

彼と曼楨（まんてい）が知り合ったのは、もうずいぶん前のことだ。数えてみたらもう十四年になる――驚くほかない。そう思うと、自分がずいぶん老けたことを意識してしまう。日々が経つのは早い。特に中年以上の人にとっては、九年、十年といった時間もあっという間のように感じられる。しかし若い人にとっては、三、四年の年月が一生ぶんになりうるのだ。彼と曼楨が出会ってから別れるまではたったの数年だったが、その数年のうちにいろいろなことがあった。生老（しょうろう）病死、全ての哀楽を経験してしまったような気がする。

曼楨に、いったいいつから自分を好きだったのか聞かれたことがある。もちろん「初めて会ったときからだよ」と答えた。その会話は一種の陶酔状態の中で交わされたから、どんなことでも信じることができたし、自分でもでたらめではないという自信があった。その実、初めて彼女と出会ったのはいったいいつだったのか、皆目覚えていない。

彼女と知り合ったのは叔恵のほうが早かった。叔恵は彼の一番の友人で、一緒にエンジニアリングを学んだ。叔恵が先に卒業して仕事を見つけ、世鈞が卒業した時には、同じ工場で実習できるよう紹介してくれたのだ。曼楨もこの工場で働いていた。彼女のデスクは叔恵の隣だったから、叔恵のところに行くたびに彼女を見かけていたはずだが、特に印象はなかった。おそらく、あのころ彼は学校を卒業したばかりで、女性と一緒にいるとどうしても恥ずかしくなるから、あまりじろじろ見ないようにしていたのだろう。

工場で見習技師になると、一日中現場で労働者と一緒に働き、やっと慣れた頃には別の部門に移るということの繰り返しだった。ハードな生活ではあったが、金では買えない経験を積んだ。給料はごく少なかったけれど、幸い実家のほうも彼の収入をあてにはしていなかった。世鈞の実家は上海ではないから、叔恵の家に居候していたのである。

それは初めて実家以外ですごす旧正月だった。昔から、年越しに特に思い入れがあったわけではない。毎年年末には、いつも家で何かしら不愉快なことが起こった。父が帰ってくるのを待って祖先を祀り、みんなでご飯を食べるならわしだったが、妾宅はいつも何やかやと理由をつけてなかなか父を帰そうとしなかったのだ。母は普段はあまりうるさいことを言わないほうなのだが、大晦日だけは例外だった。「家族なんだから、なんといっても家族らしくしなくっちゃ」というわけだ。主人たるもの、先祖の面子を慮り、時間通りに帰宅して全てを取り仕切るべきだというのである。

実際のところ、あちらでも同じように先祖を祀っていたのだった。父と妾の関係は長く、子供も何人かいて、こちらよりも家族は多い。長年あちらで暮らしている父がたまに本宅に戻ってきた時には、母も他人行儀で丁寧な対応をしていたのだが、年越しの時だけは別だった。おそらくはこの時期になると一種特別な感慨が生じるのだろう。我慢できずに父と喧嘩を始めることがしょっちゅうだった。もういい歳なのにまだ泣いたり喚いたりするのだ。世鈞は小さな頃から今にいたるまで毎年この情景を見てきた。今年はずいぶんましだ、家で年越しをしないので煩わしいことがぐっと減るから。しかしそれでもなぜか、年の瀬が迫ってきて、早めに年越しの団欒をすませる人々を見かけたり、あちこちからまばらな爆竹の音が聞こえてきたりすると、なんとも言えない哀愁がこみあげてくるのだった。

大晦日の日、世鈞は叔恵の家で年越しの食事をしたあと彼を誘って映画館にいき、二本続けて観た——この日は真夜中も映画館が営業していたから。大晦日の深夜にそうやって映画を観るのはなんだか特別な気分がして、賑やかさの中にも一抹の寂しさを覚えた。

彼らの工場は三日間しか休みにならなかったが、いつも昼食をとりにいく食堂は正月四日までしまっていた。四日の昼、それを知らなかった彼らは食事にいこうとして無駄足を踏んでしまった。しかたなくまた歩いて戻ったが、至るところに爆竹の赤い紙屑が散らばっている。ドアが開いている食堂の前を通りかかったとき、叔恵が「ここで食おうぜ」と提案した。ここもおそらくは財神（福の神）を祀ってから正式に営業するつもりなのだろう、今日は略式営業といったところでドアは半分しか開いておらず、中に入ってはみたものの真っ暗だった。新年を迎えたばかりだから客もそんなにいるはずはないのだが、出入り口を入ったところのテーブルに、若い女性が外を向いて座っていた。淡いグレーのムートンの古いコートをまとっている。彼女の前には箸と碗が一膳ぶんだけ置いてあって、食事はまだ出されていなかった。いかにも待ちくたびれた様子で、赤い毛糸の手袋をはめた指を上から下にさすっている。手のひらまでこすると、二本の指で一本をはさみ、順番にさすっていた。叔恵は彼女を一目見ると「顧さんもここに来てたんだ！」といい、迷わず同席しようとした。世鈞がためらっているのを見ると「同僚だよ、会ったことあるだろう？こちらは沈世鈞、こちらは顧曼楨」と紹介した。彼女は丸顔だったが、丸い中にも角があった――いや、角というわけでもなく、輪郭がくっきりしていたということだ。ふわふわとした髪が無造作に肩にかかっている。世鈞はもともと、女性の容貌や体格、身なりを気にしたりしないのだが、ただ彼女にはなんとなく好感をもった。彼女は両手をコートのポケットにつっこみ、微笑みながら彼に頭を下げた。そこで彼と叔恵は長椅子をひいて座ろうとしたが、赤いペンキ塗りの長椅子には黒い油汚れが一面に広がっていた。工場で働いている世鈞は全身に汚れがついていたので気にしなかったが、ぱりっとしたスーツを着ていた叔恵は座る前にじろじろ座面を見ていた。

この時店員が、指を突っ込んで茶碗を二つ運んでくるとテーブルの上に置いた。叔恵はそれを見るとまた眉根に皺を寄せた。「こりゃ駄目だ、汚すぎる！」店員は茶を淹れ、彼らはそれぞれ定食を注文した。叔恵がはっと思いついて「おい、紙を持ってきて箸を拭いてくれ」と言ったが、その時店員はもう遠ざかっていて聞いていなかった。曼楨は「お茶で洗いましょうよ。二人ともこのお茶飲まないでしょ」というと、彼の目の前にあった箸をとって茶碗の中で洗い、さっと振って水気を飛ばすと茶碗の上に置いてやった。そのまま世鈞の箸も手に取ったので、世鈞は身を縮めて笑みを浮かべた。「大丈夫、自分でやります」しかしそうは言ったものの、彼女がゆすいでくれると「すみません」と言って受け取った。曼楨はずっと伏目がちで人のほうを見ようとせず、かすかな笑顔のままだった。世鈞は箸を受け取るとそのままテーブルに並べた。並べたあとはっと気づいた。テーブルは油でべとべとだ。こんなふうに置いてしまったら、たった今洗ってもらったのが無駄になってしまう。汚れを気にしていないように振る舞うなんて、さっき箸を洗ってくれたのは余計でしたよ、と言っているようなものではないか。彼女は自分が気を回しすぎてしまったと思うかもしれない。そう考えるとまた箸を手に取り、彼女のまねをして綺麗に茶碗の上におき、さらには箸の両端を丁寧に揃えてみせた。実際には、テーブルで箸が汚れたとすればもう遅いのだから、こんなことをしても人の目をごまかしているだけだ。世鈞はなんとも気まずくなり、ことさらにレンゲも茶碗の中でゆすいでみせたその時、店員が料理を運んできた。はまぐりのスープがあったので、世鈞は一さじ掬って口に入れると言った。

「正月にはまぐりを食べるのは縁起がいいらしいよ——元宝（普通貨として使われた馬蹄型の金塊）に見立ててね」叔恵は言った。「はまぐりも元宝、里芋も元宝、餃子も卵餃子もみんな元宝、橄欖の実も茶卵（茶葉と八角、茴香、醬油などで煮込んだ卵）もみんな元宝——中国人は誰もかれも守銭奴だから、目に入るものはすべて元宝に似てると思うんだね」曼楨も笑った。「知ってる？　まだあるのよ、蓑虫っているでしょう、よく屋根から垂れ下がってるあの芋虫。北方の人は〝銭串子（穴あき銭の束）〟って呼ぶのよ。ほんとにお金のことばっかり考えてるのねぇ！」世鈞も笑った。「顧さんは北方の人？」曼楨は首を横に振った。「母が北方人なんです」

「では半分北方人ですね」

叔恵が口を挟んだ。「僕たちがいつも行く店は北方風だよ。向かいのあそこ、行ったことある？　悪くない感じだよ」

「わたしは行ったことないわ」

「明日みんなで一緒に行こう、ここは本当に駄目だ。汚すぎる」

　この日から、彼らはいつも三人で食事するようになった。三人で定食を頼むと、みんなスープのほかにおかず三つを分けあえるので、食事が単調にならないのだ。親しくなってくると、通りで焼き芋を食べて昼食代わりにするようなこともあった。しかし親しくなったと言っても、しゃべっているのはほとんど叔恵と曼楨で、その内容も職場の事情ばかりだった。そして叔恵と彼女の関わりというのも、ほぼ勤務時間内に限定されているようだった。職場を出たあとに叔恵が彼女と会うことはなかったし、名前を口に出すことさえあまりなかった。ある時、工場内の人事のごたごたについて話していた時、世鈞は叔恵に言ってみた。

「君は幸運な方だよ、少なくとも同じ部屋で働いている曼楨とは気が合うんだから」叔恵は特に気に留めたようすもなく、まず「うん」と言った。

「曼楨はいいよ。率直なんだよね」

　世鈞はその話題には深入りしなかった。深入りしてしまうと、まるで自分が曼楨に興味を持っているように聞こえて、あとで叔恵にからかわれてしまうだろうから。

　他にも、雑談中に叔恵が突然言ったことがあった。「曼楨が今日君の話をしていたよ」世鈞は虚を突かれたが、一拍置いてから笑ってみせた。

「僕と君が一緒にいる時、どうして僕ばかりがしゃべってるのかって。言っておいたよ、みんな僕が世鈞を馬鹿にしていると思ってるんだろう、僕の母だって世鈞の肩を持つからねって。実際は個性の違いだよね。君はほら、滑稽戯（上海中心に演じられるドタバタ喜劇）で言ったらボケ役じゃないか」

「僕の何の話？」

世鈞は笑った。「ボケ役ってどういうことだよ」

「どうってこともないよ、畳んだ扇子でしょっちゅう頭をはたかれるだけのことさ」ここまで言うと、叔恵もくすくす笑い出した。

「君はこういうことを言われても気にしないよね。それがいいところだよな。その点では僕と君は似てるよな。人のことは笑うくせに人に笑われたくはないっていう性格じゃないんだよね……」叔恵はいったん自分のこととなると無限に話し続ける。頭が良くて容貌にも恵まれた人というのは、どうしても多少のナルシシズムから逃れられないのだろう。彼がひたすら自分の個性の複雑さを分析している間、世鈞はそばに座ったまま、曼楨がどうして自分のことを口にしたのか考え続けていた。

彼らの工場は郊外にあった。周りを囲んでいるのはみすぼらしい通りだが、少し歩けばすぐ野原に出る。春が来て、野外はもううっすらと緑をまとっていたが、気温はまだ低かった。この日、世鈞は午前の仕事を終えるといつも通りそそくさと手を洗い、本部事務室に行って叔恵を探した。ところが彼は事務室におらず、曼楨だけがデスクの前に座って書類の整理をしている。彼女は室内でも赤と青のチェックのマフラーを巻いていて、藍色の上っぱりとあわせたところはまるで女学生のようだった。上っぱりの藍色は何度も洗ったらしく白みがかっていたが、そのために却って穏やかで上品な感じがした。伝統的な糸綴じ本の、藍色の表紙のように。

世鈞は彼女に微笑みかけた。「叔恵は？」曼楨は部長室のほうに目配せすると、小声で言った。「いつも仕事が終わる五分前に突然呼び出すのよ、何か大事な仕事を任せたいって。上司ってみんなこうよね」世鈞は笑って頷いた。叔恵のデスクに寄りかかり、手持ち無沙汰に壁にかかっていた日めくりをいじる。

「立春はいつかな」

「もうとっくに過ぎたわよ」

「あれ、まだこんなに寒いのに？」

日めくりをぱらぱらめくり続けながら言った。「今の日めくりってお金をかけてないんだねぇ、日曜日が赤になってるだけ。子供の時の日めくりのほうがよかったなぁ。日曜日は赤で、土曜日は緑だった。一枚一枚破っていって、緑色の土曜日が出てくるとすごく嬉しくなったもんだよ」曼楨も笑った。「そうそう、学校に通っていた頃は土曜の方が日曜よりもっと嬉しかったわ。日曜日は赤だけど、どうしても〝夕陽 無限に好し〟（晩唐の詩人・李商隠の絶句「楽遊原に登る」より。「只是れ 黄昏に近し」と続く。夕陽は限りなく美しいが、すぐに消え去ってしまう）っていう感じがするもの」

そう言っているうちに叔恵がやってきて曼楨に言った。「先に行っててって言ったのに」

「そんなに慌てなくてもいいでしょ」

「飯を食ったら、景色のいいところを探して何枚か写真を撮らなくちゃいけないんだ。カメラは借りてきた」

「こんな寒い日に、真っ赤な鼻や真っ赤な目を撮ってどうする気？」叔恵は世鈞のほうに口を尖らせてみせた。「全部こいつのためだよ。おっかさんが手紙をよこして、息子の写真が欲しいって。きっとお見合いのためだろうね」世鈞は真っ赤になった。「何だって？違うよ、母は僕が痩せたんじゃないかってくどくど心配してさ、大丈夫だって言っても信用しようとしないから、じゃあ写真を見せようっていうことになっただけだよ」叔恵は彼をじろじろと眺めた。「痩せたとは言えないけど、えらく薄汚れてるなぁ。おっかさんは君が炭鉱で働いてると思ってまた心配するだろうね」世鈞も下を向いて自分の着ている作業服を見回した。そばで曼楨が笑いながら言った。「タオルで拭いたらどう？ここにあるわ」世鈞は慌てた。「いやいや、大丈夫。この染みは機械油だから、タオルで拭いたってとれやしないし」彼はしゃがんでくずかごから反故紙を取り出すと力をこめてズボンを擦ってみせた。「それじゃだめでしょ」曼楨は引き出しから綺麗に畳んだタオルを取り出すと、叔恵の飲み残しの白湯を浸して渡してくれた。世鈞が仕方なく受け取ってズボンを拭いたところ、真っ白なタオルに黒い汚れがうつってなんともいたたまれない気持ちになった。

叔恵は窓の前で空の色を眺めていた。「今日の太陽は頼りにならないなぁ、上手く撮れるかどうか」言いながらスーツのポケットから櫛を取り出し、ガラス窓に向かって髪を撫で付け、さらにネクタイをひっぱって首を伸ばしている。曼楨は自分自身に見入っている彼の姿に思わずくすりと笑ってしまった。叔恵は横向きになって自分の横顔をちらりと確かめながら、口ではひっきりなしに世鈞を催促していた。「まだかい？」曼楨は世鈞のほうを見て言った。「顔にまだ黒いのがついてる。いえ、こっち側――」彼女は自分の顔を指で示してみせた。「まだついてるわ」彼女は自分のバッグから手鏡を取り出して世鈞に渡した。叔恵はそれを見て笑った。「曼楨、口紅持ってる？　世鈞に貸してやったら？」彼はそうふざけたが、世鈞の手から鏡を受け取ると自分の顔を映して見ていたのだった。

三人は一緒に食事に出た。時間を節約するため、みんな麺を注文してそそくさと食べ終えると、さらに郊外へと向かった。叔恵はこのあたりは寂れていて面白くないが、少し歩いたところに大きな柳の木が二本ある、そこはなかなか風情があるのだと言った。しかし歩いても歩いても見つからない。世鈞は曼楨が遅れ気味なのに気づき、「僕たち、歩くの速すぎだよね」と聞いた。叔恵もそれを聞くと速さを緩めたが、何と言っても散歩向きの天気ではなかった。寒さのため、知らず知らずのうちにまた速足になってしまい、どんどんスピードが上がっていく。みんな息を弾ませて風に向かっていたので、会話も途切れがちになった。曼楨は乱れた髪の毛を懸命に押さえながら残りの二人を見て微笑んだ。「二人とも、耳たぶ丸出しで寒くないの？」叔恵が答えた。「寒くないわけないって思わない？」

「いつも思ってたの、もしもわたしが男だったら、冬じゅう風邪ひいてるだろうなぁって」

その二本の柳には、もううっすらと金色の若葉が芽吹いていた。みんなは木の下で何枚も写真を撮った。叔恵と曼楨が一緒に立っているのもある。世鈞が撮ってやったのだ。彼女が着ていた淡いグレーのムートンのコートは風に煽られ、彼女は片手で口を押さえている。赤い毛糸の手袋のために、顔色は青白く見えた。

その日の日光はずっと弱々しく、フィルム一本を撮り終わらないうちに空模様が変わってしまった。急いで戻るうち、ふわふわとしたなごり雪が降り始めたかと思うと雨に変わった。途中に小さな店があり、中にたくさんの唐傘がかかっているのを見ると曼楨は一本買いたいと言った。広げてみると青や緑の単色のものと柄入りのものがある。彼女は紫の葡萄（ぶどう）が一房描いてあるものと柄がないものとで迷い、なかなか決められなかった。叔恵は女の人が買い物するとこうなるんだよなぁ、と言った。世鈞が微笑みながら「柄のないほうがいいな」というと、彼女はすぐに単色のものを買った。叔恵は言った。「市内で買うより安いこともなさそうだけど。ぼられたんじゃないだろうね？」曼楨は傘の先で店の看板を指して笑ってみせた。「童叟無欺（トンソウウーチー）（子供も老人も騙しません。商店の決まり文句）」って書いてあるじゃない？」

「君は子供じゃないし年寄りでもないからな。君を騙したって違反にはならないよ」

歩いているうち、曼楨が突然言った。「やだ、手袋を片方落としちゃった」叔恵は「きっとさっきの店だよ」と言い、もう一度戻って聞いてみたが店の人は知らないと言った。

「さっきお金を数えたときにはもうなかったわ――じゃあきっと写真を撮った時に落としたのね」

世鈞は「戻って探そうよ」と言ったが、この時はもう午後の始業時間が近づいていたので、急いで工場に戻らなければならなかった。曼楨は「いいえ、大丈夫。手袋の片方くらい！」と答えたものの、かなり気にしている様子だった。こんな時、曼楨はくよくよしがちの貧乏性だった。何年もあとになってから、世鈞はこういうところも懐かしいと思ったものだ。曼楨はこうなのだ。ひとたび自分のものになったら、それをどんどん好きになり、しまいには世界中で一番いいものだと思い込むのである……世鈞にはわかっていた。彼も、かつては彼女のものだったから。

その日、工場に戻った後も雨はひたすら降り続け、退勤のときにはまだ五時だというのに空はもう真っ暗だった。説明できないような感情に駆られて、彼は雨をついてもう一度写真を撮ったところへ行った。ぬかるんだ畦道は歩きにくくてずるずる滑る。棺桶を仮置きするための小さな小屋がまるで犬小屋のように畦道に伏せていて、昼間来た時には特になんとも感じなかったのに、黄昏の雨の中で目にするとなんだか異様な気持ちにさせられた。周りは静まり返っていて、時々犬の吠えるのが聞こえるだけだ。終始誰にも会わなかったが、一度だけ、誰かが提灯を持ち、橙色の大きな傘を持って川向こうを通っているのを見かけた。結構な距離を歩いてあの二本の柳にたどり着いた。遠くから懐中電灯で照らし、木の下にあの赤い手袋が落ちているのを見つけた。嬉しくなったものの、近寄ってしゃがんで拾い上げ、懐中電灯で照らしながら手に持ってしげしげ見ているうちに、今度は躊躇し始めた。明日彼女に渡すとき、何と言えばいいだろう。変だと思われないだろうか。彼女の手袋のためだけに、雨の中をはるばる歩いたなんて。元々は、自分が写真を撮ると言いだしたせいで落としたのだから申し訳ない、という気持ちだった。でも自分でも、この理由だけでは不十分な気がした。ではどうして？　ここまで来てしまったことを後悔し始めたが、もう来てしまったのだし、落とし物も見つけたのだから、まさかもう一度ここに打ち捨てておくわけにもいかない。手袋についていた泥を少しはたいてポケットにしまった。見つけた以上は返さないわけにはいかない。自分でとっておくなんて、もっとお笑い草だ。

次の日の昼、彼は上の階の事務室に行ってみた。よかった、叔恵はちょうどまた部長に呼び出されている。世鈞はポケットから汚れた手袋を取り出した。ああ言おうか、こう言おうかとあれこれ考えていたけれど、結局何も言わず、ただ彼女に見せた。この時の彼の表情を形容するとしたら、濡れ衣を着せられて怯えているといった風だった。もともと最初は何も考えていなかったのだ。でなかったら、わざわざこんな窮地に自分を追い込むこともなかったろう。

曼楨はまずびっくりしてその手袋を手に取った。「え、昨日あれからまた行ったの？　あんなに遠いのに――雨も降っていたのに――」ここまで言った時に叔恵が入ってきた。世鈞がこの話に触れてほしくなさそうだったので、彼女も機械的に赤い手袋を丸めて握りしめ、別の話をしながらコートのポケットにねじ込んだ。自分では何気なくふるまったつもりだが、顔がどんどん赤くなってしまった。かっと熱くなって、ずいぶん経ってからやっと熱がひいたときは、涼しく爽やかな風に頰をあてているような感じがした。どうやらさっきは本当に真っ赤になってしまったらしい。自分ではわからないけれど、人にはきっと見られてしまっただろう。そう思うと焦ってしまい、また顔が紅潮してしまうのだった。その時は訳もなく気まずい思いをしたが、あとは特にどうということもなく、一緒に食事をする時にも、彼女と世鈞の態度はそれまでと全く同じだった。

春の気温は寒暖差がはげしくて、たくさんの人が風邪をひいたが、曼楨も具合が悪くなり、工場にいた叔恵に電話をして代わりに休みを申請してもらった。その日の午後、叔恵と世鈞が家に帰る時、世鈞は「お見舞に行かなくていいかな？」と聞いた。

「うん、どうやらかなりしんどそうだったな。昨日は無理してたらしい」

「彼女の家がどこか知ってる？」

叔恵は躊躇している様子だった。「知ってるのは知ってるけど、行ったことはないんだ。君だって曼楨と知り合って結構になるけど、家の話をするのを聞いたことないだろう？曼楨って全く神秘的なところがないんだけど、この点だけはどうもちょっと秘密っぽいんだよなぁ」この言葉は世鈞の反感を呼んだ。彼女が平凡で神秘的じゃないと言われたからなのか、彼女には人に言えない秘密があると叔恵が思っているからなのか。どちらとも言えなかったが、いずれにせよ二重に反感を持ったのだ。「そんなの秘密とも言えないだろう。家族がたくさんいるから客を呼ぶ余地がないのかもしれないし、家の人の頭が古くて、娘が外で友達を作るのに反対してるから呼べないのかもしれないし」叔恵は頷いた。「歓迎されようとされなかろうと、一度行ってみよう。曼楨に鍵をもらいたいしね。元の原稿を確認したいっていう手紙が二、三通来てるんだけど、彼女が引き出しに入れて鍵をかけてるんだ」

「じゃあ一緒に行こうよ。でも……この時間に人の家に行くっていうのは、ちょっと遅すぎかな」台所ではもう夕食の準備が始まっていて、鍋を振って炒め物をする音が階上まで響いてくる。叔恵が手を上げて腕時計を見ようとしたところで、彼の母が台所から呼ぶ声が聞こえた。「叔恵！　お客さんよ！」

叔恵が下に降りてみると、知らない子供が来ていた。誰だろうと思っていると、その子は鍵束を高く掲げて言った。「お姉ちゃんが届けてくれって言ったんです。これはお姉ちゃんの事務机の鍵だって」叔恵は笑った。「ああ、曼楨の弟か。お姉さんの具合はどう？　ちょっとよくなったかな？」

「よくなってきたと言ってました、明日は行けるそうです」七、八歳くらいにしか見えなかったが、えらく物慣れた様子で、話を取り次ぐとすぐに帰ってしまった。叔恵の母が飴をあげると言っても食べようとせずに。

叔恵は鍵を手の中で揺らしながら、階段のほうまで頭を出している世鈞に笑いかけた。

「きっと僕らに来てもらいたくなかったんだろうな。だから先に鍵を届けさせたんだよ」

「どうして今日はそんなに疑り深いんだい？」

「僕が疑り深いんじゃないさ、さっきの子の様子だよ。まるで訓練を受けてるみたいだった、よその人に余計なことを喋らないように。──本当は弟じゃないのかな？」世鈞はいらいらしてきたが、笑顔で言った。「よく似てたじゃないか！」

「じゃあもしかして曼楨の子かな？」どんどん馬鹿げたほうに話が進んでいくので、返事もできなくなった。叔恵は彼が黙り込んだのをみると言った。「外に出て仕事をしている女性っていうのは、結婚していようとしてなかろうとみんな〝なんとか小姐（未婚の女性の敬称）〟って呼ばれるからね」世鈞も笑った。「そういうことはあるけれど、でも……少なくとも彼女がまだまだ若いってことは見てわかるじゃないか」叔恵は頭をふった。「女の歳っていうのは……わからないぞ」

叔恵はいつも女はこうだああだと講釈するが、それを聞くといかにも経験が豊富なようだった。実際には、彼は大学に入ったころからこんな調子だったのを世鈞は知っている。

それにその頃は、叔恵が交際したことがあるのは一人だけということも世鈞はよく知っていた。姚珮珍という同級生だ。叔恵が女っていうのは、どうだこうだという時の「女」とは、つまり姚珮珍の代名詞に他ならなかった。今はもしかしたら姚珮珍一人だけではないかもしれないが、叔恵はいつも実践より理論なのだ。彼のことを世鈞はよく知っている。今日曼楨についてあれこれ言ったことも、思いついたことをそのまま口にしただけで、絶対に悪意はないだろう。そうだとわかっていても、それでも世鈞にとってはとても聞き苦しかった。長年の友達だが、彼に対してこんなに気を悪くしたのは初めてだ。

その晩、世鈞は実家に手紙を書くからと言って全く叔恵にとりあおうとしなかった。世鈞がスタンドの灯の下で便箋に向かってぼんやりしているのを見て、叔恵は彼が家のごたごたで悩んでいるとばかり思いこんでいた。

## 2

曼楨(まんてい)が回復して職場にもどった最初の日、叔恵(しゅくけい)にはちょうどほかに食事の約束があった——別の同僚との賭けに勝って、西洋料理を奢(おご)ってもらうことになったのである。曼楨と世鈞(せきん)が二人で食事にいくのはこれが初めてで、最初はなんともぎこちない気がした。まるで叔恵こそが三人グループの魂だったかのようだ。彼がいないとなんとも静かで、食器の触れ合う音だけが響いた。

今日は食堂も閑古鳥で、カウンターにいる会計の女もやることがないからか、彼らの方をちらちらと見ていた。いや、もしかしたらそう思ったのは世鈞の心理によるのかもしれない。どうも今日はみんなが自分たちに注目しているような気がする。この女はおそらくここの女主人なのだろう。パーマをかけ、額にまばらな前髪を垂らしている。いつもそこで真っ赤なセーターを編んでいるという印象があった。今日は暖かいので、二藍色の夏木綿の半袖の旗袍（立襟とスリットを特徴とするワンピース。今いうチャイナドレスよりずっとゆったりしたデザインで、年齢を問わず多くの女性に着用されていた）に装いを替え、むっちりした白い腕をあらわにして真っ赤な毛糸の上に乗せている。鮮やかな色の対比が目を引いた。腕には翡翠色のゼオライトの腕輪をはめている。世鈞は曼楨に笑いかけた。

「今日は本当に暖かいね」

「暑いくらいだわ」曼楨は言いながらコートを脱いだ。

「この前弟さんに会ったよ」

「一番末の弟なの」

「きょうだいは全部で何人いるの？」

「六人」

「君が一番上でしょ？」

「いいえ、わたしは二番目」

「君が一番上だとばかり思ってたよ」

「どうして？」

「小さいころからお姉さん役をしているみたいだったから。いつも面倒見がいいからね」

曼楨は笑った。テーブルの上に茶碗の輪じみがいくつかついている。彼女はその白い丸を手でなぞりながら言った。「あなたはきっと一人息子よね」

「え？　僕が甘やかされてて、しっかりしてないから？」

曼楨はその質問には答えずに言った。「お姉さんや妹がいたとしても、お兄さんや弟はいないでしょ」

「残念でした、僕には兄がいたんだよ。もう亡くなったけどね」世鈞は自分の家族について大まかに話した。両親以外には兄嫁と甥が一人いるだけだということ、実家は南京にあること、でも原籍は南京ではないこと。曼楨に原籍を尋ねると六安州（中国東部、安徽省の地名）だと答えた。

「お茶の産地だね。行ったことはあるの？」

「父が亡くなった年に、一度だけ」

「ああ、お父さんはもう亡くなってるんだね」

「わたしが十四歳のときに死んだの」

ここまでくると、話題はもう彼女の秘密の縁に触れていた。世鈞は彼女が何か隠しているとは信じていなかったのだが、この時突然空気が静かになったので、秘密の存在を感じずにはいられなかった。でも彼女が言わない以上、決してこちらから聞き出したくはない。正直に言うと、知りたくないような気もした。まさか叔恵が言ったようなことがありうるのだろうか——もしかしたら叔恵の想像よりもっと悪いかもしれない。でも彼女はこんなに素直で愛らしい人なのに。想像できない。

彼はなにも気にしていないふりをして箸で料理をつまんだが、口の中に入れてもぱさぱさでなんの味もしない。その場をごまかすようにケチャップの瓶をとって少しかけようとしたが、ケチャップというのがいつもそうである通り、出そうとしてもなかなか出ないくせに、いったん出ると大量に出てきてしまった。取り返しがつかず、碗の飯は赤一色に覆われた。カウンターの女主人はまたこちらを忌々しそうに見た。今度は善意で気にしているのではないのは明らかだ。

この一部始終を曼楨は見ていなかった。どうやら、家のことを彼に話そうと決心した様子である。しばらく沈黙してから、彼女はまた微笑みつつ言った。

「わたしの父はね、出版社で仕事をしていたの。うちは家族が多くて祖母もいるんだけど、父の給料だけが頼りだった。父が死んでしまうともうどうしようもなくなってしまって。その時わたしたちはまだ何もわかっていなかったけど、姉だけがもう大きくてね。その時から、うちは姉さんに頼り切りになっちゃって」

世鈞はここまで聞いただけで、なんとなくわかったような気がした。

曼楨は話を続けた。「姉さんはその時まだ高校も卒業していなかったの。仕事をしようったって、どんなことができると思う？　仕事を見つけたとしてもお給料が低くて、家族を養うには足りなかった。ダンサーになるしかなかったの」

「そんなのなんでもないよ。ダンサーだっていろいろでしょ、自分次第じゃない？」

曼楨はしばらく黙ってからようやく微笑んで言った。「ダンサーにだって、もちろん自分を大事にしている人もいるわ。でもそれじゃあ大家族の面倒は見られないでしょ」世鈞も何も言えなくなってしまった。「いったんその道に入ってしまえば、あとは転げ落ちるだけ。よっぽど何かやり手でない限りはね——わたしの姉さんはそういうタイプでもなかったの。とっても正直な人だから」ここまで話した時、彼女はもう涙声になっていた。世鈞もどう慰めていいかわからず、ただ微笑んで「ね、元気を出して」と言っただけだった。曼楨は箸を持って飯碗を持つと、俯いてご飯の中に混じった稗を探し、一粒一粒選り出した。しばらくして、いきなり「叔恵には言わないでね」と言った。世鈞は承知した。もともと叔恵に言うつもりはなかった。なによりも、どうして曼楨がこうした事情を彼だけに話したのか、説明のしようがないからだ。曼楨は彼より先に叔恵と知り合ったのに。曼楨も同じことを思ったようで、不適当なことを口走ってしまったために顔を赤らめた。「ずっと彼にも言いたいと思ってたんだけど、どういうわけか……言わないできたの」世鈞はうなずいた。

「叔恵には話しても大丈夫だと思うよ、きっとわかってくれる。お姉さんは家庭の犠牲になったんでしょ、それはどうしようもないことだよ」

曼楨は、日頃から自分の家の事情について聞かれることを一番恐れていた。今日はいつになく世鈞にいろいろ話をしてしまったので、その日家に帰った時は気分が重かった。彼女の家族は今一軒家に住んでいるが、これも以前姉の同棲相手が買ってくれたものだ。やがてその人が去ってしまうと、姉はもうダンスホールで働くのはやめ、高級娼婦の真似ごとをするようになった。こうなると経費は節約できたものの、彼女自身の値段は前よりも下がってしまった。ときどきダンサーに間違われると彼女はとても嬉しがる。

曼楨が路地に入っていくと、下の弟、傑民(けつみん)がちょうど羽根蹴りで遊んでいた。「曼楨姉ちゃん、母さんが帰ってきてるよ!」清明節(四月初旬の節句。墓参の習慣がある)だったので、母は父の故郷まで墓参りに行っていたのだ。母が帰ってきたと聞いて嬉しくなった曼楨は裏門から家に入り、弟も羽根を蹴りながらついてきた。女中の阿宝(あほう)が台所でビールの栓を抜いたところで、テーブルにはガラスのジョッキが二つ並んでいる。曼楨は眉をひそめて弟に言った。

「気をつけて、何か割ったりしないでよ!　蹴り足りないんなら外でやって」

阿宝がここでビールの栓を抜いているということは、客が来ているということだ。それにラジオが大音量で響いているから、姉さんの部屋のドアは開けっぱなしなのだろう。彼女は台所の入り口から中を覗いたが、入っていこうとはしなかった。阿宝が声をかけた。

「誰もいませんよ、王（おう）さんもいらしてません。ですが王さんのお友達の祝（しゅく）という方がちょっと前から来ておられます」

傑民が横から口を出した。「ほら、あの笑ったら猫みたいで、笑ってないときは鼠みたいな人だよ」

曼楨は思わず噴き出してしまった。「バカなこと言って！　猫みたいで鼠みたいな人なんているもんですか」言いながら台所を出て、姉の曼璐（まんろ）の部屋の前を通り過ぎるとさっと二階に上がろうとした。

ところが曼璐は部屋におらず、階段口で電話をしていたのだった。彼女の声は、ラジオの歌声と同じようにきんきんと耳を刺すようでもあり、甘ったるくもあり、いずれにせよ地響きを呼ぶものだった。

「結局来るの来ないの？　来ないんなら覚えてらっしゃいよ！」彼女は壁に取り付けた電話の前に立っていたが、電話の下にぶら下げてある重たい電話帳を揺らしながら話している。体もその勢いに合わせて揺れていた。身につけている萌黄色の柔らかい緞子（どんす）の旗袍（チーパオ）はまだ新しいものだったが、腰のまわりに手のひらの痕がついている。ダンスをしている時に手汗でつけられたものだった。衣服の上にいきなり黒ずんだ手形があるのには何かぞっとしてしまう。髪はぼさぼさでまだとかしていないのに、顔にはステージ用の化粧がしっかり施されている。赤いところは真っ赤で黒いところは真っ黒、目の周りには青いシャドウが塗られていた。遠目で見れば美しいが、近よるとなんだか獰猛に見える。階段ですれ違った時にはとてもこれが実の姉とは信じられず、曼楨は茫然としてしまった。曼璐は電話を続けている。「祝はとっくに来てるわよ、あんたをずっと待ってるの！……バカねぇ、あたしがいてくれなんて頼んだわけないでしょ！……はいはい、ありがとうございます。前世で誰にも欲しがってもらえなかったとしても、あんたに仲人なんて金輪際頼まないわ！」彼女は笑い始めた。最近曼璐が採用し始めた笑い方で、あけっぴろげな、誰かにくすぐられているような笑い声だ。しかし不思議なことに、その声は特に蠱惑的ではなく、むしろ老成しているような響きがあった。曼楨はこの声が本当に怖ろしかった。

彼女は急いで階段を上がった。二階は完全に別の世界だ。網をかぶせた籠や風呂敷包み、畳んだ寝具などの真ん中に母が座っていた。母は片付けものをしながら祖母に土産話をしている。曼楨は歩み寄ると「母さん」と呼んだ。母は微笑みながら応じ、彼女を上から下まで眺めた。言いたいことがあるのだが口から出てこない、という様子なので曼楨は訝しく思った。祖母が横から「曼楨はこの二日間、熱を出しててね、ずっと寝ていたのよ」と言った。「道理で、痩せたみたいね」言いながらまたにこにこと彼女を見ている。曼楨が墓参りの様子を聞くと、母はため息をつきながら話した。数年帰らないでいるうちに木はみんな誰かに切られてしまっていたし、墓守も何もしてくれないのだという。あれこれ話したかと思うと、母は曼楨の祖母に向かって言った。「ずっとふるさとのものが食べたいと言ってらしたでしょう？　今回はお茶のほかに、少し烘糕（ホンガオ）（餅米を練って焼いた菓子）と麻餅（マービン）（胡麻をまぶしたビスケット）を買ってきましたよ。炒米粉（チャオミーフェン）（米を煎って粉にしたもの。お湯で延ばして葛湯のようにする。以上はいずれも安徽の名産）も」籠からごそごそと取り出して曼楨に言った。「炒米粉、あんたたち小さい頃すごく好きじゃなかった？」

　祖母はお菓子を入れる密閉容器を探しに隣の部屋へいった。祖母がいなくなるとすぐ、曼楨の母は書き物机に歩み寄り、机の上のものを片付けながら言った。「わたしが家にいなかったしあんたも病気だったから、おちびさんたちが散らかし放題だったわね」机のガラスマットの下には写真が何枚か挟まっていた。曼楨がこの間撮ってもらったもので、叔恵と並んで撮ったのも、叔恵が一人で写っているのもあった――世鈞の一枚は別にしまっておいたのだ。曼楨の母は腰をかがめるとその写真に目をとめて、「これはどこで撮ったの？」と聞き、さらに叔恵を指さした。「この人は誰？」さも気にしていないような口ぶりだが、質問したあとに両目を光らせて曼楨をじっと見つめ、彼女の表情に変化があるかどうか確かめようとしている。なぜさっきから顔は笑っても目だけは笑わずに彼女のことを見つめていたのか、曼楨にはようやくわけがわかった。きっと母は帰ってくるなりこの写真に気がついたのだろう。ごくごく普通の写真だが、母はそこに無限の希望を見出そうとしているのだ。両親が子供を思う心というのは、本当に滑稽でもあれば憐れでもある。

曼楨はただ笑って答えた。「同僚なのよ。許さん。許叔恵っていうの」母は彼女の表情を見つめていたが、特にどうということもなさそうなので、それ以上聞くのはやめにした。曼楨は聞いた。「姉さんは母さんが帰ってきたことを知ってるの？」

「さっき上がってきてたからね。お客さんが来たから下りていったけど。――あの王っていう人が来たのかしらね？」

「王さんは来てないんじゃない？でも今回の人も王さんの友達みたい」

母は嘆息した。「あの子が連れてくる人、だんだん品が悪くなってるみたい。ほとんどごろつきだわ。今の人はどんどん柄が悪くなってるのねぇ」母は曼璐が連れてくる客の質が下がってきたことだけを気にしていて、曼璐の価値そのものが落ちているとは思い至らないのだ。曼楨はそこに気づくと、余計に黙らざるを得なかった。

母はお湯で溶いた炒米粉を何杯か作ると、祖母にそのうち一杯を届けた。

「傑民は？さっきおやつを食べたいって騒いでたけど」

「下で羽根蹴りしてるわよ」曼楨が弟を呼ぼうと踊り場までいくと、傑民がちょうど階段の下に立ち、手すりをよじ登って曼璐の部屋の中を覗こうとしているのが見えた。慌てた曼楨は低い声で叱った。

「ちょっと！ そこで何をしてるの！」

「羽根が中に入っちゃったんだよ」

「なんで阿宝に言わないの。阿宝が部屋に入るときに取ってきてもらえばいいでしょ」

階段の上と下で小声で話をしていたところ、曼璐の部屋の中にいた客が突然出てきた。祝（しゅく）という人、祝鴻才（こうさい）だ。瘦せ型の長身で、削（そ）げたような肩にほっそりした首、中国風の上着を着ている。腰に手を当てて部屋の入り口に立つと、曼楨のほうを見て頷き、笑顔で話しかけた。

「二小姐（アルシアオジエ）（次女を表す敬称）」曼璐の妹だと知っているということは、おそらく前々から彼女を目に留めていたのだろう。曼楨もこの人を初めて見たわけではなかったのだが、今日こうして会ってみると、笑ったら猫みたいで笑わないと鼠みたいだというさっきの傑民の評を思い出してしまった。今はしごく真面目な表情をしていて、目が小さく、唇がうすくて、たしかに鼠っぽい。曼楨はもう少しで噴き出してしまいそうなのを極力おさえ、満面の笑みで会釈をした。祝鴻才のほうは、今日はどうしてこんなに曼楨の愛想がよいのかわからなかった。彼女が笑いかけたので、当然彼も微笑み返した。するとすぐに猫の顔になる。こうなると曼楨はもう我慢できなくなり、すぐに身を翻して階段を駆け上がっていった。祝鴻才からすれば、これはあどけない少女が恥じらったようにしか見えない。彼は階段の下に立ったまま、しばらく余韻を楽しんでいた。

曼璐の部屋に戻ると彼は聞いてみた。「君んちの妹に恋人はいるのかな」

「どうしてそんなこと聞くの？」

「誤解しないでくれよ、別に深い意味はないんだ。もしも恋人が欲しいなら紹介してあげられるからさ」

曼璐は鼻を鳴らした。「あんたのお友達にいい人なんている？　みんなまともじゃないでしょ」

「あれれ、どうして今日はそんなに機嫌が悪いのかな。まだ王のことで怒ってるんだね」

曼璐は突然聞いた。「ねえ、正直に言って。王は非娜(ひな)とよりを戻したの？」

「わかるわけないだろ、王の番人を頼まれているわけでもないのに」

曼璐は彼にとりあわず、吸っていた煙草をぎゅっともみ消してつぶやいた。「お盛んなこと——非娜なんて唇はめくれてるし、目は腫れぼったいし、日本人みたいにがに股だし、首だってほとんどないのに……〝色の白いは七難隠す〟というけど〝年が若けりゃ七難隠す〟ってことね」彼女はいらいらしながら化粧台の前にいくと、鏡をとって自分の顔を映し、その結果また化粧を始めた。彼女の顔は随時補修が必要なのだ。

曼璐はかなり冷淡だったが、鴻才はぐずぐずしていてなかなか帰ろうとしなかった。テーブルの上に置いてあったアルバムを手に取ると、ぱらぱらと見ている。短いおさげの丸顔の少女が写っているキャビネサイズの写真があった。「これは妹さんがいくつのとき？　まだおさげを垂らしてるじゃないか」曼璐はアルバムをちらりとみると憎々しげに言った。「妹のわけないでしょ」

「え、じゃあ誰？」

曼璐はぐっと詰まり、しばらくこらえてから冷笑した。「本当にわからないの？　信じられない。あたし、そんなに変わっちゃった？」最後のほうは声がかすれてしまった。鴻才ははっとして「あ、君なの？」と笑い、曼璐を仔細に眺めてからまたアルバムに戻り、ためつすがめつしてから言った。「うん、ちょっとは面影があるね」

この何気ない一言が、曼璐にはとげになって刺さった。彼女も何も言おうとせず、相変わらず鏡に向かって口紅を塗っていたが、動作は明らかに鈍くなった。唇を開けると呼気が鏡にかかり、鏡が曇る。彼女はいらいらしたように指でいい加減に拭い、口紅を塗り続けた。

鴻才はまだ写真を見ている。「ねえ、君の妹はまだ学生なの？」曼璐は曖昧な声を漏らしただけで、返事をしようともしなかった。「あのさ……あの子、もしもやってみる気があるなら相当いい線いくと思うよ」曼璐は鏡をテーブルに乱暴におくと大声を出した。

「馬鹿なこと言わないで。あたしがこうやって稼いでるからって、家族が全員こんな仕事をしなくちゃいけないとでも言うの？　見くびるのもいい加減にしてちょうだい！」

鴻才は笑った。「今日はいったいどうしたの？　えらくぴりぴりしてるんだねぇ。俺は運が悪かったな、君が不機嫌なときに来ちゃってさ」

曼璐はちらりと彼をみると、また鏡を持った。鴻才はにやにやしながら彼女の後ろに回って囁いた。「こんなに綺麗にしたんだから、出かけようか？」曼璐も避けようとせず、振り向いて彼に笑ってみせた。「どこに行く？　ご馳走してくれるの？」この時、鴻才は先ほどの曼楨と同じように至近距離で曼璐の舞台化粧を見た。顔は色とりどりに塗りたくられ、真っ赤な頬紅に真っ黒なアイラインがひかれている。しかし鴻才は恐怖を感じるどころか魂が蕩(とろ)けそうになったのだった。人の感受性にはそれぞれ大きな違いがあるものだ。

その日、鴻才は曼璐を連れて夕食に行き、一緒に戻ってくるとまたひとしきりいちゃついてから真夜中にやっと帰って行った。曼璐は夜食をとることにしているので、阿宝は生(ション)煎饅頭(ジェンマントウ)（焼き目をつけた豚饅）を持っていった。曼璐が食べていると、突然階上から足音が聞こえてきた。きっと母がまだ眠らないでいるのだろう。彼女と母は普段はほとんど話をする機会がないのだが、この時彼女は饅頭を一皿持ち、黒い緞子に黄色の龍が刺繍(ししゅう)してあるガウンを羽織って二階へ上がっていった。思った通り、母が一人、灯りの下で掛け布団をほどいていた。「母さんったら——こんな時間にこんなことしてるの？　一日中汽車に乗ってたんでしょ、疲れてないの？」「この掛け布団は旅行中に使ったもんだから（旅行時の寝具は自分で持ち歩く習慣があった）、ほどいて洗っておかなくてはね。ちょうど天気がいいうちにと思って」曼璐は饅頭を母に勧め、自分も一個かぶりついた。灯りの下でみると、肉餡が真っ赤だ。「やだ、このお肉、火が通ってないわ！」もう一度よくみると、小麦粉の皮も赤く染まっている。そこでようやく、自分の口紅がついているだけだと気づいた。

母と曼楨は同じ部屋で寝起きしている。曼璐は曼楨のベッドを見ながら小声で聞いた。

「寝たの？」

「とっくに寝たよ。朝も早いしね」

「この子も大きくなったわね。未婚の女の子があたしと一緒に住んでるのはあまりよくないわね、何かいろいろ言う人がいそう。誰かいい人がいたら、早く結婚してくれたらいいんだけど」

母はため息をついた。「本当にねぇ」この時、母はあの写真の美青年のことを言いたくなったが、曼楨と曼璐は別の世界の住人なのだと思い出して口にするのをやめた。こんどもっと詳しく曼楨自身に聞いてみよう。

曼楨の結婚問題はきっと簡単に解決するだろう。母は言った。「まだ若いからね、あと二、三年様子を見てもいいと思うわ。それよりあんたよ、あんたのことを考えると本当につらくてね」曼璐はさっと暗い表情になった。「あたしのことは構わないで」

「わたしが構ったところで何もしてあげられないけどね。ただ言ってるだけよ。あんたももうそんな歳だしね。しかたなくやってることとはいえ、一生続けられるものでもなし。なんとか考えなくちゃいけないよ」

「一日一日をなんとかやり過ごしてるだけよ。先のことなんて考えたら生きていけなくなっちゃうわ！」

「あれ、何てことを言うの！」母にもやましいところがあったので、着ていた旗袍の衽（おくみ）に挟んであった大判のハンカチを引き出して涙を拭いた。「母さんのせいだね。母さんや、弟や妹のことがなかったら、こんなに落ちぶれることはなかったのに。ね、考えたの。下の子たちがみんな大きくなって、それぞれ独立したら……」曼璐は我慢できずに言葉をかぶせた。「みんな大きくなったらあたしのことは必要なくなるし、みんなあたしのことを恥だって思うんでしょ？　だからあたしが嫁にいけばいいってことよね！　今になって嫁にいけなんて、一体誰に嫁げっていうの？」正面切ってこう言われてしまうと、母は怒りのあまり言葉を失ってしまい、しばらく経ってからようやく言った。「そんなこと……わたしはよかれと思って言ったのに、そんなふうに言うなんて！」

二人とも黙り込んで、隣の部屋から聞こえてくる寝息に耳を傾けた。祖母が鼾（いびき）をかいている。年のいった人はみな鼾をかくものだ。

母は静かに口を開いた。「今回帰って聞いてきたんだけどね、張豫瑾（ちょうよきん）は今も元気らしいよ。県にあるあの病院の院長になったって」張豫瑾という三文字を口にすると、彼女は少しおじけづいた。母と娘は、この名前を長い間口にしたことはなかったのである。曼璐は以前、彼と婚約していたのだった。彼女が十七歳だった年、祖母の姪とその息子が六安の戦乱を逃れて上海に避難し、家に身を寄せていた。その張家の息子が豫瑾という名前だった。縁談について、曼璐と豫瑾の二人が意見を言ったことはなかったけれど、見たところは十分満足している様子だったので婚約させたのだ。やがて母親のほうは故郷に帰ったが、豫瑾は上海に残って進学し、学校の宿舎で生活した。曼璐と彼はずっと連絡を取り合って、しばしば会ってもいた。だが、父親が亡くなってダンサーになった時、婚約を破棄したのだ。彼女から言い出したことだった。

母はさっと曼璐の顔を見た。まるで聞こえていないかのように何の反応もしない。母は彼女を見て言うのをやめようかとも思ったが、やはり我慢できずに言った。「今でもまだ結婚してないんだって」曼璐は突然笑い出した。「結婚してないからって何なのよ、今になってあたしを欲しがるとでも？　母さんってどうしてそんなに頭が足りないの、まだあの人のことを覚えてるなんて」彼女は一気にまくしたてると立ち上がり、乱暴に椅子をおしのけると、スリッパをつっかけて階段を降りて行った。足音はとても重く響いたので、祖母の鼾がとまり、向こうの部屋から母に話しかける声がした。

「どうしたの？」

「どうもしませんよ」

「まだ寝ないのかい？」

「すぐ寝ます」そのまま針仕事を片付けて寝る準備をした。

寝床につこうとしたところで、母はまたごそごそと捜し物を始めた。何かが見つからない様子である。曼楨がしびれを切らしてベッドから話しかけた。「母さん、スリッパはドアの後ろの箱の上よ。わたしが置いといたの、掃除のときに埃がかかりそうだったから」

「あら、寝てなかったの？」

「ずっと前から起きてたわ」

「姉さんとの話がうるさかったのかい」

「ううん、病気をしたときに寝過ぎちゃったから全然眠気がしなくて」

母はスリッパをベッドの前に置いて灯りを消し、布団に入った。あちらの部屋から祖母の鼾が高くなったり低くなったりして響いてくる。母は真っ暗な中でため息をつき、曼楨に言った。「さっきの話、聞いてたのよね。あの子に嫁にいってほしいっていうのは当たり前でしょ。ちょっと言っただけであんなに噛み付くなんてねえ」曼楨はしばらく黙ってからようやく言った。「母さん、もう姉さんにその話はしないほうがいいわ。姉さんが今から嫁ぐっていうのも難しいもの」

しかし、世の中というのは予想外のことが起きるものだ。それから二週間も経たないうちに、曼璐が結婚するという消息が広まった。曼璐づきの女中の阿宝が流したのだ。一家は一階と二階でほぼ断絶していて、曼璐の動向はほとんど全て阿宝を通じて聞いていたのである。曼璐は祝鴻才に嫁ぐことにしたという。阿宝によると、祝は王と一緒に交易所に勤めているものの、王の腰巾着に過ぎず、自身は特に財産はないとのことだった。

このことについて、母はもともと知らぬ存ぜぬという態度をとるつもりだった。先日親切心を出してあれこれ話したところ、かえって痛い目にあったので、もう同じ轍は踏むまいと思っていたのである。しかしある日曼楨が家に帰ってくると、母はこそこそと彼女に伝えた。「今日あの子から聞いてきたわよ」曼楨は笑った。「あれ、母さん、もう聞きに行ったりしないって言ってなかった?」

「それはね、ほら、この間ああやって言い争いになったでしょ。それであの子が意地になって変な人と結婚しようっていうなら困ると思ってね。別に今になってからあれこれ重箱の隅をつつこうというわけじゃないのよ。ただね、前もいい人ができたことがあったでしょう？　二回もね。結局どっちもうやむやのままに終わったじゃない？　今回は騙されてほしくないって思ってね。あの祝って人、お金もないのにどこを気に入ったのかとか、故郷の家のほうには奥さんがいるのかとかね。三十、四十になった人が結婚してないなんてこと、あると思う？」ここまで言うと話をとめ、うつむいて服をはじくと、袖についていた二本の糸屑を丁寧にとって捨てた。

「姉さんはなんて？」曼楨が聞くと、母はぐずぐずと話し始めた。

「奥さんが田舎にいるんだって。でも田舎にはぜんぜん帰ってないんだってさ。ずっと上海に一人暮らしで、前から友達に上海にも家を構えろって言われてたらしいの。曼璐との縁談が決まったら、絶対に妾扱いはしないって。曼璐は彼を信頼できる人だと思ってるみたい——少なくともつかまえておけるって。お金は持ってないけど、うちの面倒くらいは見られるって——」曼楨は黙って聞いていたが、たまらず口を挟んだ。「母さん、ともかくこれから先はわたしが家の面倒を見るわ。姉さんは今までずっとわたしの学費から何から出してくれたのよ。まだわたしは姉さんの代わりになれないっていうの？」

「そりゃあそうできたら何よりだけど、あんたのお給料じゃ足りないでしょ。わたしたちはもう少し切り詰めたっていいけど、まだ小さいのが四人も学校へ上がるんだよ。その学費だけでもいくらかかることか」

「母さん、焦らないで。その時になったらまた考えましょうよ。わたし、他にも仕事を探せるし、姉さんが家を出るなら女中だってもういらなくなるし。部屋だってこんなにたくさんいらないんだから貸し間に出せるでしょ。ちょっとくらい狭くなってもいいじゃないの」母は頷いた。「そうできればいいね。ちょっとくらい苦労したとしても、やましいところがなくなるからね。本当のことを言うと、曼璐のお金を使うのはとても気が重かった。あまり深く考えることができなかったよ、考えたら辛くなるからねえ」ここまで言うと涙声になってしまった。曼楨は無理に笑ってみせた。「母さんったら！　姉さんはこれで幸せになるんじゃない！」

「そりゃあ、ちゃんと誰かに嫁ぐことができるんなら、それに越したことはないよ。それにはもちろん、妥協だって必要だろうし。ただね、お金のあるなしはおいておいて、家に奥さんがいるっていうのがねえ。あの子の性格から考えて、いったいそれでうまくいくと思う？　祝っていう人のそこだけが気にかかってねえ」

「母さん、そんなこと姉さんに言わないでよ！」

「言うもんですか。お金がないから嫌なんでしょって言われるのが落ちだからねえ」

このとき、一階の二人は結婚の手続きについて話し合っていた。曼璐はとにかく正式に結婚したいと言い張ったのだが、祝鴻才は難を示した。曼璐は癇癪(かんしゃく)を起こし、一緒に座っていた椅子から立ち上がって言った。

「ねぇ、あたしはお金目当てであんたと結婚するわけでもないのに、これっぽっちの面子もたててくれないの?」彼女はソファにどすんと座った。曼璐には、ソファで両膝を抱えて座る癖があった。白い兎の毛皮で縁取りをした赤紫のベルベットのスリッパを履いていたが、手でその兎の毛皮を撫でている様子はまるで猫を撫でているように見えた。スリッパを撫でるだけ撫でたあと、顔には恨めしげな表情が表れた。

鴻才も彼女のほうを見る勇気がなく、ただ頭を掻くと言った。「君の気持ちはよくわかってるよ。だけど俺たち、一緒になれるならそんなことにこだわらなくてもいいんじゃないかな」

「あんたが気にしなくてもあたしは気にするのよ! 一生に一度のことなのに、二卓ほどの宴会を開いただけでお茶を濁すつもり?」

「もちろん記念は必要だよ。こうしよう、結婚写真を二枚撮って――」

「誰がそんなバカな写真なんているもんですか――十元で写真館にある出来合いの衣装を借りるだけでしょう? 十元出せばベールもブーケも全部揃うもんね。ほんとにあんたって計算上手ね!」

「金を惜しんでるわけじゃないよ。ただそんなにおおっぴらにするのはちょっと大袈裟かと思ってさ」この言葉は火に油だった。

「大袈裟ってどういうこと? あんたにとって不都合なだけでしょ、あたしみたいな下賤(げせん)な女と正式に結婚したら、友達の笑いものになるから嫌なんでしょ? どう、違う?」鴻才は痛いところを突かれたが、なんとか言い訳しないわけにはいかなかった。

「考え過ぎだよ、違うよ、重婚罪(当時は①配偶者以外との異性との婚礼が公開で行われ、②その婚礼から一定期間内に配偶者が訴えた場合にのみ成立した)になるのが心配なだけだよ」

曼璐は振り向くと言った。「重婚罪なんて、田舎の奥さんには黙ってればいいだけの話じゃないの——奥さんのことはどうにでもなるって言ってなかった?」

「あれには何にもできないさ。ただあれの実家が何か言うんじゃないかと思ってさ」

曼璐は笑った。「そんなに怖いんだったら分に過ぎたことはやめましょうよ。これまでの話は無かったことにしましょ。それで、もうこれからここには一切来ないでちょうだい!」

こう出られると鴻才は下手に出て、後ろ手を組むと部屋の中を行ったり来たりした。

「わかった、わかったよ。言う通りにするよ。他には条件はないね? 他にないなら、これで〝成立〟だ！」曼璐はくすっと笑った。「商売の話じゃあるまいし」曼璐が笑うと二人はまた仲良くなった。どちらも幾らかの鬱屈（うっくつ）を抱え、どちらも自分が損をしたと感じていたが、しかしとにかく仲良く過ごしたのである。

翌日、曼楨が家に帰ってドアを開けると、阿宝がすぐに姉の部屋に行くよう言った。家族全員が姉の部屋に集まっていた。祝鴻才もいて、嬉しそうに彼女の母を「母さん」と呼び、曼楨を見ると「二小姐（アルシアオジエ）、これからは二妹（アルメイ）（身内による次女の呼び方）と呼ばせてもらうよ」と言った。今日はスーツを着ている。彼は初めてスーツを着たのだが、所作はかなり慣れた感じで、両手の親指をズボンの両側のポケットに突っ込み、襟元を広げて胸元にかかった金の時計鎖をちらつかせていた。「二妹」と呼ばれても、曼楨はただ微笑んで頭を下げただけで、「義兄（にい）さん」とは呼ばなかった。鴻才は曼楨に好意を持っていたが、顔をあわせると気づまりになってしまい、適当な話題も見つけられなかった。

曼璐のこの部屋はこの家で一番金がかかっている。鴻才は箪笥（たんす）に近づいてこつこつと木材を叩き、母に向かって笑いかけた。「この部屋の家具はまあまあですね。今日は曼璐と一緒に家具屋を何軒も回ったんですけど彼女はどれも気に入らなくて。まぁね、どこで買っても材質はこれと同じような感じですよ。この部屋と同様のものだとしたら、今日の家具屋の値段はぼったくりですね！」曼璐はこの言葉にかっとして何か言おうとしたが、娘婿の機嫌を損ねることを恐れた母が割ってはいった。「ね、新居の家具は買わなくってもいいのよ。この部屋のものを持っていって使ってちょうだい……。うちからは新品を買って贈ることもできないので申し訳ないけど」鴻才は笑った。「いやいやお義母さん、ご冗談でしょう」曼璐は淡々と口を挟んだ。「あとで考えましょ。どっちにしても家具は急がないわよ、家もまだ探してないんだから」母は言った。「あんたが出て行ったら、この下の部屋は貸し間に出そうと思ってるのよ。これだけの家具を置く場所もないから、やっぱり持って行ってちょうだい」曼璐はあっけにとられて言った。「待って、そもそもこの家がいらなくなるでしょう？　みんなでもっと大きいところに越すんだから」

「いいえ、わたしたちはついていかないよ。うちは子だくさんだからうるさくて仕方ないでしょ。新婚さんは二人で過ごしてちょうだい、静かに生活できた方がいいじゃない？」

もともと心にわだかまりがあった曼璐は思った。母さんはきっと弟妹の将来を考えて、故意に自分と距離を置こうというのだろう。だからあたしとは一緒に住みたくないのだろう。それで意地を張ろうともしなかった。そうとは知らない鴻才は、曼璐の家族三代の経済的な面倒を見る取り決めをしていたので、なんとしても説得しようとした。「やっぱり一緒に住みましょうよ、あれこれ助け合えますし。曼璐は家のことが得意じゃなさそうだから、お義母さんに来てもらって、家のことはお義母さんに任せたいんです」

「曼璐だってこれからは家にいてほかにすることもないんだから、家事だって覚えていかなくちゃならないでしょ。できないと言ってもやってるうちになんとかなるもんですよ」そこに祖母が口を挟んだ。「曼璐が何もできないなんて思わないことだね。小さい頃、母さんが占ってもらった時は、夫を出世させる運があるって言われたんだからね！　嫁いだのが乞食だとしても大総統になるって言われたんだよ。祝さんみたいなお金持ちなら、これから大富豪になること間違いなしだね」鴻才はこれを聞くと大喜びで得意そうに頭を振り、曼璐の前にしゃがんで顔を覗き込むと微笑んだ。「本当にそんなことがあったの？　じゃあこれから僕が金儲けできなかったら君のせいだからね！」曼璐は彼を押しのけて眉を顰(ひそ)めた。「何を言ってるのよ！」

鴻才はへらへらと笑って曼璐から離れると母に言った。「おたくのお嬢さんは社会のいろんなところを見てきたけど、花嫁になったことだけはありませんからね。せいぜい堪能してもらいましょう。曼楨さんには付き添いになってもらって、小さい妹さんたちにはベールを持ってもらいますよ。みなさんにそれぞれ衣装をお贈りしますからね」

なんていやらしい話し方なんだろうと曼楨は思った。話は全然面白くないし、顔つきも下卑ている。思わず姉に視線をやると、姉も恥ずかしそうな顔をしていた。こんな夫を引き当ててしまったことを家族に笑われるのを恐れているかのようだ。姉の恥じいった様子を見ると、曼楨の胸は締め付けられた。

# 3

その日、世鈞（せきん）と叔恵（しゅくけい）と曼楨（まんてい）はまた三人で食事にゆき、工場総務部の、葉（よう）部長の誕生祝賀会の話をしていた。同僚で割り勘にして、二百個の寿碗（ショウワン）（高齢者の誕生日を祝う時に使われる）を贈ったのだ。世鈞は叔恵に「そうだ、あの代金、立て替えておいてくれてたんだよね」と確かめ、金を取り出すと彼に返した。「行きたくないな。叔恵は「今日の誕生祝賀会には行くのかい？」と尋ねた。世鈞は眉を顰めた。「行きたくないな。正直いうと、ああいうのには本当に興味ないんだよ」

「ちょっとは丸くなれよ。社会っていうのはこういうので成り立ってるんだぜ。理屈じゃないんだよ、行かないと嫌われるぞ」

世鈞は笑ってうなずきながらも「でも今日はきっとたくさんの人が行くんだろ、僕がいなくなったって誰も気づかないさ」と答えた。叔恵も世鈞がこういう性格だと知っていた。

おとなしいときはおとなしいのだが、こだわりはじめると頑固なのだ。なので一応勧めはしたが、それ以上無理強いはしなかった。横にいた曼楨も何も言わなかった。

その晩、帰宅してしばらく休んでから叔恵が祝賀会に出かけたところで、世鈞はふと気づいた。きっと曼楨も行くのだろう。はっと気づくと、それ以上考えることもせずに窓を押し開けて身を乗り出した。叔恵が下を通ったら呼び止め、一緒に行こうと考えたのだ。しかしいくら待っても叔恵の姿は見えなかった。どうやらとうに行ってしまったらしい。窓の下の路地は真っ暗で、春風が顔に向けて吹き付けてくる。少し湿り気を帯びていて、外のほうが部屋の中より暖かそうだ。部屋に座っていると、どうもなんとなく寒々しい感じがした。灯りの下の部屋は小さく、空っぽで、乱雑に見えた。客住まいのこうした侘（わび）しさにはとっくに慣れていたはずなのに、今日はどういうわけかもう一刻も座っていられない気がする。突然、矢も盾もたまらず曼楨に会いたくなった。しばらくぐずぐずしたものの、結局立ち上がって出かけることにした。通りに出ると人力車を呼び止め、会場のレストランに急いだ。

葉部長の宴席は二階だった。階段を上がってみると、引き出し付きの机が斜めに据えられ、硯（すずり）と芳名録が置かれている。世鈞はそれをみると思わず笑ってしまった。今日は人が多いから、来なくても誰にもわからないだろうと思っていたが——やれやれ、来てよかった！　筆をとって、硯にひたす。長いあいだ毛筆で字を書いたことがなかったから、どうも自信がなく、書き始める前にしばらくためらっていた。この時、うしろからすっと手が伸びてきていきなり彼の筆を後ろに引いたので、手に墨がついてしまった。驚いて振り向くと、思わぬことにそこにいたのは曼楨だった。彼女がこんなふうに彼のことをからかうなんて今までなかったことだ。愕然としていると、曼楨は微笑んで「叔恵が呼んでるわ、早く来て」と言い、そそくさと筆を机の上に置くと身を翻して立ち去った。世鈞は茫然としながらも彼女の後に従った。かなり広いホールで、十いくつものテーブルが置かれており、工場の同僚のほかにも葉部長の家族や友人がたくさん来ていて、すぐには叔恵は見つからなかった。曼楨は彼をテラスに通じるガラス戸のところまでひっぱっていくと足を止めた。世鈞は首を伸ばしてみたが、テラスには誰もいない。「叔恵は？」と聞くと曼楨はばつが悪そうに微笑み、「違うの、叔恵は関係ないの。あとで話すけど、ちょっとわけがあって」と言った。しかしどうやら説明しづらいようで、彼女はそう言いながらも全然わけを話そうとしない。世鈞はますます困惑せざるを得なかった。曼楨も彼が誤解しているのではないかと考えて思わず顔を赤らめ、よけいに言葉が出てこなくなった様子だ。ちょうどこの時、同僚が芳名録を持って現れ、世鈞に笑顔で言った。「おい、記名するのを忘れてるよ！」世鈞がポケットに挿していた万年筆を抜いて適当に名前を書くと、その同僚は芳名録を持って去っていった。ところが曼楨は目立たないように地団駄をふむと、小声で笑いながら「困ったわ」と言った。世鈞は驚いた。「どうしたの」曼楨は答えようとせず、まず辺りを見回してからテラスへ出ていったので世鈞もそれに続いた。曼楨は眉根に皺を寄せながら笑って言った。「わたし、あなたの代わりに名前を書いちゃったのよ。——来ないって聞いてたから。みんなが来てるのにあなただけ来てないと具合が悪いかと思って」

これを聞いた世鈞は、とっさになんと言っていいかわからなかった。お礼を言うのもおかしい気がして、ただぼんやりと彼女に向かって微笑んだ。彼に微笑まれると曼楨は決まりが悪くなり、体の向きを変えて欄干によりかかると外を眺めた。このレストランは伝統的な洋館で、一階も二階もまばゆく灯をともしていた。通りに面したテラスにいると、内側のざわめきはあまり聞こえないのに、一階から五魁首（ウークイショウ）や八匹馬（バーピーマー）（どちらも酒席で行われる遊戯。負けたほうが酒を飲まされる）に興じる声がはっきりと聞こえてきた。流しで歌っている女の柔らかい声や、胡弓（こきゅう）の哀切な音色も響いてくる。曼楨は世鈞のほうを振り返って笑いかけた。「今日は来ないと言ってたでしょう、どうして突然来ることにしたの？」彼女に会いたかったからと言うすべはなく、世鈞はただ微笑んでみせただけだった。しばらく黙ってから口を開いた。「君も叔恵もここに来ていると思ったから、僕も来たんだ」

二人のうち一人は外を向き、一人は内側を向いていたが、どちらも欄干にもたれていた。今晩は月が出ていた。すこし長細く、綺麗に洗った蓮の実のような月で、周りには白くぼやけた光の輪ができている。テラスに立って電灯に照らされていると月は見えないのだが、ただ曼楨が露わにしている腕は、月明かりを浴びていつもより白く感じられた。彼女は今日も相変わらず紺の木綿の旗袍を着て、上に薄い緑色の半袖のカーディガンを羽織っている。胸元には一列に緑色の丸いボタンが並んでいた。今日、職場でも彼女はこのいでたちだった。世鈞は彼女を上から下まで眺めてから微笑んだ。

「家に帰らないで直接来たの？」

「そうなの。紺の木綿の服で来るなんて、全然祝賀会っぽくないでしょ」

話しているうちに内側の部屋から同僚が声をかけてきた。

「あれ、まだ食べに来ないで人に呼ばせようっていうのかい！」曼楨は笑顔で中に急ぎ、世鈞も後ろに続いた。今日は人が多いので、空いている卓に座っていき、満席になった卓から料理が運ばれてくるという方式だった。ちょうど一卓分の人数が揃ったところでみな席につこうとしていたが、もちろんみんな下座から座っていく。というわけで上座の二席しか空いておらず、遅れて入ってきた世鈞と曼楨はしかたなくそこに座った。座ってみて世鈞は思った。こんなふうに上座に並んでいたら、まるで俺たち二人は新郎新婦のようじゃないか。こっそり曼楨のほうを窺うと、彼女も同じように考えたのか、どうもきまり悪そうで、席上では全く彼と口をきかなかった。

お開きになってみながそれぞれ帰って行くとき、世鈞は彼女に「送っていくよ」と言った。今まで彼女の家に行ったことはない。今回送ると言い出した時、曼楨も断りはしなかったものの、二人の間には暗黙の諒解があった。路地の入り口まで送るだけで、家には入らないこと。家に入らないつもりなら、実は送ると言っても何の意味もなかった。電車やバスに乗るならまだ話をすることができるが、一人一台の人力車に乗るのだから、話をすることもできない。それでもやはり送らずにはいられなかった。そうすること自体が楽しみであるかのような気がしたのだ。

曼楨の車が先を走り、彼女の家の路地まで来ると先に止まった。世鈞は彼女の家は出入りが厳しく、客を歓迎しないと思い込んでいたので、全く入ろうとする意思がないことを示すため、車を降りてさっと車代を払うと、そそくさと彼女に微笑んで挨拶した。

「ではまた明日ね」言いながらすぐ帰ろうとすると、曼楨が言った。

「本当はちょっと入ってくださいって言うところなんだけど、ここのところ家がばたばたしてるの。もうすぐ姉さんが結婚するから」世鈞は心中驚いたが笑って言った。

「あれ、お姉さんが結婚するの？」

「そうなの」

街灯はそれほど明るくなかったが、それでも彼女の表情からは喜びが読みとれた。世鈞もこの知らせを聞くとほっと嬉しくなった。彼女の家庭状況を知っていたから、彼女が姉との関係から解放されるのが嬉しかった。それにお姉さんにも落ち着き先が見つかったのだ。

しばらく黙ってから、彼は尋ねた。「お相手はどんな人？」

「祝（しゅく）っていう人。〝祝福〟の祝よ、交易所に勤めてる」ここまで話して曼楨は突然思い出した。今日は母さんと姉さんが新居を整理しに行ったけど、もう帰ってきただろうか。もしも今ここで鉢合わせして、路地の入り口で男の人と話をしているのを見られたら、あとでまたいろいろ聞かれるだろう。どうということはないけれど、やっぱり嫌だ。それで彼女は「もう遅いから、入るわね」と言い、世鈞は「じゃあ僕も帰るよ」と言って立ち去った。世鈞が何軒か通り過ぎてから振り返ると、曼楨はまだそこに立っていたが、まるで突然我に返ったように身を翻すと去っていった。世鈞はそこでまたしばらくぼうっと立っていた。

次の日はいつも通りで、姉さんの結婚について彼女が持ち出すことはなかった。それでも世鈞はずっとこのことを覚えていた。このあと彼女との交際に不都合がなくなるだろうし、彼女の家を訪れるにもびくびくしないでいいだろうと思ったからだ。

一週間ほど経つと、彼女は突然叔恵に、姉が結婚するので家に空き部屋ができる、間貸ししたいので誰か適当な借り手がいたら紹介してほしい、と言った。

部屋を探している人がいないか世鈞は熱心に聞いてまわり、やがて友人の知り合いの呉を曼楨の家の内見に連れていった。彼自身もこの路地に足を踏み入れるのは初めてだ。ずっとここは禁域だと感じていたので、神秘的な感じがした。この路地は賑やかなところにあって、大通り沿いの面は全て店舗になっている。夜の間はめている板戸は一枚一枚裏門のほうに立てかけてあった。女中たちが共用の水道のそばで米を研いだり洗濯をしたりしていて、セメントの床がびしょびしょになっている。その中で、蛇口の下で自分の足を洗っている女中がいた。一本足で立ち、片足をざあざあと流れる水に浸している。足の爪の全てが真っ赤に塗られていて、それだけで人目を引いた。世鈞はこの女中をちらりと見て思った。もしかしたら顧家の使用人かもしれない。曼楨の姉さんの。

顧家は五号で、裏口には貸し間の張り紙がしてあった。ドアには鍵がかかっておらず、世鈞がノックしても反応がない。扉を開けてはいろうとしている時に、路地に停めてあるよその家の人力車に乗りこみ、足でベルを鳴らして遊んでいた子供が車からさっと降りると、二人をさえぎって尋ねた。「誰に用？」世鈞にはこの子が曼楨の弟だとわかった。この前、鍵を叔恵の家まで届けにきた子だ。しかしこの子のほうは世鈞の顔を見たことがなかった。世鈞は微笑むと、「お姉さんは家にいる？」と尋ねた。この質問は説明不足だったので、傑民のほうは曼璐の馴染みの客だと思い込んだ。子供ではあるが、環境の関係で傑民はいろいろなことに敏感になっており、曼璐の人間関係を忌々しく思っていたから、ここは鬱憤をはらす機会とばかり、大声で言ってやった。

「いないよ！　結婚したんだから！」

世鈞は笑った。「違うよ、二番めのお姉さんのことだよ」傑民は驚いた。曼楨はいままで家に友達など連れてきたことがない。やっぱりこの二人は何か下心があるんだろうと思い、睨みつけながら答えた。「姉さんに何の用だよ」えらくつっけんどんな様子だ。呉の手前、世鈞はいたたまれない思いがしたが、やさしく「僕はお姉さんの同僚なんだ、僕たちは部屋を見にきたんだよ」と答えた。傑民はさらにじろじろ彼らを見たあとで、ようやく家に入って行くと「母さん！　家を見にきた人がいるよ！」と呼んだ。姉さんではなく母さんを呼んだのも、敵意の表れなのだろう。世鈞は想像もしていなかったが、彼女の家を訪ねるとは、こういう煩わしさがあるということだったのだ。

しばらくすると曼楨の母が出てきて彼らを中に招き入れた。世鈞は挨拶をしながら「曼楨さんはいますか？」と聞いた。

「いますよ、傑民に呼びに上がらせました――お名前は？」

「沈と申します」

「沈さんはあの子の同僚なんですね？」言いながら仔細に彼の顔を見たが、あの写真の青年ではなかったので少しがっかりしてしまった。

一階にある大小二つの部屋はすでに空になっていて、むきだしの床板にうっすらと埃が溜まっているだけだった。空っぽの部屋は真四角の箱のようで、実際より大きいようにも小さいようにも見える。とにかく、曼楨の姉が以前ここに住んでいたときどんな様子だったのかは、もう全く想像できなかった。

傑民は上に曼楨を呼びにいったが、彼女はずいぶん経ってからようやく降りてきた。なんと新しい服に着替えている。姉が結婚したとき新しくあつらえた半袖のシルクの旗袍で、ピンクの地の上に緑豆ほどの大きさの紺の水玉が散らしてあった。以前の曼楨は、こんなに鮮やかな配色は決して着ようとしなかった。家に姉の〝友人〟がたくさん出入りしていた時、彼女は常に紺の木綿を着ていた。これは節約のほかに、自衛のためという意味も持っていた。でももうこういう用心をしなくてよくなったのだ。まるで突然喪があけたようで、世鈞は目の前が明るくなったような気がした。

世鈞は彼女を呉さんに紹介した。呉さんはこの部屋が西向きなので夏はかなり暑いのではないかと言い、もう少し考えます、と言葉を濁した。「僕は先に帰るよ、まだいくつか見に行きたいところがあるから」呉さんが帰ってしまうと、曼楨は世鈞を二階へ上げた。階段の途中に窓があり、窓辺にはいくつもの黒い布靴が干してあった。大人のもあれば子供のもあり、すべてひと冬履いたものを陽光に晒(さら)しているのだ。晩春の太陽は温かく、窓の外の空は水色だった。

二階のうちの一部屋は彼女の祖母と弟妹たちのもので、ダブルベッドが二つに小さな鉄のベッドが一つ置いてあった。曼楨は、世鈞と一緒に窓辺の小さな四角いテーブルの前に座った。こうして上がってくる間にも誰も見かけなかった。彼女の母もどこに行ってしまったのかわからない。隣の部屋から咳の音やひそひそとした話し声が聞こえてくるから、きっとみな向こうのほうに隠れてしまったのだろう。

女中が茶を運んできた。やはりさきほど路地で足を洗っていた、爪の赤い子だった。彼女はきっと曼楨の姉がのこした唯一のしるしなのだろう。裸足に白い穴あきデザインの古ぼけた靴を履き、模様入りの木綿の旗袍を着て、髪にはピンクのセルロイドのピンをとめている。にこやかに茶を差し出した。「どうぞお茶を」と言う態度はいやにうやうやしい。出ていく時にはドアを閉めていった。世鈞はそれに気づくとなんだか落ち着かなくなった。ドアを閉めて話をするなんて、彼女の祖母や母に見られたら具合が悪いのではないだろうか。世鈞はちょっと気づまりを感じただけだったが、曼楨のほうは違うことを考えた。阿宝はずっと姉さんに仕えていたから、こういう接待を身につけてしまったのだ。彼女にとって、これは針の筵だった。

彼女はすぐに立っていってドアを開けると、また座って話を始めた。

「さっきのお友達は、家賃が高いと思ったんじゃない？」

「いや、それはないと思うよ。叔恵の家もここと同じ二間だけど、家賃はそう変わらないし、部屋はここほど広くないしね」

「あなたは叔恵と同じ部屋なの？」

「うん」

傑民が砂糖湯に落とし卵を入れたものを運んできた。これには曼楨もちょっと驚いた。もちろん母が作ったのだろう。客の碗には卵が二つ、曼楨のには一つ入っている。弟はずんずんと入ってきてテーブルに置くと、顰めっ面をしたままこちらを見ようともせず、回れ右をして戻っていった。曼楨が呼び止めようとしたが、こちらを向こうともしない。

「普段はとっても愛想がいいのに、今日はどうしたのかしら。突然恥ずかしくなったのかも」

世鈞には原因がわかっていたが、それを口にするすべもなく笑った。

「点心まで出してくれるなんて、申し訳ないな」

「田舎の点心よ。気にしないで食べてちょうだい」

世鈞は食べながら聞いた。「君の家では朝ごはんは何を食べてるの？」

「お粥よ。あなたのところは？」

「叔恵の家もお粥なんだけどね。あのね、叔恵の父さんはお客を呼ぶのがとても好きでね、しょっちゅう誰か来て晩御飯を一緒に食べるんだよ。一度に何人も呼ぶものだから、叔恵の母さんは疲れ果ててしまっててね。朝まだ明るくもならないうちから僕たちのために粥を作らせるなんてとてもじゃないけど申し訳ないから、僕はいつも朝ごはんを食べずに早めに出て、屋台で大餅（ダービン）（小麦粉を捏ねて焼いた軽食）や油条（ヨウティアオ）（棒状の揚げパン）を二、三個詰め込んで済ませてるんだよ」

「よその家に暮らすってそういうことよね。どうしても気をつかわなくちゃいけないことがあるわよね」

「でも、叔恵の家はいい方だよ。叔恵の父さんも母さんも、僕のことを家族みたいに思ってくれてる。でなくちゃ僕だってずっとは住めないさ」

「この前実家に帰ってからどれくらい経つの？」

「もうすぐ一年かな」

「家が恋しくならない？」

世鈞は微笑んだ。「いや、帰るのが怖いんだよ。将来もしも財力ができたら、母を呼び寄せたいんだ。父と母は仲が悪くてね、いつも不愉快な騒ぎになるんだ」

「あら、そうなの」

「僕のせいでずいぶん苦労してたね」

「どういうこと？」

「僕の父は毛皮の店を開いてるんだけど、別の商売もいろいろやってる。兄が生きてたときは、卒業したあと実家で父を手伝ってたんだよ。将来は継ぐつもりでね。兄が死んでしまうと、父は僕に継いでほしがったんだけど、僕はこの商売には全く興味が持てなかったんだ。僕はエンジニアリングがやりたくて。父はえらく怒ってしまって、それから僕のことは一切取り合わなくなってしまった。僕が大学に行けたのも、母がこっそり援助してくれたからなんだよ」だから彼は、学生時代いつも困窮していたのだった。曼楨も学生時代には経済的な問題にずっと苦しめられていたので、二人はこの話でとても気が合った。

「あなたには、上海の知り合いはそう多くないでしょうけど、ちょっとお願いがあるの」

「どんなこと？」

「もしも兼業タイピストが必要というような話があったら……今ね、仕事が終わった後にできる二時間くらいの副業を探してるの。家庭教師でもいいわ」

世鈞は彼女をじっと見つめてから微笑んだ。「そんなことしたら、くたくたになっちゃうんじゃない？」

「大丈夫。事務室でだって、ほとんどの時間ただ座ってるだけだもの。あと一、二時間働くくらい、なんてことないわ」

世鈞にもわかっていた。姉さんが嫁いでしまったので、彼女の負担はさらに重くなったのだろう。友人としての自分に援助できる財力があったとしても、彼女は受け取ろうとするまい。手伝えるのは仕事を探してあげることだけだ。しかしあちこち聞いてみたが、なかなかいい勤め先は見つからなかった。ある日彼女のほうから言ってきた。「六時からの仕事を探したいと言ってたけど、夕食後の時間にしたいの」

「夕食後？　時間が遅過ぎない？」

「夕食前の仕事は見つけたのよ」

「え！　それはだめだよ！　そんなふうに一日中あれこれやってたら病気になってしまう。ねえ、君くらいの年齢は一番肺をやられやすいんだよ」

曼楨は笑った。「〝君くらいの年齢〟！　まるであなたがとても年上みたいな言い方ね」

二つ目の副業も間もなく見つかった。ひと夏忙しく働いたあと、彼女は痩せてしまったが、とても生き生きしていた。

　世鈞は叔恵の家に住んでいるので、節目ごとにいつも叔恵の父母に贈り物をすることにしている。今年、中秋節の贈り物は曼楨に選んで買ってきてもらった。叔恵の父にはウールのマフラーを、母にはラシャの服地を贈った。以前にも許夫人に服地を贈ったのだが、結局彼女がそれを着たのを見たことがない。世鈞は、自分の選んだ色があまり上品ではないので年配の人には着られなかったのかもしれないと思っていた。といっても許夫人はようやく中年に届いたくらいにしか見えないのだが。きっと若い頃には美人だったのだろう、叔恵は父よりも母に似ていた。父の許裕舫は太っていて、四、五十歳になるのに色黒で太っちょの男の子、という印象である。裕舫は銀行に勤めていた。人に媚びるのが苦手な名士風の性格だったので、万年文書課でぱっとしない仕事をしていたが、本人は気にしていなかった。この日、みんなで世鈞からの贈り物を開いてみたのだが、裕舫は服地を見るとすぐに言った。「すぐに仕立て屋に持っていって作ってもらえよ、また押し入れにしまいっぱなしにするんじゃないぞ」

　許夫人は笑った。「わたしがこんな綺麗な服を着てどうするの？　あなたと一緒に出かけたら、余計にあなたの服がぼろぼろなのが目立って、あなたが使用人みたいに見えるじゃない。きっとみんな、わたしがわがままで自分の服にばかりお金をかけてるんだと思うでしょうよ」彼女は世鈞に向かって笑いかけた。「この人の性格を知らないでしょ。服を作れと言ってもぜったい作ろうとしないのよ」

裕舫は笑った。「僕はもう悟ったんだ。どうせどんなに着飾ったところで僕は変わりっこないさ。美男子にはなれないんだよ。だからやっぱり食べるほうに興味があるのさ」

食べる話になったついでに裕舫は妻に言った。「最近何か旬のものが市場に出回ったかな？ 明日一緒に買い物に行ってみよう」

「行かないでちょうだい、あなたが行ったら見たものをなんでも買ってしまうんだもの。中秋節のためにお金をとっておきましょ」

「美味いものを食べるのに中秋節は関係ないだろう。中秋節になれば高くなるだけさ。どうしてあんな騒ぎに付き合う必要があるんだい？」それでも妻は意見を変えようとしなかった。「中秋節は、やはりきちんとしなくてはね」

中秋節をどうするのかという問題は、結局他人によって解決された。急に入用ができたという友人が訪ねてきて、裕舫が手にしたばかりの給料をほとんど全額借りていったのである。この人は裕舫の長年の同僚だったが、この日やってくるとまずは世間話を始めた。世鈞はどうやら大事な話がありそうだと見てとったので、その場を去って自分の部屋に戻っていった。しばらくすると、許夫人が部屋の外に置いてある七輪を取りにきたついでに声をかけてきた。「世鈞！　許おじさんが黄魚羹麵（イシモチ入りのとろみ麵）を作るんですって。あなたも食べにいらっしゃい！」世鈞は返事をすると出てきた。裕舫はちょうど腕まくりをして台所に立ったところで、客にむかって「うちに来たんだから、うちにある物を食べていってくれ。ありあわせだから遠慮するなよ」と言った。

麵以外に前菜も二つ出た。裕舫の料理の腕前は日頃から彼が自負しているところだが、この巨匠には一切の準備を整え、千切りやみじん切りをする〝助手〟が必要だったから、許夫人も大忙しだった。それに裕舫が料理をすると全く妥協しようとせず、各材料を全て別の小皿に載せて準備するものだから部屋全体を占領してしまう。客が帰ってずいぶん経っても、許夫人はまだ洗い物をしていた。彼女が今朝魚を買ってきたのは、もともと叔恵が魚が食べたいと言ったからだった。魚の真ん中あたりは食べてしまったのだが、彼女は残った頭と尾をつなげて完全な魚に見えるようにまな板の上に置き、夕食時には予定通り揚げて食べることにした。叔恵は帰ってくると驚いた。「え、この魚、なんでこんなに頭が大きいの？」裕舫が「この魚は小型種なんだね」と言うと、許夫人は我慢できずに噴き出してしまった。

叔恵が両手をズボンのポケットにつっこむと内側に着ているニットのベストが見えた。グレーに雪玉のような白い模様が散らしてある。母親は聞いた。

「そのベスト、新調したの？　機械編み、それとも手編み？」

「手編みだよ」

「へえ？　誰に編んでもらったの？」

「顧さんだよ、母さんは知らないだろ」

「知ってるわよ──あんたの同僚の顧さんのことでしょ？」

曼楨はもともと世鈞にベストを編んでくれると言ったのだ。しかし彼女はこういうことにかけては気配りをかかさないので、叔恵にも編んであげたのである。彼女のセーターのポケットにはいつも毛糸玉が入っていて、食堂で食事をするときにも常に目まぐるしく手を動かして編んでいた。叔恵のぶんが先に編み上がったので、彼はもう着込んでいたというわけだ。彼の母親にとってみれば、いつも息子のことは何よりも気になるものだから、少し神経過敏になっていて、このベストを心に留めたのだった。しかし、まずは気をつけておくだけにして何も言おうとはしなかった。叔恵は行動パターンが決まっていないので、母がゆっくり落ち着いて話をしようとしてもまず無理だった。むしろ世鈞とのほうが話が弾んだ。彼女は折を見つけては彼と話をし、叔恵の近況を聞きだすことにしていた。子供たちが大きくなると、両親とは距離ができ、友達のほうがずっと近い関係になるものだから。

翌日は日曜日で、叔恵は外出しており、彼の父も友人に会いにいった。郵便配達が封書を届けてきたのを許夫人が受け取った。世鈞の実家からである。そこで彼の部屋まで届けにいった。世鈞はその場で開封して読んでいたが、許夫人はドアの枠によりかかりながら手紙を読んでいる世鈞を見て言った。「南京からでしょう？　お母さんはお元気？」

世鈞は頷いた。「一度上海に遊びに来たいと言ってます」

「お母さん、とてもお元気なのね」

世鈞は眉を顰めて笑った。「僕がずっと帰らないから心配になって、上海まで来たいと思ったんでしょうね。だけど僕が帰りますよ。来る必要はないって手紙を書こうと思います――母がいざ出かけるとなると大ごとですからね。旅館にも泊まりなれてないですし」

「気にかけるのも無理はないわ。お母さんにはあなたしかいないんだものね。上海に一人で出してるなんて、そりゃご心配でしょう――早く結婚しろってせかされてるんじゃない？」

世鈞はちょっと返事に詰まったが微笑した。「母はその辺はわりとさばけてるんですよ。自分が旧式な結婚で酷（ひど）い目にあってるので、僕のことには干渉しないんです」

「それもそうね。今の世の中じゃ、親が干渉しようったって無理な話だわ！　あなたのうちみたいに南京と上海に分かれて住んでるならまだわかるけど、叔恵みたいに親と同じ屋根の下に住んでいたってどうしようもありゃしない。外に女友達ができたとしてもわたしたちに言ってくれるもんですか」

「もしも本当に結婚したい人ができたら、叔恵だって言わないわけないでしょう」

許夫人は微笑んで黙ったが、しばらくすると言った。「ねえ、あなたたちの同僚の顧さんってどんな人？」世鈞は虚を衝かれ、どういうわけかすぐに顔を赤らめた。

「顧曼楨ですか？　すごくいい人ですよ。でも……叔恵とは普通の友達ですよ」許夫人は半信半疑に相槌を打って考えた。とにかくそのお嬢さんは叔恵を憎からず思っているはずだ。でなければベストなんて編んでくれるはずがない。不器量な娘だから叔恵にその気がないということなのだろう。そこで笑って言った。「綺麗じゃないんでしょう？」世鈞は仕方なく笑ってみせると言った。「いいえ、綺麗でないことはないです。でも彼女と叔恵は絶対にごく普通の友達ですよ」自分でも説得力がないと思った。叔恵と曼楨が付き合う可能性がないという保証には全くなっていない。許夫人はまだ疑わしそうな顔をしていたが、それ以上突っ込んで聞くのはやめておいた。

世鈞が母に近々一度帰省するという返事を送ると、母は大変喜んで叔恵も連れてくるようにという手紙をよこした。世鈞にはわかっていた。母としては、ずっと彼が叔恵の家にいるので、いったいその友人がどんな人か、彼によくない影響を与えていないかどうか確かめてみたいのだろう。世鈞は叔恵に南京に遊びに行ってみないかと尋ねた。今年の双十節（十月十日。中華民国の建国記念日）はちょうど金曜日で、週末を合わせると三日の休みになる。この機会に行って思い切り遊んでこようという話になった。

出発前日の晩、夕食を終えると、叔恵はコートを着て出かけていった。許夫人は先ほど女友達から電話がかかってきたのを知っていたので言った。

「こんな遅くにまた出かけるなんて。明日は朝早い汽車に乗るんでしょ！」

「すぐ戻ってくるよ。南京に届け物をしてほしいっていう友達がいるからちょっと取りに行くだけだよ」

「あら、どれくらいの大きさのもの？　トランクに入るかしらね？　あんたの荷物はもうわたしがまとめておいてあげたのに」母がまだあれこれ言っているうちに、叔恵はさっと姿を消してしまった。

ところが、出たかと思うと叔恵はすぐに戻ってきた。階段の下から「お客さんだよ！」と声をはりあげている。曼楨が訪ねてきたのだった。路地の入り口のところでばったり会い、彼女を連れて戻ってきたのである。曼楨は笑って言った。

「出かけるところだったんじゃないの？　行ってよ、本当に気にしないから。わたしも特に用事があったわけじゃないの――ちょっと点心を持ってきたのよ、旅の途中で食べてもらおうと思って」

「なんでそんなに気をつかってくれたの？」叔恵は曼楨をつれて階段をのぼった。階段の上には、四角いおむつがずらりと干してある紐が斜めに階上まで伸びていた。別の住人がとりつけたものだ。階段の上がり口には七輪や石鹸（せっけん）の空き箱、灯油の缶なども置かれている。上海では一軒の家に何家族もが住んでいるので、こんなふうな立体的な長屋になってしまっていることがよくある。叔恵は普段ぱりっとしたスーツを着こなしているので、みんな彼の家がこんなふうだとは思いもしないだろう。彼自身も、これが曼楨だから大丈夫なものの、もう少しお嬢さん然とした女友達だったら、とても家には連れてこられないだろうと思った。

三階にある玄関に着くと、彼は面白がっているように笑いながら家の内側に手を伸ばし、「さあ、どうぞどうぞ」と言った。ドアから内側を見ると、目の前の壁には書画のほかに骨付きの中華ハムが一本かかっている。叔恵の父はちょうど灯の下で洗い物をしているところで、真ん中に据えてある四角いテーブルにたらいを置き、その中でがちゃがちゃと皿を洗っていた。今日父が皿洗いを担当しているのは、母は食事のあと綿入れを作るのに忙しくしていたからだ——許家にはあと二人、北方に進学している子供がいた。北方は冬が来るのが早いから、綿入れの上着を作って送ってやらねばならないのだ。

許夫人は来客があってそれが顧のお嬢さんだと聞くと、すぐにあのベストを作った人だとわかって、なぜかそわそわしながらもにこやかに立ち上がって椅子をすすめた。ひっきりなしに「もう、わたしったら……全身綿まみれで……」と言いつつ、忙しく服についている綿ぼこりを取り除いている。許裕舫(きょゆうほう)のほうは、部屋着にしている古ぼけた茶色い中国風の袷(あわせ)を着ていた。ふだんは全く身なりにかまわないのに、若い女性が来たので落ち着かなくなり、あわてて長衫(ちょうさん)（くるぶしまで届く中国風の上着）を着込んだ。このときには世鈞もやってきた。許夫人が「顧さんはもうご飯は食べたの？」と聞くと、曼楨は「ええ、食べてきました」と答えた。叔恵はしばらく座っていたが、曼楨にせきたてられて出かけていった。

裕舫は何も喋ろうとしなかったが、今になってようやく妻に「叔恵はどこに行ったんだ？」と尋ねた。妻のほうは叔恵が女友達の家に行ったことはよくわかっていたが、ここでは言葉に気をつけてよどみなく答えた。「知らないわ、すぐに帰ってくるとは言ってたけど。顧さん、どうぞゆっくりしていってね。ここは散らかってるから、よかったら奥の部屋で待ってらして」そうして客を叔恵と世鈞の部屋へ連れて行くと、世鈞に相手をさせて自分は立ち去った。

許夫人は曼楨のために淹れた茶を持ってきた。世鈞は魔法瓶を持ってお湯を足し、デスクスタンドを灯した。曼楨はテーブルの上の目覚まし時計を見ると手にとって尋ねた。

「明日の朝は何時の汽車に乗るの?」

「七時ちょうどだよ」

「じゃあ、五時に設定しておいたらいいかしらね」

そういいながら目覚ましを合わせてくれた。ギリギリというねじの音が、かえってこの部屋の静けさを際立たせる。

「まさか今日来てくれるとは思わなかったよ……どうして点心なんて買ってきてくれたの?」

「あれ、だって言ってたじゃない、朝からおばさんにお粥を作ってもらうのは申し訳ないって。明日の汽車はもっと早いだろうから、あなたはきっとまた、朝ごはんは結構ですとか言って、空きっ腹で汽車に乗ることになるでしょ? そう思って持ってきたのよ」

こんな話は、もちろん許夫人に聞かれてはならないから、声は自然に低くなった。そこで世鈞は彼女が座っているところまで近寄り、立ったまま話を聞いたのだが、その瞬間はまるで、美しい深い淵の岸に立っているようで、すこし動悸がし、また心が蕩けるような感じもした。彼女はとっくに話し終わっていたが、彼はまだ彼女のそばから動こうとしない。もしかしたらほんの一瞬だったかもしれないが、自分自身ではずいぶん長く彼女のそばにいるような気がした。彼女もきっと同じように感じたのだろう、灯りの下で彼女の顔はいくぶん赤らんでいたから。彼女は急いで雰囲気を変えようとし、「魔法瓶の蓋、しめてないわよ」と言った。世鈞が振り向くと、魔法瓶から煙のような湯気がまっすぐ立ち上っている。さっきお湯を注いだあと蓋をするのを忘れていたのだ。今日はどうしてこう粗忽なのだろう。彼は笑って蓋を閉めにいった。

曼楨は言った。「荷造りはできたの？」

「特に持っていくものもないからね」革のトランクがベッドの上に放り出してある。曼楨が蓋を開けてみると、中身はぐちゃぐちゃだった。

「整理してあげるわ。家の人に、トランクの中身も整理できないなら、なおさら一人で外に出しておけないって言われちゃうわよ」

世鈞は、彼女に荷物を整理してもらうのはどうも具合が悪いように思った。誰かに見られたらいらぬことを言われかねない。でも彼女を止める適当な言葉も思いつけなかった。曼楨には不思議なところがある。恥ずかしがるときはもじもじしているが、無邪気な時はまたえらく無邪気なのだ——しかし彼女は決して無邪気なだけでもなければひたすら恥ずかしがり屋なわけでもない。彼女がこんなにちぐはぐな態度をとるのは、いったいどういうことなのかよくわからなかった。

曼楨は彼がぼうっとして黙っているのを見た。「どうしたの？」世鈞は笑って「いや…

……」と言ったまま答えることができず、彼女がシャツを畳んでいるのを見ながら聞いた。

「僕が帰ってくるまでには、僕のベストは編み上がるよね？」

「月曜日にはきっと帰ってこられるのね？」

「月曜日には絶対帰ってくるよ。特に必要がないなら休暇はとりたくない」

「長い間帰ってなかったんだから、家の人は何日か滞在を延ばせって言うんじゃない？」

「まさか」

トランクの蓋が突然勝手に下りてきて、曼楨の手の甲を打った。持ち上げてもしばらくしたらまた下りてきてしまう。世鈞はトランクの蓋を持ち上げたまま支えることにした。そばに座って、自分のシャツやネクタイ、靴下を彼女が一つ一つ手にしているのを見ると、なんだか変な感じがした。

そこへ許夫人が飴を二皿持ってきた。

「顧さん、召し上がれ——あら、世鈞の荷造りを手伝ってあげてるの？」世鈞は許夫人が綺麗な服に着替え、うっすら化粧までしていることに気づいた。ここで曼楨と話そうと思っていたらしいのに、彼女は座りもせずに二言三言話しただけですぐ行ってしまった。

曼楨は聞いた。「レインコートは持っていく？」

「いらないと思う——行ってすぐ雨ということもないだろうし、どうせ二、三日のことだしね」

「月曜日にきっと帰ってくるのね？」言った途端、さっきも同じことを聞いたことに気づいて自分で噴き出してしまった。笑い声の中でそそくさとトランクの蓋を閉めると、バッグを持って立ち上がった。「帰るわ」彼女がどぎまぎしている様子なのを見ると、無理に止めるわけにもいかず、ただ「まだ早いよ、もうちょっといたら？」とだけ言った。

「いいえ、あなたも早く寝たほうがいいわ。帰るわね」

「叔恵が帰るのを待たないの？」

「待たないわ」

世鈞は彼女を階下まで送っていった。彼女は許夫人の部屋の前を通り、玄関でも許夫婦に挨拶をして帰って行った。許夫人は玄関口まで彼女を送り、何度もまた遊びにくるようにと言った。門を閉めると、許夫人は世鈞に「顧さんって本当にいい感じねぇ。綺麗だし！」と言った。彼にむかってこんなふうに曼楨のことをほめそやすのは、彼ら二人が特別な関係とわかったとでも言いたげな様子なので世鈞は困ってしまい、ただはいはいと頷いただけで、特に何も言おうとはしなかった。

部屋に戻ったらさっさと寝るつもりでいた。ベッドを整えるためには上に載っているトランクを下ろさねばならないが、結局彼はベッドに腰を下ろしてトランクを開き、また閉じた。心は落ち着かず、なんだか手持ちぶさただ。結局立ち上がってトランクに鍵をかけると、ベッドから床におろして鍵をポケットに入れた。ポケットの中の煙草に手が触れたので、そのまま取り出して一本に火をつけた。火をつけてしまったのだから、この一本を吸い終わってから寝ることにしよう。

時計を見るともうすぐ十一時だったが、叔恵はまだ帰ってこない。夜は更けてあたりは寝静まり、叔恵の母が手回しのミシンをかたかたと動かしている音だけが響いている。きっと叔恵が帰ってきたらドアを開けてやろうと待っているのだろう。でなければこの時間には寝ているはずだ。

世鈞は煙草を吸い終わると喉が渇いたので白湯を飲もうと思った。魔法瓶の蓋に触れると、金属の蓋がひどく熱いのでびっくりしてしまった。蓋を開けてみると、コルクの中栓をするのを忘れていて、熱気が中からあがっていたのだった。中のお湯はすっかり冷めてしまっている。今日の彼は一体どうしてしまったのだろう。さっきは魔法瓶に蓋をするのを忘れ、蓋をしたと思ったら今度は中栓を忘れてしまっていた。もしかしたらこのことに曼楨も気づいていたかもしれない。しかし、すでに一度彼に注意していたから言いづらかったのではないだろうか。世鈞はそこまで考えると、がぶがぶと湯冷ましを飲みながら顔が赤らむのを感じた。

建物の外で誰かが口笛を吹いている。きっと叔恵に違いない。叔恵には、時々ノックの代わりに口笛を吹くという癖があった。晩は寒いので、ポケットに突っ込んだ手を出したくないのだ。許夫人はミシンを使っているから聞こえないかもしれないと世鈞は思った。どうせ自分もまだ寝ていないのだから、下に降りて扉を開けてやろう。

部屋から出て許夫人の部屋の前を通ると、許夫人が話をしているのが聞こえた。ごく低い声だったが、自分の名前が聞こえてくればびくっとしてしまい、聞かずにはいられないものだ。許夫人は笑いを交えながら話していた。「思いもよらなかったわ。世鈞はあんなにおとなしくて真面目そうなのに、まさか叔恵の女友達を横取りするとはね！」裕舫はもともと小声で話ができるタイプではなく、いつもはっきりした音量で話をする。「叔恵なんて——口ばっかりじゃないか！　あいつにはもったいないよ」この老人は曼楨と少し顔を合わせただけなのに、彼女に非常にいい印象を持ったのだった。それはともかく、自分の息子に対する夫の評価が低いのにはいい気がしなかったので、許夫人は返事をせず、かたかたとミシンを使い続けた。世鈞のほうはミシンの音を隠れ蓑（みの）にして一足跳びに階段を上り、自分の部屋に駆けもどった。

それからようやく、彼は許夫人のさっきの言葉を吟味し始めた。許夫人は彼ら三人の関係を完全に誤解している。しかしあの言葉を聞いたとき、百の違和感を覚えながらも一筋の喜悦を感じてしまった。だから、今心に湧き上がっているのがどういう感情なのかも説明できなかった。

叔恵はまだ外で口笛を吹きながら、トントンとドアを叩いていた。

## 4

彼らは朝の汽車で南京に向かった。駅から世鈞（せきん）の家まではバスがあり、午後二時にはもう家についた。

世鈞は家に帰って門をくぐるたびにどうしても不思議な感覚にとらわれてしまう。自分の記憶の中の家よりずっと狭いような気がするのである。おそらく彼の頭に残っている印象は幼年時代のままなのだ。そのころ自分が小さかったため、目に映ったものはずっと大きく感じられたのだろう。

実家は毛皮の店で、店の上階に家を構えている。現在沈（しん）家は栄えていてもうこの店の収入には頼っていないのだが、節約が身についているためにずっと店の上に住み続けており、この先も転居は考えていなかった。店の中は薄暗く広々としており、床には灰青色の四角い石が敷き詰めてある。店の奥にはお抱えの人力車が停めてあり、真四角のテーブルと二脚の椅子を並べている。店の番頭と、古株の手代二人がここに詰めて客の応対をしているのだ。テーブルの上には茶器のほかに瓜皮帽（お椀の形をした縁なし帽）が二つ伏せてあって、いかにも閑適という趣だった。視線を上に向けると、頭上には天窓がある。屋根は高く、中央は吹き抜けになっている。二階の四方は回廊になっていて、窓の一つ一つにはサファイアブルーの模様入りガラスがはめ込んであった。

世鈞の母は通りに面した窓からずっと見ていたのだろう。人力車が門についたのに目ざとく気づいた。世鈞が門を入ってくると、母は回廊から下に向かって叫んだ。「阿根、下のぼっちゃんのおかえりだよ、トランクを運んであげて！」阿根はお抱えの車夫で、すぐに現れると彼らの荷物を受け取って運んだ。世鈞は叔恵を連れて階段を上がった。沈夫人はにこやかに迎えるとあれこれ尋ねつつ、女中に顔を洗うお湯を持ってこさせた。食事ももう準備されていて、すぐに熱々のものが運ばれてきた。沈夫人は叔恵を許のぼっちゃんと呼んだ。叔恵は美男子で口も上手いので、年配の女性にはすぐ気に入られる。

世鈞の義姉も子供をつれて出てきた。一年見ないうちに、義姉はまた老けてしまったようだ。前から腎臓が悪いと聞いていたので、最近具合はどうかと尋ねたが、彼女はまあ大丈夫、とだけ答えた。母は言った。「お前の義姉さんは最近太ってきたんだよ。問題は小健でね、いつもどこかしら調子が悪くて。最近は麻疹がでて、ようやくよくなったところさ」彼のこの甥はずっと体が弱くて、小健と名付けられたのも、まさに十分に健康ではなかったからだった。彼は世鈞に人見知りをして今にも泣きそうだ。義姉はあわてて言った。「泣いちゃ駄目よ、泣いたらおばあちゃんに怒られるわよ！」

沈夫人は笑って尋ねた。「おばあちゃんが怒るとどんな感じ？」小健は低い唸り声をだしてみせた。犬が怒ってほえているような声だ。沈夫人はまた尋ねた。「お母さんが怒るとどう？」彼が同じ唸り声を上げたので、みんなが笑った。世鈞は思った。家では母と義姉の二人きりでこの子と過ごしている。兄は死に、父はめったに帰ってこない——寡婦が二代で同居しているようなもので、侘しいかぎりだ。この子がもたらしてくれるちょっとした楽しみが頼りなのだ。

小健が出てくるとすぐに沈夫人は叔恵に尋ねた。「許のぼっちゃんは麻疹にはかかった？」

「かかりましたよ」

「うちの世鈞もすませてるけど、でも気をつけた方がいいね。小健はもう治ったけど、まだ人にうつしてしまうかもしれないから。乳母や、小健をあっちに連れていってちょうだい」

沈夫人は座って息子たちが食事をするのを見守り、いつも何時に出勤して何時に退勤するのか、食事はどうかなど日常生活についてこまごまと聞いた。さらに、部屋に暖房があるのか尋ね、世鈞に革のコートを作るようしきりに勧めて、上等な革をいくつも取り出しては彼に選ばせた。選んでしまうと今度はそれをしまうため、義姉を呼んで箱に入れるのを手伝ってもらった。義姉は「このリスの毛皮は小健のマントにするのにちょうどいいみたい」と言ったが、沈夫人は「子供には毛皮を着せてはだめ――ほてってしまうからね。うちでは昔からそういう決まりで、世鈞が小さい時には、シルクの綿入れも着せなかったよ」と言った。義姉はそれを聞くと内心面白くなかった。

沈夫人は息子が久しぶりに帰ってきたというので舞い上がってしまったのか、少しぼうっとしてしまって、使用人にも笑顔をふりまいて「早くあれして」と言ったかと思うと「早くそれして」という始末で、でたらめに指示を出したり引っ込めたりするために、まるで使用人を使い慣れていないかのように見えた。どう差配すればよいのかわからなくなってしまい、みんなそれに振り回されててんてこ舞いだ。義姉がそばで手伝おうにも手の出しようがない。世鈞は母のそんな様子が全部自分のせいだとは全く思わず、ちょっと感傷的になっただけだった。母がだんだん老いてきたと思ったのだ。

世鈞と叔恵が今日どこに行くか相談していると、沈夫人は「翠芝(すいし)も呼んで一緒にお行きよ。翠芝の学校も休みらしいから」と言った。翠芝は義姉のいとこで石（せき）という姓である。世鈞はすぐに答えた。「やめとくよ。今日は叔恵に付き合って行くところがあるんだ。南京への届け物をあずかってるからその人の家に行かなくちゃ」こう言われると沈夫人もそれ以上は何も言わず、ただ食事を一緒にとるから早めに帰ってくるように、と念を押したのだった。

叔恵がトランクから二つの預かり物を取り出すと、沈夫人は紙と紐を探し出してきて、叔恵のために縛り直してやった。世鈞はそばでそれを見ながら窓の前に立っていたが、ちょうど甥が回廊の向かい側におり、窓に寄りかかりながら彼に手を振っておじさん、と呼んでいるのが見えた。小健を見ていると、自分の幼い頃が蘇（よみがえ）ってきて、そうなると石翠芝のことも思い出されてくる。翠芝とは幼なじみで、小さな恋人同士というわけではなかったのだが、彼女のことはよく覚えている。それにしても楽しい思い出というのはすぐに忘れ去ってしまうが、傷ついたことは——特に幼い頃傷ついたと思ったことは——いつまでも覚えていて、ふとしたことで記憶の表面に浮かび上がってくるものだ。

彼はいま、翠芝のあれこれを思い出していた。翠芝と初めて会ったのは彼の兄が結婚した時だ。結婚式で、彼はリングボーイを務め、バージンロードで先頭を歩いた。二人のベールガールのうち、一人が翠芝だったのだ。リハーサルの時、翠芝の母親がチェックしにきてあれこれ粗探しをし、世鈞が歩くのが早すぎると文句を言ったことがあった。世鈞の母は翠芝を見ると大変気に入ってちやほや可愛がり、義理の娘にしたい（血縁のない大人を義理の父母とする風習は広く行われていた。多くの父母がいれば子供が丈夫に育つと考えられていたほか、実の家庭と義理の家庭の間に深い関係を結ぶという目的もあった。基本的に相続権はない）と言ったのだった。世鈞にはそれが社交上の儀礼とはわからなかった。子供だったので、母がそんなにこの女の子を可愛がっているのを見ると嫉妬（しっと）に駆られたものだ。母は世鈞に翠芝と遊んであげなさい、二つもお兄ちゃんなんだから優しくしてあげて、いじめちゃだめよと言った。世鈞は将棋を教えてあげることにした。その時彼女はまだ七歳で、将棋を教えてやろうとしても、椅子によじ登ったり降りたりするばかりで心ここにあらずだった。テーブルの前についたと思うと両肘を棋盤につき、両手で頬をささえて漆黒の瞳で彼をじっと見つめるとふいに言ったのだ。「お母さんが、あんたのお父さんは成金だって言ってた」世鈞はちょっとびっくりしたが、続けて駒を動かした。

「君の馬（マー）をとっちゃうよ。そら、君は炮（パオ）で僕を攻撃して――」

「お母さんは、あんたのおじいちゃんは毛皮職人ふぜいだって言ってた」

「君の象（シアン）を取るよ。ね、君は車（チョー）を出しなよ――僕は君の将軍（ジアンジュン）をとるよ！」

その日、家に帰ってから世鈞は母に聞いた。「母さん、おじいちゃんは昔何の仕事をしてたの？」

「毛皮の店をやってたんでしょう。あの店はおじいさんが開いたんじゃないの」

世鈞はしばらく黙ってから言った。「母さん、おじいちゃんは毛皮職人だったの？」

母は彼を見てから言った。「店を開く前はおじいちゃんは職人だったよ。それは何にも恥ずかしいことなんかじゃないし、何か言われても大したことじゃない」それから厳しい声で聞いた。「誰に聞いたの？」世鈞は言わなかった。母は恥ずかしいことなんかじゃないと言ったものの、このときの母の表情と声は彼を恥ずかしがらせるのに十分だった。でももっと恥ずかしいと思ったのは、石家の母娘（おやこ）に取り入ろうとする母の顔つきだった。

世鈞の兄の結婚式の日、写真を撮るときに、ベールガールとリングボーイを務めた子供たちには、フラッシュが焚かれるときに決して目を瞑らないよう、それぞれの母親がしっかりと言い含めた。あとでその写真を見たとき、翠芝は目をぎゅっと閉じていたので、世鈞はやけに嬉しくなったものだ。

　その頃、どういうわけか彼は全然背が伸びず、成長が止まってしまったかのようだった。大人たちはしょっちゅう彼をからかった。「どうしたんだ、きっと家の中で傘をさしてたんだろう？」子供が家の中で傘をさすと背が伸びないという言い伝えがあったからだ。翠芝も彼の背が低いことを笑いものにした。

「わたしより年上のくせに、どうしてわたしと同じくらいの大きさなの？　男のくせに—

——大人になってもきっとチビね」数年後再会したとき、彼はもう彼女より頭一個半ほど高くなっていたが、翠芝はこんどはこう言った。「なんでそんなにガリガリなの？　まるでバッタみたい」おそらく彼女の母が陰でそう言っていたのだろう。

もともと石夫人は世鈞など全く眼中になかった。身内の家族のなかから婿を選ぼうと思っていたのが、翠芝が一年一年と成長して婚期を迎えてから検討してみると、みんな年が上か下かに離れすぎていた。そればかりでなく、金持ちの子弟は品行方正でないものが多くて、いろいろ考えるとやはり世鈞が一番誠実で頼り甲斐がありそうだということになったのだ。石夫人はそう考えるようになってからというもの、しばしば翠芝を彼女の母方のいとこ、つまり世鈞の義姉のところに行かせるようになった。世鈞の母はもともと翠芝を義理の娘にしたいと言っていたものの、結局果たせなかったのだった。いままたその話が蒸し返されていると聞いても、いったいどちら側が意図したことなのか世鈞にはわからなかった。おそらく義姉が言い出したことなのだろう。義理の兄妹にしておけばなお縁組みしやすい——母と義姉が寂しい生活を送っていることを考えると、この縁談を夢見て喜んでいるのだろうと想像できた。

この日、彼は叔恵と出かけて暗くなってからようやく帰ってきた。母は彼らを見るなり「もう、どれだけ待ったと思ってるの！」と言った。

世鈞は笑った。「雨が降らなかったらまだ帰らないところだったよ」

「雨なの?——まあいいわ、そうひどくなさそうだから。翠芝が来て晩御飯を一緒にとることになったからね」

「え?」世鈞は内心面白くなかったところに、ちょうど小健がドアの脇を通りながら手を叩いて「おじさんの彼女がくるよ! おじさんの彼女が来るんだよ!」と歌ったので、思わず顔をしかめた。

「いつ僕の彼女になったんだ? 馬鹿な! 誰がそんなこと言ったんだ?」もちろん義姉が言ったに決まっている。ここ二年、世鈞はふるさとを離れて暮らし、ずいぶん世慣れてはきたのだが、どういうわけか家に戻ってくるとまた子供っぽくなってしまい、せっかく社会に揉まれて培ってきた修養というものが完全に吹っ飛んでしまう。

彼はそうやって言葉をぶつけると、いらいらと自分の部屋に戻った。彼の母もまともにとりあおうとはせず、「陳ばあや、たらいにお湯を入れて二つ持って行ってちょうだい。下のぼっちゃんと許のぼっちゃんに顔を洗ってもらうから」と言った。叔恵も二、三言とりなしてから部屋へ戻った。沈夫人は義姉に小声で言った。「翠芝が来た時にも露骨な真似をするのはやめてね。あんたも二人をからかったりしないでちょうだい、自然に仲良くなるようにしてよ。わたしたちが露骨なことを言うと逆効果になるでしょ」

義姉は冷笑した。「そりゃあそうですとも、ほかはともかく、翠芝がまず我慢できないでしょう。あのお嬢さんは利かん気が強いですからね。今回も世鈞が帰ってきたと聞いたから来ることにしたけど、それも子供のころ遊んだっていうよしみがあるからで、もしも縁談の話があるなんて聞いたら、多分来ようとしないでしょうよ」沈夫人は、義姉が自分のいとこの面子のためにこう言っているのだとわかっていたので、温和に相槌を打った。

「そうよね、今の若い人たちはみんなそう。思う通りにさせるしかないわね。まぁ、それも縁ってことなんでしょ」

自分たちの部屋に戻ると、叔恵は翠芝とは誰なのか尋ねた。

「義姉さんの母方のいとこさ」

「君とお見合いさせようってわけだろ？」

「それが義姉の宿願なんだよね」

叔恵は笑った。「綺麗な子かい？」

「あとで自分で確かめたらいいだろう——ほんとにいらいらするなぁ、せっかく帰ってきたっていうのに、この二日間ちっともほうっておいてくれないんだから！」

「へぇ、えらい剣幕だねぇ」

世鈞はまだ苛立っていたのだが、それを聞くとつい笑ってしまった。「僕なんか全然だよ、彼女の鼻っ柱ときたらえらいもんだぜ。田舎町のお嬢さんっていうのは戸を締め切って皇帝になるのに慣れきってるからな」

「〝田舎町のお嬢さん〟って、南京は田舎町とは言えないだろ」

「君たち上海人の心理を突いたんだよ。上海人からみたら、内陸部ってのは田舎でなければ田舎町じゃないか。そういう心理があるだろう？」

そう言っているうちに、女中が石のお嬢さまがいらっしゃいました、と呼びにきた。叔恵は好奇心に駆られて世鈞と表の部屋に向かった。世鈞の義姉がちょうど料理の指示を出しており、世鈞の母は石翠芝の相手をしてソファで話をしている。叔恵は思わずちらちらと彼女のほうを窺った。石翠芝は額に長い前髪を垂らして眉毛の上で揃え、うしろにはウェーブのかかった髪で大きなシニョンを作っていた。細面（ほそおもて）で、まぶたが少し腫れぼったいとはいえかなり綺麗だと言えるだろう。健康的そうで、胸がしっかり膨らんでいるために、年齢はやや高めに見えた。二十歳過ぎくらいだろうか。青緑色の綿の袍子（パオズ）（中国式の長い上着）を着ていて、袍子のスリットからは山吹色に銀の模様を散らした旗袍がのぞいている。青い綿を着て宴（うたげ）にやってきたというのは非常識なようだが、実を言うと、彼女は招かれたからこそこういういでたちで来たのである。招かれたからといって、めかし込んで美麗な服を着てくるなんてもっと恥ずかしい、というわけだ。

彼女は腕を組んで座っており、世鈞が入ってくると二人はただ微笑して頷き合った。世鈞は「お久しぶり。おばさんは元気？」と言い、叔恵を紹介した。世鈞の義姉が「ご飯にしましょう」と呼びかけ、沈夫人は頑として翠芝と叔恵を上座に座らせた。沈夫人は翠芝の横に座った。翠芝は沈夫人とはもともとなんの話題もなく、この場にいる何人かのうちでは、いとこにあたる世鈞の義姉と一番話が合うのだが、あいにく今日の義姉は気が立っていて口を開こうとしない。テーブルの空気は盛り上がらなかった。叔恵は場持ちが上手いほうだが、彼としても、こういう保守的な家で見知らぬお嬢さんに軽口をたたくわけにもいかない。陳ばあやはドアの横に控えていたが、小健がその後ろからちょろちょろ顔を出して「おじさんの彼女はどうしてまだ来ないの？」と聞いた。小健の母はこの言葉を聞くと顔から火の出る思いだったが、空気を読まない陳ばあやは嬉しそうに子供にむかってかがみ込むと、「ほら、あそこにいるでしょ？」と言ったのである。

「あれは翠芝おばさんじゃないか！　おじさんの彼女は？」義姉はどうにも我慢できず、飯碗をテーブルにおくとかけていって小健を追い出した。「まだ寝ないの！　何時だと思ってるの？」そうして自分で子供を部屋に追いたてたのだった。

翠芝が言った。「最近うちの犬がたくさん子犬を産んだんだけど、一匹小健にあげたいわ」

沈夫人は笑った。「そうね、この間くれるって言ってたわね」

「もしも世鈞が長い間南京にいるなら無理だけど。世鈞は大嫌いだものね」

世鈞も笑った。「あれ、そんなこと言ったことないけど」

「言うわけないわよね、あんたはいつも行儀良くしてるばっかりで、本音なんて言ったことないもの」世鈞はあっけに取られたが、しばらくすると叔恵に言った。「叔恵、僕ってそんなに嘘くさいかい？」

「僕に聞くなよ。石のお嬢さんのほうが僕よりずっと付き合いが長いんだろ。そりゃあ彼女のほうが君のことをよくわかってるさ」皆は笑った。

雨がようやく止むと、翠芝は帰ると言って立ち上がったが沈夫人は引き留めた。「ちょっと遅くなったって構わないでしょう。あとで世鈞に送らせるから」

「いえ、結構です」

世鈞は言った。「大丈夫だよ。叔恵、一緒に行くだろう？　南京の夜がどんな感じか見せてやるよ」

翠芝は微笑みながら世鈞に聞いた。「許さんは南京は初めて？」彼女は叔恵にではなく世鈞に聞いたのだが、叔恵が答えた。

「そうなんです。南京は上海からこんなに近いのに、今まで来たことがなかったんですよ」翠芝は彼とはまだ直接言葉を交わしていなかったのだが、こう答えられるとなぜか顔をさっと赤らめ、それ以上何も言おうとしなかった。

もうしばらく話してから、彼女がまた帰ると言いだしたので、沈夫人は使用人に馬車を呼びに行かせた。翠芝はいとこの部屋まで挨拶しに行った。ドアをはいったところに小さなこんろがあり、何やらぐつぐつ煮えている鍋がある。翠芝は笑った。「見ちゃったわよ！　美味しいものを独り占め？」

「独り占めなもんですか、これは小健のための牛肉スープ。小健は病気が治ったばかりだから栄養を取らなくちゃいけないの。もともとお義母さんが言い出したことで、毎日王ばあやに鶏のスープか牛肉スープを作らせてたのよ。でも世鈞が帰ってくるっていうので家中の使用人がてんてこ舞いになってね、いつもの家のことは全部ほったらかしになっちゃって。誰が小健に飲ませる牛肉スープのことなんか覚えてるもんですか。わたしもう頭にきちゃって、自分で牛肉を買ってきて自分で炊いてるのよ。使用人だってみんな誰が偉いかちゃんと見てるものね、将来は下のぼっちゃんが主人になるって見定めてるのよ！　父なし児と寡婦のことなんて、みんな馬鹿にしきってるんだわ」言いながら思わず涙がこぼれてしまった。彼女がこの保守的な家に嫁いでもう十余年も経つのだから、こんなにかっとならなくてもよさそうなものだ。やはり世鈞が今日言った言葉が相当こたえたのである。あれから何もかも気になりはじめ、どんなつまらないことでも嫌がらせに思えてしまうのだった。

翠芝は慰めるしかなかった。「使用人っていうのはそういうものよ、とりあわなければ済む話だわ。おばさまだってずいぶん小健のことを可愛がってるじゃないの」いとこは鼻を鳴らした。「可愛がってるもんですか。全部嘘っぱちで、暇つぶしの相手にしてるだけよ。息子を一目見たら孫なんて忘れちゃうんだから。小健の麻疹なんてとっくに治ってるのに、まだ人には会わせられないっていうのよ――世鈞にうつるのがこわいんですって！世鈞には特別の価値があるものねぇ！　今日の午後なんて薬局に行かされて、十何種類も栄養剤を買ったのよ。ぜんぶ世鈞に上海へ持って帰らせるため。〝こんな薬、上海でも買えますよ〟って言ったらえらく怒っちゃって。〝買えるったって、あの子は買おうとしないでしょ！　買ってあげたってあの子がきちんと飲むかどうかもわからないのに――若い人はみんなそう、自分の体を大事にすることを知らないんだから！〟ですって」

「世鈞は具合がよくないの？」

「元気なもんよ、ぴんぴんしてるわよ。病気持ちのわたしには、医者にかかれとか薬を飲めとか全く言わないくせに。わたしは腎臓が悪くて顔だってむくんできたのに、最近太ってきたなんて言うのよ！　これが怒らないでいられる？　ああほんと、こんな家の嫁は本当に苦労するわ！」最後の一言は明らかに翠芝に向けたものだった。世鈞と翠芝の縁談はまとまらないだろうが、そのほうがかえっていい、というわけだ。翠芝はもちろん反応するわけにもいかず、ただ彼女の病気の具合を尋ね、どんな薬を飲んでいるのか聞くにとどめた。

女中が来て馬車が着いたと言ったので、翠芝はレインコートを羽織って沈夫人に別れを告げ、世鈞と叔恵と一緒に馬車に乗った。蹄(ひづめ)がぽくぽくと鳴って雨の石畳をすすんでいく。道に敷かれた丸石が、一粒一粒魚の鱗(うろこ)のように光を放っていた。叔恵はひっきりなしに防水布をまくりあげて外を覗いていたが、「全然見えないや。僕は御者の隣に座ってくる」と言い、道の途中で本当に馬車を止めさせ、車から降りて雨も気にせず御者の隣に並んで座った。御者は仰天したが、翠芝はただ笑っただけだった。

馬車の中が翠芝と世鈞の二人だけになると、空気はたちまち重苦しくなった。椅子が硬いし、ひどく揺れるのも気になりはじめた。静けさのうちに、叔恵と御者が前のほうで会話しているのが聞こえてくるが、何を話しているのかはわからない。翠芝がいきなり口を開いた。

「上海では許さんの家に住んでるの?」

「そうだよ」

しばらく経ってから翠芝はまた尋ねた。「あんたたち、月曜日に一緒に帰るの?」

「うん」翠芝のこの質問は妙に聞き覚えがあった——曼楨(まんてい)が続けて二回聞いたからだ。曼楨のことを思い出すと、彼は突然寂しくなった。雨のそぼふる夜に湿った馬車の中で揺られているうち、この彼の故郷は異郷に変わってしまったかのようだ。

彼は翠芝がまた何か話していることにふと気づいた。「ん？　なんて言った？」

「なんでもない。許さんもあんたみたいにエンジニアなのかって聞いたの」どうということもない質問だったが、繰り返し言わされたせいで彼女は突然決まり悪くなり、彼の返事を待たずに防水布の雨避(よ)けをめくって外を眺めながら言った。「もうすぐよね？」世鈞は彼女の質問のどちらに答えていいかわからなくなってしまった。しばらくしてから笑って言った。「叔恵もエンジニアリング専攻で、今は僕たちの工場でエンジニア補佐になってるよ。僕はまだ実習生で、見習技師みたいなものなんだ」翠芝はどうも気恥ずかしかったので、彼がまだ説明している横で雨避けを持ち上げて外を見始め、まるで彼の返事にはもう興味を失ったと言わんばかりに「あれ、もう家を過ぎちゃったんじゃないでしょうね？」と呟いた。世鈞のほうは内心思った。翠芝はいつもこれなんだよな。本当に興醒めだ。

しとしとふる雨は霧のようだった。叔恵は御者の横に座ってこの古都の灯火を見ながら、世鈞と翠芝というのはこの古都で育った男女なのだ、と考えていた。馬車の上の高いところに座っているからか、まるで神の立場にいて、世を嘆き人を憐れむような感覚にとらわれたのである。特に翠芝のようなお嬢さんは、永遠に小さな生活圏の中で生きていくのだろう。唯一の出口は適当な地位の人に嫁ぎ、若奥さまになること――これも悲しむべき運命だ。翠芝は個性がかなり強いようだが、彼女をこんな運命のなかに葬ってしまうのはなんとも惜しいことだ。

世鈞が中から頭を出し、「着いた着いた」と言った。馬車が停まるとまず世鈞が飛び降り、翠芝も降りてきた。彼女はコートを頭からかぶり、馬車の前までわざわざ回って叔恵に挨拶をした。雨の糸と馬車の灯りの中で頭を上げ、「再見（さよなら）」と言うと、叔恵も「再見」と言ったが、もう彼女を「再び見る」ことはないだろうと思った。彼はすこし悲しくなった。彼女と世鈞は縁がないようだが、自分とも環境があまりにも違うから、やはり縁がないのだ。

世鈞は彼女を門まで送っていき、彼女が呼び鈴を押して中から人が出てくるのを見てからやっと去った。この時叔恵はもう御者台から降りて車室の中に座っていた。車室にはまだ微かに翠芝の髪の残り香が漂っている。一人で暗闇に座っていると世鈞が戻ってきたが、車に乗ろうとせずに車中に半身を乗り入れて、息せききって言った。「ちょっと中で休んで行かないかい。一鵬（いっぽう）もいるんだ――ここは一鵬のおばさんの家なんだよ」叔恵は驚いた。

「一鵬って、方一鵬のことかい？」世鈞の義姉は方という姓で二人の弟がいた。上は一鳴、下は一鵬といい、一鵬は世鈞と一緒に上海に進学したので叔恵とも学友だったのだ。ただあまり気が合わなかったので親しくなかったのだが。一鵬は叔恵の家が貧しいと聞いたので、一度金を払ってレポートの代筆をもちかけたのだが、拒絶されてしまったのだった。一鵬はかなり気を悪くして、世鈞にあれこれ彼の悪口を言ったが、世鈞はそのことを叔恵に言ったことはない。しかし叔恵もうっすらとは知っていた。今となってはもちろん昔の話だ。

世鈞は今回南京に戻っても方兄弟に会う気は全くなかったのだが、今日たまたま石家で会ってしまった以上、ちょっと座って話をしていかないわけにはいかなくなった。しかし叔恵を一人馬車に残していくわけにもいかないので、一緒に行こうと誘ったのである。叔恵も車から降りた。このとき下男が二人出てきて、傘を差し掛けてくれた。二人が正門をくぐると、翠芝はまだ門番小屋で彼らを待っていて、先に立って案内してくれた。入っていくと大きな庭があったが、真っ暗な雨の夜なのでよく見えなかった。雨はひどくはなかったが、樹木の葉に溜まった水がばらばらと頭の上に落ちてくる。木犀が濃く香っていた。石家の屋敷は古い洋館で、遠目にもガラス張りのドアが並んでいるのがわかる。ドアを開けると応接室で、シャンデリアが明るく輝き、灯りの下には着飾った男女が座っていた。

はっきり見る間も与えず、翠芝は彼らを玄関から引き入れてずんずん応接室に入っていった。

　翠芝の母の石夫人は雀卓（ジャンたく）でぐずぐず腰を浮かせ、世鈞に挨拶した。石夫人は背が低く、かなり肥えている。一鵬もそこで牌（パイ）を打っていたが、世鈞を見ると叫んだ。

「あれ、いつ帰ってきたんだい、全然知らなかったよ！　叔恵もいるじゃないか、ずいぶん久しぶりだなぁ」叔恵も挨拶をした。雀卓には一鵬の兄の一鳴とその妻の愛咪（エイミー）もいた。この愛咪は親戚の中でもいっとうモダンな人物で、目上の人にも同世代にも、みな愛咪と呼ばせたがるのだった。それでもみなは執拗に「一鳴の奥さん」「一鳴の嫁さん」と呼んでいたのだが。この時世鈞が「義姉（ねえ）さん」と挨拶すると、愛咪は彼を見た。「あら、帰ってたのね！　わたしたちに隠れて！」

　世鈞は笑った。「今日の午後ついたところなんですよ」

「へぇ、ついた途端に翠ちゃんを呼び出しても、わたしたちには音沙汰なしってわけ？」一鳴が笑った。「何様のつもりだよ、お前と翠ちゃんじゃ比べものにならないだろ」世鈞としては、まさか石夫人の目の前でこんなふうにからかわれるとは思いもしなかった。石夫人はもちろん何か口を出すわけにもいかず、ただ微笑んでいる。翠芝のほうは仏頂面でにこりともせずに言った。「今日はどうしたっていうの、わたしのことばかりからかって」愛咪は笑った。「はいはい、このくらいにして真面目な話に戻りましょ。世鈞、明日はうちに食事に来てちょうだい、翠ちゃんもね」世鈞が返事をしないうちに翠芝が先んじて言った。

「あいにくだけど明日は時間がないの」彼女は愛咪の後ろに立って牌を見ていたが、愛咪は手を後ろに回して翠芝の腕をつかんで笑った。

「ご馳走してあげるって言ってるのに、またそんな格好つけちゃって」

翠芝は顔色を変えた。「本当に用があるのよ」

愛咪は翠芝にとりあわず、場から牌を一個とると自分の前の牌を並べ直して言った。

「ねえ、この麻雀牌（マージャンパイ）セット、明日うちに貸してちょうだいな。明日は何卓も準備したいんだけど、牌が足りないのよ。翠ちゃんが来る時持ってきてくれればいいわ。世鈞も早めに来てね」

世鈞は言った。「また今度伺いますよ。明日はお気遣いなく、僕は叔恵と出かけるつもりなんで」

一鵬が言った。「一緒に来いよ、叔恵も」世鈞はなおも断ったが、このときちょうど一鳴が大きな役で上がったので、みんな点数を数えるのにかかりきりになり、この話はうやむやになったのだった。

翠芝は上階に上がったが、しばらくするとまた降りてきて麻雀を見ていた。一鵬は牌を一つ床に落としたので腰をかがめて拾ったのだが、このとき翠芝が浅紫色の緞子に金の刺繍をした真新しい靴を履いているのを見て「あれ、その靴はとても綺麗だね」と言った。彼は口に任せてこう言っただけで、翠芝のことはまだ子供扱いしており、ついぞ注目したことはなかった。上海で学生だった頃は学内の美女たちを追いかけるのに忙しく、翠芝のような内陸部のお嬢さんは地味で退屈だからと小馬鹿にしていたのだ。しかしその言葉を聞いた叔恵は思わず翠芝の足を見てしまった。さっき履いていたのはこんな靴ではなかったはずだ。きっと革靴が雨で濡れたので、家に戻るとすぐ履き替えたのだろう。

世鈞は、半時間も座ったからもう十分だろうと考えて石夫人にいとまを告げた。石夫人も彼のことをあまり面白く思っていなかったのだろう、口先で少し引き留めたものの、すぐ翠芝に向かって「送っていきなさい」と言った。翠芝は彼らを玄関の階段の上まで送ってくれた。やはり下男が二人出てきて彼らに傘を差し掛け、庭を横切っていく。もうすぐ庭の門に着くという時、とつぜん吠え声がしたかと思うと暗闇から犬が現れた。大きなシェパードだ。下男たちは必死で叱りつけたが、犬はなお狂ったように吠えている。そこに犬の名前を呼ぶ翠芝の声が遠くから響いてきた。彼女がさっと庭を通り抜けてきたので、世鈞は慌てた。「いや、雨なんだから出てこなくていいよ！」翠芝は息を弾ませ、返事もせずにしゃがんで犬に首輪をかけた。世鈞はまた言った。

「大丈夫だよ、こいつは僕のことを知ってるし」

翠芝は冷たく言った。「あんたのことは知ってても許さんのことは知らないでしょ！」

彼女はしゃがむと犬を引っ張ってそのまま行ってしまい、彼らにもう一度挨拶しようともしなかった。この時雨はどしゃぶりで、世鈞と叔恵も急いで外に向かって歩いた。暗がりで足を運ぶうち、革靴にも水が入り込んできて踏みしめるたびにきゅっきゅっと音がした。叔恵はふと、翠芝のあの淡い色の刺繍靴を思った。きっと駄目になってしまっただろうな。

彼らは庭の門を出ると馬車に乗った。帰り道、叔恵はいきなり世鈞に話しかけた。

「石のお嬢さんって……ちょっとまわりから浮いてるみたいだね」

「つまり、金持ちのお嬢さんなのに青い綿の上っぱりを着てるって言いたいんだね」

こう言われると叔恵は笑ってしまった。世鈞は続けた。

「あのお嬢さんはね、青い上っぱり一つにも人よりこだわりがあるんだよ。翠芝の学校の制服は青い木綿だったんだけど、翠芝みたいに鮮やかな色のを着ている子はいなかった――翠芝はね、上っぱりを洗う度に染め直させたんだよ。洗濯担当のばあやの両手は真っ青になってた」

「なんでそんなこと知ってるんだい？」

「義姉さんから聞いたんだ」

「君の義姉さんは君たちの縁談に熱心なんじゃなかった？　なんでそんな話をしたんだい？」

「だいぶ前のことさ、まだ縁談に躍起になる前の話だよ」

「おばさまたちっていうのは本当に人の揚げ足をとるのが好きだなぁ。特に女に対してね。自分の実家の親戚にだって容赦ないんだよなぁ」これは世鈞の義姉について言ったのだが、世鈞に対しても含むところがある発言だった。どうも世鈞の心が狭いように思ったからである。世鈞自身もしまったと思っていた。いつも翠芝について厳しいことを言ってしまうのは、本来は自衛のためで、みんながよってたかって自分たちを結びつけようとするのが嫌だからだ。だが見方を変えれば彼女はふつうのお嬢さんだ。叔恵にしてみれば、しょっちゅう陰で彼女の悪口を言うなんて普段の世鈞らしくないと考えたのだろう。そう思うと、彼はすっと黙り込んだ。叔恵も何か感じたのか、また彼を会話に引き込もうとして一鵬の話を始めた。

「一鵬はいま仕事に出ていないんだろう？　さっきはなんだか聞けなかったんだけど」

「たぶん仕事はしてないだろうね。家族が出そうとしないんだよ」

「どうして？　お嬢さんでもないのに」

「君は知らないだろうけど、あいつはね、上海で仕事をしてた時、稼いだ金では足りなくなって、いろいろ損を出しては実家に尻拭（しりぬぐ）いしてもらってたんだよ。一回だけのことじゃない。だからもう家に閉じ込めて、外には出さないようにしてるんだ」これは沈夫人がこっそり世鈞に教えたことだった。義姉のほうは実の兄弟のこうした行いに触れることを禁忌としていたのだ。

世鈞と叔恵が話をしているうちに家に着いた。明日朝起きたら牛首山（ぎゅうしゅ）（市内南部の名勝。明代の武将、鄭和の墓がある）に行くことにしたので、帰宅後すぐ部屋に戻って休もうとしていたのに、沈夫人がワンタンを二碗届けてよこした。

「晩御飯を食べていくらも経ってないのに、食べられるわけないよね？」と叔恵が笑ったので、世鈞は女中に言って一碗を義姉の部屋に届けさせた。彼はもう一碗を持って母の部屋に行き、食べるよう勧めた。母は息子が親孝行だと思って大層喜び、これが機会とばかりに言った。

「ちょっとお座んなさい、話があるから」世鈞は眉を顰め、どうせ翠芝のことだろうと思ったのだが、そうではなかった。

母は彼を怒らせることだけは言うまいと心に決め、腹案を練ってから言葉を選びつつ話した。「せっかく戻ってきてくれたところだし、顔を見たとたん説教したくなったわけじゃないんだけど――今日みんなの前で小健を責めたのは不用心だったね。義姉さんがずいぶん怒っていたのは見てわかっただろう？」

「別に義姉さんについて言ったわけじゃないよ。義姉さんも気を回しすぎなんじゃない？」

「ほら、またすぐ気を悪くしてしまって。お前がわたしに腹を立てるのは構わないけどね、人の前では気をつけてちょうだい。もういい歳なんだから。お前の兄さんは、お前の歳にはもう奥さんもいれば子供までいたんだからね」

ここまでくると、世鈞にはもう続きがわかった――結局翠芝の話だ。彼は笑って言った。「そら、また出た！　僕はもう寝るよ、明日も早起きだからね」

「こういう話をお前が一番嫌がるのはわかってる。わたしもお前にいますぐ結婚しろとは言わないよ、でもね……ちょっとは考えてくれてもいいでしょ。いい人がいれば交際すればいいじゃないの。たとえば翠芝とか。小さいころから一緒に遊んで育って――」

世鈞は我慢できずにさえぎった。「母さん、石翠芝と僕は本当に気が合わないんだ。今はそもそも結婚を考えてないけど、結婚したくなったとしても彼女とはありえないよ」意を決してこれ以上誤解がないようにはっきり言ってやった。母は衝撃を受けたようだったが、何とか冷静を保って言った。

「わたしだってあの子でなきゃ駄目だと言うんじゃないよ。ああいう感じの子だったらいいのにっていうだけで」

この会話で世鈞はすっきりした。翠芝について、とうとう自分の態度をはっきり示せたのだ。母の諒解も得たことだし、これからはもう煩わしいことはないだろう。

彼らはもともと二日目は朝から山へ登るつもりだったのに、雨は一晩降っても止まず、出かけようがなかった。いらいらしていたところに方家が下男をよこして「下のぼっちゃんと許のぼっちゃんは今日必ずお越しくださいますように。遅くなっても結構です。沈の奥さまと若奥さまも一緒に麻雀にお越しください」とのことだった。沈夫人は世鈞に言った。

「今日はこの雨だし、わたしは出かけたくないよ。お前たちは行ってきなさい」

「僕も行きたくないよ。もう昨日断ったし」

「行ってきなさい、一鵬とは同級生だったじゃないの。許のぼっちゃんとも知り合いなんでしょう?」

「叔恵とは気が合わないんだよ」

沈夫人は声をひそめた。「とにかく行ってきておくれよ。お前の義姉さんの面子ってものがあるからね」そういいながら自分の嫁の部屋を指差してこそこそと続けた。

「まだすねてるんだよ。朝起きたら調子が悪いとかで部屋から出てこなくてね。今日実家で宴をもうけるっていうのに、わたしたちが誰も行かないんじゃあ具合がわるいでしょ」

「わかったよ、叔恵に言ってみる」

もともと彼が行きたくなかったのは、みんなが寄ってたかって彼と翠芝を一緒にしようとする魂胆が気に入らなかったからだった。昨日この耳で翠芝は行かないと聞いたわけだから、行っても構わないだろう。世鈞はまさか翠芝も同じことを考えたとは思わなかった。昨日彼がはっきり行かないと言ったので、翠芝も彼は来ないものだと思い込んでいたのだ。そこへ今朝愛咪（エイミー）から石家に電話があり、絶対夕食に来てくれと言われたものだから、結局翠芝も行ったのである。世鈞がすでに着いていたところに翠芝もやって来たので、二人とも呆気に取られてしまい、なんだか仕組まれたような気がした。世鈞と叔恵は一緒に来たのだが、今日、方家の客は相当な数で、すでに三卓で麻雀が始められていた。彼ら若い者はみな麻雀ができないので、愛咪は世鈞に言った。「ここで麻雀を見てても面白くないでしょう、映画をおごるから観に行ってらっしゃいな。わたしはここから動けないから、代わりに翠ちゃんを連れて行ってあげて」

翠芝は眉根に皺をよせた。「わたしはいいわ。ここでこうしてるので十分よ、映画なんか観たくない」

愛咪は取り合おうとせず、どの映画館に新作がかかっているかを自分で調べて言った。

「行って帰ってきたらちょうどご飯の時間になるわ」

世鈞はしかたなく笑った。「叔恵も一緒に行くだろう？」

愛咪も笑った。「そうね、許さんも一緒に行ってらして」

叔恵はためらわざるを得なかった。どう考えても愛咪にとって自分は邪魔者だ。そこで世鈞に言った。「いや、君が石さんと行ってこいよ、このへんの映画は僕はもう観たからさ」

「嘘つけ、いつ観たっていうんだよ？　一緒に行こう、一緒に！」そこで愛咪は使用人に車を呼ばせ、翠芝はまだ抵抗していたものの、結局一緒に出かけたのだった。

翠芝の今日の服はとても美しかった。黄緑色の柔らかい緞子で作った旗袍は黒い緞子で広めにパイピングされていて、足の甲までかかるほどの長さがあった。彼らが買ったのは桟敷席の切符だったが、翠芝は階段をのぼっているときにうっかりしてハイヒールで旗袍の裾を踏んでしまい、もう少しで転ぶところだった。幸い世鈞が彼女を支えてやった。

「どうしたの、けがしてない？」

「大丈夫。――あらやだ、ヒールのかかとが取れちゃった！」ヒールが一つ取れてしまったので、片足は高く、片足は低くなってしまった。世鈞は「歩ける？」と聞いた。「ええ、大丈夫」

叔恵の前で世鈞に支えてもらうくらいなら、足を引きずりながら一人で前を歩く方がましだと思ったので、彼女はさっさと客席に入って行った。幸いこのとき映画はもう始まっていてあたりは真っ暗だったので、人に見られる心配はなかった。

映画はかなり話題を呼んだ名作だった。世鈞は、上海で見逃してしまったものを、まさか南京で観られるとは思っていなかった。彼らが座ったとき、銀幕ではちょうどキャスト情報を流し終わったところで、世鈞は叔恵に小さな声で言った。「よかったね、まあ間に合ったよ」彼は叔恵と翠芝の間に座っていた。翠芝は映画を観ながらも焦っていて、世鈞にひそひそと話しかけた。

「本当に困ったわ、出ていくときどうしたらいいの？　ねえお願い、わたしの家にひとっ走りして靴をとってきてくれないかしら」世鈞はしばらく考えた。

「出口までなんとか歩けたら僕が人力車を呼んできてあげるよ。車に乗ればすぐ家じゃないか」

「駄目よ、片足だけ低くなってひょこひょこ歩くなんて、わたしがびっこだと思われるじゃない」世鈞は内心、つま先立ちで歩けばいいだけの話じゃないかと思ったが、口には出さずにしばらく考えると、体を起こして「じゃあ行ってくるよ」と言った。叔恵の前を横切って客席を出て行ったが、彼にも何も言わなかった。

世鈞は大急ぎで映画館を出た。終了まではまだまだ間があるので劇場の出口はひっそりとしており、人力車は一台もない。雨がまだ降っている中を歩き、ようやく人力車を見つけた。石家に着くと、昨日来た客が今日もまた来たことに門番はすぐ気づいた。使用人の間では噂は急速に広まる。この沈のぼっちゃんというのはどうやら石家の婿の最有力候補らしいと聞いていたので、門番はとびきりの愛想をふりまきながら言った。

「お嬢さんは方様のお屋敷にお出かけですよ」世鈞は思った。俺を見るなりお嬢さんは出かけてますと言うってことは、俺がお嬢さんを呼びにきたと思ってるってことだな。どうやらみんなそう考えているらしい。それをどうこう言うわけにもいかないので、ただ頷いて笑いかけた。

「知ってるよ、僕も一緒だったからね。お嬢さんの靴が片方壊れてしまったんだ。別に一足出してくれないか、僕が持っていくから」

門番はそれを聞くと、世鈞が方家から直接来たのだと思い込んだ。方家にも使用人はあんなにいるというのに、わざわざ彼をよこすとは！

「おやおや、沈のぼっちゃんがわざわざお越しくださるなんて！」世鈞は門番がにやにやしているのを見ると、自分がお嬢さんの使いっ走りになっていることを笑われたのだと思い、さらに不愉快になった。

門番は家に入るよう勧めたが、世鈞は石夫人と顔を合わせてまたあれこれ言われるのが嫌だった。「いや、ここで待ってるよ」門番小屋でしばらく待っていると、門番が靴の箱を持ってきた。「わたしが持って行きましょうか？」世鈞は「いいよ、僕が持っていく」と言って車を呼んでもらった。

劇場に入ると暗がりの中で席に戻り、箱を翠芝に渡して「靴を持ってきたよ」と言った。

「ありがとう」

世鈞は、自分は一時間以上は席を外していただろうと見積もった。映画はもうすぐ終わるところで一番のクライマックスを迎えていた。これは悲劇で、上の階や下の階に座っていたたくさんの観客がハンカチで洟をかんだり涙を拭いたりする音が聞こえた。世鈞は前半を見ていないので憶測するしかなく、なんとか手掛かりを見つけて、劇中の少女はきっとこの男性の娘なのだろうと思ったが、観ていくうちにそうではないことがわかった。最後まで観てもなんだかちぐはぐで、わかったようなわからないような気がする。灯りがついてみんなが立ち上がった時には、翠芝は目のふちを赤くしていた。どうやら映画に感動したようだ。彼女はもう靴を履き替え、脱いだものを箱にいれて手に持っていた。三人が一緒に下に降りた時、彼女は興奮気味に叔恵と映画の内容について話していた。世鈞はそばで黙りこくっていたが、劇場の出口に着いたところで突然言った。「後半だけ観て前半を観てないっていうのは本当にもやもやするから、二人は先に帰ってて。僕はもう一度観ていくよ」そう言うと二人の返事も待たずに向きを変えて奥に入り、チケット売り場に並んだ。これは、半分は怒っていたからでもあり、半分はこの先も翠芝にあちこち付き合わされ、そのあと方家でまた愛咪たちに揶揄われると思うとうんざり至極だったからでもあった。叔恵に送らせたほうがいい。叔恵は部外者だし彼女ともそんなに親しくないから、彼が送っていけばすぐに帰してもらえるだろう。

しかしどう考えても、こんなふうに放り出してしまうのは幼稚な振る舞いだった。叔恵は困り果てていたが、翠芝も何も言わなかった。映画館を出ると陽光が燦然と輝いており、地面もほとんど乾いている。翠芝は思わず声をあげて笑った。「今になって晴れたわね！」

「本当に意地悪な天気だなあ。今朝はあんなにひどく降っていたから、牛首山に行こうと思っていたのに行けなかったんだ」

「今回は本当に運が悪かったのね」

「全く。どこにも行けなかったなあ」

翠芝はちょっと黙ってから言った。「まだ時間は早いから、どこか行きたいところがあるなら一緒に行きましょうか？」

「いいですね。僕はよくわからないけど、どこがいいかな？」

「玄武湖（旧市街の北東にある名勝）はどう？」

叔恵にもちろん異存はなく、二人はそれぞれ一台ずつ人力車に乗ってまっすぐ玄武湖まで走らせた。

玄武湖につくと、まず五洲公園（現在の玄武湖公園）を一回りした。五洲公園というのは特に見どころもなく、他の公園と何も変わりはしないが、草地の向こうには青空ではなく、淡い青が茫々と霞む湖水が広がっていた。小さな動物園があって猿がおり、また針金の柵の中には夕陽を浴びて木の梢にたたずむ梟がいた。金色に輝く大きな瞳は、黄金色の二個の宝石のようだ。彼らはそこに立ってしばらく眺めていた。

五洲公園を出てからボートに乗った。翠芝が彼を誘ったのは、もともと腹を立てて大胆になっていたからだったが、ここまできた時にはなぜかきまりが悪くなり、言葉数も減った。そうして船に乗ると、さっきの映画のパンフレットを取り出し、膝の上に置いて読み始めたのである。叔恵はふと考えた。わざわざ俺に付き合ってここまできたのは一時の気まぐれだったのかな、それとも世鈞に対して怒ってるんだろうか。玄武湖の夕暮れはとても美しかった。湖上にはたくさんのボートが出ている。普通の人は、彼らのように男と女がボートに乗っているのをみたら、言うまでもなく恋人だとみなすだろう。ボートに乗らなければまだしも、乗ってしまったのでいよいよ意識してしまった。叔恵は思った。今日ここにいる遊覧客の中に、翠芝の知り合いはいないだろうか。もしも知り合いに会ってしまったら、きっといろんな噂を引き起こすだろう。これで世鈞と翠芝の縁談がまとまらなくなったら、全部俺のせいにされてしまうかもしれない。

　この時、小さなボートが彼らの横を通り過ぎ、双方の漕ぎ手が挨拶をし合った。彼らの船を漕いでいたのは断髪の女性で、格子柄の綿の上着とズボンを身につけている。額にはまばらな前髪が斜めに揺れていた。顔はえらが張った赤銅色だったが、白い歯は綺麗に並んでいる。あちらの漕ぎ手は彼女のことを「大姑娘（ダーグーニアン）」（年頃の娘を呼ぶことば）と呼んだが、南京の人は「大（ダー）」を「奪（ドゥオ）」と発音するので、叔恵も真似をして彼女を「奪姑娘（ドゥオグーニアン）」と呼んだ。舌を丸めて南京弁を真似してみたが、どうもうまく話せず、翠芝と奪姑娘は我慢できずに噴き出していた。叔恵はボートの漕ぎ方を練習しようと船首に座って櫂（かい）をふり回してみたが、櫂が湖面を打ったとたん、翠芝の全身に水しぶきを浴びせてしまった。彼女の柔らかい緞子の旗袍はつるつるしていて水を吸わなかったので、水滴はころころと滑り落ちてゆき、翠芝はハンカチでさっと拭き取った。叔恵はかなり恐縮したが、彼女はただ笑っただけで、顔もハンカチで押さえるとコンパクトを取り出し、鏡に向かって前髪を整えていた。叔恵は思った。少なくとも俺の前では、全然お嬢さん気取りじゃないけどな。でも世鈞にそう言ったら、きっと俺にはまだ遠慮して本性を出してないだけだ、と言うだろう。彼はどうも世鈞は翠芝に対して偏見があるように思い、世鈞が言ったことを鵜呑みにはできないと思った。しかし、その先入観に多少影響されてもいた。翠芝のようなお嬢さまは、なんと言っても理想の妻ではない。もちろん友達付き合いするぶんには問題はない。でも内陸部の雰囲気というのはかなり保守的だ。特に翠芝のようなお嬢さまは、交際しなければそれまでだが、交際を始めてしまうとすぐさま結婚に結びつけるだろう。そして結婚ということになれば、彼女の家は俺のような貧乏人を認めるはずがない。俺だって身分違いの恋をしたいわけではない。俺にも誇りというものがある。

叔恵はこんなことを考えながら黙々と櫂を動かしていた。翠芝も口をきかなかった。ボートにはいくつかナッツの皿が並べられていたが、彼女は瓜子（グァズ）（スイカやかぼちゃの種を煎ったもの。歯で殻を噛み割って中身だけを食べる）を一掴みとると籐の椅子にもたれて食べ始めた。微動だにせず、たまに片手で服の上に落ちた瓜子の殻を払い落としている。水を隔て、はるか遠くには鬱蒼（うっそう）と紫がかった城壁が淡い青の空に映えているのが見えた。叔恵はここで初めて南京の美しさを感じとったのである。

しばらく船遊びをして、暗くなってからようやく戻った。岸にあがると叔恵は尋ねた。

「やっぱり方家に戻る?」

「もう行くのはやめにするわ、人が多くてうるさいもの」しかし家に帰るとも言わなかった。まだ帰りたくない様子だ。

叔恵はしばらく黙っていたが言った。「じゃあごはんをご馳走しようか、どう?」

「わたしがご馳走するわ、あなたは南京ではお客様だもの」

叔恵は微笑んだ。「それは後で相談しよう。まずどこで食べるか決めて?」

翠芝はしばらく考えて、ここから遠くないところに四川料理の店があったと言い、また人力車に乗った。

二人は食事に行ったが、まさか方家が彼らをずっと待っており、夕食に現れないので翠芝の家に電話したとまでは思わなかった。石夫人は翠芝が世鈞と出かけたと聞いたのでそう慌てはしなかったが、それでも少し心配になった。八時か九時になろうとしたときに、使用人がお嬢さまが戻られましたと言いにきたので、石夫人は玄関口まで迎えに出ると叱りつけた。「いったいどこに行ってたの? 方の家から電話があって、映画が終わっても帰ってこないって言ってきたんだよ」話しているうち、翠芝の後ろに誰かいることに気づいた。世鈞ではない。世鈞と一緒に来ていた友達だ。昨日彼らが帰った後、一鵬はみんな昔の同級生なんだと説明し、叔恵は学校に通うと同時に教える仕事もしていた、家が貧乏だったからと話していた。石夫人はその話を聞いても特に気にしていなかったが、いま叔恵を見ると軽蔑の念が湧いてきて、彼がお辞儀をしているのも目に入れずに言った。

「世鈞は？」

「世鈞はわたしの靴を取りに行って映画を半分しか観られなかったから、もう一回最初から観たの」

「じゃあ映画が終わってからどこに行ってたの？　どうしてこんな時間になったの？　ご飯は食べた？」

「食べたわ、許さんと外で食べてきた」

石夫人は顔を歪めて言った。「この子ときたらどうしてこうなんだろうね、一言も言わずに一人で外をほっつき歩くなんて！」彼女が「一人で」と言ったのは、明らかに叔恵を人とみなしていないということだ。横で聞いていた叔恵は我慢できなくなり、翠芝を送ってきたのを心から後悔した。家の中に入るべきではなかったのだ。入ってしまったからにはすぐ逃げるわけにもいかない。翠芝は言った。「母さんも早とちりね。わたしももう子供じゃないんだから、迷子になるわけないでしょう？」言いながらどんどん家に入っていった。

「許さん、入って！　王ばあや、お茶をお持ちして！」彼女はいらいらしながら応接室に入り、手の中の靴箱をソファに放り投げた。叔恵は進退極まったが、ついて入っていくしかなかった。石夫人も放っておけず、後にぴったりついてくると、二人とともに品の字型に腰をおろし、叔恵と翠芝の雰囲気を注意深く探った。使用人がお茶を持ってくると、石夫人は自分の煙草袋から一本取り出して吸い、叔恵にも勧めた。叔恵は半身になって「いえ、お構いなく」と言った。石夫人は目を細めてしばらく煙草を吸い、彼にいつ上海に帰るかなど適当な質問をしてあしらった。叔恵は我慢して何分か座ったあげく、立ち上がっていとまを告げた。

翠芝は彼を送った。叔恵は何度も戻るように言ったが、彼女はどうしても外まで見送るといい、星明かりの下の庭を歩いた。翠芝は初めのうちは黙っていたが、そのうち口を開いた。「明日もう帰るの？　見送りには行かないけど」話しながらふと振り向くと、女中が一人こっそりと後をつけている。翠芝にはやましいことは何もなかったが、顔を赤らめて問い詰めた。「何してるの？　こそこそついてきたりして、びっくりするじゃないの！」

女中は笑ってみせた。「奥さまがこちらのかたに車を呼べとおっしゃったので」

叔恵は言った。「いいよ、歩きながら車を探すから」その女中は何も言わなかったが、なおも微笑みながらついてくる。もうすぐ庭の出口と言うところで、翠芝はいきなり言った。

「王ばあや、犬がちゃんとつないであるかどうか見てきてちょうだい、昨日みたいに突然吠えついてきたらびっくりするから」

女中はためらいながら笑ってみせた。「あそこにつないでありますよね？」

翠芝は思わずかっとなって言った。「行けって言ってるでしょ！」女中は彼女が本気で怒っているのを見てとると、何も言えずにしかたなく立ち去った。

翠芝は怒りのあまり無理に女中を追い払ったものの、女中がいなくなっても特に話があるわけでもなく、少し歩いてから急に立ち止まった。「わたし、戻るわ」叔恵は微笑んだ。「そうだね、さよなら！」彼がまだ何か言っているうちに、彼女はさっと身を翻して急いで戻って行った。叔恵はしばらくぼんやり立っていたが、突然視界の中に人影が動いたのに気づいた。あの女中は立ち去っておらず、木の陰で自分たちを見張っていたのだ。彼は腹立たしいやら可笑しいやらだった。そしてまた思い出した。あの女中はさっき車を呼んでくれると言ったが、彼は自分で呼ぶと言った。しかしどこに行けばいいんだろう。世鈞の住所については通りの名前しか覚えておらず、番地ははっきりしなかった。南京は不慣れだしもう夜も遅い。石家に引き返して翠芝に聞こうにも、もう彼はごろつき認定されてしまっているから、夜中にお嬢さんを出せなんて言っても叩き出されてしまうのが落ちだろう。これは笑い話だなと思いながらも本気で焦り始め、焦れば焦るほど番地が思い出せなくなってしまった。幸い翠芝はまだ遠くに行っていなかったので、もうためらわずにすぐに呼んだ。

「石さん！　石さん！」翠芝は驚き、くるりと戻ってきて彼の顔を見た。彼女の顔に涙の痕があるのを見ると叔恵は面食らい、何を言おうとしていたのか一瞬忘れてしまった。翠芝は本能的に後ずさりし、暗がりでハンカチを取り出して顔を覆い、洟をかんだ。叔恵は彼女が泣き顔をごまかしきれないでいるのを見ると、気づかないふりをするしかなく、微笑んで言った。「僕って本当に間抜けでね。世鈞の家の番地を忘れてしまって」

「王府街（おうふがい）四十一号よ」

「四十一号ね。よかった、石さんに教えてもらえて！　でなければ戻れなくなって路頭に迷うところだったよ」笑うと彼女にいとまを告げて、振り向きもせずに歩き出したのだった。

世鈞の家に戻った時は、彼らも夕食を済ませたところで、世鈞は小健と遊んでいた。昨日雨花台（うかだい）（南京城の南に位置する丘）で拾ってきた石（雨花台は五色の石を産することで知られている）で、「擲子児（ジュアズアル）（石を投げ上げて空中で握る遊戯）」を楽しんでいたのだ。一個を投げ上げている間に一個を握りとる。また一個を投げ上げて、今度は二個を握りとる。握る石の数を次第に増やしたり、次第に減らしたりして、大人一人と子供一人は歓声をあげ、いかにも楽しそうだった。叔恵はそれを見るとなんだか困惑し、暗闇からいきなり明るいところに入ってきたように茫然としてしまった。世鈞は尋ねた。「なんでこんなに遅くなったんだい？　君はきっと道に迷って帰れないんだ、僕が放り出して映画なんか観ていたせいだって、母さんにえらく怒られたよ――どこに行ってたの？」

「玄武湖に行ってきたよ」

「石翠芝と一緒に？」

「うん」

世鈞は少し黙ってから、笑って「今日は本当にすまないことをしたね」と言った。彼が外で翠芝にご馳走したと聞くと、なおさら申し訳ないと思った。申し訳ないとは思ったが、叔恵が翠芝を連れて遊びに行ったことで、いろいろな面倒を引き起こすことになったとは夢にも思わなかった。

## 5

今日は日曜日、世鈞(せきん)が南京で過ごす最後の日だ。母はそっと彼に告げた。「今日はお父さんに会いに行かなくてはね」

　父の妾宅(しょうたく)に行くのは嫌だった。母だって行かせたいはずがない。しかし一年ぶりに彼が戻ってきていることを親戚や知人が知っている以上、父のところに顔を見せないのはどう考えても礼を欠くことになる。世鈞としても、必ず一度は行かねばならないことはわかっていた。ただどうしても最後の瞬間まで引き延ばしたくなるのだった。

　この日、彼は父がまだ出掛けていない午前中を選んで妾宅に行った。こちらは本宅よりずいぶん立派で、二人の下男を雇っている。門扉(もんぴ)を開けにきた使用人は新参者で、彼のことを知らなかった。世鈞が「旦那さまは起きてらっしゃるかい？」と聞くと、少しうさんくさそうに彼をじろじろ見た。「聞いてきますね。お名前は？」

「本宅の次男が来たと言ってくれ」

その男は彼を客間に座らせると知らせに行った。客間の家具は全て紫檀で揃えられている。世鈞の父は風雅を気取るのが好きで、背の高いテーブル、細長いテーブル、ティーテーブルなど、いたるところに高価な骨董の磁器が並べてある。一挙手一投足に気をつけないと、割ってしまうのではないかと怖くなるほどだ。世鈞は特に興味をひかれなかったが、テーブルに置いてある盆に来客の名刺や招待状が入っているのに気づき、何気なく手に取ってみた。薄紅色の婚礼招待状の宛名には「沈嘯桐様および令夫人」とある。父のところに出入りする人々は、みな妾を夫人とみなしているということだ。

嘯桐はまだ起きていないらしい。世鈞が一人客室で待っていると、朝の陽光が差し込んできて彼の座っているソファを照らした。ソファにかけてある白い綿のカバーは、相当古いものだが綺麗に洗濯してある。この家の主婦は明らかに倹約家のしっかり者だ。

彼女はちょうどこの時市場で買い物をして帰ってきた。後ろに従えた女中に籠を持たせ、自分は手に秤を持っている。中を覗くと笑顔で「あら、下のぼっちゃんがきたのね！いつ南京に戻ったの？」と聞いた。世鈞は彼女を特定の呼び名で呼んだことはなく、ただ立ち上がると生真面目に「まだ二日も経っていません」と答えた。この妾はもう盛りを過ぎた年増で、以前は夜の商売をしていたものの、今はきちんとした身だしなみで髪も結い上げ、古びた黒いポプリンの旗袍を着ている。顔にはうっすら化粧をしていた。もしも彼女が妖艶な淫婦なら世鈞はまだ穏やかな心でいられただろうが、こんなふうに典型的な家庭の主婦におさまり、完全に世鈞の母の地位にとって代わってしまっているのを見ると、彼女に会うたびとても不愉快になってしまうのだった。

彼女はいつも世鈞をちやほやするのだが、いくらへりくだっても事実上の妻は自分だという地位を忘れたことはなかった。外に向かって「李升（りしょう）、どうして下のぼっちゃんにお茶を差し上げないの！」と叫ぶと、外から「今淹れてます！」という返事があった。彼女はまた世鈞に笑顔で頷いた。「座ってね、お父さんはすぐ降りてくるから。ほら、お兄さんに挨拶なさい。早く！」彼女の三番目の子供がちょうど鞄を背負って降りてきたので、彼女は手招きして呼び寄せた。「下のお兄さんだよ！」この子は世鈞の甥と同じくらいの年頃だった。

世鈞は笑顔で尋ねた。「何歳になったの？」

妾が言った。「お兄さんが聞いてるでしょ。返事しなさい！」

世鈞は微笑んだ。「確か、この子はちょっと吃音（きつおん）が出るんでしたっけ」

「それはお兄ちゃんの方。この子は三番目よ。前に会った時はまだ抱っこしてたでしょ」

「子供が大きくなるのは早いもんですねぇ」

「本当に」

妾はそのまま子供の手をひいて出て行った。遠くから彼女が叫ぶのが聞こえてくる。

「車夫は？　この子を学校に送ったらすぐに戻ってくるように言っておいてちょうだい。旦那さまがお乗りになるからね」彼女は、彼ら父子（おやこ）の会話が長くなるはずがないこと、腹を割った話などしないことをよくわかっているのだ。それでも彼女は用意周到で、自分のかわりに母親を差し向けて客間に座らせた。この婆さんはずっと娘と暮らしてきた。娘のほうは徹底的な改造を経て標準的な奥さまになったというのに、この母親のほうは今もなお、いかにも遣手婆（やりてばば）という態度をとるのだ。世鈞は、この婆さんが妾よりなお嫌いだった。あちらも薄々気づいているのだろう、客間に入ってきても彼に挨拶しようとはしない。ただ婆さんが腰を下ろす衣擦れ（きぬず）の音がして、小さな女の子に「おいで、銀紙の折り方を教えてあげようね。そう、こうやって折ってからこう折るんだよ……」と話しかけているのが聞こえた。紙で折った元宝（ユエンバオ）や錠子（ディンズ）（どちらも旧時に通貨として用いられた貴金属の塊）を籠にいれるかさこそという音も聞こえる。この部屋で交わされる会話は全て彼女にまる聞こえになるだろう。年はとっても耳はいいようだ。

こうして伏兵が整った時、よく知っている「ごほん！」という声が階段の上から響き、世鈞の父が階段を降りてきた。父の咳払いには聞き覚えがあったが、父本人はなんだか知らない人のような気がした。後ろに手を組んで歩いてきた沈嘯桐に、世鈞は立ち上がると「お父さん」と一声挨拶した。嘯桐は頷くと言った。「座りなさい。いつ帰ってきたんだ？」

「おとといです」

「最近はいろんな噂が飛んでいるが、上海では何か聞いてるか？」そうして大いに時局を語り始めた。世鈞は父の見解には少しも感心しなかった。父は旧式の商売人に過ぎないし、彼に向けて展開している議論はみんな別の商売人から聞いてきたことか、さもなくば新聞でちょっと読んだことの受け売りだ。

嘯桐は国家の大事を一つ一つ分析してみせた後、しばらく黙り込んだ。彼は世鈞のほうを全然見ていなかったが、このときいきなり言った。「なんでそんなに日に焼けているんだ？」世鈞は笑って適当に答えた。「きっと二日前に帰ってから山に登ってばかりいたので日焼けしたんでしょう」

「今回帰ってくるのに休暇をとったのかい」

「いえ、取ってません。双十節の休みがちょうど土日と繋がったもんですから」嘯桐は彼の仕事についてあまり聞こうとしなかった。父子の間に埋めようのない亀裂が生まれたきっかけは彼の職業問題だったからだ。そこでこの話になると禁忌に触れたような気がして嘯桐は話題を変えた。

「大おじさんが亡くなったんだよ。聞いたかい」世鈞は〝母さんから聞きました〟と言おうとしたが、とっさに「聞きました」と言いかえた。

まだ存命しているわずかな長老に、嘯桐は十分な敬意を払ってきた。正月には家まで訪問して年賀の挨拶をするのだが、その時はいつも世鈞の母親が同行することになっていた。彼ら夫婦はふだんは会うこともないので、このように夫婦二人で出かけるなどというのは更に稀なことだった。今やその長老たちは一人一人世を去り、最後に残っていたのがこの大おじだったのだ。これで嘯桐が正妻と一緒に年賀に出かけることもなくなったのである。

嘯桐は大おじが脳卒中で倒れたいきさつについて話し、「あっという間だったな……」と言った。嘯桐もかなり血圧が高いという悩みがあったので、大おじについて話すと思わず自分のことについて考えてしまった。しばらく黙り込むと嘯桐は言った。「まえに劉先生が処方箋を出してくれたが、どこかにやってしまったな。探し出して薬を買って飲むことにしよう」

「父さん、どうして劉先生にもう一度診てもらいにいかないんです?」

嘯桐は医者嫌いだったので適当にごまかした。「まだ南京にいるかどうかわからないしな」

「いますとも。小健が麻疹になったときは劉先生に診てもらったんですから」

「え？　小健が麻疹にかかったのか？」

世鈞は思った。どちらも南京に住んでいるというのに、こんなことも上海から来た俺経由で聞くなんて。親父とうちとはずいぶん距離ができてしまっているんだな。

「小健はいつも病気ばかりで、ちゃんと育つかどうかもわからないな。あの子をみるといつもお前の兄を思い出してしまってな。もう死んで五年も経つんだなあ」嘯桐はそう言うと、突然涙をこぼした。世鈞は愕然とした。今回の帰省で、母が混乱しているのを見て老けたなと思ってはいたが、今度は父が涙を流すとは。こんなことは今までになかった――これも老いのせいだろうか？

兄が死んだ五年前ですら、父はこんなふうに滂沱の涙を流しはしなかった。どうして五年経った今になってこんなに感傷的になるのだろう。自分の老いを感じたのかもしれない。右腕だった長男を失い、次男は自分の跡を継ごうとしないので、死者への想いを借り、生者に向かってどうしようもない無念を訴えているのかもしれない。

世鈞は何も言わなかった。この時、彼は数え切れないほどのあれこれを思い出した。父がどんなふうに母を扱ったか。母の苦しみが自分の少年時代に与えた陰影。これら全てを思い起こしたのは、自分の心を頑なにするためだった。

妾が階上から呼ぶ高い声がした。「張ばあや、旦那さまにお電話！」口で呼んでいるのは張ばあやだが、実際には直接旦那さまを呼んでいるのだ。この呼び声は世鈞の目を覚ましてくれた。俺が父親の辛さを理解する必要などない。父には自分の温かい家庭があるのだから。嘯桐が立ち上がって電話に出ようとするのを見て、世鈞は言った。「父さん、僕は帰ります。まだやることがあるので」嘯桐は少し考えてから言った。「よし、そうなさい」

世鈞が父の後について一緒に部屋を出ると、妾の母が笑いかけた。「下のぼっちゃん、なんでもう帰るの？　ご飯を食べていけばいいのに」嘯桐はみるからにうるさそうに言った。「世鈞にはまだ用があるんですよ」階段口まで行くと、彼は振り返って世鈞に頷いてから階上にのぼって行き、世鈞は帰った。

家に帰ると母が聞いた。「父さんは何かお前に言ったかい？」世鈞はただ、「大おじさんの話をしてたな。血圧が高かったということで、父さんもちょっと自分の心配をしてるみたいだった」とだけ答えた。

「そうなんだよ、お前の父さんも高血圧だから、脳卒中が心配だよ。父さんを呪うわけじゃないけど、長いあいだ帰ってこないと、お前はもう父さんに会えなくなるんじゃないかと心配でねぇ」世鈞は思った。父もきっとそう思っていたのだろう、だからこそさっきあんなに感傷的になったわけだ。今回の南京は叔恵（しゅくけい）も一緒だったから、母は彼に向かって涙をこぼす機会がなかった。まさか父が俺の前で泣くとは！

彼は母に聞いた。「ここのところ、生活費はどうなってるの？」

「このところは問題ないよ、毎月使用人に持ってこさせてくれてね。でも……わたしの心が冷たいなんて思わないでね。いつも心配なんだよ、お前の父さんが死んでしまったらどうなるだろうとね。あの人のお金は全部あの女が握ってるんだからね」

「それは……お父さんにだって考えがあるでしょう、お父さんだってその日のことは何か考えてるんじゃないかな……」

沈夫人は苦笑した。「でもそうなった時はね、あの人には何も決められないのよ。全ては人の手の中だからね。あの人を一目見ることだってとても難しいでしょうよ！　わたしが秦雪梅（しんせつばい）（河南省の地方劇。ヒロイン秦雪梅は仲を裂かれた婚約者が急死したとき葬儀に駆けつける）みたいに葬式に駆けつけられるとは思えないしねぇ！」

世鈞にも、母の心配が杞憂ではないことはわかっていた。親戚の間ではしばしばこういうことが起こった。旦那さまが妾のところで死に、正妻が遺骸を返すように要求する。あちらが譲ろうとしなければ派手な争いが起こる。結局本宅では別に霊堂を設け、棺桶もないのにしきたり通りの葬礼を行うのだ。こんなのはまだ序の口で、やがて遺産の分配でもめ始めると本当に頭の痛いことになる。そのころには自分が母と義姉（あね）、甥っ子を支えるだけの財力を持っていればいいが。そうなれば家産について人と争わなくてもすむ。彼はそう思ったものの、空手形で母を慰めたくはなかったので、ただ機械的な慰めを口にするのにとどめた。「ねえ、取り越し苦労するのはやめておこうよ」沈夫人も、彼が家ですごす最後の日を楽しいものにしたかったので、このことについてはこれ以上言わなかった。

今晩の汽車で帰るので、昼は叔恵につきあっていくつかの場所を回り、午後帰ってきて早めに夕食をとった。義姉は小健を抱っこしながら笑った。「やっとおじさんに慣れてきたのに、もう行ってしまうのね。今度おじさんに会うときはまた人見知りしちゃうわね」沈夫人は思った。次もまた一年やそれくらい帰ってこないだろうから、確かに子供はまた人見知りするようになるだろう。そう考えると目のふちが赤くなり、無理に笑って言った。「小健、おじさんと上海に行くかい？　どう？」義姉も声をあわせた。「上海はいいよ！　おじさんと行ったら？」やいやい言われて、小健はただ母親の懐にぐいぐい潜り込むだけだった。義姉は笑って言った。「だめねぇ、やっぱりお母さんがいいのね」

世鈞と叔恵はあまり荷物を持たずにきたものの、帰るときには収穫満載だった。いつも通りの果物や点心のほか、沈夫人は桂花鴨子（グィホワヤーズ）（塩水鴨とも。塩味でアヒルを蒸した南京の名産。木犀の花〔桂花〕の頃が旬なのでこの名がある）を二羽買って持たせた。ちょうど桂花鴨子が出回る季節だったからで、このほかに薬の入った大きな箱を持たせ、世鈞に注射したり飲んだりするようきつく言い含めた。彼女はもともと駅まで送って行くつもりだったが世鈞に止められ、家中の者が全員門に立って彼らが車に乗るのを見送った。沈夫人は微笑みながらもひっきりなしに涙を拭い、世鈞に「ついたらすぐ手紙を書いてね」と言った。

汽車に乗ると、世鈞は急に緊張がとけるのを感じた。彼らは上海の新聞を二部買うと、寝台車に寝転んで眺めた。汽車が出発し、ごうごうと南京を離れ、この古城の灯りはだんだん遠のいていった。「時代の列車」というのは本当に筋の通った比喩だ。列車の進行とは、たしかに凄（すさ）まじい勢いである時代を貫いていくようなものである。世鈞の家のあの旧時代の雰囲気、あの悲劇的な人々、あの埋めようもない恨みつらみは、みな後ろに投げ捨てられていく。汽車はごうごうと暗闇の中を走っていった。

叔恵は上の寝台、世鈞はその下に横たわっていた。叔恵が片足を寝台のへりにかけている。革靴の底には黄色い泥が貼りつき、まわりにはまだ草の屑がぐるりとひっついていた。いわゆる「遊屐（うげき）」（各地をめぐり遊ぶこと、またその人。屐とは古代用いられた下駄）とは、きっとこういう感じだったのだろう。

世鈞は、自分が旅行の相棒として理想的ではなかったな、と自問した。今回南京に戻ってみたが、なぜかしら心が落ち着かず、何をするにもそわそわしていて、とにかく早く逃げ出すことしか考えていなかった。まるで別に約束があるかのように。

翌朝上海に着くと、世鈞は「直接工場に行こうよ」と言った。少しでも早く行って曼楨に会いたかった。昼食まで待ちきれない。

「荷物はどうする？」

「持って行こうよ、君の部署に置いておけばいい」荷物を持って叔恵の部署にいけば曼楨に会うことができる。

「他はともかく、ぎとぎとのアヒル二羽は持っていけないよ。やっぱりまず帰る。僕が持って帰ればいいさ、君は直接行けよ」

世鈞は一人でバスに乗って工場前で下車した。八時にもなっていないから、曼楨はまだ来ていないはずだ。彼はバス停をうろうろした。早過ぎるから曼楨はすぐには来ないだろうとわかっていたが、待つというのは気が焦るものだ。時間から考えると叔恵がもうすぐ来てしまうような気がした。もしも次のバスに叔恵が乗っていて降りてきたとしたら？四十五分も前に来ていた俺がまだここにうろうろしていたら、怪しいと思わないだろうか？

そう考えると針の筵に座っているような気がして、すぐに身を翻して工場に向かった。このバス停の近くには果物の屋台が出ている。世鈞はさっき列車でみかんを何個も食べたところで、家から持たされた果物も食べ切れなかったのに、この果物屋の前にくるとまた立ち止まってみかんを二個買い、すぐに剝いてその場に立ったままゆっくりと食べた。二個のみかんを食べてしまうと、もうそれ以上ここにぐずぐずしていられなかった。今にも叔恵が来てしまう。それにしても、曼楨はどうしてまだ来ないのだろう。もしかして早くから出勤して、もう職場にいるのかも？　なのに俺は馬鹿みたいにここで待っていたのか？　これは突拍子もない発想だったが、彼はすぐに工場に向かって歩き始めた。しかも相当な速足で。

途中で突然誰かに呼ばれた。「ねえ！」振り返ると曼楨だった。片手で風に煽られた髪を押さえ、爽やかな日差しの中、にこやかにこちらに向かって歩いてくる。彼女を一目見るとすぐに気持ちがはればれとした。

「帰ってきたの？」

「帰ってきたよ」

何もおかしなことはないのに、二人は期せずして同時に笑い出してしまった。

「ついたばっかり？」

「うん、汽車を降りたところ」彼はここで彼女を待っていたのだとは言わなかった。

曼楨は彼の顔をじっと見ている。世鈞は少し焦って自分の顔を撫でると言った。「列車でい加減に洗っただけだから、まだ汚いかも」

曼楨は微笑んだ。「そうじゃなくて……」もう一度彼をよく眺めてから笑って言った。

「やっぱりいつも通りね。なんとなく、一度帰省したら様子が変わっちゃうような気がしてた」

「ほんの数日なのに、様子が変わるなんてこと、あるかい？」しかし彼も、自分が帰っていたのは数日だったのに、とても遠いところから戻ってきたような気がしていた。

「お母さんは？　家のほうはみんな変わりなかった？」

「みんな元気だったよ」

「あなたのトランクを見て何か言われなかった？」

世鈞は笑った。「何も言われなかったなぁ」

「トランクの中が綺麗に整理してあるって言われなかったの？」

「言われなかったねぇ」

歩きながら話をしているうち、世鈞は突然立ち止まって「曼楨！」と言った。曼楨は彼がどうも苦しそうな顔をしているのを見ると「どうしたの？」と聞いたが、世鈞のほうは黙ってしまい、また歩き続けた。

いろんな災難が彼女の頭をよぎった。彼の家で何か起こったとか——彼が仕事をやめることにしたとか——家の人が彼に縁談を調えたとか——彼が誰かのことを好きになったとか、それとも以前の恋人に今回の帰省で出くわしたとか。彼女はまた聞いた。「どうしたの?」彼が「なんでもない」と言ったので、彼女は黙った。

世鈞は言った。「レインコート持っていかなかったんだけど、雨にあっちゃったんだ」

「あら、南京には雨が降ったの? こちらは降らなかったけど」

「でもまあましだったよ、一晩降っただけだったし、僕たちが出かけたのはいつも昼だったから。でも晩も出かけたんだ、雨の降った日も出かけた」彼は自分がわけのわからないことを言っているのに気づいて急に黙った。

曼楨も本気でじれてしまい、微笑みかけて尋ねた。「ねえ、どうしたの?」

世鈞は言った。「なんでもない。——曼楨、君に話があるんだ」

「言って」

「君に話したいことがたくさんあるんだ」

実は、もう言ってしまったに等しかった。彼女ももうそれを聞きとった。彼女の顔は完全に平静だったが、彼には彼女がとても喜んでいることがわかった。この世界にとつぜん光が差し、一切のものが急にはっきりと、確かなものに見えた。こんなにはっきりした気持ちになったのは生まれて初めてだ。まるで試験の時、問題を一瞥した瞬間、全部正答がわかると感じたときのようだった。とても興奮している一方で、心が妙に静まりかえっている。

曼楨の表情がさっと変わり、微笑みながら挨拶をした。「陳経理、おはようございます」工場の経理担当者が彼らの横を通っていった。もう工場の正門に着いたのだ。曼楨は慌ただしく言った。「今日は遅くなっちゃったわ、あなたもよね。またあとでね」そう言うと彼女はそそくさと階段を駆け上っていった。

世鈞はもちろん嬉しかったが、午前中いっぱいあれこれ考えているうちにだんだん自信を失ってきた。さっきもっとはっきり言わなかったこと、もっとはっきりした答えをもらわなかったことをぐずぐず悩んだ。曼楨は彼に好意を持っているとずっと思い込んできたが、そう思った根拠を今一つ一つ思い出してみると、どうも証拠にするには足りないような気がしてきた。友情の表れなのかもしれないし、単に彼女が無邪気なだけかもしれない。

食事のときはまた三人が一緒になった。曼楨はいつも通り話したり笑ったりしていて何事もなかったかのような様子だ。世鈞が考えるに、たとえ彼女が彼を愛していないとしても、彼は今朝ああいうふうに意思表示をしたのだから、彼女からもなんらかの意思表示があるはずだ。困った様子をするとか、こわばってしまうとか——女性がそういう時にどういう態度をとるかは彼は知らないが、でもとにかく、全く何もなかったようにするということはないだろう。もしも彼女が彼を愛しているとしたら、この冷静さはもっと驚きだ。女が冷静になると、時には人間味すらなくなってしまう。それに演技が完璧すぎる。きっと女とはみんな役者なのだろう。

レストランから出ると、叔恵は煙草を買いに行くと言ったので、世鈞と曼楨は少し離れたところで彼を待った。世鈞は言った。「曼楨、今朝僕の言ったこと、ちょっと曖昧だったよね」しかし今とっさにははっきり言うこともできない。彼はうつむき、秋の日差しの中に彼ら二人の影が延びているのを眺めた。道には落ち葉がたくさん積もっている。彼はつま先でさぐると、一番大きな黄色い葉を選んで一息で踏み潰した。かさ、と音が響く。曼楨も彼を見ようとせず、叔恵の後ろ姿を見て言った。「あとでまた話しましょ。今夜うちに来て」

その晩、彼は彼女の家に行った。彼女は退勤の後にも仕事がある。六時から七時まで家庭教師をして、夕食のあとはまた別の場所に行って二人の子供を教えるのだ。彼女の毎日の日課について、世鈞はよく知っていた。話したいと思うなら夕食の時間に行くしかない。

彼はきっかり時間をみはからい、七時十分に顧家の呼び鈴を鳴らした。顧家は今一階の部屋を貸しに出しているので、ドアを開けに来たのはその下宿人の雇っているばあやだった。この女中はちょうど炊事中で目の回るような忙しさだったので、ただ階上に向かって

「顧の奥さん、お客さんですよ！」と声をかけただけで、世鈞に自分一人で上がらせた。

世鈞は以前間接的な知りあいの呉とこの家を内見するために一度来ただけで、それから寄りついたことはない。大家族なのに、来客があるとさっと静まり返る光景がなんとも彼を不安にさせる。特に子供たちだ。子供というのは本来がさがさ動き回っていて全くおとなしくしようとしないものなのに、なぜあんなふうに黙ることができるのだろう。

この日は、階段をのぼりはじめると、もう上から話し声や笑い声が響いてきた。大きいほうの子が「うるさいよ！ いま宿題してるのに！」と怒鳴りつけている。目の前の机には教科書や物差し、三角定規が散乱していた。曼楨の祖母は手に箸を持ち、子供のものを脇にどかしながら「ちょっと、片付けておくれ！ お皿を置く場所を作らなきゃ」と言っている。子供のほうは算数の宿題に没頭していて頭を上げようともしない。

曼楨の祖母は振り向くと世鈞を見て、「あら、お客さんだ！」と言った。世鈞は微笑みかけた。「お祖母さん、こんばんは」部屋に入っていくと、曼楨の母がちょうど子供に散髪してやっているところだった。世鈞は彼女にも挨拶すると、「おばさん、曼楨は帰りましたか」と聞いた。「すぐ帰ってくるわよ。座ってちょうだい、お茶を淹れるわね」いえいえ、お構いなくと言っているうちに顧夫人はハサミを置いてお茶を淹れた。子供は「お母さん、首がかゆいよ！」と叫ぶ。顧夫人は「切った髪の毛が落ちたからだねぇ」と言いながら子供の服の襟をもちあげて裏返し、灯りの下で丁寧に払い落とした。祖母が箒を持ってきて「あらあら、床中髪の毛だらけだよ」と言うと、顧夫人は箒を受け取り、「わたしがやりますよ。〝客が来てから床を掃く〟っていうのはこのことね！」と笑った。祖母は「お客さんの足を髪の毛だらけにしないでおくれよ！　沈さん、こっちに座っててちょうだい」と言った。

顧夫人は灯りをつけにいって、世鈞を隣の部屋に座らせた。彼女は入り口に立って箒の柄によりかかると、微笑みながら「最近は忙しいの？」などと聞いてから言った。「今日はうちで食事していってね。特に何もないけど――身内と思ってるからね」世鈞はちょうど、食事の時間に押しかけてきて申し訳なかったと思ったところだったが、どうしようもなかった。顧夫人はそのまま下に降りて食事の支度を始め、臨時に一品足そうと大忙しだった。

世鈞は一人で窓の前に立って路地を眺め、曼楨が来ないかどうか見ていた。この部屋は曼楨のものだとわかっていたが、部屋にあるのは全部他の人のものだった。お母さんの縫い物かごに眼鏡入れ、子供のバスケットボールシューズなど。壁にはお父さんの写真を引き伸ばして貼ってある。曼楨のセーターが置いてあるのが、きっと彼女のベッドなのだろう。この部屋は寄宿舎のようで、なんの個性もなかった。どうやら本当に彼女のものなのは本棚の本だけのようだ。雑誌があり、小説があり、翻訳小説がある。彼女が教えるのに使っている教科書もあった。背表紙が取れた英語の文法書だ。世鈞は一冊ずつ見ていった。ほとんどは彼も読んだことがないのに、全部自分の本のような気がした。彼女の本だから。曼楨が帰ってきた。部屋に入ってくると、「ずいぶん待った？」と笑いかけた。「そうでもないよ」曼楨は手に持っていた鞄と本を下ろした。今日の二人の間には特別な空気が漂っていて、彼女は自分の一挙手一投足が細かく観察されているような気がした。顔を赤らめて鏡に近寄ると髪をなでつけ、また服の襟を整えて言った。「今日は電車がものすごく混んでてもみくちゃにされちゃったのよ。ストッキングも踏まれて汚れちゃったわ」世鈞も鏡の前に来て笑った。「ねぇ、僕は南京に行って日に焼けたと思う？」曼楨の後ろに立って鏡を覗き込んだが、彼女との距離が近すぎて、自分の顔が焼けたかどうか確かめる前に曼楨の顔が赤いことがわかった。

曼楨はごまかすように彼を見て言った。「日に焼けるとそうなるわよね、まず赤くなって、二、三日経ってからやっと黒くなるんじゃない」こう言われて、世鈞は初めて自分の顔も真っ赤になっていることに気づいた。

曼楨はうつむいてストッキングを調べるとあらっと言った。「破れてる。電車でやられたんだわ、本当にいやになっちゃう！」彼女は引き出しから別のストッキングを出すと、隣の部屋に替えにいってドアをしめてしまい、世鈞は一人部屋に残された。どうも不安になった。彼女はちょっと機嫌が悪いんじゃないだろうか。本棚から一冊本を出して読もうと思い、引き出したところで曼楨がドアを開けて微笑みかけた。「ご飯よ」

丸いテーブルにぎっしりと人が座り、曼楨は世鈞の斜め前の席に着いた。世鈞は思った。今日彼女と一緒にご飯を食べるのは二度目だが、いつも誰かが一緒にいるし、どんどん彼女との距離が離れていくようだ。正直恨めしい。

顧夫人は臨時にピータンと卵の炒め物を足し、子供に燻魚(シュンユー)（燻した魚を甘辛く煮つけた上海のおかず）や醬肉(ジアンロウ)（豚肉の醬油煮）を買いに行かせていた。こうしたおかずが世鈞の前に所狭しと並べられている。さらに、祖母は時々嫁に「醬肉をよそっておあげ」と言った。顧夫人は笑った。「今時の若い人は、人におかずをとってもらうのは抵抗があるんじゃないですかね」

子供たちは一言も発さずにすごい勢いで食べ、がつがつとかき込み終わるとテーブルを離れていった。みんな世鈞になんとなく敵意を持っているようだ。曼楨はそれを見ると、姉の婚約者だった張豫瑾(ちょうよきん)が家に来ていたころを思い出した。あのころの曼楨はまだ十二、三歳で、豫瑾のことが本当に嫌いだったのだ。その年頃の子供はまだ野蛮人の心理で動いていて、強烈な家族意識があった。豫瑾が外からの侵略者で、姉さんを略奪し、自分たちの家庭を破壊しにきたのだと考えてしまったのである。

食事がすむと、顧夫人はテーブルを拭きながら曼楨に言った。「やっぱりあっちのほうにいってなさい。子供達にはここで勉強させましょう、こっちのほうが明るいから」

曼楨はまず世鈞にお茶を淹れてくれた。座ったかと思うと彼女はさっき脱いだストッキングを取り出し、破れたところを繕い始めた。世鈞は言った。「疲れてるんじゃないの？帰ってきたばかりなのにそんなに忙しくして」

「もしもわたしが放っておくと母さんがしてくれちゃうから。母さんだって大変なのよ、ご飯に洗濯、なんでもやってくれてるから」

「このまえここにいた女中さんはもういないの？」

「阿宝のこと？ とっくに暇を出したわ。この前あなたが来た時は、まだ次の仕事が見つかってなかったからここにいただけなの」

彼女は俯いてストッキングを繕っていたので、髪が全部前のほうにかぶさり、柔らかなうなじが剝き出しになっていた。世鈞は部屋の中をいったりきたりして彼女のそばに寄ってくると、俯いてその首筋にキスしたいと思った。もちろん彼はそうせず、ただ彼女の髪を撫でた。曼楨はまるで気づかないように俯いたままストッキングを繕い続けたが、手の中の針をどこにやったかわからなくなってしまい、うっかりして手を刺してしまった。彼女は何も言おうとせず、指に浮かんだ小さな血の玉を眺め、ハンカチで拭いた。

世鈞はちらちらと時計を気にして言った。「もうちょっとしたらまた出かけるんだよね。僕ももう帰ったほうがいいかな？」彼は本当にがっかりしていた。彼女がこんなに忙しいのではまったく話をする機会がない。土曜日まで待たなくてはならないだろう。でも今日はまだ月曜日だ。長い長い一週間をどう過ごせばいいのだろう。曼楨は言った。「もうちょっとゆっくりして。わたしが出るときに一緒に出ましょうよ」世鈞ははっとして聞いた。「じゃあ出るとき送っていくよ。車に乗っていくの？」

「大した距離じゃないから、いつも歩いていってる」彼女はちょうど糸を口に入れて噛み切ったところで、歯の間に糸をはさんだまま世鈞に微笑みかけた。世鈞は突然、また無限の希望が湧いてきたのを感じた。

曼楨は立ち上がって鏡で自身を眺め、身づくろいをするとコートを着た。世鈞は彼女の教科書を持ってやって一緒に出かけた。

路地に出た時曼楨は、姉さんと豫瑾が一緒に散歩に出かけたのも夕食の後だったことをまた思い出した。曼楨と路地の子供達はみんな彼らの後ろで騒ぎ立て、あとをつけて行ったのだ。姉さんと豫瑾は自分たちに取り合おうとしなかったが、怒ってみせるのも具合が悪いというわけでいつもうっすらと微笑んでいた。今考えると、あの時の自分は本当に許し難い。何と言っても姉さんと豫瑾の縁談は結局うまくいかなかったわけで、二人の甘い時間は長く続かず、あっという間に終わってしまったのだから。

世鈞が言った。「今朝は本当に嬉しかったよ」

「そう？　今日のあなたはなんだかずっと嬉しくなさそうに見えるけど？」世鈞は笑った。

「それはさっきの話だよ。さっきはね、僕は君の意図を誤解しちゃってるんじゃないかと思ってしまってね」曼楨は何も言わなかった。暗がりの中で、彼女がくすっと笑うのが聞こえ、この時世鈞はようやく安心したのだった。

彼は彼女の手をしっかりと握った。曼楨は言った。「あなたの手、すごく冷たい……寒くないの？」

「大丈夫、寒くないよ」

「さっきわたしが帰った時も寒かったけど、今はもっと寒くなってきたわね」二人のこの会話は、煙幕を張るものに過ぎなかった。煙幕のもと、彼は彼女の手を握っている。二人とも、なんとも言えない感覚に浸された。

通りの店はもう大方閉まっている。向こうには大きな黄色い月が出て、軒端に低くかかっており、まるで街灯のようだった。今日の月は特に人間味があった。蒼茫とした街の海原からのぼってきたかのようだ。

世鈞は言った。「僕は口下手なんだ。叔恵みたいだったらよかったんだけど」

「叔恵はいい人だけど、時々憎らしくなるわ。あなたにコンプレックスを植え付けるんだもの」

「このコンプレックスも僕の欠点だよね。僕は本当に欠点が多いんだ。いいところなんかひとつもない」

曼楨は笑った。「そう？」

「そうだよ。でも今は思うんだ。もしかしたら僕にもいいところがあるのかもしれない。でなかったらどうして君が……僕によくしてくれるはずがある？」

曼楨は笑っただけだったが、やがて言った。「あなたは結局、言うべきことはちゃんと言う人よね」

「それって僕が嘘くさいっていうこと？」

「あなたは口下手じゃないってこと」

世鈞は言った。「僕らが出発する前日、君がうちにきてくれただろう？ あの晩叔恵の母さんが言ってたんだよ。〝思いもよらなかったわ。世鈞はあんなにおとなしくて真面目そうなのに、まさか叔恵の女友達を奪い取るとはね！〟って」

曼楨は笑った。「ええ？ もうわたし、これからあなたたちの家に行けないわ」

世鈞も笑った。「じゃあ話すんじゃなかったよ」

「それは叔恵の前で言ったの？」

「いや、叔恵の父さんにこっそり話してたのを偶然聞いちゃったんだ。なんだか可笑しくなっちゃって。僕は恋愛ってすごく自然なことだと思うんだよね。なのにどうしてすぐ戦争みたいなことになっちゃうんだろう。奪い取るとか取らないとか。叔恵は僕から奪い取ったりしないと思うよ」

曼楨は笑った。「あなただって叔恵から奪い取ったりしないでしょ？」

世鈞は一瞬考えてから笑った。「自分のために血を流して戦ってくれるような人が好きな女性もいるだろうけど。君はそういうタイプじゃないよね」

「それって喧嘩するようなことじゃないわね……幸い叔恵はわたしを好きじゃないけど。もしもそうだったら、きっとあなたは何にも言わずにすっと離れていってしまったでしょ。そしてわたしは何があったのか永遠にわからないままだったんだわ」そう言われると世鈞は何も言えなかった。

さきほど夜市で灯りをともした果物屋台を通った時、彼は彼女の手を離したのだが、今またぎゅっと握り直した。彼女は手を振りほどいて笑った。「もうすぐつくわ。窓から見られちゃうかもしれないから」

「じゃあちょっと戻ろう」

彼らは少し戻り、世鈞は言った。「もしも君が望むんだったら、僕はどんなことをしても君を奪い返すよ」

曼楨は思わずくすっと笑った。「誰があなたと争うっていうの？」

「それが誰であろうともさ」

「あなたときたら——あなたが本当に馬鹿なのか、馬鹿のふりをしてるのか、わたしにはわかりっこないわね」

「将来僕が本当に馬鹿だって分かったら、君は後悔するだろうね」

「後悔するはずないわ。あなたが後悔しない限り」

世鈞は彼女にキスしようとしたが、顔をよけられたので髪にキスしただけだった。彼女が震えているのを感じ、「寒いの？」と聞いた。彼女は首を振った。

彼女は彼の袖を捲って時計を見た。世鈞は聞いた。「何時？」曼楨はしばらく黙ってから答えた。「八時半」時間がきてしまった。「行っておいで、僕はここで待ってる」

「だめよ、そんなの。こんなところで一時間も立ってることなんかできないわ」

「どこか探して座ってるよ。ここにくる途中にカフェがあるのを見たような気がする」

「カフェはあるにはあるけど、遅すぎるわ。やっぱり帰ってちょうだい」

「こっちのことはいいから、早く行って！」彼は彼女に早く行くよう促したものの、彼女の手を放すのを忘れていて、彼女は二歩も進めず引き戻されてしまった。二人とも笑い出した。

それから彼女は行ってしまい、急いで呼び鈴を鳴らした。呼び鈴を鳴らしているのを見ると世鈞は離れざるを得なかった。

道端のプラタナスから大きな葉が一枚落ちてきた。まるで鳥のように、かさりと彼の頭をかすめていく。地面におちるとまたかさりという音がして滑っていった。世鈞はゆっくりと歩いて行った。だれかが「人力車！　人力車！」と叫んでいるのが聞こえる。東から西に向かって呼んでいるが、反応はない。この通りはかなり寂れているのだろう。

世鈞は突然、もしかしたら彼女が教えている小学生は病気になったかもしれない、と思った。もしも授業ができなくなったら、彼女はすぐに出てきて彼を探すはずだ。そこで彼はまた戻り、道端にしばらく立っていた。

月がだんだん高くなって、月光が地面を照らした。遠くを人力車が走って行き、車の灯りがぎしぎしと揺れる音が響いてくる。それはしんと静まった夜に吹く風が、ぶらんこの綱を揺らして立てるかすかに冷たい音を思い起こさせた。

あとで、絶対に彼女にキスしよう。

世鈞はまた向こう側に歩き出し、あの小さなカフェを探し始めた。彼は曼楨の矛盾した点を思い起こしていた。彼女はもともと世慣れた人なのに、時にはとても天真爛漫になり、時には度を過ぎるほど恥じらってみせる。彼は思った。もしかしてそれは彼女が……俺のことをとても好きだから？　思わず心が揺れ始めた。

彼にとって、一人の娘に愛を示したのはこれが初めてだった。彼が愛している人もたまたま彼を愛していた、これもまた初めてのことだ。愛した人が愛してくれている。ごく普通のことには違いないが、その境地に立った人にとっては、これは千年に一度の奇跡のようだった。世鈞はしばしば、誰々がどんな風に「恋愛している」か耳にしてきた。しかしどういうわけか、他人のそういう事情を聞いて、自分と曼楨のことを連想したことはなかった。曼楨とのことは、他人とは全くわけが違うと彼は信じていた。俺の一生で起こった一切の出来事とも別物だ。

街角を曲がると音楽が聞こえてきた。バイオリンが東欧風の舞曲を奏でている。音楽が聞こえてくるほうに向かうとカフェが見つかった。中から赤い灯火が漏れている。金色の髭の外国の老人がガラスの扉を押して出てきた。ガラス扉は前後に揺れ、ざわめく声や温かい人いきれを吐き出している。世鈞は扉の前に立ち、こんな気持ちでは人ごみの中に入っていくことはできないと思った。あまりにも幸せすぎる。激烈な幸せと激烈な悲しみには共通点がある――どちらも人ごみを遠ざけるのだ。彼はただ寒空の下、道端をうろうしながら音楽を聞いているしかなかった。

今日は朝早くにバス停で彼女を待った。それから彼女の家に行き、まだ帰ってこない彼女を部屋で待った。そして今はここでこうやって彼女を待っている。

以前彼は彼女に言ったことがあった。学生だったとき、日曜日を待つ土曜日が格別に嬉しかったと。世鈞には知る由もなかった。曼楨との一番幸せな時間は期待のなかに過ぎてゆくだけで、彼らには日曜日の朝は永遠にやってこないのだということを。

# 6

上海についたらすぐ手紙を書くように母に言われていたので、世鈞はその夜短い手紙をしたためたが、手元に切手がなかったので、叔恵に頼んで職場から出してもらうことにした。明日の朝、そのために叔恵の部署に行けば、また曼楨の顔を見ることができる。

曼楨はまだ来ていなかった。世鈞は封筒をポケットから出すと叔恵の前に置き、「あ、さっき渡すのを忘れてたよ」と言ってそのままデスクにもたれ、雑談をしていた。

そこに曼楨がきた。

「おはよう」彼女は薄いピンクの旗袍を着ていた。袖口に、ごく細い白と黒のレースがあしらわれている。世鈞はこの服は今まで見たことがなかったような気がした。彼女はわかるかわからないかくらいの笑みを浮かべながら、彼のほうをまともに見ようとせず、まるでこの部屋に彼がいないかのように振る舞っていた。でも彼女が幸せに満ちていることは隠しようもなかった。生きることの喜悦が溢れ出て、えも言われぬ風情を与えている。叔恵は一目彼女を見るなり驚いてしまい、「曼楨、なんで今日はこんなに綺麗なんだい？」と聞いた。なんの意図もない一言なのに、曼楨はどういうわけか言葉に詰まって返事ができず、真っ赤な顔になった。世鈞も横で緊張してしまったが、幸い曼楨は一瞬で持ち直し、笑って言った。「その言い方だと、わたしは普段すごくみっともないみたいね」

叔恵は笑った。「僕の意図を歪曲（わいきょく）しないでくれよ」

曼楨も笑った。「明らかにそういうことでしょ」

彼ら二人のことは、本来隠すようなことではない。とりわけ叔恵には隠しておく必要などないのだが、世鈞はずっと彼には言っていなかった。誰かと曼楨について話したいと思ったことがなかったのだ。誰かと話をすれば必ず隔靴搔痒（かっかそうよう）の思いをするだろう。でも彼の心理には矛盾もあって、誰かに気づかれたくもあった。叔恵は彼らと朝から晩まで一緒にいるというのに、どうしたらこんなに鈍感になれるものか、全く二人の関係に気づかない様子である。恋は盲目というが、周りの人からはもっと見えていないようだった。

彼らの工場の人間関係は相当ややこしかった。前に誕生祝賀会を開いたあの葉部長は以前から派閥を作って会社を私物化しており、あれこれの行跡はもはや目に余るものになっていた。自分が工場長の身内であるのをいいことにますます傍若無人になり、自分の派閥に入ろうとしない者にはどんどん風当たりがきつくなった。世鈞は下の階で仕事をしているのでそんなに影響を受けなかったが、叔恵は階上の部署にいて、職位も高ければ責任も重いので、ずっとこの仕事を辞めたがっていた。そこにちょうどよい話があり、友達がほかの工場の仕事を紹介してくれたので、渡りに船とばかり、この職場を辞することにした。叔恵がやめるとき、世鈞は送別会を開き、曼楨も呼んだ。三人で毎日一緒に食事をするという習慣は、これで終わりを告げたのである。

三人が一緒にいると、なんだか特別な雰囲気があった。世鈞は叔恵と曼楨の横に座り、二人があれこれよもやま話をしているのを聞くのが大好きだった。どうでもいいような話題でも、そばで聞いているのが無性に楽しかったのである。それは、子供時代のような楽しさだった。実際には、世鈞の子供時代は特に楽しいものではなかったのだが。人が子供時代の話を持ち出すと、彼は叔恵と曼楨の三人で食事をした時のことを思い出すようになったのだった。

叔恵の送別会は老舗の老正興菜館（ラオジョンシン）（一八六二年創業、福州路の上海料理店）で開いた。あとで別の同僚が「君たちは注文が下手だなぁ、あそこで絶対食べなきゃいけない料理をいくつか抜かしていたよ」と言ったのを聞くと、叔恵が騒いでもう一度行くことになった。曼楨は言った。「じやあ今度はあなたがご馳走してよ」

「なんで僕が？　次は君が僕を送別してくれる番だろう？」二人は言い争ってお互い一歩も引こうとしない。会計のときに、叔恵が金を持ってないと言い出したので曼楨は言った。

「じゃあ、とりあえず立て替えておいてあげる。あとで返してよ」しかし叔恵は最後まで意地を張ったままだった。食事を終えて外に出ると、叔恵は曼楨に向かってお辞儀をし、「ご馳走さまでした！　ありがとう！」と笑ってみせた。曼楨のほうも彼にお辞儀をして微笑むと「ご馳走さまでした！　ありがとう！」と言ったので、横にいた世鈞はこらえきれず噴き出してしまったのである。

叔恵は別の場所で仕事を始めたが、工場は楊樹浦（黄浦江北岸一帯の工業地域）にあったので宿舎に住むことにし、毎週週末だけ家に戻ってきた。ある日、許家に叔恵あての手紙が届いたが、彼は不在だったので、許夫人はその封筒を彼の机の上に置いておいた。世鈞も特に気には留めなかったのだが、ふと見ると、南京の消印が押してあったのでちょっと意外に思った。この間南京に行ったとき、彼は南京には知り合いは誰もいないと言っていたからだ。彼の女友達は凌夫人という人に届け物を頼んでいたのだが、その凌夫人ももともと叔恵の知り合いではないと言っていた。この封筒には差出人の署名もなく、「詳細は中を見られたし」と書いてあるだけだったので、世鈞はこれが翠芝が書いてよこしたものとは夢にも思わなかった。世鈞は翠芝とは幼なじみだったが、筆跡は見たことがなかったのだ。彼の母はいっとき翠芝と彼に文通させたいと頑張ったのだが、結局成功しなかったのである。

土曜日になって叔恵が帰ってきた時には、世鈞はとうにこのことを忘れていたので彼に聞こうともしなかった。叔恵がこの手紙を読んでみると内容はごく簡単で、上海の大学を受験したいので、二箇所の大学の願書を送ってもらいたいというものだった。叔恵としては、もし世鈞が聞いてきたら、翠芝から手紙が来たと話してもなんの問題もないと考えていた。願書を取り寄せたいが、あれこれ言われるので世鈞に頼むのはいやだ、だから彼に頼んだというのはごく自然な話だ。しかし世鈞が聞いてこない以上、もちろん彼もこの話は持ち出さなかった。数日後、暇を見て翠芝が指定した大学二つに行ってそれぞれ願書をもらうと彼女に送り、別に手紙を書いて送った。彼女はすぐに返事をよこしたが、叔恵は今度はかなり間を置いてからようやく返事を書いた。ずいぶん時間を経ていたし、その手紙もごく短かったので、翠芝はもう手紙を書いてこなくなった。しかし実を言うと、叔恵は南京から戻って以降しばしば彼女のことを考えていたのだった。彼女が彼に見せてくれた心のうちを思い出すと、彼はただ物悲しく感じたのである。

つぎの正月、翠芝はまた手紙を送ってきた。この封筒は叔恵の机の上で開封されないいま一週間になろうとしていたので、世鈞は出入りのたびにそれを目にし、南京の消印が押してあるのを見ると、叔恵には南京に友達がいたんだな、と思うのだった。もしかしたら上海の友達が最近南京に移ったのだろうか。叔恵が帰ってきたら聞いてみよう。しかしなんといっても自分に関わることではないので、またすぐに忘れてしまう。土曜日、午前中工場にいた世鈞に電話があった。なんと一鵬(いっぽう)からで、上海にきているから一緒に食事をしようという。この日、ちょうど世鈞は曼楨と食事をしに行く約束をしていた。

「僕はもう友達と外で食べる約束をしてるんだよ。よかったら一緒に来ないかい？」

「男の友達かい、それとも女友達？」

「女性の同僚だよ。別に彼女なんかじゃない。変なこと言わないでくれよ、気を悪くしちゃうからな」

「へえ、女性の同僚ねぇ。君の職場の女性職員？　道理で上海に行ったまま帰ってこないわけだな。前から思ってたんだよ、世鈞は上海でどうしてるんだろうって――綺麗どころにつきあって食べ歩きか！　やれやれ！　帰ったらそう言いふらしてやろう」

世鈞はこの時にはすっかり後悔していた。余計な一言を口にして誘ったりするのではなかった。この時はしかたなくこう言った。「馬鹿なこと言うなよ！　顧(こ)さんはそんな人じゃないんだ、君も会ったらすぐわかるよ」

「なあ世鈞、どうせならその顧さんにもう一人女の友達を連れてきてもらうっていうのはどうだ？　でないと俺だけ一人で寂しくならないかい？」

世鈞は眉根に皺をよせた。「なんでそんな話になるんだ、人をなんだと思ってるんだい？」

「はいはい、わかったよ、真に受けないでくれよ」

一鵬は裏では軽薄でちゃらちゃらした口を叩きはするが、実際に曼楨と顔を合わせたときは紳士的にふるまった。しかし曼楨のように自活している女性に対しては、裕福な令嬢に見せるのとはやはり態度が違う。そうとは知らない曼楨は、一鵬とはもともと浮ついた感じの人なのだろうと思った。世鈞のほうは一鵬の態度の差がわかったので、かなり腹立たしかった。

一鵬は少し飲み過ごし、酔いがまわったところでにやにやしながら言った。

「どういうわけか、愛咪（エイミー）が一生懸命俺たちを取り持とうとしてるんだ」

「誰とだい？」

「俺と翠芝」

「お！　それはいいねぇ！　最高じゃないか」

「おいおい、言いふらさないでくれよ、まだどうなるかわからないんだから」笑いながらもふっとため息を漏らした。

「一鳴と愛咪がはりきってるのさ——実をいうと、俺は全然結婚なんかしたくないんだよ。結婚したら最後、自由を失ってしまうだろ?」

「いいじゃないか、君だって誰か仕切ってくれる人が必要だよ」言いながら彼の肩を叩いた。一鵬はかなり得意そうにしていたし、世鈞も嬉しかった——翠芝が結婚すれば、彼の母親と義姉も諦めてくれるだろうという自分勝手な心理からではなかった。そんなことは考えもしなかったのである。彼はこのところ幸せの絶頂にいるので、世界の見方全てが変わり、翠芝でさえ愛すべきお嬢さんのような気がしていた。一鵬が彼女と結婚すればきっと幸せになれるだろう。

曼楨は彼らが内輪の話をしているのを見て口を挟もうとせず、ただ脇で微笑んでいた。食事の後、世鈞は義姉に頼まれて買った服地を持って帰ってもらおうと思い、一鵬に一緒に家に来るよう言った。曼楨は一人で帰って行った。世鈞が一鵬と許家に帰ると、この日は土曜日だったので叔恵もいた。叔恵は午後帰ってきたばかりのところだったが、まさか一鵬が来るとは思っていなかった。叔恵は一鵬を軽蔑しきっているので、ちょっと話をするのにも嫌々ながらという感じだった。幸い一鵬には劣等感などというものが備わっていないので、誰かが自分を馬鹿にしているなどとは考えもしなかった。

世鈞がその生地を持ってきて渡すと一鵬は包みを開いてみた。見る角度によって模様が浮かび上がるグレーのシルクで、小さな梅の枝の模様が並んでいる。一鵬は見るとあれっと声をあげた。「さっき顧のお嬢さんが着てたのと同じじゃないか！　なんて地味なのを着てるんだろう、まるで若後家みたいだと思ったんだよな。君があげたものだったのか」世鈞はしまったと思いながら笑って言った。「でたらめいうなよ！」

「そんな偶然の一致なんてありえないだろ」

「別におかしいことなんてないさ。義姉さんに生地を買ってくれって頼まれたけど、よくわからないから顧さんに頼んで一緒に行ってもらったんだよ、彼女もついでに同じ生地を買っただけさ」

「何も言い訳することなんかないだろう、俺は見てすぐわかったよ。いい感じの二人だと思ったんだ。いつ結婚するんだい？」

「君は自分の頭の中が結婚の二文字でいっぱいだからすぐそんなことを言うんだな。それ以上騒ぐなら君のことを言いふらすぞ」

「わあ、それはやめてくれ！」

叔恵が笑った。「どうした？　一鵬が結婚するのかい？」

一鵬は「違うさ、でたらめだよ！」と言い、さらにしばらくしゃべってから帰って行った。世鈞と叔恵が彼を送り出した時には、門の外に雪がちらついていた。いつから降り始めたものかわからない。
二人は階上に戻った。世鈞はさっき一鵬に曼楨との仲をからかわれたのが気になってい
た。叔恵とはこんなに親しい友達なのにずっと黙っていたので、どうにも居心地が悪い。
世鈞はもともと曼楨と約束があり、後でもう一度彼女の家に行って一緒に映画に行くつも
りだったのだが、叔恵がせっかく戻ってきたのにすぐ出かけるのは申し訳なかったので、
少し彼と談笑することにし、問わず語りに一鵬が翠芝と結婚するかもしれないと話した。
実は、この知らせは叔恵には意外な打撃とは言えないものだった。今日叔恵は家に帰って
翠芝の手紙を読んだのだが、そこには最近悩んでいる、おそらく上海に進学することはで
きないだろう、家では彼女を結婚させようと考えているから、と書いてあったのだ。ただ、
相手については翠芝は書いておらず、叔恵は自分の知らぬ誰かだろうと思っていた。まさ
か一鵬だったとは。
彼女が手紙を書いてきたのは、きっと彼に何らかの意思表示をしてほしかったからだろ
う。しかし彼に何ができたろう。勇気がないわけではない。しかしこれは、彼女の家庭だ
けの問題でもなかった。彼女本人のことも考えないわけにはいかない。彼女は贅沢に慣れ
ていて、苦労を知らない人だ。いまいっときの感情に任せて行動したら、きっと将来後悔
することになる。考えすぎかもしれないが、彼にも大きな志があるのだ。歩み出したばか

りなのに足を取られるわけにはいかない。

そして今、彼女は一鵬に嫁ぐという。もしもっといい人ならそれでよかったのに。そうしたらこんなに重い気持ちにはならなかっただろう。彼はベッドに座ったまま上半身を倒し、両腕を頭の下に組んで無言で窓の外を眺めた。外は吹雪だ。世鈞はにこにこしながら「一緒に映画に行かないかい？」と誘った。「こんな大雪なのに出ていって何をするんだい？」叔恵は言いながら足を引っ込め、革靴を履いたままベッドにねころがるとそのまま布団をかぶってしまった。許夫人は客が使った茶碗を下げに部屋にやってきたが、叔恵がまっ昼間からベッドに寝そべっているのを見ると言った。「どうして寝てるの？ 気分が悪いの？」叔恵は不機嫌そうに「いや」と言った。気分が悪いなどというと、まるで恋わずらいのようではないか。彼は怒っていた。

許夫人は叔恵の顔色を見ると、寄ってきて彼の額を触って言った。「様子がおかしいわね。風邪引いたんじゃないでしょうね、ちょっとお酒を飲んで寒気を追い払ったらいいわ。持ってきてあげる」叔恵は何も言わなかった。許夫人はオレンジを漬けた手製の果実酒の瓶を持ってきた。叔恵はうるさそうに「何でもないって言ってるじゃないか。ちょっと眠ればよくなるよ」と言った。許夫人は「あらそう。ここに置いとくわ、飲むも飲まないも好きにしなさい！」と言い捨て、ぷんぷんして去ったが、ドアまで行くとまた言った。

「寝るんだったら靴は脱ぎなさいよ、ちゃんと眠れるように」叔恵は返事をせず、母が行ってしまってからようやく起き上がって靴を脱いだ。靴紐をほどきながらテーブルの上の酒を見ると、いっぱい注いで飲み、憂いを解こうとした。しかし「酒は腹にあり、悩みは心にあり」というところで、この二つの間にはどうも隔たりがあり、どれだけ飲んでも心は満たされない。心の中にあるわだかまりを酒でふやかし、とかそうとしても無駄なことだった。

叔恵は知らず知らずのうちに一杯また一杯と飲んでいたが、世鈞は下まで電話をかけに行って曼楨と話していた。雪が降ったが映画はどうするか相談していたのだ。結局映画はやめることになったが、やはり彼女の家に行くことにした。彼らが電話を始めると決して二言三言では終わらない。電話を終えて上の階に戻ると、部屋中にこもった酒の匂いが鼻をついたので世鈞は思わず笑ってしまった。「おいおい、飲まないとか言ってたのに、一瓶飲んじまうのか?」許夫人もドアの向こうを通りかかると、「あんた今日はどうしたの? 寒気を追い払うために少し飲めと言ったけど、こんなにがぶがぶ飲んじゃって! 毎年お酒を仕込んでも全然残りゃしない、まだ何か月にもならないのに全部飲んじゃうなんて!」叔恵は取り合おうとせず、顔を真っ赤にしてベッドに倒れ込み、世鈞がコートを着てまた出かける様子なのを見ていた。「また出かけるのかい?」世鈞はにこにこしながら「曼楨のところに行くって約束したんだ」と言った。彼がちょっと恥ずかしそうにしているのを見て、叔恵はようやく一鵬が彼と曼楨のことをからかっていたのを思い出した。どうやらあれは本当だったんだな。世鈞が楽しそうに雪の中を出かけていくのを見ると、叔恵は突然寂しくなって、寝返りを打つと頭から布団をかぶって寝てしまった。

世鈞は曼楨の家に行き、二人でこんろを囲んで談笑した。こんろというのはごく小さな灯油こんろで、もともとは調理に使っていたのだが、いまは部屋に持ってきてお湯を沸かしたり暖をとったりするのに使っている。曼楨がマッチを擦(す)り、一つ一つの炎口(えんこう)に火が灯ると、まるでバースデーケーキの上に丸く並んだ蠟燭(ろうそく)が燃えているようだった。

土曜日の午後だったので、彼女の弟妹たちはみな家にいた。世鈞は今では子供たちと相当親しくなっていた。もともと子供好きではなく、以前実家にいた時は甥一人のこともしょっちゅう鬱陶しく思ったものだが、曼楨のたくさんの弟妹はみな可愛いと思えた。

子供たちはまるで馬のように階上と階下を駆けまわっている。ばたばたと走ってくると、戸口に立ってしばらくこちらを見つめ、また逃げていくのだ。かと思うと路地に雪だるまを作りに行ったので、家の中はいきなり静かになった。しばらく燃えているうちに灯油こんろの炎は美しい青に変わった。青々と燃える火は水のように見える。

世鈞は言った。「曼楨、僕たちいつ結婚する……? この前帰省したとき、母に早く結婚してほしいって言われたんだ」

「でもね、わたしはやっぱり家には頼りたくないの」

世鈞ももともとそう思っていた。職業選択の自由のために父と衝突し、仕事をするために上海まで出てきたというのに、騒ぐだけ騒いだらやっぱり父に泣きついて結婚のために金を出してもらうなんて意気地がなさすぎる。

「でも、待つと言ってもいつまでこうして待てばいいのかな」

「もうちょっとしてからまた相談しましょうよ。今は家族がわたしを必要としてるの」

世鈞は眉を顰めた。「君の負担は重すぎるよ。もう僕は見ていられない。結婚して二人になれば、一人で抱えるよりましじゃないかな」

曼楨は笑った。「わたしはそれが怖いの。あなたを巻き込みたくないわ」

「どうして？」

「あなたは仕事を始めたばかりでしょ。一つ家庭があるだけでも大変なことなのに、二つの家庭を背負うとなったら、あなたの未来が壊れちゃう」

世鈞は彼女を見ながら微笑んだ。「君がいつも僕のためを思って言ってくれてることはわかってる。でもね……なぜだか、ちょっと君を恨んでしまうよ」

彼女はその時は何も言わなかったが、彼がキスした時、か細く震える声で聞いた。「まだわたしを恨んでる？」こんろの上にのせたやかんの湯がもう沸いていることに二人は全く気づかなかった。隣の部屋にいた顧夫人は、やかんの蓋が蒸気でごとごという音を聞きつけ、我慢できずに外から「曼楨、お湯は沸いた？　沸いたらお茶を淹れて」と声をかけた。曼楨は返事をするとさっと立ち上がり、鏡に向かって髪をなでつけ、外から茶葉を持ってくると母にもお茶を一杯淹れた。

　顧夫人は湯呑みを持って戸口に立ち、ひと口ひと口啜（すす）りながら笑った。「茶柱が立ってるよ。きっとお客さんが来るね」曼楨は世鈞のほうに口をとがらせてみせた。「もう来てるじゃない？」

「沈（しん）さんは違うよ、もうお客さんじゃないからね」この言葉はちょっと露骨に響き、世鈞はかえって恥ずかしくなってしまった。顧夫人はお湯を持って魔法瓶に注ぎに行こうとしたので、曼楨が「わたしがやるわ。母さん、ちょっと座っておしゃべりしたら？」と言った。

「だめだめ、一度座ったらもう立ち上がれなくなっちゃう。もう少ししたらご飯を作らなくちゃなんないしね」そうごまかすと顧夫人は行ってしまった。

　空はだんだん暗くなってきた。黄昏時になると、いつも蘑菇豆腐乾（モーグードウフガン）（押し豆腐に椎茸の風味をつけた軽食）売りが路地にやってきて声をはりあげる。毎日あやまたずやって来るのだ。今日もまたあの

「豆(ドウ)……乾(ガン)！　五香蘑菇豆(ウーシアンモーグードウ)……乾(ガン)！」（五香はフェンネル、花椒、シナモン、クローブ、陳皮などをブレンドしたスパイス）しわがれた声が響いてきた。

「この人は本当に雨にも負けず、風にも負けずだねぇ」世鈞は微笑んだ。

「そうなの、来なかったことは本当に一日もないわ。でもこの豆腐乾は特に美味しいわけでもないのよ。一度食べてみたんだけど」

彼らはしじまの中に響くしわがれた呼び売りの声がしだいに遠ざかっていくのを聞いていた。今日という日も、その呼び声と共に消えていく。この豆腐乾売りは、時をつかさどるという伝説の老人さながらだった。

# 7

その日曼楨（まんてい）が家に帰ると祖母が言った。

「母さんはお前の姉さんの家に行ったよ。姉さんの具合が悪くなったので様子を見にいくとさ。晩御飯までには戻ってこられないだろうから待たないでくれと言ってたよ」曼楨は祖母を手伝ってご飯をあたため、おかずを並べた。

祖母はまた言った。「母さんが言ってたけど、お前の姉さんは新居に移ってからずっと調子が悪いんだってさ。家がよくないんじゃないか、引っ越す前に風水を見てもらわなかったしって言うのでね。何言ってるんだい、それは〝金が増えれば体が弱る〟っていうやつだろうって言ってやったよ。お前の義兄さんはいま稼ぎまくっているからねぇ。結婚したときは人様の家に間借りしていたのに、もう自分の土地を買って家まで建てちまったんだからね——あっという間だったよ！　みるみるうちに金持ちになったねぇ！　曼璐は本当に運がいいよ、あの人に嫁いだのはね！　ほんと、〝運の巡りがよければ精進料理の出番なし〟ってもんだよ」

曼楨は笑った。「姉さんには夫を出世させる運があるって言ってたじゃない？」祖母は手を叩いて言った。「そうそう、忘れてたよ！　あの占い師は見事だったねぇ。あとでお前の母さんに聞いてみなくちゃ、どこで占ってもらったのか。まだやってるんだったらもういっぺんみてもらおうよ」

曼楨は笑った。「姉さんが生まれたばかりの時のことでしょ、もう二十年も三十年も前のことじゃない。いったいどこに探しに行くっていうの？」

曼楨は食事を終えると家庭教師に出かけた。ふたたび家に戻ると、いつもなら母が戸を開けて迎え入れてくれるのだが、今日は祖母が開けてくれた。「母さんはまだ帰ってないの？　お祖母さん、先に寝てちょうだい。わたしが待ってるわ、どうせまだ寝ないし」

三十分ほどたったところで母も帰ってきて、ドアをくぐるなりすぐに話し始めた。「姉さんが病気でね、明日はあんたが見に行ってやってくれるかい」曼楨は戸締まりをしながら尋ねた。「どこが悪いの？」

「また胃病だって言うんだけどね。ほかにもね、前からの持病なんだけど筋骨が痛いと言ってね」暗い台所で、母はそっと娘に耳打ちした。

「何度か中絶してから具合が悪くなったのさ——やれやれ！」実は曼璐は別の病気に侵されているかもしれないのだが、顧夫人は自分で自分をごまかし、そんなことは考えないことにしていた。

部屋に戻ると、顧夫人の旗袍の右側が妙に膨らんでいるのに曼楨は気づいた。きっと姉が金を持たせたのだろうと察したものの、何も言わないでおいた。顧夫人は曼璐から金を受け取らぬよう何度も曼楨に言われているので、金をもらってきたとは言い出しにくいのだ。人は年を取ると、どういうわけか自分の子供を恐れてしまうものなのである。

寝床に入ろうという時になって顧夫人は旗袍を脱ぐと、注意深く椅子の背にかけた。曼楨は母が隠し通すつもりらしいのを見ると笑って言った。「母さん、姉さんは今日はいくらくれたの？」顧夫人はどきっとすると、いそいで布団から出て座り直し、手を伸ばして旗袍のポケットからハンカチ包みを取り出して笑ってみせた。

「わたしもわからないんだよ、ちょっと見てみようか」

「見なくていいわ。早く寝て、風邪ひいちゃうから」

母はハンカチを開き、紙幣の束を取り出すと数えて言った。「いらないとは言ったんだけどねぇ。あの子がどうしても持っていけ、なんか買って食べろっていうもんだからね」

「母さんは食べ物なんか買おうとしないでしょ、どうせ生活費の足しにするに決まってる。ねぇ、母さん、何度も言ったけど、姉さんからお金をもらうのはやめてちょうだい。あの祝(しゅく)って人に知られたら、姉さんが実家にいくら持ち出してるのかわかりゃしないって言われちゃうわ」

「わかってる、わかってるよ。やれやれ、これっぽっちのお金のためにまたあんたにくどくど言われるとはね」

「母さん、わたしはね、あの人のお金を使ってほしくないのよ。ちょっとでもあの人のお金を使えば、わたしたち一家は自分が面倒を見てやってるんだと思うでしょうよ。そういう人なんだから」

「ずいぶん金持ちになったんだよ。そんなに小さい器でもないだろうよ」

「わかってないわねぇ。お金持ちほどけちなものよ。自分たちのお金は特別に価値があると思ってるんだから！」

顧夫人はため息をついて言った。「ねぇ、母さんが意気地なしだと思わないでおくれよ。ああんたの義兄さんは結局のところ他人だからね、わたしだって頼りたくはないよ。そりゃあんたに頼りたいさ。そうやってあんたが朝から晩まで苦労して働いてるのを見ると本当につらくてね……」言いながら、金を包んでいたハンカチで涙を拭いた。

「母さん、やめてちょうだい。みんなでもうちょっとがんばったらすぐに楽になるわよ。偉民（いみん）が就職したらわたしもずいぶん楽になるもの」

「女のあんたが一生を犠牲にして弟や妹のためにあくせく働くっていうのかい？　むしろ早く結婚してほしいよ」

「わたしは結婚はまだ早いわ。少なくとも偉民が大きくなってからね」顧夫人は驚いた。

「そんなの、いつまで待つって言うんだい？　そんなに待ってはもらえないだろう？」曼楨は思わずくすっと笑うとそっと言った。「待ってもらえないようなら自業自得ね」彼女は布団から白い手を伸ばし、灯りを消した。

顧夫人はこの機会に、世鈞（せきん）と曼楨がうちうちで結婚の約束をしたのか聞きたいと思った。せっかくなのだから聞けそうだったら聞いてみたい。世鈞の収入がいくらか知っているのか、家庭の状況はどんな感じなのか。顧夫人は暗がりでしばらく静かにしていたが、一言「寝たのかい？」と聞いた。

「うん」

「寝たのに返事をするのかい？」寝たふりをしているのだろうと思ったが、考え直した。曼楨もきっと疲れ切っているだろう。外で一日働いてきたのだし、さっきまで自分が帰るのを待っていたために眠るのが遅くなってしまったのだ。そう思うと申し訳ないと思い、それ以上話すのはやめにした。

翌日は土曜で、曼楨は姉を見舞いに行った。姉の新居は虹橋路（こうきょうろ）にあり、ちょっと寂れた場所ではあったが、住んでいるのはみな自家用車を持っているような階級なので住人には不便はない。二人が引っ越したあと、曼楨はまだ訪ねたことがなかったのだが、祖母と母は弟妹たちを連れて二、三度行ったことがある。大豪邸で、中に入ると映画館のようだし、外から見ると公園のようだと言っていた。この午後、曼楨は初めてその庭を通った。芝生には柊（ひいらぎ）で垣根が作られており、垣根の向こうでは庭師がガタガタと草刈機を使っている。午後の日差しの中で、少し眠気をさそうガタガタという音だけが響き、そのほかの一切は柔らかで静かだった。姉さんは病気なのだから、こういうところで療養できるのはよかった、と曼楨は思った。

室内はもちろんとびきり豪華だったが、曼楨はよく見ようともせず、女中の後ろにしたがって姉の寝室に上がっていった。寝室には三メートルほども高さがあろうかというガラス窓が一面に並んでいて、紫水晶のような薄いレースのカーテンが「人」の字型に吊るしてあり、一層一層、十数枚が重なりあっている。曼璐は髪をとかさないままベッドに座っていた。曼楨は微笑んだ。「姉さん、今日は調子がいいの？　起きてるのね」

曼璐も笑った。「ちょっとよくなったわ。母さんは昨日ちゃんと帰れた？　ここは本当に遠いから、晩に一人で帰ってもらうのが心配でね。今度母さんが来たら二、三日泊まってもらうわ」

曼楨は微笑んだ。「母さんはきっと家をあけておけないって言うわよ」

曼璐は眉を顰めた。「ねえ、責めてるわけじゃないけど、あんたたち、切り詰めすぎなんじゃない？　使用人も雇わないで……。そうだ、昨日母さんに聞くの忘れてたんだけど、前にうちで使ってた阿宝（あほう）が今どこにいるか知ってる？」

「帰ったらお母さんに聞いてみるわ。阿宝をさがしてるの？」

「結婚したときには連れて出なかったでしょ。若すぎるから頼りにならないんじゃないかと思ったの。今考えたら、使用人はやっぱり慣れてるほうがいいわ」

電話が鳴った。曼璐が「二妹（アルメイ）（次女の曼楨のこと）、ちょっと出てくれる？」と言ったので、曼楨は電話に駆け寄って受話器を取り上げた。「もしもし」相手は少し驚いた様子で言った。

「あれ？　二妹？」曼楨は鴻才（こうさい）の声だとわかったのでにこやかに答えた。「はい、そうです。義兄さん、ちょっと待ってくださいね。姉さんに代わりますから」

「二妹が来てくれたなんて珍しいなぁ。いくら呼んでも全然来てくれないのに、今日はどういう風の吹き回しで――」曼楨は電話を曼璐のベッドまで運んでいたので、受話器から漏れてくる声が何を言っているのか聞いていなかった。

曼璐が受話器を受け取った。「もしもし？」

「俺が買った冷蔵庫は届いた？」

「いいえ」

「くそ。どうしてまだ送ってこないんだろう」そう言うと電話を切ってしまった。曼璐は慌てて「もしもし、あんた今どこにいるの？　帰ってきてご飯食べるって言ってたけど——」そこまで話したかと思うとふっと黙った。受話器を乱暴に戻すといらいらしながら言った。「まだ話がおわってないのにもう切っちゃうなんて。あんたの義兄さんは本当に人が変わってしまったわ。金持ちになる前に狂っちゃったってわけね！」

曼楨が話を逸らそうとしたので曼璐は聞いた。「母さんに聞いたけど、あんた最近すごく忙しいんだって？」

「そうよ、だからずっと姉さんに会いに来られなかったの。なかなか出かけられなくて」話しているうち、曼璐は突然外から聞こえてくるクラクションの音に集中し、聞き耳を立ててた。自分の家の車だということがわかったのだ。しばらくすると、鴻才が大股で入ってきた。曼璐は彼を見ると言った。「あら？　こんなにすぐに帰ってきたの？」

「おい、帰ってきたら駄目だっていうのか？　ここは俺の家じゃなかったっけ？」

「あんたの家かどうかは自分に聞いてみたら？　昼も夜も全然帰ってこないくせに」

「お前とは喧嘩しないよ！　二妹が来てるのに恥ずかしくないのかい」彼はどかっと足を組んで座ると煙草に火をつけ、曼楨に笑いかけた。「姉さんが怒ってるのも無理ないんだ、俺は本当に忙しくてね、ずっと家に一人で置き去りにしてるもんだから。暇を持て余してしまって、病気じゃなくても気が塞いで具合が悪くなっちまうんだよ。二妹も全然来てくれないんだからなぁ」

「ちょっとあんた、二妹にまで文句を言うなんて！　二妹は忙しいの、あたしの相手をする暇なんてあるもんですか。仕事が終わってから家庭教師までしてるのよ」

「二妹、どうせ家庭教師をするならどうして姉さんに教えてあげないんだい？　俺は姉さんに先生をつけてやったことがあるんだよ。外国人をね。一時間三十元もした——人によっては一か月分の給料だ！　なのに曼璐は根気がなくって、結局やめちまったのさ」曼璐は言った。「病気でふせってるのに、勉強なんてできるもんですか」

「ね、つまり向上心がないんだよ。俺はもっと勉強したいんだけど、残念ながら忙しくって、全然暇がないんだ。でも勉強したいっていう気持ちはある。どうだい二妹、俺たち二人を生徒にするっていうのは」

「義兄さんったら冗談ばっかり。わたしなんて子供に教えるのがせいぜいだわ」

外から靴音が響いてきた。曼璐は妹に言った。「きっと注射してくれる看護師だわ」

「姉さん、何を打ってるの？」

鴻才が答えた。「ブドウ糖だよ。まぁ見ろよ、ここにある薬で薬局が開けるくらいだ。姉さんの病気は本当に大変だよ！」

「姉さん、顔色はいいようにみえるけど」

鴻才は声を出して笑うと言った。「こんなに塗りたくってるんだから、顔色なんて当てになるもんか！　二妹はまるで素人でわかってないのさ。こういう女っていうのは、葬儀場に送られる時だって赤いところは赤く、白いところは白く塗ったくるんだからね！」

このときにはもう、看護師が入ってきて曼璐に注射を打っていた。曼楨は思った。人前でこんなふうに姉さんのことを悪くいうなんて、鴻才って本当になんていう人なんだろう。姉さんも姉さんで、何も文句を言わずに聞こえなかったふりをしている。いつのまにか姉さんがこんなふうに人の言うなりになってしまったために、鴻才のほうもどんどん偉そうになっているのだ。曼楨は不満に思いつつ、立ち上がっていとまを告げた。鴻才が言った。

「一緒に出るよ。俺もこれから出かけるから、車で送っていこう」曼楨は慌てた。「いえいえ、大丈夫です、ここは車を呼ぶのに便利なところだし」曼璐は顰めっ面をした。「帰ってきたと思ったらもう出ていくの？」鴻才は冷たく言った。「帰ってきたら今度は出かけるなって言うわけかい。これじゃあ、おいそれと帰ってこられないな」以前の曼璐なら、ここで彼につかみかかって大騒ぎをし、絶対に放してやらないところだ。いかんせん、人間はひとたび金を持つと人目を気にするようになってしまう。看護師がそばにいたので、癇癪を起こすことは憚られた。

曼楨はバッグを手に取ると帰ると言ったが、鴻才はまた引き留めた。「二妹、ちょっと待ってて。俺もすぐ行くから」彼は何をする気なのか、さっと隣の部屋に入って行った。曼楨は曼璐に言った。「義兄さんのことは待たないわ、本当に送ってもらわなくてもだいじょうぶ」曼璐は眉を顰めて言った。「やっぱり送ってもらいなさいよ。そのほうが早いもの」彼女は妹には絶対的な安心感を持っていた。曼楨は何があっても自分の夫を誘惑したりしない。鴻才は女好きだが、だからといって妹をどうこうしようとは思っていないだろう。

このとき鴻才が出てきて微笑んだ。「さぁ、行こう」曼楨は意地を張って断るところを若い看護師に見られたくなかったので、もう何も言わなかった。一階に降りると鴻才は言った。「ここに来たのは初めてだよね？　どうしても見せたいものがあるんだ。けっこう手間をかけて専門家にデザインしてもらったんだよ」彼は前に立って、客室と食堂をぐるりと回ってから書斎に入った。「いちばん気に入ってるのが俺のこの書斎なんだ。この壁に描いてある絵は、すごく安あがりだったんだよ。美術学校の学生に描かせたんだよね。

一尺平方（一尺は約三十センチ）でたったの三元。これ、もしデザイナーが紹介した画家に描いてもらったら千元じゃすまないところだったよ」なるほど、壁にはぎっしり極彩色の油絵が描かれている。天使、聖母、弓をつがえたキューピッド、平和の女神と平和の鳩、あれこれの風景や人物がところせましと詰め込まれていて、天井から床まで少しの余白もない。床は床でアラビア風の凝った彩色モザイクが敷かれているし、窓にも色とりどりのステンドグラスが嵌め込まれているという具合で、頭がくらくらしそうだった。鴻才は言った。

「時々ね、疲れ果てて家に帰ったらこの部屋で休むのさ」曼楨はもう少しで声を出して笑ってしまうところだった。さっき姉さんは彼を狂っていると言っていたけど、健康な人だってこんな部屋で何回も休んでたら、神経をやられてしまうだろう。

玄関を出ると車はもう外で待っていた。鴻才はまた「この車を買う時はぼられたんだよ！」と言い、驚くべき数字を告げてみせた。彼の話はほとんどほらばかりだったが、ほらを吹いていようといなかろうと曼楨には同じことだった。自動車の価格などまるきり知らなかったから。

車の中に座るとすぐに、鴻才がさっきなぜ隣の部屋に駆け込んでいったのかわかった。身なりを整えたほかに大量の香水を噴きつけていたのだ。車内のような閉じられた空間ではその香りは特別濃く感じられ、どうしても気になった。男が香水をつけるというのは若いツバメかジゴロの所作というのが普通だが、中年の金の亡者が全身からぷんぷんいい香りをさせているというのは、なんとも異様な感じがした。

運転手は振り返り、「どこへ行きますか？」と聞いた。

「二妹、コーヒーをご馳走するよ。なかなか会えないからねぇ、君も忙しいし俺も忙しいし」

「今日は他に用があるので急いで帰らなくちゃいけないんです。でなかったらもう少しお宅にお邪魔してるところでした。せっかく姉さんに会いにきたんですから」

「本当になかなか来てくれないんだもんなぁ。もっとしょっちゅう遊びにきてよ」

「暇ができればきっとうかがいますね」

鴻才は運転手に言った。「まず曼楨さんを送るよ。顧家の住所はわかるかい？」運転手はわかってます、と答えた。

車は音もなく滑っていく。この車のスピードを鴻才は自慢していたが、今日は速すぎるのを恨めしく思った。彼はずっと曼楨のことを近寄りがたい高嶺の花と思ってきた。「金さえあれば肝も据わる」と俗にいう通り、金ができれば肝っ玉も自然と大きくなるものだが、それでも彼はなんとなく彼女を恐れていた。彼は車内の隅で無聊（ぶりょう）そうに出鱈目（でたらめ）な口笛を吹いてみたがすぐにやめた。曼楨は何も言わず、ただ静かに冷気を放っている。鴻才のほうは静かに香気を放っていた。

車が曼楨の家に着くと、曼楨は運転手に「路地の外で降ろしてくださいな」と言ったが、鴻才のほうは「中まで入ろうよ、俺も降りるから。お義母さんに挨拶しなくちゃ、長らく会ってないからな」と答えた。

「母さんは今日、ちょうどおちびさんたちを連れて公園へ出かけてるんです。お祖母さんが一人で留守番してるだけで、わたしもちょっとしたらすぐに出かけなくちゃいけないんですよ」

「あれ、これからまた別のところにいくの？」

「同僚と映画を観にいくことになってて」

「そうなんだ、わかってたらそっちに直接送ったのに」

「いえいえ、帰らなくちゃいけなかったんです。沈さんはうちまで迎えに来てくれる約束なので」鴻才は頷いた。袖をめくって時計を見ると、「おや、もうすぐ五時だ。俺も約束があるから、降りるのはやめにするよ。また別の日に来るね」

この日、鴻才は外で遊びまわり、空が明るくなるころようやく家に帰ってきた。酔っ払ってふらふらと部屋に入ってくると、革靴も脱がずにベッドに倒れ込んだ。彼は灯りをつけなかったが、曼璐がベッドのそばのスタンドをつけた。夜通しまんじりともしなかった曼璐は目を真っ赤にし、髪を振り乱してさっとベッドに座ると大声で言った。

「今度はまたどこに行ってきたの？　正直に言いなさいよ、今日こそとっちめてやる！」

彼女の勢いは凄まじかった。鴻才は酔っていなかったとしても酔ったふりをする男だが、この日は本当に飲み過ぎていた。どたりと寝そべったまま、目を閉じて彼女を構おうとしないので、曼璐は枕を抱え上げて彼の頭にふりおろし、腹立たしげに言った。「死んだふりなんかして！」鴻才は枕を押しのけ、ごく低い声で一言「曼璐！」と呼んだ。曼璐は驚いた。長い間、こんなふうに柔らかく優しく名を呼ばれたことはなかったからだ。まだこの人はあたしを愛しているのだ。今日は酒を飲んだので、本当の心を見せてくれたのだ。そう思うと彼女の態度もやわらいで、「なに？」と答えた。鴻才は手を伸ばして彼女の手を引き、曼璐は怒ったようなふりをして「何なの？」と言いつつ、彼のベッドに座った。鴻才は彼女の手を自分の胸に置き、彼女の顔を覗き込んで笑った。「俺の話をきいてくれたらもう遊び歩くのはやめる。条件を一個だけ聞いてくれたら」曼璐はふっと猜疑心を抱いた。「どんな条件？」

「うんとは言わないだろうな」

「言いなさいよ、どうしてまた言うのをやめたの？　きっとろくでもないことなんでしょ、ね、言わないつもり？　言わないつもりなのね――」彼女は力一杯彼をゆさぶったり叩いたりしたので、鴻才の酔いがまた回ってきた。「おいおい、もう吐きそうだ！　王ばあやにお茶を淹れるよう言ってくれ」曼璐はまた優しくなって「あたしが淹れてあげる」といい、立ち上がって自分で濃いめのお茶を淹れてやると、しずしずと両手で運んできて一口一口飲ませてやった。鴻才は一口飲むと笑顔になって言った。「曼璐、曼楨はどうしてどんどん綺麗になってるのかな？」曼璐は顔色を変えた。「あんた、ますます気がおかしくなってきたのね！」彼女は湯呑みをテーブルに置いて世話を焼くのをやめた。

鴻才はぼんやりと虚空を眺めて言った。「綺麗と言っても、あの子より綺麗な子はいる。でもなんだろう、すごく気になるんだよな」

「恥知らずもいい加減にして。変な妄想しないでちょうだい。言っとくけど、もしあの子がうんといってもあたしが絶対に許さないわよ――あのね、あの妹は、あたしが稼いで教育を受けさせたのよ。大変だった。あたしは自分を犠牲にして人材を育てたの。ここまできて誰かの妾なんてさせられると思う？　顧家の娘たちはみんな妾になる運命とでも言うわけ？――」

「わかったわかった、ちょっとふざけただけじゃないか、なにをむきになってるんだよ。もうお前とは話さないよ、それでいいだろ？」

曼璐は頭に血がのぼってしまっていたので、それでおさまるはずもなく、ぐずぐずと文句を言い続けた。「前からあんたに下心があることはわかってたけどね。〝碗の中のものを食べながら鍋の中を狙ってた〟ってわけか。ちょっと小金を儲けたからって皇帝気取りになっちゃって、誰でも自分の言うことを聞く、誰もが金しか頭にないだろうって思ってるんだね。覚えといて、あたしだって、あんたと結婚したのはあんたの金のためじゃなかったんだから！」

鴻才は、がばっと起き上がると言った。「よるとさわるとその話か！　俺がもともと素寒貧だったってことは誰だって知ってるさ。お前はなんだ、お前は何様だよ！　売女のくせに、恥知らず！」

曼璐は彼がこんなにひどいことを言うとは思っていなかったのでまずは茫然としてしまい、それから言った。「いいわよ、そうやって侮辱するわけね！」鴻才は両手をベッドサイドにつっぱらせ、真っ赤な目で彼女を見て言った。「俺がお前を侮辱した、殴った、それがどうした？　お前みたいな恥知らずの売女を殴ったからってなんだ？」彼の様子を見ると、酒の勢いを借りて本当に殴りそうな様子だ。本当に手を出す喧嘩になったら酷い目に遭うのは自分の方だ。そこでどっと涙を流すしかなく、曼璐はすすり泣きながら言った。「殴りなさいよ、殴ればいいじゃない――良心ってものがないんだね！　あたしも自業自得だわ、どうしてこんな奴につかまってしまったんだろう！　殴り殺されたって自業自得だわね！」言いながらベッドに倒れ伏し、顔を覆って号泣した。鴻才は彼女の口調がすでに柔らいでいるのを聞きとったが、まだベッドに座って彼女をしばらく横目で見ていた。と、突然長々とあくびをし、体を横たえて寝てしまった。彼はそのままいびきをかきはじめたが、彼女の啜り泣きはなかなかとまらない。もともとは場を静めるために涙を借りたのだったが、泣いているうちに本当に悲しみが湧いてきたのだった。この先一体どうなるのか、考えるのも恐ろしい。窓の外はもう白くなりはじめている。部屋のなかの電気スタンドはまだ灯っていたが、朝の日差しの中で白茶け、みじめたらしく見えた。

鴻才が二時間も寝ないうちに、女中がいつも通り起こしに来た。家にも何台も電話を引き、事務室への直通電話も設置しているのだが、投機というのは朝が肝心なので、やはりいつも通り早くに出かけることにした。どっちみち、彼はホテルの部屋を長期でおさえているので、いつでも休むことができるのだ。

その日の午後には母が電話してきて、前にいた女中の阿宝の住所を教えてくれた。曼璐が結婚したときに阿宝に暇を出したのは、鴻才がよるとさわると阿宝にちょっかいをかけるのが少し危険だと思ったからだった。今は状況が違ってきたので、阿宝のような女が家にいるほうが鴻才を繋ぎ止められるかもしれないと思ったのである。鴻才が昔とは変わってしまい、女中風情など歯牙にもかけなくなっているとは思い至らなかった。

彼女はその場で阿宝の住所を書き留めた。母は言った。「昨日曼楨が、ちょっとはあんたの具合がよくなったみたいと言ってたけど」

「だいぶよくなったわ。もっと元気になったら母さんに会いに行くわね」

もともと母親に二、三日泊まりにくるよう言うつもりだったが、それはやめておいた。妹のことがあるから、少し疎遠にしておいたほうがよさそうだ。このことで妹を責めるのはまったくの筋違いだし、ましてや母親とは関係ないことなのだが、どうしても電話での口ぶりはつっけんどんなものになった。曼璐自身はそうとは自覚していなかったかもしれないが。顧夫人のほうは疑り深い人ではなかったが、なんと言っても今や娘は大金持ちだ。貧富の差が明らかなので、どうしても疑心暗鬼になってしまう。「わかったよ、よくなったら遊びにくるんだよ、お祖母ちゃんも心配してたからね」

その電話の後、顧夫人はまる二か月のあいだ娘に会いに行かなかった。曼璐のほうも連絡しなかった。その日、彼女は街まで買い物に来たついでに実家に寄ってみた。長い間帰っていなかったが、すばらしく大きくて長い最新型の車に乗り、路地の住人や隣人たちが突っ立ってこちらを眺めているのを見ると、まあ故郷に錦を飾っているという気分になれた。弟たちが路地で自転車に乗る練習をしている。若い男性が自転車を支えてあげているのに気づいた。曼楨も裏口に立ち、腕組みをしてドアに寄りかかりながらその様子を見ている。曼璐が車から降りると、曼楨は笑いかけた。「姉さん、来たのね！」その青年は曼楨がそう呼んだのを聞くと、弾かれたように注意を向け、曼璐を目で追った。しかしそのとき、稲妻のような曼璐の眼差しもちょうど彼を射ていた。彼の眼光は曼璐には敵わず、慌てて目をそらした。彼がうけた曼璐の印象は、毛皮のコートを着た中年の奥さん、ただそれだけだった。曼璐は今、自分の身分と地位にふさわしくあろうと努力しているところだった。ステージ用の化粧はやめにし、つけまつげや黒いアイライン、赤すぎるチークなどはまったく使わなくなった。しかしそれによって、自分が自動的に武装解除してしまったのだということには気づいていなかった。時間とは残酷なもので、彼女の年齢になると濃い化粧をすれば憔悴して見えるのは確かだが、だからといって突然中年女性のような装いをすれば、ただの中年女性のようにしか見えなくなってしまう。曼璐はそこにまだ気づいていなかったのだ。今日服地を買ったとき、赤紫色を選ぼうとしていたのに、空気を読まない店員が一生懸命に紺を勧めてきた。「ご自分で着られるんですか？　ならこの紺がいいですよ、上品ですから」彼女はそのとき、あたしを婆さんだと思ってるの？　あたしが紫だと言ったら紫が欲しいんだよ！　といらいらしたのだった。意地を通してそちらを買ったものの、ずいぶん不愉快な思いをした。

今日は母も不機嫌だった。末の弟の傑民（けつみん）が足を怪我したからだ。曼璐が上がっていくと、ちょうど母が傑民の膝に包帯を巻いているところだった。「あら、なんでこんなに酷い怪我をしたの？」

「自分が悪いんだよ！　どうしても自転車に乗りたいって言い張ってね。わたしはこうなるだろうと思ってたよ！　自転車がきてから狂ったみたいにみんなで乗りたがるもんだから」

「あの自転車、新しく買ったの？」

「偉民の学校が遠いんでね。毎日市電に乗るよりは自転車のほうが安上がりだから、どうしても自転車が欲しいって言い出して。わたしは買ってやらなかったんだけど、沈さんが最近買ってやってね」ここまで話すと彼女は眉を顰めた。世鈞が自転車をくれたときにはとても喜んだのだが、いまは子供がかわいそうで、世鈞に八つ当たりしたくなってしまったのだ。

「沈さんって誰？　さっき戸口に誰かいたけど、あの人のこと？」

「あ、もう会ったのかい？」

曼璐は笑った。「二妹の友達なんでしょう？」

顧夫人は頷いた。「そう、あの子の同僚なんだよ」

「しょっちゅううちに来るの？」

顧夫人は傑民を行かせてからようやく低い声で笑いながら言った。「ここのところはほとんど毎日入り浸りだね」

曼璐は笑った。「婚約するつもりなの？」

顧夫人は眉根に皺を寄せて笑った。「それなんだよねぇ、わたしもじれったく思ってるのさ。朝から晩まで一緒にいるくせに、結婚するって話は出てこないんだよ」

「母さん、どうして二妹に聞かないのよ」

「聞いたって無駄さ、馬鹿なことしか言わないんだからね。弟妹が大きくなってから嫁にいくなんて言うんだよ。そんなに待ってもらえるはずがないだろう？　でも様子を見てると、沈さんも全然焦ってないんだよねぇ。わたしが横でやきもきしてるってわけだよ」

「ふうん……ねぇ、あの子騙されてるんじゃないの？」

「それはないね」

「わかんないわよ、二妹みたいに世間ずれしてない子はあっという間に夢中になっちゃうんだから、それはないなんてはっきり言えないんじゃない？」

「でもあの沈さんっていうのは真面目な人だと思うよ」

「ふん、真面目な人ですって！　さっきあたしのことをいやな目つきで見てたわよ。上から下までじろじろ見ちゃって！」そういうと手をあげて、得意そうに髪の毛を撫でつけてみせた。世鈞がさっき自分に特別な注意を向けたのは、彼女の過去を知っているために好奇心を抑えられなかったからだとは思ってもいなかった。

「わたしはすごく真面目な人だと思うがね。なんなら、あとでちょっと話してみたらわかるよ」

「話してみるわ。いろんな人に会ってきたからね、あたしには人を見る目があるのよ」曼璐もう既婚者になったので、顧夫人も曼璐が曼楨の男友達に接近するのを止めようとは思わなかった。「そうだね、見てくれると助かるよ」

話しているうちに、曼楨が階段のところで祖母と喋っているのが聞こえてきたので、曼璐はいそいで母に目配せをし、黙らせた。ほどなく曼楨が部屋に入ってくると、クローゼットを開けてコートを取り出した。顧夫人が聞いた。「出かけるのかい？」曼楨は微笑んで答えた。「映画を観に行ってくるわ。チケットをもう買っちゃったの。そうでなかったら行くのはやめにしたんだけど。姉さん、ゆっくりしていってね、晩御飯はうちで食べてね」そう言って、そそくさと行ってしまった。世鈞は二階に上がってこなかったので、曼璐は彼を観察する機会を逃した。

母と曼璐は窓の前で肩を並べ、曼楨と世鈞が寄り添って歩いて行くのを見た。子供たちは自転車の練習を続け、路地の中を行ったり来たりしている。顧夫人はこともなげに話し始めた。「この間、阿宝がうちに来たよ」阿宝はこのときすでに曼璐のところで働いていた。

「そうそう、聞いたわ。あの子の田舎からこちらに手紙が届いたから、取りにきたんだってね」

「そうそう。……鴻才さんはずっとそんな感じなのかい？」お節介な阿宝が、鴻才が酒色にふけっていると母に報告したに違いない。曼璐は笑った。「阿宝ったら本当に口数が多いんだから！」

「わたしのことも口数が多いと思うだろうけどね——でも言っておくよ、顔を見たらすぐに喧嘩を売るような事をしちゃだめだよ。感情がこじれちまうからね」曼璐は黙っていた。母には不満を訴えたくなかった。悩みを聞いてくれる人をとても必要としていたし、母以外に適当な人はいなかったのだが、母の慰めはいつも的外れで、それを聞いても泣くに泣けず、笑うに笑えないのだ。顧夫人はまた小声で言った。「鴻才さんは今いくつだい、そろそろ四十だろう？　男の人が子供に無関心だと思っちゃいけない。ある程度の年になるとどうしても欲しくなるもんだよ。あんたはほかにはなんの落ち度もないが、これだけはねぇ」曼璐は過去に一度ならず中絶したことがあって、医者にもう子供は望めないと言われていたのだった。

顧夫人はまた言った。「田舎にいる奥さんにも息子はいなくて、娘が一人だけって言ってたね？」曼璐はだるそうに答えた。「なんだ、阿宝はその話はしてなかったの？　田舎から子供をこっちによこしてきたのよ」顧夫人は驚いて言った。「え？　子供の母親が育てているんじゃなかったの？」

「死んじゃったのよ。だから父親を頼ってきたってわけ」顧夫人はしばらくぽかんとしていた。「母親が死んだ？……ほんとうに？……あらあら、ねえ、お祖母さんがずっとあんたの運勢はいいって言ってたけど、あんたは本当に最高の運勢を持ってるのね！　わたしだったらそんなに落ち着いていられやしないよ！」言い終わると思わず満面の笑みを浮かべた。曼璐はただうっすら笑ってみせただけだった。

「ねえ、もう一つ言わせてもらうけど、可哀想に、お母さんがいなくなった子には優しくしてあげるんだよ」曼璐はさっき街で買った大小あれこれの包みの中から靴の箱を取りだして母に見せると笑った。「ね、見てちょうだい。あの子に革靴を買ってあげたのよ。それに今は字も教えてあげてるの。それ以上どうしろって言うの？」顧夫人も笑った。

「幾つの子なの？」

「八歳」

「なんていう名前？」

「招弟(しょうだい)（女児にこの名前をつけるのは、次こそ男児が欲しいという強い願望のため）って言うの」顧夫人はそれをきくとまたため息をついて言った。

「弟を産んであげられたらいいんだけど。あんたの運勢はいいんだけど、どうして子を持てない運命なのかねえ！」曼璐はさっと暗い表情になると恨めしそうに言った。「すぐに運勢がいい運勢がいいって言うけど、あたしがどんなに苦しい思いをしてるかよくわかってるでしょ？」そう言うとくるりと体の向きを変えて母親に背を向けた。彼女がいらだたしげに指先でガラス窓をつつく、こつこつという音だけが響いた。彼女の爪はとても長く、尖っている。顧夫人はしばらく黙ってから言った。「ねえ、あまりくよくよしすぎないでおくれよ！」ところが、こう言われると曼璐はしくしくと泣き出してしまった。顧夫人は彼女のそばに立ち尽くしたまま、かける言葉を見つけることができなかった。

曼璐はハンカチで涙をかむと言った。「男の人の心って本当に変わりやすいのね。もとは重婚罪を犯すことになってもあたしと結婚したいって言ってたくせに、今奥さんが死んだからもういっぺん結婚手続きをとってほしいと頼んでも、どうしても承知してくれないの」

「なんでまだ手続きなんかがいるの？　あんたたち、正式に結婚したんじゃなかったのかい？」

「あれは無効なの。あのときはまだ奥さんが生きてたから」

顧夫人は眉を顰めて曼璐のほうを窺った。「わけがわからなくなってきちゃったよ……」

口ではわからないとは言ったが、曼璐の境遇はなんとなく飲み込めた。とにかくとても危ういのだ。

顧夫人は少し考えてから言った。「何はともあれ、あまり騒がないことだよ。もしも他に女ができたとしても、順番ってものがあるんだから――」

「順番なんて当てになるわけないでしょう。招弟の母さんがいい例だわ。恐ろしいわ、あちらはちゃんとした奥さんだったのに、田舎で死んでしまったのよ。お棺だって、実家の人がお金を出し合ってなんとか買ったんですって」

顧夫人は長々と吐息をついて言った。

「結局はあれだよ、息子がいれば解決するってことだよ。昔だったらまだやりやすかったけどねぇ。奥さんが旦那さんのために妾を見つけてきて、腹を借りて子供を産ませればそれでおしまいさ。こんなこと言ってもあんたはやらないだろうけどね」言っていることがあまりにも時代遅れなので、ここまで話すと自分で思わず笑ってしまった。曼璐も無理に笑った。

「もういいわよ、母さん!」

「それか、養子をもらいなさいよ」

「いいわよ、うちにはもうお母さんを亡くした子がいるのよ。まだもらってくるなんて——孤児院でも開けっていうの?」

母娘が話しているうちにいつの間にか空は暗くなった。部屋も真っ暗になって、祖母が外から手を伸ばして電気をつけた。

「真っ暗なところに座って何してるんだい、二人してどこかへ出かけたのかと思ったよ——曼璐は今日はうちでご飯を食べていくんだろう?」

顧夫人も曼璐に言った。「あっさりしたおかずをいくつか作ってあげようか、お腹を壊さないように」

「じゃあまず家に電話して、ご飯を待たないように言うわね」

彼女は電話したが、それは鴻才の行動を調べるためでもあった。阿宝が電話に出た。

「旦那さまはさっき帰ってこられました。お電話代わりましょうか?」

「そう……いいわ、あたしもすぐ帰るから」彼女は電話を切り、すぐに帰ると言った。祖母は事情を知らないのでしきりに食事していくように勧めたが、母のほうは「帰らせましょう、鴻才さんが待ってるんですって」ととりなした。

曼璐が急いで家に帰って二階に上がり、寝室までくると、ちょうど鴻才は出ていこうとしているところだった。着替えに帰ってきただけだったのだ。

「今度はどこにいくの？」

「関係ないだろ！」彼はそのまま乱暴にばたんとドアを閉めていってしまった。曼璐はドアを開けて追いかけたが、鴻才は風のように階下に降りていってしまい、香りだけを残した。

招弟（しょうだい）という女の子が、まさにこのときその場に駆けよってきた。曼璐が今日出かける前に革靴を買ってあげると約束したので、とても楽しみにしていたのだ。この子はもともと女中の部屋で遊んでいたのだが、ハイヒールの靴音が響いてきたので「阿宝！　お母さんが帰ってきたよ！」と声をあげながら走り出てきたのである。曼璐を「お母さん」と呼んだのはもともと女中たちがそう教え込んだからで、鴻才だって初めて聞いたわけではなかったのだが、今日はどういうわけか本気で曼璐に腹を立てていたので、階段の下から「何言ってんだ、こんなのをお母さんと呼ぶなんて！　こいつにそんな価値があるもんか！」と声高に叫んだ。曼璐はそれを聞くと、すぐさま花瓶を下に投げ落とそうとしたが、阿宝が必死で抱き止めた。

曼璐は怒りのあまり言葉も出せず、鴻才がすっかり去ってしまってからようやく罵り声をあげた。「誰がこんな洟垂らしてるガキを娘なんかにしたいもんか、田舎者のチビ乞食なんて、差し上げますと言われたってお断りだよ！」彼女はこの子が憎くてたまらなかった。招弟は両目をしばたたいてそこに立ち、さっきの一幕を見ていたのだ。もしもこの子の母親の霊が見ていたらきっと痛快に思うだろう。空中に勝利の笑い声が響くのが聞こえるような気がした。

招弟がやってきたとき、曼璐はもともとこの子を籠絡（ろうらく）しさえすればいいと思っていた。この子はきっと感情の橋渡しをしてくれるに違いない、鴻才は薄情だけど父娘（おやこ）の情がないわけはないだろう、そう考えていたのだ。しかしこの子は橋渡しにならないどころか導火線だった。夫婦が喧嘩を始めたときにこの子がそばで見ていると、曼璐は絶対に負けられない気がして、よけいにひどく争ってしまうのだ。

この子は痩せっぽちで色が黒く、おさげには白いリボンを結んでいて（喪に服していることを示す）、ただ茫然と彼女を見ている。一発顔をはたいてやりたくてたまらなかった。曼璐が買ってきたばかりのあの靴の箱を乱暴に引き裂くと、小さな革靴がどさっと床に落ちた。彼女はそれを思い切り踏みつけてやった。しかしとても丈夫なものだから、踏んだだけでは壊れようがない。結局靴は両方とも階段の下に投げ落とされた。

招弟にとっては、きっと曼璐も父親の同類だろう。ころころと機嫌が変わり、すぐ激昂する大人。

曼璐は部屋に戻ると夕食もとらずに寝てしまった。阿宝が湯たんぽを持ってきて掛け布団の中に入れてくれた。曼璐は阿宝を見るとふと思い出して聞いた。「あんた、こないだ奥さまのところに行ったとき何を喋ってきたの？　使用人にあれこれ噂されるのは辛抱できないんだけど」阿宝は今でも曼璐をお嬢さま、曼璐の母を奥さまと呼んでいた。阿宝は慌てた。「何も言ってません、ただ奥さまに聞かれたので——」

曼璐は冷笑した。「ふうん、やっぱり奥さまが悪いって言うのね」阿宝は曼璐が怒り狂っていて感情のはけ口をさがしているのだとわかっていたので、何も言い訳しようとはせず、そっと辺りを片付けて出て行った。

今日はかなり早くベッドに入ってしまったから、この夜はきっととても長いものになるだろう。長い長い夜を目の前にすると、まるで暗いトンネルを潜り抜けねばならないような気がして、曼璐は恐怖を感じた。しかし思い切って中に入っていくしかない。

ベッドの横には電気スタンドと時計があった。全ては静まりかえっていて、ただ時計のかちこち言う音だけが異様に響く。曼璐は手を伸ばして時計を手に取ると、引き出しにしまおうとした。

引き出しを開けると小さなカードの山が目に入った。毎日招弟に字を教えるとき使っているものだ。曼璐はそれをがさっと摑み取ると痰壺(たんつぼ)の中に投げ捨てた。といってもこのとき、彼女の怒りはもう静まっていて、ただひたすら悲しいだけだった。漢字の裏に田んぼや猫、犬、牛、羊などが描かれているカードのうち、何枚かは痰壺の外やスリッパの上に落ちていった。

曼璐はベッドで何度も寝返りを打ちながらあれこれ考えた。鴻才の態度がこんなに悪化したのはいつからだろう。あの日だ、妹がうちにお見舞いに来たあの晩、鴻才は酔って帰ってきて、酒の勢いを借りて妹へのよからぬ心を打ち明け、彼女は激しく罵ったのだった。もしも彼の思う通りにさせたら、もしかしたらそれで満足してでたらめに遊び歩くのはやめるかもしれない。移り気な男だが、どうやら妹には本気で惚れているらしいから。

考えれば考えるほど憎くなり、歯がうずくほどだった。しかし何といっても、嫁いだときには彼と添い遂げようと決めたのだ。一生質素に暮らそうと考えていた。まさか彼が財をなすことになったとは。彼が裕福になったということは、彼女は言わば特等のくじを当てたようなものだ。それがまさか、結局のところ全て絵に描いた餅だったということなのか。

ひんやりとしたものが足の甲に当たった。湯たんぽが冷たくなってしまったということは、もうかなり遅い時間なのだろう。すでに深夜だった。静まり返った夜、近くの線路を汽車が走っていく。ものさびしげな汽笛の音がした。

彼女はとつぜん、今日聞いた〝お母さんの知恵〟には一理あるかもしれない、と思った。子供がいればいいのだ。誰かの腹を借りて子供を産ませる。一番いいのは妹だ。鴻才自身が気に入っているのだし、なんといっても自分の妹なのだから言うことを聞かせやすい。

母がこの話をしたときは、まさか曼楨を候補にするなどとは思いもしなかっただろう。

彼女は思わず笑みを浮かべた。この微笑みは少し獰猛なものだったが、自分では見えなかった。

それから彼女はふと思った。あたしは狂ってる。鴻才のことを狂っていると言ったけど、あたしももう気が狂ってしまいそうだ！ 彼女はなんとかその途方もない考えを打ち捨てたが、それがまた戻ってくることはわかっていた。黒い影のように。一匹の野獣の黒い影。一度現れて道を覚えたからには、また道を嗅ぎ分けるだろう、そうして彼女のところにやってくるだろう。

彼女は途方もない恐怖を感じた。

# 8

普通の家庭では、午後二時か三時くらいが一日で一番寂しい時間となる。子供たちは学校だし、若い人は仕事に行っているので、家には戦力外の年寄りしかいなくなるからだ。曼楨（まんてい）の家がまさにこれで、家にいるのは母と祖母だけだ。この日の午後、路地に刃物研ぎが来た。顧（こ）夫人は呼び売りの声を聞きつけ、包丁を二本持って階段を降りていった。しばらくすると彼女はまた上がってきて、階段から声高に叫んだ。「義母さん、誰が来たと思います？　豫瑾（よきん）ですよ！」豫瑾とは誰かとっさに思い出せなかった祖母が、あやふやに「え？　誰だって？」と聞き返したときには、顧夫人はもうその客を連れて入ってきていた。祖母の姪の息子で、一度は上の孫娘の婚約者だった張豫瑾だ。

豫瑾は笑顔で挨拶した。「大おばさん、お元気ですか」

祖母は大喜びしながら「痩せたんじゃないかね？」と聞いた。

「田舎から出てきた人間はみんな黒くて痩せて見えるもんですよ」

「お母さんは元気？」

豫瑾が一瞬詰まって答えられないでいるところに顧夫人が横から口を出した。

「亡くなったんですって」

「ええ？」

「豫瑾の袖に黒い紗が巻いてあるのをさっき見て、わたしも驚いたんですよ！」

祖母は茫然として豫瑾を見ると、「いつのこと？」と聞いた。

「今年の三月です。上海に行ったら大おばさんに直接お知らせしようと思ったので、訃報は送りませんでした」豫瑾は自分の母が病を得た経過を簡単に話し、祖母は滂沱の涙を流した。

「思いもよらないことだねぇ。わたしみたいな年寄りがまだ死なないのに、そんなに若い人が亡くなってしまうなんて！」といっても豫瑾の母はもう五十を超えていたのだが。祖母の心の中では、自分より若い世代は永遠に子供なのだった。

顧夫人が歎じた。「それでも幸せな人生でしたよ。豫瑾みたいないい息子がいたんですからねぇ」

祖母も頷いた。「本当にねぇ！　豫瑾、今は病院の院長さんなんだってね。若いのに大したものだよ」

豫瑾は笑った。「全然大したことありません。〝田舎の一番は都会の七番〟ってやつですよ」

顧夫人も笑った。「謙遜がすぎるよ。うちの人は生前、あんたは大きくなったら絶対に出世すると褒めてたわ。義母さん、覚えてます？」そもそも彼女の夫が豫瑾をとても気に入ったので、曼璐と婚約させることになったのだった。

顧夫人は「上海にはどういう用事で来たの？」と聞いた。

「病院に揃えたいものがありまして、上海まで見に来たんです」さらにどこに泊まっているのかと聞くと、旅館だと答えたので祖母が言った。「ならここに泊まればいいよ。旅館だとあれこれ不便だろう」

顧夫人も大いに賛成したが、豫瑾はためらい、「それはご迷惑でしょう？」と言った。

顧夫人は笑って答えた。「大丈夫よ——あんたには遠慮なんかしませんよ！　もともとうちに住んでたこともあったじゃないの？」

祖母も「ちょうどいいよ、今空いてる部屋があってね。一階に住んでいた家族が出ていったところなんだよ」

顧夫人は豫瑾に説明した。「去年曼璐が結婚したあとね、家族が減ったものだから一階の部屋二つを間貸しにしててね」

このときまで、誰も曼璐について触れるものはなかった。ここで祖母が「曼璐は結婚したんだよ、知ってるだろう？」と聞いた。豫瑾は微笑んだ。「聞きました。元気にしてますか？」祖母は答えた。「まあ運がいい方なんだろうね、よくしてもらってるよ。お婿さんは商売をやっててね、今は虹橋路に家を建てたんだよ」祖母にとって、曼璐が金満家に嫁いだことは一種の奇跡であり、晩年になってからもっとも嬉しかったことでもあったから、話しはじめると長くなった。豫瑾は聞きながら相槌を打った。「なるほど――なるほど――それはよかったですね」顧夫人にはその様子が少し不自然に見えて、豫瑾はまだ曼璐のことを忘れていないように感じた。もしも彼女が結婚したと聞いていなかったら、豫瑾はあらぬ憶測を避けるため、けっしてここに姿を現そうとしなかっただろう。

研ぎ屋が裏口から包丁を研ぎ終わったと呼んだので、顧夫人は下に降りようとした。豫瑾も一緒に立ち上がっていとまを告げたが、嫁姑のどちらもこの家に泊まるよう熱心に勧めたので笑って言った。「わかりました、では今晩荷物を持ってこちらにお邪魔します。他に用事もありますので、ここでいったん帰りますね」祖母は言った。「では早めに来るんだよ、ご飯に間に合うようにね」

その晩、豫瑾が旅館から荷物をいくつか顧家に運び込んだ時には、一階の部屋はもうきれいに片付けられていた。顧夫人は、息子二人に言った。「偉民、傑民、運ぶのを手伝って」

「自分でやりますよ」豫瑾はスーツケースを部屋に運び込んだ。二人の子供も入ってきて、離れたところから眺めている。顧夫人は言った。「瑾兄さんだよ。傑民は小さすぎたから覚えてないだろうけど、偉民は覚えてるだろ。小さいときには本当に瑾兄さんに懐いてたから。豫瑾がうちから出て行ったときには一晩中泣いてて、最後はお父さんにぶたれていたっけね――うるさくて眠れないだろって、怒られていたよ」偉民はもう十四歳になり、身長は母と同じくらいになっていた。こういう話を聞くときまりが悪くなり、顔を赤らめて何も言わなかった。

この時祖母が部屋に入ってくると、「荷物の整理はあとにして、まず上がってご飯をお食べ」と言った。顧夫人は台所から料理を運び、祖母は豫瑾を連れて一緒に上がった。今日は豫瑾を待ったために、夕食はかなり遅くなった。曼楨は食事を済ませたらまた家庭教師に行かねばならないので、一人で先にご飯を盛って食べていた。豫瑾は入ってくるなり彼女を見て驚いた。ぱっと見た時、曼璐だと思ったのである――六、七年前の曼璐そっくりだった。曼楨は食器をテーブルに置くと立ち上がって微笑んだ。「瑾兄さんはわたしのことを忘れちゃったんでしょう」豫瑾ははっきり覚えていすぎたために茫然としてしまった、とは恥ずかしくて言えなかった。彼は笑った。「二妹（アルメイ）だろう？　別のところで会ったらわからなかったよ」祖母は言った。「そうねえ、前に会った時は、曼楨はまだ偉民ほどにもなってなかったからね」

曼楨は箸を持った。「ごめんなさい、先に食べるわね。食べてからまた出かけなくちゃいけないの」豫瑾は彼女が白いご飯を少しの漬物で食べているのを見ると申し訳ない気持ちでいっぱいになった。顧夫人があれこれのおかずをテーブルに並べた時には、曼楨はもう食べ終わっていた。豫瑾は「もう少し食べたら」と言ったが、曼楨は微笑んで「もういいの。お腹いっぱいになったし。母さん、こっちに座って」彼女は立ち上がって自分でお茶を淹れ、母の椅子の背にもたれながらゆっくり飲んでいたが、母が唐辛子と肉の炒め物を豫瑾の皿にいれようとしているのを見ると言った。「母さん、忘れちゃったのね。瑾兄さんは辛いものは食べないのよ」

顧夫人は笑った。「ああ、そうだった。忘れてしまってたよ」

祖母も「この子は記憶力がいいねえ」と笑った。曼楨が覚えていたのは、幼い頃、豫瑾に姉さんをとられたのを恨みに思っていたからだった。彼が辛いものを食べないと知ったので、彼にご飯を盛った時、わざと碗の底に辣醤（ラージァン）を塗りつけてやったことがあったのだ。

しかし母と祖母の二人はまさかそんな裏話があるとは思わなかった。豫瑾も、当時彼女に悪戯をされたことは覚えていたものの、そんな些細なことは気に留めておらず、もちろん今ではすっかり忘れてしまっていた。彼はただ、こんなに時が経ったのに、自分の好き嫌いを曼楨が覚えていてくれたことに驚いたのである。それに彼女の声や笑顔、一つ一つの身振りや動作に見覚えがあった。ここ数年、寝ても覚めてもずっと自分にまとわりついていたものが、すべて目の前に現れたのだ。運命というのは本当に残酷だが、しかしこういう残酷さは、苦痛だけでなく微かな甘みも感じさせる。

曼楨はお茶を飲み終えると出ていった。豫瑾はずっとぼうっとしていた。以前、顧家の常客だった頃、彼はいつもお客さん用の、てっぺんが四角で下が丸くなっている伝統的な牛骨の箸を使っていた。とりわけ長くて、手に持つとずっしり重く感じる。この家で使い慣れてきたこの箸を持ち、今またこの一家と食卓を囲んでいるというのに、曼璐だけはもういないのだ。そう思うと、黄色っぽく薄暗い照明の下で、時の移ろいを感じずにはいられなかった。

豫瑾は田舎で早寝早起きの習慣をつけていたので、九時半にはもう眠った。顧夫人は曼楨の帰りを待って起きており、祖母も今日は眠くならないようで、座ったまま嫁と話をしていた。豫瑾の母の生前のあれこれを話して涙を拭いているうち、話は豫瑾に移った。嫁姑の二人は異口同音に彼を褒めあげた。顧夫人は言った。「だから曼璐の父さんは豫瑾に白羽の矢を立てたんですよね。──ああ、わたしたちに運がないってことなんでしょうね、あんないい子を婿にできなかったっていうのは」

「こういうことはみんな運命で決まっていることだからねえ」

「豫瑾は今年でいくつだったでしょうね。たしか曼璐と同い年？　今になってもまだ結婚できていないっていうのは申し訳ないですねえ」

祖母は頷いた。「本当にね。あの子の母さんには息子一人しかいなかったのに、それが三十になってもまだ結婚してないなんて。きっとわたしたちのことを恨んだろうね。亡くなった時、喪に服してくれる孫の一人もいなかったなんて！」

顧夫人も嘆いた。「豫瑾も一途過ぎたんですね」

二人はしばらく黙り込んだが、どちらも同じことを考えていた。やはり祖母のほうが先に言葉にした。「でも、曼楨と豫瑾だってぴったりなんじゃないかい」

顧夫人は声を低くして笑った。「そうですねぇ、曼楨を嫁にやれば償いもできるからそれに越したことはないけど、でも曼楨にはもう沈さんがいますからねぇ」

祖母は首を振った。「沈さんとのことは、まだどうなるかわからないと思うよ。知り合ってもうすぐ二年になるっていうのに、あんな感じじゃああの子を無駄に待たせてるだけじゃないかね」顧夫人は世鈞の態度には少し不満があったものの、何と言っても娘の男友達なので肩を持たないわけにはいかず、ため息をつきながら言った。「沈さんは人柄はいいんだけど、どうもしゃっきりしないところがありますねぇ」

「下品な言葉を使わせてもらうなら、〝雪隠にしゃがんでるのにうんこをしない〟ってやつだね」祖母はそう言うと声を出して笑った。顧夫人も苦笑した。

豫瑾が顧家に滞在してから三日目の晩に世鈞が来た。もう夕食はすんでいて、豫瑾は自分の部屋にいた。曼楨は世鈞に、今こういう人が自分の家にいる、お医者さんで、故郷の小さな町で働いていると説明した。

「そんなつらいところで仕事をしようっていうお医者さんがどれほどいるかしら？　そういう精神はとっても尊敬すべきだと思うの。ちょっと話をしにいきましょうよ」彼女は世鈞と一緒に豫瑾の部屋へゆき、あれこれの質問をした。地方の状況や田舎町の状況など、彼女は何についても興味を持っていた。世鈞は本能的な嫉妬を感じずにはいられず、そばで黙って聞いているだけだったが、いつも初対面の人の前では口数が少ないので、曼楨も特に彼の態度が変だとは思わなかった。

世鈞が帰るとき曼楨は送ってゆき、豫瑾と自分の姉とのいきさつについて話してから言った。「もう七年前のことなのに、彼はずっと結婚してないの。たぶん姉さんのことを忘れられないんだわ」

世鈞は笑った。「へえ、そんなに一途なんだ。それはロマンチックな人だね」

曼楨も笑った。「そうなのよ、こう話すとちょっとお馬鹿さんみたいに聞こえるかもしれないけど、それがいいところなんだと思う。こういうお馬鹿さんなところがなければ、あんな僻地で病院をやろうなんて思わないでしょ。苦しくて見返りのない仕事よ」

世鈞は何も言わなかった。路地の入り口まで来ると、彼女に頷き、ぼそっと「また明日」と言うと、前を向いて去っていった。

それからというもの、世鈞が彼女の家に来るたび、いつも豫瑾がいるようになった。豫瑾が自分の部屋にいるときは、曼楨が世鈞を彼の部屋に連れて行って三人で話すのである。曼楨には心づもりがあった。ずっと世鈞と二人だけでいると親密度がどんどん上がり、とにかくすぐに結婚しよう、と言われかねない。それは避けたかったので、第三者が一緒にいてくれることを歓迎したのだ。彼女にとっては苦肉の策だったが、世鈞にはもちろん理解できず、とにかく不愉快だった。

彼らの職場では最近規定が変わり、昼食が提供されるようになった。もともと毎日一緒に外で食べていたのに、曼楨が節約しようと提案して工場で昼食を食べるようになったため、話をする機会は更に減ってしまった。彼女は愛情とは単純なものではないということを知らなかった。いったん冷蔵庫にしまえばしばらく変質しないというような、そんなものではないとは思わなかったのである。

土曜日、世鈞はいつも彼女の家にやって来るのだが、この日は電話をかけてきて外で会おうと言った。顧夫人が電話をとり、「沈さんだよ」と曼楨を呼んだ。ちょうど昼食中だったので顧夫人は食卓に戻ったが、曼楨のお皿をひょいと飯碗にかぶせておいた。でないとご飯が冷めてしまうからだ。この二人が電話を始めたらきまって長くなる。

果たして、曼楨は出ていったまま戻ってこなかった。豫瑾はもともと彼女とこの沈という同僚の友情はどれほどのものなのだろうとあれこれ推測していたのだが、今でははっきりわかって、何かを失ったように茫然としてしまった。自分は本当に馬鹿だ、顔を合わせてたったの数日なのにあれこれ愚かな妄想に耽っていたなんて。彼女にはもうとうに恋人がいたのだ。

顧家の次男の傑民は学校であったことを食事どきにあれこれ話す子で、誰それが居残りさせられたとか、誰と誰が喧嘩したとかをいつも興奮して息を切らせながら母親に語るのだった。今日はもうすぐ学校で劇をやるのだと話した。その劇では自分も舞台に立つ、年寄りの医者の役なのだと言う。顧夫人は「はいはい、わかったから早くご飯を食べなさい」と言った。傑民はご飯を二口三口かき込むと、また言った。「お母さん、これは絶対観にこなくちゃ。先生はね、この劇はすごく意味があるって言ってたよ。先生が僕たちのために脚本を選んでくれたんだ。この脚本はすごく良くってね、世界中で知られてるんだよ」概して顧夫人はこの子の話を聞き流しており、顔を見ると「口の横にご飯粒がついてるよ」と言った。傑民はすっかり興醒めして不機嫌になり、面倒くさそうに手で口の周りを拭った。顧夫人が「まだついてるよ」というと、兄の偉民が「おやつにとっとくんだってさ」と言い、テーブルは笑いに包まれた。豫瑾だけはぼうっとしていたので、みんながどっと笑っても意味がわからなかった。自分が何かしでかして笑われたのかと思って周りの人の顔を一つ一つ見たが、要領を得なかった。

この日の午後、豫瑾は用事があったので早めに出かけ、夕食にも戻ってこなかった。世鈞と曼楨も外で食べてきたので、一緒に家に帰ってきたのは豫瑾が戻って間もない頃だった。世鈞と曼楨が彼の部屋の横を通りかかると、中からどっと笑い声が聞こえた。傑民が豫瑾にせがんで、医者の仕事がどんなものか演じてもらっていたのだ。豫瑾は傑民に、聴診器の使い方と血圧の測り方を教えていた。曼楨と世鈞が立って見ているのに気づくと豫瑾は続けられなくなり、笑っていった。

「僕だってこの二つきりしかできないんだよ、全部教えたからね」傑民は言うことを聞かずに粘っていた。子供は新しもの好きだ。世鈞が自転車の乗り方を教えてくれたころはみんな世鈞になついていたが、今は豫瑾がいるので、世鈞とはずいぶん疎遠になった。いつもの世鈞ならそんなことは全く気にしなかったかもしれないが、今は特に敏感になっていて、子供たちが豫瑾をちやほやするのにさえ嫉妬を感じてしまう。

豫瑾は気を緩めて思わずあくびをしてしまった。曼楨は言った。「傑民、上にあがるわよ、瑾兄さんはもう寝るから」

豫瑾は言った。「いやいや、まだ早いよ。ただこの二、三日よく眠れなかったんだよね――もうすっかり田舎者になってしまったから、車や電車の音が聞こえてくると気になって寝付けないんだ」

「隣の家のラジオも気になるわよね、朝から晩までつけっぱなしだもの」

「まあ、慣れないせいだよ。何か本でもあればいいんだけどな。寝付けないとき、読んでいると眠くなるから」

「わたしが持ってるわ。傑民、上から本を持ってきて。多めにね」

傑民は本を一抱え持って戻ってきた。全部彼女の書棚にあったもので、世鈞が彼女に贈ったものも数冊混じっている。彼女は一冊一冊確認しながら豫瑾に渡した。

「読んだことあるかしら」

豫瑾は笑った。「どれも読んでないよ。もうね、僕は今や完全に田舎者なんだ。朝から晩までばたばたしていて本を読む暇なんてあるもんか」

彼が電灯の下に立って本をめくっていると、曼楨が言った。「あら、ここの灯りは暗いわね。明るいのに替えなくちゃ」

豫瑾は極力止めたが、曼楨は二階に上がって電球を取ってきた。世鈞はこの時にはもう我慢できず、立ち去りたくてたまらなかったが、それも業腹なので、適当に本を一冊とってぱらぱら読んでいた。傑民もそこに立ってあれこれと劇の話を続け、ストーリーを豫瑾に説明していた。

曼楨が電球を持って現れ、「世鈞、一緒にテーブルを運んでちょうだい」と笑顔で言った。さっと進み出た豫瑾と世鈞が二人でテーブルを運んで電灯の下に置くと、彼女はテーブルの上に立ち、照明の電球を捻って外した。部屋は一瞬にして真っ暗になった。暗がりが訪れる前の刹那（せつな）、豫瑾はちょうど曼楨のくるぶしを注視していた。彼はテーブルのすぐそばに立っていたので、見ずにはいられなかったのだ。彼女のくるぶしはとても華奢（きゃしゃ）でありながら力強く、彼女の人柄そのもののようだった。ここ数日、彼女の母が繰り返し豫瑾に家の事情を語ったので、豫瑾は一家七人が全て曼楨の収入に頼っていることを知っていた。それでも彼女が、まるで何でもないかのように、少しの不満も見せずにいるのは大したものだ。彼女の志は他の人とは違う。彼女は本当に活気に溢れている。彼女と比べれば、姉のほうは夢のように美しい幻影にすぎない——豫瑾はそうとまで考えた。

灯りがついた。その光はちょうど彼女の手の中にあり、彼女の顔を照らしている。曼楨はしゃがんでテーブルから飛び降りると微笑んだ。

「明るくなったわよね？　でも、寝転んで本を読むにはまだちょっと暗いわね」

「いいよ、同じだよ、もう十分だよ」

「せっかくだからとことん善人になるわ」彼女はまた階段をかけあがり、電気スタンドを持ってきた。世鈞は、それが曼楨のベッドサイドにあったものだと気づいた。

豫瑾はベッドに座り、スタンドの灯りで本を読み始めた。きっと彼も、この灯りは特別温かいと思っているだろう。世鈞はとっくに帰りたかったのだが、どうしても自分が悔しがっているとは思われたくなかった。きっと曼楨に笑われてしまうだろうから。理性の上では、世鈞は自分の嫉妬には根拠がないことを知っていた。将来結婚して、自分の友達に彼女がこんなふうに優しく接しても彼は決して嫌がらないだろう——彼はそんなに頭が古く、度量が狭いわけではない。しかし理性は理性として、やはり耐え難かった。

さらに耐え難いのは、彼は一人で真っ暗な町に出て帰るというのに、彼らはまるで家族のように灯りの下で団欒していることだ。

顧夫人はこのところ冷静に曼楨と豫瑾を観察し、二人の気が合うと見てとると七、八割の希望を持つようになった。世鈞があまり来なくなったので心中さらに嬉しくなっていた。きっと曼楨が彼に冷たくなったのだろう。

　次の土曜日の午後、昼食後に顧夫人はテーブルに新聞紙を敷き、米を広げて、中に混じっている稗(ひえ)や砂をより分けながら、前に座った豫瑾とおしゃべりをしていた。明後日には故郷に戻るというので顧夫人は残念に思った。「わたしたちも戻りたいんだよ。田舎にはまだ幾畝(ほ)かの土地があるし、ちゃんとした家もあるし、義母さんもいつも帰りたがっているしねえ。いつも義母さんと話してたのよ。あんたの母さんのことを思い出してね、田舎に帰ったら何か美味しいものをこさえて、あんたの母さんも呼んで、麻雀でもして懐かしい親戚同士集まろうってね。それが、もう会えなくなってしまうとはね」そう言うと長いため息をついて続けた。「ただ田舎にはいい学校がないから子供たちを通わせるにも不便でね。将来あの子たちが大きくなって寄宿舎に入り、曼楨も結婚したら、わたしは本当に義母さんと田舎へ帰って住むんだけど」

　顧夫人の話しぶりだと、曼楨の結婚が遠い未来のまるで不確かなことのようなので、豫瑾は微笑んで尋ねた。「二妹(アルメイ)はまだ婚約してないんですか？」

「まだなんだよ。特に親しい人もいないようでね。あの沈さんはよく来るけど、あまり素性のわからない人で、曼楨も特に望んでいるようには見えないしね」その口調から、豫瑾もまた、顧夫人が明らかに自分の味方であることに気づいた。でも曼楨本人は？　完全にあの沈世鈞の片思いなのだろうか。どうもそうとは思えなかったが、人とはみな、信じたいことを容易に信じるものだ。豫瑾も例外ではなかった。彼の心の中はまた活気づいてきた。

ここ最近の彼の苦悶は、世鈞に勝るとも劣らないものだった。

この日、世鈞は家に来ないし電話もかけてこなかった。曼楨は彼が病気なのだろうかとも思ったが、もしかしたら何か事情があって遅くなるのかもしれないと考えた。彼女は自分の部屋で、窓にもたれて下を眺めていた。眺めるだけ眺めてから無表情に隣の部屋へ行くと、母が笑いかけた。「今日はどうして映画に行かないんだい？　瑾兄さんは明後日には帰っちまうんだよ、映画をおごったげなさい」

豫瑾が笑った。「僕がおごるよ。上海に来て何日も経つのに、まだ一本も映画を観ていないんだ」

「瑾兄さんは昔はとても映画が好きだったのに、今は興味がなくなっちゃったの？」

「映画を観るっていうのも中毒性があるからね。観れば観るほどたくさん観たくなる。内陸部にいると観られないから、二年ほどで中毒が治ったのさ」

「瑾兄さんに絶対おすすめの映画があったわ。――今でもやってるかどうかわからないけど」

そこですぐに新聞を探してきたが、どう探しても映画広告の載っているページだけがない。とうとうテーブルにかがみこんで、母が米を広げている新聞紙の隅を持ち上げて見はじめた。顧夫人は言った。「これは古い新聞だよ」

「あら、これは今日のじゃない？」

曼楨が一番下にあった一枚を引き抜こうとしたので顧夫人は笑った。「はいはい、あげるわよ。わたしもちょっと休憩する。この米は良くないわ、砂がいっぱい入ってて、よりわけてると目がちかちかする」顧夫人は片付けると行ってしまった。

曼楨は映画広告を探し出して豫瑾に言った。「今日で最後だわ。絶対に観に行ったほうがいいわよ」

「君も行こうよ」

「わたしはもう観たもの」

「そんなにお勧めの映画なら、もういっぺん観る価値があるんじゃない？」

「ひっかけたわね！　でもだめ、わたしは今日疲れちゃって、もう出かけたくないの。今日は傑民の舞台だけど、それも観に行かないわ」

豫瑾は笑った。「それじゃあがっかりしちゃうだろうね」

豫瑾は彼女に貸してもらった本を手に持っていた。毎晩寝る前に読んでいたので、その本はページが丸まってしまい、表紙はもう取れかけていた。豫瑾は笑って言った。「ああ、君の本をこんなふうにしてしまったよ！」

曼楨も笑った。「ぼろぼろの本だもの、構わないわ。瑾兄さんは明後日帰るの？」

「うん。もう予定より一週間も長くいてしまったからね」

彼は〝君がいたからだよ〟とは言わなかった。その言葉は、本来出発の日に曼楨に言おうと思ってとっておいたものだ。もしも拒絶されても、そのまま去ってしまえばいい。拒絶されたあともそのまま彼女の家に滞在して毎日顔を合わせるのは大変な苦痛だろうから。でも今、彼は思った。そばに誰もいない、この機会をとらえなければ。

彼は少し躊躇(ためら)ってから言った。「君のお祖母さんとお母さんに、田舎に遊びにきてもらいたいんだ。偉民たちが春休みになったら、みんなで来て長めに滞在してもらえればと思う。病院に泊まればいいよ、清潔だし。君の仕事は休みにならないのかな？」曼楨は首を横に振って笑った。

「休みは一年に何日もないの」

「何日か休みをとれない？」

「たぶん駄目だわ、規定がないの」

豫瑾はがっかりして言った。「とっても来てもらいたかったんだけどな。あちらは風景もいいし、君に僕のことをもっと知ってもらいたいし」

曼楨は突然気づいた。これは、彼女に求婚しようという流れではないか。意外な事態に彼女は戸惑った。早く彼を止めなければ。その言葉を決して言わせてはならない、いたずらに傷跡を残してしまう。しかしそう思ったものの、彼女はどぎまぎするばかりでただうつむき、ゆっくりとテーブルに残った米粒を目の前に集め、小山を作っただけだった。

豫瑾は言った。「唐突だと思うだろうね。会ってから間もないのにこんなことを言うなんて。でも本当に仕方ないんだ——しょっちゅう上海に来ることはできないから、この先会える機会はめったにないだろうし」

曼楨は思った。わたしが悪いのだ。瑾兄さんがやってきた時、わたしは幼かった頃のいたずらを思い出しただけだった。彼と姉さんが付き合っていたころ、いつも悪さをしていたから、それを申し訳ないと思って親切にしただけなのに。申し訳ないと思ってしたことで、もっと申し訳ないことになってしまうなんて。

豫瑾は微笑んで続けた。「ここ数年、ずっと朝から晩まで仕事漬けで忙しくしていて、自分がだんだん年をとっていくなんて気づいてなかった。今回、君に会ってようやく自分が年をとったことに気づいたんだよ。もしかしたら君と知り合ったのは遅すぎたかもしれない……遅すぎたよね？」

曼楨はしばらく黙ってからようやく微笑んだ。「遅すぎたわ。でも瑾兄さんの思ってるような理由じゃない」

豫瑾はしばらく詰まってから言った。「沈世鈞のため？」

曼楨は微笑んだだけで答えなかったが、それは黙認したということだった。彼女がわざわざこう言ったのは、もうほかに別の人を愛してしまったので、豫瑾を拒絶せざるをえないという意思表示だった。こうすれば彼の自尊心をあまり傷つけずにすむと思ったのだ。でも世鈞より先に彼に出会っていたとしても、自分は世鈞を好きになっていただろう。

彼女はこの時悟った。なぜ最近、世鈞の態度がおかしかったのか、なぜあまりここに来なくなったのか。豫瑾のことを誤解していたのだ。曼楨は強い怒りを感じた――そんなにわたしを信じられないのか、わたしがそんなに簡単に心変わりすると思ったのか。もしも心変わりをしたとしても、以前世鈞はわたしに言ったことがあった。「僕はどんなことをしても君を奪い返すよ」

あの晩、月明かりの下で言った言葉は、まさか冗談だったとでも？ 彼はいつも消極的な態度で、こうやって第三者が登場したら、すぐにすうっといなくなってしまうのだ。一言も言わずに。そんなのひどすぎる。

曼楨はどんどん腹が立ってきた。この瞬間、心はすでに世鈞のところに飛んでいき、ほとんど豫瑾の存在を忘れてしまっていた。豫瑾はこの時万感胸に迫る思いで彼女の向かいに座っていたが、とうとう立ち上がった。「ちょっと出かけてくるよ、また後で」

彼が行ってしまうと、曼楨はまた辛くなり、悄然として彼に貸していた本を手にとった。表紙が破れている。彼女はその本を丸め、ぎゅっと手に持ってテーブルをとんとんと叩いた。

黄昏が近い。この調子では世鈞は今日は来ないだろう。本当に憎たらしい。いらいらした彼女は出かけることにした。このまま来ない彼のことを待ち続けるなんてまっぴらごめんだ。

隣の部屋に行くと、祖母は低気圧のせいで筋骨(きんこつ)が痛いと横になっていた。母は眼鏡をかけて針仕事をしている。曼楨は聞いた。

「今日は傑民の劇の日だけど、お母さんは観に行く?」

「行かないよ、わたしもお義母さんと同じで低気圧だと腰と背中が痛んでね」

「じゃあわたしが行くわ。一人も行かなかったら傑民はがっかりしちゃうでしょ」

祖母が言った。「瑾兄さんは? 一緒に行ってもらいなさいよ」

「瑾兄さんは出かけたわ」祖母は彼女の顔を見た。母は終始淡々として一言も言わなかった。曼楨も、この二人の老女の考えをだいたい悟り、何も言わずに一人で支度をすると、弟の学校まで劇を観にいった。

彼女が出かけてからまもなく電話が鳴り、顧夫人が出てみると豫瑾からだった。

「今日はお宅ではご飯を食べません。僕を待たないでくださいね。今友人の家にいるんですけど、しばらく泊まってくれと言われていますので、今晩は帰りません」その声はにこやかだったが、明らかに無理しているようだった。顧夫人はすぐにわかった。きっとさっき、曼楨が彼をはねつけたのだ。耐え難くなった彼は別のところに泊まるのだろう。

顧夫人が辛い思いでいたところに、祖母があれこれくどくど聞いてきた。

「友達の家に泊まる？　どういうこと、曼楨は一人で出かけちまったよ。まさか喧嘩でもしたんじゃないだろうね？　さっきまで普通だったし、二人で楽しそうにしていたのに」

顧夫人は吐息をつくと言った。「何があったかなんてわかるもんですか。曼楨って子には本当にがっかり。もうあの子のことは二度と構わないことにします」

曼楨のことを構わないということにすると、すぐに感情の持って行きどころがなくなって、ふっと長女の曼璐のことを思いだした。曼璐がこの間実家にもどってきたときにはしきりに泣いて夫婦仲がうまくいかないことを訴えていたが、最近はどうなったろう。ずっと知らせがないから心配だ。

顧夫人は曼璐に電話して体の具合がどうか聞いてみた。曼璐は母親が自分に会いにきたがっていると感じたが、この間妹がお見舞いに来てくれたあとは騒ぎになったので、できるだけ実家の人間を家に入れないという方針を立てていた。ならば自分が出向けばいい。

「もともと明日は出かけようと思ってたの。明日母さんに会いに行くわ」

顧夫人のほうはびっくりしてしまった。豫瑾が今うちに滞在している以上、曼璐が戻ってくるのはよろしくない。豫瑾は今日は外にいるものの、明日は帰ってきて曼璐と鉢合わせになってしまうかもしれない。顧夫人はためらったあげく言った。

「明日は都合が悪いんだよ。もう何日かしてからおいで」

曼璐はおかしいと思って聞いた。「どうして？」

顧夫人は電話では話しづらかったので、お茶を濁しながら一言、「会ったらまた話すよ」と言った。

顧夫人がしどろもどろだったので曼璐はますます好奇心をかき立てられた。もともと家に一人でいるのに飽き飽きしていたので、その晩に実家まで車を走らせ、一体何が起こったのか見てやることにした。この時、子供たちはみな傑民の学校の学藝会にゆき、姑と嫁の二人は寂しく夕食をとったあと、灯りの下で米をより分けていた。曼璐がいきなり来たので顧夫人はびっくりしてしまい、また夫と喧嘩をして飛び出してきたのかと心配したが、曼璐の顔には涙のあとはない。訝しく思いながら聞いた。「今日はどうしたの？」

曼璐は微笑んだ。「別に何にも。ずっと来たかったんだけど、明日は来るなって言われたから今日来たのよ」

彼女がまだ座りもしないうちに、祖母がせきこんでまとまりのない話を始めた。

「豫瑾が上海に来てるんだよ。母さんから聞いたかい、今うちに泊まってってね。豫瑾の母さんが死んだから、うちに知らせに来てくれたんだよ。何年も見ないうちに前よりもっとしっかりしてね、今回は病院のために上海でX線の機械を買うんだって。三十を過ぎたばかりでもう院長だってさ、あの子の母さんも運がないね、ようやく楽になったと思ったら数年も経たずに死んでしまって、本当に辛くてねえ。甥や姪のうちではあの子と一番仲良くしていたから——まさか、あの子のほうがわたしより先に逝ってしまうとはねえ」言いながらまた涙を流している。

曼璐には最初の二言しか耳に入らなかった。豫瑾が上海に来ている。そしてこの家に泊まっている。それを聞いただけで耳の中がわんわんと鳴り始め、その後の言葉は何も聞こえなかった。しばらく茫然としてから、まるで祖母の言うことは信じられないとでもいうように、母親に向かって聞いた。「豫瑾がうちに泊まってるの？」

顧夫人は頷いて言った。「今日は出て行ったよ。友達の家に泊まるから帰らないってさっき電話であたしに明日は帰ってくるなって言ったのは、そういうことだから?」

曼璐はそれを聞くとほっと息をついた。「さっき電話であたしに明日は帰ってくるなって言ったのは、そういうことだから?」

顧夫人は苦笑した。「そうだよ、あんたが帰ってきたら、顔を合わせるほうがいいのか合わせないほうがいいのか、困っちまうと思ってね」

「そんなの、大したことじゃないわ」

「まぁそうなんだけどね。もう何年も経つし、親戚同士なんだから人様に何か言われたところで――」という顧夫人の言葉が終わらないうちに呼び鈴が鳴った。曼璐は椅子に座っていたが腰を浮かし、向かいの姿見に向かって髪をとかしつけた。急いで出てきたので服も着替えてこなかったのは痛恨だ。

祖母が聞いた。「豫瑾が戻ってきたのかい?」

顧夫人が答えた。「まさか。今晩は戻らないと言ってましたよ」

「曼楨たちじゃないね。まだ八時過ぎだ、こんなに早くは戻らないだろうね」

曼璐は階上階下の空気がさっと緊張するのを感じた。これから始まる芝居では彼女がヒロインだというのに、何の準備もできていない。台詞も一言も覚えていない。頭の中は真っ白でぐちゃぐちゃだ。

顧夫人は窓を開けて聞いた。「どなた？」窓を開けるとパラパラと冷たい雨が顔にかかった。雨だ。下宿人の家の女中が裏口で話している。「どなた？……ああ、沈（しん）さん！」

顧夫人は世鈞だと聞くや否や、むっとして振り返ると曼璐に言った。

「わたしは上の部屋に行くよ、会いたくないからね。あの沈って人だよ。本当に腹がたつ、この人さえいなければ――」そこまでいうとまた長々と吐息をついて、最初から最後まで、ことの経過をいちいち娘に聞かせた。まだ豫瑾が結婚していないと知った祖母が、曼楨を嫁がせればいい、十年近く結婚しないでいた彼の心意気に報いたいと言ったこと。どうやら豫瑾は曼楨に気があり、曼楨も彼に対してよくしてやっていたが、先にこの沈というのがいたこと……。

世鈞は今日はもともと来るつもりはなかった。しかし土曜日になるとかならず曼楨を訪ねるのがもう習い性になっていたのだ。昼間は我慢したが、晩になってやはり来てしまった。階段の上は真っ暗だった。普段やってくると曼楨が階段の電気をつけてくれるのに、今日は誰もつけてくれないところを見ると、曼楨は家にいないのかもしれない。暗がりを上がっていくと、曲がり角で急に脛（すね）が熱くなった。踊り場の床に石炭のこんろが置いてあって、鍋の中で何かが煮えている。蹴り倒してしまったら大変なことだ。彼はびっくりして、一歩一歩気をつけて歩くようにした。二階では、祖母が一人で灯りのもと、古新聞の上に広げた米をより分けている。世鈞は彼女を見た瞬間にこわばってしまった。ここのところ、祖母は彼を豫瑾の敵とみなし、自分の姪の息子を守ろうとして、世鈞への態度をずいぶん変えてしまっていたのだ。世鈞はこんなふうに人に冷たくあしらわれたのは生まれて初めてで、無理に笑うと「こんばんは」と挨拶した。彼女はこちらをむいて笑顔を見せると、口の中でもごもご言っただけで挨拶とし、相変わらず米をよりわけている。世鈞は「曼楨は出かけたんですか？」と聞いた。

「ああ、出かけたよ」

「どこに行ったんでしょう」

「わたしにもわかんないね。芝居でも行ったんだろう？」世鈞はそこで、階下の豫瑾の部屋にも灯りがついていなかったことを思いだした。豫瑾も出かけているのだ、きっと一緒に芝居に行ったのだ。

椅子の背には女物のコートがかかっていて、テーブルには革のバッグがあった。おそらく客がいるのだろう。曼楨の姉さんだろうか。さっきは気づかなかったが、裏口には車が停まっているようだ。

世鈞は本来すぐ帰ろうと思っていたのだが、外の雨はどんどんひどくなっていた。レインコートもないし、ここを出てもなかなか人力車をつかまえられないかもしれない。ためらっているところに、しっかり閉まっていなかったらしく、強風が吹き込んでガラス窓をガタガタ揺らし、開けてしまった。祖母は慌てて窓を閉めにいったが、となりの部屋に通じるドアも風で開いてしまい、顧夫人の話し声が一言一言くっきり聞こえてきた。

「でなければ豫瑾と結婚すればどんなによかったか。考えてごらん！　そしたらあの子はこんなに苦労しなくてもいい。義母さんだってずっと故郷に帰りたがっていたから喜ぶし。あそこどうちが一緒になれば、もともとが親戚なんだから、厄介者と言われずにすむしね」もう一人の女性が何を言っているのかは聞こえなかった。おそらくは声を抑えろと言ったのだろう。その続きは声が小さくなって聞き取れなかった。

祖母は窓を閉めて戻ってきたが顔色ひとつ変えていなかった。何も聞こえていなかったようだ。少し耳が悪くなっているのか、聞こえなかったふりをしているのか。世鈞は彼女に頷き、曖昧に「帰ります」と言った。雨と言わず、錐が降っていても帰る。

しかし、どんなに焦っていても、あの暗い階段ではやはり一歩一歩足で探りながら進まねばならなかった。心は砕けてしまい、一気に階段を駆け下りたいところだが、それは絶対にできない。世鈞は暗がりで思った。彼女の母を強欲と責めることはできない——そうだよな、豫瑾の事業はもう成功したと言える。社会での地位も相当なもんだ。仕事を始めたばかりで、将来どんなことになるか全く見当もつかない俺とは比べ物にならない。曼楨だって彼のことをとても尊敬していた。ただ、彼女と俺は正式に婚約したわけじゃないが、ふたりで約束を交わしていたから、彼女は自分からは俺を裏切りたくないんだろう。豫瑾と出会うのが遅すぎたのを恨んでるっていうところか……いいさ、俺だって曼楨を困らせようとは思わない。

彼は心を鬼にして決意した。階段を降りると、一階の下宿人の女中はまだ台所で布巾を洗っているところだった。「こんなに雨が降ってるのに、沈さんは上で傘を借りなかったんですか？ このぼろ傘を持っていきます？」見ず知らずの女中のほうがずっと温かく接してくれる。そう思うと、世鈞の心には寂しさが湧き上がってきた。女中に向かって微笑むと裏口を開け、しのつく雨の中を歩き出した。

二階では、彼が去った後、祖母が隣の部屋にやってきて報告した。「帰ったよ。……こんなにひどい雨じゃあ、曼楨たちも濡れ鼠になって帰ってくるだろうね」姑が入ってくると顧夫人は喋るのをやめた。祖母から孫まで、三代は黙りこくって座り、雨のざあざあいう音を聞いていた。

顧夫人は、豫瑾と曼楨のことを一から十まで、何も隠そうとせず曼璐に話したのだった。曼璐はもう既婚者で、しかも嫁ぎ先がとても裕福になったのだから、もういいだろうと思ったのだ。彼女がこんなに金持ちになったというのに、豫瑾は彼女のためにずっと結婚しなかったのだ——妹で彼に報いようとして何が悪い？　母は曼璐も賛成するに決まっていると思っていた。しかし実際には、曼璐は驚きもし、怒りもした。一番腹が立ったのは、母親の口ぶりが、まるで年長者同士で次の世代の縁談を仕切っているようだったことだ。まるで彼女はもう丸きりの部外者で、嫉妬する権利さえないようだ。母さんはなんておせっかいなんだろう、どうして妹と豫瑾を結びつけようなんて考えたのだろう。妹にはもう男友達がいるというのに、わざわざ豫瑾に辛い思いをさせるなんて。あたしにはわかっている。豫瑾がもし本当に妹を愛したのだとしたら、それはあたしのためなのだ——妹は幾分あたしに似ているから。彼は今でもまだあたしの面影を追っているのだ！

彼女は激しく心を揺さぶられた。彼に一目会いたい、そして言ってあげたい。そんなに思い詰めないで、と。彼女は自分に言い聞かせた。別にほかに目的があるわけじゃない、ただ彼に会って諫めてあげたいだけ。しかし誰にわかるだろうか。もしかしたら彼女は分を過ぎた希望を抱えているのかもしれなかった。鴻才にひどい扱われ方をして、こんなに辛い思いをしているのだから。

祖母の前で何か言うのも具合が悪いので、曼璐は立ち上がると、帰ると言った。母は彼女を階下まで送ったが、豫瑾の部屋の入り口までくると、曼璐はふと灯りをつけて笑った。

「ちょっと見せて」それは彼女の以前の寝室だったが、家具は全部変えられている。間に合わせにぽつんとおいてあるのはベッドひとつに机がひとつ、椅子が二つだけだ。部屋はがらんとして見えた。豫瑾のタオルは椅子の背に干してあり、豫瑾の帽子は机の上に置いてあった。机には彼の万年筆と櫛もあった。洗い替えのシャツは彼女の母が綺麗に洗い、きちんと畳んでベッドの上に置いている。枕元には本が一冊。曼璐は灯りの下で、茫然とこの一切を眺めた。何年も会わないうちに、彼は見知らぬ人になってしまったのだ。何年も暮らしたこの部屋も、もうこんなによそよそしくなってしまった。心の中はとりとめなく、まるで夢を見ているようだった。

顧夫人は言った。「明後日帰るんだってさ。義母さんはご馳走を作って餞別にしようって言うんだけどね、明日は帰ってきてくれるかどうか」

「荷物は全部ここにあるんだから、明日帰ってこないとしても明後日には取りにくるわよね。彼が来たら電話で知らせてちょうだい。あたしも会いたいの、言いたいことがあるから」

顧夫人はぎょっとして言った。「あんたが会いたいっていうの？　あとで鴻才さんに知られたら具合が悪いんじゃないかい？」

「あたしはやましいことなんかないわよ、何が悪いの？」

「そりゃあもちろん何もないだろうけど。でも鴻才さんに知られたら、またあんたにいちゃもんをつけて揉めるんじゃない？」

曼璐はうるさそうに言った。「安心して、母さんを巻き込んだりしないから！」

どういうわけか、曼璐が母と話をすると、おたがい好意から出た言葉でも、最後は必ず曼璐が癇癪を起こすことになるのだった。

翌日、豫瑾は戻ってこなかった。その翌日、汽車に乗る前にようやく戻って荷物を運び出した。曼璐は母の電話を待たずに朝から来ており、昼ごはんも実家で食べた。顧夫人はこの日は心配でならなかった。二人が顔を合わせて、万一昔の想いが蘇ったら大変なことになってしまう。娘と婿の間にはもともと亀裂があるのに、そうなったら破滅は避けられない。娘の性格は昔からこうで、人の意見を聞き入れようとしないのだから止めようがない。曼璐の後ろについていて、豫瑾と単独で会わせないようにしようか。でもそれではまるで監視しているようであまりにわざとらしいだろう。

豫瑾が顧家に戻ってきて部屋を整理し始め、ふと頭を上げたとき、紫色のベルベットの旗袍（チーパオ）を着たやせぎすの女性が目に入った。いつ入ってきたのか知らないが、ベッドの柵にもたれて彼に微笑している。豫瑾はぎょっとしたが、やがてわかった。この女性は曼璐だ——もう一度ぎょっとしてしまった。彼は話しかけることもできずに彼女を見たが、心はずっしりと沈んでいった。

彼は彼女に微笑んで頷いた。しかし実際には話すべき言葉を一言も思いつけなかったのだ。頭の中は洗ったかのように真っ白だ。二人は黙って向かい合い、ただ年月が滔々と流れていったのを感じていた。

やはり曼璐が先に口を開いた。「すぐに帰るの？」

「二時の汽車だよ」

「どうしても行くの？」

「もう半月以上もここでお世話になってたんだ」

曼璐は腕組みをして両肘をベッドの柵におき、うつむいて自分の腕を撫でながら静かに言った。「あなたはここに来るべきじゃなかったわ。せっかく上海に来たなら、もっと楽しく遊ばなくちゃ……あたしのことなんて本当に早く忘れてほしいの」

この言葉を聞いて豫瑾は返事に困ってしまった。俺がまだ彼女に未練を持っていると思われているらしい。返事のしようがない。しばらく詰まってから彼は言った。

「昔の話をしてどうするんだい？　曼璐、いい家に嫁いだって聞いて、とても嬉しいよ」

曼璐はうっすらと笑って言った。「ああ、みんなに聞いたのね。みんな表面しか見てないのよ、あたしの気持ちなんてみんなにわかるもんですか」

豫瑾には口を開く勇気がなかった。曼璐が話し続けるのが怖い。彼女はもっと細々(こまごま)した、もっと深い話をするつもりなのだ。そこでもっと長い沈黙が訪れた。豫瑾は極力自分を抑え、腕時計のほうを見ないように努めた。今日の彼女は紫の服を着ているが、これは偶然なのかどうか。以前彼女は濃い紫の絹の旗袍を持っていて、彼はそれが好きだった。冰(ひょう)心(しん)（女性作家の謝冰心。一九二四年に発表した『別後』に以下の表現あり）の小説に「紫の服の姉さん」という表現があって、豫瑾は一時期、手紙の中で曼璐を「紫の服の姉さん」と呼んでいたのだ。彼女と彼は同い年だが、彼女のほうが二か月早く生まれていた。

曼璐は微笑んで彼をじっと見つめた。「あなたは昔の通りね。あたしは変わったでしょ？」

豫瑾も微笑んだ。「人は誰でも変わるものだよ。僕も変わった。僕の性格も昔とは変わったんだよ。年のせいかどうかわからないけど、昔のことを思い出すと本当に幼稚だったとおかしくなるんだ」

彼は昔の一切を否定した。彼女が大切にしてきたあの記憶を、彼は認めるのは恥だと思っているのだ。曼璐がまとった紫の服は、とつぜん荊棘(いばら)になって背中を刺した。全身が火で燃やされているようだ。いますぐこの服を引き裂いてやりたい。

幸い、遅からず早からず、この時籠を提げた母が入ってくると笑顔で言った。「昨日は帰ってこなかったでしょう。大おばさんがお餞別にしようと提案したからいくつかおかずを作ったんだけど、あんたが帰ってこなかったからとっておいたよ。持って行って汽車で食べてね」豫瑾はひとしきり遠慮したが、顧夫人は言った。「劉さんとこの女中が車を呼びに行ってくれたよ」

豫瑾は慌てた。「自分で呼ぼうと思ってたんですが」顧夫人は荷物を運ぶのを手伝った。彼は早々に曼璐に別れを告げ、顧夫人は彼を路地の入り口まで送って行った。

曼璐は部屋に一人残ったが、涙が堰を切ったように溢れてきた。この部屋は彼女が一昨日来た時から何にも変わっていない。彼が使ったタオルはやはり椅子の背にかけてあり、机から彼の帽子、万年筆と櫛が消えただけなのに。一昨日の晩、彼女が灯りの下で見た一切のものと、あの時感じた温かく親しみある感情を今思い出すと、まるで違う世界にいるかのようだった。

彼の枕元にあった本はまだそこにあって、ページを開いたままだ。一昨日は気づかなかったが、机にはまだ何冊も小説がある。妹の本だ、と彼女にはわかった。この電気スタンドも妹のものだ。――曼楨は豫瑾に本当に親切にしてあげたのだ。小説を貸してやり、電気スタンドを持ってきてやって、彼がベッドに寝転がって快適に本を読めるようにしてやったのか。親切のほどがわかろうというものだ。母だって何かと曼楨を差し向けて、お茶だのお湯だのを差し入れさせ、朝から晩まで何かにかこつけてはこの部屋に行かせたに決まっている。まるで二房東（借りた部屋をまた貸ししている人）の娘のように、いつも彼の前をちらちらして媚を売っていたのだ。曼楨が若いというだけで、どんなふうに媚を売ってもみんな彼女は天真爛漫で純潔だと思うのだろう。曼璐は本当に妹が憎かった。骨の髄まで憎い。曼楨は若くて、未来がある。自分のようにもう一生が終わってしまい、残っているのは豫瑾との思い出だけというのとは違うのだ。この思い出は切ないけれど、噛みしめることができた。でも妹のせいで、この思い出すらも台無しになり、心を突き刺す棘になってしまった。思い出すだけで心が刺されてしまうから、もう触れることもできないではないか。

こんなちっぽけな、夢のような記憶も自分には残してくれないのか。どうしてこんなに残酷なのだろう。曼楨には他に恋人がいるというのに。母は言っていた、その男も嫉妬していると。もしかしたら曼楨の目的は彼に嫉妬させることだったのかも。何のためにでもなく、ただ男友達に嫉妬させるため。

あたしはあの子によくしてやったのに、こんなふうに恩を仇で返すなんて。あの時、あたしが誰のために自分の青春を売ったと思っているのか。あの子たちのためでなかったら、とっくに豫瑾と結婚していたのに。馬鹿だ、あたしは何て馬鹿なのだろう。

彼女は慟哭するしかなかった。

顧夫人が戻ってきた時、彼女は机に突っ伏し、両肩を震わせて泣いていた。顧夫人は悄然と彼女のそばに立っていたが、しばらく経ってからようやく言った。「ごらんよ、わたしが言ったのに言うことを聞かないから。会って何のいいことがあるもんかね、ただ苦しくなっただけじゃないか！」

黄色っぽい日差しが床板を照らしている。汽車に乗り込む人が去ったばかりの部屋は、どうしても乱雑に見えた。ものを包んでいた新聞紙が二、三枚散らかっているのを顧夫人は一枚一枚拾い上げて言った。「元気を出しなさい。これでよかったんだよ。あんたは気づいてないみたいだったけど、わたしは本当に心配でね。最近いろいろ辛そうで、いつも鴻才さんと喧嘩しているもんだから、一目豫瑾を見て心が動いてしまったらどうしようかと思ってね。よかったよ、あんたがまだちゃんとわかってくれていて」

曼璐は答えようとしなかった。ただ、肺も破れよとばかりの泣き声だけが響いていた。

## 9

世鈞はあの嵐の夜、曼楨の家にはもう二度と行かないと決めた。しかしこの決意にはあまり意味はなかった。彼を傷つけたのは曼楨の母の言葉であって、彼女本人とは関係がなかったから。もしも彼女自身が心変わりしたのだとしても、いままでの関わりからいってこれでおしまいということはあり得ない。少なくとも、一度は会ってきちんと話をしなければならない。

世鈞はそこまで考えはしたのだが、どういうわけか実行するのを一日延ばした。といってもそれは、眠れない夜が一回増えただけのことだった。次の日、彼は仕事中に本部事務室まで曼楨を探しに行った。叔恵が去ってからは、別の人が曼楨のいる事務室にやってきたので話をするのも不都合になり、世鈞は人目を引くのを避けるため、なるべく行かないようにしていた。この日、彼は手短に言った。

「今晩ご飯を食べにいかないかい。楊さんちからあまり離れていないあのカフェにしようよ、ご飯を食べたら君がすぐに家庭教師に行けるように」

「今日は教えには行かないの。お子さんは二人とも結婚式に出るっていうので、昨日お休みの連絡があったから」

「行かないですむならそれに越したことはないね。じゃあゆっくり話ができるから、別の場所でもいいよ」

曼楨は笑った。「やっぱりうちにいらっしゃいよ。しばらく来てないでしょ」

世鈞は少し答えに詰まってから言った。「聞いてなかったの？　僕はおととい行ったばっかりだよ」

曼楨は驚いた。「え？　どうして誰もわたしに言わなかったのかしら？」世鈞は何も言わなかった。曼楨はその様子を見て、きっと彼が嫌な目にあったのだろうと察した。この時はそれ以上深入りしようとせず、ただ微笑んで「おとといはちょうど出かけてたの。弟の学校で学藝会があったじゃない？　傑民は初めて舞台にあがるっていうんで、行ってあげないわけにはいかなくて。また帰る時には大雨だったでしょ。誰かが風邪をひいたと思ったら、そのあとはお互いうつしあって結局家族中が風邪になっちゃったの。今日は外食はやめましょうよ。わたしは脂っこいものは食べられないし。ね、声がしゃがれちゃってるでしょ？」たしかに彼女の声はすこししゃがれていたが、それはそれで別の色気が感じられた。結局彼は彼女の家に行ってみると、まだ階段を半分もあがらないうちに階段の電灯がともった。

黄昏時に彼女の家で食事することを受け入れた。彼女の母が二階でつけてくれたのだ。階段の上り口にはおといと同じように石炭のこんろが置いてあり、土鍋がことことと煮えていて、あたりにはハム入りのスープの匂いが立ち込めていた。世鈞はここで何度もご飯をご馳走になっていたから、顧夫人も彼の好みを心得ていた。この料理はおそらくわざわざ彼のためにこしらえてくれたのだろう。顧夫人が態度を一変させ、このように彼によくしてくれるのは、きっと曼楨が何か言ったからに違いない。世鈞はちょっと決まりが悪くなった。

顧夫人も決まり悪そうに微笑みながら彼に頷いてみせた。「曼楨は中よ」それだけを言うと、ハムのスープにとりかかった。世鈞が部屋の中に入ってみると、祖母が座ってえんどう豆の莢を剝いている。祖母も彼ににこやかに笑いかけ、曼楨の寝室のほうへ口を尖らせると「曼楨は中よ」と言った。こんなふうにされると、世鈞はかえって不安になってきた。

入っていくと、曼楨はちょうど窓辺によりかかって下を見ていた。世鈞はそっと後ろから忍び寄ると、さっと彼女の手首を握って笑った。「何を見てるの？　そんなに集中して」曼楨は、あっと驚いた。「びっくりしちゃった！　ここでずっと見てたのよ、どうしてあなたがまだ来ないのかなって」

「まばたきしてるうちに見逃しちゃったのかもね」

彼は彼女の手を離そうとしなかった。

曼楨は言った。「どうして最近来てくれなかったの？」

「忙しかったんだよ」

曼楨は口を尖らせた。世鈞は笑った。

「本当だよ。叔恵の妹が内陸部の学校に行ってただろう？　最近上海に戻って、こちらで受験することになってね、算術を勉強しなければならなくなったんだ。叔恵は今家にいないから、この仕事は僕に降ってきたってわけ。毎日晩御飯のあとに二時間補習してあげているんだ。――豫瑾は？」

「もう帰ったわ。ちょうど今日帰ったの」

「そうなんだ」

彼は曼楨のベッドに座り、そばにあったあの電気スタンドのスイッチを入れたり消したりした。曼楨は彼の手をぱちんと叩いて言った。

「やめてちょうだい、壊れちゃう！　ねえ、おととい来てくれた時、母さんはあなたに何を言ったの？」

世鈞は微笑んだ。「何にも」

曼楨も微笑んだ。「ほら、あなたもはっきり言おうとしないんだから。わたしが母さんにはっきり言わなかったせいで、母さん、あなたに濡れ衣を着せちゃってたのよ」

「濡れ衣ってなに？」

「聞かないでちょうだい。とにかくもう母さんにはちゃんと話したし、母さんは善人に濡れ衣を着せちゃったってことを自覚してるから」

「わかったぞ、きっとお母さんは僕が君に誠実じゃないと思ってたんだね」

「あれ、母さんから聞いたの？」

「いや、聞いてないよ。あの晩はお母さんと顔を合わせてもいないしね」

「信じられないわ」

「本当だよ。あの日はお姉さんが来てたんだね？」曼楨は軽く頷いた。

世鈞は言った。「お母さんとお姉さんが奥の部屋で話してたのが聞こえたんだよ。お母さんが——」彼は彼女の母が強欲だとは言いたくなかったので、ちょっと言葉に詰まってからようやく続けた。

「僕もよく覚えてないや、とにかく豫瑾は理想の婿みたいなことを言ってたな」

曼楨は微笑した。「豫瑾はおばあちゃんたちにとっては理想の婿かもね」

世鈞は彼女を見ながら微笑んだ。「彼は万人受けすると思うけどなあ」

曼楨は彼をちらりと見ると言った。「あなたが言い出したのでなければわたしも言わないところだったけど——あなたと落とし前をつけなくちゃね！」

世鈞は笑った。「どういうこと？」

「あなた、わたしと豫瑾がいい感じだと思ったんでしょう？　違う？　わたしのことを全然信じてなかったのね」

「そんなことないよ！　さっき万人受けするって言ったのは冗談さ。君は彼のことを尊敬してるだけだっていうのはわかってたよ。それに豫瑾っていうのはロマンチックな人で、ずっと君のお姉さんを慕ってたんだろう？　たった数日の間にいきなりその妹を好きになったりしないだろ。そんなのありえないよね」豫瑾について話しはじめると、やはり彼の声には嫉妬の気配が感じられた。曼楨はもともと豫瑾に求婚されそうになった経緯もあらいざらい話して彼の疑いを晴らしてしまうつもりだったが、こうなるとやっぱり話したくなくなった。彼女も豫瑾が姉のためにずっと節を守ってきたと思っていたので、彼の愛が突然自分に移ったのは理解し難く、世鈞が言った通り、おかしなことだと思っていたのだ。

しかし豫瑾を笑いものにしたくはなかったし、やはりまだ彼を守りたいという気持ちもあった。

世鈞は彼女が何か言おうとしてやめたのをみると訝しく思い、彼女のほうをちらりと見た。そして彼も黙り込んだ。しばらくするとようやく笑って言った。

「お母さんの言うとおりだよ」

「何の話？」

「やっぱり早く結婚した方がいいよ。ずっとこんなふうにしていたら、誤解を生みやすいだろ」

「あなたはそうかもしれないけど。わたしはむやみに人を疑ったりしないわよ。たとえばさっき叔恵の妹って言ってたけど――」

「叔恵の妹？　たった十四歳だよ」

曼楨は笑った。「別に遠回しに聞き出そうとしたわけじゃないのよ、わたしが本気で疑ってるなんて思わないでちょうだい」

世鈞も笑った。「いや、君は本気かもな」

曼楨は逆に本気で腹を立ててしまい、「もうあなたとは話さないわ！」と部屋から出ていこうとした。

世鈞は彼女をつかまえて笑った。

「真面目な話だよ」

「もうとっくに決めたじゃない？　あと二、三年待とうって」

「でもさ、結婚したって同じことじゃないか。君はこんなふうに仕事を続けることができるだろう？」

「じゃあもし――もしも子供ができたら？　子供ができたらもう外で仕事はできなくなるし、あなた一人が二つの家の面倒を見なくちゃならなくなるわ。そういうの、わたしはいっぱい見てきたの。男の人が自分の家族を養う以外に奥さんの家の面倒も見てるうち、お金と見ればすぐ手を出すよう仕向けられて、どんなことでもやるようになってしまう。そんなことになればどうなっちゃうと思う？――なにを笑ってるの？」

「君は何人子供が欲しいの？」

曼楨は怒った。「もう本当にあなたとはしゃべらないわ！」

「ねえ、真面目な話、僕だって苦労できないわけじゃないんだ。苦しいことは一緒に背負おうよ。僕のことも考えてくれよ、君がこんなに苦労しているのを見て、僕が辛くないと思う？」

「わたしは大丈夫よ」彼女はいつもこんなふうに頑固なのだった。世鈞がこの話をしたのは一度や二度のことではない。彼は憂鬱そうに黙った。曼楨は彼を見上げると微笑んだ。

「あなたは、きっとわたしがとっても冷たいと思ってるんでしょうね」

世鈞はいきなり彼女を抱き寄せると低い声で言った。「わかってるよ。君のためにって言うと絶対に嫌だと言うよね。じゃあ完全に僕のためなら？　僕のわがままのためなら、聞いてくれるの？」

彼女はその言葉には答えず、ただ彼を押しのけて自分にキスさせまいとした。「わたし、風邪ひいてるのよ。うつっちゃうわ」「僕もちょっと風邪ひいてるんだ」曼楨はぷっと噴き出してしまった。「でたらめ言って！」彼女は手を離すと隣の部屋に駆けていった。祖母はえんどう豆をやっと半分剝いたところだったので、曼楨は笑顔で言った。「手伝うわ」

世鈞も出てきた。曼楨の祖母の後ろには机が置いてある。世鈞はその机に寄りかかって新聞を手に取り、読んでいるふりをした。しかし彼がずっと見ていたのは彼女だった。彼女に微笑みかけていたのだ。曼楨は座ってえんどう豆を剝き始めたが、心はざわついたままだった。彼女の心もとうとう揺れはじめたのである。だったら、結婚してから考えようか。家族が多い人だってたくさんいるけど、みんなどうしているのだろう。そうして悶々と考えていた時、祖母があれっと声を上げた。

「あれあれ、これがお手伝いかい？」

言われてようやく気づいたが、彼女は豆の莢をテーブルに残して、剥いた豆はみんな床に捨ててしまっていたのだった。彼女は真っ赤になり、慌ててしゃがみ込むと豆を拾いながら笑った。

祖母も笑った。「これって〝馬鹿に手伝ってもらうとよけい忙しくなる〟ってやつよね」「あんたみたいなのは見たことないよ、手で仕事しながら目では見もしないなんて」

「もうちょっとだけ剥いたらやめにするわ。タイピングのために爪をちんちくりんに切ってるから、豆を剝くと痛むの」

「あんたが使い物にならないってことはわかってたよ」それでこの話はおしまいになった。食事の後、祖母は煙草を取り出して世鈞に勧めた。

曼楨の心は揺れはじめていたが、世鈞はそれを知らずに相変わらず鬱々としていた。食事の後、祖母は煙草を取り出して世鈞に勧めた。さっき下の部屋を片付けていて引き出しから見つけたものだ。子供達が吸ってみたいと騒いだが、母が許さなかったのである。世鈞は何気なく一本とって吸ったが、祖母がいなくなると曼楨に向かって笑いかけた。

「これは豫瑾が残していったものだよね？」豫瑾が田舎ではこの「小仙女（しょうせんにょ）」は十分上等な煙草で、吸い慣れたから上海でも買ってるんだ、と言っていたのを世鈞は覚えていた。きっと節約が習い性になってもいたのだろう。世鈞は煙草を吸いながら彼について話そうとしたが、曼楨は豫瑾の話をしようとしなかった。彼女が今日家に帰ってきた時、豫瑾はもう荷物をまとめて駅に向かってしまっていた。明らかに彼女に会うのを避けたのだろうし、これからも永遠にここに来ることはないだろう。彼女が彼を拒絶し、彼という友人を失ってしまったのだ。仕方のないこととはいえ、やはり辛かった。世鈞は彼女が悲しそうなのを見て、以前二人で過ごしたときは彼女がよく豫瑾のことに触れ、やりすぎだろうと思うくらい彼の話をしていたことを思い出した。今の彼女の態度は正反対で、どうも豫瑾に触れられるのを恐れているかのようだ。きっと何かがあったに違いない。しかし彼女が言わない以上、彼もあえて聞こうとはしなかった。

その日の世鈞は悶々としたまま気分が上がらず、叔恵の妹に算術を教えるという口実を使って早めに引き上げた。彼が帰っていくらもたたないうちに、また顧家の呼び鈴が鳴った。顧夫人は階下の下宿人の客だろうと思って気に留めなかったのだが、しばらくすると階段を上がってくる足音がしたので「どなた？」と声をかけた。世鈞の声がした。

「僕です、また来ました」

顧夫人、祖母、それに曼楨までもがびっくりしてしまった。一日に二度も来るなんて熱心すぎやしないだろうか。曼楨は頬が熱くなった。これはちょっとやりすぎではないか、家族にあとでいろいろ言われそう……しかしまた、どういうわけか心中とても嬉しかった。

世鈞は部屋の入り口の手前で立ち止まって笑った。

「もうお休みだったでしょう？」

顧夫人も笑った。「いやいや、まだ早いよ」世鈞が入ってくると部屋の中の人々は笑顔で迎えたが、ちょっと笑いものにしているようでもあった。しかし曼楨は、彼が手にトランクを提げているのを見てはっとした。それに彼は笑顔を浮かべてはいるが、内心緊張しているようだ。

「南京に一度戻ることになりました。今夜の汽車です。一言ご挨拶しておこうと思って」

曼楨は言った。「どうしてこんなに急に？」

「さっき電報が来て、父が病気らしいんだ。一度帰って来いって」彼はそこに立ったままで、トランクを置こうともせず、腰を下ろす気もないようだ。曼楨も彼と同じように動揺してしまい、ただぼんやりと立っているだけだった。

気を利かせたのはやはり顧夫人だった。「何時の汽車なの？」

「十一時半です」

「じゃあまだ時間があるじゃないの。座って、座ってちょうだい！」世鈞はそこでようやく腰を下ろし、のろのろとマフラーをとってテーブルの上においた。

顧夫人はお茶を淹れてくると言って出ていき、他の子供達にも出ていくように言った。

祖母も出ていったので、彼と曼楨は二人きりになった。

曼楨は聞いた。「電報では何の病気だって言ってたの？　そんなに深刻じゃないんでしょう？」

「電報は母が打ってきたんだ。多分、病状が深刻でなければ、母は父が病気だってことも知らないと思う。父には他に家庭があるって言っただろう？　普段はそこに住んでるんだ」曼楨は頷いた。世鈞は彼女が話そうとしないのを見て、きっと彼がすぐには戻ってこられないだろうと心配しているのだと思った。

「できるだけ早く帰ってくるよ。工場も長くは休めないし」曼楨はまた頷いた。

この間彼が南京に行ったとき、二人の付き合いはまだごく浅いものだったから、別れの辛さを味わうのは今回が初めてと言えた。曼楨はようやく言葉を絞り出した。

「あなたの家の住所、まだ聞いてないわ」すぐに紙とペンを探し始めたが、世鈞は言った。

「手紙なんかいらないよ。向こうについたら僕がすぐ手紙を書くから、封筒を見ればわかるよ」

「でもやっぱり書いておいて」

世鈞は机に向かうと住所を書き、彼女は机の向かい側に覆いかぶさって、字を書いている彼を見ていた。二人とも寂しく切ない思いだった。

世鈞は住所を書きおえるとそのメモを見てから微笑んだ。「でもすぐに帰ってくるから、手紙なんて書く必要ないよ」曼楨は何も言わず、ただ彼のマフラーを手に取って揉みしだいていた。

世鈞は腕時計を見ると身を起こした。

「行かなくちゃ。ついてこないでね、風邪ひいてるんだから」

「大丈夫よ」彼女はコートを着て彼と一緒に出た。路地の入り口にまだかんぬきはかかっていなかったが、通りの人影はまばらだった。二、三台の人力車が通っていったものの、どれももう客を乗せている。道沿いの家はみな電気を消していたが、ただ湯を売る店だけがまだ門を開けていた。黄色い電灯のもと、かまどにかけられた黒ずんだ木の鍋蓋の下から、乳白色の湯気が吐き出されているのが見えた。この店の前を通ると温かみを感じる。夜道を行き交う人は、思わずここに引き寄せられてしまうのだ。このところ寒くなってきて、夜はさらに冷え込む。

世鈞は言った。「もともと父には親子らしい感情を持ってなかったんだ。でもこの前帰って会ってみたら、なんだか辛くなっちゃってね」

曼楨は頷いた。「そう言ってたわね」

「それにね、一番心配なのは、これからの家の経済状況なんだ。実をいうと何もかも前からわかっていたことなんだけど、でも……何も考えられなくなってしまって」

曼楨はいきなり彼の手を握った。「あなたと一緒に行けたらよかったのに。顔なんて出さなくていい、どこかであなたを待っていられたら。何かが起こったときわたしがそばにいられたら、あなたはいつでもわたしに打ち明けることができて、ちょっとはすっきりするでしょうに……」

世鈞は彼女に微笑んだ。「ね、やっとわかってくれたね。結婚してればよかったんだよ、そうすればもちろん一緒に帰れたし、君がここで一人で気を揉むこともなかったろうし」

曼楨は彼を一目睨むと言った。「またそんなことを言うなんて！　どうやらまだ余裕があるみたいね」

遠くから人力車が来るのが見えた。世鈞が呼び止めると車夫は道を渡ってきた。世鈞は突然思いついて、低い声で曼楨にささやいた。

「僕の手紙を読む人はいないから、君は……長めに書いてくれてもいいよ」

曼楨はくすっと噴き出すと言った。「手紙なんて書かなくてもいい、数日ですぐに帰ってくるからって言ってたのに？　やっぱり騙す気だったのね！」世鈞も笑った。

彼女は街灯の下に立って遠ざかる彼を見送った。

汽車が南京についたのは次の朝だった。急いで家に行くと、自宅の店の出入り口はまだ開いていなかった。裏口から入っていくと、お抱えの車夫が人力車を拭いているのが見えた。

「奥さまはもう起きているかい？」

「起きておられます、すぐに向こうに行かれるそうです」

「向こう」という言葉を口にしながら彼は頭を少しかしげてみせた。もちろん〝向こう〟とは妾宅(しょうたく)の代名詞だ。世鈞はどくんという胸のうずきを感じた。父はもう回復しないのだ。だから母は向こうまで会いにいくのだ。そう思うと足取りも重くなった。車夫は彼に先んじて階段を上って知らせに行き、沈(しん)夫人は迎えに出てきて微笑しながら言った。

「早く帰ってきてくれたね。もうちょっとしたら車で迎えに行かせようって、お前の義姉(ねえ)さんといま話していたところだよ。昼の汽車になると思ってたからね」

義姉はちょうど小健に粥を食べさせていたところだったが、あわてて立ち上がると女中に食器を足すよう言い、腸詰も切ってつけるよう言いつけた。沈夫人は言った。

「朝ごはんを食べたら一緒に行ってくれるね」

「父さんの病気はどんな様子なの」

「ここ数日はまあまあ持ち直したんだけどね。二日前は本当に仰天させられたよ。わたしも何もかも構わずに会いに行ってきたんだけどね。あのときはもう見込みがないという感じで、舌も強張ってたし、言葉も出てこないしだった。今は毎日注射を打っててね。お医者さんはまだまだゆっくり静養しなくちゃいけない、危険はまだ去っていませんって言うんだよ。今は毎日面会に行ってるよ」

正妻である母が毎日妾宅まで行き、妾とあのいかにも遣手婆の妾の母親と顔を合わせているという様子は全く想像できなかった。母のような女性は、貧乏に耐えろと言われればどんな苦労にも甘んじて耐えるが、妻としての身分に関わることになれば話は別だ。母は旧式の家族観を頑固に持っているから、決して妾風情に対して弱腰になることはないだろう。夫の看護のためといっても、あちらだって父の面倒を見る人がいないわけではないか ら、母が行っても歓迎されるはずがない。きっとあれこれ屈辱的な目にあっているだろう。

世鈞は母のいつもの様子を思い出さずにはいられなかった。父の話になると常に冷たい口ぶりになったし、父の病気や父の死後の話をするときも、いつも平静でにこやかですらあったのだ。

「他の心配はしてないけど、何にも残してくれないとなると、わたしたちの将来はどうなるかっていうのがねえ。その心配さえなけりゃ、あの人が今すぐ死んだって、わたしは何ともないよ。どうせ一年中顔を合わせることもないんだから、死んでくれたほうがましだわね！」そう言った言葉はまだ耳に残っている。

朝食を終えると、母と彼は一緒に父のところへ行った。母はお抱えの人力車に乗り、世鈞には別に一台呼んだ。世鈞のほうが先に着いたので人力車から飛び降り、呼び鈴を鳴らすと男の使用人が門を開けに来て、彼を見ると意外そうに「下のぼっちゃん」と挨拶をした。世鈞が入っていくと、妾の母が客室に座って孫娘の髪を編んでやっているのが見えた。女中が床にかがみ込んでその子の靴紐を結んでやっている。妾の母は髪を編みながら言った。

「鼓楼（市街中心部の地域を指す）のほうは来たの？――動いちゃだめだよ、だめだめ、父さんが病気なんだからいい子にしてなくちゃ！　周ばあや、ちょっとこの子を連れて散歩しにいってくれる？　むやみにものを食べさせないでね！」世鈞は思った。〝鼓楼のほう〟というのは母のことを言っているに違いない。俺たちの家は鼓楼にあるじゃないか？　人のことを地名で呼ぶんだな。この時、〝鼓楼のほう〟もやってきた。世鈞は母に前を譲り、自分は一歩遅れて階段を上った。彼はこのとき初めて他人の目で自分の母を眺め、ぶくぶく太った肢体とやつれた表情に気づいた。母は階段を上がるのも大儀そうだった。それでも極力平気そうに取り繕い、当然の務めを果たしにきたのだという雰囲気を漂わせていた。

世鈞は今まで二階に上がったことはなかった。二階の寝室のしつらえは、多少なりとも妾の昔の商売を窺わせるものだった。所狭しと紫檀の家具が詰め込まれていて山や谷を形づくっている。浅い緑のインダンスレン染（民国期に大流行した化学染料）のカーテンと白いレースのカーテン、浅緑に塗られた壁がちょっとした家庭的な風味を加えていた。病人がいるために部屋は少し散らかっており、嘯桐は一人でダブルベッドに臥せっていた。そばには組み立て式の小さな鉄のベッドが置いてある。妾はちょうど嘯桐のベッドの枕にもたれかかり、彼の頭を懐に抱え、銀の匙でみかんの汁を飲ませていた。嘯桐がこの光景を一種ののろけの表現になると考えたかどうかはわからない。世鈞の母が入ってくると、妾はちらりと目をあげてそっと一言「奥さま」と挨拶し、そのままみかん汁を飲ませ続けた。嘯桐のほうは目を向けようともしない。沈夫人は嘯桐に向かって笑いかけた。

「誰がきたと思う？」

妾は微笑んだ。「あら、下のぼっちゃん、いらっしゃい！」

世鈞は「父さん」と呼んだ。

嘯桐はかなり苦労しながら「ああ、来たのか。何日休みをとったんだ？」と聞いた。

沈夫人は言った。「喋らないでちょうだい。お医者さんは話をしないようにと言ったでしょ」それで嘯桐は黙った。妾はまた銀の匙を彼の唇に持っていってつついた。彼は嫌そうに頭を振ったが、それは気詰まりだからなようにも見えた。妾は「もういらないの？」

と笑った。嘯桐が横暴になればなるほど、彼女は自分の柔和で甲斐甲斐しい様子を見せつけようとする。旗袍の衽に挟んであった真っ白なシルクのスカーフを引っ張って彼の口の周りを拭いてやり、枕を叩いて掛け布団を直してやった。

嘯桐はまた世鈞に言った。「いつ帰るんだ?」

沈夫人は言った。「安心してちょうだい、帰りやしませんよ、あなたが喋らないでいれば」嘯桐はまた黙った。

世鈞は父を見たが、あまりにも面変わりしていて見分けがつかないほどだった。もちろん痩せてしまったからなのだが、もう一つには父が横たわっていて眼鏡をかけていないため、見慣れない感じがしたのだ。妾は彼が夜汽車で来たことを知ると、いそいで「下のぼっちゃん、ここで休んでくださいな、汽車を降りてからずっと休憩してないんでしょ」と窓際のソファに座らせた。世鈞はついでに新聞を手にとって読みはじめた。沈夫人は嘯桐のベッドの前に置いてある椅子に座り、部屋は静まり返った。階下では子供の泣く声が響き、妾の母が下から声をかけた。

「ねえ、ちょっと抱っこしてあげて」妾はちょうど小さなガラスの搾り器でみかんの汁を搾っていたところだったのでぶつぶつ言った。

「だんなさまの世話にぼっちゃまの世話、本当にくたくただわ! みかん汁なんて誰が作っても同じなのに、他の人が搾るのは不衛生で嫌だっていうし」

彼女が忙しく出入りしていたかと思うと、女中が大皿に盛った焼きそばを持ってきた。箸が二膳そえてあり、妾は女中の後ろに立って微笑みながら沈夫人と世鈞に麺を食べるよう勧めた。世鈞は言った。「僕はお腹空いてないんですよ、さっき家で食べてきましたから」

妾はしきりに「少しでも食べてくださいな」という。母は箸を取る様子がない。彼も食べないでいるのはどうも申し訳ない気がしたので、しかたなく箸を持って少しばかり食べた。彼の父はベッドに横たわり、ただ目を見開いて彼が食べているのを見ていたが、どうやら単純な満足を感じたようで、唇にうっすらと笑みを浮かべた。世鈞は父の病床の横で脂っこい焼きそばを食べていることに、なんとも言いようのない寒々しさを覚えた。

昼食も妾の差配で一卓が設けられ、沈夫人と世鈞は嘯桐の部屋で食べた。世鈞はこの部屋に丸一日座っていたのだった。沈夫人は早く家に帰って休ませてやりたいと思ったが、嘯桐は「世鈞は今日はここに泊まりなさい」と言った。妾はこの言葉を聞くと内心大いにいやがりながらも、笑ってみせた。

「あら、うちにはちゃんとしたベッドもないのに、下のぼっちゃんが眠れるかしらね」

嘯桐は妾が使っている小さな鉄のベッドを指差した。

妾は言った。「この部屋で休んでもらうんですか？　あなたが晩にお茶だのお湯だの欲しがったら、下のぼっちゃんは疲れ切ってしまうでしょうに。そんな世話をしたことはないでしょうし」嘯桐は黙っている。

妾は彼の顔を見て、仕方なく笑って言った。「じゃあそうしましょう、下のぼっちゃん、何かあったらすぐに人を呼んでくださいね。わたしもすぐ目を覚ますようにしますけど」

妾は女中を呼んで小さなベッドにかけてあった布団類を運んで行かせ、自分は二人の子供と同じベッドで休むことにした。彼女は世鈞のために新しい布団を敷かせてから言った。

「下のぼっちゃん、申し訳ないけどこの小さなベッドで我慢してくださいね。掛け布団も敷布団も新しいものですから綺麗ですよ」

照明が浅緑の四方の壁を照らしている中、世鈞は夫婦の情愛に満ちたこの部屋で眠りにつきながら変な気分になった。自分はどうしてここまで来たのだろう。妾は夜中に何度も何度も入ってきてあれこれ気遣い、嘯桐に茶や薬を飲ませたり尿瓶を使わせたりした。世鈞は申し訳なかった。彼がここに泊まったために、妾は余計に移動しなくてはならなくなったのだ。彼が目を開けると彼女は笑って言った。

「下のぼっちゃん、起きないでくださいね。わたしがやりますよ、慣れてますから」彼女は眠そうな目をしばたたかせた。髪の毛もほつれ、旗袍のボタンもきちんと留めておらず、中に着ている赤いシルクのチェックのシャツがはみ出ている。世鈞は彼女のほうを見ることもできなかった。というのも、突然鳳儀亭の物語（『三国志演義』で、董卓の妾の貂蟬が董卓の養子の呂布を誘惑し、呂布と董卓を決裂させたという架空のエピソード）を思い出してしまったからだ。もしかしたら何か機会を見つけて、俺が彼女にちょっかいをかけたのだと中傷するつもりかもしれない。世鈞は幼い頃から、この妾は計算高い悪人だという固定観念を身につけていた。後になって、彼女はおそらく部屋の隅に置いてある小型金庫のために安心できなかったのだと思い至った。彼ら父子がこっそりと中身の受け渡しをしたらと思うと不安になり、頻繁に様子を見にきたのだろう。

沈夫人はその日は自宅に帰った。世鈞の食欲がないように見えたので、妾宅の料理は口に合わないのだと思い、二日目には自家製の素鵝（湯葉の巻き揚げを煮込んで鵞鳥に似せた精進料理）と萵筍円子を持ってきた。萵筍円子はかなり凝ったものだった。塩漬けのちしゃとうを長いままくるくる巻いて一つの団子状に整え、上に乾燥させた赤いバラを一輪差し込んである。母は世鈞に笑いかけた。

「昨日お前が家で朝ごはんを食べた時、続けてたくさん食べていたから、好きなんじゃないかと思ってね」それを見ていた嘯桐は自分も食べたいと言った。ちょうど粥を食べていたから、こうした漬物はとても合うのだ。

彼はじっくり味わうと言った。「こういうものを何年も食べていなかったなあ」妾はそれを聞くとむかっ腹をたてた。

嘯桐はここ二、三日でずいぶん元気を取り戻した。そんなある時、会計係がやってきた。嘯桐は病床にあるのだが、業務上の多くのことはやはり自分で確かめねばならず、彼が指示しなければならないことも多い。というのも彼は生きた帳簿そのもので、全ての数字は彼の頭の中にしかないからだ。会計係はベッドの前で身を屈めて嘯桐に近づき、嘯桐はごくかぼそい声で彼に一つ一つ伝えた。会計係が帰ると世鈞は言った。

「父さん、そんなに根を詰めてはいけませんよ。お医者さんが聞いたらきっと怒りますよ」

嘯桐はため息をついて言った。「どうしても俺がやらねばならんのだよ、どうしろっていうんだ？　病気になってみて、ようやく何もかも信用できないってことに気づいたんだ。使用人たちはだれもかれも当てにならん！」

世鈞も彼の性格を知っていたから、これ以上諫めたところで余計に癇癪を起こすだけだとわかっていた。今日一日まだ生きている限り、この一日は商売しなければならないということなのだろう。でなければ家の者たちに何を食べさせようというのか。もちろん、家中の者が彼一人に頼ってその日暮らしをしているのではない。彼はただ、商売人によくある通弊を犯していたのだった。金銭にあまりにも重きを置き、全精神をそこに集中させているので、片時も忘れることができなかったのである。

妾宅の電話は寝室に備えてあったので、世鈞は父の代わりに何度か電話応対をした。すぐ処理しなければならない問題が起こった時、嘯桐は世鈞に「お前が行ってくれ」と言った。沈夫人は笑って「この子でいいの？」と聞いたが、嘯桐は微笑んで「こいつだって外で仕事をしてきたんだ、これくらいのことができなくてどうする？」と答えた。世鈞が続けざまに父の代理として出歩くようになると、父は面と向かっては何も言わなかったものの、母に向かって世鈞を褒めた。「仕事が丁寧だな。行き届いている」

沈夫人は機会を見つけて嬉しそうにその言葉を世鈞に伝えた。世鈞はこの商売については素人だった。彼は人情や世故というものをよく理解しておらず、そのために上海の工場での人間関係もあまりうまくいかなくて、それでよく悩んだものだ。しかしここでは、沈某（なにがし）の息子ということでみんなが一目置いてくれるため、何をやってもとてもうまくいくように感じられた。もちろん彼自身も嬉しかった。

次第に、業務は全て彼にかぶさってくるようになった。会計係が旦那さまの指示を請いにやってくると、嘯桐は得意そうに笑って言うのだった。

「下のぼっちゃんに聞いてくれ！　もうあいつに任せたんだ、俺は知らんよ。あいつに聞きにいけ！」

いま、世鈞は突然重要人物になってしまい、妾の母は彼を見るとすぐに「下のぼっちゃん、ここ数日で痩せちまったねぇ。お疲れさま！　下のぼっちゃんは本当に親孝行だこと」と言った。

妾も言った。「下のぼっちゃんがきてくれたので旦那さまもずいぶん楽になりましたよ。でなかったら朝から晩まで心配ごとばかりだもの！」

妾の母は続けた。「下のぼっちゃん、遠慮しないで何かあったら何でも言ってくださいよ、うちの娘はここのところ気が動転していて、何をするのも行き届かないんだからねえ！」母と娘はこうしてかわるがわる下のぼっちゃん、下のぼっちゃんともてはやしていたが、裏では大恐慌をきたしていた。妾は自分の母親に言った。「爺さんが今すぐ死んだとしてももう遅すぎるわ！　店のことは全部人手に渡ってしまったもの。商売人には良心がないとはよく言ったものよねえ、金のほかには息子しか知らないって。本当にその通りだわ！　十何年も夫婦をやってきたのに、わたしのことなんてこれっぽっちも考えてくれやしない！」

母親は言った。「怒るんじゃない、丸めこんだほうがいいよ。正直な話、旦那さんはあんたによくしてくれてるほうだと思うよ。あんたのことをちょっと怖がってると言ってもいい。上海まで行ってダンサーとよろしくやっていたことがあったけど、あんたが騒いだらそれでうまくいったじゃないか」

しかし今回のことはちょっと手強い。妾はあれこれ考え、やはり子供を使って旦那の心を動かすしかないと思った。その日、彼女は一番小さな息子を連れて嘯桐の部屋に現れると笑って言った。

「お父さんに会いたいってずっと騒がれててね。ほら、お父さんはここよ！　お父さんに会いたいって言ってたじゃない？」ところが、この子はどういうわけか急にへそを曲げてしまい、ただ俯いてシーツをいじくり回すだけだった。嘯桐は手を伸ばしてこの子の顔を撫でてやったものの、心中は辛かった。中年以降の人はよくこういう寂しさを感じるものだ。目を見開いて周りを見ると、みんなが自分を頼るばかりで、自分が頼れる者が一人もいないのである。相談できる相手すら一人もいない。だから彼はとりわけ世鈞を重視した。

世鈞は上海に帰りたくてたまらなかった。その気持ちはすでに母にはこっそり伝えたのだが、母は必死に引き留めたし、世鈞も父の病がようやくよくなってきたところで打撃を与えることはできないと思ったので、上海へ帰るという話は取り下げ、せめて家に帰りたいと言い始めた。妾宅に滞在し続けるのは実際気づまりだった。他はともかく、手紙を読んだり書いたりするのに不便すぎる。曼楨の手紙は自宅に届けられ、いつも母がこちらに持ってきてくれるのだが、落ち着いて長い返事を書くことが全くできないままだった。

家に戻ることにした、と世鈞が言うと父は頷いた。「俺もそっちに住もうと思う。あちらのほうが静かで病気を治すのに向いているしな」

彼は妾のほうをちらりと見てから続けた。「これも朝早くから夜遅くまで働き詰めでくたくただろう。少し休ませてやりたいんだ」妾は晩に冷えてしまったせいで咳が出るようになっていた。それに昼も夜も、老人が金庫の中身を世鈞に渡しはしないかと、泥棒に備えるかのように警戒していたのだ。精神的にも限界で、たしかに看護も満足にできなくなっていた。そこに突然老人が移ると言い始めたので、彼女は顔面蒼白になり、一言も喋ろうとしなかった。沈夫人も驚いてしまい、しばらく黙り込んでから笑顔で言った。「ようやく良くなったばかりだから、無理しないほうがいいんじゃないですか？」

嘯桐は言った。「大丈夫だ、ちょっとしたら車を呼んでくれ。俺は世鈞と一緒に帰る」

沈夫人は聞いた。「今日帰るんですか？」

実は嘯桐は、かなり前からそうしたいと思っていたのだったが、なかなか言えずにいたのである。妾が騒ぐに決まっていたので、いざという時まで黙っていよう、言ったらすぐに出ようと思い定めていたのだった。彼は笑った。

「今日間に合うかな？　なんならお前は先に帰って、家を片付けさせてくれ。あとから行くことにしようか」沈夫人は口でははいはいと返事をしたものの、世鈞と目配せをした。

二人とも心の中で思った。さて、この家を無事出られるかどうか。

沈夫人が行ってしまうと、妾は冷笑して言った。「ふん、聞こえがいいこと、わたしを休ませてくれるとはね！」そう言っているうちに目のふちが赤くなった。嘯桐はただ目を閉じて疲れ切った様子を見せた。世鈞は思った。この様子では口喧嘩は免れまい。ここにいて巻き込まれると面倒だぞ。彼はさっと立ち去って階下に降り、言い訳のように李升を呼び止めて夕刊を買いに行かせた。使用人たちはあちこちで耳打ちをしあい、大っぴらにはしないがかなり緊張しているようだ。おおかた、旦那さまが出ていくという消息がもう伝わったのだろう。世鈞は客室を行ったり来たりしていたが、遠くから女中の呼ぶ声がした。

「旦那さまが李升をお呼びだけど」

「李升は下のぼっちゃんに言われて新聞を買いに行ったよ」

しばらくすると李升が戻り、新聞を客室に届けてきたところで女中がやってきて言った。「旦那さまがあんたを呼んでたわ。電話で自動車の手配をしろですって」世鈞はこれを聞くととたんに緊張してしまった。自動車が来るのは特別に遅く感じられ、夕刊一部をひっくり返しながら二、三回も読んだところでようやくクラクションが聞こえてきた。李升が外で女中に「上がって一言伝えてきてくれよ」と言っている。

「なんであんたが言いに行かないの？　あんたが電話して呼んだんでしょ」

李升は顔色を変えた。「なぁ、行ってくれよ！　何を怖がってるんだ？」二人は押し付け合うばかりでどちらも行きたがらない。結局李升が客間のほうにやってきて、気をつけの姿勢で恭しく報告した。「下のぼっちゃん、車がきました」

世鈞は自分の服や持ち物が父の部屋に置いてあることを思い出し、二階に戻った。まだ部屋の入り口にもつかないうちに、妾が部屋の中で大きな声を張り上げているのが聞こえてきた。

「どういうこと？　それを持ち出そうっていうの？　そうはいかないわよ！　わたしたち親子を捨てていこうって言うんでしょう、もう戻ってこないつもり？　子供達はみんなあんたの子じゃないの？」

嘯桐も焦っていた。「俺はまだ死んじゃいない。俺が行くところにこれも持って行くに決まってるだろう、そのほうが都合がいいんだから」

「都合がいいですって――言っておくわ、そんなに都合よくはいかないわよ！」それからものを奪い合う気配がして、どすんという大きな音がした。世鈞はびっくりしてしまった。父が転倒してまた卒中の発作が出たら、もうおしまいだ。それ以上聞き耳をたてているわけにもいかず、急いで部屋の中に入ってみると、幸い父はソファに座って喘いでいた。

「お前は、俺が頭に血が昇って死ねばいいと思ってるのか？」金庫は開いていて、株券、通帳、倉庫証券などが床一面に散らばっている。おおかた、さっき嘯桐が震える手で金庫を開けて中身を取り出そうとしたために妾が焦って取り合いになり、嘯桐がつんのめってしまったのだろう。幸い転倒は免れたが、椅子を押し倒してしまったらしい。

妾も驚きのために顔が青ざめていたが、なお口では負けずに言った。「あんたはわたしに申し訳ないとは思わないの？　病気になってこのかた、あんなに尽くしてやったのに、こんなふうにふらっと出ていくなんて、人のことを馬鹿にしすぎでしょ！」彼女は身をよじらせて座り込むと、椅子の背に突っ伏しておいおいと泣き始めた。このとき妾の母も入ってくると、娘の肩をたたきながら慰めた。

「強情を張るんじゃないよ、旦那さまがこれで帰ってこないっていうわけじゃないんだから！　馬鹿な子だね！」これはもちろん旦那さまに聞かせているのだ。自分の娘は旦那さまにずっと尽くしてきた、愛してきたのだと言いたいのである。しかし妾が株券や通帳を奪おうとしたので、嘯桐も寒々しい気持ちになっていた。部屋が混乱しているのに乗じて嘯桐は叫んだ。「周ばあや！　王ばあや！　車はまだか？——来ているならなぜ言わない？　役立たずめ！　さあ、俺を支えて下に下ろしてくれ」世鈞は自分の持ち物のうち大事なものだけをさっと集めると後ろに従い、階段を降りて一緒に車に乗った。

家に帰ったが、沈夫人はまさか彼らがこんなに早く来るとは思っていなかったので、部屋も十分に片付いていなかった。しかたなくまず車夫と女中に旦那さまを支えさせて階段を上り、横になってもらった。沈夫人は自分のベッドを譲り、自分は別に簡易ベッドを組み立てた。飲み薬も全部は持ってこなかったので、医者を呼んで新たに処方してもらった。さらに世鈞のために点心の準備をし、夕食も特にごちそうを準備した。いつも静まり返っていた家の使用人たちはこうしたことに慣れておらず、みんなどたばたしていた。世鈞の義姉はただ姑の後ろに付き従うだけで、髪もぼさぼさのまま、声もしゃがれてしまった。『父帰る』の一幕は、こうして多少の哀歓を伴いはしたものの、ほぼ混乱のなかに過ぎていったのだった。

夜、世鈞がもう寝床に入ってから沈夫人が部屋にやってきた。母子はここ数日というもの、思ったことをじっくり語り合う機会もなかったのである。沈夫人は彼らが妾宅を出た時の様子を細かく尋ねたが、世鈞は母が動転するだろうと思い、父がもう少しで転倒しそうになったことは言わずにおいた。沈夫人は笑った。「わたしは我慢してお前には言わないでいたんだけどね、お前が家に帰りたいっていうのを聞いたときすぐ思ったんだよ。このところ父さんはお前に頼りっぱなしであの女は目から火花を散らしていたから、お前が出ていったら爺さんが謀殺されるんじゃないかとね」

世鈞は笑った。「まさか、そこまではないよ」

嘯桐が帰ってきたことは、沈夫人にとっては望外の喜びだった。しかも完全に息子のおかげだったから、得意になる度合いも想像がつくというものだ。嘯桐は戻ってきたのは戻ってきたものの、妻に対しては今まで通りで、割れた鏡が元通り丸くなることはなかった。しかし何と言っても、病気の彼は妻の看護を拒むことはできなかったし、世鈞の母はそれだけで非常に満足していた。

不思議なことだが、こうして病人が一人増えたことで、家はいきなり活気づいた。もともと長持にしまいこまれていたたくさんの書画を取り出して掛け、大きな絨毯も取り出して敷いた。新しくカーテンも作った。沈夫人が言うには、旦那さまが戻ってきてからしょっちゅう客が見舞いに来るので、ちょっとは体面を整えねばならないのだ。嘯桐はいくつか気に入りの骨董品を妾宅に置いてきたのが心残りだった。使用人に取りに行かせたのだが、気分を害していた妾は渡そうとしなかった。嘯桐は癇癪を起こして茶碗を叩き割った。

「馬鹿者！　こんな些細な用事もろくにできないのか！　俺がいるのだと言ったらあいつも渡せないわけがないだろう！」

やはり沈夫人が懸命になだめた。「こんなことで怒らないでくださいよ、埒もないことで！　お医者さまは癇癪を起こさないようにとおっしゃってたじゃないの？」その繊細な磁器の茶碗は沈夫人が嫁入りのときに持ってきたもので、ずっともったいなくてしまい込んでおいたのを、最近ようやく使い始めたのだった。取り出すとすぐに小健に一つ割られたのだが、今回また一つ割られてしまったのである。沈夫人は笑って言った。「残った幾つかの運命がどうなるか、占ってもらおうかしらね！」

沈夫人は嘯桐に萵筍円子(ウォースンユエンズ)を褒められたので、今年はいろいろなものを漬けたり干したりした。筍豆子(スンドウズ)（筍と大豆を甘辛く煮た軽食）、腸詰、香肚(シアンドゥ)（豚の膀胱でつくる腸詰）、醃菜(イエンツァイ)（漬物）、臭麵筋(チョウミエンジン)（発酵させた生麩）。旧正月まではまだ間があったが、母はすでに今年は大々的に年越しをしようと計画しており、全ての使用人に、紺の木綿の上っぱりを新調するよう金を出した。世鈞は母がこんなに楽しそうにしているのを見るのは初めてだった。物心がついた時から、母はいつも憂鬱そうな顔をしていたのに。母がどんなに泣こうと、もう見慣れていてどうということもなくなっていたのだが、こんなふうに生き生きと楽しそうにしているのを見ると、また別の物悲しさを感じてしまうのだった。

父がこれきり妾の家に戻らないとは限らない。この先ももちろん会うことがあるだろう。一度顔を合わせれば、あちらはやはりあれこれ離間(りかん)の計を弄するだろうし、そうなればまたこちらには冷淡になるだろう。世鈞が南京にいればまだましだろうけれども。父はもう彼なしではいられないようだから、彼が去れば、父はひどく失望するだろう。母は上海の仕事を辞して南京に残るようずっと勧めていた。彼は今まで辞職など考えたことはなかったが、最近ではしきりに考えるようになっていた。もしも本当に辞めてしまったら、曼楨はきっと衝撃を受けるだろう。彼女はあんなに世鈞の未来を重視して、彼の事業のためならどんな苦労でもすると言ってくれているのに。今、自分からその未来を放棄してしまうなんて、あまりにも申し訳ないような気がする——どうしたら申し訳がたつだろうか。いつも曼楨からの手紙を待ち焦がれていたが、今では彼女からの便りを読むのが恐ろしくなっていた。

## 10

世鈞（せきん）は、仕事を辞めると家では宣言したものの、他にもいろいろ片付けねばならないことがあるので、いったん上海に帰ることにした。上海に戻ると叔恵（しゅくけい）の家に泊まり、翌日午前中には工場長と面会して正式な退職届を提出し、また持ち場に行って引き継ぎをした。ちょうど昼休みになったとき、彼は上階にいって曼楨（まんてい）を探した。今回の辞職については、まだ彼女には何も言っていなかった。彼女は反対するに決まっている。彼はよくよく考えた末、事後報告のほうがいいと判断したのだった。

事務室に入っていくとすぐ、曼楨のあの薄いグレーのムートンのコートが椅子の背にかけてあるのが目に飛び込んできた。彼女は机に覆いかぶさるようにして、何かの書類を書いている最中だった。叔恵の以前の机は今では別の社員が使っていたが、この人は経理部長のアメリカ式のふるまいを真似て両足を高々とデスクの上に投げ出し、ストライプの靴下と革靴を悠々と見せびらかしていた。彼の靴がまだ底を張り替えたことのない新品であることは明らかだ。彼は世鈞に一言挨拶すると、足を上げたまま新聞を読んでいた。

曼楨は振り返って微笑んだ。「あら、いつ帰ってきたの？」世鈞は彼女の机に近寄ると、適当に受け答えをしながら腰をかがめ、彼女が何を書いているのか見た。まるで機密書類のように、紙の左右に別の紙をかぶせ、書いている数行の部分だけを開けている。彼に注目されると、彼女は全体を覆い隠したが、もう彼あての手紙だということは見てとれた。嬉しくなったが、人目があるので、その場ですぐ見せてくれとも言いにくい。彼は机にもたれて、「食事に行こうよ」と言った。曼楨は時計を見た。「いいわ、行きましょ」彼女が立ち上がってコートを着込み、出かけようとする間際、世鈞は「その手紙、持っていって出すだろ？」と勝手にその手紙を取り上げて畳むと自分のコートのポケットに入れた。曼楨はその場では笑って何も言わなかったが、外に出ると言った。「返してよ。帰ってきたんだから、手紙なんてもういらないでしょ」世鈞は彼女に構わず、手紙を取り出して歩きながら読んだが、読んでいるうちににやにやしはじめた。曼楨は思わず近寄って、彼がどのあたりを読んでいるのか確かめた。と、彼女は顔を赤らめて手紙をひったくった。「あとにしてちょうだい。持って帰ってから読んで」世鈞も笑った。「わかったわかった、読まない読まない。返してよ、しまっておくからさ」

曼楨が父の病状を尋ねたので、世鈞はまず父について簡単に説明してから、仕事を辞めることにした事情をゆっくりと話した。彼はことの最初から説明した。今回南京に帰ったとき、焦慮のあまり汽車では一睡もできなかったこと。父に万一のことがあれば、母と義姉、甥の生活はすぐに自分の負担になるが、それは決して軽いものではないこと。幸いに機会に恵まれて、父は今切実に彼を必要としており、全てを彼に任せてくれていること。この機会に経済的な権利を妾の手から取り戻すことができれば、母と義姉の将来の生活に保障が生まれること。そのためには、どうしても辞職せねばならないこと。これはもちろん間に合わせの案で、将来はきっと故郷を出て事業を始めるつもりだということ。

彼は随分前からどう話すか心づもりをしていたので、とても丁寧に説明したのだが、一番苦しかったことはやはり言葉にできなかった。たとえば、母は最近とても幸せそうだが、それはまるで貧しい子供がぼろぼろのおもちゃを拾い、それを宝物として大事にしているようなものだということ。その惨めであわれむべき幸せとは、他ならぬ彼が作り上げたものなのだ。母に渡してしまった以上、それをもう一度奪い返すことはどうしてもできなかった。この他にも理由があった。しかしこの理由は、曼楨に言えないだけでなく、自分でも認めたくなかった——それは彼らの結婚問題だ。実をいうと、彼が父の家業を継ぎさえすれば全ては解決するのだ。結婚すれば曼楨の実家を支えることだってなんでもない。逆にこの機会を逃してしまうと、ゆくゆくは自分一人で母と義姉と甥の面倒を見ねばならなくなる。彼には彼の、曼楨には曼楨の実家の負担があって、曼楨が彼を巻き込みたくないと言う以上、結婚なんていつできるかわからなくなってしまう。彼はもう随分待ったと思っていたのだが、この煩悶だけはどうしても彼女にわかってもらえなかった。

あともう一つ。もともと彼は、曼楨を失う心配をしたことはなかった。しかし豫瑾のことがあってから、ずっと心の中に燻っているものがあった。夜が長ければ見る夢も多い（ぐずぐずしているとよくないことが起こる）という諺に一理あるかもしれないと思うようになったのだ。こんなことは曼楨には言えない。もちろん、彼女には理解できないだろう。どうして世鈞はいきなり家族に妥協し、彼女の意向を全く聞こうともせずに突然仕事を辞めてしまったのか。彼女はとても心を痛めていた。彼の理想を尊重し、そのために何を犠牲にしてもいいと考えていたのに、あっさりと辞めてしまったなんて。本当はこうした考えを一通り彼に知っておいてもらいたかったのだが、彼がすでに慚愧に堪えないという様子でいるのを見るともう責める気になれず、終始笑顔で話を聞いた。

「叔恵には話したの？」

「話したよ」

「何て？」

「もったいないってさ」

「叔恵もそう言ったのね」

世鈞は彼女を見ると微笑した。「君が怒るだろうってことはわかってたよ」

「あなたは嬉しいんでしょ？　南京に住むんなら、わたしたちもう会えないものね、どうせあなたは気にしてないんでしょうけど」

彼女が二人の愛を引き合いに出してなじっただけで、正論をふりかざして彼が自暴自棄になっていると責めようとはしなかったので、世鈞はぱっと心が明るくなった。「これからは毎週上海に来ることにするよ、どうかな？　いっときのことだからね、しばらくはこうするしかないけど。僕が君に会わずにいられると思う？」

彼は上海で数日過ごしたが、その間二人は毎日顔を合わせ、表面上は前と全く同じだった。しかし一度彼女から離れてしまうと、すぐに彼女を想うようになり、このままではいられないと感じて、南京に戻るやいなや手紙を書いた。「本当に君に会いたいけれど、上海に行ったばかりだから、また行く口実をすぐには見つけられないでいる。どうだろう、叔恵と一緒に南京に来て週末を過ごさないか。君はまだ南京に来たことはなかったよね。僕の父母や義姉のことは、僕がしょっちゅう話をしていたから、君ももうよく知ってる人のような気がしていることだろう。ここに泊まってくれても気づまりなことはないと思う。絶対に来てほしい。叔恵には別に手紙を送っておく」

叔恵は世鈞からの手紙を受け取るとかなり迷った。南京には本当に行きたくなかったが、まずは曼楨に電話してみた。「行くなら春になってからかな。今はまだ寒すぎるし、僕はこの前行ったばっかりだから。行ったことがないなら君は行ったら？」

「あなたが行かないならわたしもやめておくわ。わたしが一人で行くなんてちょっと……唐突すぎるでしょう」叔恵も、世鈞が今回彼らを招いたのは父母に曼楨を会わせるためだと感づいていた。そうだとするならば、ここは道義上ことわることはできない。彼女に付き添ってやらねば。

そういうわけでその週末、叔恵と曼楨は南京にやってきた。世鈞は駅まで二人を迎えに行き、まず叔恵を見つけた。曼楨はモスグリーンのスカーフで頭を包んでいたので最初は誰かわからなかった。頭をこうやってくるむと、下あごがずいぶんとがって見える。それが綺麗かどうかはともかく、彼はやはりいつもの彼女がいいと思った。彼女にはほんの少しも変わってほしくない。

世鈞が馬車を呼ぶと叔恵は笑った。「この寒いのに、馬車でドライブとしゃれこむのかい？」

曼楨も笑った。「南京は本当に寒いわね」

「上海よりだいぶ寒いよね。たくさん着込んでくるよう言っておけばよかった」

「言ってくれても無駄だったわ。南京に一回くるだけのために綿入れズボンを作るわけにもいかないでしょ」

「後で義姉さんに綿入れズボンを貸してくれって聞いてみるよ」

叔恵が笑った。「そんなのを曼楨がはくと思うほうがどうかしてるよ」

曼楨も笑った。「お父さんの調子はここ数日どうなの？　よくなった？」

「だいぶよくなったよ」

曼楨は彼の顔を仔細に眺めてから微笑した。「じゃあどうしてそんなに心配そうな顔をしてるのかしら」

叔恵が笑った。「去年僕が来た時もこいつはこんな感じで、すごく神経質そうだったよ。また同じ心配をしてるんだね。自分の家で君がその辺に痰をまきちらしたり飯をガツガツ食ったりするんじゃないか、自分の面子が潰されるんじゃないかと心配してるのさ」

世鈞が「何の話だよ！」と笑うと曼楨も笑い、場を取り繕うように頭のスカーフを巻き直して言った。「風が強いわね、スカーフを巻いてきてよかったわ、でなきゃ髪の毛がめちゃくちゃになるところだった」しかし幾らもたたないうちに、彼女は緑色のスカーフをほどいて笑った。

「こちらじゃ誰もこんなふうに頭を巻いてないのね、流行ってないみたい。わたしも取っておくわね、人目を引いて紅頭阿三（ホントウアーサン）（赤いターバンを巻いたシク教徒のインド人。旧時の上海でよく門衛を勤めた）みたいに見えたら嫌だもの」

叔恵が笑った。「紅頭阿三？　緑頭蒼蠅（リュートウツァンイン）（曼楨のスカーフが緑なので、〔緑頭〕で始まる言葉で冗談を言ったもの。〔緑頭蒼蠅〕はハエの中でも特に大きく、害虫のイメージが強い）じゃないかい？」

世鈞はぷっと噴き出すと言った。「やっぱり巻いといたほうがいいよ、耳を覆ったら少しは暖かいだろうし」

「暖かいかどうかはどうでもいいんだけど、髪の毛がぐちゃぐちゃになっちゃうわ」彼女は櫛とコンパクトを出して髪を整えたが、また風が吹いて乱れてしまった。結局スカーフを取り出して頭に巻き直し、もうすぐ着くというときにほどくことにした。世鈞と彼女が知り合って以来、何度も一緒に出かけてきたが、こんなに緊張している彼女を見るのは初めてだ。世鈞は思わず微笑んだ。

彼は家族にこう言っておいた。叔恵のほかに、顧（こ）というお嬢さんに数日遊びに来てもらう。顧さんは叔恵の友達で、世鈞の同僚でもあった人だ、と。彼も特に隠そうと思っていたわけではない。ただ、家の者は自分の連れてくる女友達にいつも厳しい目を向けがちで、どうもよそ者は自分たちには釣り合わないと思いたがるようなのだ。今回は色眼鏡なしに自然な状況で曼楨に会ってほしかったのである。一度会ったら、きっとみんな曼楨を気に入るに違いない。この一点については彼は自信があった。

馬車が毛皮店に着くと、世鈞は曼楨を手伝ってトランクをおろし、三人は一緒に中へ入って行った。店の中にはちょうど客が二人いて品物をあれこれ選んでいた。二階の回廊の窓に巻いた毛皮を吊るし、毛皮の端につけてある縄をひっぱってするすると降ろしている。くるりと丸まっていた毛皮の裏側が外側を向いて、少し残っていた獣毛が顔を出していた。真っ赤な絹の裏地は、まるで中にふわふわの小さな獣が眠っているおくるみのようだ。回廊の彩色ガラスの後ろにいるのは母でなければ義姉だろう。そこで一切を仕切っているのだ。彼の母だった——きっと彼らが見えたのだろう、すぐに叫んだ。「陳ばあや、お客さん！」その声はひどく尖っていて、まるで二階で鸚鵡(おうむ)を飼っているかのように聞こえた。世鈞は思わず眉をひそめた。

毛皮店にはいつも特殊な匂いがする。毛皮と樟脳(しょうのう)の混じり合った匂いだ。毛皮は全て長持から取り出したばかりのようで、大事に銀紙で包んである。世鈞は小さい頃、階下のこの店を陰気かつ華麗な宮殿のように思っていた。今ではこのすべてがありきたりのように感じられ、残っているのは懐かしさばかりだった。彼はいつも、曼楨が初めてここにくる時はどんな様子だろうと想像していた。今、本当に彼女がやってきたのだ。

叔恵はもう慣れた様子で、階段を上がる時、壁にかかっている二枚の猿の毛皮を見て指差しながら曼楨に言った。「これは金絲猴だよ、峨眉山のものだ」

曼楨は笑った。「あら、この黄色い毛が金に光るの？」

世鈞は言った。「額に金色の線が三本あるから金絲猴というんだって聞いたな」階段は薄暗く、曼楨は近寄って見たけれどもよくわからなかった。

世鈞は言った。「小さいころ、ここを通るとなんとなく神秘的な気がして、ちょっと怖かったものさ」

義姉が階段のところまで迎えに来て叔恵と挨拶を交わした。叔恵が「こちらが世鈞の義姉さん。こちらは顧のお嬢さんです」と紹介した。義姉は微笑んで「こちらへお座りくださいな」と言った。世鈞がどんなにしらを切って曼楨は叔恵の女友達なのだと言っても、世鈞が上海からわざわざ呼んできた女性客であることに変わりはない。家のものはみな注目していたが、義姉は心の中で思った。世鈞はいつも選り好みをして南京の娘を馬鹿にしてるようだけど、この上海のお嬢さんだってそんなに垢抜けてるように見えないね。

叔恵が「小健は？」と聞いた。

「またちょっと調子が悪くて、寝てるのよ」小健の今度の病気は、義姉の意見によると、お祖父さんに字を習った時のご褒美を食べ過ぎたのだった。小健が病気になるたび、義姉はいつもこの人でなければあの人というように誰かに罪をきせるのだが、今回は姑も有罪とされた。沈夫人はこのところずっと嘯桐と世鈞のことばかり考え、毎日あれこれ工夫しては美味しいものを出していた。子供がこれを見てほしがらないはずがあるだろうか。沈夫人はここのところ大いに張り切って嬉しそうにしていたが、義姉のように悲観的な人から見れば、もちろんあれこれ気に入らないところだらけだった。ここ数日で小健がまた病気になり、家には老人と子供という二人の病人がいるというのに、上海から男女の友達を呼んでここに泊まらせようとするなんて。世鈞が世間知らずなのは仕方ないとして、母親まで大騒ぎするとは！

沈夫人も出てきたので、世鈞は曼楨に紹介した。沈夫人は彼女には丁寧に、叔恵には親しげに振る舞った。義姉は部屋をぐるりと一回りすると出て行ってしまった。テーブルにはもう料理が準備してあったが、叔恵は笑って言った。「僕たちはもう汽車で食事してきましたよ」

世鈞は言った。「騙されたなあ、僕はまだ食べてないんだよ、君たちを待ってたから」

沈夫人が言った。「早く食べなさい。顧のお嬢さん、許のぼっちゃん、お二人ももう少し食べてちょうだい。世鈞につきあってあげて」彼らが座って食べ始めると、沈夫人は使用人に彼らの荷物をそれぞれの部屋へ運ばせた。座っていた曼楨は突然、犬の尻尾が自分の脚を撫でているのに気づいた。テーブルの下を覗いていると、世鈞が笑った。

「ごはんとなるとやってくるんだ、小健が甘やかしたせいだね。いつもおかずをやってるもんだから」

叔恵が聞いた。「これは石のお嬢さんがくれたものかい？」

「あれ、どうしてわかったんだ？」

「この前来た時に彼女が言ってたのを聞いたからさ。家の犬がたくさん子犬を産んだから一匹小健にあげるって」言いながらその犬を撫で、しばらく黙っていたが、やがて笑顔で聞いた。「彼女はもう結婚したの？」

「まだなんだ。たぶんもうすぐだと思う。僕も一鵬とは最近会ってないんだよ」

曼楨が言った。「あ、知ってるわ、前に上海に来ていたあの方さんね」

「そうだよ、まだ覚えてた？　一緒に飯を食った時、婚約するんだって言ってたろう——それがその石さんなんだ。彼らはいとこ同士なんだよ」

食事が終わると曼楨は言った。「おじさまにお目にかかりにいきましょうよ」

世鈞は彼らを伴って嘯桐の部屋に行った。嘯桐は点心を食べたばかりで、ベッドのヘッドボードに寄りかかっていたのだが「座って座って」と言ったかと思うと、続けざまに大きなげっぷをした。世鈞は心の中で思った。いつもは父さんのげっぷなんて聞いたことなかったのに、なんで今日にかぎって……。それとも、普段もげっぷしているのに俺が気づかなかっただけかな。どういうわけか、今日は家の者のふるまいがなっていないような気がする。母と義姉だって、普段に比べてずいぶん見劣りするようだ。

叔恵は嘯桐に病状を聞いた。長く病めば良医になるという諺があるが、嘯桐は自分の病気については医者よりもよく知っていた。とくに今では、彼は全てを世鈞に任せて安心して隠居していたので、『本草綱目』（明代に成立した本草学の百科全書）を一部買いもとめて勉強を始め、自宅の女中が病気をすれば、処方箋を書いてやったりしていた。幸い死人が出るようなこともなく、彼はますます自信を深めていた。自分がかかっているのは西洋医なのだが、彼は病気によっては漢方医のほうが霊験あらたかだと考えていた。自宅ではこの話を誰も聞いてくれず、世鈞などは押し黙ったままだ。ところが、叔恵とは今日が初対面なのにとても話がはずんだ。叔恵はどんな人にでも話を合わせられるのだ。

嘯桐が得意になって話していた時に沈夫人が入ってきた。

嘯桐が聞いた。「小健は今日はどうだ？」

「まだ熱があるみたい」

「王先生の出してくれる薬はどうも効いてないようだな。誰かに連れて来させなさい、俺が診てやろう。処方を書いてやる」

沈夫人は笑った。「あらら、旦那さまはおやすみになっててくださいよ。引っ掻き回さないでくださいな！　うちのお嫁さんは肝っ玉が小さいんですから。それにどんなに名医といっても自分の身内は診ないものですよ」嘯桐はそれでようやく黙った。

嘯桐は、女性の曼楨には気をつかっていた。顔を合わせた時に軽く頷いただけで、まともに顔を見ようともしなかったのだが、この時ふと聞いた。「顧のお嬢さんは以前南京に来たことがあるのかな？」

「いえ、ありませんけど」

「なんだかどこかで会ったことがあるような気がするが、どうも思い出せないな」

曼楨はそう聞くと、仔細に嘯桐の顔をみてから笑った。

「わたしも思い出せません。もしかしたら上海でお目にかかったのかも？　おじさま、上海にはよく行かれるのですか？」

嘯桐はしばらく考え込んでから言った。「上海には何年も行ってないな」

彼が最後に上海に行った時はちょっとした騒ぎになり、妾が自ら乗り込んできて彼を南京に強制的に連れ戻したのだった。上海に行くたび、彼は妻の弟の家に泊まっていた。妻とはうまくいっていなかったが、嘯桐と義弟はとても馬が合った。嘯桐が上海に行くと、義弟はいつも彼に付き合ってちょっと遊びに出かけたものだ。彼にとってはその場限りの遊びだったのだが、妾にとってみればそれは正妻の陰謀にほかならず、自分の弟を扇動して旦那さまに火遊びをさせ、ダンサーを娶らせて妾を追い払おうという作戦に違いなかった。これについてはどう説明しても納得させられなかった。当時沈夫人はこのことで随分辛い思いをし、自分の弟をなじるという一幕もあったのだ。

嘯桐は突然叫んだ。

「ああ、思い出した！」——この顧という女性が誰に似ているか？　李璐という名のダンサーに生き写しだ。道理で見覚えがあると思ったわけだ！　うっかり〝思い出した〟と口にしてしまったせいで、部屋中の人が彼を見て言葉の続きを待った。まさか曼楨が以前自分が知っていたダンサーに似ているのだと言うわけにもいかない。彼はしばらく言葉につまってから、やっと世鈞に向かって笑いかけた。

「思い出したぞ、もうすぐお前の母さんの弟の誕生日じゃないか。俺たちからの贈り物を、この上海のお二人に届けてもらえばいい」

世鈞は笑った。「僕は自分でおじさんのところに出向いて誕生祝いを述べようと思っていたところですよ」

「なんだ、上海から帰ってきたばかりと言うのに、また行きたいのか？」

沈夫人が口を挟んだ。「世鈞が行くのもいいよ、ちょうど菊蓀は節目の誕生日を迎えるのだからね」

叔恵は何の気なしに曼楨のほうを見て笑った。「世鈞はもはや重要人物だね、上海と南京を行ったり来たりだ！」

談笑しているうちに女中が入ってきた。「方家の下のぼっちゃんと石のお嬢さまがいらっしゃいました。下でコートを試着なさっています」

沈夫人は笑った。「きっと嫁入り道具の準備だね。世鈞、下まで行って、上がって座ってもらうよう言っておいで」

世鈞は曼楨と叔恵に言った。「行こう、一緒に降りようよ」そして小声で笑った。「噂をすれば影がさすってやつだね」

叔恵は眉根に皺を寄せた。「僕たち今日は出かけないのかい？」

「すぐに出るよ――僕たちは出かけよう。幸い義姉さんが彼らの相手をしてくれるからね」

「じゃあ僕はカメラを持って行くよ、一度降りてからまた上がって来なくてもいいように」

叔恵はトランクを開けてカメラを取り出し、世鈞と曼楨は先に下に降りて、婚約中の一鵬と翠芝（すいし）に挨拶した。翠芝があげた犬も飛び出してきた。まだ昔の主人を覚えていて、店の中をぐるぐる回りながらずっと尻尾を振っている。一鵬は曼楨を見ると嬉しそうに「顧のお嬢さん！　いつ南京にきたの？」と聞いた。翠芝は思わず曼楨に鋭い眼差しをなげかけ、「なに、知り合いだったの？」と聞いた。

「知らないわけないだろ、僕と顧さんは昔なじみだぜ！」

一鵬はこう言いながら世鈞に目配せをした。こういう冗談は本当に無用だ、と世鈞は思った。それに翠芝にはユーモアのかけらもない。彼女をからかおうとしても、なんでも本気にしてしまうのだ。はらはらして見ていると、翠芝が微笑んだ。

「顧のお嬢さんはいらしてどれくらい？」

「わたしたち、今来たばかりなんです」

「ここ数日で急に寒くなりましたよね」

「本当に」

世鈞はいつも、初対面の女性二人が行儀良く折り目正しく談笑しているのをみるとぞわぞわして恐ろしくなるのだった。どうしてなのかはわからない。自問しても、自分はそんなに臆病な人間ではないはずなのだが。

一鵬は笑った。「ああ、ここにもう一人来てるんだ。紹介しよう」彼らには翠芝の学友がついてきており、少し離れたところで鏡に向かって毛皮のコートの試着をしていた。この頃、女学生は比較的保守的で、どこに行くにも仲良しについてきてもらうのを好む傾向があった。婚約者と一緒に出かけるのにも、学友についてきてくれるよう頼むのである。翠芝もこういう癖が抜けていなかった。この学友は竇のお嬢さん、竇文嫻といい、翠芝よりも二、三歳年上だったが、背は彼女より低かった。竇のお嬢さんは試着していたコートを脱いだが、一鵬はこういう時とても気配りがきく男で、すぐに彼女がもともと着ていた貂のコートを着せかけてやった。翠芝が着ていたのは豹の毛皮だ。豹の毛皮というのはよくある品だが、良し悪しが大きく分かれる。よくないものは猫の毛皮とそう変わらないが、翠芝が着ているようなごく上等な品は澄んだ黄色をしており、上についている黒点は墨をたっぷり含んだ筆で描いたようだった。しかしこれは、十八、九の娘が着てこそ魅力的に見えるのだ。生き生きとしているうえに、いくらかの野性味も感じさせる。

世鈞は笑った。「君たち二人の着ているような素晴らしいコートは、うちの店ではきっと見つけられないな」

叔恵が階段の上から言った。「君は本当に商売が下手だな！」

一鵬が笑った。「あれ、叔恵もいたのか！　全然気づかなかったよ」

叔恵は近づいてきて笑った。「おめでとう！　いつ祝い酒を飲ませてくれるんだい？」

世鈞が言った。「もうすぐさ、もうここで嫁入り道具を選んでるんだから！」

一鵬はただ笑うだけだった。翠芝も微笑み、俯いて子犬を撫でていた。犬の顎の下をゆっくりと掻いてやると、犬は首を長く伸ばしてそこに居座った。

一鵬は笑った。「今日はどんな予定があるんだい？　六華春（老舗の料理店）でご馳走するぜ」

世鈞は言った。「なんだよ、えらく気を使ってくれるんだな」

「そりゃそうさ。今月末に俺が上海に行ったら君たちにおごってもらうんだから」

「また上海へ行くのかい？」

一鵬は翠芝のほうに向かって頭を傾げた。「彼女につきあって買い物さ」

竇文嫻が言った。「買い物に行くなら上海まで行かなくちゃね。買い物するにも映画を観るにも本当に便利だから」彼女のように流行に敏感な人は、上海に住んでいないことをいつも遺憾に思っているので、上海の話を始めるとすぐ、一種の優越感と劣等感が混じり合い、声も鋭いものになった。

義姉も降りてきた。文嫻とは知り合いだったので、遠くから「竇のお嬢さん」と笑顔で声をかけた。翠芝が「表姐（母方の従姉）」と挨拶すると、義姉はすぐに言った。

「なんでまだ表姐っていうの？　わたしのことは姐姐（お姉さん）って呼んでくれなきゃ！（世鈞の義姉と翠芝はいとこ同士だが、義姉の弟である一鵬と翠芝が婚約したため）」翠芝は顔を赤らめて暗い顔になり、「からかわないで」と言った。義姉は笑って「上がって座っていきなさいよ」と言ったが、翠芝のほうは一鵬に向かって「帰りましょうよ。文嫻に映画を奢るって言ってなかった？」と言った。一鵬は世鈞たちに言った。「一緒に映画に行かないかい？」翠芝は言った。「上海から来たばかりの人が、南京のつまんない映画なんて観たいもんですか！」義姉は世鈞に聞いた。「どこに行こうと思ってたの？」世鈞は叔恵とその場で相談して答えた。「前に来た時は、たしか清涼寺（十世紀創建。明代に修復された名刹）には行ってないよね」義姉は言った。「じゃあみんなで一緒に清涼寺に行ってらっしゃい、一鵬は車があるから早いわ。でないと、行って帰ってくるだけになっちゃうからね。戻ってきたらこの家で一緒にご飯にしましょう。義母さんはお二人を歓迎するためにいくつか特別なご馳走を準備してるから」一鵬はもともとこだわりがなかったので、「いいよ、じゃあそうしよう」と笑った。

というわけで清涼山へ行った。六人で一台の車に乗ったのでそうとう窮屈だった。叔恵は最初は無口だったが、あとから急に元気づいて、ぺらぺらと調子よく喋りはじめた。しかし世鈞は、今日の叔恵の冗談には切れがなく、ちょっと無理しているように思った。翠芝と女友達とはずっと二人だけでぺちゃくちゃ喋ったりくすくす笑ったりしていた。これも女学生にはありがちなことだ。清涼山に着いて車から降りると、二人はべったりひっついて離れようとせず、文嫻は翠芝の後ろにつき、両手を翠芝の毛皮の襟にさしこんで暖を取っていた。二人は内輪の話に夢中になって、完全に曼楨を置き去りにした。一鵬は申し訳ないと思ったが、さすがの彼も曼楨にあれこれ話しかけるのは翠芝の手前憚られた。誤解されてはかなわない。曼楨が一人ぽつんとしているのを見ると、世鈞が付き添うしかなく、二人は肩を並べて坂道を歩いた。

ぼろぼろの石段が果てしなく続く。どこかから駐屯兵の吹くラッパの音が、風に乗ってきれぎれに聞こえてきた。淡い午後の日差しの中で軍営のラッパが聞こえてくると、とりわけ荒涼とした感じがする。

江南の寺院はどこも壁を物さびしい赤に塗っている。入っていくと、いくつかの偏殿（正殿の脇に配された小部屋）には人が住んでいた。ぼろ服をきた老婆がみすぼらしい円座に座ってにんにくを剥いている。そばには小さなこんろが置かれ、巻いたむしろが立てかけてあった。敷居には子供が座って遊んでいる。難民のように見えるが、実は貧乏人がずっと難民のように暮らしているだけなのだ。翠芝は笑った。「この廟のお坊さんには妻子がいるって聞いたことがあるわ（中国では僧職は妻帯しないものとされている）。やっぱり僧服をきてるんですって」

叔恵は面白がって聞いた。「そうなの？　見に行ってみようよ」

翠芝は笑った。「本当よ。見に行きましょうか」

一鵬が言った。「いたとしても僕たちに見せてくれるわけないだろ」

曼楨は中庭の真ん中にあった鼎の青石の台座に座った。世鈞が聞いた。「歩き疲れた？」

「疲れてはないんだけど」曼楨はちょっと口ごもってから上を向き、彼に笑いかけた。

「どうしようかしら。霜焼けができて潰れちゃったの」彼女は、灰色の鹿革の細くてかかとが低めのパンプスを履いていた。この頃、女性のブーツはまだ流行っていなかったし、布靴はもちろんよそゆきには使えなかった。フェルトの靴はあったが、これは家の中で履くだけで、外に出て行くとまるでお店の女将さんのように見えてしまう。というわけで、一般の女性たちは冬になってもストッキングに革のパンプスだったのである。

世鈞は言った。「どうしよう？　帰ろうよ」

「でもみんなに悪いわ」

「構うもんか、僕たち二人で先に帰ろう」

「じゃあ人力車で帰りましょ、送ってもらわないようにしましょう」

「わかった、叔恵に言ってくるよ。とりあえず一鵬には言わないでおいてもらうね」

世鈞は曼楨につきそって人力車で帰った。南京の冬はとても寒いのだが、ストーブは北京のようには普及していない。世鈞の家は今年は奮発して父親の部屋にはストーブを入れたのだが、そのほかは応接間に火鉢があるだけだ。上に鉄の網を渡し、ミズクワイをいれた素焼きの鉢を載せた。曼楨は火にあたりながらもまだ震えていたが、笑って言った。

「さっきは本当に凍えちゃったわ」

「何か服をとってくるから上に着るといいよ」義姉からセーターを借りようかと思ったが、義姉があまり友好的ではなかったのを思い出すとためらわれた。それに義姉は母と同じく断髪せずに髪を結っているから、服に髪油の匂いがついているかもしれない。結局彼は高校時代に着ていた自分の茶色のセーターを持ってきた。母に「犬のかぶり服」（プルオーバーのこと。この時代はかぶるタイプのニットは一般的ではなかったと思われる）と呼ばれているものだ。曼楨が着るとだぶだぶで、袖が手の甲の先まで届いた。それでも世鈞は、自分のセーターを着ている彼女を見て無性に嬉しくなった。淡い灯りを挟んで向かい合って座っているだけで、完全に気持ちが満ち足りた。彼女はもう彼の家の人のようだったから。

ミズクワイに火が通ったので、二人は皮を剥いて食べ始めた。世鈞は言った。

「爪が短いから剥きにくいよね。ナイフを取ってこようか」

「行かないで」実際のところ、世鈞も動きたくなかった。こうして座っているのはあまりにも心地よい。

彼は突然ポケットの中に手を入れてごそごそとし、何かを取り出すと恥ずかしそうに彼女の前に差し出して笑った。

「見てごらん。上海で買ったんだ」曼楨がその小箱を開けてみると、中にはルビーの指輪が入っていた。彼女は微笑んだ。

「あら、この間上海で買ったのね。どうして言わなかったの？」

世鈞は笑った。「だってあの時、君が僕に怒ってたからさ」

「考えすぎよ。わたしがいつ怒ったりした？」

世鈞はそれにはかまわず、俯いてその指輪をいじり続けた。「僕が辞めた日に半月分の給料が出てね。そのお金でこの指輪を買ったんだ」曼楨は、彼が自分の稼いだ金で買ったのだと聞くと、心中ほっとして微笑んだ。

「高かった？」

「すごく安かったよ。いくらだと思う？　たったの六十元。これはね、厳密にいうと本物じゃないんだよ。でも偽物なのかというと偽物でもない。宝石の粉を固めたものなんだ」

「綺麗な色ね」

「試してみてよ、たぶんゆるいだろうけど」

指輪を彼女の手にはめ、世鈞は彼女の手をとって眺めた。彼女も黙って眺めた。世鈞はふと笑った。

「小さい頃、葉巻についていた紙の輪っかを指輪にして、はめて遊んだことなかった？」

「あるわ。あなたも小さいころそうやって遊んだの？」このルビーの指輪を見て、二人は
あの、真っ赤な模様に金箔を押した小さな紙の輪を思い出したのだった。
世鈞は言った。「さっき石翠芝がしてたあの指輪を見たかい？　きっと婚約指輪だよね。
あのダイヤモンドときたら、腕時計くらいの大きさがあったな」
曼楨はぷっと噴き出した。「そんなに大きいわけないでしょ。あなたも大袈裟なんだか
ら」
「きっと僕の気のせいなんだろうな。自分の買ったルビーが小さすぎると思ってるからだ
ろうね」
「ダイヤモンドってあんまり好きじゃないの。世界で一番硬いっていうけど、なんだかあ
の光も硬いような気がして。針みたいに目を刺されちゃいそう」
「じゃあ真珠は好き？」
「真珠は色がなさすぎるわ。わたしはやっぱりルビーが好き。しかもルビーの粉でできて
るのがね」
世鈞は思わず笑ってしまった。
指輪は彼女には大きすぎた。
世鈞は笑った。「大きすぎるだろうとは思ってたんだ。直しに出して縮めてもらわない

とね」

「じゃあ今は外しておくわ」

「何か探して巻きつけておこうよ、ここ数日はそうやってつけてみて。絹糸はどうかな？」

曼楨はあわてて引き留めた。「こんなことで騒ぎ立てないで！」

「わかったよ」彼はふと、彼女の袖口からほつれた毛糸がぶらさがっているのを見た。彼女に貸してあげた古いセーターにはもう穴が開いていたのだ。彼は笑った。「よし、この毛糸をちょっと引き出して指輪に巻きつけよう」彼は毛糸を引き出し、適当なところでひきちぎって指輪に巻きつけた。いくらか巻きつけるとまた彼女に試してもらった。ちょうどこの時、母が女中と外で話をしているのが聞こえてきた。

「点心は先に旦那さまのところへ持っていってちょうだい。あの子達は急がないわ。石のお嬢さんたちが戻ってきてから一緒に食べればいいでしょう」部屋の扉のすぐ外から聞こえてきたので、世鈞はびくっとしてしまい、すぐに椅子から立ちあがって曼楨の向かい側に座り直した。

扉はずっと開いていたので、陳ばあやが熱々の点心を両手に捧げもって通りすぎ、父の部屋へ行くのが見えた。きっともともと彼らのために準備したものなのだろう。母が呼び止め、この部屋に入るなと言ってくれたのだ。きっと母は薄々気づいているのだろう。どうせ何日かしたら自分で母に宣言するつもりなのだから、早めに気づかれても構いはしない。そう思っていたところに、曼楨がいきなり笑顔で言った。

「ねえ、みんな戻ってきたわ」階段から足音が響き、沈夫人の声が聞こえた。

「あら、ほかの人は？　翠芝は？」

一鵬が言った。「あれ、翠芝はまだ戻ってないんですか？　てっきり僕らより先に帰ったと思ったのに！」みんなが訝る声がした。世鈞が急いで出迎えにいってみると、一鵬と竇文嫻の二人しかいない。世鈞は笑顔で聞いた。

「叔恵は？」

一鵬が答えた。「叔恵と翠芝がどこに行っちゃったかわからないんだ」

「みんな一緒じゃなかったの？」

「全部翠芝のせいだよ。翠芝がどうしても妻帯している坊さんっていうのを見に行きたいって騒いでさ。みんなで行こうって言われたんだけど、文嫻はもう歩けないっていうから、僕ら二人は掃葉楼（清涼山にある名所。明末清初の画家、龔賢「きょうけん」の故居）にあがって座ってたんだ。熱いお茶を飲んで待ってたんだけど、いくら待っても帰ってこなくってね」

文嫻も笑って言った。「わたし、本当に焦っちゃって。戻りましょう、もしかしたら先に帰ってるかもしれないって言ったの——もともとわたしはもう直接家に帰ろうと思ってたんだけど」

世鈞は笑った。「座って、座って。あの二人もどうせそのうち戻ってくるだろうし。しかし本当に子供みたいだね——いったいどこに行ったんだろう？」

世鈞はミズクワイでもうお腹いっぱいだったが、彼らと一緒に点心に付き合った。しゃべっているうちに空は暗くなったが、叔恵と翠芝はまだ帰ってこない。

一鵬は焦り始めた。「まさか悪い奴に出くわしたりしてないだろうな」

世鈞は答えた。「ありえないよ、翠芝にとって南京は地元だし、叔恵も一緒にいるし。叔恵は気がきくから、誰かに損をさせられるなんてことはないだろう」口ではそう言いながらも、心中不安になってきた。

幸い、それからいくらもたたないうちに叔恵と翠芝も帰ってきた。みんなはあれこれ聞いて責め立てた。

世鈞は笑った。「これ以上帰ってこなかったら、捜索隊を組織して、提灯を持って山にのぼるところだったよ！」

文娴は言った。「一鵬は死ぬほど心配していたわ！　いったいどこまで行ってたの？」

叔恵は笑った。「坊さんのかみさんを見に行くって言ったろ？　それは見つけられなかったんだけど、坊さんが精進の包子（バオズ）（野菜まん）を振る舞ってくれたんだ。食べてから掃葉楼まで君らを探しに行ったけど、もういなかったのさ」

曼楨は聞いた。「あなたたちも人力車で帰ってきたの？」

「そうだよ、ずいぶん歩いても車が見つからなくてね。それからようやく一台見つけて、その車夫にもう一台呼んでもらったんだ。なんだかんだですっかり遅くなっちゃったよ」

一鵬は言った。「あそこは人通りが少ないところだから、何か起こったんじゃないかと思ったよ」

叔恵は笑った。「わかってるよ、きっとみんな『火焼紅蓮寺（フオシャオホンリエンスー）』（一九二八年に封切られ、大ヒットを記録した武侠映画）を連想して、僕たちが罠にかかって動けないと思ったんだろう？　あそこの坊さんは妻帯してるから、もしかしたら石のお嬢さんがさらわれてむりやり妾にされちゃうんじゃないか、とかね」

世鈞は笑った。「僕もちょっとそう思ったけど口に出せなかったよ。一鵬が焦っちゃうからね」みんな大笑いした。

翠芝は何も喋らなかったが、とても楽しそうにしていた。叔恵もひどく嬉しそうで、曼楨が火鉢の横に座っているのを見ると、彼女に話しかけた。

「やい、君もずいぶんだらしないぞ。よくも上海人の顔に泥を塗ってくれたな、あれだけしか歩いてないのにすぐ音を上げてさっさと帰っちまうなんて！」

翠芝も笑って言った。「文嫻もだめね、いくらも歩かないうちにすぐ休もうって騒ぐんだもの」

一鵬は笑った。「みんな疲れちゃった？ 疲れてないならどこかに遊びに行こうよ」

叔恵は聞いた。「どこに行く？ 僕は南京はまるきりの素人だからね、夫子廟（南京の中心にある孔子廟。南京有数の歓楽街でもある）があってそこに歌姫がいることしか知らない」お嬢さんたちはみな笑った。

世鈞も笑った。「どうせ小説で読んだんだろ？」

一鵬は言った。「じゃあ夫子廟に京劇の弾き語りを聞きに行こうよ、そういうのを観ておくのもいいよね」

叔恵は笑顔で聞いた。「そこの歌姫は綺麗なのかい？」一鵬は言葉を詰まらせたが、笑って言った。「それはわからないな。僕だってしょっちゅう行ってるわけじゃないし、京劇のことは詳しくないから」

世鈞は笑った。「一鵬は今や世界で一番真面目な人間なんだぜ、知らなかったのかい？」これは叔恵に向けて言った台詞ではあったが、翠芝に目配せをしてみせたのだ。ところが翠芝は苦虫を嚙み潰したような表情で、まるで聞こえないようだった。場を白けさせてしまった世鈞は自分を責めた。翠芝にはユーモアを解する心は皆無だというのに、どうしてまたそれを忘れて彼女に冗談を言ってしまったのだろう。

みんなは賑やかにおしゃべりをして、夕食を終えたら弾き語りを聞きに行こうと言っていたが、結局行かなかった。曼楨は足が痛くてもう出かけたくなかったし、文媚も早く帰りたがったからだ。食事を終えると、文媚と翠芝は一鵬の車に乗って帰って行った。彼らが帰った後、世鈞と叔恵、曼楨はまたひとしきり火鉢を囲んで話したあと休んだ。

曼楨は一人で大きな部屋に泊まった。朝、顔を洗う湯を運んできた女中は顔に塗るクリームと、三花(サンホワ)ブランドの使いかけのおしろいを持ってきた。曼楨も昨日気づいたのだが、沈夫人はもう若くないが顔や髪を丁寧に手入れし、けっこうな量のおしろいを塗っていた。世鈞の義姉も寡婦ではあるが、顔を真っ白にしていた。おそらく旧式の女性というのはこういうものなのだろう。たとえ外に出かけずに家の中にいるのだとしても、きちんとおしろいをはたいて紅をさしてこそ良運に恵まれ、家運を盛り上げることができると考えられているのだ。若い人ならなおのことだろう。曼楨もこの日、顔を洗った後念入りにおしろいを塗った。部屋を出て世鈞と顔をあわせると、曼楨は笑って言った。「ねえ、今日のわたしのお化粧、ムラになってない?」

「ムラにはなってないけど、ちょっと白すぎるかな」

曼楨はいそいでハンカチを取り出し、拭いてから聞いた。「これでいい?」

「まだ鼻についてるよ」

曼楨は笑った。「白鼻子（バイビーズ）（京劇で、鼻だけを白く塗った道化役）になっちゃった？」丁寧にふきとってからようやく応接間まで朝食をとりにいった。

沈夫人と叔恵はもうテーブルに座って彼らを待っていた。曼楨が「おばさま」と挨拶すると、沈夫人は微笑んだ。「顧のお嬢さん、昨日はよく眠れた？　寒くなかった？　お布団は足りたかしら」

「寒くありませんでした」

それから曼楨は叔恵に言った。「わたしったら本当にうっかりしてて、今朝起きてから場所がわからなくなっちゃったの。もう少しでこのお部屋にたどりつけないところだったわ」

叔恵は笑った。「あれだね、〝来たばかりの時は扉にも触れられず、来たばかりの時は鍋かまどにもさわれない〟」この諺が専ら（もっぱ）新婦のことを指しているとは限らないのだが、曼楨は気を回し過ぎたのか、さっと顔を赤らめた。

「もう、またどこからそんな言葉を聞いてきたの」

沈夫人は笑った。「許のぼっちゃんは本当に話が面白いねぇ」それから世鈞のほうを向いて笑った。「さっき許さんに言ってたんだよ。昨日父さんが許さんと話したあとね、お前が半分でも許さんのようだったらどんなによかったかってずっと言ってたんだよ——有能だし、楽しいし、今の若い人の悪いところが全然ないしね。あの様子だと、お前が女の子だったら父さんはすぐに縁組を進めて許のぼっちゃんをお婿さんにしただろうね！」

沈夫人は何気なく笑い話をしたつもりだったが、世鈞と曼楨はどちらも唐突だと思った。突然世鈞の縁談に話を持っていくとは——もちろん笑い話なのだが、心の中にいくらか不安を覚えた。

世鈞は粥を食べながら母に言った。「あとで車夫に汽車の切符を買いに行かせて。二人は午後帰るから」

「なんでもう帰るの？　あと二、三日で世鈞は上海のおじさんの誕生祝いに行くんでしょう。一緒に帰ればいいんじゃないの？」

引き止められないとなると母はまた言った。「来年の春また来てね。そのときはもっと長くいてちょうだい」世鈞は思った。来年の春は、もう俺と曼楨は結婚してるかもしれないな。母はいったい、俺たちの関係にどれくらい気づいているんだろう？

沈夫人は笑った。「午前中はどこに行くの？　玄武湖に行って船で一回りすればいいんじゃないかしら、顧のお嬢さんはそんなに歩けないでしょう？」彼女は曼楨に霜焼けの民間療法を教えたあとでなごやかに話し、家族構成について聞いた。ごく普通のやりとりに過ぎなかったかもしれないが、世鈞はなんだか特別な意味あいを感じた。

その日の午前中、彼らは湖でぶらぶらし、昼食の後に叔恵と曼楨は上海に帰った。沈夫人は例によって点心や果物をあれこれ買い込んで贈り物とし、見たところ双方とも歓を尽くして満足したようだった。世鈞は彼らが汽車に乗るのを見送ったが、曼楨が車窓から彼に手を振った時、彼女の手のルビーが陽光に煌めくのが見えて安心感を覚えた。

家に帰って二階にあがると母が出迎えて言った。「一鵬が来てるよ、お前をずっと待ってたの」

世鈞は驚いた。昨日一緒に遊んだばかりなのに今日また来るなんて。普段は半年や一年くらい顔を合わせないのが普通なのに。部屋に入ると、一鵬は彼の顔を見るなり言った。

「今日は何か用事があるかい、どこか場所を見つけてゆっくり話をしたいんだけど」

「ここじゃだめなのかい?」一鵬は何も言わず、革靴を鳴らしながら入り口の外を見ると、今度は窓のほうに行って窓の外を見た。窓の外を見ながらしばらく黙りこくっていたあげく、いきなり振り返ると言った。

「翠芝に婚約を解消されたんだ」

世鈞はあっけに取られた。「いつ?」

「昨日の晩だよ。彼女たちを送って行っただろう? まず文嫻(ぶんけん)を送って、それから翠芝を送ったんだ。家に着いたら入って座っていけって言うんだよ。彼女のお母さんは麻雀に出かけてて、家には人がいなかった。俺に向かって婚約を解消したいって言ったかと思うと、指輪を返してよこしたんだよ」

「何も説明せずに？」

「何も説明せずに」

しばらく黙りこくってから一鵬は続けた。

「なにか匂わせてくれていたら、なにか予告してくれていたらまだましだったんだけど――あまりにも不意打ちだったんだよ！」

「この一日二日で決めたこととは思えないな。君も何か感じていたはずだろ」

一鵬は顔を歪めた。「昨日君んちで飯を食ったときは楽しそうじゃなかったか？　本当に何も変わったところはなかったんだ」

世鈞は思い返して相槌を打った。「たしかになあ！」

一鵬はいらいらしながら言った。「本当のことを言えば、今回の婚約は家の意向で、俺の意思じゃなかった。だけど正式に発表して、世の中に知られてから急に気を変えるなんて、みんなになんて思われるかわかりゃしない。きっとみんな俺の放蕩（ほうとう）が過ぎたからだと思うだろうな。実際、俺の名誉は台無しだよ」

世鈞は彼が心から苦しんでいる様子を見ると、慰める言葉がほかに見つからなかったのでこう言った。「でもさ、彼女がそういう性格なんだったら、結婚前にわかってよかったんじゃないか」

一鵬はただぼんやりとしていたが、ようやく口を開いた。「このことは誰にも言ってないんだ。今日ここにきて姉さんに会ったけど、姉さんにも言ってない。だけど文娟に聞いてみたいな——文娟は彼女の親友だろ？　もしかしたら何か知ってるかもしれない」

世鈞は重荷から解放されたように急いで言った。

「そうだな、竇のお嬢さんは昨日僕たちと一緒にいたし。聞きに行けよ、もしかしたら何か知ってるかも」

一鵬はこう勧められると、すぐに文娟を訪ねに行き、翌日またやって来ると言った。

「文娟のところに行ってきたよ。文娟ってのは大した子だね——全然知らなかったよ、あみえて、話してみたらすごく面白いんだ。あの子がなんて言ったと思う？　翠芝がこういう性格なら結婚しても幸せにはなれなかった、結婚前にわかってよかったね、だって」

おい、それは俺がお前に言った言葉だろう。おんなじことをよそで聞いてきて、ばか丁寧にまた俺に報告するとは、まったく何のつもりだ——世鈞は心でこう思いつつ、顔では笑ってみせた。

「そうだろ、僕もそう言ったぜ」

一鵬は聞いていない様子で、ただ頷くと言った。「彼女のいうことは一理あるよな、だろ？」

「で、翠芝がどうして断ったのかってことは文娴は知ってたのかい……」

「翠芝に聞いてみるって言ってくれたよ。今日文娴に会いに行って教えてもらうことになってる」

そう言って帰った後、今度は何日か顔を見せなかった。またやってきたその日、世鈞はちょうど上海のおじの誕生祝いの準備をしていたのだが、思いがけずそのおじから速達がきた。今年は誕生祝いはやらない、お祝い騒ぎを避けるために自分が南京に行って世鈞の家で数日泊まることにした、姉さんや義兄さんとも長年会ってないからひさしぶりにみんなで集まりたい、と書いてあった。世鈞はもともとこの機会に上海に行くつもりだったのに、また次の機会を待たねばならないというのでがっくりきてしまった。そんな日にちょうど一鵬がやってきたので、世鈞は彼を見ると頭が痛くなった。

一鵬のほうはどうやら調子は良さそうで、前回の深刻そうな雰囲気はなく、座って黙々と煙草を吸っていたがしばらくしてから言った。

「世鈞、君と俺とは長い間の友達だよな。本当のことを言ってくれ、俺って人間は変わってると思うか?」どういうつもりで聞いているのか世鈞にはよく摑めなかったが、幸い答えは求められていなかったようだ。一鵬はすぐに言葉を続けた。

「文娟が俺を分析してくれたんだけど、相当当たってると思うんだよな。文娟はね、俺は賢い時は誰よりも賢いけど、馬鹿な時は誰よりも馬鹿だって言うんだ」

ここまで聞くと、世鈞は驚きのあまり思わず眉をつりあげた。今まで一鵬が「賢い時は誰よりも賢い」などと思ったことはない。

一鵬は慚愧に堪えない様子だった。「そうなんだよ、君だって信じられないよな、俺が馬鹿な時は誰よりも馬鹿だなんて。でも実は、俺が愛してたのは翠芝じゃなかったんだ、俺は文娟を愛してたんだ。自分でも気づかなかったとはなあ!」

ほどなく、彼は文娟と結婚した。

# 11

世鈞(せきん)の母方のおじ、馮菊蓀(ふうきくそん)が南京にやってきたのは祝宴を避けるためだったのだが、世鈞の家ではやはり彼のために誕生の宴を準備した。親戚友人には知らせず、世鈞の家族だけで祝ったのである。沈(しん)夫人はまた大忙しとなった。嫁いでからこのかた、これほど心にかなった日々を過ごしたことはなかったので、弟はちょうどいい時にきてくれたと思った。自分の人生は苦労の連続だったが、この年になってようやく運に恵まれたということを見せてやれる。

菊蓀は舶来のキャンディーやクッキーの缶をいくつか持ってきた。「これはうちの息子の嫁からだよ。義理の息子にあげてくれ、とさ」小健は生まれつき体が弱くて育たないのではないかと心配されたため、たくさんの義理の母を持っていた（八九頁の割注参照）が、菊蓀の嫁もその一人だった。小健を気にかけてくれる人がいたことに世鈞の義姉は嬉しくなり、小健の病気がよくなったらぜひ写真を撮って義理の母さんに見せましょうね、と言った。

菊蓀は嘯桐（しょうとう）をみると内心思った。わしらの年になったら病気をしてはいかんな。大病のために、老け込んで別人になってしまっている。嘯桐のほうも思った。菊蓀のこの入れ歯は合っていないじゃないか。まるきり口のひん曲がった婆さんみたいだ。前会った時はまだこんなふうではなかったのに。とは言っても、義理の兄弟は久々に再会できてやはり嬉しくてたまらなかった。菊蓀が病状を聞くと嘯桐は言った。「今はずいぶんよくなった。ただ左手の指が一本、まだ麻痺しとるんだ」

「義兄（にい）さんが病気になったと聞いた時、すぐ会いに来ようと思ったんだが、その頃義兄さんはまだあっちに住んでいたからな。お妾（めかけ）は僕のことは歓迎しないだろう。彼女はきっと僕を誤解しているね。お妾に罰としてひざまずかされたとき、義兄さんはきっと僕にいろいろなすりつけたんだろう」

嘯桐は笑っただけだった。上海で遊びまわっていたところ、妾が追いかけてきて大騒ぎを演じたという行跡を持ち出されると、思わずその頃に思いを馳せてしまった。歓楽街でやりたい放題やっていたころのあれこれを菊蓀と話し始めると、いろいろな感慨が押し寄せてきた。彼はふと菊蓀に聞いた。

「李璐(りろ)っていうダンサーがいたのを覚えてるか」

その言葉が終わらぬうちに菊蓀は太ももを叩いて言った。「そうだ、もう少しで忘れるところだった──ニュースがあるのさ、といっても新しくもない、もう二、三年も前のことだがね。誰かが言ってたが、李璐は一度結婚したのに、また商売を始めたらしい。もうダンサーはやめて、事実上娼婦になったんだ。それを聞いて僕は観に行ってやりたいって言ったんだ。今でもあんなふうに取りすましていられるかどうか確かめたいってね」

「で、行ったのかい？」

「結局行かなかった。何と言っても年だから、もうそんなにお盛んでもなくてね。昔の僕だったら、行って鬱憤を晴らしてやらずにはすまなかったろうが」

彼らが知り合った頃の李璐は身持ちが堅かった。菊蓀には手練(てだ)れの遊び人という自負があり、友人を連れて遊びにいった時には、決して無駄金を払わせることはなかった。しかし嘯桐は相当な金を李璐に貢いだものの、なんの旨味も得られずに気まずい別れ方をしたのだった。菊蓀は嘯桐以上に腹を立て、今に至るまで恨みに思っているのである。

嘯桐も李璐の近況を聞くと、してやったりと思い、ため息をついて言った。「あの女がこんなに早く堕落するとはな」

菊蓀は足を揺らしながら笑った。「その様子じゃ、義兄さんはまだあれに気があると見えるね」

「まさか。なんであの女のことを持ち出したかというと、最近会った女の子が李璐にそっくりだったからだ」

菊蓀はにやにやしながら言った。「ほう、どこで？　また最近遊びに行きはじめたとか？」

「馬鹿なことを言うもんじゃない。ちゃんとしたお嬢さんなんだが、本当に似てたんだ。やっぱり上海の子でね」

「じゃあ李璐の妹じゃないかな。たしか何人も妹がいたはずだ、あの頃はみんな鼻垂れ娘だったが」

「李璐はなんていう姓だった？　本当は李じゃないだろう」

「顧という姓だったな」

嘯桐は愕然として言った。「じゃあそうだ。彼女も顧という姓だった」

「どんな感じだった？」

嘯桐は矛盾したことを言った。「俺もよく見てないんだ。まあ不器量ではなかったろう」

「そういう家に生まれたからには、本当に不細工でない限り、そういう飯を食ってるに決まってるぜ」菊蓀は興味津々な様子で、いったいどこでそのお嬢さんを見かけたのかとしつこく聞き、妹のぺてんをすっぱ抜いて姉への復讐のかわりにしたいという様子だった。嘯桐は言を左右にして友人の家で見かけたとだけ言っておいた。息子が家に連れてきたのだとは言いたくなかったのである。

その夜、あたりに誰もいなくなった時、彼は妻に言った。

「なぁ、ちょっと変だと思わないか。あの顧のお嬢さんだが、会った時に誰かに似ていると思ったんだ。菊蓀が以前知ってたダンサーと似てるんだよ。そのダンサーも顧という姓なんだ——さっき菊蓀に聞いた。その女はもうダンサーもやめて、もっとおちぶれたらしい。あの顧さんはきっとあのダンサーの身内だろう。妹に違いない、でなければあんなに似ているはずがないからな」

沈夫人はこの話を聞くととっさには頭が働かず、ただ「ええ、ええ、そう、そう」と相槌を打っただけだった。しばらく考えてからこれはまずいと思い、内心衝撃をうけながら慌てて言った。「本当にそんなことが？」

「うそだと思うのか？」

「すごく感じのいいお嬢さんで、全然そうは見えなかったけど」

「お前に何がわかるんだ。ああいう女は相手によってころころ態度を変えるのだ。お前みたいに、家から出たことのない世間知らずの婆さんを騙すなど造作もないことだ」

こう言われると沈夫人は黙り込んでしまった。

嘯桐は続けた。「世鈞は彼女の身元を知っているのかね」

「あの子が人様の家のことなんて知ってるわけないでしょう。顧さんとはただの同僚だって言ってましたけど」

嘯桐は吐き捨てるように言った。「同僚！」彼は世鈞まで疑い始めた。しかしなんといっても我が子は可愛いので、話をまた元に戻して言った。

「今は会社の職員だとしてもだ、その前には何をやっていたかわかりはしない――ああいう家の出身だと、本当に不器量でない限りは、きっとああいう飯を食うものだからな」

沈夫人はやはり黙っていた。こうなると曼楨のことは叔恵に押し付けるしかない。

「多分、もしも本当にそうなら、このことは許のぼっちゃんに一言言っておかなくちゃならないでしょうね。世鈞に聞いたけど、顧のお嬢さんは許のぼっちゃんの友達だとか」

「俺は、許叔恵は大した男だと思ってる。もしその通りなら残念なことだな。こんなに若いのにそんな女とつきあっているなんて」

「きっと許のぼっちゃんは知らないと思いますよ。でもそれが本当かどうか、わたしたちだってまだ断定できないでしょう」

嘯桐はしばらく黙っていたが、しまいに淡々と言った。「実は、聞きだそうと思えば簡単なことだ。しかし俺たちと関係ないことなら構わないでもよかろう」

沈夫人は一晩中思案した。世鈞とじっくり話したい。そう思っていたところに、ちょうど世鈞も母としっかり話す機会を窺っていた。曼楨との婚約を打ち明けたかったのだ。この日の午前中、沈夫人は一人で応接間にいて錫の燭台を何台か拭き上げていた。もうすぐ年越しなので、香炉や燭台といったものを取り出してきたのだ。世鈞は入ってくると母の向かいに座り、微笑んで話しかけた。「どうしておじさんはたった数日で帰ってしまうの？」

「もうすぐ年越しだからね、菊蓀の家だって用事があるんだよ」

「僕、おじさんを上海まで送っていくよ」

沈夫人はちょっと黙ってから笑顔で言った。「朝から晩まで、とにかく上海へ行きたいと思っているんだね」

息子が微笑むだけで何も言わないので、沈夫人が代わりに言ってやった。

「わかってるよ、上海に住み慣れた人というのは別の場所に来ると退屈だと思うもんだからね。行って二、三日遊んでくればいい。でも早めに帰ってくるんだよ。年末には店の決算もあるし、家でもいろいろやることがあるんだからね」

「うん」

彼はその場に座ったまま、わざとあれこれ母と無駄話をしていた。しばらく喋っていたかと思うと、沈夫人がいきなり聞いた。「お前と顧のお嬢さんはごく親しいのかい」

世鈞はどきりとした。母は意図があって、わざわざこんな話を始めたのだ。彼がなかなか言い出せないから。なんていい人なんだろう、この機会に本当のことを打ち明けられる。しかし彼が口を開く前に母は続けて言った。

「他でもない、昨日お前のお父さんが言ってたのだけどね、あのお嬢さんはお父さんが会ったことのあるダンサーに瓜二つなんだって」

それから母は、嘯桐から聞いたことを逐一話した。そのダンサーも顧という姓だったからきっと顧のお嬢さんと姉妹に違いないこと。父はおじさんの知り合いのダンサーと言っていたが、嘯桐自身の馴染みだったのをおじさんになすりつけているのかもしれないということ。世鈞はそれを聞くとしばらく言葉が出てこなかったが、やがて気を落ち着けると言った。

「ねえ、父さんが言ったことは憶測だろう。どうして見ただけでそうと決めつけられるのかな、世の中には似ている人なんてたくさんいるじゃないか――」

沈夫人は笑った。「そうだね、同姓の人だって多い。だけど二つの偶然が重なったもんだからね、お父さんが疑うのも無理ないよ」

「顧さんのうちには行ったことがあるんだ。弟や妹がたくさんいて、お父さんはもう亡くなってて、お母さんとお祖母さんがいる。ごくごく普通の家だよ、そんなことあるはずない」

沈夫人は眉根にしわを寄せた。「わたしだってそう思うよ、あのお嬢さんは本当に感じがよかったからね。でもお父さんのあの性格はねえ。一度思い込んだら一生説明しても無駄なんだよ。でなければ、どうして昔あんな些細なことで怒鳴り散らしていたと思う？そこに妾が入りこんで挑発しようものなら、誰の言うことも耳に入れなかったんだからね」

母の口ぶりからすると、彼と曼楨のことは全部お見通しで、もう隠し通せないようだ。曼楨がここに泊まったときには全くそんなそぶりを見せなかったので、世鈞は母をみくびっていた。まさか母にこんな手腕があるとは思っていなかったのだ。実は旧式の女性というのは、他に何もできないとしてもしらばくれることだけは得意なのである。自分の感情を抑制するのに慣れきっているので、顔色に出さず、聞こえていないふりをするのはごく簡単なことで、何の困難もないのだ。

沈夫人は続けた。「お父さんは、お前が顧のお嬢さんの身の上を知ってるのかって聞くから、〃知ってるわけないでしょう、顧のお嬢さんは叔恵と先に知り合ったので叔恵の友達なんですよ〃って言っておいたんだけどね。おかしいったらないよ、お父さんはあんなに叔恵を気に入っていたくせに、すぐに態度を変えてそれはよくないって言ったんだよ。まだ若いのにそんな女とつきあっているなんて向上心がないって」

世鈞は何も言わなかった。沈夫人はしばらく黙っていたが、低い声で言った。

「明日叔恵に会ったら、警告してあげなさい」

世鈞は冷ややかに言った。

「そんなの、人それぞれのことだろう。友達が警告したって役にたつもんか――友達だけじゃない、家族が干渉したって無駄なことだよ」沈夫人はこう言われると何も言えなくなった。

世鈞も最後の言葉は言い過ぎだったと感じた。母親にこんなふうに接するべきではない。そこで口調をやわらげ、微笑して言った。「お母さん、お母さんは結婚は自分で決めるべきだって言ってたよね？」

「そうだね、もちろん。でも……とにかくちゃんとした家の娘でなくてはね」

世鈞はまたいらいらして言った。

「さっき言っただろう、彼女の家にそんな事情があるわけないんだ」

沈夫人は何も言わず、二人は黙り込んで対座していた。そこに女中が入ってきて告げた。

「馮（ふう）の旦那さまが下のぼっちゃんと将棋を指したいそうです」

世鈞はその場を去り、この話はそれでおしまいになった。

申し訳ないことをしたと思い、沈夫人はずっと後ろめたい気持ちだった。夫と弟の前でも微笑んでから口を開くようかなり気を付けた。菊蓀は翌日に帰ると言うので、世鈞は彼を送っていくことに決めた。沈夫人は使用人に板鴨（バンヤー）（下味をつけたアヒルを平らに干した南京名物）、鴨肫（ヤージュン）（アヒルの砂肝）、それに南京名物の灶糖（ザオタン）（旧正月時にかまどの神様に備える飴。南京のものは麦芽糖とごまをねりあげて作る）、松子糕（ソンズーガオ）（餅米粉と松の実を炒って飴で固めた菓子）という四種の土産をととのえて世鈞の部屋に運ばせ、おじさんの家に届けるように言った。

「小健におみやげをいただいたから、あちらの家のお子さんにも何かあげようと思ってね」

そして続けて聞いた。「今回はおじさんの家に泊まるのかい？」

「やっぱり叔恵のところに泊まるよ」

「では許のぼっちゃんの家にも何か買って贈らなくてはだめだよ、いつもお世話になってるんだからね」

「わかってるよ」

「お金を多めに持っていくかい？」

そして早めに南京に帰ってくるようにと何度も言い含めた。世鈞はしょっちゅう上海に行っているが、母がこんなに不安げなのは初めてだ。世鈞の部屋にしばらく座っていたのは明らかにいろいろ話があったからだったが、結局言い出せなかった。世鈞も辛かった。そして辛いからこそ、母が鬱陶しくてたまらなかった。

翌日出発し、午後の汽車に乗って車中で夕食をとった。上海に着くと世鈞はおじを家まで送っていってしばらく話をした。おじは「もう遅いからここに泊まっていけよ。こんなに寒い日に追い剝ぎにでもあったら大変だ。年末になるとそういうのが増えるからな」と勧めた。世鈞は笑って大丈夫ですよと言うと、やはりいとまを告げて人力車を呼び、荷物を持って叔恵の家に行った。みんなもう休んでいたが、叔恵の母は着替えて出てくると彼のためにベッドを整え、夕食を済ませたかどうか尋ねた。世鈞は笑った。「とっくに済ませましたよ、さっきおじさんの家で麺を食べてきました」

この日は土曜日で叔恵もちょうど家にいたので、二人は床を並べてあれこれ話をし、学生時代の寮生活に戻ったようだった。世鈞は言った。

「面白い話をしようか。あの日、君たちを汽車に乗せて家に帰ったら一鵬（いっぽう）が来ててさ、翠芝（すいし）と婚約を解消したって言うんだ」

叔恵は驚いた。「ええ？　どうして？」

「わかんないよ——まあそれはおかしくも何ともない。おかしいのはそのあとさ」

彼はことの次第を簡単に説明した。あの晩、彼の家で食事をしたあと一鵬は翠芝を送っていったのだが、彼女は指輪を彼に返しただけで何の理由も説明しなかったこと。文嫻が翠芝の親友なので、一鵬は文嫻に理由を聞いてみたこと。叔恵はぼんやりと聞きながら、清涼山でのことを思い返していた。あの日、彼と翠芝は好奇心で坊さんの秘密をあばきに行ったのだが、あれこれ無駄足を踏んだあげくもともとの目標をあきらめ、山を見て単純に「頂上まで行ってみよう」ということにしたのだった。空は青く、風は強く、頂上まで登ったあと、二人はそこで長い間おしゃべりした。とくに大した話をしたわけでもなかったが、二人とも同じことを考えていたかもしれない。あの日、またあんなふうに会えるとは思っていなかったのだ。だから離れがたくなって、空が暗くなろうとするまでずっと二人で過ごした。山の道はとても険しく、登った道から下りるのは難しかったから、結局彼が彼女の手をひいてようやく戻ったのだ。そのまま彼女にキスすることもできたし、確かにそうしたいとも思ったが、そうはしなかった。すでに彼女に申し訳ないことをしてしまっていると思っていたから。あの日の彼の態度は、良心に恥じないものだった。しかしそのあとすぐに彼女が一鵬との婚約を破棄してしまったとは。彼女はもう一刻も我慢できなくなってしまっていたのか。

そうやって物思いに耽っていると、急に世鈞の笑い声が耳に入った。

「〝賢い時は誰もよりも賢い〟って――」

叔恵はそこで聞いた。「誰が？」

「他に誰がいる？　一鵬だよ」

「一鵬が〝誰よりも賢い〟？」

世鈞は笑った。「僕が言ったんじゃないぜ、文嫻だよ。何だよ、これだけ話してきたのに僕の言うことを聞いてなかったな？　寝てたのか？」

「いやいや、ちょっと考えてたんだ。翠芝はどうしたのかと思って。いったいどうしてだと思う？」

「わかるわけないよ。どっちみち、ああいうお嬢さん気質は本当に付き合いづらいからな」

叔恵は黙った。暗がりの中でマッチをすり、煙草に火をつけた。世鈞が「僕にも一本くれよ」と言うと、叔恵は煙草とマッチを一箱ずつ投げてよこした。世鈞は言った。「今日は疲れすぎちゃって眠れないや」

ここ数日、月がのぼるのは遅かった。夜半を過ぎると、月光はぼんやりと瓦の上の霜を照らし、一面の寒々とした光は空にまで反射した。小さく鶏の鳴く声が聞こえるのは、きっと空が明るくなったと間違えたのだろう。年越しのために多くの家が鶏を飼っているので、鶏の鳴き声があちこちから聞こえてきて、まるで大都市ではなく村にいるようだ。ベッドの中で聞くとなんとも寂しい感じがした。

この晩、世鈞の心はざわついていたが、いつのまにか寝入っていた。目が覚めると、叔恵は熟睡しており、シーツの上は煙草の灰だらけだった。世鈞も彼を起こそうとはしなかった。昨夜は自分が騒いで彼の眠りを妨げてしまったから。世鈞は起きて叔恵の父母と朝食を食べ、叔恵の妹もいたので学校に合格したかどうか尋ねた。叔恵の母は笑って言った。「受かったわよ。世鈞は本当にいい先生ね」世鈞は食事を終えると叔恵を見にいったがまだ起きようとしない。そこで叔恵の母に一言挨拶すると、朝早くから曼楨の家に行った。顧家に着くと、いつも通り階下の下宿人の女中が扉を開けて出迎えてくれた。階上はしんとしていて、お祖母さんが表の部屋でひとり粥を食べていた。お祖母さんは彼を見ると笑って「あら、今日は早いねぇ！　いつ上海に来たんだい？」と聞いた。曼楨が南京に行ってからというもの、祖母と母とは彼らの縁談はもう決まったものと考えていた。指輪という証もあるので、お祖母さんは彼に対して一段と親しみを込めて接してくれる。隣の部屋に向かって「曼楨、早く起きなさい。誰が来たと思う？」と聞いた。世鈞は笑った。

「まだ起きてないんですか」

曼楨の返事が聞こえてきた。「一週間早起きしてきたのよ。今日は日曜日でしょ、もうちょっと寝かせてよ」

「叔恵も君と同じくらいねぼすけだったな。僕が出てくる時はまだ寝ていたよ」

「そうよ、叔恵だってわたしと同じ労働者でしょ。あなたたちみたいな経営者とはもちろん違うわ」

「寝たまま文句を言ってるんだね」

曼楨は向こうの部屋でくすくす笑っている。

お祖母さんも笑った。「早く起きてきなさい、部屋越しにごちゃごちゃ言い合わないで」

お祖母さんは朝食を終えると、テーブルの上の食器を一つずつ片付けながら世鈞に言った。

「あんたが来たのが早いとか言ったけどね、おちびさん達はもっと早起きして出ていっちゃったんだよ。何かの試合を見にいくってね」

「おばさんは？」

「曼楨の姉さんのところに行ってるよ。あの子はここ何日かまた具合が悪くて、母さんを迎えによこしたのさ。昨日の晩からあっちに行ったまま戻ってきてないんだよ」曼楨の姉のことに触れられると、世鈞はすぐに動揺し、顔にはさっと暗い影がかかった。

お祖母さんは食器を持って階下に降りると洗いものを始めた。曼楨は奥の部屋で服を着替えながら、ここ数日世鈞の家はどんな感じだったか、甥の病気は治ったかなどと聞いた。世鈞は無理をして楽しそうな口ぶりで返事をし、一鵬と翠芝の婚約解消の話もした。曼楨はそれを聞くと言った。

「本当に思いもよらないことねえ、わたしたち一緒に楽しくご飯を食べたのに、あの後でそんなことがおこったなんて」

「ね、すごくドラマチックだよ」

「みんな映画の観過ぎなんじゃないかしら。芝居のために芝居をしているような感じがするわ」

「確かにそんなところもあるね」

曼楨は顔を洗うと出てきて、表の部屋で髪をとかした。世鈞は鏡の中の彼女を見ていたが、いきなり言った。

「君とお姉さんはちっとも似てないよね」

「わたしも似てないと思う。でも時々、自分では似てないと思ってるのに、見た瞬間に家族だろうって当てる人もいるの」世鈞は黙った。曼楨は彼のほうを見ると微笑んだ。「どうしたの？　誰かがわたしを姉さんと似てるって言った？」

　世鈞はやはり口を開かなかったが、しばらくするとようやく言った。「父さんが君の姉さんの知り合いだったんだ」

　曼楨は驚いた。「あら！　だからわたしと会うとすぐ、どこかで会ったことがあるかもっておっしゃったのね」

　世鈞は母が言ったことを一つ一つ伝えた。曼楨は聞きながら反感を持った。彼の父はあんなにいかめしい感じの人だったのに、なんと花柳街の常連だったのか。世鈞が話し終わると彼女は聞いた。

「それで、あなたはどう言ったの？」

「君にはそんな姉さんはいないって言ったんだ」それを聞くと、曼楨は賛成できないという表情をした。そこで世鈞はまた言った。「実際、君の姉さんのことは君とは関係ないよね。君は学校を出てからずっと事務所で働いてるんだし。でもこういうことを説明し始めたら一生かかってもわかってもらえないから、いっそいないことにしたほうがいいと思ったんだ」

　曼楨はしばらく黙ってからうっすらと笑って言った。

「でも姉さんはもう結婚したのよ。そのことをお父さんに説明したら、もしかしたらそんなにこだわらないで下さったんじゃないかしら――それにいま姉さんはとてもお金持ちだし」

「でも……父さんは金のことしか考えないような人間じゃないよ」

「そういう意味じゃないのよ。でもね、そうやってお父さんを騙すのもよくないと思ったの。隠しきれないでしょう？　うちの路地で聞いてみたらすぐわかっちゃうもの」

「僕もそれは思った。一番いいのは引っ越すことだと思うんだ。だから今日は金を持ってきたんだよ。引っ越すとすれば物入りになるだろう？」彼はポケットから二束の紙幣をとり出して微笑んだ。

「これは僕が上海にいた間に貯めておいたものなんだ」曼楨はその金を見たが、なんの意思表示もしなかった。世鈞は彼女をせかした。

「まずしまって。お祖母さんに見られちゃ駄目だよ、何事かと思うだろうから」言いながら、テーブルの上にあった新聞紙を一枚引き寄せて紙幣の上にかぶせた。

曼楨は言った。「じゃあ将来、あなたのお父さんとわたしの姉さんが会うことはもうないってこと？」

世鈞はちょっと考えてから言った。「それはこれからの状況を見てまた考えよう。しばらくは……姉さんとは行き来を断つしかないね」

「姉さんになんて言ったらいいの？」世鈞は黙った。彼はまるで俯いてテーブルの新聞を読んでいるように見えた。

「わたしはこれ以上姉さんを傷つけられないわ。家族のために大変な犠牲を払ってくれたのよ」

「君の姉さんの身の上にはとても同情してるよ、でも普通の人の見方は僕たちとは違うんだ。社会で生きていくためにはね、時には――」曼楨は彼が言い終わらないうちに続けた。

「時には勇気を出さなくちゃいけないこともあるわ」

世鈞はまた長い間黙り込んだが、とうとう言った。

「わかってるよ、僕が臆病すぎると思ってるんだろう。僕が仕事を辞めてからずっと」実を言えば、辞職したのも半分以上は彼女のためだったのに。彼の心は口には出せない辛さでいっぱいだった。

曼楨は何も言わなかったが、世鈞はまた沈鬱な声で言った。

「わかってるよ、君はきっと僕に失望してるんだよね」彼は心で思った。君はきっと後悔してるんだな。いま豫瑾のことを思い出して、後悔しているに違いない。彼の脳裏は突然豫瑾のことでいっぱいになったが、曼楨はそれには全く気づいていなかった。

「わたしは失望なんてしてないわ。ただ本当のことを言ってほしいの。あなたはまだ家を出て仕事をしようと思ってる？　わたし、あなたがお父さんみたいな一生を望んでいるとは思えないのよ。ずっと家にいて満足しているつもり？」

「僕の父は頭がちょっと古いだけで、そんなふうに君に馬鹿にされる筋合いはないよ」

「馬鹿になんかしたことないわ、馬鹿にしてるのはあなたでしょう！　わたしの姉さんは人さまに顔向けできないようなことなんてしてない。姉さんが悪いんじゃない、不合理な社会が姉さんを追い込んだのよ。不道徳っていうなら、女を買う男と妓女とでは、いったいどっちが不道徳なのかしらね！」

　何もそんなに耳障りなことを言わなくてもいいだろう、と世鈞は思った。彼は一言も発さず、黙り込んだまま座っていた。苦しい沈黙がずっと続く。

　曼楨は突然指輪をはずして彼の前に置くと苦笑した。

「これのために、そんなに苦しむこともないでしょ」さらっとした口ぶりのようだったが、喉がひきつっていたので声は異様に響いた。

　世鈞はしばらく茫然としていたが、やがて微笑んだ。

「どうしたんだい？　さっき映画の観過ぎっていう話が出たけど、君も芝居好きになったのかな」曼楨は答えない。彼女の顔が青ざめ、緊張しているのを見ると、世鈞の顔色もゆっくり変わっていった。彼はテーブルの指輪を取り上げると、そのまま屑籠に投げ捨てた。

世鈞はは立ち上がり、自分のコートと帽子をさっとひったくると出て行った。自分を鎮めようと、去り際にテーブルの上のコップをとって中のお茶を一気に飲み干したが、それでもまだ寒気がする。まるで身体中の筋肉を制御できなくなったかのようだ。出ていきざまに扉を閉めたとき、予想外に大きな音が響いたが、それは彼と曼楨双方の神経を断ち切るように痛めつけた。

寒い日のことで、熱い茶を飲み終えた空のガラスコップはまだ熱気を帯びており、まるで人が呼吸しているかのようだった。冷たい空気の中で、いく筋かの薄い湯気がコップの中を漂っている。曼楨は茫然と見つめていた。彼の飲んだコップはまだ温かいが、彼はもう遠くに行ってしまった。そしてもう二度と帰ってこないのだ。

彼女は号泣しはじめた。どんなに抑えようとしても、抑えきれずに嗚咽が漏れてくる。そこでベッドに体を投げ出し、顔を枕に埋めた。息ができなくなって窒息しても構わない。とにかく泣き声を止めなければ。祖母に聞かれてはならない。聞かれたらどうしたのかと問われ、仲直りを勧められるだろう。それには耐えられそうになかった。

幸い祖母はずっと階下にいた。そのあと祖母が階段をのぼってくる音が聞こえると、いそいで新聞紙を引き出し、ベッドに寝転がって新聞を読み、顔を隠した。新聞紙を持ち上げるとテーブルの上の札束二つが目に入った。見られたら大変なことになる。紙幣は枕の下に隠した。

祖母が入ってきて聞いた。

「世鈞はなんで帰ったんだい？」

「用事があるんだって」

「ご飯は食べないのかい？　せっかくわざわざ肉を買ったのに。一階の女中さんが市場に行くっていうから肉を一斤（約五〇〇グラム）買ってきてもらったんだよ。また借りを作っちまったよ。米も多めに研いだのにねえ。あんたの母さんだってこの時間になっても帰ってこないし。たぶんご飯には戻らないだろうね」

彼女はひたすらぶつぶつ話していたが、曼楨のほうは返事をせずにただ新聞を読んでいた。その時こきっという音がしたが、これは老人の関節が鳴ったのだった。祖母が苦労してしゃがみこみ、屑籠の中から反故紙をより出して炭団（たどん）に火をつけようとしているのだ。曼楨は屑籠の中の指輪のことを思い出して慌てた。でも、お祖母さんが見つけるとは限らないし、と思っていたとき祖母に呼びかけられた。

「あら、これあんたの指輪じゃないの？　なんで屑籠の中に落ちてるんだい」

曼楨はしかたなく身を起こして座ると笑って言った。「あら、さっき紙を捨てた時にうっかりしたんだわ。この指輪は緩すぎて、油断するとすぐ落ちちゃうの」

「この子ったら、不注意にもほどがあるよ！　このままなくしてしまったらどうするんだい、沈さんに悪いだろう？　全く、どうってことないみたいな顔しちゃって！」くどくどと曼楨に注意すると、エプロンの裾で指輪についた埃を拭いて曼楨に渡した。曼楨も受け取らないわけにはいかなかった。

「巻きつけてある毛糸も汚れてるからほどいちゃいなさい。今ははめないで、お店に持っていって縮めてもらってからつけたほうがいいよ」世鈞が茶色いセーターのほころびたところから毛糸を引き出し、指輪に巻きつけてくれたときの様子がよみがえった。今思い出すと、心が無数の針で刺されるようだ。

祖母はこんろの火を熾すため下に降りていった。曼楨は普段使わない引き出しを開けて指輪を入れておいたが、しばらくして母の足音が聞こえてきたのでまた指にはめた。母はこういうところにめざといのだ。彼女の手から指輪が消えたことに気づいたらきっとあれこれ聞かれてしまう。なんと言っても祖母は年をとっているから誤魔化しやすいが、母はそうはいかない。

顧夫人は戻ってくるなり言った。

「呼び鈴が壊れてるね。ずっと鳴らしてたのに誰も扉を開けてくれやしない」

祖母が言った。「さっき世鈞が来た時には壊れてなかったのに」

顧夫人はこのときぱっと微笑んだ。「あら、世鈞が来てたの？」祖母はひたすら一斤の肉のことを気にしていた。

「来たと思ったら帰っちまってね。――あとでまた晩御飯を食べにくるかね？」

曼楨は言った。「わかんないわ。母さん、姉さんは少しはよくなったの？」

顧夫人は頭を横に振ってため息をついた。「わたしが見るところではずいぶん悪いようだね。もともと胃の病気じゃないかって言ってただろう？　今回聞いてみたらね、胃病なんかじゃなくて、結核菌が腸の中に入り込んでるっていうんだよ」

祖母は「あれ、なんてこと」と叫んだ。

曼楨もびっくりして聞いた。「腸結核っていうこと？」

顧夫人は声をひそめた。「鴻才さんは全然帰ってこないしねぇ。こんな病人が家にいるっていうのにちっとも構おうとしないんだよ」

祖母も小声になった。「この病気だっておおかた心労のせいだろうねぇ」

「本当に可哀想でね。まだいくらも楽な日を過ごしていないのに。〝三両の金を得るには四両の福がいる〟って言うけれど、あの子は本当にそんなに運がないのかね」顧夫人はそう言うと思わず涙を流した。

祖母が食事を作ろうとしたので、顧夫人は引き留めた。

「義母さん、わたしが作りますよ」

「あんたは少し休んでなさい——帰ってきたばっかりなんだから」

顧夫人は座って、曼楨に言った。「姉さんがあんたのことを気にかけてて ね、ずっとあんたのことばかり話してたよ。暇ができたら会いに行ってあげなさい。あ、でも今は世鈞が来てるんだから行けないわね」

「大丈夫よ、わたしも姉さんに会いたいし」

顧夫人は笑った。「だめだよ。世鈞がわざわざ上海まで来てるんだから、しっかりおもてなししなさい。姉さんのところにはもう数日してから行けばいいさ。どっちみち病人っていうのは癇癪もちだからね、何か食べたいとか誰かに会いたいとか思うとすぐにそうして欲しがるんだよ。でも本当に行くとあっという間に鬱陶しがるんだからね」しばらく座っておしゃべりをした後、顧夫人はやはりエプロンをつけ、下に降りて祖母と食事を作った。食事が終わると、顧夫人はシーツを何枚か洗うことにした。年越し前に洗ってしまいたかったのだ。ほかにもたくさん洗わねばならない服があるから年越しまで待つわけにはいかない。祖母は小物しか洗うことができないので、嫁姑の二人は食事を済ませると洗濯におおわらわとなった。曼楨は一人部屋でぼうっとしていた。顧夫人は、彼女が世鈞を待っているのだと思いこんでいた。実は、彼女の中にもそういう期待があったかもしれない。

彼はきっと来るだろう、まさかこれきり来なくなるとはどうしても信じられなかった。しかし彼が来るとしたら、きっと心に矛盾を抱えてやってくるはずだ。呼び鈴を押したとしても扉を開けてもらえなければ、きっとわざと開けないのだと思って去ってしまうだろう。どうしてよりにもよって今日呼び鈴が壊れたのだろう。曼楨は一層の憂鬱を感じた。いつも窓のそばに立って彼が来るのを待っていたのだが、今日はそうしたくなかったので、ただ部屋に座って壁にもたれかかったり、新聞を読んだり、爪を眺めたりしていた。太陽が斜めになっても世鈞は来なかった。彼は怒っているのだ。彼女だって怒っている――来たとしても扉を開けてやるものか。しかし運命はわざと彼女を弄んでいるようで、そう決めたとたん、扉を叩く物音が聞こえた。母や祖母は浴室でじゃぶじゃぶ洗濯をしているので聞こえないだろう。階下の女中は外出中のようだ。でなければ、こんなに長い間扉を叩く音を放っておけるはずがない。扉を開けるとすれば彼女しかいない。行く？ 行かない？ ためらっているうちにようやく正体がわかった。トントンという音は、厨房で肉を叩いている音だったのだ――誰かが扉を叩いている音だと思い込んでしまうなんて。彼女は思わず茫然自失してしまった。

祖母が下から突然呼びかけた。「ちょっと来て！ 母さんが腰をやられちゃったよ」曼楨が急いで降りていくと、母が片手でドアにもたれて唸（うな）っている。

祖母が言った。「どういうわけかひねっちまったんだねぇ」

曼楨は言った。「母さん、何度も言ったじゃない、シーツはやっぱり洗いに出しましょうよ」祖母も言った。「あんたもよくなかったねぇ。欲張りすぎだよ、一日で洗い終わろうとするもんだから」

顧夫人は苦しい息の下から言った。「年越しなもんだからね。今洗っとかなくちゃ、正月からシーツを洗うなんてことになってしまうもの」

「もういいから、母さんは早く横になって休んでちょうだい」曼楨は母を支えてベッドに寝かせた。

祖母は言った。「骨継ぎのお医者さんにみてもらった方がいいよ、押してもらったら治るから」しかし顧夫人は治療費が惜しかった。「大丈夫ですよ。二、三日休めば治ります」曼楨は眉を寄せて何も言わず、母の靴を脱がせて布団を被せ、布巾を持ってきて母の氷のように冷たい手を拭いてあげた。顧夫人は枕に頭を乗せ、耳をそばだたせて言った。「誰かが扉を叩いてるね？ あんたみたいに若い子に聞こえてないのに、どうしてわたしに聞こえるんだろう？」実は曼楨にもとうに聞こえていたのだが、また聞き間違いだったらと思って言わなかったのだった。

顧夫人が「行ってみてきておくれよ」と言っているうちに、客はもう二階にあがってきた。祖母が迎えに出ていき、すぐに大きな声で挨拶しているのが聞こえてきた。

「あら、来てたの？　元気かい？」客はにこやかに大おばさん、と挨拶している。祖母は言った。「ちょうどよかった、おばさんが腰をやられちまってね、ちょっとみてやっておくれよ」そういうと奥の部屋へ引き入れた。顧夫人は急いで上半身を起こし、布団をかぶって座った。祖母は言った。「じっとしておいでよ、豫瑾はよその人じゃないんだから」

豫瑾は顧夫人が洗濯していて腰をやられたのだと知ると言った。

「お湯で湿布してもいいんですが、お宅にテレピン油はありますか？　テレピン油をこまめに塗ればよくなりますよ」

曼楨が言った。「あとでわたしが買いに行くわ」彼女は豫瑾にお茶を淹れて持ってきた。豫瑾を見ると、どうしても前回彼がきた時のことを思い出してしまう。あの時の自分はなんて幸せだったのだろう。たった一、二か月のことなのに、本当に人の世は無常だ。彼女はまた少し茫然としてしまった。

祖母は豫瑾にいつ上海に来たのか尋ねた。

「もう一週間ちょっとになります。ずっとうかがう時間がなくて……」ここまで言うと、豫瑾は結婚式の招待状を二通取り出し、ちょっともじもじしながら差し出した。顧夫人は見ると笑って言った。

「あら、祝い酒を飲ませてくれるんだね！」

祖母も笑った。「よかった、早く身を固めればいいのにと思ってたんだよ！」

顧夫人は「花嫁さんはどこのお嬢さん？」と聞いた。曼楨もにこやかに招待状をめくってみると、婚礼の日は明日だ。花嫁は陳という姓だった。

祖母はまた聞いた。「ふるさとで知り合ったのかい？」

「いえ、違います。前回上海に来た時、友人の家に数日滞在していたでしょう？　あの時、その友達に紹介してもらったんです。それからずっと文通をしてて」それを聞いた曼楨は思った。出会って文通して、それで結婚なんて。しかもこんなにすぐ。二か月にもならないうちに……。彼女は豫瑾が以前この家で大きな打撃を受けたことは知っていたが、そのあと姉さんに会ってさらに衝撃を受けたことは知らなかった。曼楨は、豫瑾はただ自分に拒絶された反動で別の女性と結婚を決めたのだろうと思い込んだのである。なんといっても喜ばしいことには違いないから、彼のために喜ぶべきだ。しかし今日はたまたま自分のことで頭がいっぱいで、楽しそうにせねばならないと思えば思うほど笑顔を作れなかった。でも笑わなければいけない。豫瑾はわたしが傷ついている理由など知るはずがないから、彼が結婚することでわたしが衝撃をうけていると勘違いされかねない。

彼女は豫瑾に笑いかけた。「結婚式が終わってからもしばらく上海にいる予定？」

豫瑾は微笑んだ。「明日の式が終わったらすぐ帰るよ」結婚する前日に曼楨に再会したことでなんとも言い難い感情が溢れたが、豫瑾は少しいただけですぐ帰ろうとした。

「すみません、長くはお邪魔できないんです。まだいろいろやることがあって」

曼楨は笑って言った。「もっと早く言ってくれたら、何かお手伝いできたかもしれなかったのに」彼女は満開の笑顔を作ったが、両頰はひきつっていたので、豫瑾は今日の彼女は変だと思った。目は真っ赤で少し腫れている。まるで泣いた後のようだ。彼は顧家に来た瞬間からそれに気づいていた。今日は世鈞が来ていない。もしかして彼女と世鈞は喧嘩したのだろうか——それ以上考えては駄目だ。自分は明日結婚するのに、他人のこんなことに興味を持ってしまうなんて、一体どういうことだ。

彼は立ち上がると帽子を持った。「明日は早めに来てください」

顧夫人も笑った。「明日はきっとお祝いを言いにいくよ」

ちょうど曼楨が彼を送って降りようとした時、また慌ただしいノックの音がして、階下の女中が上に向かって声を張り上げた。

「顧の奥さん、お宅の上のお嬢さんが誰かをよこしてきましたよ！」曼楨はこの時にはとうに諦めていて、世鈞はもう来ないだろうと思っていたのではあるが、来客が世鈞ではないと聞くとやはり失望してしまった。顧夫人は曼璐（まんろ）の家が人をよこしたと聞くと大いに驚き、きっと曼璐の病状が急変したのだろうと考えた。布団をめくりあげ、裸足で床に降りて靴を探しながら慌てて「誰が来たの？　上がってもらって」と言った。曼楨が出てみると、来たのは祝家の運転手だった。彼は二階に上がって来ると、部屋の外に立って言った。

「顧の奥さま、うちの奥さまの言いつけでまたお迎えにあがりました」

顧夫人は声を震わせた。「どうしたの？」

「わたしにもよくわかりません、どうも病気がとても悪いようです」

「すぐに行くわ」

祖母が言った。「あんた、いけるのかい？」

「大丈夫です」

曼楨は運転手に言った。「わかったわ、先に降りててちょうだい」

顧夫人は曼楨に「一緒に来ておくれよ」と言った。曼楨は承知して、母を支えてゆっくりと立ち上がった。と、顧夫人は脊髄から心肺に突き上げるような痛みを感じ、激痛のために吐きそうになったが、曼璐に会いに行くのを止められたらと思うとうめき声を上げることすらできなかった。

祖母は、もともと曼璐の病気が重いことを豫瑾に詳しく話すつもりはなかった。喜びに溢れて結婚式を挙げようとしている人にこんな話題をぶつけるのは憚られる。しかしこうなると我慢できなくなって、縷々彼に話して聞かせた。豫瑾は何の病気なのか尋ねた。顧夫人も最初から彼に聞かせたが、曼璐の夫がどんなにか冷酷無情で、彼女の生死についても一顧だにしないということだけは言わなかった。曼璐はこんなにも辛い目にあっているのに、豫瑾は幸せに包まれてもうすぐ新郎になるのだ。比べてみると、曼璐はなんて幸が薄いのだろう――母は言いながら涙をぽろぽろとこぼした。

豫瑾も慰める言葉を見つけられず、一言「どうしてそんなに急に病が悪化したんでしょうね」と言うのが精一杯だった。顧夫人が泣いているのを見て、彼は突然気づいた。曼楨が目を泣き腫らしていたのも、きっと姉さんを思ってのことだったのだろう。そう考えるとさっき自分が邪推したのは馬鹿馬鹿しく、くだらないことだった。彼女たちは病人の見舞いに行こうと急いでいるのに、自分がここで時間を無駄にさせてはならない。彼は早々にいとまを告げて立ち去った。裏口に出ると、最新型の自動車が止まっている。きっとこれが曼璐の車なのだろう。彼はちらりとその車を見た。

数分後、顧夫人と曼楨はその車に乗って虹橋路へと急いだ。顧夫人は涙を拭って言った。

「本当はね、豫瑾にあんな話をするつもりはなかったんだけど」

「気にしないでいいわよ。それより瑾兄さんの結婚については、とりあえず姉さんには言わないほうがいいと思う。病気の姉さんにはこたえるだろうから」顧夫人はうなずいて同意した。

祝家に着くと、女中の阿宝(あほう)が二人を見るなり、まるで親戚に会ったかのように旦那さまがあだこうだとまくしたてた。本当に酷いんです、もう帰ってこなくなって何日も経つんです。今日もあちこちを探させてるんですけど見つからなくて。ぺちゃくちゃと身振り手振りを交え、話が止まらない。阿宝は二人を曼璐の部屋に入れるとベッドの前までゆき、小声で呼んだ。

「お嬢さま、奥さまと曼楨お嬢さまがいらっしゃいましたよ」

顧夫人はそっと言った。「寝てるんなら起こさないでいいよ」そう言っているうちに曼璐は薄く目を開けた。顔は蒼白で、呼吸も蜘蛛(くも)の糸のようにか細い。今朝はまだここまでひどくはなかったのにと思うと、顧夫人は取り乱してしまい、俯いて曼璐の額を撫でて言った。「今は気分はどんなだい？」曼璐のほうはまた目を閉じてしまった。顧夫人はただ曼璐を見て茫然としている。曼楨は低い声で阿宝に聞いた。「お医者さまはいらしたの？」今度は曼璐のほうが口を開いた。声はかすかでほとんど聞き取れないほどだ。「来たわ、今日の……夜は……特に気をつけるようにって……」顧夫人は思った。その口ぶりでは、まるで今晩が山のようだ。医者もどうかしている、そんな話を病人本人にするなんて。しかし思い返した。医者のことは責められない。家に誰も采配をとる者がいないのだ。

曼璐以外の誰に話せというのか。曼楨も同じことを考え、母娘は無言で目配せしあった。

曼楨は手を伸ばして母を支えると言った。「母さんはソファで休んで」曼璐はその言葉に反応して「母さん、どうしたの？」と聞いた。

曼楨は言った。「さっき腰を痛めてしまったの」

曼璐はベッドに仰向けになって母に向かって言った。「そうと知ってたら……来なくてよかったのに。曼楨がいてくれたら……同じことだもの」

「わたしは大丈夫だよ、さっきはちょっとひねっちゃったのさ、ちょっと休めばすぐよくなるよ」

曼璐はしばらく黙っていたがやがて言った。「母さん、もうちょっとしたらやっぱり……帰ってちょうだい。これ以上母さんが疲れてしまったら、あたしも……辛いもの」顧夫人は思った。病気でこんなに苦しんでいるのに、まだこんなふうにわたしを思いやってくれるなんて。こういう時に人間の本性がわかるというものだ。こんな心がけを持っているのだから、この子が短命なはずはない。そう思うと、思わず鼻がつんとしてどっと涙が流れ出した。幸い曼璐は目を閉じていて見ていなかった。曼楨は顧夫人を支え、ようやくのことでソファに座らせた。阿宝がお茶を運んできて、ついでに電灯をつけた。部屋に灯りがともると急に夜になったようだった。医者が言う「山」はもうやってきている。無事にやりすごすことができるだろうか。顧夫人と曼楨は灯りのもとで座り、どちらもなすすべもなく茫然としていた。

　曼楨は思った。今回世鈞と衝突した原因は姉さんにあるに違いないが、そもそも彼の態度についていけないところがあった。最近何となく、二人の考え方に距離があると思っていたのだ。だから姉さんが死んだとしても問題が解決するはずはない。こうして彼女は何度も何度も姉さんが死んだって無駄なのだと自分に言い聞かせたが、そのうち自分に対して疑惑が浮かんできた。もしかして、わたしはやはり姉さんが死ねばいいと思っているのでは？　自分がこう考えてしまうのは万死に値すると思い、曼楨は慚愧に堪えなかった。

　阿宝が食事をとるよう呼びに来た。二階の、正式ではないほうの食堂で、母と娘の二人きりで食べた。顧夫人が「招弟は？」と聞くと、阿宝は「いつもテーブルにはつかないんです」と答えた。顧夫人がどうしても一緒に食べたいと言ったので、阿宝はしかたなくその子を連れてきた。顧夫人は微笑んだ。「この子ったら、どうして全然大きくならないんだろうね？」阿宝も笑った。「そうなんですよ、きたばかりの時からこの背丈なんです。さあ、お祖母さんって呼んでご挨拶して！　こっちはお母さんの妹、おばさんよ。さあ、挨拶なさいったら！　挨拶しないとご飯もないよ」顧夫人は笑った。「この子は恥ずかしがり屋なんだね」子供の戦々恐々とした様子をみると、曼璐が普段この子をどう扱っているかおおかた推測できたので、ひそかに嘆いた。曼璐はこういうところで福を逃しているのだ。顧夫人は娘に幸せをもたらしたいという一心で、極力この子の相手をし、あれこれおかずを取ってやった。鶏のスープから鶏の肝を探し出し、上に載っていた針線包（裁縫セット。鶏のめぎも〔脾臓〕の別名）と一緒に招弟の椀に入れてやって微笑んだ。「針線包をお食べ、大きくなったら針仕事が上手になるよ」また言った。「母さんがよくなったら、一緒に遊びにくるよう言っておくね。うちにはあんたのおじさんやおばさんがいっぱいいるから遊んでもらえばいい」

食事がすむと、阿宝は熱いおしぼりを持ってきて言った。

「曼璐お嬢さまは、食事が済んだら車で奥さまをお送りするとおっしゃってます」

顧夫人は言った。「曼璐のこの性格はちっとも変わっていないねえ、言ったことは絶対押し通して、何を言っても聞こうとしないんだから」

曼楨は言った。「母さん、もう帰って。母さんがここで夜更かししていたら姉さんだって落ち着かないもの」

阿宝も言った。「奥さまは安心してお帰りください、幸い曼楨お嬢さまがおられますから」

「お医者さんが今晩は特別気をつけろって言ったんだろう？　でなければ帰るところなん

だけど。万一何かあったらと思うと恐ろしくてね。曼楨は若くて経験がないし」

阿宝は「お医者さんもああ言ってみただけでしょうから、奥さまがご心配なさる必要はありません。本当に何かあったら、すぐ車を出してお迎えにあがります」顧夫人も実は家に帰ってゆっくり休みたかった。普段家であれこれすることに慣れているので、ここに泊まると上げ膳据え膳なのがかえって居心地が悪いのだ。昨日一晩泊まってもう懲りていた。顧夫人が曼璐の部屋まで声をかけに戻った時、曼楨は母に言った。

「母さん、帰る時に薬局に寄って、運転手にテレピン油を買わせてね。帰ってからよく擦り込んで、明日よくなるかどうか見ましょう」

「そうだった、忘れていたよ。それからお湯で湿布するんだよね」豫瑾が腰の治療法を教えてくれていたのだった。豫瑾ということで彼女は突然別のことを思い出し、こっそり曼楨に聞いた。

「明日の婚礼には行くかい？　あんたは絶対に行った方がいいと思うけどね」顧夫人は、他の家族はともかく曼楨は絶対行かねばならないと思っていた。でなければ、まるで彼女がこの婚姻で気分を害しているかのように思われるだろう。曼楨もその意味がわかったので頷いた。曼璐がそれを聞きつけた。「誰の婚礼に行くの？」

「わたしの同窓生が明日結婚するの。母さん、明日もしも間に合わなかったら直接会場に行くから、わたしのことを待たないでね」と言った。

「帰ってきて着替えなくていいのかい？　その服じゃあまりに地味だろう。そうだ、姉さんに頼んで服を借りなさい。こないだ姉さんが着てた紫のベルベットなんてすごくいいと思うけどね」

曼楨はうるさそうに「はいはい」と言い、母はあれこれ言い含めてからとうとう帰って行った。

曼璐はどうやら眠ったようだったので、曼楨は電気を消し、ベッドの横のスタンドの灯りだけを残した。部屋中に薬の匂いが充満している。曼楨は一人座って、今日の出来事を最初から思い出してみた。朝起きる前に世鈞がやってきて、二人は部屋を隔てて大きな声で会話をしたのだ。彼は彼女のことをねぼすけだと笑っていた。それもまだ今朝おこったばかりのことなのに。考えてみるとまるで夢のようだ。

阿宝が入ってくると、低い声で言った。「曼楨お嬢さま、別の部屋でおやすみになってください。ここはわたしが見ていますから。曼璐お嬢さまが目を覚ましたらお呼びします」曼楨はもともとこの晩はソファで仮眠するつもりだったが、よく考えてみると、鴻才はここ数日帰っていないとはいえ、いつなんどき帰ってくるかもわからない。自分がここに寝ているのはちょっと不都合だろう。そこで頷くと立ち上がった。阿宝は身を屈めて曼璐をみると、小さな声で「今はよく寝てらっしゃるようです」と言った。

「そうね。電話して母さんに心配しないように言っておきたいんだけど」

阿宝はくすっと笑った。「この時間に電話したら奥さまは却って驚かれるんじゃないでしょうか？」曼楨はそれもそうだと思った。母はきっと姉の病気が突然悪化したと思い込むだろう。すぐに説明するとしても、ずいぶん驚かせてしまうことに変わりはない。彼女が家に電話をしたかったのは、万一世鈞が来ていたとしたらそれを教えてもらえるだろうと思ったからだ。ちょっと考えたが、諦めるしかない。かけるのはやめた。どのみち、彼が来るはずがないことはわかっていた。

曼楨のために部屋が準備された。阿宝は彼女を連れ、まず家具を積んである部屋を突っ切った。その家具は、まさに曼璐が以前嫁入り道具としたものだ。今は別に良いものを揃えたのでお払い箱になり、雑然とここに積まれているのである。テーブルや椅子の上には埃が積もり、ソファには新聞紙をかぶせてあった。この二間は、普段はきっと使わないまま閉め切っているのだろう。奥の方の部屋を少し整えて臨時の寝室にしてあった。昨日母もここに泊まったのだろうか。彼女は阿宝とも無駄話をせず、「早く部屋に戻ってちょうだい、姉さんから目を離さないで」と急かした。阿宝は「大丈夫です、張ばあやがあちらにいますから。曼楨お嬢さま、何か必要なものはありますか？」

「何もないわ、すぐに寝るし」

阿宝はそばに控えて彼女がベッドに上がるのを待ち、彼女のために電気を消してからようやく去った。

小さいころから大家族の中で生活していた曼楨にとって、こんなふうに寒々とした部屋に一人きりで眠るのはめったにないことだった。ここはまた立地がとりわけ静かで、晩になると全く何の音もせず、犬の遠吠えさえあまり聞こえてこない。あまりにも静かなので、かえって異様な感じがした。曼楨は突然、豫瑾が上海に来たばかりのころ、街の雑音のために眠れないとこぼしていたことを思い出した。今の彼女はちょうど彼の反対だ。豫瑾のことを思い出すと、今日一日に起こった数えきれない出来事がいちどきにわっと目の前に現れ、繰り返し繰り返し頭の中をよぎっていった。水を打ったように静まり返った空気の中で、汽車が走っていく音がし、汽笛が二、三度、空気を裂くように響いてきた。これは北駅から出た汽車だろうか、それとも西駅からだろうか。どこへ走っていくのだろう。いずれにせよ、彼女はその音を聞くと、世鈞はきっと南京に帰ってしまっただろうと思った。彼は彼女からどんどん遠く離れていくのだ。

通りを自動車が走っていく音が聞こえる。鴻才が帰ってきたのだろうか？　自動車がそのまま走っていき、停車しなかったので彼女はほっと安心した。こんなにびくびくしてしまう謂(いわ)れは全くないはずだ。鴻才がもし酔っ払って帰ってきたとしても、この部屋に間違えて入ってくるという心配はない。彼女の泊まっているこの部屋はあちらとは完全に離れている。しかしどういうわけか、彼女はずっと耳をそばだてて外の自動車の音を聞いていた。

前に一度、鴻才が車で彼女を家まで送ったことがあったが、あの時彼はたっぷりと香水をふきつけていて、一緒の車に乗っていると息が止まりそうなほどだった。どうして今、そんなことを思い出したのだろう。またあの強烈な香りを嗅いだからだ。そして暗闇の中、あの香水の匂いがどんどん濃くなってきた。突然身の毛がよだった。

彼女はがばっと身を起こして座った。

この部屋の中に誰かがいる。

## 12

豫瑾の結婚式は、クラブハウスを借り切って行われた。来客は多かったが、ほとんどが新婦側の親戚や友人だった。上海には豫瑾の知り合いは少なかったのだ。顧夫人はお祝いを言いにいった後、曼楨と落ち合う約束になっていたのでずっと人混みのなかを探し回ったが、婚礼が終わっても彼女の姿は見えなかった。夫人は思った。変な子だねえ。来たくないとしても、昨日わたしはあんなふうに言って聞かせたのだし、今日は何があっても来るべきなのに、どうして来ないんだろう。曼璐の病気がまた突然悪化して、どうしても出られなくなったとか？　そう思うと、いてもたってもいられなくなった。曼璐は危篤なのかもしれない。この時、新郎新婦は音楽が奏でられる中をチャペルから退場するところで、客は席についてお茶うけを食べていた。辺りを見回すと、みんなにこやかで、笑いさざめく声が響いている。そんな中にいると、よけいに心が千々に乱れるのを感じた。もともとは新郎新婦が戻ってくるのを待って一言挨拶してからと思っていたのだが、やはり辛抱しきれなくなって先に帰ることにした。門を出ると人力車をつかまえ、虹橋路の祝(しゅく)家まで急いだ。

しかし、顧夫人の想像は現実とは全く違っていた。曼璐はぴんぴんしていて、全く病の気配などなく、ダマスク織に綿の裏地がついたバスローブを羽織り、ソファに座って煙草をふかしながら鴻才(こうさい)と話をしていた。むしろ鴻才のほうが病人のように見えた。顔には絆創膏を二つ斜めに貼り、手にも包帯が巻かれている。彼は今でも驚きさめやらぬ様子で、何度も繰り返し言った。

「本当に、あんな女見たことない。嚙みついたんだからな！」彼は曼楨に引きずられてベッドから落ちてしまい、激しい取っ組み合いになったのだった。もう少しというところで組み伏せられず、逃げられてしまいそうになった時、いきなり彼の鼻先が熱くなり、鼻血がどくどくと流れたのだった。彼女が狂ったように叫びたてるのに恐慌をきたすと同時に、自分も彼女に嚙まれて思わず声を漏らしてしまった。結局情け容赦なく彼女の髪を引っ摑んで、頭を床に何度も打ち付け、ようやく気絶させたのだ。この時は真っ暗だったので彼女がまだ生きているのかどうかも分からなかったが、死んだとしても自分の心願は遂げねばならない。それから灯りをつけてみるとまだ息があったので、意識が戻らないうちにとベッドに抱え上げて服を全て剝ぎ取った。彼女はもはや艶(あで)やかな死体のようだったが、この時彼は心ゆくまで楽しんだ。最初で最後の夜だと思うと、彼女の上で死んでもいいとさえ思ったのだ。

曼璐は淡々と言った。「自業自得よね。まさかあの子が、あんたを金持ちの旦那さま扱いしてかしづくとでも思ったの?」

「いやいや、お前はあの様子を見てないからだよ。本当に狂ったようだった! ああいう性格だとわかっていたら――」曼楨は彼の言葉が終わるのを待たずに遮った。

「あたしはあの子の性格は知ってたわ。だから無理、無理っていったでしょ? あんたはあたしが嫉妬してるんだと思ってあたしを仇扱(かたきあつか)いしてたわよね。あんたがどうしてもっていうからしかたなくこの作戦を考えてあげたっていうのに、今度は怖くなったっていうの? あたしを本気で怒らせるつもり?」彼女は煙草を彼の顔に向け、ほとんど火傷(やけど)させそうだった。

鴻才は眉を寄せた。「俺への恨み言はいいからさ、どうしたらいいと思う?」

「あんたはどうしたいの?」

「ずっと部屋に閉じ込めとくわけにはいかないだろうな。そのうちお義母さんがやってきてどこに行ったのか聞くだろう」

「母さんなら心配いらないわ、とっても単純だから。あの婚約者が出てこない限りはね」

鴻才はつと立ち上がり、行ったり来たりしてぶつぶつ言った。

「おおごとになっちまったな」

曼璐は彼がびくびくしている様子を見ると、本当に腹が立ってきて冷笑した。「ならどうするの？　すぐ逃がしてあげたら？　あの子がみすみすあんたにやられたままでいると思う？　いくらお金を出したって無駄よ。あの子は商売女でも何でもないんだから、そんな簡単にすまされるもんですか」

「だから焦ってるんだよ」

曼璐は鼻先でふん、と笑うと言った。「何を焦ってるの？　焦ってるのはあの子でしょ。どっちみちもうあんたと関係してしまったんだから、どんなに強がったってどうしようもないでしょ。二、三日じっくり考えさせましょ、それからあたしがいろいろ慰めにいくわ。もしあの子のものわかりがよければ、言われた逃げ道に従うしかないでしょ」

鴻才はなお躊躇していた。というのも、曼楨の前に出ると本当に自信を失ってしまうからだ。

「もしも言うことを聞かなかったらどうする？」

「じゃあもう少し長く閉じ込めておくしかないわね、おとなしくなるまで」

「一生閉じ込めておくわけにはいかないだろ」

曼璐は微笑んだ。「一生閉じ込めておくことなんてできるもんですか。そのうち子供ができたら解決でしょ。そうなったらもう追い払おうったって出ていこうとしないわよ。それどころか、あんたに捨てられたって訴えるでしょうね！」

鴻才はそれを聞くと、ようやく憂いを喜びに変えた。だが、しばらく考えてから、やはりまだ安心できないように言った。「でもあの性格で、本当に妾になるのを承知するかな」

曼璐は冷たく言った。「あの子が妾は嫌って言うんなら、あたしが妾になればそれでいいんでしょ？」

鴻才は彼女が怒っていることがわかったので、慌てて笑って言った。「何の話だ？そんなの、俺がうんと言わないさ！これからはゆっくりお前に恩を返して大事にしなくちゃな。こんな賢妻はどこを探したっていやしない、しっかり妻孝行をするよ」

「はいはい、わかったからもうやめて、あんまりあたしを怒らせないでよ」

鴻才は笑った。「まだ俺に怒ってるのかい！」彼はずうずうしく彼女の手をとると言った。

「俺がなぐられてこんなふうになってるのに、かわいそうだと思わないのか？」

曼璐は力一杯彼を押しのけた。「あんたはそうされるくらいのほうがいいのよ。あんたに気を許したら必ずぼろぼろにされてしまうんだから！　ねえ、言いなさいよ、自分で恥ずかしいと思わないの？」

鴻才は笑った。「わかったよ、わかったよ。もう叩かないでくれよ！　姉妹連合で攻撃されたらおしまいだ」言うと思わず得意そうな顔をした。曼璐は思った。鴻才はもう両手に花を手にした気になっている。

曼璐はそこで手をさっとふりあげ、二、三発鋭い張り手をお見舞いしたくてたまらなかったが、それはいっときの衝動に過ぎなかった。彼女は今回目的を定めたのだ。妹を利用して彼の心を釣り上げる。昔の母親たちが、息子が外で遊び歩くのを止められないくらいなら、と故意に阿片を吸わせ、溺れさせたように。そうすればもう、家に帰ってこない心配はない。

夫婦二人が部屋で密談しているところに阿宝がやや緊張した様子で入ってきた。

「お嬢さま、奥さまがお見えです」曼璐は煙草をほうりだすと鴻才に言った。

「あたしに任せて、まず隠れてて」鴻才は慌てて立ち上がった。曼璐は続けた。

「昨日のあの部屋で待ってて。あたしが知らせるまでは外に出ないでよ」

「俺のこの様子を見ろよ、出ていけるわけないだろう。友達に見られたら笑い話だ」

「いつからそんなに面子を気にするようになったの？　みんなあんたが夫婦喧嘩したんだと思うでしょうよ、鼻も目も腫れるまでね」

「それはないさ、みんな俺の奥さんは賢妻だって知ってるからね」

曼璐はおもわずぷっと噴き出した。「さあ早く出てってちょうだい、あたしをおだてればいいと思ってるんでしょ」

鴻才はさっとドアを開けて奥の部屋に入り込み、後ろから回り道をして下に降りていった。曼璐は、まず慌ただしく髪をほどいてぐしゃぐしゃにした。次に冷たいタオルをとってごしごしと化粧を落とし、バスローブも脱いで布団の中に横たわった。そこに顧夫人が入ってきた。曼璐は精一杯病人らしく装ったが、顧夫人は一目見るとびっくりした様子で笑った。

「あら、今日は随分顔色がいいね。昨日とは別人だよ」

「何がいいもんですか、強心剤を二、三度打ってもらったばかりよ」顧夫人は曼璐が何を言っているのかよくわからなかったが、とにかくにこにこして言った。

「声にも張りが出たねぇ！　昨日の様子を見たときは本当にびっくりしちゃったわよ」先ほどいくら待っても曼楨が来ないため、曼璐の容態が急変したのではないかと勝手に心配してここにやってきたのだが、顧夫人はこの経緯についてはもちろん口に出さなかった。

顧夫人はベッドのへりに座り、曼璐の手を握ると笑って聞いた。

「曼楨は？」

「母さんは何もわかってないのね。あの子のせいで、あたしはあやうく気を失うところだった。先生が強心剤を打ってくれなかったら今頃もう死んでたわ」顧夫人はびっくりしてしまい、ただ一言「どうしたの？」と聞いた。曼璐はさも苦しそうに顔をベッドの内側に背けた。

「母さん、いったいどうやって話したらいいかわかんないわ」

「どうしたの？　あの子は？　どこに行ったの？」顧夫人は慌てて立ち上がり、あたりをやみくもに見まわした。曼璐は母の腕をぎゅっと引っ張った。

「母さん、座って。話すから。もう腹が立って腹が立って――鴻才がね、ここんところ何日も帰ってきてなかったんだけど、よりによって昨日の晩帰ってきたの。どれだけ酔っ払ってたか知らないけど、わけもわからず曼楨の部屋に入っていってしまって。あたしが病気で寝込んでて全然気づかないうちに大変なことになっちゃったのよ」

顧夫人はしばらく茫然としてから言った。「なんでそんなことに？　曼楨にはもう決まった人がいるのにどうしてそんな無体なことを！　ああ、これでもうわたしはおしまいだよ！」

「母さん、まずは落ち着いて。母さんが騒ぎ立てたらあたしは余計に辛いわ」顧夫人は怒りのあまり目の焦点が合わなくなっていた。

「鴻才は？　わたしが絞り上げてやるよ！」

「母さんに合わせる顔なんてあるもんですか。あの人だって間違いを犯したってもうわかってるのよ。言ってやったわ、〝あんたは妹の一生を台無しにしたのよ。曼楨はこれからどうやって嫁げるというの、どうやって落とし前をつけるつもり？〟ってね」

「そうだね、鴻才はなんて言ったんだい？」

「曼楨と正式に結婚するって」顧夫人はこんな返事が返ってくるとは思っていなかった。

「正式に結婚って、じゃああんたは？」

「あたしはもともと正式に結婚してるわけじゃないもの」

顧夫人は毅然として言った。「それはいけないよ。そんな道理があるものかね」

曼璐はため息をついた。「ねぇ母さん、あたしがあとどのくらい生きられると思う？もうそんなことは気にならないわ！」

顧夫人の心はずきんといたんだ。「馬鹿なことを言うんじゃないよ」

「まだすぐには死なないだろうけれど、病気でこんな有様なんだから人様とのおつきあいなんてできっこないわ。あとのことは全部曼楨に任せれば、世間の人もみんな曼楨こそが祝鴻才（しゅく）の正妻だってわかるでしょう。あたしは家があってご飯さえ食べられればそれでいい。姉妹なんだから、曼楨があたしを無下にすることもないでしょ」

顧夫人はこう言われると悲しみで胸が詰まった。「そんなこと言っても、やっぱりそれは通らないでしょ。そんなことになったらあんたが辛すぎるよ」

「結婚した男が屑すぎたのよ！　それに、あたしが病気でさえなかったらこんなことにもならなかったのに。本当に母さんにあわせる顔がないわ」そういうとしきりに涙を拭いた。顧夫人も泣いた。

顧夫人は辛くてたまらなかった。これで祝鴻才に嫁げと言っても、曼楨はきっと嫌がるだろう。しかしこんなことになってしまっては、もう妥協を重ねるしかない。曼璐の考えが素晴らしいとは思えなかったが、ありうる手立てではあると思った。

顧夫人はしばらく涙を流してから立ち上がって言った。

「あの子に会わせてちょうだい」

「まだだめ——」

曼璐はさっと上半身を起こして座った。そして声を低くすると秘密めかして続けた。

「あの子はひどく取り乱していて、警察に行くって言ってるのよ」顧夫人は驚いた。「あれ、あの子はなんて分からず屋なんだろう。こんなことで騒ぎ立てたら自分の顔に泥を塗るだけなのに」

「そうよ、一族みんなが恥晒しになる。鴻才は今では世間でちょっとした地位を持ってるけど、人に知られたら表を歩けなくなるわ」

顧夫人は頷いた。「あの子に言い聞かせてみるよ」

「母さんは、やっぱり今は会わないほうがいいと思う。あの子の気性はわかってるでしょう。母さんの言うことを聞いたことなんてある？　しかも今は頭に血が昇ってるんだから」

顧夫人も覚えず躊躇しはじめた。「あの子の言うとおりに騒ぎ立てるわけにはいかないだろうねえ」

「でしょ、あたしもどうしようもなくって、とにかくあの子が病気になったから静養が必要だっていうことにしたの。誰もあの子の部屋に行かせないし、あの子も部屋から出さないようにしてる」

顧夫人はこの言葉を聞くとなぜか急に身震いがし、何かが間違っている気がした。

曼璐は母がぼうっとしたまま何も言わないのを見ると言った。

「母さん、焦らないで、あの子が落ち着くのを二、三日待ってちょうだい。それからゆっくり説得しましょう。あの子さえうんと言ったら、すぐに婚礼をあげましょうよ、鴻才のほうは問題ないの。問題なのはあの子自身と、それからあの沈って人——もう婚約したんだって？」

「そうだよ、今さらなんて言えばいいのかねえ？」

「今は上海にいるの？」

「昨日の朝、上海に来たところなんだよ」

「あの子がここに来たことは知ってるの？」

「知らないだろうね、昨日の朝早く来たきりで、それからは来てないから」

曼璐は考え込みながら言った。「それはおかしいわね。喧嘩したの？」

「それで思い出したけど、昨日お義母さんが言ってたよ。曼楨が婚約指輪を屑籠に落としていたってね。まさかわざと捨てたのかね？」

「きっと喧嘩したんだわ。なんでかわかる？　また豫瑾のせいじゃないわよね？」豫瑾と曼楨が急接近していたのは曼璐にとって一番の痛手で、永遠に忘れられそうになかった。

顧夫人は少し考えてから言った。

「豫瑾のせいのはずはないよ。豫瑾は昨日うちに来たけど、あのとき世鈞はもう帰ってたから、二人は会ってもいないし」

「え、豫瑾が昨日来たの？　なんの用事で？」彼女は突然嫉妬で胸がいっぱいになり、ほかの一切を忘れてしまった。

「結婚式の招待状を届けにきたんだよ――あらあら、もともとあんたに言うつもりはなかったのに、結局言っちまったよ！　気が動転してるもんだから」

曼璐は茫然とした。「え、結婚するの？」

「まさに今日だったんだよ」

曼璐はうっすら笑ってみせた。「昨日婚礼に行くって言っていたのは豫瑾の婚礼だったの？　なんであたしに隠してたの？」

「曼楨がそう言ったんだよ。まずは言わないでおこう、あんたは病気だから衝撃に耐えられないかもしれない、とね」

今この時にそう聞いて曼璐は大きな衝撃を受けた。曼楨はそんなに自分を気遣ってくれていたのか。そう考えると、大家族の中でやはり曼楨だけが自分を理解してくれていたということになる。なのに自分はあまりにもむごいことをしてしまった。彼女は突然慚愧（ざんき）の念に駆られた。豫瑾とのことも、曼楨のことを誤解していたのだろうか。ならばこんなに曼楨を恨む必要もなかったのに。が、今さら後悔してももう遅い。自分で自分に言い訳をするしかなかった。ことがここまできたのだから、もう後には引けない。徹底的に悪人になるしかない。

曼璐はじっと考え込んだまま、ベッド脇の電話のコードを手で弄んでいた。くるくると螺旋を描くコードを、まるで小さな蛇のように手首にまとわり付かせている。顧夫人がいきなり話し始めた。

「なんの前触れもなく、いきなりいなくなるなんておかしいでしょ。帰ったらなんて説明したらいいの」

「お祖母さんは大丈夫でしょう、本当のことを言えばいい。ただ口を滑らせないように注意してね。弟たちはまだ小さいから何もわかんないでしょ」

顧夫人は眉根に皺を寄せた。「あんたは子供だと思ってるけど、偉民は年があけたらもう十五だよ（数え年）」

「もしも聞かれたら、病気になったからここで療養してるって言ってちょうだい。肺病だからもう仕事もできない、これからは節約して暮らさなきゃいけないし、上海だとお金がかかりすぎるから、内陸部に引っ越さなくちゃいけないって言えばいい」

顧夫人は途方に暮れた。「どうして？」

曼璐は声を潜めた。「いっとき人目を避けるのよ、あの沈って人が探しにこないようにね」顧夫人は黙った。上海に長年暮らしてきたので、急にあの家から移れと言われると、まるで根こそぎ取り払われてしまうようで、どうしても忍びない思いがした。

しかし曼璐は母につべこべ言わせず、電話を引き寄せるとすぐに鴻才の事務所に電話をした。事務所にいる小陶(しょうとう)というボーイは、はしっこくて読み書きもでき、しょっちゅう曼璐のために雑用をこなしていた。家にも使用人はいるけれど、小陶のように役にたつ者はいない。曼璐は小陶にすぐ来るよう言い、電話を切ると顧夫人に言った。

「小陶を蘇州まで行かせて部屋を探してもらうつもりよ」

「蘇州に越すんなら田舎に帰った方がいいよ。お祖母さんもいつも帰りたがってるんだから」

曼璐は、あちらには知り合いが多すぎるし、世鈞だって自分たちの故郷を知っているのだからすぐ突き止められてしまうだろうと思った。

「やっぱり蘇州がいいわ、近いもの。どうせ長くは住まないわけだしね。婚礼の準備をして日取りが決まったら、すぐに母さんに迎えをやって結婚式を仕切ってもらうわ。それからはもちろん上海に住んでよ、学校だって便利だし。偉民が卒業しても急いで働かせることはないわよ。二、三年勉強を続けさせれば、そのうち鴻才が留学させてくれるでしょ。お母さんはこれだけ苦労してきたんだからそろそろ楽をしてもいい頃よ、これからはあたしと一緒に住みましょ。洗濯したりご飯作ったりはやめてちょうだい。もういい年なんだから、そんなつらい仕事をこれ以上続けるべきじゃないわ。昨日だって疲れたから腰を痛めたんでしょう。母さんはわからないでしょ、それを聞いてあたしがどんなに辛かったか！」こうまくしたてられると顧夫人は幻惑されてしまった。特に曼璐が描いてみせた偉民の素晴らしい未来に。

母と娘が話しているうちに小陶がやってきた。曼璐は母の目の前で、今日蘇州に行って家を一軒借りてくるように言いつけた。すぐにでも引っ越すので、出発するときは電報を打つから、駅まで迎えにきて欲しいとも言った。それから顧夫人に、すぐに帰って荷づくりするように言い、自宅の車で母を送らせ、小陶もその車に同乗させた。顧夫人は曼楨に会わせてほしいともう一度頼むつもりだったが、小陶の前では言い出すことが憚られ、しかたなくそのまま曼璐が握らせた金を収めて去った。

車で家に帰る途中、顧夫人の心は落ち着かず、憂慮に満ちていた。姑と子供達が曼楨について聞いたら、なんと答えればよいのだろう。今頃はまだみんな婚礼のご馳走を食べていて帰ってきていないだろう。呼び鈴を押すと、劉家の女中がドアを開けていきなり言った。

「沈さんが来てますよ。みなさんが外出中だったので、ここでずいぶん待っておられます」顧夫人はどきっとした。緊張のあまり、曼璐が教えてくれた台詞をすっかり忘れてしまいそうだ。今はとにかく思い切って家に入り、世鈞と顔を合わせるしかない。

世鈞は昨日曼楨と喧嘩して顧家を飛び出したあと、一人でがむしゃらに外を歩き回り、遅くなってから叔恵（しゅくけい）の家に帰ったのだが、夜は一睡もできなかった。今日の午後曼楨のいる事務室に電話をしたところ、今日は来ていないと言うので、もしかしたら病気なのではないかと思い、すぐに家にやってきたのだった。ところが一家全員が出かけているというではないか。劉家の女中は、曼楨は昨日から姉さんの家に行った、姉さんちの車が迎えにきて、そのあと戻ってきていないと言う。姉さんが病気だというのは昨日聞いたから、きっと母親と一緒に看護しに行ったのだとは思ったが、今日戻ってくるかどうかはわからない。劉家の女中は親切で、彼を家の中に招き入れた。顧家は不在で階上の部屋は閉め切られており、階下のあの空き部屋にしか入れないので、自分の雇い主の部屋から椅子を一脚持ってきて世鈞を座らせてくれた。この部屋は以前豫瑾が住んでいたところだ。その女中は笑って言った。

「まえここに住んでいらしたあの張さんが、昨日またいらしたんですよ」

世鈞は一瞬虚を突かれてから笑って言った。「あれ？　今回来たってことはやっぱりここに泊まるのかな？」

「それは分かりませんけどね、昨日は泊まらなかったですよ」言っているうちに、向こうから劉家の奥さんが「高ばあや！　高ばあや！」と呼んだので彼女は出ていった。この部屋は空いてからしばらく経っていて、埃が積もり、息も詰まりそうだった。世鈞は一人そこに座っていてもひたすら無聊なので、窓辺に立ってみた。窓辺にも埃が積もっていたから、そこにでたらめに指で字を書いたり絵を描いたりしてはまた消した。心は乱れ、ただ曼楨に会ったら彼女にどう弁解しようかと考えていた。昨日豫瑾が来たというが、曼楨には会ったのだろうか。豫瑾は彼と曼楨が婚約を解消したことを知っているだろうか――まさか曼楨は彼に話したりしないだろうな。彼女は憤慨もし、傷ついてもいたから、豫瑾にとってはまたとない機会だったろう。そこまで考えると、彼は火で焼かれているような気持ちになった。今すぐ曼楨に会って、全てをやり直したくてたまらない。

ようやく裏口のドアの呼び鈴が鳴り、高ばあやがドアを開く音が聞こえた。世鈞は慌ててついて行き、顧夫人を見ると笑顔で出迎えて言った。

「おばさん、おかえりなさい」今回南京から戻ってきて以来、顧夫人に会うのは初めてだったのだが、顧夫人は彼を見てもなんの挨拶もしようとしないので世鈞は訝しく思った。それにどうやらなにか動揺しているようだ。彼は考えを巡らせた。たぶん顧夫人はもう俺と曼楨が決裂したことを知って怒っているのだろう。そう思うとどうしても気まずさを感じてしまい、咄嗟には言葉が出てこなかった。顧夫人のほうではもともとやましいところがあって彼に会うのが怖かったのだが、いざ会ってみると心が大きく揺さぶられて、今すぐに彼にうちあけられればいいのにと思った。顧夫人は焦りもし怒りもし、誰にも相談できないことに苦しんでもいたので、世鈞をみると身内に会ったようで今にも涙がこぼれ落ちそうだった。階下では話すのも不都合なので、「上がって座って」と言い、二階へ連れていった。二階の二間はどちらも閉めきっておいたのだが、その鍵は身につけていたので手でポケットを探ったところ、曼璐がくれた分厚い札束の感触がした。そのほとんどは新札ではなく、手で触れると柔らかくこなれた感触で、なんともしっかりした厚みが感じられる。金というものには確かに玄妙な力が備わっていて、このとき顧夫人はふと、曼璐に申し訳ないという気持ちになったのだった。曼璐としっかり話し合ったではないか。今、口を滑らせて世鈞に秘密を漏らしたらどうなることだろう。若い人はみんな感情的に物事をすすめるから、きっと出るところに出て訴えるといい、収拾がつかなくなってしまうだろう。それに若い人たちのすることは当てにならない。世鈞と曼楨だって、つまらないことで喧嘩をして婚約指輪まで捨ててしまったではないか。もしも曼楨の身に起こってしまったことを世鈞が知ったとして、彼は全く気にしませんと言えるだろうか。とどのつまり、彼らが結婚できるかどうかもわからないのに、鴻才のほうの可能性を潰してしまったら、結果はあぶはちとらずということになる。そう考えると、理由はたくさんあるような気がしてきた。

顧夫人は鍵を取り出すと部屋の扉を開けようとしたが、そのわずかな時間で立て続けに何度か考えが変わり、心は千々に乱れた。手汗のせいなのか手が震えているからか、どうしても鍵を開けることができず、結局世鈞に開けてもらった。二人が部屋に入ると、世鈞は取り繕うように「お祖母さんもおでかけなんですか」と尋ねた。顧夫人は心ここにあらずで「うん……そう」と言い、しばらくしてから「わたしは腰が痛くてね、先に帰ってきたんだよ」と言った。世鈞にお茶を淹れてやろうとしたが、世鈞は慌てて遮った。

「結構です、おばさんは休んでください。曼楨はどこに行ったんでしょう、いつ帰ってきますか？」

顧夫人は茶を淹れるために背を向け、二杯注いだ茶のうち一杯を手渡してからようやく口を開いた。「曼楨は病気でね、姉さんの家にいるよ。何日かあっちで休むって言ってるの」

「病気？ なんの病気ですか？」

「大したことはないよ。しばらく休んでよくなったらあの子に電話させるわね。まだ何日か上海にいるんだろう？」

顧夫人は世鈞が上海に何日いるのか聞き出そうと必死だったが、世鈞はその質問には答えずに言った。「僕が会いに行きますよ。姉さんの家は虹橋路の何番でしたっけ？」顧夫人はしばらく迷っていた。

「何番だったか……わからないねぇ、わたしはすっかりぼけててね、家の様子は覚えてるけど、番地はわからないんだよ」そう言うと無理に笑ってみせた。顧夫人が明らかに隠し事をしているので世鈞は奇妙に感じた。もしかして曼楨が、俺とは会いたくないから住所を知らせるなと母に指図したのだろうか。しかし何といっても、ご老人というのは仲直りをさせたがるものだ。よしんば顧夫人が俺に強い不満があり、俺を責めているとしても、俺たちが会うのを止めだてしようとするはずがない。彼は突然さっきの高ばあやの言葉を思い出した。昨日は豫瑾が来たと言う。まさか、やはり豫瑾のために……？

原因が何であるにせよ、顧夫人がこういう態度である以上、彼のほうも何も話はできず、立ち上がっていとまを告げるしかなかった。外に出たあと適当な店で電話帳を借りてめくってみたところ、虹橋路には祝という家は一軒しかない。もちろんこれが曼楨の姉の家に違いない。彼は番地を調べるとすぐに人力車を雇ってそこに向かった。ついてみると大きな屋敷で、模様つきのレンガ塀で囲まれている。世鈞が呼び鈴をならすと、鉄の門にある小さな四角い窓が開き、使用人の男が顔を半分だけ覗かせたので、

「こちらは祝さんのお宅だね？　顧家の曼楨お嬢さんに会いにきたんだが」と言った。

「お名前は？」

「沈と伝えてくれ」その男が門の小窓をガチャンと閉めたあと、門の内側にある石炭殻を敷き詰めた道をざくざくと踏み締める音が遠ざかっていったので、きっと中に知らせにいったのだろう。しかし世鈞が外で待てど暮らせど誰もこない。彼はもう一度呼び鈴を押したくなったが我慢した。右にも左にも隣り合う家はなく、前後は荒地と菜園になっていて、空は寒々しく地は凍り、あたりは静まり返って何の音もしない。午後の空は黄色っぽい陰気な色をしていた。突然風が吹き、女が泣いているような声が切れ切れに聞こえてきたが、風が吹きすぎるとまた聞こえなくなった。世鈞は思った。この声はどこから聞こえてくるんだろう。まさか屋敷の中からではあるまい。ここは虹橋墓地から近いので、きっと新しく建てた墓の前で泣いている人がいるんだろう。さらに耳を澄ましたがもう全く聞こえなくなってしまい、ただ陰惨な気分になった。ちょうどこの時、鉄の門の窓がまた開いた。やはり先ほどの使用人で、「曼楨お嬢さまはここにはいらっしゃいません」といった。世鈞は茫然とした。

「なんだって？　僕は顧家から来たんだ、顧夫人は曼楨お嬢さんはここにいると言ったんたぞ」

「聞いてみましたが、ここにはいらっしゃいません」言うとガチャリと小窓を閉めてしまった。彼女はこんなに非情なのか、俺に会おうともしないなんて。世鈞はそこにしばらく立ちつくしていたが、もう一度門を叩くと、その使用人がまた小窓を開けた。

「ねえ、奥さまは家にいるかい？」世鈞は以前曼璐と一度顔を合わせたことがあったのを思い出したのだった。曼璐に会えたら、もしかしたらとりなしてくれるよう頼めるかもしれない。しかしその使用人は「奥さまは気分がすぐれないので臥せっていらっしゃいます」と答えた。こうなると世鈞はもう何も言えなくなってしまった。彼を乗せてきた車夫は、この辺りには人気がなくて商売になりそうもないので、ぐるりと一周してからまた戻ってきており、そこに立っていた世鈞に自分の車で戻らないかと聞いた。祝家の使用人は、世鈞が人力車に乗って去っていくのを見届けてからようやく小窓を閉めた。

阿宝はずっと門の内側に立っていたが顔を出さないようにしていた。男の使用人ではうまく対応できないのではないかと心配して、曼璐が送り込んでいたのだ。この時、彼女は小声で「行っちゃった？」と聞き、使用人は「行った行った！」と答えた。阿宝は言った。

「奥さまがあんたたちを呼んでるわ、話があるんだって」阿宝が男女の使用人数名を呼んで部屋に入っていくと曼璐が言った。

「これから誰かが曼楨お嬢さまを訪ねてきたら、とにかくここにはいないと言ってちょうだい。曼楨お嬢さまはここで病気の療養をするから、みんな気をつけてお仕えしてね。絶対ただ働きはさせないから。曼楨お嬢さまは病気でね、時々正気になったかと思うと時々おかしくなったりする。とにかく外に出しちゃだめよ、顧の奥さまからしっかり面倒を見るよう言いつかってるんだからね。逃げ出したりしたらあんたたちの責任になるのよ。それから、よそでいらないことを喋ったりしないように。わかった?」みなはもちろん唯々諾々と従った。曼璐はまた、彼らに年末の報奨金を早めに支払った。例年の二倍だ。使用人が散ってしまうと、阿宝一人だけが残った。彼女はことの次第が明るみに出たのを見てとると、曼璐に小声で言った。

「お嬢さま、これからは曼楨お嬢さまに食事を届けるのは張ばあやにやらせてください。張ばあやは力持ちですからね。さっきわたしが入っていったとき、もう少しで逃げ出されるところでした。わたしでは引っ張っても引き戻せないですから」

ここまで話すとさらに声を落としてひそひそと囁いた。「でもあの様子だとご病気みたいですね。しっかり立つこともできないようです」

曼璐は眉をひそめた。「何の病気?」

「きっと凍えたんでしょう——窓ガラスを割ってしまったので風が吹き込んできたんです。こんな寒い日に一昼夜吹き曝し(さら)になってたんですから、凍えないわけがないでしょう」

曼璐はしばらく黙り込んでから言った。「部屋を替えてやらないといけないね。あたしが見に行ってくるわ」

「お部屋に入る時は気をつけてくださいよ」

曼璐は風邪薬の瓶を持って曼楨のところに行った。後ろの棟にある二つの空き部屋には、内側に一つ、外側に一つ鍵をかけてある。まず外側のドアを開くと、阿宝と張ばあやを先に入らせ、内部屋に通じる入り口を守らせておいてから内側のドアを開けることにした。ところがドアを隔てて、内側からがしゃんがしゃんという音が聞こえてきたので驚いてしまった。割られたガラス窓が、寒空の下で開いたり閉まったりしていたのである。ばん、と窓が閉まるたび、ガラスの破片がぱらぱらと下に落ちてゆき、地上にがしゃがしゃと積もっていく。夜中に叫んでも誰にも聞こえないので曼楨はガラスを割ったのだった。自分の手にも怪我を負ってハンカチで巻いている。彼女はベッドに横たわり、微動だにしなかった。曼璐がドアを開けて入っていくと、彼女は両目でしっかりと曼璐を見据えた。昨日姉さんはあんなに具合が悪くて今にも死にそうだったのに、今日はもう起き上がって歩いている。仮病だったのだ——ということは、姉さんも共犯者だったということだ。そこまで考えると、もともと風邪による熱があったのが、今はその熱気が火のように音を立てて爆(は)ぜ、頭に駆け上ってくるのを感じた。顔は真っ赤になり、目の前はちらちらとして真っ暗になった。

曼璐は自分でもやましいところがあったので、無理して笑いながら言った。

「どうしてそんなに顔を真っ赤にしてるの？　熱？」曼楨は答えない。曼璐は一歩一歩近づき、椅子が倒れて前を塞いでいたのを起こした。割れた窓ガラスに風が吹きつけると開いたり閉まったりするのだが、閉まる時にばん！　と大きな音が響き、耳障りなだけではなく心臓にも響いた。

曼楨は突然起き上がって座ると言った。「わたし、帰るわ。すぐに帰してちょうだい、帰してくれるならそれでいいわ、狂犬に嚙まれたようなものだから」

「二妹(アルメイ)、ここで不貞腐(ふてくさ)れていてもしかたないでしょ、あたしだって怒ってるのよ。どうして怒らずにいられる？　あいつと大喧嘩したけど、でも喧嘩したってどうしようもないでしょ、あいつをどうこうできるもんですか。たしかにものすごく憎たらしいやつだけど、でもあんたのことは本気で好きなのよ。それはわかってたの。もう二、三年になるけど、あたしたちが結婚する前からあんたを見るたびほめそやしてたからね。けどあんたのことはずっと尊重してたのよ。昨日だって、酔っ払ってたんじゃなかったらあんなことになったはずがない。あんたが許してやりさえすれば、きっとあれこれ報いてくれるわよ。とにかくあいつだって、あんたに対しては二心を持たないはずだわ」曼楨はさっとテーブルにあった碗を手に取ると床に叩きつけた。阿宝がさっき運んできた汁が床にこぼれ、碗も割れた。曼楨は磁器の鋭利な破片を手に取って言った。

「祝鴻才に言っておいて、もう一度入ってくる時は気をつけるようにって。わたしは刃物を持ってるから」

曼璐はしばらく黙り込み、俯いて足に飛び散った汁をハンカチで拭っていたが、ようやく言った。「あわてないでよ、今はそんな話はやめて、まず病気を治してからにしましょ」

「ねえ、わたしを帰すの、帰さないの？」そう言うなり曼楨はテーブルに手を突いて立ち上がり、外へ出ようとしたが、曼璐は引っ張って放そうとしない。二人はあっというまに団子になって揉み合った。曼楨の手にはまだあの碗の破片があり、ナイフのように鋭利だったので曼璐も少し怯えてつぶやいた。「何なのよ、気でも狂ったの？」

揉み合っているうちに、そのかけらが手から落ちて粉々になってしまった。曼楨は喘ぎながら言った。「狂ったのは姉さんでしょ、いったい何があってあんなやつと手を組んでわたしを陥れたの？　それでも人間なの？」

曼璐は叫んだ。「あたしが手を組んで陥れた？　濡れ衣もいいところだわ、あんたのこの騒ぎのためにあたしがどれほど板挟みになったことか――」

「まだ言い逃れする気？　言い逃れする気なのね？」曼楨は恨み骨髄に徹して曼璐に平手

打ちを浴びせた。この一撃は相当ひどく、曼楨自身も衝撃を受けて目眩を覚えた。彼女も曼璐も茫然としてしまった。曼璐は本能的に手を上げて頬を撫でようとしたが、その手は空中で止まった。彼女が顔の半分を赤くしたままぼんやりとそこに立ち尽くしているのを見て、曼楨はどういうわけか、優しかった頃の姉さんを思い出してしまった。今までどれほど姉さんに助けてもらったことか。そして今まで、わたしは姉さんに対して感謝の言葉を口にしたことがなかった。もちろん身内のことだから恩を施すとか恩に報いるなどというような水臭いことは言えなかったけど、同時に骨肉之親だからこそかえって本能的な羞恥があり、いろいろなことを口に出せなかったのだ。曼璐のほうは、ずっと妹が自分を見下しているとばかり思っていた。さっきの平手打ちは、二人に同時に、以前のこうしたあれこれを思い起こさせたのだった。曼璐は酷い仕打ちを受けたと思った。彼女は怒りもし、傷ついてもいた。特に腹立たしいのは、曼楨のこの烈女（貞操を厳しく守る女性。前近代では典範とされた）づらだ。曼璐は冷笑した。

「へえ、うちにこんな烈女が出るなんて思ってもいなかった！　あたしがあの時烈女になってたら、一家はみんな餓え死にしてたものね！　あたしはダンサーになったし、娼婦になったわよ。誰かに辛い目に遭わされた時、いったい誰に甘えることができた？　あたしだってあんたと同じ人間よ、おんなじ姉妹じゃないの、どうしてあたしだけが賤しくて、あんただけがそんなに気高くいられるわけ？」話しているうちに声が高くなり、ここまでくるととうとう顔が涙だらけになった。ドアの外の見張りをしていた阿宝と張ばあやは、まず室内で揉み合い、叩く音が聞こえてきたのに驚いた。ドアを開けてなだめようとしたところ、今度は曼璐がダンサーだの娼婦だのと言うのが聞こえてきた。こんなことはもちろん人に聞かれたくないだろうから、阿宝は急いで張ばあやに目配せをし、立ち去ろうとしてドアを軽く閉めたところ、曼楨が隙を見て、体を横向きにし、外に出ようと走りだした。曼璐は抱き止めようとしたが追い付けなかったので、曼楨の片腕を引っ張り、二人はまた揉み合い始めた。曼楨は言った。

「まだわたしを出て行かせないつもり？　これは違法よ、わかってるの？　わたしを一生閉じ込めておくつもり？　それとも殺すとでも？」

曼璐は答えようともせず、ただ必死で彼女を引っ張った。曼楨は熱があったために体がふらふらしており、曼璐に引きずられると二、三歩後ろに下がった。そこで派手に転んで床に座り込み、先ほど割った碗の上に手をついてしまったので、思わずあっと声を上げた。曼璐のほうは急いでかちゃかちゃと磁器の破片を踏みながら出ていき、ドアを閉めるとがちゃりと外から鍵をかけた。

曼楨の手のひらはぱっくりと割れ、血がだらだらと流れた。手を広げてみると、まず目に入ったのはあのルビーの指輪だった。彼女の貞操観念は、もちろん昔の女性のそれとはいささか異なる。曼楨は自分が世鈞に申し訳ないことをしたとは思わなかったが、この時自分の指の指輪を見ると、心が針で刺されるように感じた。

世鈞……彼はいったいまだ上海にいるのだろうか。わたしをさがしにここまで来てくれるだろうか。母さんはここに来たのかしら。母さんが助けてくれるという望みはないだろう。本当のことを知ったところで、絶対に警察に行ったりしないはずだ。家の恥は外には隠したいだろうし、母さんは「二夫にまみえず」という道徳を固く信じているから、こうなってしまった以上鴻才に嫁ぐしかないと言うに決まっている。姉さんからさらに圧力をかけられたら、母さんは自分の考えというのを持たない人だから、どうしていいかわからなくなってしまうだろう。唯一の希望は母さんがありのままを世鈞に話し、彼と相談してくれることだ。でも世鈞は、そもそもまだ上海にいるのだろうか。

彼女は窓辺に手をついて身を起こした。窓枠に残った割れたガラスはギザギザになっていて尖った山のようだ。窓の向こうは庭だが、冬空の下の切り芝は禿げ上がっていてだだっ広く見えた。四方は高い壁に囲まれている。彼女はこの壁がこんなに高いことには気づいていなかった。庭には紫荊花の木が一本あり、枯れた藤のような枝が寒い風の中に揺れている。曼楨はふと思い出した。子供のころ、紫荊花の下には幽霊がいると誰かが言ったのを聞いたことがある。どうしてそう言われるのかはわからない。ただそう言われているためか、なんだかこの花を見るとどうしても陰惨な感じがしてしまう。もしも彼女がここで死んだら、きっと彼女の霊魂がこの紫荊花の下に現れることだろう。いずれにしても、ここで訳もわからず死ぬわけにはいかない。死んだって屈するものか。部屋にマッチが一箱ありさえすれば、本当に火を放ち、混乱に乗じて逃げ出せるかもしれないのだが。

突然外の部屋から人の声が聞こえてきた。大工がきてなにかトントンと仕事をしている。外側の部屋のドアをくり抜いて小窓を作り、そこから食事を入れられるようにしていたのだった。しかし曼楨には彼らが何をしているのかわからず、きっとドアを釘で固定して、彼女を狂人のように閉じ込めるのだろうと推測した。釘を打つ音が一回一回響くのを聞くと心臓が叩かれる思いがした。まるで棺桶に釘を打ちつけているかのようだ。

また阿宝の声が聞こえてきた。そこで大工と話をしているのだ。その大工には浦東（上海市東部の地名。一九二七年に江蘇省から上海市の管轄となった。当時は漁村のイメージが強かった）の訛りがあり、しゃがれた声をしていた。曼楨にとって、それは外側の広大な世界の音だった。彼女は戦慄し、希望を持ってドアに飛びかかると大声で叫び始めた。家に手紙を届けてちょうだい、と言い、家の住所と世鈞の住所を伝えた。わたしは陥れられてここに閉じ込められているんです――ほかにもいろんなことを話し、自分でも何を言っているのかわからなくなった。その尖った声も、まるで自分の声ではないようだ。こんなふうに泣いて騒いでどんどんドアを叩いているなんて、まるで狂人ではないか。

彼女は突然動きを止めた。外側は異様に静まり返っている。阿宝はもちろんもう大工に説明したのだろう。狂ってしまったお嬢さんをこの中に閉じ込めているんです、と。彼女自身も疑惑に駆られてきた。もう狂気の瀬戸際にいるのではないだろうか。

大工はまた仕事を始めた。阿宝はそばで見守りながらおしゃべりをしている。大工の話し方はのんびりとしたままで、今日は間にあったから来たけれど、もう少し遅かったら田舎に帰って年越しをしているところだった、と言った。阿宝は大工に何人子供がいるのか尋ねている。彼らの話を聞いていると、吹雪の夜、はるか遠くに人家の灯りが温かく灯っているのを見ているような気がして、余計に悲しく不安になった。彼女はドアにもたれ、力無くすすり泣き始めた。

曼楨はふと、本当に体がもたないことに気づき、しかたなくふらふらとベッドに戻った。横になってみるとふわふわとしてとても心地よかったが、いくらもたたないうちに全身の関節が痛みはじめ、どのように姿勢を変えても寝心地が悪くてひたすら寝返りをうった。鼻を通る空気は燃える火のようだ。自分でも風邪だと思ってはいたものの、こんなにひどくなるとは思っていなかった。全身の毛穴がなにかの粘液を分泌しているようで、なんとも言い難い気持ち悪さだ。空は暗くなり、部屋もだんだん暗くなった。ずっと電気をつけず、どれほどの時間が過ぎたかもわからないままにようやく気絶するように眠ったが、手の傷が焼けるように痛むので眠りは浅く、真夜中に目を覚ました。そこでふと、ドアの下から一筋の灯りが漏れているのに気づいてどきりとした。同時にドアの鍵穴からかちゃりという音がしたが、その音のあとはまた静まり返った。彼女はもともとずっと警戒していて、服は着たままだったし靴さえ脱いでいなかったから、掛け布団をはねのけて座り直したものの、座ってみると天地がぐるぐると回るように感じられ、もう少しで床に倒れてしまうところだった。目を凝らしてみると、ドアの隙間からの灯りはすでに消えている。いくら待ってももう何の音もせず、ただ自分の心臓がどきどきいうのが聞こえるばかりだった。彼女はきっとまた祝鴻才に違いないと思った。自分でもどこからそんな力が湧いたのかわからないが、さっと駆け出して灯りをつけると窓際に立った。曖昧ながら、本当にどうしようもなくなったとしても、まだ飛び降りることができると思っていたのだ。飛び降りる時は鴻才も道連れにしてやる。しかしいくら待ってももう何の物音もしなかったので、張りつめていた神経もだんだん緩んできた。この時ようやく、彼女は自分が風の通るところに立っており、北西の風がびゅうびゅう吹き込んで、熱の出ている体が冷気にさらされていることに気づいた。とても寒くなったかと思うと、また熱くてからからになるような異様な感覚があり、苦しくてたまらない。

ドアまで行き、ノブを回してみるとドアは開いた。彼女の心は狂おしく飛び跳ねた。もしかしたら、誰かがひそかに彼女を逃がそうとしてくれているのだろうか。外側のほうの、いろいろなものを積み上げてある部屋は真っ暗だったので彼女は電気をつけた。誰もいない。ふとドアをみると、新しく取り付けた小窓があり、小窓のこちら側には台が据えつけられていて、漆の盆が載っている。お茶の入った急須が一つ、茶碗が一つ、乾きものの点心が一皿並べてあった。彼女はさっと理解した。自分を逃がす気などあるものか。ただ内側と外側の二部屋を繋げ、この先はこの小窓から食事を出せるよう、便利にしただけなのだ。つまり、未来永劫にわたってこうするという心づもりなのだろう。そう思うと、自分が氷窟の中に落ちてしまったような気がした。ドアノブを回してみたが、やはり施錠されている。その小窓にも鍵がかかっていた。急須を触ってみるとまだ熱い。彼女は震える手でお茶を注いで飲んだ。喉が渇いていてたまらなかったのだが、一口飲んでみると味がおかしい。実は自分の味覚がおかしくなっていたのだが、それでも疑わざるを得なかった。茶の中に薬が仕込まれているのではないか。もう一口飲んでみたが、本当に不味くてどうも疑わしく、それ以上手をつけるのはやめた。絶対に内側の部屋のベッドには戻りたくなかったので、彼女は外側の部屋のソファに横になった。古新聞紙にくるまれたソファの上で一晩を明かし、電気も消さないままだった。

翌朝、おそらく阿宝が食事を運んできた時、あの小窓から彼女がうわごとを呟いているのを見たのだろう。曼楨は熱があまりに高かったので意識もはっきりせず、誰かが鍵を開けて入ってきたこと、自分が内側のベッドに移されたこと、それからひっきりなしにお茶やらお湯やらが運ばれてきたことをうっすら感じとっていた。こうして昏々と眠り続けたあといったいどれほどたったかわからないが、ある日ふと意識がはっきりとした。見ると阿宝がそばに座って編み物をしており、「十二か月の花の名の歌」（安徽省の民謡）をハミングしている。曼楨はぼんやりと、これは以前のことで、阿宝は自分たちの家で女中として働いているのだと考えた。どうやらわたしはひどい病気らしい。でなければ阿宝は下で働いているはず。二階で病人の看護をさせられているなんて……。母さんはどうしていないのだろう。それから事務室の引き出しの鍵が気になった。あれを叔恵に届けなくちゃ。わたしが鍵をかけた引き出しの中にたくさんの書類が入ってるのに、叔恵が取り出そうと思っても取り出せなくなってしまう——ここまで考えると慌ててぶつぶつと呟いた。

「傑民は？　鍵を許(きょ)さんの家に届けてもらいたいんだけど」阿宝は彼女が寝言を言っているものと思っていたが、「鍵」という一語だけが聞き取れたので、曼楨が部屋の鍵のことを言っており、何とかして出ていこうとしているのだと思い込んだ。

「曼楨お嬢さま、慌てないでくださいよ。まずはしっかり体を治してください。病気を治してから、どんな話もそれからですよ」曼楨は阿宝の答えがちぐはぐなので不思議に思った。この部屋は薄暗かった。窓の半分はガラスが割られたために、木の板を打ち付けてある。辺りを見回すと、ようやく記憶が戻ってきた。あの狂ったような一連のできごとは、高熱の中で見た夢だと思っていたが、夢ではなかった、夢ではないのだ……。

阿宝は言った。

「お嬢さま、何か召しあがりたいものは？」曼楨は答えず、しばらく経ってからようやく枕の上で微かに首を横に振った。

「阿宝、ねえ思い出してみて。わたし、あんたによくしてあげてたよね」

阿宝は少し詰まったが、微笑して言った。「ええ、曼楨お嬢さまは一番優しかったです」

「いまちょっと助けてくれたら、一生恩は忘れないわ」

阿宝は編み物をしていたが、竹の編み針をさかさに持ち、ちょっと頭を掻くとためらった様子を見せて微笑んだ。「お嬢さま、わたしたちは人様にすがってご飯を食べている身です。ご主人さまの言うことに従うしかありません。お嬢さまはわかってくださいますよね」

「わかってるわ。何も難しいことはしなくていいの、ただ手紙を届けてくれれば。わたしはあんたのお嬢さまみたいなお金持ちじゃないけど、なんとしても手立てを考えるわ、あんたに損させたりしない」

阿宝は笑顔で言った。「そういう問題じゃないんです。どれほどここが警戒されているかご存じないんですね。わたしが出て行ったらみんなに疑われちまいます」阿宝が一心に断ろうとしているのをみると、曼楨は自分に金の持ち合わせがないことを恨むしかなかった。いまどれほど金をやろうと言ってもあてにならぬ口約束にすぎない。どうしたら信じてもらえるだろうか。焦るあまり、知らず知らずのうちに両手をぎゅっと握りしめていた。彼女は指輪を目にするのが怖くて逆につけていたので、あのルビーは手の内側に回ってお り、ぎゅっと握りしめるとその宝石の存在が硬く感じられた。彼女はふと閃いた。女は宝飾品を好むものだ。この指輪を阿宝にあげよう。もしかしたら心を動かしてくれるかも。もしも嫌だといったら質入れ品と思ってもらえばいい。将来またお金で請けだそう。そこで彼女は指輪を外した。今はこれを見るのが怖いけれど、手放すのは忍びない気もした。それを阿宝に渡すと低い声で言った。「わたしもあんたが困るのはわかってる。まずこれを持っていって。お金にはならないけど、わたしにとってはとても大切なものなの。将来きっとお金を渡すからその時返してね」

阿宝は初めは決して受け取ろうとしなかったが、曼楨は言った。「持ってて。あんたが持っていかないっていうことはわたしを助けてくれないっていうことよ」阿宝は煮え切らない態度をとったが、結局受け取った。

そこで曼楨は言った。

「なんとかして紙とペンを準備して、次に来るときに持ってきてちょうだい」彼女は手紙を書いて阿宝に渡し、叔恵の家に届けてもらおうと考えた。もしも世鈞がもう南京に戻っていたら、叔恵に転送してもらえばいい。阿宝は「お家へ手紙を書きたいのですか」と聞いたが、曼楨は枕の上で首を横にふり、しばらく黙りこんでから言った。

「沈さんに書くの。沈さん、あんたも会ったことあるわよね」世鈞の名を出したとたん、涙が頬を伝って流れ落ちたので顔を背けた。阿宝はまた彼女を慰めたが、焦ってはいけないというようなことを言っただけだった。そのあと立ち上がると、やはり外から鍵をかけ、そのまま曼璐の部屋へ向かった。

曼璐はちょうど電話をしているところだった。声の焦りようからみて、母親と話しているに違いない。この二日ばかり、彼女は何度も電話をし、早く出発するようにと急かしていたのだ。阿宝は床にあった煙草の吸い殻と新聞をみな拾い上げ、化粧台の上に載っているものを整理し、開けっぱなしだったクリームの蓋をひとつひとつ閉め、ブラシに絡みついている髪の毛を一本一本取った。曼璐が電話を終えると、阿宝はまずドアを閉め、それから思わせぶりな笑顔を浮かべてポケットからあの指輪を取り出して曼璐に見せて言った。

「さっき曼楨お嬢さまが、保証金代わりにどうしてもと言ってわたしにくださったんです。あとでお金を渡すから、手紙を届けてほしいと」

「へえ？　一体誰に？」

「あの沈さんです」曼璐はその指輪を手に置いて眺めた。その沈というのが贈ったもので、おそらく婚約指輪のつもりなのだろう。そこで笑って言った。

「こんなの一文にもならないわ、あたしにちょうだい。もちろんただで取り上げたりはしないわよ」言うと引き出しの鍵を開けて札束を取り出した。阿宝が横目で見たところ、十枚を一束にした十元札で、五、六束はある。以前曼璐が貧困に喘いでいたころ、しばしば宝飾品を売ったり質に入れたりしていたので、阿宝はこの方面には相当な知識を持っていた。彼女は、こんな指輪は売ったところでいくらにもならないから曼璐に渡してしまった方が割に合うだろうと考えたのだ。思った通り、なんと一財産になった。その場では一応断るふりをしたが、曼璐はばさっと札束をテーブルに置いていった。「持っていきなさい。あんたには良心があったっていうことだからね」

阿宝も礼を言うとそれを納めて笑顔になった。「曼楨お嬢さまはまだわたしが紙とペンを持っていくのを待ってらっしゃいますけど」曼璐はちょっと考えた。「じゃあこれからはあんたはあそこに行かなくていいわ。張ばあやに行ってもらうことにする」そう言うと、曼璐はまた別のことを思い出し、阿宝を実家に行かせた。あちらは人手が足りないから、阿宝に荷づくりを手伝わせることにしたのだ。手伝わせるという名目だが、実際には催促させようという意図だった。家族にはできるだけ早く上海を離れてもらいたい。

顧夫人は、まさか蘇州で年越しをすることになるとは夢にも思っていなかった。ひとつには曼璐がやいやいせきたてるからで、もうひとつには「正月中は引っ越してはいけない」という言い伝えを顧夫人も信じていたからだ。だから年越し前に越すしかなかった。まさか年末に洗っておいたシーツが全部風呂敷の代わりになり、大きな包みをたくさんつくることになるとも考えていなかった。彼女は荷物を整理しながらも、これも捨てられず、あれも捨てられずにいた。全部持っていくとなると、荷物の切符代だけでもすごい値段になってしまう。それに年月を重ねたぼろばかりなので、ひとたび外の光にさらし、門から運び出して路地に並べ、大八車に載せるとなんともみすぼらしく見えた。阿宝は顧夫人が困り果てているのをみると、全てを祝家の屋敷に持っていくことを承諾した。幸い、あちらには空き部屋がいくらでもあるからだ。しかし顧夫人が去ってしまうと、すぐに廃品回収に出してあらいざらい売ってしまったのだが。

顧夫人は上海を去る前はひどく慌てていて、まるで兵役に召集されているような気がした。曼璐の言っていることも当てになるとは限らないが、これからの全ての希望は曼璐にかかっているのだから、悪い方には考えたくない。世鈞から曼楨に宛てた手紙を受け取ってはいたが、誰にも見せる勇気がなく、中に何が書いてあるのかも知らなかった。預かったまますいぶんな時間が経っていたのだが、出発を迎えたこの日になってやはり阿宝に渡すことにし、曼璐に届けるように言いつけたのだった。

世鈞からの手紙は南京から出したものだった。あの日、祝家まで曼楨を訪ねていったのに会えなかったのは、曼楨が彼に会いたくないのでわざと出てこなかったからだろうと世鈞は思い込み、ひどく辛い思いをしていた。許家に戻ると、彼の留守中に菊蓀(きくそん)おじが人を寄越して世鈞を訪ねてきたという。一体何が起こったのだろうとすぐに出かけて聞いてみると、特に大したことではなかった。世鈞の外祖父には妾が産んだ息子がいて、菊蓀おじの弟にあたるのだが、妾のほうは南京に住み、彼は上海で進学している。冬休みになったので帰省して年越しするのだが、菊蓀は弟を一人で帰すのは心配なので世鈞といっしょに南京に戻って欲しいということだった。一緒に帰るのはもちろん問題ないが、世鈞は上海にもう数日滞在するつもりだったのに、菊蓀はすぐ出発しろと執拗に言った。世鈞の母が早く帰ってきてほしがっているのだという。年末の決算でこれからまだ忙しくなるのに、彼がいない間、他の人では安心できないからと父はなんでも自分でやろうとする。そうやって無理すれば病体に影響が出るかもしれない……。世鈞は菊蓀おじの話を聞きながら思った。どうやら彼らが上海に出発する前に、沈夫人は自分の弟に世鈞を早めに南京に戻すよう言いふくめていたらしい。そしてきっと、母はそれ以上のことを話したのだろう。おそらくは内心に抱えていた憂慮を全部ぶちまけたのだろう。でなければおじだって、こんなにあれこれ弁を振るい、どうしても明日すぐに出発するようにと固執するはずがない。世鈞はおじが顔色を変えて熱弁をふるうのを見ているうち、口角泡を飛ばして言い争うのが馬鹿馬鹿しくなって同意した。あまりにも心が乱れていたので、自分も曼楨も少し冷静になることが必要だとも思った。南京に戻ってから彼女に手紙を書くのもいいだろう。やはり手紙のほうが少し理性的になれる。

彼は南京に戻ってすぐ手紙を書き、続けざまに二通出したが、返事はなかった。年越しになると今年は特別に賑やかで、家にあれこれの人が出入りした。しかし父は年越しを過ぎると疲れ切ってしまい、容態が突然悪くなった。今回はあまりにも急激に悪化したので、もともと診てもらっていた医師もさじを投げてしまった。結局世鈞が父に付き添い、上海で治療することになったのである。

上海に着くと、父はすぐに入院した。最初の一、二日は状態が非常に悪く、世鈞は全くそばを離れることができずに日夜付き添っていた。叔恵はこの知らせを聞くと病院まで見舞いに来てくれたが、その日には世鈞の父親は少し回復していた。しばらく話してから、世鈞は叔恵に聞いた。

「最近曼楨に会ったことはあるかい?」

「長い間会ってないよ。曼楨は君が来ていることを知らないのか?」

世鈞は少し決まり悪そうに言った。「ここ数日忙しくって、彼女に電話する時間もとれなかったんだ」ここまで言うと、父が自分たちの会話に注意しているようなので話題を変えた。

彼らは専属の看護師を雇っていた。朱という姓の活発な女性で、小さな白い帽子を小粋にあみだにかぶっている。彼らがやってきていくらも経たないうちに、彼女とはもうかなり親しくなった。世鈞の父親が自分たちの持ってきた茶を淹れて叔恵に出すよう世鈞にいうと、彼らが茶に凝る人物だとすでに見てとっていた朱さんは微笑んで言った。

「六安のお茶は飲まれますか? ここの看護師に楊さんって人がいたんですけど、今は六安の病院で仕事をしているんです。人づてにお茶を十斤送ってきて、わたしに代わりに売ってくれって言われたんですけど、たしかにとても安いんですよ」世鈞は六安と聞くとなんともいえない感情にとらわれた。曼楨の故郷だ。

「六安……その病院って、もしかして張という医師が院長ですか？」

朱さんは笑った。「そうですよ、張先生をご存じなんですか？　本当に優しい人で、今回上海でご結婚なさったんですよ。このお茶もその時持ってきてくれたんです」世鈞はその言葉を聞くと、なぜか黙り込んでしまった。叔恵が話しかけても聞こえていない様子だ。それを察した叔恵が聞いた。

「どの張先生？」

彼は急いで笑顔で答えた。「張豫瑾だよ。君は知らない人だ」それから朱さんに聞いた。

「ああ、結婚したんですね。奥さんの姓は知ってますか？」

「わたしもはっきり聞いてないんです。花嫁さんは上海の人だけど、結婚なさってからすぐ一緒に六安に移ったそうですよ」世鈞はそれ以上聞かなかった。どういうことなのかは聞き出せないだろうし、目の前にいる父と叔恵は、彼がどうして張医師とやらの結婚にこれほど興味を持つのか不思議に思うだろう。朱さんは彼が黙り込んだのをみると、きっと世鈞は茶葉を買う気がないが拒絶するのも具合が悪いと思っているのだろうと考えた。物分かりがいいことを以て任じている彼女はすぐに手首の時計をみると、急いで体温計を取りに行き、嘯桐の熱を測った。

世鈞は早く叔恵に帰ってもらいたくてたまらなかった。幸いいくらもたたないうちに叔恵は立ち上がっていとまを告げた。世鈞は言った。「一緒に出るよ。ちょっと買い物があるんだ」二人で一緒に病院を出ると、世鈞は聞いた。

「これからどこへ行くんだい?」

叔恵は腕時計を見てから言った。「工場にいったん戻らなくちゃ。今日は退勤の前にさぼって出てきたんだ、ここの面会時間に遅れると入れてもらえないんじゃないかと思ってね」

叔恵はそそくさと工場に戻り、世鈞は適当な店に入って電話を借りた。この時間なら曼楨は事務室にいるだろうと計算して、事務室の番号にかけたのだ。彼女と同じ部署にいたあの男性職員が電話に出たので、まずは適当な挨拶をしてから顧さんにかわってほしいと頼んだ。

「彼女はもういませんよ。なんだ、知らなかったんですか?」

世鈞は茫然とした。

「もういない——退職したんですか?」

「あとから退職届が送られてきたんだったかな。とにかく何日も来ないものだから、彼女の家に人をやって訪ねさせたんですけど、家族みんな引っ越していたそうです」ここまで話すと世鈞が黙りこくってしまったので、職員のほうが話を続けた。

「どこに引っ越したのかもわからないんです。ご存じないですか？」

世鈞は無理に笑いながら言った。「全然知りませんでした。さっき南京からきたところで、僕も彼女とはずいぶん会ってないんです」その後もなんとか適当な会話を続けてからようやく電話を切った。それからカウンターに行って電話をかけるためのコインをもうひとつ買い、今度は曼楨の家に電話した。さっきの人が嘘を言うはずはないが、彼はどうも信じることができなかったのだ。ベルの音が延々と鳴り響く。明らかに空き家だ。もちろん引っ越したのだろう。家を出てから数時間にもならないのに、電話をしてみたらもう引っ越していた、という気がした。驚き、恐れもしたし、混乱もした。まるで幽霊に会ったかのようだ。

彼は受話器を戻してからも、電話のそばに長いこと立ちつくしていた。店を出ると、大通りを茫然と歩いた。うっすらとした夕日が地面を照らしている。世界の広さを感じたが、彼が行ける場所はどこにもない。

もちろん、彼女が前に住んでいたところに行って聞くべきだ。路地の門番はもしかしたら一家がどこに越したか知っているかもしれない。一階の三部屋を借りていた一家ももう出て行ってしまっているだろうが、もしも住所を残してくれていたら、あの家族からも何か聞けるかもしれない。曼楨の家は相当遠かった。人力車に揺られながらふと閃いたことがあった。最後に顔を合わせた時、俺は彼女に引っ越せと言ったじゃないか。もしかしたら彼女が引っ越したのは、俺の主張に従ったからではないか。引っ越しはしたものの、腹を立てているのでなかなか手紙を書いてこない、そういう可能性もあるのでは？　もしかしたら、彼が南京を離れているこの数日のうちに、彼女の手紙が届いているかもしれない。別の可能性もある。もしかしたら彼女はとうに手紙を送ってくれているのに、母が隠して渡してくれなかったのかも——しかし彼女が突然辞職したというのはまたなんでだろうか。今までの仮定はそれで全部ひっくり返ってしまう。

人力車は路地の入り口で止まった。ここには数え切れないほど来たのだが、今回路地に足を踏み入れた途端、異様なよそよそしさを感じた。もう人が去って建物が残っているだけだと知っていたからかもしれないが、家は狭苦しくみすぼらしく見え、その上にかかった空さえずいぶん低く感じられた。

初めて来た時、曼楨の家にはずっと秘密めいた印象があったので、この路地に足を踏み入れるとなんだかぞくぞくするような危うさを覚えたが、あの時にはもちろんちょっとした高揚も感じていた。女中たちが共用の水道で米を研いだり洗濯をしたりしているのを見かけたときには新鮮な感じがしたものだ。今は寒い冬空の下、路地には誰もいない。路地の入り口には小さな木の小屋があり、門番がそこに住んでいるのだが、女中が一人その窓の前に立って門番とおしゃべりをしていた。彼女は綿入りの上着とズボンを履いていたが、腰の部分はみるからに膨れ上がり、腹部が高く盛り上がっていた。白いエプロンは腹から遠いところにひっかかっているように見える。彼女は窓辺に寄りかかって中の門番と話し込んでいた。この様子を見て、世鈞は門番に話しかけるのはやめ、まず中に入ってみることにした。

しかし見るべきものは何もなかった。扉も窓も固く閉じた空き家になっているだけで、ガラス窓は霧のように埃をかぶっている。世鈞は扉の外でしばらく佇(たたず)んでから、またゆっくりと路地の入り口に向かって歩いた。今度はあの門番のほうが彼を見つけて、自分の小屋から出てくると世鈞に微笑んで頷いた。世鈞は以前、しょっちゅう彼に小遣いを渡していたのだった。顧家で遅くまで話し込んでから帰ることがしばしばあり、路地の鉄門がもう閉まっていた場合はこの門番に開けてもらっていたからである。門番が彼に頷いて挨拶したので、世鈞は微笑みながら聞いた。

「顧さんの家は引っ越したんだね？」

「去年の年末に引っ越していかれました。顧さんちに来た手紙を二通預かっててね、住所がわかったら転送してほしいと頼まれてるんですよ。沈さんはどこか心あたりありますか?」言いながら、窓の外から手を内側にさし入れ、テーブルの上をさぐってその二通の手紙を探した。さっき彼とおしゃべりしていたあの女中はずっと窓の外に立ったままだったのだが、このときさっと体をひねってよけてくれた。よその家の事情というのは、たいてい使用人同士のつながりによって伝えられるものだが、顧家には使用人がいなかった。だから路地の門番がいかに消息通で、路地にある全ての家の事情をしっかり頭に入れているといっても、顧家のことだけはあまりよくわかっていなかったのだ。それに曼璐には過去があるので、いつも秘密めかして自分からは何も言わなかったから、まわりもあれこれ聞きにくかった。

世鈞は言った。

「顧さんちの下には劉さんという一家が住んでいたけど、どこに行ったか知ってるかい?」

門番はぶつぶつと呟いた。「劉さん……どうやら虹口(ホンキュウ)に越したようですよ。顧さんちは上海を出ました。大八車の車夫に聞いたけど、北駅まで行ったそうです」世鈞はどきりとした。北駅。曼楨は豫瑾に嫁いで一緒に北に帰ったに違いない。一家もついて行って豫瑾の世話になっているのだろう。曼楨の祖母と母の夢がついに叶ったわけだ。

曼楨の祖母と母がずっとそう願っていたことを世鈞はとうに知っていたし、その願いが一方通行ではないということも感じていた。豫瑾は曼楨に好感を持っていた。彼が曼楨に一歩進んだ意思表示をしたかどうかについて曼楨は言わなかったが、彼女が全てを話してくれていないことは直感的にわかっていた。自分が疑り深かったのではない。関係がある程度進んだ二人なら、あいだにわだかまりが生まれると気づかずにはいられないのだ。彼女は豫瑾をとても尊敬していて、そのことを隠そうとはしていなかった。もはや英雄のように崇拝していたと言ってもいい。彼はただ黙々と仕事をするだけで、町医者として一生を終える準備をしていたにもかかわらず。世鈞は思った――そうだ、俺がどうやって彼に張り合えるというんだ。仕事を始めたばかりで中断してしまったから、曼楨は俺が家庭に投降したと思い、ひどく失望したのだろう。しかし俺たちはもう二、三年も交際していたのだ。彼女だって俺に気持ちが残っていないはずはない。その間俺たちは喧嘩したことはなかったのに、豫瑾が来てしばらくしてから大喧嘩をしたのだった。これは偶然ではないだろう。もちろん、彼女が口実を見つけて喧嘩をふっかけてきたのではない。もともとわだかまりがあったのがついに爆発したということなんだろう。

門番は二通の手紙を彼に渡した。一通は曼楨の弟の学校からで、おそらくは成績表だろう。もう一通は彼が曼楨に書いたものだった。世鈞は自分の筆跡を見るなり衝撃を受けた。

封筒には消印のほかに丸い醤油の染みがついている。きっと門番が茶碗を上に置いたのだろう。彼は二通の手紙を手に持って確かめると、門番に向かって微笑み、頷いた。

「わかったよ……僕がなんとかして転送するよ」そのまま手紙を持って立ち去った。

路地を出ると、もう街灯が灯っていた。自分が曼楨に書いたほうの手紙を取り出して確認してみると、二通目のほうだった。彼女はきっと最初の手紙を受け取ったはずだ。そして実際、言うべきことは一通目の手紙で全部言い尽くしていたので、二通目はもともと余分なものだった。彼はすぐにその手紙をびりびりと引きちぎった。

蘑菇豆腐（モーグードウフ）乾（ガン）売りが遠くから呼び売りして来る。また今日も来たのだ。毎日ほぼこれくらいの時刻、彼はいつもこの一帯に呼び売りにやってきて、大きな通りも小さな道も一通り回っていく。ひょろ長い老人は籠を下げて、毎日必ず曼楨の住む路地にやってくるのだ。世鈞はその声を聞くなり、曼楨の家で過ごした無数の黄昏を思い出した。「豆（ドウ）……乾（ガン）！　五香蘑菇豆（ウーシアンモーグードウ）……乾（ガン）！」重々しくしゃがれたその声が次第にこちらに近づいてくると、心が空っぽになるようだった。

彼は、曼楨の姉さんの家に行って聞いてみるべきだと思った。彼女の家は前に一度訪ねていて、番地もまだ覚えている。ただあそこはかなり遠いから、今から訪れるのは時間的に遅すぎるだろう。そこで彼は少し歩いて配車してくれる業者を訪ね、自動車を一台頼んで虹橋路まで急いだ。空はまだ真っ暗にはなっていない。車を降りて呼び鈴を鳴らすと、やはり鉄の門の小窓が開いて、使用人が顔の半分を覗かせた。この前と同じ男のようだ。世鈞は言った。「奥さまにお目にかかりたいんだが。僕は沈、沈世鈞と言う者だ」相手はしばらく黙ってから言った。「奥さまはおそらくおでかけだと思いますが、見てきます」また小窓は閉じられた。世鈞も、金持ちの家の使用人は来客に対していつもこう言うのだとは知っていた。主人が会うか会わないかわからないので、まずはどちらにもとれるようなことを言っておくのだ。しかし彼はとても焦っていたので、曼楨の姉はもしかしたら本当にちょうど出かけているのかもしれないと考えた。もしも姉の夫が在宅だったら彼に会わせてもらってもよかったのに、そう言うのを忘れてしまった。とうに予想していたが、門の外でかなり長い間待たされた。とうとう内側でかんぬきを外す音が聞こえ、通用門が開いて、あの使用人がさっと姿を現した。「お入りください」彼は世鈞が入っていくとまたかんぬきを閉めてから先に立って道案内をした。石炭殻を敷いた車道に沿って進むと、両側は分厚い柊(ひいらぎ)の生垣になっていた。黄昏のこの時間、庭園はすでに暗くなっていたが、空はまだ明るく、昼とそう変わりなかった。淡い空の色に、眉のような形の金色の月が映えている。

世鈞が建物の下の道を通った時、曼楨は石炭殻の道を踏み締める革靴の音を聞いた。特に怪しむこともないのだが、ここでは革靴を履いている者は誰もいない。使用人はみな木綿の靴だし、曼璐はいつもは刺繍の布靴を履いている。祝鴻才が履いているのは黒いベネシャン（斜めの畝を特徴とする厚手の生地）に白い厚底の靴だ。この家に客が来ることは滅多にない。いったい誰だろう？ 曼楨はベッドに寝ていた。必死で半身を起こすと目を凝らして窓の外を見たが、何も見えなかった。見えたのはただ明るい空と、空にかかった鉤のような細い金色の月だけだ。もしかしたら世鈞が来たのかも、と彼女は思ったが、すぐに考え直した。わたしは本当におかしくなってしまった。朝から晩まで世鈞が助けにきてくれることばかり考えているので、足音が聞こえれば世鈞だと思うようになってしまったのだ。その革靴の音はどんどん近づいてくると、また遠ざかっていった。曼楨は焦った。この人が誰でも構うもんか、とにかく助けを求めなければ。しかし彼女はずっと病気だったので、熱のせいで声が嗄れてしまっていた。何日も誰とも口をきいていなかったので、自分でも気がついていなかったのである。この時口を開けてみて自分でも驚いた。こんなに声が嗄れていては、叫んでみても聞こえるのは気管から漏れるひゅうひゅうという音だけだ。

部屋の中は真っ暗で、彼女は一人でそこにいた。阿宝は指輪を持っていってしまってからは一度も来なくなり、ずっと張ばあやが世話をしてくれている。張ばあやはちょうど曼楨の部屋から去ったところで、厨房に年糕（餅とよく似た食品）を食べにいっていた。まだ正月期間で、たくさん年糕が残っていたから、使用人も好きなように食べてよかったのである。張ばあやが年糕入りのスープをこしらえて大きな碗につぎ、一口すすったところで阿宝がこそこそと急いでやってくると低い声で言った。

「張おばあさん、早く上に行って、呼ばれてるわよ！」張ばあやはあわてて碗を置いて聞いた。「奥さまが？」

阿宝は頷いて耳打ちした。「奥の部屋を見張ってなさいって。気をつけてね！」張ばあやはこの言葉を聞くと、また曼楨の部屋で何か騒ぎが起きたのかと思い、大慌てで階段を上っていった。阿宝は後ろからついて行ったが、階段の下に着いたところで、ちょうどあの使用人が世鈞を連れて玄関から入ってくるところに出くわしてしまった。世鈞は以前曼楨の家で阿宝を見たことがあった。ただ一度のことだったがよく覚えていたので、彼女のほうをちらりと見た。阿宝のほうはびくっとしてしまい、話しかけられるのではないかと恐れた。顧家はどこに引っ越したのかなどと聞かれて、万一辻褄の合わない答えをしてしまったら大変なことだ。彼女はただうつむいて彼のことは知らないというふりをし、さっさと二階に上がっていった。

使用人は世鈞を客間に連れて行き、灯りをつけた。この客間はべらぼうに広く、しつらえも大変華麗なものだったが、あまり客が来たことはない様子だ。何かを話すとすぐ声が反響する。スチームがとても効いていたので、世鈞は座るなりハンカチを取り出して汗を拭いた。使用人は一旦出ていくと今度は茶を持ってきて、彼の目の前にある低いティーテーブルに置いた。茶が二杯あるのを見てふたたび視線を上げると、もう曼璐が入ってきていた。部屋の反対側からゆるゆると入ってきたのだ。彼女は黒い長丈(ながたけ)の旗袍を着ていて、スリットからはスパンコールの縁取りをつけた黒いシルクのズボンを覗かせ、淡い紫がかったグレーの絨毯の上を音もなく歩いてきた。以前会った時には、たしかこんなに痩せてはいなかったようだ。二つの眼窩(がんか)は深く落ち窪み、電灯の下で見ると両目が二つの穴のように見える。顔には化粧をしていて、もちろん赤いところは赤く、白いところは白く塗られているのだが、どういうわけか世鈞は紅粉骷髏(ホンフェンクーロウ)（艶やかな骸骨。美女も本質は骸骨に過ぎないという意）という四文字を連想した。字面からだけ見れば、あれはこういう顔のことを指すのだろう。

彼はこういう女性とわたりあった経験がないので、はなから緊張気味だった。すぐに身を起こすと彼女に深々と頭を下げ、曼璐がこちらまでやってくるのも待たずに急いで来意を述べた。

「祝の奥さん、すみません、お邪魔してしまって――さきほど曼楨を訪ねに行ったのですが、みんな引っ越してしまっていました。一体どこに行ってしまったのでしょうか」曼璐はただ笑って頷いていたが、「沈さん、お茶をどうぞ」と勧めた。先に座った彼女が、小さな紙包みを手にしているのに世鈞は目ざとく気づいた。思わずちらちらと見てしまったが、いったい何なのかは分からない。手紙ではなさそうだ。世鈞が曼璐と向かい合って座ると、曼璐はその紙包みを開いた。中には銀紙が入っていて、さらにその銀紙の包みを開けると、出てきたのはルビーの指輪だった。世鈞はその指輪を見るなり心が震え、何を言っていいか分からなくなった。曼璐はその指輪を差し出すと笑った。

「曼楨は、沈さんがこちらにいらっしゃるだろうと予想していました。これを渡してくださいと言われたんです」これが彼女の答えなのか。彼は機械的に受け取ると同時に考えた。この指輪はとっくに俺に返したものじゃないか。返された時、俺は彼女の目の前で屑籠に投げ捨てたのだった。どうして今になってまた俺に返すのだろう。これはそんなに値打ちがあるものでもない。どうしても返したいなら送ってくれればいいだけで、こんな大仰なことをする必要はないはずだ。姉さんに頼んで直接手渡すことにするなんて、わざと俺を怒らせようとしているのか。曼楨はそんな人じゃなかった。俺は信じないぞ、まさか心変わりをすると人格まで変わってしまうものなのか。

彼はしばらく黙り込んでから口を開いた。

「では彼女は今は上海にいないのでしょうか。やっぱり直接会って話したいのですが」

曼璐のほうは彼を見て微笑むと、ゆっくりと言った。「その必要はないんじゃないかしら」

世鈞は言葉に詰まったが、顔を赤らめて聞いた。「彼女は結婚したんですか」

曼璐は顔色を変えたが、すぐには返事をしなかった。

世鈞は笑みを浮かべて聞いた。「張豫瑾と結婚したんですか」

曼璐は茶碗を取り上げて一口飲んだ。彼女は臨機応変に対応していた。世鈞が豫瑾を疑っているのだとはわかったが、曼楨が豫瑾に嫁いだと断言する勇気はなかった。こういう嘘は容易に露見するからだ。しかしこの状況を見ると、そうとでも言わなければ世鈞は諦めそうにない。曼璐は茶碗を取り上げ、碗の縁ごしに世鈞を見つめて微笑んだ。

「もうご存じなら、あたしから細かく説明することもないでしょう」

実のところ、世鈞は彼女にこう言われる前からもうほとんど希望を持っていなかったのだが、この返事を聞くとやはり大きな衝撃を受け、茫然として一言も話すことができなかった。しばらく経ってから彼はさっと立ち上がり、彼女にうなずくと微笑んだ。

「すみません、長い間お邪魔しました」と言うと回れ右をして去った。しかし一歩踏み出したところで足元でかちゃんという音がした。何かを踏みつけてしまったのだ。うつむいて見てみると彼のあの指輪だ。きちんと握っていたはずなのに、どういうわけか手の力が緩んで床に落ちていたのだった。絨毯がとても分厚くて音もしなかったから、いつ落としたのかもわからない。彼はしゃがんで指輪を拾うと、さっとポケットに入れた。騒ぐだけ騒いでおいて、またこの指輪を人様の家でなくすなんてことがあったらとんだお笑いぐさだ。曼璐もこの時立ち上がったが、世鈞は彼女のほうを見なかった。嘲笑(ちょうしょう)されるのにも同情されるのにも耐えられない。そそくさとドアに向かうと、あの使用人はもう玄関のドアを開けてそこで待っていた。曼璐は玄関まで見送ると中に戻っていき、やはり使用人が彼を外まで送り出した。世鈞は非常な早足で、使用人はあとから一生懸命ついてきた。ほどなく庭の門を出て大通りを歩き始めると、向かい側から自動車が走ってきてクラクションを鳴らし、二筋の白い光が道の前面を照らした。この虹橋路には歩道はなく、ただアスファルトの大通りが一本あるだけなのだが、馬を走らせるために脇に砂を敷いた道を残してある。世鈞は車を避けてこの馬のための道を歩き、柔らかい石灰土を踏み締めた。一歩一歩がふわふわして、何の音もしない。街灯はあたりをぼんやり照らし、人もなんだかぼんやりしていた。

あの指輪はまだ彼のポケットにあった。もしも家に持ち帰って仔細に見たら、指輪の裏の毛糸に血の跡があるのがわかっただろう。毛糸は茶色で乾いた血は紅褐色だから、ぱっと見ても血に染まっているとはわからないが、血が染み込んだ毛糸はみな固くなってしまっているので、よく見ればわかったはずだ。それを見れば彼はきっと怪しいと思い、疑いはじめただろう。しかしそんなことは探偵小説の出来事で、おおかたの現実生活では起こり得ない。世鈞は歩きながら、ポケットの中にあるあの指輪、あのルビーがまるで火のついた煙草のように彼の太腿を焼いているのをずっと感じていた。彼は手を伸ばすと指輪を取り出し、ちらりと見ることもなく道端の荒地に放り投げたのだった。

その晩病院に戻ると、一日中いなかったがどこに行っていたのだ、と父が聞いた。世鈞は、親しい友達に会って、なかなか放してもらえなかったのだとお茶を濁すしかなかった。父のほうは彼がぼんやりしているのをみると、きっと女友達に会いに行ったのだろうと推測した。翌日、おじが見舞いにやってきて長居をし、嘯桐もたくさん話をしたが、その夜に病状がまた悪化した。その日からはだんだん重くなるばかりで、入院してから二か月が過ぎた。あとから沈夫人も上海に来たし、妾も子供たちを連れてやってきたが、これは彼を看取(みと)りに来たということだった。嘯桐はその春、病院で死んだ。

春、虹橋路の紫荊花も咲いた。小さな赤い花が木の幹を鬱蒼と埋めつくした。鳥が曼楨の窓辺にやってきてばたばたと羽ばたいたが、部屋の中は異様に静かだ。鳥は誰もいないと見て部屋の中まで入り込むと、ばさばさとあちこちむやみに飛び回った。曼楨はそれにも何も感じないようだった。彼女は椅子に座っていた。病気は良くなったが、妊娠していることがわかったのだ。彼女は今いつも無気力で、全身から感覚がなくなったようだった。

そこに座っていると太陽が足の甲を照らして温かく、まるで茶トラ猫が足の上に喉を鳴らしながら伏せているようだ。彼女はこの世の中から完全に乖離してしまっていたので、陽光が体を照らすのにさえ不思議な親しみを感じた。

彼女は今では泣かなくなった。ただ時々、いつか世鈞に会える日が来たら自分に起こったことの全てを話そうと考えることがある。そんな時、もう彼と向かい合って話しているような気がして、両目からすうっと涙がこぼれ落ちるのだった。

## 13

嘯桐の棺は水路で南京に運ばれた。世鈞は棺について船で帰り、沈夫人と妾はそれぞれ別の汽車で帰った。沈夫人は夫が死んでしまうとかえって晴々した気持ちになった。夫のいない生活にはもう慣れていたが、以前は夫を別の女に取られてしまったために寡婦同然の暮らしを強いられていたので、いつも胸中になんとも言えぬわだかまりがあったのだ。今のように誰にも文句のつけようがない寡婦になるのとはわけが違っていた。それに夫は、いわば彼女の懐で死んだと言っていい。棺に蓋すれば論も定まるというわけで、今ではもう誰にも彼を強奪される心配はない。そのために沈夫人の心はずいぶん安定し、伸びやかになった。

家の中は狭いので、棺は廟に預け、しきたりにしたがって弔問客を迎えて葬儀をとりおこなった。こうしたあれこれが済んでから分家の手続きに取り掛かった。妾のほうから分家の要求を出してきたのだ。あちらは子供が多いので、べらぼうな額の養育費を要求してきた。それに妾の母がいる。嘯桐は以前から自分の母親が死ぬまで面倒を見てくれると約束したのだと言い張った。妾は、嘯桐が妾宅を出た時も、貴重なものの多くを持ち出せなかったことはみんな知っていた。しかし死人に口無しというわけで、どうすることもできない。世鈞は一貫して穏便にことをすませようと主張し、ちょっとくらい損をしてもしかたないと母に言い聞かせたのだが、奥さまとはやはり器量が小さいものだ。さらに彼の義姉の事情もあった。今回分家したというのは妾のことであって、義姉はこれからも姑と暮らすのだが、やがては分家することになるだろう。義姉は自分のことはさておくとしても、小健のことは考えてほしいと思い、陰であれこれと恨み言を言った。世鈞は軟弱すぎるし、ぼっちゃん気質で生活の苦労を知らない。それに、彼が妾宅に滞在していた頃、妾に懐柔されたのではないかとも疑った。若い人は定見がないから、妾に加担したのではないか。だが実際は、世鈞は板挟みになって苦労を舐め尽くしていたのだった。ずるずると長い時間がかかったが、この件にもなんとか決着をつけた。

父が死んで百日が経つと、世鈞はしきたりに従い、親戚の家を回って弔問の礼をした。

一軒ずつ訪問し、石翠芝（せきすいし）の家にも行った。翠芝の家は中国と西洋を折衷させた五開間（カイジェン）（縦に五つの独立した棟が並ぶ、相当な豪邸）の旧式の洋館で、屋敷の前の庭園も中洋折衷だった。広い芝生の真ん中には築山があり、小さな池では金魚を飼っている。今回世鈞がやってきたのは夏の夕暮れで、太陽は山に隠れていたが、木の上の蝉の声はまだやまず、翠芝はちょうど庭で犬を散歩させていた。彼女が犬を引くというより犬が人を引いている。犬が革のリードをぴんと張って彼女を走らせていた。世鈞が彼女に向かって頷いてみせると、彼女は犬を英語の名前で呼んだ。「来利（ライリー）！　来利！」ようやくのことで止まらせた。

世鈞は笑顔で聞いた。「この犬ももう結構な年だよね？　ずっと前からこんな感じの黒い犬がいたのを覚えてるよ」

「あんたが言ってるのはこの子のおばあちゃんよ。この子はあんたんちにあげたのときょうだいなの」

「来利って言うの？」

「母さんはもともと来富（ライフー）（富を呼ぶという意味）って呼んでたんだけど、わたしは変だと思って」

世鈞は微笑んで尋ねた。

「おばさんは家にいる？」

「麻雀しに出かけたわ」

世鈞が廟で弔問客を迎えたときに翠芝も訪問したのだが、その時は世鈞は死者の息子ということでずっと棺を囲った帷の中にいたから話はできなかった。なので今回顔を合わせると、翠芝は世鈞の父が亡くなったときの状況を尋ねた。世鈞がずっと病院で世話をしていたと話すと翠芝は聞いた。「その時は叔恵の家に泊まったの？　彼に会った？」

「病院に二回来てくれたよ」翠芝は黙った。もともと彼女は、叔恵はもしかしたらもう上海にいないのかもしれないと思っていたのだ。前に一鵬と婚約を解消したことを手紙で知らせたのに、彼からは一向に返信がなかったのである。翠芝としては、叔恵がずっと彼女を避けているのは、自分の家が裕福なので釣り合いがとれないと思っているからだと考えていた。だから自分から積極的に動くべきだと思ったのだ。けれど手紙を書いても返事がもらえないので彼女は後悔していた。自分が身分に合わない挙動をしてしまったと思ったのではない。叔恵に対してそんなことを考えたことは一度もなかった。そうではなくて、ただ自分のやり方が露骨すぎて嫌われたのではないかと思ったのだ。もし叔恵がもともと自分に好意を持っていたとしても、本能的に反感を持たれてしまったかもしれない。そのことで彼女はずっと鬱々としていたのだった。

翠芝はまた世鈞に言った。「上海ではしょっちゅう顧のお嬢さんと会ってたんでしょ？　元気だった？」

「今回は会ってないんだ」

翠芝は笑った。「じゃあ彼女、叔恵と仲よくしてるのね？」世鈞はこう聞くとまずびっくりしたが、すぐに分かった。きっと彼の義姉から聞いたのだろう。曼楨（まんてい）と叔恵が南京に遊びに来た時、曼楨は叔恵の友達だと言い、彼女をじろじろ見られないようにしたのは彼自身だったではないか。今あの時のことを思い出すと、なんだか何年も経ったかのようでとらえどころがなかった。彼は無理に笑顔を作った。

「曼楨と叔恵は普通の友達だよ」

「顧さんみたいな人が本当に羨ましいわ。外で仕事ができるなんて」世鈞は思わず苦笑した。曼楨はいくつも仕事をして毎日あくせく苦労していたが、それを羨ましがる人がいるとはな。でもそれも過去のことだ。今は病院の院長夫人なんだから、生活だってかなり安定しただろう。

翠芝は続けた。「わたしも上海に行って仕事してみたいのよね」

世鈞は笑った。「仕事してどうするつもり？」

「何よ、わたしじゃだめだって思ってるの？」

「違うよ、今君は大学で勉強してるじゃないか」

「大学を卒業してもそれだけのことでしょ。わたしが卒業してから家を出て仕事をしたいと言ってもきっと反対されるだろうけど」彼女はそう言うと長いため息をついた。どうやら説明できない不満がいっぱいに溜まっているようだ。世鈞は思わず彼女の顔を見た。最近随分痩せてきた。婚約を破棄して以降、どうも人が変わってしまったようだ。少なくとも以前よりだいぶ静かになった。

二人は犬の後ろについて芝生をゆっくり歩いた。翠芝が突然「生き生きしてるわよね」と言った。

「ライリーのこと?」

翠芝は一瞬戸惑ってから言った。「ううん、叔恵のこと」

「ああそうだね。あいつは元気だから、僕は面白くないことがあるとあいつと話をするんだ。そうすると本当に力をもらえるからね」そう言いながら、本当に翠芝とは話題がないと思った。また叔恵の話に戻ってくるなんて。

翠芝は屋敷の中に入っていくよう勧めたが、世鈞はまだ二、三軒回らねばならないからと言って去った。ここのところ、全く親戚の家を訪問していなかったのだが、もう葬式から百日が過ぎたので忌むこともなくなり、避けられないつきあいがだんだん増えてきていた。以前、世鈞と翠芝のためにすすめた縁談を拒絶されてからというもの、義姉は従妹(いとこ)に大変申し訳なく思っていた。〝靴はできあがらなかったのに型だけ残った〟という諺の通り、かえって気まずくなってしまったのだ。もう終わったことで、みんなももうなかったことにしようとしていたし、翠芝の母のほうはさらに厳密に隠していたから、親戚もこのことの内情はよくわかっていなかった。愛咪はこの話をするといつも世鈞が引っ込み思案で翠芝が強情だったからだと言い、でなければ二人はお似合いだったのにと言った。翠芝は一度婚約してから一方的に破棄したので、今また問題人物になってしまっていた。世鈞の考え過ぎかもしれないが、誰かに招かれる時、自分が行くと必ず彼女がいる。翠芝も同感だった。彼女はしょっちゅう愛咪のところでテニスをするのだが、愛咪はいつも世鈞も呼んで数を合わせようとするのだ。

世鈞はそこで丁というお嬢さんと知り合った。テニスがうまく、上海の大学に進学していた人で、世鈞の後輩にあたる。世鈞が家に帰ってから彼女のことを何度か話題にすると、母はすぐに何かにかこつけて愛咪の家に行き、こっそりとその丁嬢を観察したのだった。世鈞の父は臨終の際、唯一遺憾なのは世鈞の結婚を見られなかったことだと言っていた。母は当時はその言葉にまともに答えることができなかった。というのも、世鈞が結婚するとすれば曼楨以外にあるまいと思っていたからだ。しかし今は時間が経ち、どうやら危機は過ぎ去ったように思えたので、沈夫人はまたしょっちゅう世鈞の父の最後の言葉を口に出すようになった。

知り合いの青年たちはほぼみな結婚してしまった。この一年に結婚した人はとりわけ多いようだった。秋になると、ひっきりなしに婚礼への招待が来たが、それに一番刺激されたのは翠芝の母だった。もともと翠芝はまだ若いので、そんなに急ぐ謂れはない。しかし翠芝は、最近家出を企てたのだった。上海で仕事を探しますという書き置きを残して出て行ったのである。幸い気づいたのが早くて駅で彼女を捕まえた。駅で誰かと一緒だったということはなかったが、彼女の母はきっと翠芝が誰かに誘惑されてこんなことをしでかしたのだと信じこんだ。だからこそ早く嫁がせようと焦っていたのである。家に置いておけば、早晩また騒ぎを起こすだろう。

最近また縁談がきた。秦という家で、田舎の成金の息子だったが、彼にはよくない嗜好があるという人もいた。仲人が一席設けてくれたが、翠芝は何があっても行こうとせず、朝から逃げ出したのだった。どこに行けばいいか分からなかったが、今の彼女の状況についてはただ従姉だけがやや理解してくれそうなので、彼女を訪ねて思い切り訴えようと考えた。沈家の長男の嫁は翠芝とはずっと仲が良かったのだ。翠芝が一鵬と婚約解消したときは、片や自分の従妹で片や自分の弟だったのだが、彼女はどちらにも肩入れしなかったのである。彼女の単純な頭では、実家の人はとにかくみんないい人なのだ。彼女の弟はもちろんとびきりの善人だ。彼女の従妹にも間違いがあるはずはない。あのことは、きっとよその者が糸を引いていたのだ。一鵬は婚約解消のあとすぐに竇文嫻を娶ったから、きっと竇文嫻が悪かったに決まっている。深謀遠慮で二人の関係を壊し、一鵬を奪い去ったのだろう。だから彼女は翠芝にはかなり同情していた。

この日、翠芝は沈家で従姉に愚痴を聞いてもらうつもりだったのだが、家から出たことのない世鈞の義姉は、今日に限って不在にしていた。彼女の舅の棺は霊廟にあるのだが、姑がそういえばずいぶん行っていないからと言って、線香や蠟燭、紙銭（死者のために焼いて供える）を買い込んで叩頭しにいくことにし、嫁と小健も連れて行ったのだ。世鈞だけが家にいて、翠芝を見ると笑って言った。「あれ、家の人は君がここに来ていることを知ってるのかい？　さっき電話がきたけど、僕は君はここには来ていないと答えちゃったよ」母がまた慌てふためいて彼女を探し回っているのだと分かっていたが、翠芝は構わずに座り込んで聞いた。「表姐（従姉のこと）はおでかけ？」

「母さんと廟に行ったよ」

「あら、おばさまもいないの？」彼女はテーブルの上にあった本を見ると適当に手に取ってぱらぱらと見始めた。どうやらしばらく居座るつもりのようなので、世鈞は笑って言った。「家に電話して君が来たって言っておこうか？」

翠芝は突然顔を上げた。「どういうつもり？」

世鈞はあっけにとられたが笑顔で言った。「違うよ、おばさんは君に何か用があるんじゃないかと思ってさ」

翠芝はまたうつむいて本を読みながら言った。「わたしに用なんてあるわけないわ」世鈞もこの口ぶりから察するところがあった。彼女はきっと母と喧嘩をして飛び出してきたのだろう。翠芝がこのところずっと辛そうにしていることはとうにわかっていた。しかし彼自身とても辛い思いでいるものの、どうしてかなどと絶対に聞かれたくなかったので、他人が辛そうなときもその理由を知りたいとは思わなかった。同病相憐れむと言ってもいいが、翠芝といると他の人と一緒にいるよりずいぶん楽だった。少なくとも無理に笑顔を作る必要がない。翠芝がくれたあの犬が、おずおずとやってきて尻尾を振った。翠芝が本をおいて撫でてやっているのを見て、世鈞は場をつなぐように笑った。

「この犬もうちに来てかわいそうだよね。庭もないし、散歩に連れて行ってくれる人もいないし」

翠芝は彼の言うことを聞いていなかった。世鈞は彼女の目に突然涙が溜まったのを見て黙った。翠芝のほうが沈黙を破って聞いた。「ここのところテニスには行ってないの？」

「行ってないな。今日行くかい？　一緒に行く？」

「どれだけやっても進歩しないのよ」彼女の言葉はとても落ち着いていて、いつもと全く変わりなかったが、話をしながらも涙がぽろぽろと溢れていた。彼女は顔を背け、煩わしそうに顔を拭ったが、どんなに拭いても乾かない。世鈞は微笑みながら「翠芝」と呼んだ。そしてまた言った。「どうしたの？」

彼女は答えない。彼はしばらくじっとしていたが、やがて彼女のそばによると、彼女の肩を抱き寄せた。

初秋の風が窓から吹き込んできて、テーブルに置いてある本を一ページずつめくり、ぱらぱらという音を立てた。その音がくっきりと耳に快く響く。

翠芝はとうとう彼の腕から抜け出した。それから彼女は言い訳のように低い声で「誰かに見られたらいやだわ」と言った。それはつまり、誰かに見られる危険がないならいいと言うことだ。世鈞は思わず彼女を見て微笑した。翠芝はすぐに顔を赤くすると立ち上がって言った。「帰るわ」

世鈞は微笑んだ。「家に帰るの？」

翠芝は大声を出した。「誰がそんなこと言った？　帰るもんですか！」

「じゃあどこに行くの？」

翠芝は笑って言った。「あんたは構わないでちょうだい！」

世鈞も笑って言った。「テニスに行こうよ、どう？」

翠芝はその場では何も言わなかったが、結局一緒に行った。

翌日彼はまた彼女の家に迎えに行き、一緒にテニスをするつもりだったが、結局行かなかった。彼女の家で話しこみ、夕食もとってから帰ってきたのである。彼女の母親も彼をひとかたならず歓迎し、翠芝にも優しくなった。それから世鈞は三日にあげず石家を訪れるようになった。沈夫人と世鈞の義姉はこれを知るともちろん大喜びだったが、表情に表すことは憚(はばか)られた。騒ぎ出した途端にまた彼がしりごみしてしまうことを恐れたのである。世鈞みんなは表面上は何も言わなかったが、おのずと和やかな雰囲気が作り上げられた。世鈞は自分の家だろうと翠芝の家だろうと、いつもこうした和やかな空気に包まれることになった。

翠芝の誕生日に、世鈞はダイヤモンドのブローチを贈った。もともと彼の家にあった母のイヤリングを作り直したものだ。プラチナの台に四粒のダイヤを並べたもので、シンプルながら上品なデザインだった。翠芝はその場で服の襟に留め、世鈞は彼女が鏡に向かってブローチを留めるのを後ろに立って見ていた。

「なんでわたしの誕生日がわかったの？」

「義姉(ねえ)さんが教えてくれたんだ」

翠芝は笑った。「あんたから聞いたの、それとも表姐(ビアオジェ)のほうから教えてくれたの？」

世鈞は嘘をついた。「僕から聞いたんだよ」

世鈞は鏡の中の翠芝を見た。今日の彼女はうっすらと化粧をし、額にはあいかわらず長い前髪を垂らして、カールさせた髪をベルベットの黒いリボンで束ねている。身には深紅のコーデュロイの半袖のあわせをまとっていた。世鈞は両手で彼女の両腕を撫でながら笑った。

「どうしてこんなに痩せたの？　腕が細くなっちゃったね」

翠芝は上を向き、苦労してブローチを留めながら言った。「わたしはたぶん夏ばてするのよ、夏になるといつもちょっと痩せちゃうの」

世鈞は彼女の腕を撫でながら探りを入れるように後ろから抱きしめ、彼女の頰にキスした。白粉のいい香りがする。翠芝はもがきながら言った。「やめて——何のつもり——見られちゃうわ——」

「見られたら見られたでいいじゃないか、もう今は構わないよ」どうして今なら見られても構わないのか彼は説明しなかったし、翠芝も説明させようとしなかった。彼女はただ振り向いて、はにかんだように微笑んだだけだったが、二人ともこれで約束が成立したと感じた。

世鈞は普段小説を読んでいて、小説上の人物が男であろうと女であろうと、結婚というのは大変煩わしそうなものだと思っていた。しかし今、実は結婚というのは簡単極まりないものだということがわかった。

世鈞は父が亡くなってから間もないので大袈裟なことはできないため、婚約の時も何も特別なことはせず、十月結婚予定とした。彼と翠芝は、いつも二人で結婚後の様子について話し合った。翠芝はいつか上海に行って独立した家庭を作りたいと考えていた。どんな家に住んで、どんな家具を買い、壁をどんな色に塗るのか、あるいはどんな壁紙を貼るのか。どれも非常に具体的だった。以前曼楨と付き合っていた時に将来の共同生活を思い描いたときは、ただぼんやりとしていてどんな様子になるのかあまり想像できなかったのだが。

結婚前にはいろいろ準備するものがあったので、世鈞は一度上海に行こうと考えて翠芝に言った。

「ついでに叔恵に会ってくるよ。結婚式の介添えを頼もうと思ってるんだ。ほかにもいろいろ頼みたいことがあるし。あいつはいつもへらへらしているように見えるけど、何かをやり始めたらきちっとやりとげるんだよな。本当に尊敬してるんだ」

翠芝はまずは何も言わなかったが、しばらくしてから突然憤激した。

「わかんないわ、どうしてあんたは叔恵のこととなるといつも持ち上げるの？　まるでどんなことでもあんたは敵わないみたいに。あんたのほうが叔恵よりずっといいわ、一万倍もいいのに」彼女は彼に抱きついて顔を彼の肩に埋めた。彼女がこんなに情熱的になったことはかつてなかったので、世鈞は彼女からの慣れぬ好意に驚いてしまった。同時にまた良心の呵責も感じた。彼女はこんなに純粋な愛情を持ってくれているのに、彼のほうは今でもなんとなく腹を据えられないでいるのだ。実はそれもあって、彼は叔恵と話をしたいと思ったのだった。叔恵に相談したかったのだ。

上海に着いた。叔恵は日曜にならないと家に帰らないとわかっていたので、世鈞は直接楊樹浦の宿舎まで訪ねて行った。叔恵はもう帰宅していて、世鈞は彼がグレーのニットのベストを着ていることに気づいた。曼楨が二人にお揃いで編んでくれたものだ。世鈞がもらったほうはもう随分長い間身につけていないのだが、他の人に着るなと命令することもできない。

二人は郊外に散歩に行った。叔恵は言った。

「ちょうどいい時に来てくれたな。君に手紙を書こうと思っていたんだ。奨学金が手に入ったんで、アメリカに留学することになった。貧乏学生になってくるよ。人生逆戻りになるけど仕方ないな。ここにいてもどうもやっていけそうにないけれど、博士号をとって帰ってきたら少しましかもしれないし」

世鈞は驚いて尋ねた。「アメリカのどこだい？」

「北西部にある小さな大学さ、特に名があるわけでもない。いいんだ、博士になって帰ったら、僕だってボスになるってわけだ。興味があるなら、向こうに行ってからコネを見つけてやるよ、君も来いよ」

叔恵は笑った。「そのロぶりからすると、結婚することになったのか？」

「行きたくないわけじゃないけど、僕の環境はそんなに簡単じゃないんだよ」

相手が曼楨だと誤解していることがすぐにわかったので、世鈞はちょっと困ってしまったが、しかたなく微笑んで続けた。「実はこのことで相談に来たんだ。僕は翠芝と婚約したんだよ」

叔恵は愕然とした。「石翠芝？」突然奇妙な笑顔になって言った。「僕に何の相談があるんだ？」そのロぶりにはほとんど敵意が感じられた。曼楨のために義憤にかられているというだけではなく、世鈞を侮辱したいとでもいうようだ。世鈞は本気でむっとしてしまった。こういう場合、もちろん自分が躊躇しているなどというそぶりは見せられないので、そのまま言った。「結婚式で介添えをやってもらいたいんだ」

叔恵はじっと黙ってから言った。「翠芝と結婚するってことは泥沼に落ちるっていうことだぞ。一生自分の分に甘んじて、お金持ちの奥さまの夫にならなきゃいけない」

世鈞はうっすらと笑って言った。「そんなの、人それぞれだろ」

世鈞が明らかに不機嫌そうになったので、叔恵もはっとして自分を責めた。どうして彼らの結婚に反対するのか。もしかしてまだ翠芝に未練があるということだろうか。理性をもって彼女に近づくことを自分に許さなかったのに、彼女が誰かのものになるのをいやがるなんて下劣すぎる。そう思うと、本当はもっと世鈞に言ってやりたいことがあったのだが、もう口にするのをやめた。

叔恵は笑った。

「俺って本当になってないよな。まだおめでとうも言わないうちから口喧嘩をふっかけるなんて！」

世鈞も笑った。

「いつ婚約したんだい？」

「つい最近なんだ」世鈞はここで説明の必要があると思った。彼が翠芝に何の好感も持っていなかったことは、だれよりも叔恵がよく知っていたからだ。

「覚えてるだろ、義姉さんが僕らをとりもとうとしたことがあったんだけど、あの頃は彼女もまだ子供だったし、僕もまだ幼さが抜けてなくて、勧められれば勧められるほど抵抗したくなったんだよ」この口ぶりから感じられたのは、自由気ままな青年時代はすでに過ぎ去り、これから穏やかに中年となって、同じような階級の人が慣れ親しんできた生活習慣にしたがって規範的な人生の旅路を歩むのだ、というニュアンスだった。叔恵はこれを聞くと何かいたましいものを感じた。二人は荒地を歩いていた。楊樹浦の工場はみな就業時間を終え、あちこちから終業を知らせる汽笛の音が長く響いてくる。煙突からは、真っ赤な夕暮れの空に向かってまっすぐに煙が立ち上っていた。巣に戻るカラスが鳴きながら頭上を飛んでいく。世鈞はまた介添えの話を持ちかけた。叔恵はもうすぐ出発なので無理だ、おそらく世鈞の婚礼にも出られないだろうと言ったのだが、世鈞はもし日程が間に合わないなら結婚式を早めてもいい、きっと翠芝も同意するはずだと粘った。彼の意思の固さを見ると、叔恵ももう断ることはできなかった。

その晩、叔恵は世鈞を宿舎に引きとめて一緒に夕食をとった。そのあとまたひとしきり話してから世鈞はようやく帰った。この時はおじの家に滞在した。何日か泊まって必要なものをほぼ買い揃えてから南京に帰った。

叔恵は彼らの婚礼の前日に南京にやってきた。慶事の準備をしている家というのは何かと慌ただしく、家も乱雑になるものだが、沈夫人は多忙を極めている中でも叔恵に部屋を一つ確保しておいた。彼らの家は少々狭かったが、今回の披露宴はなかなか派手に行われた。まず中央飯店（一九二七年開業の洋式ホテル）で式を挙げ、夜はまた大きな酒楼で宴を催したのである。

酒楼に現れたとき、翠芝はもう婚礼衣装から着替え、ぴったりした袖の真っ赤なベルベットの旗袍の上に真っ赤なボレロを合わせていた。最新流行の装いだ。叔恵は遠く離れた灯りのもとで彼女を眺めた。久しぶりだ。もうすぐ一年になるだろう。この間会った時は、彼女が一鵬と婚約したからというのでお祝いを述べたのだった。今回また彼女にお祝いを言うことになるとはな。永遠に部外者である彼は、ちょっとした感慨にふけらざるを得なかった。介添え役なので、本来なら新郎新婦と同席のはずなのだが、人あしらいが上手い叔恵は招待客をもてなす役に駆り出され、別のテーブルに座っていたのだった。叔恵のテーブルは彼がいるためにとりわけ賑やかで、浴びるように酒を飲んで大騒ぎとなった。叔恵の豁拳（フォチュエン）（酒席での手遊び。負けたほうが酒を飲む）のレベルは今ひとつだったし、降参しようともしなかったので、彼が一番たくさん飲んだ。

しばらくすると、招待客は順番に新郎新婦の席に行って乾杯をかわし始めた。叔恵もついていってひやかし、他のみんなもなれそめについて報告するよう二人に迫った（婚礼時に新郎新婦をあれこれ冷やかし、騒ぎ立てるという風習）。膠着状態が続いたあと、みんなの前で手を繋がせることで打ち止めにしようと提案した人がいた。これは旧式の結婚の夫婦にとっては難題かもしれないが、彼らは自由恋愛で結ばれた新式結婚の夫婦なのだから、手を握るくらいなんでもないはずだ。しかし翠芝はとても強情で、ひたすら俯いてそこに座ったままだったし、世鈞ももじもじしているばかりだ。やはり叔恵が横からなんとかしてやろうと思い、無理に翠芝の手を引っ張ると、笑って言った。「ほらほら世鈞、手を出せよ、早く」

しかし翠芝はこの時突然顔をあげ、叔恵のほうをぼんやりと見たのだ。叔恵はきっと酔っていたのだろう、どういうわけか彼女の手をひっぱったまま離そうとしない。世鈞は思った。翠芝はきっと腹を立てているぞ。顔色がおかしい。蒼白になって、今にも泣き出しそうじゃないか。

宴席がお開きになると、一部の人は彼らについてきて家まで押しかけ、続けて鬧房（ナオファン）（婚礼の晩、友人たちが新郎新婦の部屋に押しかけて騒ぎたてる風習）をした。叔恵は加わらなかった。世鈞には言っておいたのだが、その日の晩の汽車で上海に戻ることになっていたのだ。彼はまもなく出国する予定で、まだあれこれしなければならないことがあった。だから世鈞の家に戻ると、沈夫人にだけ礼を述べ、ひっそりとトランクを持ち、人力車を呼んでもらって去っていった。

鬧房にきた人たちはずいぶん遅くになってからやっと帰った。部屋中ぎっしりだった人々がみんな帰っていったので、空間は広く見えるはずなのだが、反対にどういうわけか部屋が狭くなったように見えた。天井も低くて、なんだか息が詰まるようだ。世鈞はほっとしたようなふりをして腰を伸ばした。翠芝は言った。「さっきいちばん騒いでいた、あの背の低いむっちりした人は誰？」彼らは今日の来客について一人一人論評した。どのお嬢さんが一番人目を引き、どの奥さんが一番とち狂っていたか、どの人の振る舞いが一番おかしかったか、話し始めるとずいぶん長くなり、ずいぶん盛り上がったように思えた。テーブルの上には高い足のついたガラスの皿がいくつかあり、中にはいろいろなキャンディーが入っている。世鈞は客をもてなすように彼女に勧め、翠芝は一種類ずつ全て食べた。この部屋はもともと家の応接間だったところを改装したものだ。旧式結婚では新婚夫婦の部屋を天井も床も真っ赤な血の海のようにするものだが、沈夫人は若い人の好みに合わせ、この部屋をシンプルで上品に整えた。ここはまるで西洋式のホテルの客室のようだ。ただテーブルの銀の燭台には赤い蠟燭が二本灯っている。深夜のこの赤い蠟燭だけが、ここが新婚夫婦の部屋であることを表していた。

翠芝は言った。「叔恵は今日ずいぶん酔っていたわね」

世鈞は笑った。「本当にね！　一人でどうやって汽車に乗ったんだろう、ちょっと心配なくらいだよ」

翠芝はしばらく黙り込んでから言った。「お酒が醒めたころには、汽車はどの辺を走っているかしらね」彼女は化粧台の前に座って髪をとかした。髪の毛にはみんなが撒きちらした色とりどりの紙吹雪がいっぱいついている。

世鈞はまた、あの祖父の妾について翠芝と話した。彼女は精進して仏道に帰依しており、十年も二十年も家を出たことがなかったのに、今日はなんと婚礼にやってきたのである。

翠芝は髪をとかしながら思い出して言った。「今日の愛咪(エイミー)の髪型見た？　すごかったわね」

「え、それは気づかなかったな」

「上海の最新式なんですって。こないだ上海に行った時、ああいう髪型を見なかった？」

世鈞はちょっと考えてから言った。「わかんないな。気にしてなかったから……」

話題がだんだん途切れてきたので、世鈞は笑って言った。

「今日はきっと疲れたよね？」

「まだ大丈夫」

「僕もちっとも眠くないんだ。たぶんいっぱい話をしたから、かえって目が冴えたんだと思う。もうちょっと本を読んでから寝るよ。先に休んでて」

「わかったわ」

世鈞はグラフ雑誌を一冊とって読んでいた。翠芝は続けて髪をとかし、とかし終わると今度はアクセサリーを一つ一つ外しては化粧台の引き出しに収めた。彼女がぐずぐずしているのは、きっと自分の前で着替えてベッドに入るのが決まり悪いのだろうと世鈞は思い、笑顔で声をかけた。

「明るいと寝付けないよね？」

「ええ」

「僕もそうなんだ」

彼は立ち上がって灯りを消し、別の電気スタンドをつけて本を読んだ。部屋は暗くなった。

長い時間経ってから見てみると、彼女はまだ寝ておらず、蠟燭の下で爪を切っていた。本当に遅い時間で、二本の蠟燭のうち一本はもう消えている。迷信によると、これはよくないことの予兆だ。翠芝がそんなことを信じるようには見えなかったが、世鈞はやはり気になったので、笑顔で聞いた。

「あれ、蠟燭はもう消えたのに、まだ寝ないの？」

翠芝はしばらくしてからようやく答えた。「もう寝るところよ」世鈞は彼女の声がかすれているのを聞き取った。まさか泣いているんじゃないだろうな。俺が冷淡にしたから？いくらなんでも蠟燭が一本先に消えたからじゃないよな？

彼女のほうを注意して見てみると、ちょうどこの時、翠芝は爪を切ったはさみを使って蠟燭の芯を切っていた。赤い蠟燭の光が下に押しつけられ、目の前がさっと黒くなったが、切った後はまた明るく輝き、彼女の顔を照らした。彼女の表情はもう平静に戻っていたが、世鈞には彼女がさっき泣いていたに違いないとわかった。

彼は彼女のほうに近づいて微笑んだ。「どうしてまた不機嫌になったの？」何度も聞いた。彼女は最初はうるさそうに彼を追い払っていたが、やがて突然彼の服をひっぱると嗚咽し、口から言葉を迸らせた。

「世鈞、どうしよう。あんたもわたしのことを好きじゃないでしょ。ずっと考えてたの、この前の婚約解消騒ぎさえなければよかったけど——なんでいつも婚約解消するんだ、何のつもりだって言われちゃう。今じゃもう間に合わないわよね。ね、間に合わないわよね？」

もちろん間に合わない。彼女の言ったことはまさに彼も思っていたことだった。彼女がそれを口に出した勇気には感服したが、しかし口に出してどんないいことがあるだろう。

彼はただ彼女を慰めるしかなかった。

「そんなふうに考えちゃだめだよ。君がどうでも、僕は君にちゃんと……翠芝、ほんとに安心して。そんなんじゃだめだよ、泣かないで。……ねえ、翠芝」彼女の耳元で小声で慰め続けたが、彼の心も彼女と同じように何の見通しもなくて心細かった。自分たちふたりが、まるでとんでもないことをやらかした子供のように思われた。

## 14

難産のために曼楨（まんてい）は入院することになった。祝（しゅく）家はもともと産科医を家に呼んで赤ん坊を取り上げてもらうつもりだった。彼らのごく親しい知り合いに、しょっちゅう曼璐と麻雀を打っている女医がいたのだ。その女医は食客（しょっかく）のような存在で、金持ちの家で起こる奇怪な出来事をいろいろ見尽くしていてどんなことにも動じないので、曼璐（まんろ）は彼女なら信頼に足ると考えていた。ただ彼女の医術はお世辞にも優れているとは言えないのに、運悪く曼楨は難産だったのだ。この女医は曼楨を病院に送らねばならないと言ったが、祝家のほうはぐずぐずと引き延ばした。曼楨をこの家の門から出すのは心配だったからだ。最後の最後になって、ようやく慌てて車で病院に送り届けたのである。曼璐が付き添った。もちろん曼璐は曼楨を一等病室に入れ、できる限り妹を外界から隔離しようと思っていたのだが、二等病室までもが満室だった。違う病院に行こうにも間に合いそうになく、しかたなく三等病室に入院させることになった。

曼楨が祝家から出発したときはすでに人事不省に陥っていたが、それでも車のドアがばたんと閉まってゆるゆると発進し、庭の正門ががらがらと開いた時、彼女は突然明晰な意識を取り戻した。とうとう出られたのだ。死ぬとしても外で死んでやる。曼楨はこの屋敷が憎くてたまらなかった。今回出られた以上、悪夢の中以外では決してもう戻ることはあるまい。彼女は、これからもこの屋敷を夢に見ることはわかっていた。どれほど長生きしても、この魔宮のような屋敷と庭園を忘れることはできないだろう。恐ろしい夢の中で、彼女は何度もここに戻ってくるだろう。

曼楨は病院で男児を産んだ。五ポンド（約二・三キロ弱）しかなかったので、きっと育たないだろうと考えた。夜勤の看護師が赤ん坊を抱いて授乳させに来ると、仄暗い灯りの下で子供の赤紫の顔が見えた。生まれてくる前から子供に罪はないことは重々承知だったが、この子に対しては憎しみが他の感情を凌駕（りょうが）していた。子供はもうここにいて、彼女の懐に抱かれているというのに、今でもまだ驚きの中にひそかに憎悪の感情が混じっていることに気づいて曼楨は戦慄した。この子は誰に似ているのだろう。実のところ、生まれたばかりの嬰児（えいじ）は誰にも似ておらず、皮を剝がれた真っ赤な子猫のようだった。しかし曼楨はこの子が祝鴻才のほうに似ているのではないかという疑念を拭いきれずにいた。……とにかく彼女には似ていない、少しも似ていない。子供がお腹の中にいたとき、母親がいつもある人のことを考えていたら、子供は将来その人に似るのだという話を聞いたことがある。——世鈞に似ていないだろうか？　しかしどう見てもその判断はつかなかった。

世鈞のことを思うと、彼女の心は乱れに乱れた。祝家に幽閉されていた間、彼女は彼に会うことを、会って全てを聞いてもらうことを渇望していた。彼だけが彼女を慰めることができる。彼女が別の男の子供を産んだことで、彼の態度が変わるのではないかと考えたことはなかった。そうなるのが人情の常だが、曼楨は世鈞を理想化していて、彼が今回のことを知ったとしても、彼女のことをもっと愛してくれるにきまっていると信じていた。自分がこれほどまでに苦しんだからだ。苦しみの中でも、絶対に信頼できる人がいたことは幸いだった。曼楨は頭の中で常に彼のことを想っていたが、それは彼女にとって唯一の慰めだった。しかし今、もうすぐ自由を取り戻せるとなった時、もしかしたらまもなく彼と会えるかもしれないと思ったからか、彼女はまた憂鬱になってきたのだった。もしも彼が上海にいて、たまたま友達を見舞いにこの病院に来たとしたら、この病室の前を通り過ぎて彼女を見かけたとしたら——そうなればどんなにいいだろう、すぐに彼女を助けてくれるだろう。しかし——乳を吸う赤ん坊が彼女のそばにいるのを見たら、彼はどう思うだろう。彼の気持ちになってみると、本当に耐え難かった。

彼女は子供を見た。子供は全身全霊で乳を吸っている。まるで彼女を丸ごと飲み干してしまいたいかのようだ。

なんとかしてすぐにこの病院を離れねばならない。できるなら明日。しかしこの子を連れていくことはできない。自分の未来だって、ここを出てからどうなるか何の当てもないのだ。子供は姉さんに残していけば心配いらないだろう。姉さんが悪いようにするわけがない、ずっと息子を欲しがっていたではないか。しかしこの子はとてもひ弱そうなので、すぐに死んでしまうだろうと曼楨は思い込んでいた。

彼女は突然顔をふせて愛おしげにこの子にキスをした。自分たち母子(おやこ)は生と死の境目で慌ただしく出会ったのだが、すぐに別れてしまうことになる。しかし今しばらくは、自分たちこそは世界でもっとも親密な二人なのだ。

看護師がやってきて子供を連れて行った時、曼楨は水を一杯頼んだ。さっき体温を測りにきた時にも言ったし、今回も言ったのだが、ずっと持ってきてくれない。彼女は本当に喉がからからだったので、しかたなく大声で「鄭(てい)さん！　鄭さん！」と叫んだが、隣のベッドの産婦を起こしてしまっただけだった。彼女が咳をしているのが聞こえてくる。

それぞれのベッドは白い布の衝立(ついたて)で遮られているのだが、隣の産婦とは衝立越しに話をしたことがあった。その女性は曼楨に初産（ういざん）かどうか、男の子か女の子かを聞いた。彼女が産んだのも男児で、曼楨の子と同じ日に、たった一時間ほどの差で生まれたのだ。声を聞いた感じではとても若いが、もう四人の子の母親だという。夫の姓は蔡（さい）といい、彼女は金（きん）芳（ほう）という名前で、夫婦は小さな市場で卵の屋台を営んでいるとのことだった。この時、曼楨は彼女が咳き込んでいるのを聞いて言った。

「蔡さん、ごめんなさい、起こしちゃいましたね」

「大丈夫。ここの看護師は本当にひどいですよね。ちょっとしたことをお願いするのにもまるで乞食みたいに〝すみません、すみません〟って大声を出さなきゃいけないんだもの。本当に嫌になっちゃうわ。舅や姑にもいじめられたことがないのに、ここにきて看護師にいじめられるとはね」

　蔡金芳は寝返りを打ってから続けた。「祝さんの兄嫁さんは今日は来ないんですか？」曼楨はいっとき何を言われたのかわからなかった。「祝さん」とは誰で、「兄嫁さん」とはまた誰のことだろう。しばらくしてからはっと悟った。曼璐が彼女を病院に入れた時、きっと自分のことを祝鴻才の正妻として登録したのだろう。数日前から曼璐はちょくちょく病院の様子をさぐりにきていたから、院内の人はみんな曼璐も祝という姓だと知っていて、きっと曼璐を曼楨の婚家の人間だと思い込んだのだ。

金芳は曼楨の答えが出てこない様子に気づいてまた聞いた。「兄嫁さんなんでしょう?」曼楨はうやむやな返事をするしかなかった。金芳はまた「お連れ合いは上海にいらっしゃらないんですか?」と聞き、曼楨は「ええ」とだけ答えたのだが、心の中は辛くてたまらなかった。

夜が深まると、彼女たち二人をのぞいて病室の人はみな寝いった。窓の外は真っ暗な空で、白いペンキで塗られた窓枠は十字架を嵌め込んでいるように見える。薄暗い灯りの下で、曼楨は自分の境遇をこまごまと蔡金芳に語った。金芳とはまだ顔を合わせたことすらないのだが、親切な人だと直感したし、曼楨にはどうしても助けが必要だったのだ。もともと機会を見つけてこの病院の医師に話し、家族が迎えに来る前に早めに退院させてもらうか、看護師に話して同様のことを伝えてもらおうと考えていたのだが、この病院の医師も看護師も、三等病室の病人なんて全く眼中にないことが明らかだった。家庭のもめごとなどに首をつっこむはずがない。

それに彼女の事情はあまりにも常識から外れている。みんな彼女を信じてくれるだろうか。万一曼璐が、彼女は精神病なんです、と言い切ってしまったら? まだ体が回復しておらず、抵抗する力もないから、無理に連れ戻されてしまうだろう。病院には人が多いとはいえ、だれもこんなひとごとに構ってはくれまい。曼楨自身も、自分は精神病患者に見えるだろうと思った。髪は伸び放題で、ぼさぼさのまま肩にかかっている。ここには鏡がないから自分の顔を見ることはできないが、自分の両手を見るとすっかり青白くなり、手首は枯れ枝のように細くなって、尺骨（しゃっこつ）が異様に浮き出て見えた。

少しでも両足に力が戻り、立ち上がることさえできれば、自分ひとりでこっそり逃げられるのに。今は座っただけでも目眩がしてしまい、自分の体のだらしないことを恨むしかなかった。曼楨は金芳の夫に頼んで実家に手紙を届けてもらい、母にすぐ迎えに来てもらおうかとも考えた。といっても、彼女自身もそれがいい方法だとは思えなかった。母が今回のことについてどういう態度をとっているのかわからないが、おおかた姉に買収されているのだろう。でなければ、曼楨が自由を失ってもう一年になろうとしているのに、彼女を助けにこないはずがない。実の母にこんな風に扱われているというのは、曼楨にとって一番辛いところでもあった。見ず知らずの蔡金芳のほうがよほど親切にしてくれる。

金芳は激怒して、曼楨の姉と義兄はもはや人ではないと言った。

「警察にしょっぴいてやりましょうよ！」

曼楨は慌てて言った。「声が大きいですよ！」

金芳は話をやめ、他のベッドが寝静まったままなのを確かめた。大きな部屋の中には、入り口に座っている看護師の、竹の編み針が触れ合う微かな音が響くだけだ。

曼楨は低い声で話した。

「裁判をしようとは思ってないんです。裁判沙汰になれば、お金を持っている人が有利に決まっていますから」

「本当にそうだわね。さっきはあんまり怒ったものだから、ついああ言ってしまったけれど。あたしたちみたいにささやかな商売をしていれば、誰でも警察に辛い目にあわされてますからね。よくわかります——警察に引っ張っていってもどうしようもないですよね。お金があればなんでもできるんだもの。投獄することもできないでしょうね、せいぜいお金を払わせて賠償させるくらい？」

「あの人たちのお金なんて欲しくないんです」この言葉を聞くと、金芳は曼楨に幾分敬意を持ったようだった。

「じゃあ早く逃げたほうがいいですよ。こうしましょう、明日うちの霖生(りんせい)が来たら、付き添ってもらって一緒に退院してください。あなたがあたしだということにして、あたしが迎えにきてもらったんだということにすればいいわ。歩けないようだったら霖生に支えてもらえば大丈夫」

曼楨は疑わしげに言った。「それは……いい考えですけど、もしも誰かに見破られたら、お二人を巻き込むことになってしまいます」

金芳は笑って言った。「あたしを捕まえに来たらもっといいわ！　何発か思い切り平手打ちしてやれるもの」

曼楨はそれを聞くと逆に一言も喋れなくなってしまい、ただ感謝と感激が溢れ出してくるのを感じていた。金芳は続けた。「でも、産んでからまだいく日も経たないのにね。そんなふうに動き回って後から何か影響がでなければいいけど」

「大丈夫です。もうあれこれ構っていられませんし」

二人はまた詳細について相談した。ごくごく小さな声で話しているので、頭を枕につけるともう相手の声が聞こえなくなってしまう。というわけで、ずっと頭を宙に浮かせたままだったので、ずいぶん消耗してしまった。途切れ途切れに話しているうち、空がうっすらと明けてきた。

翌日午後、家族の面会が許可される時間になると、曼楨はじりじりと金芳の夫が来るのを待った。ところがあにはからんや、金芳の夫が来る前に曼璐と鴻才が一緒に現れたのである。鴻才が病院に来るのはこれが初めてで、それまではずっと顔を出そうとしなかったのだった。彼は手に花束を持ち、いかにもぎこちない様子だ。曼璐は差し入れ用の籠をぶら下げていた。毎日鶏を煮込んだスープを作って持ってきているのだ。曼楨は彼らを見るなり目を瞑ってしまったが、曼璐は微笑みを浮かべてそっと「二妹（アルメイ）」と呼んだ。曼楨は返事をしなかった。鴻才はとても居心地が悪そうで、周りをあちこち見ては眉を顰めて曼璐に言った。

「この病室は最悪だな、こんなところで過ごせるもんか」

「そうよ、本当に腹がたつわ。ちょっとましな病室は全部いっぱいだったの。一等か二等の病室があいたらすぐに移せとは言ってあるんだけど」

鴻才が手に持っている花束を置く場所もなかった。

「看護師に花瓶を持ってこさせろよ」

曼璐は微笑した。「赤ちゃんを連れてきてもらいましょうよ、あんたはまだ見てないでしょ」そう言うと、急いで看護師を呼んだ。

ひとしきりごたごたしたのちに赤ん坊が抱っこされてきた。中年を過ぎた鴻才にとって初めての息子だ。しかしいざ赤ん坊を見ると、いったいどうやって可愛がればよいやらわからない様子だった。夫妻は子供をあやしたが、赤ん坊は大声で泣き始め、曼璐はあれこれ奇妙な声を出してこの子の気を引こうとした。曼楨はずっと目を瞑ったままで彼らに取り合わなかった。そのとき鴻才が曼璐に話しかけるのが聞こえた。

「昨日きたあの乳母はどうだい？」

「駄目だったわ、今日検査したらやっぱりトラホーム（伝染性の角結膜炎。当時は失明の恐れがあった）だったんだって」夫婦二人はぺちゃくちゃと話していたが、曼楨は突然辛抱しきれなくなったかのように目を見開き、力無く言った。「少し眠りたいから、やっぱり帰って」

曼璐はあっけに取られたが、そっと鴻才に言った。「二妹は話し声がうるさいみたい。先に帰ってて」鴻才はがっかりした様子で去っていったが、曼璐はまた彼を追いかけて摑まえると小声で聞いた。「どこに行くつもり？」

鴻才はぶつぶつと何か言った。彼がどう返事したかはわからないが、曼璐はどうも安心できない様子だった。しかしどうしようもないのでただ「着いたら車をこっちに回してちょうだい。あたしを迎えに来させて」と言った。

鴻才が行ってしまうと曼璐は黙り込んだ。曼楨のベッドのそばにすわって、赤ん坊を抱っこし、揺らしてやりながらぽんぽんとはたいていたが、随分経ってからようやく口を開いた。

「あの人ね、ずっとあんたの見舞いに来たがってたんだけど、またあんたが怒るんじゃないかって心配しててね。二、三日前にあんたの様子を見て、医者が危険だって言ったときにはそりゃあ心配してご飯も喉を通らなかったのよ」

曼楨は返事をしなかった。曼璐は花束から真っ赤なカーネーションを一本抜き取ると、子供の目の前で揺らしてみせた。子供の頭もそれにつれて揺れる。曼璐は笑った。

「ね、赤い色が好きなんだって！」子供は花を握ったが、しっかり持つことができないので花びらが曼楨の枕もとに落ちた。曼璐は曼楨の表情をうかがったが、そこに嫌悪の色がないのを見るとまた低い声で言った。

「二妹、飲んだ後に間違いをしでかしたからって、まさかあの人を一生恨むつもり？」そう言うと子供を曼楨のそばに横たえた。

「二妹、この子に免じて許してあげて」

曼楨は、もうすぐこの子を置いて逃げるのだと思うと辛い気持ちになっていたところだった。最後と思って顔を見た後、またこんなふうにこの子を見せられるとは思っていなかったのだ。彼女は子供を見ようとせず、ただ黙って抱き寄せ、自分の頬を子供の頭にすりつけた。曼楨の心を知らない曼璐はそれを見て喜んだ。曼楨はとうとう翻意したが、まだ仏頂面をひっこめるきっかけがつかめないだけなのだと考えたのである。こんな大事な時には口に気をつけねばならない、また機嫌を損ねたら大ごとだ。というわけで、曼璐も黙り込んだ。

金芳の夫、蔡霖生はもうとっくに病室に来ていた。白い衝立を隔てて、彼ら二人が小声で会話しているのが聞こえる。きっと金芳は、曼楨のことを一つ一つ伝えたに違いない。彼らは息を殺してこちらの会話を聞いており、こちらが黙り込むとあちらで会話を始めた。

金芳は彼に赤く染めた卵（出産時に配る縁起物）を何個作ったのか聞き、彼が病院に来ている間は誰に卵の屋台を任せているのかを聞いていた。彼ら二人にはもともとそんなに話題があるわけではない。霖生はもっと早くに帰るつもりだったのだが、曼楨を連れて帰るために待っているしかないのだろう。座ったまま黙りこくっていたら奇妙に思われるので、しかたなく途切れ途切れに話題を絞り出しているのである。おそらくこの夫婦はいままでこんなに長い間会話したことはあるまい。話を続けるのにとても苦労しているようだ。霖生は、ここ数日は自分の姉に屋台を手伝ってもらっていると言った。その姉もちょうど妊娠中なのだ。金芳はまた、ここの看護師がどんなにひどいかという話をしていた。

曼璐は座ったまま帰ろうとしない。家族の面会時間はとうに終わった。産婦に食べ物の差し入れをした家族がいたので、床中に食べ終えた栗の殻が転がっていたが、その家族が帰ると病院の小使が掃除しにきた。音を立てて床を掃き、だんだんこちらに近づいてくる。明らかに、まだ居残っている家族を追い払いたいようだ。曼楨は焦る一方だった。その栗の殻を見て、彼女は急に甘栗がもう売りに出ていることを思い出した。そうだ、もう秋も深まっている。わけもわからず祝家に一年近くも監禁されていたのだ。突然彼女は独り言のように言った。

「今はきっと栗のケーキが出てるわよね」

突然曼楨が食べ物に興味を示したので、曼璐はさらに安心して笑うと急いで言った。

「食べたいの？　食べたいなら買ってきてあげる」

「もう間に合わない時間でしょ」

曼璐は時計を見て言った。「じゃあ今から行ってくる」「わざわざ行かなくってもいいわ」

曼楨はまたそっけなくなり、だるそうに言った。

「せっかく何か食べたくなったんだからちょっとは食べなくちゃ。あんたはあまり食べないから回復も遅いのよ」そういうとさっとコートを着込み、子供を看護師に渡してそそくさと出ていった。

曼璐が十分遠くまで行ってしまっただろうと考えて衝立を叩こうとした時、霖生のほうが服を抱えてこちら側にやってきた。金芳のチェックの綿の旗袍、毛糸のショール、青い綿のストラップシューズだ。彼は両手で曼楨に渡すと、一言も喋らずに去っていった。曼楨は彼の両手が真っ赤なのを見てとった。きっと卵を染めたからだろう。そう思うと思わず微笑み、また物悲しくなってしまった。彼女と金芳は同じように子供を産んだのに、自分の境遇はこんなにも寂しいのだ。

彼女は急いで金芳の服を上からまとうと、ショールで頭をぐるぐると巻き、顔の半分を隠した。幸い産婦とは風を嫌がるものだから、特に奇妙な感じはしない。きちんと身支度しただけですでに全身に汗をかいてしまい、床に降りて立つと、両足はふわふわとして綿花を踏んでいるようだった。彼女が壁づたいに衝立の向こう側へゆくと、霖生はすぐに彼女を支えて病室を去った。金芳のことはちらりと見ただけだった。彼女は面長で、顔は黄色くすんでいたが、目鼻立ちはすっきりしている。霖生の容貌も整っていた。彼は曼楨を支えて外に出たが、宿直の看護師は曼楨の子供を新生児の部屋に置きにいってまだ帰ってきていなかったので、周囲は無人も同然だった。この階から降りてしまうと、もちろん彼らを知っている人はさらにいなくなる。正門を出ると、そこには何台か人力車が止まっていた。曼楨はすぐに一台に乗った。霖生は車夫に、産婦が風に当たるとよくないので幌を下ろすようにいい、前方にはさらに防水布を垂らしてもらった。人力車は走り出し、長い道を行き、橋を渡った。空はもう暗くなっていて、街灯の光がちらちらと目に眩（まばゆ）い。霖生の家は虹口（ホンキュウ）にある小汚い横丁にあった。家族は彼ら夫婦と何人かの子供たちだけで、亭子間（ティンズジエン）（上海の建築独特の中二階もしくは中三階の部屋。狭いので倉庫にすることが多い）に住んでいる。家について曼楨が落ち着くと、霖生はまたすぐ彼女の家に手紙を届けに行ってくれた。彼女は同時に許（きょ）家にも電話をするよう頼んだ。沈（しん）世鈞という男性が上海にいるかどうか尋ねて、もしもいたら、顧（こ）という者が探しているのでここまで来るよう頼んでほしい、と。

霖生が行ってしまうと、曼楨は彼らのベッドに横たわった。ベッドは大きくて、奥のほうには一歳になった子供が寝ていた。モルタルがはげ落ちた壁には、いろいろなグラビアの切り抜きが壁紙がわりに貼られている。名媛の写真あり、水害を伝える写真あり、連環(れんかん)画(が)（漫画に近い絵物語）あり結婚写真あり、カラーのものもモノクロのものもセピア色のものもあって、舞台に出てくる色とりどりの僧衣のように鮮やかだった。ベッドの脇には小さな長机(ながづくえ)がぴったりとつけてあって、全ての日用品がここに並べられている。魔法瓶、油瓶、鏡、あれこれの食器、ぎっしり詰まっていて手を触れられない感じだ。天井からは電球が一つぶら下がっている。電灯のもとで、曼楨はこの賑やかな小さい部屋を眺めた。ここにいることが本当に夢のように感じられた。そばには依然として赤ちゃんが横たわっている。でもこの子は自分の子ではないのだ。

蔡家には四人の子供がいた。一番年上は六、七歳の女の子で、霖生は出かける前にこの子にお金を渡して晩御飯用に搶餅(チァンビン)（ごまをまぶした葱入りのお焼き）を買ってくるよう言いつけた。共用の台所にいたおばさんが、霖生にこの女性は誰なの、と聞いたとき、彼は妻の妹なのだと説明した。しかし明らかに不自然だった。妻が病院で出産している隙を見て情婦を家に連れ込んだのではないかと疑われるかもしれない。

女の子は搶餅を買って戻ると、弟や妹に分け与え、曼楨にも大きなかたまりをとってテーブルの端に置いてくれた。曼楨はその子にテーブルにあった鏡を取ってもらってのぞいてみたが、自分でも自分だとはわからないほどだった。一対の頬骨は高く目立ち、顔には血色が一切なく、唇までが蒼白だし、大きな目は虚ろだ。彼女は鏡に向かって長い間ぼんやりしたまま自分の手で髪を梳いたが、焦れば焦るほど指が髪を通らない。彼女はじりじりした。万一世鈞が上海にいたら、今にも来てくれるかもしれないのに。

実は世鈞は、ちょうどここ数日上海にいた。しかし彼は結婚の準備のためにおじの家に滞在していて、叔恵に介添えを頼んだりそのほかいろいろなものを買ったりしていたのだ。彼は叔恵に会いに行ったが、楊樹浦の宿舎のほうに行って叔恵の家には行かなかったので、許家は彼が上海に来ていることを知らなかった。霖生は電話をして聞いてくれたのだが、許夫人は沈さんは上海にはいませんと答えたのだった。

霖生は曼楨が渡した住所にしたがって彼女の家にも行ってくれたが、もう別の一家が住んでいた。玄関には看板までかかっていて、ダンススクールになっていたという。霖生は門番に聞いてみてくれたが、彼は顧家はとっくに引っ越した、去年の末のことだと説明した。霖生の話を聞いても、曼楨はさして驚かなかった。憂いの種は元から断っておこうという曼璐の作戦に違いない。どうやら母さんは完全に姉さんの術中に嵌まってしまったようだから、いま探し出したところで無駄だろう。もしかしたら逆にいろいろ面倒なことになってしまうかもしれない。しかしこれから、彼女はどうすればいいのだろうか。寄る辺ないだけでなく、身には一銭もないのだ。霖生は彼女にここに泊まるように言い、自分はその晩のうちに彼の姉さんの家に行ってしまった。曼楨は心底申し訳なく思った。貧しい人にとっては、困難な時に助け合うことなど何でもないことなのだということを彼女は知らなかったのだ。彼らはいつも荒れ狂う風雨のなかで生活しているので、困っている人を見ると心から同情できるし、金持ちのようにあれこれ気を回して自分の同情心を抑えこんでしまうということもない。そのことを彼女はあとからだんだん悟るようになったのだが、この時はただ、霖生と金芳のようにとりわけ義侠心に富んだ夫婦に会えたことを自分の幸運として喜んだだけだった。

その晩、彼女は一番上の女の子から鉛筆を一本借り、紙を一枚もらった。世鈞に短い手紙を書いて、すぐに来てくれるよう頼もうと思ったのだ。もうすぐ彼に会えると思うと、彼女はかえってどうしていいかわからなくなってしまい、世鈞という人についても感覚が不確かになってしまった。彼女は彼の性格の保守的な一面を思い出した。たとえ彼が彼女のことを完全に諒解してくれたとしても、前と同じように彼女を愛せるだろうか。もしも彼が一切を構わずに彼女を愛していたならば、最後に会った時にもあんなふうな喧嘩にならなかったはずだ。あの喧嘩だって、彼が自分の家庭に妥協しすぎたために起こったのだった。彼との結婚が、もともと彼の家で許されていなかったのだとすれば、今はなおさら話にならないだろう――彼女が別の男の子供を産んだと知られてしまったら。

鉛筆を手に取ったものの、心の中はまとまらなかった。結局、彼女はごく短い手紙を書いた。あの時別れてからずっと病気だった、この手紙を読んだらできるだけ早く上海に来てもらいたいとして今の住所を記し、他のことはなにも書かず、署名も「楨」の一字だけにした。世鈞は前に、誰も自分の手紙を開けてみる者はいないと言っていたが、万一誰かに見られたら、と思ったのだ。

彼女が出したのは速達で、手紙が南京に届いたときには世鈞はまだ上海から帰ってきていなかった。彼の母は字を読めなかったが、前に曼楨がしばしば手紙をよこしてきたことは覚えていた。世鈞が父の妾宅に滞在していた頃、彼への手紙はいつも母親が自ら手渡してやっていたからだ。女性の筆跡だとはわかっていたので、のちに曼楨に会った時、きっとこの人だろう、他の誰かのはずがないと思ったのである。半年以上も音沙汰がなかったのに、突然このような手紙がきたので、沈夫人は不安になった。世鈞のほうはもう結婚の日取りも決まったというのに、こんな手紙でまた風向きが変わったらどうしよう。少しためらったあと、彼女は手紙を開封して嫁のところへ持っていき、内容を読んでもらった。

嫁は読み上げると言った。

「わたしが思うに、どうやらこの女は世鈞とは別れたのに、今になってまた仮病を使い、世鈞にすぐ会いに来させようとしているようですね」

沈夫人は頷いて黙った。二人はしばらく相談して「この手紙は世鈞には見せられない」と決め、その場でマッチをつけて手紙を燃やしてしまった。

曼楨はその手紙を出した後、一日一日指折り数えて暮らした。二人にはちょっとしたわだかまりがあったが、手紙を受け取りさえすれば彼はすぐ来てくれるはずだ。この点について彼女は確信していた。三、四日もしないうちに来てくれるはずだと考えたが、一週間あまり、朝から晩まで待っているというのに人が来ないばかりか返信さえ来ない。もしかして、彼はどこからか彼女に起こったことを聞き、もう会いたくなくなったのだろうか。そんなに薄情な人ならば、彼と出会ったこと自体が無駄だったことになる。彼女はベッドに横たわって目を閉じてみたものの、涙は構わず溢れ出て、枕をびっしょりと冷たく濡らした。時々枕をひっくり返してからまた横たわったが、反対側も涙でびしょ濡れになってしまうこともあった。

あれこれ考えて、彼はきっとあの手紙を受け取らなかったのだ、家の人が取り上げてしまったのだと思うようになった。もしもそうなら、もう一通書いても無駄なことだ。同じように取り上げられてしまうだろう。こうなったらまずは辛抱強く養生し、体がもとにもどってから自分で南京まで彼を探しに行くしかない。しかし手持ちの金は全くないので、本当に切羽詰まってしまった。蔡家に滞在して只食いしているのはともかく、一部屋しかない家を自分が占領しているので霖生は自分の家に帰れない状態になっている。これほど申し訳ないことはなかった。そこで以前の職場から半月分の給料をまだ受け取っていなかったことを思い出し、急場をしのごうと霖生に簡単な書き付けを託して届けてもらった。すると工場から社員が一人、霖生と一緒に家までやってきてその場で現金を渡してくれた。その人によれば、工場ではもう別にタイピストを雇ったということだった。

彼女は金を受け取ると、三階に空いていた亭子間（ティンズジエン）（四五六頁の割注参照）一間を借りて移った。霖生は板を渡した簡単なベッドと必要最低限の家具を準備してくれたばかりか、相変わらず食事を提供してくれた。曼楨は残った金を食費として彼に渡そうとしたが、彼はどうしても受け取ろうとせず、将来仕事を見つけてからゆっくり返してくれればいいと言った。この時にはもう金芳も病院から帰って家で休養していたので、曼楨は金芳になんとか金を受け取ってもらったのだが、金芳のほうはその金を霖生に渡して綿ギャバジンを幾尺か買いに行かせ、裏地と一緒に横丁の仕立て屋に持って行き、曼楨のために裏地付きの上っぱりを仕立てたのだった。曼楨には服の一着もなかったからだ。金芳は余った金はやはり曼楨に返し、少しでもとっておくようにと言った。曼楨は逆らいきれず、もらっておくしかなかった。

金芳は退院すると、あのあとどうなったか話してくれた。曼璐は栗のケーキを買って帰ってきたが、曼楨が消えたのを見ても特に大騒ぎせず、ただその日のうちに赤ん坊を連れて帰ったとのことだった。きっと彼らもやましいところがあるので騒ぎ立てることができず、赤ん坊さえいればそれでよしとしたのだろう。

曼楨はもともと体は丈夫なほうだった。まだ若いこともあって、ほどなく回復した。彼女はすぐに叔恵を訪ねて仕事を探してもらうことにしたが、もしかしたら世鈞にも会えるかもしれないと思った。もしも彼が上海にいれば。彼女は土曜日の晩を選んで許家に行った。その時間帯なら叔恵が家にいる可能性が高いと思ったからだ。裏口から入っていくと、ちょうど叔恵の母が台所で忙しくしていたので、一言「おばさま」と挨拶した。許夫人は笑顔で言った。「まあ、顧のお嬢さん、久しぶりだわね」

曼楨も微笑んだ。「叔恵はいますか？」

「いるいる。ちょうどよかったわ、南京から帰ってきたばかりなの」曼楨はまあ、と返事をした。叔恵がまた南京に遊びに行ったということは、きっと世鈞が呼んだに違いない。

彼女が三階まで上がったところで、おそらく彼女の革靴の音が聞こえたらしく、部屋から見知らぬ少女が出てきた。物問いたげな表情で見られたので、曼楨はもしかしたら家を間違えたのかもしれないと思い、笑みを浮かべて聞いた。

「許叔恵さんはご在宅でしょうか？」

そう聞くと、叔恵が奥から出てきて笑った。「おや、曼楨！　入って入って！　これは僕の妹だよ」

曼楨はそこでようやく、世鈞が算術の補習をしてあげていたというのはこの女の子だったのかと思い、またもの悲しくなってしまった。

部屋に入って腰掛けると叔恵は笑顔で話した。

「ちょうど会いに行こうと思っていたんだけど、君から来てくれたんだね」そう言った時、叔恵の妹がお茶を持ってきたために話が途切れてしまった。曼楨は疑念を持った。もしかしたら叔恵は世鈞と自分が喧嘩別れをしたことを聞いていて、取り持ってくれようとしているのかもしれない。もしかしたら世鈞が彼にそう頼んだのかも。彼女はお茶を受け取って一口飲むと、場を取り繕うように叔恵の妹と話をした。彼女はどうやらはにかむ年頃のようで、笑顔でしばらくそばに立っていたけれども、また出て行った。叔恵が言った。

「僕はもうすぐ国を出るんだよ」そうして米国留学のことを曼楨に話した。曼楨はもちろん祝福した。しかし叔恵はそのことを最初から最後まで報告しても、まだ世鈞のことを話そうとしない。曼楨は訝しく思った。自分からさっさと聞くべきところだが、どういうわけか、ますます怖くなり、ますます勇気がなくなってしまったのだ。まさか、叔恵は彼らが喧嘩したことを知っているから持ち出さないのだろうか。とすれば、世鈞は叔恵にもう二人はおしまいだと話したに違いない。

めまぐるしくあれこれ考えたが、こんなことを考えなかったとしても、やはり叔恵に打ち明ける気にはならなかっただろう。曼楨は茶碗を両手で持ってお茶を飲みながら、話題を探すようにあたりを見まわして言った。

「この部屋はどうして模様替えしたの？」

「今は妹の部屋にしてるんだよ」

「なるほど、どうしてこんなに綺麗に片付いてるのかと思ったわ――前にあなたたち二人が暮らしてた時はぐちゃぐちゃだったものね！」曼楨が「あなたたち二人」と言ったのは、もちろん世鈞と叔恵のことだった。こういえば、叔恵はきっと世鈞の話をしてくれると思ったのだ。しかし彼はこの手に乗らなかった。そこで曼楨はいつ出発するのかと聞いた。

「明後日の朝出るんだ」

「もっと早く来られればよかったわ。もともとあなたに職探しを手伝ってもらおうと思ってたの」

「なんだい、仕事してたんじゃなかったのかい？　あそこは辞めたの？」

「しばらく病気していてね。あちらでは待っていられずに別の人を雇ったのよ」

「だからか、えらく痩せたと思ったよ」叔恵はなんの病気かと聞き、彼女は適当に腸チフスだったと答えた。叔恵はある外資系商社の呉という人を訪ねてみるよう言った。そこで求人していると言い、彼は先方に電話をして曼楨の代わりに頼んでくれた。

これだけの話をしてもまだ世鈞の話題が出ない。曼楨はとうとう笑顔で聞いた。

「最近南京に行ってきたの？」

「あれ、なんで知ってるんだい？」

「さっきおばさまから聞いたの」ここまで言っても、叔恵はなお世鈞のことを話そうとしない。彼はマッチを擦って煙草に火をつけ、燃え殻を窓の外に放り投げると、そこに立ったまま窓の外を見て、深々と煙草を吸った。曼楨はもう我慢できなくなり、歩み寄って手を窓辺につき、彼のそばに立って笑顔で聞いた。

「南京で世鈞に会った？」

叔恵は微笑んで言った。「僕は世鈞に呼ばれて行ってきたんだよ。奴は結婚したんだ、一昨日のことだよ」

曼楨は両手を窓枠に乗せていたが、その窓枠がゆらゆら揺れるのを感じた。どういうわけか、堅固な木材が急に波のようにうねり始め、摑もうにも摑みきれない。叔恵は彼女が愕然としているのを見て、また微笑んで言った。

「聞いてなかった？　石のお嬢さんと結婚したんだ。会ったことあるだろう？」

「ああ、わたしたちが南京に行った時会ったわね」

叔恵がこのことにあまり触れたがらないのは、もちろん自分と世鈞の関係を知っているからだろうと曼楨は思った。彼自身も翠芝のことで鬱屈を抱えていたとは曼楨には知るよしもない。彼女はもう座ろうとしなかった。

「明後日に出発するんならきっと今は忙しいわよね、おいとまするわ」

叔恵は彼女を夕食に誘い、一緒に外で食べようと言ったが、曼楨は笑って断った。「あなたにお餞別もしてないんだから、あなただってご馳走してくれなくてもいいわ。両方とも無しにしましょ」叔恵は連絡先を交換しようとしたが、アメリカの住所はまだわからないので、大学の住所を書いてくれた。

叔恵の家を出ると、天地の色が変わってしまっているように思った。祝家に一年近く閉じ込められて出てきたと思ったら、外は全く違う世界になっていたのだ。まだ一年も経たないのに、世鈞はもう別の人と結婚してしまったというのか。

彼女は街灯の下を歩いた。ずいぶん歩いてから、ようやく路面電車に乗るべきだったことに気づいた。そこで電車に乗ったものの、今度は乗り間違えた。橋を渡らない外灘止まりだったので、しかたなく降りて歩きはじめた。どうやらさっき雨が降ったらしく、地面が少し濡れている。だんだん橋に近づくと、鋼鉄の大橋の上には電灯が白く輝き、橋梁の大きな黒い鉄骨の影が、一本一本黄色く濁った水の上にかかっていた。橋の下には小さな船がたくさん停泊していて、大きな縞模様の陰影は船の幌や船板の上にも落ちている。水面には少しの光もない。ここの水はどれくらいの深さがあるのだろう。平らな水面は、まるで黄色がかったセメントのようだ。飛び降りたとしたら叩きつけられて死ぬのだろうか、溺れて死ぬことになるのだろうか。

橋の上をトラックが次々に轟音をたてて走っていく。地面が揺れ、足の裏が痺れるようだった。彼女は橋に背を向けて立ち、ぼんやりと水を見た。他の誰が自分に酷いことをしても——それが姉や母でも、世鈞のように彼女を傷つけることはなかった。さっき叔恵の家で彼の消息を聞いた時には、手術前に麻酔を使われたように、ただぼんやりして特に苦しいとも思わなかった。しかし今になってだんだん意識がはっきりし始め、苦痛も姿を表しはじめた。

橋の下の小船はどれも真っ黒で灯りをともしていない。船の中にいる人たちはみな眠っているに違いない。きっとかなり遅い時間なのだろう。金芳は今日は一緒に夕食を食べるようにと言っていた。今日のおかずはとびきり豪勢だからと。赤ちゃんは今日で満月（マンユエ）（生まれて一か月）なのだ。曼楨は自分の産んだ子を思い出した。あの子はまだ生きているのだろうか……。

あの晩をどう過ごしたのか、まるで覚えていない。しかし人は生きている以上、一日一日を生きていくしかない。しばらくして、彼女は職を見つけた。学校で教える仕事で、待遇は良くなかったが、とにかく住むところは提供された。曼楨は金芳たちのところから引っ越して教員宿舎に住んだ。以前楊家で家庭教師をしていたころ、二人の子供と相性が良かったので、この仕事も楊家が探してくれたのである。楊家では、彼女が病気のために失業したが、家族はみな田舎に帰ってしまい、曼楨一人が上海に残っているとだけ承知していた。

彼女は学校の宿舎に住み込んでほとんど外に出ようとせず、楊家にもたまに顔を出すだけだった。二年ほど経ったある日楊家を訪ねると、楊夫人が昨日曼楨の母が訪ねてきて、曼楨が今どこにいるか知らないか聞かれたと言った。母が娘の居場所を知らないなんて奇妙だと思ったことだろう。楊夫人はその場で曼楨の住所を母に教えたという。それを聞いた曼楨は、すぐ面倒なことになると知った。

この二年というもの、彼女も母のことを思わなかったわけではない。しかし母には本当に会いたくなかった。その日楊家を出たあと、いっそ宿舎に帰りたくないと思ったが、これは避けられないことなのだと思い直した。母は遅かれ早かれ訪ねてくるだろう。その日帰ると、やはり母はもう宿舎の面会室で待っていた。

顧夫人は曼楨を見るとぽろぽろ涙を流した。曼楨は淡々と「母さん」と呼んだ。

「痩せたわねぇ」

曼楨は何も言わず、一家が今どんなところに住んでいるのか、家はどんな状況なのかも聞こうとしなかった。姉が養っているに決まっている。顧夫人はしかたなく一つ一つ自分から説明した。

「お祖母さんはここ数年ずっと丈夫でね、前よりもいいくらい。偉民はこの夏で卒業だよ。あんたは知らないだろうけど、今わたしたちは蘇州に住んでてね――」

「わたしが知ってるのはみんなが吉慶坊から出て行ったっていうことだけ。姉さんの考えなんでしょ、姉さんは用意周到だわね」そういうと思わず冷笑した。

顧夫人はため息をついた。「わたしが言ってもあんたは聞きたがらないだろうけどね。でも姉さんは本当に悪気はなかったんだよ。悪いのは鴻才だけでね。もう子供まで産んだんだから、何も一人で外に出て苦労しなくてもいいのに」

母の口ぶりからすると、どうも彼女が孤立無援なのを憐れみ、既成事実に従って祝家の妾になれと言いたいようだ。曼楨は怒りのあまり顔を真っ赤にした。

「母さん、その話はよしてちょうだい。わたし、本当に怒るわよ」

顧夫人は涙を拭った。「わたしだってあんたのためにと思って……」

「わたしのためにと言いながら、本当にわたしを台無しにしてくれたのね。あの時姉さんが母さんにどう言ったのか知らないけど、どうしてあんなに長い間わたしをあの家に閉じ込めさせておくことができたの？　本当に酷いことをされたわ。もしもあのとき早めに病院に連れて行ってくれれば、ここまで苦しい思いをせずにすんだのに。もう少しで命も落とすところだったのよ！」

「あんたがわたしを責めることはわかってたよ。あんたが気が短いってこともわかってた。わたしは頭が古いからね、あんたはもう鴻才に嫁ぐしかないと思ったんだよ。あんたの姉さんは度量が広くて、あんたのほうが鴻才の正妻になればいいとまで言ってくれてるんだからね。わたしに言わせりゃあんたも強情すぎるよ。こんなふうじゃ将来いったいどうなることか」そこまで言うとまた嗚咽混じりになった。曼楨はしばらく黙っていたが、だんだんいらいらし始めた。

「母さん、やめてちょうだい。人に見られたらどうするの」

顧夫人は極力泣くのを抑え、座ったままハンカチで目を拭き、洟をかんで、しばらく経ってから独り言のように言った。

「子供は賢くなったよ、なんでも喋れるようになってね。人見知りもしないし、わたしにひっついてお祖母ちゃんって呼んでくれてる。引き取った時はあんなに痩せこけてたけど、今は色も白くなってぽっちゃりしてるよ」

曼楨はやはり何も答えなかったが、しばらくしてからようやく言った。「もう言わないでちょうだい。何がどうなっても、わたしは絶対に祝家には入らないから」

学校のベルが鳴った。夕食の時間だ。

「母さん、帰ったほうがいいわ。もう遅いから」

顧夫人はしかたなくため息をつくと立ち上がった。「もうちょっと考えたほうがいいよ。しばらくしたらまた来るから」

しかしそれから母が訪れることはなかった。おそらく曼楨の態度が冷たすぎて落胆したのだろう。きっともう蘇州に帰ったに違いない。曼楨は自分でもちょっとやりすぎたかと思ったが、祝家が間に入ってくると聞けば、もう母と連絡をとりあうことはできなかった。でなければまたまとわりつかれてしまうだろう。

それからまた時がすぎ、冬休みがやってきた。宿舎に住む教師はみな年越しのために帰省したが、曼楨一人だけは帰る家がない。建物全体で彼女しか住んでいないので一番いい部屋に移ったが、本当に人の気配がなくて静かだ。休暇中の校舎ほど寂しい場所はない。

ある午後、やることもないし座っていても寒いので、曼楨は布団に潜り込んで昼寝をしていた。夏の昼寝は気持ちよいし自然なことだが、冬の昼寝にはそんな軽やかさはなく、昏々と寝入ってしまった。部屋は薄黄色の午後の日差しで満たされていた。窓ガラスの外には物干のための古いロープが垂れ下がっていたが、風でロープが高く吹き上げられると、その影がまっすぐ部屋に飛び込んできて、まるで人影がゆらめいているようだった。曼楨は突然目を覚ました。

目を覚ました後も、長い間ぼんやりとしていた。そこにふと階下から、学校勤めの女中が高い声で呼ぶのが聞こえた。

「顧先生、お家の方が見えてますよ」

また母が来たのかと思ったが、外から入り乱れて聞こえてくる足音は一人だけのものではない。こんなにたくさんの人が来るとはどういうことだろう。気を落ち着けると急いで服を羽織ったが、ベッドから立ち上がった時にはもう訪問客たちが入ってきていた。阿宝(あほう)と張ばあやが曼璐を支え、うしろには子供を抱えた乳母が従っている。阿宝は一声「曼楨お嬢さま」と挨拶し、それ以上何も言わないまま曼璐をベッドまで連れて行くと、掛け布団を積み重ねてそこによりかかるようにして座らせた。曼璐は痩せこけて一回り縮んでいたのだが、何枚も服を重ね着しているのでぼってりと太ったかのように見えた。キャメルのオーバーを着込み、頭にはウールのマフラーを巻いて口まで覆っている。ただ半開きの目だけを覗かせていた。青白い顔に汗を滲ませ、座ってただ息を切らせている。阿宝は座り心地がよくなるよう曼璐の手足を整えてやった。曼璐は低い声で言った。

「車で待っててちょうだい。子供はここに置いていって」阿宝は子供を抱っこしてベッドの上に横たえてから乳母たちと一緒に下へ降りていった。

子供は真新しい赤紫色のニットのセーターとズボンを履いていた。どうもわざわざ下ろしたてを着せて曼楨に見せることにしたらしい。顔には化粧までしていて、真っ赤な紅を両頬に塗っている。ベッド中をはいはいして、聞いてもわからない幼児語を話し、曼璐をひっぱってはあれこれ注意を引こうとしていた。

曼楨は腕組みをして窓の前に立ち、二人を見た。曼璐は言った。

「二妹(アルメイ)、あたしの病気はここまで進んでしまって、もうあと何か月ももたなそうなの」

曼楨は思わず冷たい笑い声を一声あげると言った。「なんでいつも、もうすぐ死ぬ、もうすぐ死ぬって言ってるの？」

曼璐はしばらく黙ってから言った。「信じてくれなくてもしかたないわね。でも今度はほんとなの、あたしの腸結核はもう治りっこない」曼璐自身も自分があの狼少年のような気がしていた。何度も「狼が来たぞ！狼が来たぞ！」と叫んできたのだ。今、本当に狼が来たと言っても誰が信じてくれるだろう。

部屋の空気は氷のように冷たかった。ここで曼璐が口を開いて話すのは、むき出しの足でその冷水の中を歩くようなものだった。それでも彼女は話し続けた。震える声で言った。

「あんたは知らないけど、この二年あたしは人間じゃないような暮らしをしてきたの。鴻才は一日中外で遊び回るばかり。この子がいなければ、とっくに捨てられてた。考えてみてちょうだい、あたしが死んだらこの子はどんな女の手に落ちるかわかんない。だからお願い、戻ってきて」

「そんなでたらめ、もう聞きたくないわよ」

「言っても信じないだろうけど、でもほんとなのよ。鴻才はあんたを尊重してるし、あんただけは他の女と違うと思ってる。あんたが構いさえすればきっとうまくいくわ」

曼楨は怒った。「祝鴻才がわたしの何だっていうの？　なんでわたしが構ってやらなきゃならないの」

「じゃあ彼のことはいいわ、この子をかわいそうだと思ってちょうだい、あたしが死んだらどんなに辛い目に遭うか知れやしない。なんといってもあんたが産んだ子なのよ」

曼楨はいっときひるんでから言った。「そのうちなんとかして引き取るわ」

「そんなことできるもんですか。鴻才がうんと言うはずがないわ！　あんたが訴えたとしても、あっちも全財産を使って訴訟に臨むでしょうよ。やっとできた宝物の息子なのよ、手放すわけがない」

「確かに、難しいでしょうね」

「でしょう、でなかったらあたしだってこうやってあんたに会いにきたりしてないわ。方法はたった一つ。あたしが死んだらあんたが彼と結婚すればいい――」

「その話はやめて。わたしは死んだって祝鴻才に嫁いだりしないから」

曼璐のほうは苦労して赤ん坊を抱きかかえ、曼楨の前に差し出すと嘆息して言った。

「何と言ってもこの子のためじゃないの。あんたはなんでそんなに冷たいの！」

曼楨は本当にこの子を抱っこしたくなかった。曼璐の前では涙をこぼしたくなかったからだ。しかし曼璐は息を切らせながら必死で子供を曼楨に押しつけた。彼女が手を伸ばして受け取りもしないうちに、赤ん坊はわっと泣き出すと振り返って「ママ！　ママ！」と呼び、曼璐の懐に潜り込もうとした。この子はもちろん曼璐だけが自分の母親だと思っているのだが、曼楨にはこの時突然不可解な感情が湧き起こった。この子のこの様子を見て、大きな衝撃を受けたのだ。

曼璐も子供が自分を恋しがるのを見ると悲しみにくれ、嗚咽しながら言った。「今死んでも他に心残りはないんだけど、この子のことだけが気がかりで……。本当に死にきれない」

ここまで言うと思わず涙が泉のように湧いてきた。曼楨の心情も曼璐よりましというわけではなかったが、曼璐がどんどん激しく泣き、喘ぎ始めて体が丸まってしまったのを見ると我慢できなくなり、やむなく心を鬼にしてうるさそうに眉間に皺を寄せた。

「なんてざまなの、早く帰って！」そう言うなりすぐに身を翻して一階に駆け下り、車の中にいた阿宝と張ばあやを呼んで曼璐を迎えに来させた。二人は曼璐を支えて階段を下り、曼璐は嘆き悲しみながら去っていった。乳母が子供を抱っこして後ろに続いた。

曼楨は部屋で一人、散らかされた掛け布団をたたんでからベッドのへりに腰掛け、しばらくぼうっとした。鴻才の名を聞いただけで腸（はらわた）が煮えくり返る。彼には恨みがあるだけでなく本能的な憎悪を感じていたので、さきほどの姉の願いを何も考えずに拒否してしまった。いま冷静に考えてみても、そうしたのは正しかった。子供が愛しくないわけではない。今ではあの子以外に、この世界に誰も親密な人はいないのだ。もしも子供を引き取って育てることができたら、たとえ未婚の母がこの社会で差別されるとしても、彼女は何も恐れはしないだろう。あの子のためならどんな犠牲も払える。でも、鴻才に嫁ぐことだけは絶対にできない。

彼女はもうここには住めないと考えた。また曼璐がやってきてくどくど言うかもしれないし、母をよこしてくるかもしれない。彼女は学校に辞職を申し出た。冬休み前にもう次の学期の招聘状を受け取ってしまっていたので、あれこれ言い訳をしてようやく辞めさせてもらうことができたのだった。彼女は別のところで会計の仕事を見つけた。以前に会計を学んだことがあったのだ。仕事を探すと同時に部屋も探し、郭という人が借りている家の一部屋をまた貸ししてもらうことにした。

ある日、彼女が仕事を終えて郭家の裏口まで帰ってきたところ、中からちょうど若い女が出てきた。小さい丸顔、やや浅黒い肌、頬にはまっかな紅を塗り、髪は両サイドとも高い位置でアップにし、白地に赤と黄色の小花模様を散らした綿麻の旗袍をきている。阿宝だった。——どうしてまたここを嗅ぎつけたのだろう? 曼楨は思わず棒立ちになった。阿宝も彼女を見るとても驚いた様子で、「まぁ、曼楨お嬢さま!」と叫んだ。阿宝の後ろには見覚えのある口入れ屋の男がいる。それで思い出したが、郭家の女中が故郷に帰ることになったので、二、三日前に口入れ屋から女中を一人斡旋してもらい、試しに働かせていたのだった。その女中はどうも条件が合わなかったらしく、別の女中を探していたのだ。どうやら阿宝は郭家で働こうとしているのであって、命令されて曼楨を探しにきたのではないらしい。しかし曼楨は彼女にあれこれ話しかける気がしなかった。阿宝を見ると、祝家に監禁されたとき、彼女が曼璐の片棒をかついだことを思い出してしまうからだ。もちろん雇われている以上仕方ないこともあっただろう。人の家の飯を食べ、人の言う通りに働かねばならないのだから、阿宝だけを責めることはできない。だがなんと言っても、曼楨は阿宝を見るととても不愉快になるので、ちょっと頷いただけで足を止めることもなくそのまま中へ入ろうとした。ところが阿宝のほうがかけよってくると言った。

「曼楨お嬢さまはきっと知らないでしょう。曼璐お嬢さまが亡くなりましたよ」とても意外な消息というわけではなかったが、曼楨はやはり驚いた。

「え？　いつ？」

「ええと、この間曼楨お嬢さまの学校に行きましたよね。あれから半月も経たないうちのことでした」そう言うと目のふちを赤くし、ぽたぽたと涙をこぼした。阿宝が泣いているのに、曼楨はただ茫然と彼女を見つめていただけで、心の中は空っぽだった。

阿宝は一本指の先にハンカチを巻きつけ、注意深く目頭の涙を拭きとると口入れ屋に言った。「先に戻ってて。昔のご主人とちょっと話をしたいから」

曼楨のほうは阿宝と無駄話をしたくなかったので言った。

「用があるなら行ってちょうだい、時間をとらせるだけだから」

阿宝も曼楨が自分にかなり冷淡なのに気づき、きっとあの指輪のことだろうと思って言った。

「曼楨お嬢さまはきっとあの時わたしが手紙を届けなかったことを責めてるんでしょうね。ねえ——あのあと、どうしてわたしがお部屋に行かせてもらえなくなったかご存じないでしょう?」

ここまで聞いたところで曼楨は眉をひそめて話を遮った。「いまさらそんなこと言ってどうするの?」

阿宝は曼楨の表情を見ると黙り込み、自分の両腕を抱えてひたすらさすっていたが、しばらくしてから口を開いた。

「もうあの家で勤めるのはやめたんです。本当に頭にきちゃって。曼楨お嬢さまはご存じないでしょうけど、曼璐お嬢さまが亡くなってからは周ばあやが旦那さまにわたしの悪口ばかり言ってたんです。この周ばあやっていうのがおべんちゃら上手で、来て数か月で乳母を追い出して、ぼっちゃんを独占したんですよ。旦那さまの前ではぼっちゃんを可愛がってるふりをしてるけど、見えないところではまるで継母(まま はは)みたい。わたし、本当に見ていられなくなって飛び出したんです」

阿宝は突然正義の味方になった。この話は多少割り引いて聞かねばならないが、阿宝が祝家の別の使用人に追い出されたというのはおおかた本当なのだろう。相当憤っていて、腹の中に溜まった不満のはけぐちがないという様子だ。曼楨が招き入れようとしなかったので、彼女は裏口に立ったまま延々と長話を始めた。

「旦那さまの商売はとうとう元金にも損が出てしまって、それで余計に癇癪を起こすようになりました。家財道具もおよそ抵当にあてたし、虹橋路のお屋敷も売り払って、今は引っ越して大安里にいるんです。曼璐お嬢さまには夫の運勢を上げる運気があるって言われてましたけど、本当にそうでした。曼璐お嬢さまが亡くなったらあっという間に落ち目になって！　旦那さまもきっとがっかりしてるんでしょう、このところはずっと家でしょんぼりしているだけで、外の女ともみんな手を切りました。旦那さまが曼璐お嬢さまの写真を見ては涙をこぼしているのをしょっちゅう見かけましたよ」

鴻才の名を聞くなり曼楨は露骨にうんざりした顔になった。裏口で立ったまままずいぶん時間を食ってしまったと言わんばかりだ。阿宝も雰囲気を読んで、それ以上は話そうとせずに話題を変えた。

「曼楨お嬢さまは今ここにお住まいなんですか？」

曼楨はあいまいに返事をすると聞き返した。「あんたはここで仕事する気なの？」

阿宝は笑った。「そうですね、このお宅は家族も多いし給料もそんなに高くないから、やりたくないです。曼楨お嬢さまにもお願いしておきますね、お友達で女中を探している人がいたらわたしに連絡してくださいよ、向かいの口入れ屋にいますから」曼楨は適当に承知しておいた。

それからちょっとした沈黙が訪れた。曼楨は阿宝にもっと子供のことを話してもらいたかった。どれくらい背が伸びたのか、どれほどいたずらっ子なのか――一人の子供が生み出す「逸話」や「美談」を、女中たちは飽きもせず楽しげに語るものだ。曼楨はいろいろ知りたかった。子供はどこの方言で話しているのか。体は丈夫になったのか。癇癪を起こしていないか。しかし阿宝が言わない以上、曼楨は自分から聞こうと思わなかった。どういうわけか、恥ずかしくて口にできない。

阿宝は微笑んだ。「じゃあわたし行きますね、曼楨お嬢さま」阿宝は去り、曼楨も家に入った。

祝家はいま大安里に住んでいると阿宝は言っていたが、そこは曼楨の通り道だった。彼女は毎日路面電車に乗るのだが、家から停留所までは結構な道のりがあって、その時必ず大安里を通るのである。それからというもの、彼女はそこまでくるといつも道を変えて向かい側を歩くようにした。鴻才に会うことを恐れたのである。もうまとわりつかれる心配はしていなかったが、やはり嫌だった。

この日、仕事から帰る時、学校帰りの小学生二人が彼女の前を歩いていた。最近の彼女は、どんな子供を見かけてもすぐその年齢を推測すると同時に自分の子供の年を計算し、あの子もこれくらいの背丈になっただろうかと考えてしまう。この二人の子供はもちろん彼女の子よりずいぶん大きく、七、八歳にはなっているようだった。どちらも綿入れの上に新品の青い木綿の上っぱりを着て、ころころと着膨れている。二人は軍事演習のように並んで歩き、揃って手に持ったそろばんをリズミカルに振っていたので、そろばんの珠が ざざっと大きな音で軍隊マーチを奏でた。ときにはそろばんは肩にかけられた銃の代わりにもなった。

後ろについていた曼楨には時々二人のおしゃべりが聞こえてきたが、子供たちの話には闘争心のかけらもなかった。

「馬正林の父ちゃんはパン屋をやってるんだ。馬正林は毎日パンを食べてるんだよ」羨ましくてたまらないという様子だ。

二人は突然大通りを渡り、大安里に入っていったので曼楨は愕然としてしまった。もちろんこの子達は彼女の子ではないことも、この路地には子供がたくさんいることもわかっている。それでも彼女は思わずこの子達のあとをついて大通りを渡り、この路地に入っていった。どうしてもためらいがちな足取りになったので、入っていった時にはもう二人の子供の姿はなかった。

早春の気候で、灰色の午後は冷たく凝固していた。春というのはいつもこうだ。まだ春の息吹もないうちに、すべてのものが匂いを放ち始めるのを感じる。体にも冷たさ以外に何かむず痒いようなものを感じ、汚らしい気がした。雨は降っていなかったが、路地の地面はいつもじっとりしている。進んでいくと、両側はみな石庫門（シークーメン）（二、三階建の建物が共用通路を囲む、中洋折衷の建築様式）だった。道の真ん中に臭豆腐乾（チョウドウフガン）の入った天秤が置かれている。天秤棒を担いでいた人は腰に手を当ててやや離れたところに立ち、声を長く響かせて呼び売りをしていた。女の子が一人、臭豆腐乾を一串買って、自分で辣醤（ラージアン）を塗りつけている。どうも鴻才の前妻の娘、招弟のようだ。曼楨の視線はこの女の子よりも、そばにいた男の子に吸い寄せられた。四、五歳の男の子で、明らかに招弟の弟だ。二人とも同じような紫の柄物の綿入れを着て、もう春だというのに古い綿入りの靴を履いているが、靴下を履いていない。真っ赤なくるぶしが古ぼけた黒い布靴と対照をなしていて、見ていると何か奇妙な痛ましさを感じた。男の子は髪の毛が長く、眉の上までかかっている。顔は汚れていたが、顔立ちはとても整っているようだ。

曼楨は動揺したがじろじろ見るわけにもいかず、視線を招弟に戻した。この子が本当に招弟かどうか確かめようとしたのだ。何年も前に一度会っただけだが、曼楨はよく覚えていた。子供の変化とは早いものだ。しかしこの黄色っぽい肌の痩せた娘はあの頃のままで、背も伸びていないようだった――もちろん背が伸びていないはずはない。上っぱりがちんちくりんになっているのが何よりの証拠だ。

招弟は臭豆腐乾のかごのそばに立ち、陶器のお碗から辣醤をとって臭豆腐乾の上に塗っている。おそらく辣醤が無料だからだろう、まるでパンにジャムを塗るように大量に塗りつけて、臭豆腐乾全体を真っ赤にしてしまっていた。臭豆腐乾売りはこの子を見て何か言いたそうにしたが、結局何も言わなかった。招弟は全部で三個買い、一本の藁に通してもらって手で持ち上げて食べている。弟も食べたがり、爪先立ちをすると両手で姉につかまって、顔を仰向けにして一口齧(かじ)った。見ていた曼楨は、あんなふうにがぶりと食べたらきっと辛くて涙が出るだろうし、喉も焼けてしまうだろうと思った。思わず冷や汗が出たが、なんと男の子は表情も変えずに飲み込み、まだ食べたいとねだってやはり爪先立ちで口を臭豆腐乾に持っていった。招弟のほうも優しく、自分が一口食べるとまた弟に一口食べさせた。曼楨は自分の子のまぬけな顔を見ると思わず笑ってしまったが、笑うと同時に目から涙がこぼれ落ちてしまった。

彼女は急いで横を向き、角を曲がって脇道に逸れると、歩きながら手の甲で涙を拭った。突然うしろから足音が聞こえてきたので振り向くと招弟だった。ぱたぱたとこちらに向かって駆けて来る。招弟の綿入り靴は大きすぎ、湿ったセメントの上を歩くと一足ごとにぱたぱたと大きな音が響く。しまった、きっとわたしのことがわかったんだろう。あの子はあの時まだ小さかったし、わたしには一度会っただけだから絶対覚えていないだろうと思っていたのに。曼楨は仕方なく番地を探しているふりをして道を歩きながら横目で招弟を見た。招弟のほうはある家の前で立ち止まった。この家は最近仏事をしたのだろう。門の枠に黄色いお札を剝がした痕が半分残っていて、今も中庭で紙銭を焼いており、赤々と火が燃えている。招弟は彼らが銀紙を焼くのを見ながら臭豆腐乾を食べていた。どうやら曼楨に注意を払ったのではなかったらしい。曼楨はようやく安心し、ゆっくり引き返して元の道に戻った。

あの男の子の横に女中が一人現れた。年は四十くらいだろうか、悪人面で、おたまじゃくしのような黒い小さな目をしていた。長い腰掛けを裏口の前に置いて座りこみ、戸口の前で野菜を選り分けている。これが阿宝の言っていた周ばあやなのだろうと曼楨は思った。招弟は女中が出てきたのを見ると脇道に逃げていった。おそらく隠れて豆腐乾を食べてしまってから戻ってくるつもりなのだろう。

曼楨はゆっくりと彼らの前を歩いた。あの男の子は彼女を見ると、彼女の顔が気に入ったのか服が気に入ったのか、突然「おばちゃん！」と呼びかけた。曼楨は振り返って子供に微笑んだが、この子はずっと「おばちゃん！　おばちゃん！」と呼び続けている。女中のほうはぶつぶついった。「挨拶しなさいっていう時はしないで、声なんてかけるなっていうときはやめようとしないんだから！」

曼楨はこの路地を出たあと、一気に十いくつもの店の前を通り過ぎていったが、胸の鼓動は治まらなかった。ある店のショーウィンドーで、彼女は窓ガラスにうつる自分の影に微笑みかけた。あの子は彼女を見るなり好感を持って「おばちゃん！　おばちゃん！」と呼んでくれたのだが、いったい自分のどんなところが気に入ったのか、窓ガラスを見てもわからなかった。曼楨はあの子の顔立ちを仔細に思い浮かべた。前に姉さんが連れてきた時にはまだ歩けなかったはずだ。ベッド中をはいはいしていて、可愛い小動物という感じだった。今ではもう個性をもつ人間になったのだ。

今回は運が良くて、路地に入ってすぐにあの子に会うことができた。これからはもう行ってはいけない。何度も見たところで無益だし、いたずらに傷つくだけだ。それより母の方が問題だ。姉さんが亡くなった今では、鴻才が母の面倒を見てくれるとは思えない。曼楨はまとまった金を送ったが、自分の住所は書かないでおいた。今でもやはり母には探しにきてほしくなかったのだ。

あっという間に夏になった。母は上の弟の偉民は、今年の夏卒業したら稼げるようになると言っていたが、仕事を始めたばかりの弟が一人で一家を支えることは絶対に無理だと曼楨は思った。彼女はまた家に送金した。この二年で蓄えたものを次々に彼らに送ったのである。

その日は一日中とても蒸し暑かったが、夕方急に大雨が降り始めた。曼楨の大家の女中がバルコニーに走っていって干した衣類を取り込んでいる。一階で誰かが呼び鈴を押しているが、ずいぶん押しているのに誰もドアを開けようとしないので、仕方なく曼楨が降りて行った。ドアを開けると、人妻風の見知らぬ若い女性が立っている。その女性は少し焦った様子で曼楨に微笑みかけた。

「すみません、ちょっと電話をお借りしたいんです。わたしはお向かいの九号に住んでいる者なんですけど」

外はすごい勢いの雨だったので、曼楨は彼女を招き入れてから言った。

「郭の奥さんを呼んできますね」何度か呼んだが返事はない。あの女中は洗濯物を抱えて階段を降りてくると言った。「奥さまはいらっしゃいません」

曼楨は仕方なく、その女性を電話がある吹き抜けの部屋まで案内した。彼女はまず電話帳を手に取って番号を調べている。曼楨は電気をつけてあげた。灯りの下で見ると、マントのようなレインコート越しにも、彼女が妊娠していることが見てとれた。長く伸ばしたまっすぐな髪を耳にかけていて、見たところ上海人のようではないが、かと言って田舎町出身という雰囲気でもない。かなり整った顔立ちで、やや扁平な瓜実顔（うりざねがお）だった。彼女は長い間電話帳を調べ、申し訳ないと思ったのか、時折曼禎に向かって微笑みかけ、その場を取り繕うように曼禎の姓を聞き、自分は張というのだと名乗った。また曼禎にどこの出身かと尋ね、安徽と答えるとすぐに注意を引かれた様子で微笑んだ。

「顧さんは安徽の方なんですね？　安徽のどちらですか？」

「六安です」

その女性は笑った。「あら、わたしは六安から来たばかりなんですよ」

「張の奥さんも六安の方？　でも六安の訛りがありませんね」

「わたしは上海人なんです。ずっとここに住んでいました。夫の張が六安出身なんです」

曼禎はしばらく考えてから言った。「そうなんですね。六安には張豫瑾というお医者さんがいらっしゃいますけど、奥さんはご存じですか」

女性は少し間をおいてから低い声で笑った。「わたしの夫が豫瑾という名前ですよ」

「まあ、なんて偶然でしょう！　わたしたち、親戚ですよ」

その女性は驚きの声をあげてから笑って言った。「本当に偶然ですね。豫瑾も今回来ているんです。顧さん、いつかうちに遊びに来てくださいね。今はわたしの母の家に泊まってるんです」

彼女が電話をかけ始めたので曼禎は立ち去った。裏の部屋でうろうろし、電話が終わるのを待ってもう一度出てくると彼女を送って出た。雨が小降りになるまで引き止めようとしたのだが、彼女はこれから親戚にご馳走になりにいくのだと言った。もともと彼女はそのために豫瑾に電話をし、直接レストランへ行くよう言っていたのだ。

彼女が去った後、曼楨は二階の自分の部屋に戻り、雨の音が激しくなったりまばらになったりしながら止む様子がないのを聞いていた。彼女がここに住んでいると豫瑾が知ったら、二、三日のうちにきっと訪ねてくるだろうと想像した。彼に会うのは少し怖かった。彼を一目見れば、別れてからここ数年で自分にふりかかったできごとを思いだしてしまうだろう。あの悪夢のような時間はそれまでの二十年ほどの生活と全く繋がりがないし、豫瑾が知っていた彼女とも全く関係ない。これらのことを、あらいざらい彼に話したくてたまらなかった。でなければ、ずっと彼女は心の中に恐怖の世界を隠し続けることになってしまう。

こう考えていると、たちまち昔のことが怒濤のように押し寄せてきた。今晩はきっと眠れないだろう。この日は暑かったが、雨が降っているので窓を開けるわけにもいかず、ベッドに横になるとひっきりなしに芭蕉のうちわで扇いだが、全身に汗をかいただけだった。もう十時になろうとするころ、突然呼び鈴が鳴った。台所で寝起きしている女中は寝入りばなを起こされた様子で、低いくぐもった声で尋ねている。「どなた？……え？……

え？……どなたにご用ですか？」曼楨は突然閃いた。豫瑾が来たに違いない。急いでベッドから飛び上がって灯りをつけるとばたばたと服を着て階段を駆け降りた。夜遅いこともあり、その女中は見知らぬ人間を容易に家に入れようとはしなかったのだ。やはり豫瑾だった。レインコートを着て裏口に立ち、ハンカチで顔を拭いている。髪の毛からきらきらと水滴が流れている。

彼は曼楨に向かって微笑みかけた。「さっき戻ってきたんだよ。君がここにいるって聞いたから」

どういうわけか、彼を見たとたんあらゆる辛酸がこみあげてきた。幸い曼楨が立っていた場所は逆光なので、彼女の目の中の涙は見られなかった。すぐに彼を二階へ連れて行ったが、彼女が前に立っていたから、やはり顔を見られずにすんだ。部屋に入ると、曼楨はすぐにベッドに布団を被せ直した。背を向けてベッドを整えている間に、なんとか涙を収めたのである。

豫瑾は部屋に入ってくるとあたりを見回して言った。

「一人でここに住んでるの？　お祖母さんたちはみんな元気？」「みんなは今蘇州に住んでるの」

曼楨はまずは言葉を濁すしかなかった。

豫瑾は驚いた様子だった。曼楨は、もともとこの機会にあの出来事を彼に話してもいいと考えていた。豫瑾はこんなに優しい。彼女がここに住んでいると聞くと、夜中の雨も構わずにすぐ会いにきてくれた。彼の自分への友情は、前と全く変わっていないのだ。彼女はなおのこと、全てを彼に話そうと決めた。しかし言いにくい話というものは、むしろゆきずりの見知らぬ人にこそ明かしやすいものだ。以前病院で、自分の身の上を金芳に打ちあけたときも、今豫瑾に向かって感じているような困難は感じなかった。

彼女は話題を変えて微笑んだ。

「本当に偶然だったわ、あなたの奥さんに会ったの。いつ上海に来たの？」

「ほんの数日前だよ、妻が手術しなくちゃいけなくなったから。六安にはちゃんとした設備がないから上海に来たんだ」曼楨は豫瑾の妻がなぜ手術するのか聞こうとはしなかった。きっと出産に伴う問題で、難産だということが前もってわかっているのだろう。

「明日から入院するんだ。今は実家に泊まってる」

彼は座った。身につけているレインコートは濡れたままで脱ごうともしない。もうかなり遅い時間だから、もちろん長居するつもりはないだろう。曼楨は白湯を入れて彼の前におくと微笑んだ。

「今日はお付き合いがあったんでしょう？」

「そうなんだ、錦江（きんこう）（上海の老舗ホテル）で食べてきたよ。みんなそのまま帰ったんだけど、僕は直接ここにきたんだ」豫瑾は少し飲んできたのだろう。顔は赤らんでおり、室内でもレインコートを着ているのでかなり蒸し暑そうだ。彼はテーブルにあった新聞紙を手に取ると扇子がわりにしてあおいだ。曼楨は芭蕉のうちわを彼に渡し、窓を半分開けた。窓を開けると、向かいの家々の列は黒々として、ほとんど灯りを消している。豫瑾の妻の実家の人たちもみんな寝てしまっただろう。豫瑾がここに長居したからといって妻は気を揉んだりしないだろうが、実家の人が何かよからぬことを言うかもしれない。曼楨は、どうせこれからも会うことはあるだろうから、彼に話すのは日を改めてのことにしようと考えた。しかし豫瑾のほうは、彼女の部屋に足を踏み入れたときから訝しく思っていた。どうして曼楨は一人きりで暮らしているのだろう。家の人が内陸に行ったというのは、もしかしたら節約のためだろうか。しかし沈世鈞はどこに行ったのだろう。どうして今になってもまだ結婚していないのか。

豫瑾は我慢できなくなって聞いた。

「沈世鈞とはしょっちゅう会ってるんだろ？」

曼楨は微笑した。「もうずいぶん会ってないわ。彼、何年も前に南京に帰ったの」

「そうなの？」

曼楨はしばらく黙ってから口を開いた。「それから結婚したって聞いたわ」

それを聞いた豫瑾には返す言葉がなかった。

沈黙しているうち、突然ぱたぱたという音が聞こえた。雨粒が斜めに吹き込んできて本の上に落ちたのだ。テーブルの上にあった何冊かの本はみんな湿ってしまった。豫瑾は笑った。

「君んちの窓はやっぱり開けちゃだめだね」彼は一冊を手に取り、ハンカチを取り出して本の上の水気をふきとった。

「大丈夫よ、本は埃がついてるからあなたのハンカチが汚れちゃう」

しかし豫瑾はなおも丁寧に一冊一冊本を拭き続けた。以前曼楨の家で、隣家のラジオがうるさくて眠れないと言ったら曼楨が本を貸してくれたときのことを思い出していたのだ。あの時もしも沈世鈞がいなかったら、今の二人の状況は違っていたかもしれない。

彼は急いで思いを断ち切ろうと口を開き、近況を話し始めた。

「あんな田舎で病院をやってるから、全く儲からないんだよ。でも設備はどうしたって必要だから、結局人を減らすしかなくて、自分ひとりで頑張ってるんだ。僕は地元の出身だけど、地元の人とも付き合いは少なくてね。蓉珍（ようちん）がきた時には孤独な生活に慣れなくてつまらなそうだったけど、それから看護の勉強を始めて病院を手伝ってくれてるんだ。やることがあれば寂しくないからね」蓉珍というのは奥さんの名前なのだろう。

彼はもう十分話をしたと考え、さっと立ち上がると笑顔で言った。「帰るよ！」

時間が遅いので曼楨も引き止めようとしなかった。彼を送って下に降りようとした時、豫瑾は階段で立ち止まるとふと思い出して聞いた。

「前に来た時にはお姉さんが病気だって言ってたよね。もう具合はよくなったの？」

曼楨は低い声で答えた。「亡くなったわ。ちょっと前にね」

豫瑾は茫然とした。「あの時は腸結核と聞いたけど、それで？」

「そうね、あの時は……あの時はそんなに大したことはなかったんだけど」

あの時、姉さんは明日をも知れぬ重病人を装い、自分を陥れたのだった。曼楨はしばらく黙ってから、薄い笑みを浮かべて言った。「死に目にも会わなかったの——ここ数年の間、いろんなことがありすぎて。今度時間があるとき聞いてね」豫瑾は思わず立ち止まって彼女を注視した。今すぐ話してほしいとでもいうように。しかし、突然彼女がとても疲れたように見えたので、それ以上何も言わず、そのまま階段を降りた。彼女は裏口まで送っていった。

曼楨は階段を上った。部屋にたった一つの肘掛け椅子に、さっきまで豫瑾が座っていたのだ。椅子にはところどころ水染みができている。彼のレインコートの水滴が落ちたのだ。曼楨はその染みを見てしばらくぼんやりし、なんとも言えない悲しみを感じた。

今日のこの雨は突然降り出したから、たぶん豫瑾はレインコートを持たずに出かけていただろう。きっと奥さんが彼のためにレストランまで持っていってあげたのだ。もちろん二人はとても仲睦まじいのだ。それは豫瑾の話しぶりからも窺えた。

では世鈞は？　彼の結婚生活も同じように円満なのだろうか。長い間彼のことを思い出したことはなかった。彼女はもう苦しみは鈍化したとばかり思っていた。しかし彼女の中で生命力を持っているのはたった一つこの苦しみだけで、それは永遠に生々しく、激しいものだった。ひとたび動き始めると、片時の休息も与えてくれないのだ。

彼女は豫瑾の茶を痰壺にあけると自分に新しく一杯注ごうとした。ところがどういうわけか、魔法瓶の中のお湯がどっと出てきて全部彼女の足の甲にかかってしまった。彼女は感覚が麻痺していたのであまり動じなかった。まるで足の甲を金槌で打たれたような気がしたが、痛くはない。

その晩の雨は夜明けにようやく止み、曼楨も夜明けになってようやく眠った。眠ったばかりでいくらもたたないうちに、誰かに起こされた。どうやらまだ病院にいるようで、空が明るくなったため、看護師が赤ん坊を連れてきて、乳をやるよう言いにきたのだ。ぼんやりとしたまま赤ん坊を抱き上げると万感胸に迫った。まるで一度失われた子供がまた戻ってきたかのように。しかし突然、子供の全身が冷たくなっているのに気づいた。いつ死んだのだろう、もう硬直している。彼女はしっかりと子供を抱くと、その顔を自分の胸に押し当て、誰にもこの子が死んでいると悟られまいとした。しかしもう見つかってしまった。悪人づらの周ばあやがやってきて子供を奪い取ると、むしろでくるんで脇に挟んで行ってしまった。死んでしまったはずの子供はむしろの中でもがき、「おばちゃん！　おばちゃん！」と叫んでいる。叫べば叫ぶほど声が響くようになり、曼楨は全身に冷や汗をかいて目を覚ました。窓の外は一面真っ白な朝の光だ。

曼楨は奇怪な夢をみたと思った。実はこの夢は、曼楨が昔のことを思い出し、世鈞のことを想ったために辛くてたまらなくなったのがきっかけだった。虚無感と心労のためによけいに切実に子供のことが思い出され、切れ切れの記憶が寄せ集められてこういう夢になったのだ。しかしそんなことは、彼女には知るよしもなかった。

彼女はもう寝付けなくなったので起きることにした。全てを早めにこなしたので、正門を出たときはまだ七時にもなっていなかった。仕事が始まるまでまだ二時間ある。彼女は通りをゆっくり歩きながら、突然自分のあの子を見にいこうと決めた。決めたというよりも、ずっとこの思いを持っていたことに突然気づいた、と言ったほうが正確だった。今日特別早く家を出たのも、おそらくそのためだったのだろう。

もうすぐ大安里というところで、あの路地から人の群れが出てくるのが見えた。人夫が二人、小さな棺を担いでいる。後ろには女中が一人ついている——あの周ばあやではないか。曼楨は突然目の前が真っ暗になり、壁に寄りかかった。二本の足では立っていられない。彼女は極力落ち着こうとしてそちらを見やった。周ばあやは片手で大きな芭蕉のうちわを持って頭上の陽光を遮りつつ、なにやら口を動かしている。おそらく朝食を取ったばかりなのだろう、歯を舐め回しているようだ。その情景は曼楨の目に異様にはっきりと刻まれたが、心の中は混乱していた。まるでまた悪夢を見ているかのようだ。

その棺は彼女の前をよぎっていった。周ばあやに声をかけて死んだのは誰なのかを尋ねてみたかったが、周ばあやは彼女のことを知らない。しばらく躊躇している間に、一行はもう遠ざかってしまった。彼女は気を取り直すと迷いなく大安里に進んでいった。祝家は大門から四つめの家だと覚えていたので、さっさと入っていくと呼び鈴を鳴らした。門を開けにきたのは古くから奉公していた張という女中で、張ばあやは曼楨を見るとおもわず唖然とし、「曼楨お嬢さま」と挨拶した。曼楨は余計なことは話そうとせず、ただ「子供はどうなったの？」と聞いた。

「今日はちょっといいようです」——つまりまだ生きているのだ。曼楨はほっとして急に足が地についたように感じたものの、それはエレベーターが急速に落ちていくような感覚に似ていて、かえって目眩がした。彼女はドアの枠につかまってしばらく立っていたが、さっさと中に入っていきながら聞いた。

「どこにいるの？　会わせてちょうだい」張ばあやのほうは、曼楨がどこかで子供が病気であると聞いて見舞いに来たのだと思い、前に立って案内をした。ここは二階建ての石庫門(シークーメン)（四八四頁の割注参照）だ。裏から入って台所を通り抜け、客間に入った。外に面したドアは全部きっちり釘で留めてあって、部屋の中は真っ暗だ。部屋の奥に大きなベッドがあり、子供はそこに寝ていた。顔は真っ赤で、うつらうつらしているようだ。手を伸ばして額に触れると火傷しそうに熱い。さっき張ばあやが「今日はちょっといいようです」と言ったのは、使用人がよく使う外交辞令に過ぎなかったのだ。曼楨は低い声で尋ねた。

「お医者さんは呼んだの」

「呼びました。先生が言うには姉さんから伝染したので、二人を同じ部屋に寝かせてはいけないと」

「ああ、伝染病なのね。なんの病気か聞いた？」

「猩紅熱(しょうこうねつ)とかいうそうです。招弟は本当に苦しんで——気の毒に、昨日の晩亡くなりました」

曼楨はそこでようやく、さっき自分が見たのは招弟の棺だったのだと知った。彼女は仔細に子供の顔を見たが、赤い斑点は現れていない。しかし猩紅熱は、時には紅斑が現れないこともあると聞く。子供はベッドを転げ回り、めまぐるしく姿勢を変えていた。どんなふうに寝ても休まらないようだ。子供の手を握ってみると、乾いていて熱く、自分の手が氷のように冷たいことがいっそうはっきり感じられた。

張ばあやが茶を運んできたので曼楨は聞いた。

「今日もお医者さんが来るかどうか知ってる？」

「聞いていません。旦那さまは朝からお出かけになってます」曼楨はそれを聞くと思わず歯を食いしばった。本当に鴻才が憎い。子供を独占して手放そうとしないのに、きちんと面倒も見ないとは。この子を招弟のようにわけもわからず死なせることはできない。彼女は突然立ち上がり、張ばあやに「もうちょっとしたらまた来るから」と告げた。豫瑾に来てもらうことに決めたのだ。本当に猩紅熱かどうか診てもらおう。祝家が呼んだ医者は信頼できるかどうかもわからない。

今なら豫瑾はまだ出かけていないだろう。時間はまだ早い。彼女は人力車に飛び乗り、自分の家に戻ってから斜め前のその家に行って呼び鈴を鳴らしたが、豫瑾のほうはもうバルコニーから彼女の姿を見つけていた。曼楨が入り口で使用人に「張先生はいらっしゃる？」と聞いた時には彼は出てきていて、彼女に中に入るよう微笑みかけた。曼楨は無理に笑顔を作った。

「どうしたの？　病気？」

「中にはお邪魔しないわ。今忙しい？」

豫瑾は彼女の顔色がおかしいのを見てとった。

「わたしが病気なんじゃないの。でも姉さんの子がひどい病気で、猩紅熱じゃないかと思うの。あなたに診てもらえないかしら」

「わかった、すぐ行くよ」彼は家に入って上着を着て革の鞄を持つと、曼楨と一緒に出た。

二人は人力車に乗って大安里に着いた。

豫瑾は曼璐がいい家に嫁いだと曼璐の祖母から聞かされていた。大変に儲かっていて、虹橋路に屋敷も建てたと。まさか、こんなに狭くるしい家に住んでいたとは思わなかった。曼璐の夫に会うことになると思っていたが、家の主人は出てこず、女中が一人で応対しているだけだ。豫瑾は客間に入るなり曼璐の遺影に目をとめた。額縁に入れて正面に飾ってある。曼楨のほうはそれに気づいていなかった。ここに入ったのは二度目だが、どちらも焦っていて子供のことしか考えていなかったからだ。

この写真はおそらく曼璐が世を去る二年ほど前に撮ったものだろう。視線は斜め、片手であごを支えているが、その手にはきらきらした光を放つ大きなダイヤモンドの指輪をはめている。曼璐の媚態と老いとがちぐはぐなのを見ると、豫瑾はただ悲しみを覚えた。思わず知らず、彼らが最後に会った時のことが思い出された。あの時の自分は彼女に冷酷すぎたかもしれない。のちに思い出してはずっと気掛かりに思っていたのだった。

彼女の子供なのだから、もちろん心を込めて診た。彼の診断でもやはり猩紅熱だった。曼楨は聞いた。「入院しなくちゃいけない？」医者は入院を主張するものだが、豫瑾が祝家の様子を見るにどうも手元不如意のようなので、そのことも考慮せざるを得ない。

「今の病院は本当に高いからね。もし家の中でだれかきちんと看護してくれる人がいるなら、それでもいいと思うよ」もともと曼楨は、もしも入院するなら自分が世話をしに行くのにも便利だと思っていたのだが、実際にはそんな金は自分には出せないし、鴻才が出すことも望めない。入院させなくてもいいだろう。曼楨は張ばあやに医者が出してくれた処方箋を持ってこさせて豫瑾に見せたが、豫瑾もこの処方でいいと言った。

豫瑾が帰る時に曼楨は彼を送っていき、路地の薬局で薬を出してもらったついでに電話を借りて、職場から半日の休暇をもらった。子供はこの時目を覚まし、熱でうるんだ目でじっと曼楨を見つめていた。曼楨が背を向けると、子供はこっそり聞いた。

「張ばあや、この人だれ？」張ばあやは口ごもってから笑って言った。

「この人はね……ぼっちゃんのおばさんですよ」そう言ってから曼楨をこっそりうかがい、こんなふうに答えてよかったかどうかを確かめようとした。曼楨はそれには構わず薬瓶を振っていた。しばらく振ってからスプーンを持ってきて子供に薬を飲ませると言った。

「早く飲んでね、飲んだらよくなるから」

それから張ばあやに聞いた。

「この子の名前はなんていうの？」

「栄宝(えいほう)です。かわいそうな子で、奥さまがいらしたときは目の中にいれても痛くないほど可愛がられていたんですけど、今は周ばあやが母親がわりで――」ここまでいうと、あたりを見回してから声を潜めて言った。

「周ばあやには良心ってものがないんです。旦那さまは子供を可愛がってますけど、結局は男の人ですからね。目が届かないことだっていろいろあるんです――死んでしまった招弟はしょっちゅう周ばあやに叩かれてたんですよ。坊やのことは大っぴらにいじめたりはしないけど、陰ではいろいろしてるんです。曼楨お嬢さま、人には言わないでくださいよ。もしもこんな話をしたと知られたら、わたしはおまんまの食い上げですからね。阿宝は周ばあやと衝突して追い出されちゃったんですよ。確かに阿宝にもよくないところはありました。奥さまが亡くなったあと、いろんなものを阿宝がうやむやのうちに処分してしまって、周ばあやは何もおこぼれにあずかれなかったんです。それで気持ちが収まらなくなって旦那さまに阿宝の悪口をふきこんだんですよ」

張ばあやが勤め先の家庭のあれやこれやを全て曼楨にうちあけるのは、曼楨が鴻才と丸くおさまったのだと判断したからに違いない。この先は曼楨がこの家の主婦なのだから、周ばあやが不在にしているうちに急いで言いつけたのだ。張ばあやのこういうやり方は曼楨にとってはとても不愉快だったし、祝家の事情など本当に聞きたくもなかった。しかしとっさには自分の立場を説明しようがない。

突然裏口の扉が叩かれた。鴻才が帰ってきたのだろうか。曼楨は心の準備を全くしていなかったわけではないが、やはりどうしても不安になった。ここは何といっても彼の家なのだから。張ばあやが行って扉を開け、その人物と厨房であれこれと話をしているのが聞こえてきたかと思うと、やがて揃って部屋に入ってきた。入ってきたのは周ばあやだった。招弟の棺を無縁塚（未婚の女子が死ぬと一族の墓に入れないこともあった）まで葬りにいっていま戻ってきたのだ。周ばあやは曼楨に会ったことはなかったが、こういう人物がいるということはおおかたずいぶん前に聞いていたのだろう。栄宝が曼璐の実の子ではないということも知っていた。いま曼楨がいきなり現れたので、周ばあやは小心翼々とせざるを得ず、「曼楨お嬢さま、曼楨お嬢さま」と、そばであれこれ世話をやきながら取り入ろうとした。しかし殺気に満ちた顔に嘘くさい笑顔が乗っかっているのを見ると、逆に怖気（おぞけ）を震ってしまう。曼楨は彼女に淡々と接した。彼女を敵に回してはいけない。あとで子供に憂さ晴らしをするかもしれないからだ。周ばあやにも後ろめたいところがあり、張ばあやが曼楨に自分の罪状をすっぱ抜くのではないかと考えると気が気ではなかった。周ばあやはいつもこの薄汚い婆さんを虐め慣れていたのだが、今はまるで自分の目上の親族であるかのように奉り、「張おばさん」と呼びかけると厨房に引っ張っていき、何かごちそうを作って曼楨お嬢さまを歓待しようと持ちかけた。

曼楨はもう帰るべきだと自分に警告していた。大事なことだけをかいつまんで張ばあやに言いつけたら帰ろう。午後もう一度来ることにしてもいい。そう思っていたところで栄宝が口を開いた。

「お姉ちゃんは？」このとき、この子は初めて曼楨に直接口を利いたのだ。しかしこの問いには返事のしようがなかった。曼楨はしばらく黙ってから小さな声で言った。

「お姉ちゃんは寝てるの。静かにしてね」

招弟の死を思うと心がさっと冷たくなり、一種の原始的な恐怖のために、彼女は願掛けのように自分に宣言した。この子が治りさえしたら、もう自分は未来永劫この子から離れるまい。そんなことができるはずがないとは重々わかっていたのだが。栄宝がベッドに敷いていたむしろには穴が開いていたが、栄宝はそこを苛立たしげにいじってどんどん穴を広げてしまっていた。曼楨は彼の両手を握り締め、そっと言った。

「そんなことしちゃだめよ」そう言いながら、目から二筋の涙を溢れさせ、ぽたぽたとむしろの上に落とした。

突然鴻才の声が裏口から聞こえてきた。ドアを入るとすぐに「医者は来たのか？」と聞いている。張ばあやが答えた。「まだです。曼楨お嬢さまが来られました」

鴻才はそれを聞くとふっと黙り込んでしまった。しばらく経っても何も気配が聞こえてこない。曼楨には、彼が客間の入り口に立ったまま動けないでいるとわかっていた。彼女もそこに座ったまま身じろぎもしなかったが、ただ顔に浮かんだ表情は少し険しくなった。

曼楨は彼のほうを見ようとしなかったが、鴻才はついに彼女の視界に入ってきた。見るに堪えない無様な様子だ。どうやら顔も洗わず、髭も剃っていないようだ。痩せこけた頬は黒く脂光りしており、身には黄ばんでしまった白いシルクの長衫を纏い、これまた黄ばんだ古い麦わら帽子を頭にのせたまま取ろうともしない。彼は取り繕うようにベッドまでやってきて栄宝の額を撫でるとぶつぶつと言った。

「今日は少しよくなったかい？　医者はどうしてまだ来ないんだろう」

曼楨は黙っていた。鴻才は咳払いすると言った。「二妹、二妹が来てくれたらもう安心だ。本当に困っていたんだよ。この二年というもの、何をしてもうまくいかなくて、悪運という悪運が全部襲ってきたんだ。招弟が病気になったとき、大したことはないと思ったんだよ。これはまずいと思ってから注射を打って金もたくさん使ったけど、結局間に合わなかった。この子にもうつってしまったけど、もうぐずぐずしていられないと思って、今朝は金策に駆けずり回っていたんだ」ここまでいうとふうっとため息をついてまた言った。「まさかこんなに落ちぶれる日がくるとはな！」

実を言うと彼が投機に失敗したのは、半分は曼璐の「夫を出世させる運気」を信じたためだった。自分が出世したのは曼璐のおかげだと認めてはいなかったが、心の中ではいくらか信じていたのである。ちょうど曼璐が世を去ったとき、続けて失敗してしまって心中恐ろしくなった。投機とはもともと一種の賭博だ。恐れれば恐れるほど負けが込むようになり、とうとう一敗地に塗（まみ）れてしまったのだった。それでよけいに夫を出世させる運気というものを信じるようになったのである。

顔を拭くようにと周ばあやが熱いおしぼりを持ってきたが、鴻才はそれを受け取っても心ここにあらずで、ひたすら両手を拭いていた。周ばあやが行ってしまうと、鴻才は突然振り絞るように言った。「今思うと、本当に曼璐には申し訳なかった」

彼は背を向けて曼璐の写真を見ながら、おしぼりを顔に押し当てて洟をかんでいる。明らかに涙を流していた。

陽光が正面から曼璐の遺影を照らし、額縁のガラスに反射して、あたり一面に白い光を放っている。中の写真は少しも見えず、ただガラスの周りに舞っている埃が見えるだけだ。

曼楨はぼんやりとその写真を見つめた。姉さんは死に、自分自身も数年来心が冷えたままだ。過去のあれこれの解けようのない恨みつらみは、みな埃になってしまったようだった。

鴻才はまた言った。「本当に申し訳なかった。病気がひどくなってからもまだ怒らせ続けてしまって。でなければ、もしかしたらまだ死なずにすんだかもしれないのに。二妹、前に起こったことは全部俺のせいなんだ。姉さんのことは恨まないでほしい」彼がこんなふうに後悔して自分を責めているのは、実は金を惜しんでいたからだった。曼楨はそのことに気づかず、このように自責しているのを見ると、この人もまだ完全に良心を失ったわけではないのだと思ってしまった。なんといっても曼楨はまだ世間をよく知らなかった。残酷な人ほど臆病だということはよくある。得意になっているときに横暴極まりない態度をとる人ほど、少しの挫折にも耐えられず、すぐにしょんぼりとしていかにも憐れな様子をしてみせるものだということを、彼女はわかっていなかった。鴻才への憎しみの中に憐憫が生まれはじめ、まだ彼に取り合おうとは思わないものの、彼を苦しめたいとも思わなくなったのだった。

鴻才は曼楨をちらりと見ると、口ごもりながら言った。

「二妹、他はともかくこの子を可哀想だと思って、ここで何日か世話をしてやってくれないかな。子供が治ったら帰ってくれたらいい。俺はその間友達の家に泊まるから」彼は断られるのを恐れ、言い終わらないうちに部屋を出て行き、ポケットからいくらかの紙幣を取り出して張ばあやの手に押し込むと言った。

「あとで曼楨お嬢さまに渡してくれ。医者が来たら曼楨お嬢さまから払ってもらうんだ」

そして続けた。

「俺は王さんの家か厳さんの家にいるから。何かあったら電話してくれればいい」言い終わると、逃げるかのようにそそくさと出ていった。

曼楨はこの言葉はおそらく本当だろうと信じた。彼が帰ってこないというなら帰ってこないのだろう。曼璐は前々から、一度ならず言っていた。鴻才にとって、曼楨はずっと敬愛すべき特別な存在で、他のどんな女とも違うのだ。いっとき正気を失ったために罪を犯したが、それもあまりにも彼女を愛していたせいなのだと。こういう類の話はどんな女でも容易に信じてしまうもので、おそらく一人の例外もいないだろう。言われたときには曼楨は何の反応も示さなかったのだが、曼璐が言い続けたことは結局無駄にはならなかったのだ。

その日、彼女は祝家に泊まって家には帰らず、一晩中眠らずに子供の看病をした。翌朝はいつも通り出勤せざるを得なかったが、仕事が終わるとまた祝家に行き、鴻才が一度来てまた去ったと聞いた。それで曼楨の心はずいぶん安定した。安心して子供の看護をすればよく、少なくとも鴻才を気にする必要はない。もともともう一度豫瑾に来てもらおうと思っていたが、豫瑾もここ数日はとても忙しいはずだということをふっと思い出した。奥さんが昨日入院すると言っていたではないか、きっとここ数日のうちに手術になるのだろう。昨日は慌てすぎていてこのことをすっかり忘れてしまっていた。もう豫瑾を煩わせる必要はない。もともとの医者に続けて診てもらえばよいだろう。

ところが豫瑾のほうはこの子の病気に一種の責任を感じており、その晩また曼楨の住む部屋を訪ねて子供の病気が好転したかどうか聞こうとした。しかし曼楨に部屋をまた貸ししている家主は、曼楨はずっと帰ってきていないと言った。祝家が別の医者を呼んでいるということは豫瑾も知っていたし、曼楨が一切を仕切っているならなんの間違いも起こるまいと考え、気にするのはやめることにした。

豫瑾は妻の実家に滞在していたが、この家の二階の窓はちょうど曼楨の部屋の窓と向かいあっていたので、豫瑾はどうしてもそちらをちらちらと見てしまうのだった。こんなに暑い日なのに、二つの窓はぴったりと閉じられている。きっと誰も家にいないに違いない。ガラス窓を隔てて、中に二枚のタオルが干してあるのが見える。ピンクのは椅子の背に、白いのは物干し縄にかけてあって、ずっとその位置から動かなかった。黄色い太陽が朝から晩まで照らしているのだから、二枚のタオルはきっとからからになって変な匂いがついてしまっただろう。十数日も干されっぱなしだったので、タオルはかちかちにこわばってしまい、色も幾分あせてしまった。曼楨がずっと祝家にいて帰ってこないことを、豫瑾は特に変には思わなかった。姉さんが死に、世話をしてくれる人がいない子供が一人残されている。父親は教養のない人かもしれないし、終日金策に走り回っていて戻ってこられないのかもしれない。曼楨はもともと何に対しても一生懸命で責任感の強い人だ。子供が病気と聞いたら、もちろん義理堅く世話をすることだろう。

時間は一日一日と過ぎていく。豫瑾の妻は手術をうけて女児を産み、しばらく入院していた。それから夫婦は六安へ帰る準備を始めたのだが、曼楨はまだ帰ってこない。豫瑾はもともと祝家へ一度出向き、彼女に別れの挨拶をしようと思っていたが、あまりよく知らない家にいきなり押しかけるのも失礼だと思い、ずっと先延ばしにしたまま行かなかった。

この日、彼は曼楨の部屋の窓のうち一つが開いていることにふと気づいた。二枚のタオルの位置も変わっていて、どうやら洗い直してまた干したようだ。きっと彼女が帰ってきたのだろう。彼はすぐに階段を降り、向かいの家の彼女を訪ねた。

これまで二度来たことがあったので、大家はもう彼を覚えており、止めだてすることもなく階段を上がらせてくれた。曼楨は掃き掃除をしたりテーブルを拭いたりしていた。しばらく家に帰っていなかったので、埃がかなり積もっていたのだ。豫瑾が開いていたドアを笑顔でノックすると、曼楨は顔をあげて彼を見たが、その瞬間、彼女の顔にさっと影がよぎった。まるで彼に来てもらいたくなかったかのようだ。しかし豫瑾は、きっと錯覚だろうと思った。

彼は入っていくと微笑んで言った。「久しぶりだね。あの子はよくなった？」

「よくなったわ。わたしもお祝いを言ってなかったわね、奥さんはもう退院したんでしょう？　男の子だった、それとも女の子？」

「女の子だよ。蓉珍が退院してもう一週間だ。僕たちは明日帰る予定なんだよ」

曼楨は一声驚きの声をあげた。「もう帰るの？」彼女は椅子の上を拭くと、豫瑾に座るよう勧めた。豫瑾は座ると笑って言った。「明日帰ったら次はもういつ会えるかわからないから、今日はどうしても君に会ってあれこれしゃべろうと思ってたんだ」

彼は出発の前にどうしてももう一度彼女と会いたいと思っていた。前に会った時、曼楨は彼に色々な話があると言っていたではないか。どうやら辛い隠しごとがあるような口ぶりだった。しかしこの時曼楨は、あの日に口にしたことを悔やんでいた。今の彼女はすでに鴻才に嫁ぐことを決めていたので、過去のあれこれはもう持ち出す必要もない。

テーブルの上は綺麗に拭き上げられていたが、彼女はまた布巾を持って無意識のうちにテーブルを拭き始めた。念入りに拭いたあと、今度は窓辺に立って布巾についた埃を払い落とした。これはもともとピンク色のストールだった。ぼろぼろになったのを布巾にしたのである。両手で持って窓の外でぱたぱた振るうと、ピンクの紗は夕日とそよ風のなかで物憂げに揺れた。午後の天気はとてもよい。

豫瑾はしばらく待ったが、彼女が口を開かないので微笑んで言った。

「君は前に僕に話があるって言ってなかった？」

「言ったわ。でもあとで考えてみたら、やっぱりもう蒸し返したくなくなっちゃって」

豫瑾は、その話をするとまた悲しみが押し寄せてくるのが怖いのだろうと考え、しばらく黙ってから言った。

「話してみたら気持ちが軽くなるかもしれないよ」

曼楨は相変わらず黙っている。豫瑾も黙っていたが、やがて言った。

「今回思ったけど、君はどうも元気をなくして、昔とは変わってしまったね」彼は淡々と話したが、その口調には感慨が込められていた。

曼楨は思わず身震いした。度重なる衝撃のために、彼女がぼろぼろになってしまったことを、豫瑾は一目見ただけで悟ってしまったというのか。彼女はずっと、自分は少なくとも見かけは冷静だと思っていたのだった。曼楨は豫瑾に微笑した。

「わたしが完全に変わってしまったと思うのね？」

豫瑾は少しためらってから言った。「見かけは変わってないよ、でもなんとなく……」以前、彼は彼女のことをとても前向きな人だと思っていた。冷静で毅然としていて、年寄りから幼児までみんな彼女に頼っていたが、まだまだ余力がありそうで、落ち着いた風格があった。今回会ってみると、彼女は覇気を失っており、いつもぼんやりしているようだ。生活が苦しいというだけでは彼女はこんなふうにならないだろう。豫瑾は、きっと沈世鈞のせいだろうと思い込んでいた。いったいどうして二人は別れたのだろうか。彼女が言いたがらない以上、当然豫瑾から聞くわけにはいかない。

彼はただ心を込めて言うことしかできなかった。

「僕はここに住んでいるわけじゃない。これからはまめに僕に手紙をくれないかな。本当のことを言うと、君の今の様子をみているとどうも安心できないよ」彼が親切にしてくれればくれるほど曼楨は辛くなり、とうとう自分を抑えきれなくなって、どっと涙を溢れさせた。豫瑾は彼女の涙を見ると茫然としてしまい、しばらく経ってからようやく笑顔を取り戻して言った。「ごめんね、こんなこと言うべきじゃなかった」

突然言葉が曼楨の口をついて出た。

「ううん、あなたには話しておきたいわ――」ここまで言うとまた詰まってしまった。

本当にどこから話していいかわからなかった。豫瑾が一心に聞こうとしているのを見ると、彼女の頭は混乱し、また言葉が口をついて出た。

「あなたが会った子は姉さんの子じゃないの──」豫瑾が愕然として彼女を見ると、彼女は顔を背け、一種の冷淡で強情な表情を浮かべてしまった。豫瑾は思った。あの子はまさか曼璐の子ではなく曼楨の私生児で、姉のほうが預かって育てていたのだろうか。沈世鈞の子供？　それとも別の男の──世鈞はそれが原因で彼女と別れたのだろうか。続けざまに頭に浮かんだ推測は、どれも信じられるものではなかった。それらは、すべて一瞬のうちに彼の脳裏をよぎっていった。

曼楨は途切れ途切れに話を始めた。今度は、豫瑾が彼女の家に婚礼の招待状を届けにきたあの日から始めた。まさにあの日、曼楨は母と一緒に姉の家に見舞いに行ったのだった。話している間、曼楨はなんとか姉のことを悪く言うまいと努めた。豫瑾と曼璐には深い交情があったのだから、彼の曼璐への感情をあまりひどく壊したくなかったのだ。しかも姉さんはすでに死んでしまっているのだから。しかしどんなふうに曼璐のために逃げ道を作ったところで、曼楨が祝家に一年近くも閉じ込められていた間、曼璐が終始座視していただけで助けてくれなかったことはごまかしきれない。豫瑾はひどく驚くしかなかった。曼璐がどうやってこんなに卑しい陰謀に加担できたものか、想像もつかない。曼璐の夫のことは全く知らないが、おそらく悪事の限りを尽くして何とも思わない人物なのだろう。しかし曼璐は……。豫瑾は、十五、十六歳のころ曼璐と会ったばかりの情景を、二人が婚約したころのことを、そして彼女が家庭のためにダンサーとなり、彼と決別した時のことを思い出した。彼が知っている曼璐は純粋な人だった。最後に彼女と会った時も、俗っぽくなったとは思ったが、それは彼女自身の過ちではなく、彼女の本質は良心的なものだと信じていたのに。どうして実の妹にそんなに心ないことができたのだろうか。

曼楨は話し続けた。出産のあとようやく逃げ出したこと、母が彼女の落ち着き先を探りあてて訪ねてきたこと、祝家に戻るように勧められたこと。豫瑾には曼楨の母があまりにも理不尽に感じられ、怒りのあまり言葉も出なくなった。曼楨はさらに、病が重くなった姉さんが自分を訪ねてきて、子供のために鴻才に嫁ぐよう頼んできたこと、しかし自分は拒絶したことを話した。ここまで話すと、彼女の口調は思わず途切れがちになり、声も低くなった。当時は拒絶したのに、今はやはり死者の願いを叶えようとしているからだ。彼女もそれは間違いだとわかっていたので心の中は矛盾でいっぱいだった。自分を恥じていたのだ。豫瑾に対してはとりわけ恥ずかしいと思った。

先ほどは豫瑾の気持ちを考慮して極力姉さんのことを悪く言わないようにしたため、どうしても鴻才の罪を重くしてしまうことになり、彼のことを悪魔のように表現してしまっていた。この時になって突然彼に嫁ぐことに決めたなどとはどうしても言い出せない。実のところ、よしんば鴻才のことを少々取り繕って話し、いくらかはやむを得ないところがあったのだと説明したとしても、豫瑾が賛成しないことはわかっていた。誤りを重ねたこんな結婚など、心から彼女のことを考えてくれる友人ならみな賛成するはずがあるまい。

曼楨は姉の死まで語るとそこで話をやめた。豫瑾は腕組みをし、視線を下に向けて座ったままずっと口を開かなかった。いったいどんな言葉で彼女を慰めればいいかわからなかったのである。しかし彼女の物語は実は終わっていない——豫瑾は突然思い出した。彼女の子供が病気になった時、彼女は看護にいって祝家に長い間泊まっていたではないか。その間に、きっと彼女は鴻才と和解してしまったのだろう。でなければ祝家に寝泊まりするはずがない。もしかしたらもう鴻才と同棲を始めたのではないかとすら疑った。いや、それはないだろう。彼女はそういう類の人ではない。それは彼女をみくびりすぎだ。

彼はしばらく考えてから、とうとう慎重に口を開いた。

「君のとった態度は正しいと思う。姉さんがしたお願いっていうのはあまりにも筋が通らないよ。そんなふうに無理に結婚したら一生を棒に振ってしまう」彼はなおもいろいろな話をした。豫瑾が一気にこんなにたくさん話をするのを聞いたのは、曼楨には初めてのことだった。豫瑾は、夫婦が共同生活を始めたら、一人が辛いときにはもう一人も幸せになれるはずがないと言った。実際、彼に言われなくても、豫瑾が言いそうなことは彼女はもう全て考えていた。もしかしたらもっと徹底していたかもしれない。もしも鴻才が彼女のことを本気で愛しているとしても、こんな人間のこんな愛がはたしてどれほど続くものだろうか。いや、鴻才ばかりではない。もともと彼女は世鈞との愛は本物で、この愛は永遠に続くものだと信じていた。しかし結局違ったではないか。だから彼女は今、世界のどんなことにも確固たる信念を持てず、全ては渺茫（びょうぼう）としたものにすぎないと考えていた。しかし子供だけは唯一の真実だ。とりわけ今回、彼女は生死の境から子供を奪い返したのだ。もう二度とあの子を放りだすことはできない。

彼女自身のことはもうどうでもいい。自分がどうなろうとどうでもいいのだ。自分はもう死んだようなものなのだから。

豫瑾はまた言った。「ねえ、決意さえすれば君の将来はきっと明るいものになるよ」

彼は励ましたにすぎなかったのだが、曼楨はかえって痛みを覚え、また涙がこぼれそうになった。彼に向かって泣いても何になるだろう。豫瑾だって現在は環境が違うのだ。今の状況ではもう少し分をわきまえなければ。彼女は唐突に立ち上がると笑って言った。

「わたしったら、こんな長い間無駄話ばかりで、お茶も淹れてなかったわね」彼女は引き出しに伏せてあった二つのコップのうちの一つを手に取って日に透かした。長い間使っていなかったので、この上にもたくさんの埃が積もっている。彼女は慌ただしくコップを拭いて茶葉を探したが、豫瑾のほうは呆気に取られてしまった。なぜ急に他人行儀になったのだろう。まるでこれ以上話をしたくないようではないか。しかし考え直してみると、自分が言った励ましの言葉だって空しい慰めにすぎない。自分には彼女を助けるだけの力がないのだから。彼はしばらく黙ってから言った。

「お茶はいらないよ、もう帰るから」曼楨も引き止めようとしなかった。彼女はもう一つのコップを手に取って上にたまった埃を吹くと、また布巾で拭いた。豫瑾は立ち上がって帰ろうとし、ポケットからメモ帳を取り出すと一ページ破りとった。腰をかがめてテーブルで自分の住所を書くと曼楨に渡した。

「あなたの住所なら持ってるわ」

「君のこの部屋は十四号だよね？」彼もメモ帳に書き留めた。曼楨は心の中で、この部屋はもうすぐ引き払うから手紙を書いてくれても受け取れないと思ったが、何も言わなかった。どうしても彼には言えなかったのだ。それでもいつか、彼は誰かの口から曼楨が鴻才に嫁いだことを聞くだろう。その時きっと彼は、曼楨はなんて不甲斐ないのかと思うだろう。そして、以前彼女のことを買いかぶりすぎていたと後悔するだろう。

彼女は階下まで彼を送り、別れる時に聞いた。

「明日はいつ出発なの？」

「朝一番に出るんだ」

曼楨は二階に戻ると窓辺に立ち、豫瑾がまだ斜め向かいの家の裏口に立っているのを見た。呼び鈴を押したがまだ誰も扉を開けに来ないようだ。彼も彼女を見て、微笑みながら片手を上げ、手を振るようなしぐさをした。曼楨も笑って頷いてみせたあと、すぐに後ろに下がった。また涙が溢れてきたからだ。彼女はテーブルの前に立って啜り泣き、ふと手に触ったあの布巾で目を拭こうとしたが、それが布巾だと気づいてまたテーブルの上に放り投げた。ふるぼけたピンクの紗は、物憂げにテーブルから床に滑り落ちていった。

## 15

第二次上海事変（一九三七年八月十三日に起こった日本軍と中国軍の軍事衝突。全面的日中戦争の始まりとなった）のあと、戦火は三か月続いた。少しでも金を持っている者の多くは慌てて内地（日本に占領されていない地域）へ逃げ込んだ。曼楨の母は蘇州にいたが、蘇州の人々もみなうろたえていた。顧夫人は裕福ではなかったが、周りの人々が蜂の巣をつついたように長江を遡って避難するのに影響され、顧家の原籍地である六安に逃げた。この時彼女の姑はすでに世を去っていた。顧夫人は六十近くまで嫁として仕え、日頃陰で姑の恨み言を言ったこともあったが、なんと言っても嫁姑の二人でいろいろな苦難を乗り越えてきたので、相棒を失ってしまったという感覚がないでもなかった。子供たちはみな側を離れていたので、姑が亡くなると彼女は一人ぼっちになってしまった。娘のうち一人は蘇州で看護を学んでいた。下の娘二人は兄たちの援助で学校に通ったのである。偉民は上海で教職につき、もう家庭を構えていた。

六安の郊外にある顧家の家屋は部屋が二つある瓦葺きで、もともと墓守に住まわせていたのだが、返してもらって自分で住むことにした。顧夫人が戻ってくるとほどなく、豫瑾(よきん)が会いにやってきた。曼楨の近況を尋ねたかったのだ。彼は何度も曼楨に手紙を書いたのに、すべて配達されずに送り返されていた。豫瑾は曼楨と祝(しゅく)家の間に起こったことを聞いていたので、顧夫人が騒ぎを丸くおさめることしか考えていないこともわかっていた。曼楨が長期にわたって祝家に監禁されたのも、どうやら顧夫人の同意を得てのことらしい。心を鬼にして自分の娘を売ったにせよ、単に騙されていたにせよ、とにかく豫瑾は顧夫人をいささか蔑(さげす)んでいた。会ったあとの表情も冷ややかなままだった。顧夫人のほうは彼に会うと、他郷で昔馴染みに会ったように、格別に親しげにふるまった。しばらく話してから豫瑾が聞いた。

「曼楨は今どこにいるんです？」

「まだ上海にいるよ。結婚してね——ああ、曼璐(まんろ)が死んだのは知ってたよね。曼楨は鴻才(こうさい)と結婚したんだよ」顧夫人はこの話をいかにも体裁よく語った。まるで曼楨が姉の夫に嫁ぐのは自然きわまりないことであるかのように。顧夫人は、豫瑾は裏の事情など知るまいと思っていたが、やはりやましいところがあって家門の疵(きず)だと感じていたので、ちょっと触れただけですぐに話を逸らした。

この話は豫瑾にとって青天の霹靂というわけではなかったが、やはり大きな衝撃を受けた。曼楨のことを考えると本当に惜しい。顧夫人は彼に構わず話し続け、彼のほうは適当な返事をしてごまかすと、まだ用事があるからと言って去ったのだった。彼が来たのはこの一度きりだった。年越しにも年賀にも、節句の時の挨拶にも来なかったので、顧夫人は怒り心頭だった。あんまりじゃないか、まさか豫瑾がこんなに権力に弱い人間だったとはね。上海にいた頃はわたしたちの家でやっかいになっていたくせに、今わたしが貧乏になったとみたら親戚扱いもしないなんて。

戦火が六安まで広がった時、顧夫人はどうしていいか全くわからなかった。上海へ行こうかとも思ったが、この時は移動も難しそうだった。彼女はひとりぼっちで年もとっている。道中にも誰も頼る人がいない。そうしているうちに逃げたくても逃げられなくなってしまった。

上海はこの時とうに陥落していた。新聞には六安陥落のニュースが出たが、もともと田舎のことだから、新聞に載った記事もたった数行たらずで、それからはもう報道されなくなってしまった。曼楨、偉民、傑民はもちろん心配していた。顧夫人が六安にいて無事なのかどうかもわからない。偉民は顧夫人から手紙を一通受け取っていたが、これも陥落前に投函したもので今の状況はわからない。それでもこの手紙を姉弟で回覧することにした。まず傑民に読ませると、次に曼楨に渡して読んでもらうよう言いつけたのである。傑民は大学を一年で辞め、今は銀行で働いていた。この日彼は祝家にきていた。栄宝はこの末のおじさんが大好きだった。傑民がくるとべったりひっついて、そばを離れようとしない。暑くなってきたので、傑民が着ていたのは白いシャツ一枚にカーキ色の半ズボンだけだった。彼が座るなり、曼楨のそばにいた栄宝が突然振り返って「お母さん」と呼んだ。

「どうしたの？」

聞かれても栄宝は答えようとせず、しばらく経ってから顔を上げて小声で言った。

「お母さん、おじさんの脚に傷跡があるよ」

曼楨は傑民の膝を見ると思わず笑った。「この傷はこんなに大きくなかったよね。成長すると傷跡も大きくなるのねぇ」

傑民は俯いて膝頭を撫でると笑った。「これは自転車に乗る練習をしてて転んだんだよな」ここまで言うと、ふと何かを思い出した様子だった。曼楨が銀行の仕事が忙しいかと尋ねても、おざなりに返事をするだけだったが、やがていきなり拳を握りしめて脚を叩くと笑って言った。

「そうそう、姉さんに話そうと思っていたことがあったんだ。会ったら忘れてしまってたよ。――この前僕が誰に会ったか当ててごらん？　沈世鈞だよ」彼がこう言ったのも、あの頃世鈞に教えてもらって自転車の練習をしていたからだった。話しているうちに思い出したのだ。傑民は曼楨が茫然とするばかりで、まるで自分の言ったことの意味がわかっていないようなのでもう一度繰り返した。

「沈世鈞だよ。うちの銀行に口座を開設しにきたんだ。二度も来たよ」

曼楨は微笑んだ。「まだ覚えてたのね」

「顔を見てもわからなかったけど、名前を見たら思い出したんだ。挨拶もしなかったけど。向こうはもちろん僕のことなんてわからなかったよ――あの頃僕は幾つくらいだったっけ？」

言うと栄宝を指差した。「やっとこの子くらいだった！」

曼楨も笑った。世鈞が今どんな様子なのか聞いてみたくて口まで出かかったが、やはり言いだせないでいるうちに傑民は腰を浮かし、ポケットから母の手紙を取り出して姉に渡した。それからまた自分の銀行の話を始め、来月にはもしかしたら鎮江（江蘇省西南部の都市）に転勤になるかもしれないと言った。こんなふうに立て続けに話題が変わると、もうさっきの話には戻りづらくなった。実は特に決まりの悪いことなどないし、ずいぶん昔の恋人について一言聞いてみたところでどうということもない。今では彼女も三十を超え、子供もこんなに大きくなっている。とりわけ弟から見ればきっと自分も老けたことだろう。しかしだからこそ、傑民の前でまだ彼を一途に想っているように振る舞うのは恥ずかしかった。彼女は母の手紙を読んだが、特に何も言えることはなかった。傑民とお互いに慰め合ったが、どちらも考えていることは同じだった。万一母に何かあったら、当時上海に来るよう強く言わなかったことでみんな自分を責めずにはいられないだろう。傑民はもちろんどうしようもない。自分自身の家がなく、銀行の寮住まいなのだ。偉民の家もごくごく狭く、間仕切りのない部屋で妻の母まで同居している。偉民の岳母には娘一人きりしかおらず、結婚した時、娘夫婦と同居して死ぬまで面倒を見てもらうと取り決めたのだった。曼楨は弟たちとは違い、母親を迎え入れる力がないわけではなかった。上海陥落後、商人だけは簡単に儲けられるようになり、鴻才はこの二年というものまた景気がよくなって、上下に部屋が二つずつある屋敷を新たに手に入れていた。だから顧夫人が来たとしてもなんの不都合もなかった。ただ曼楨が嫌がったのである。曼楨は二人の弟とも普段はめったに会わず、どんな人とも行き来せずに、ひたすらブラックホールに隠れていたいと思っていた。自分のことを不潔だと感じていたからだ。

鴻才は曼楨に非常に失望していた。以前の彼女は望んでも手に入れられない高嶺の花で、数年もの間想い続けていたのだ。とうとう手に入れた後もまだ恍惚(こうこつ)としていて、彼女を自分のものにしたという感じがしなかった。しかし一旦嫁いで日にちが経つと、もちろん何も珍しいことはなくなり、なんだか騙されたような気さえした。えびの料理を本物だと思いこんで食べてみたら、じゃがいもで作られた精進料理だったようなものだ。噛みしめてもぼそぼそしていて味わいがない。それでもまだ、最初は彼女を交際の場に連れて行けば見栄えがすると考えていた。彼女のような妻がいると面子がたつので、いっときはしょっちゅう接待に同行することを強いたのだが、彼女は今では役立たずで、友人の妻たちと比べても全くぱっとしない。少しも着飾ろうとせず、顔は青ざめていていつも病気のようだし、着ているものも流行遅れだ。人に会ってもずっと黙りこくっていて、時には人が話しかけているのに聞こえていない様子だし、いつも虚ろな目をしている。

自分が手に入れたとたんに彼女ががらりと変わってしまったので、鴻才は腸が煮えくり返る思いだった。そういうわけで彼はいつも彼女を叱りつけていた。しかしいくら難癖をつけられたところで、曼楨が古い話を蒸し返し、本当は彼とは結婚したくなかったのに、などと言うことはなかった。悲しくなるだけなので、昔のことは持ち出したくなかったのである。彼女が言わないのだから、鴻才のほうはもちろん以前の経緯など忘れてしまった。

そもそも、結婚してしまえばその前のいきさつはどうでもよくなるものだ。最初にどちらがどちらを好きになったかなど関係ない。どのみち結婚してしまえば、わがままなほうが優位に立つに決まっている。鴻才は朝から晩まで彼女に言いがかりをつけたが、曼楨のほうはあまり取り合わなかった。もともと自分は泥沼の中に寝転がっているようなものだから、これ以上言い争うようなことは何もない。何が起こってももう関係ないのだ。

六安が陥落して十日余り経ったが、為替を送ることはできないままだった。きっとあちらはとても混乱しているのだろう。曼楨は母にいくらか金を送るため、傑民に為替が組めるようになったかどうか聞こうと考えたが、こういう話は電話では憚られるので、やはり自分で出向いて弟に金を渡そうと考えた。為替で送れるものなら送ってもらおう。傑民がいるのは小さな支店で、職員寮は銀行の上にあり、出入りは裏口からだった。その日曼楨は、わざわざ退勤時間まで待った。この間、世鈞が銀行に来たと傑民が言っていたからだ。彼に会うのが怖かった。最初は彼が自分を裏切ったと考えていたのだが、年月が経つにつれてもうそのことは思い出さなくなり、ただ自分の今の生活は自分自身に対して申し訳ないと感じていた。もしかしたら、彼女はまだ少し彼を恨んでいたのかもしれない。彼に憐憫の情をかけてほしくないという気持ちがあったから。

ここしばらくは残暑がとても厳しかったが、この日は夕方になると少し涼しくなった。曼楨は普段出歩かない。鴻才が三輪自転車を一台所有していたものの、それに乗ったことはなかった。傑民を訪ねるのには路面電車に乗った。電車を降りて大通りを歩いていると、薄墨色の光が降り注ぎ、涼しい風が吹いてきた。きっとどこかで雨が降っているのだろう。ここ二、三日、彼女はしょっちゅう世鈞のことを思い出していた。彼のことを想うと、すぐに自分の若かった頃を思い出す。あの頃、毎晩家庭教師に出かけるときに世鈞が送ってくれて、こんなふうに大通りを歩いたものだ。なんだかあの頃の二人が彼女のすぐそばにいて、手を伸ばせば触れられるような気がする。ときどき、あの二人の服を揺らした風が自分に向かって吹いてくるようだ。すぐそばにいるようだが、その間はすでに万重(ばんじゅう)の山で隔てられている。

傑民の銀行は大通りに面していて、裏は路地に向かって開かれていた。曼楨は五百九番地とだけ覚えていて、一つ一つ表示を確かめながら歩いて行った。路地の入り口近くにある店は高々と赤いネオンの看板を掲げていて、路地は静かに赤い光を浴びていた。路地から出てきた人がいる。赤い光の中ではっきり見えたわけではないのに、曼楨は驚愕してしまった。その歩き方に見覚えがあったからかもしれない……しかし彼女と世鈞はもう十年以上会っていない。もしもちょうど彼のことを考えていたのでなかったら、きっとすぐには彼とわからなかっただろう。——彼だ。彼女は急いで顔を背け、ショーウィンドーのほうを見た。彼はどうやら彼女を見ていなかったようだ。もちろん、ここに来て彼女に会うかもしれないとでも思っていなければ、道ですれ違う女にどれほどの注意を払うはずもない。曼楨の方も、彼がこんなに遅い時間に銀行に来るだろうとは思っていなかった。きっと遅くなってしまったのでしかたなく裏口から入り、よく知っている行員に融通を利かせてもらったのだろう。

こんなことは後から考えたことで、その場ではあまりに混乱してしまい、ただ全世界で彼女が一番会いたくないのは彼だということしかわからなかった。彼女は身を翻すと大通りに沿って西へ歩いた。彼もどうやら西に向かっているようだ。背後から聞こえてくる足音はきっと彼のものだろう。彼女のほうを見ていないだろうと確信していたものの、さらに慌ててしまった。あいにく輪タク（人力で乗客を運ぶ三輪車）は一台も見つからない。近くの劇場で芝居がはねたところで、輪タクはみなそちらのほうに行ってしまったのだ。そして芝居がはねたところなので、通りには自動車が連なっており、道を渡ろうにも渡れない。後ろにいる人はどんどん歩みを早め、とうとう走り出した。とっさのことに曼楨はどうしていいかわからなくなった。見るとバスが一台勢いよく走ってくる。目の前にバス停があるので、彼女も急いで走り、そのバスに乗ろうかと思った。何歩も走らないうちに、世鈞は彼女のそばをかすめ、追い越していった。彼は彼女を追いかけていたのではなく、あのバスに乗ろうとしていただけだったのだ。

そこで曼楨は足を止めた。危険が過ぎ去ったように見えるこの時になると、彼女は自分あまりを抑えきれなくなり、いったい本当に世鈞だったのかよく見て確かめたくなった。あまりにも夢のようで、どうしても信じられなかったからだ。この辺りには靴屋が二軒あり、ショーウィンドーのまばゆい光が道を照らしているので十分明るい。世鈞がどんな服を着ていたか、どんな表情をしていたかは余裕で見てとれたはずだった。あっという間のことだったとしても、彼が太ったか痩せたかとか、羽振りがいいかそうでないかくらいはわかりそうなものだ。しかしどういうわけか、曼楨には少しの印象も残らなかった。ただ世鈞を見かけたというだけで心が大きく揺れ、喜びのような悲しみのような感情が次々に溢れてきて、まるで体が海にさらわれたかのように、自分がどこにいるのかもわからなくなってしまった。

彼女がただ茫然と目を見張っていた間にバスは行ってしまったのだが、世鈞はまだそこに立っていた。バスが混みすぎていて乗ることができず、次のバスを待つことにしたのだ。次のバスも東からやってくるので、彼はもちろん振り返って東のほうを、ちょうど曼楨のほうを見た。彼女は突然それに気づいた。もしもすぐに身を翻して去っていけばあまりにも唐突で、かえって注意を引いてしまうだろう。そう思うと、それ以上考えることもせずにあたふたと大通りの向こう側に渡ろうとした。この時数珠繋ぎだった車の列は少し緩んでいた。そこに一台のトラックが走ってきて、いきなり視界を塞いだ。二つの大きく白いヘッドライトで目がくらむ。車体はそれ以上ないほど巨大に見え、一部屋分もあるようだった。真っ暗な部屋が彼女に向かって突進してきたのだ。それから何が起こったかはよく覚えていない。ただ長い悲鳴のようなブレーキ音のあと、どうにか車は停まり、運転手が凄まじい勢いで悪罵するのが聞こえてきた。曼楨は両足ががくがく震えてまともに立つこともできないほどだったが、すばやく向かい側に渡った。さいわい、いくらも歩かないうちに輪タクをみつけたのでそれに乗ったが、乗った輪タクがいくつもの通りを行きすぎても、まだ心は狂ったように飛び跳ねていた。

衝撃を受けたあとのヒステリー症状なのだろうか。泉に水が湧くように、両目から涙が渾々と流れ出た。本当に車に轢かれてしまってもよかったのに。彼女は本当に死にたかった。雨が降り出し、大粒の雨が体を打ったが、車夫に輪タクを停めて幌を下ろすようにも言わなかった。家に帰ると二階の寝室に上がっていった。雨のために窓は全部きっちりと閉めてあり、部屋に入ると暖かい感じがした。彼女は電気もつけず、すぐベッドに横になった。真っ暗な部屋の中で、箪笥にはめ込まれた鏡だけがわずかな光を放っている。部屋の中の家具は、鴻才と結婚した時に買ったものもあればその後に買い足したものもある。鬱屈した空気の中で、これらの家具が黒々と彼女に迫ってきて息をすることもできないようだ。これは自分で自分に掘った生き埋めの穴だ。彼女はベッドに倒れ込んだまま、ただしゃくりあげた。

突然照明が灯った。鴻才が帰ってきたのだ。曼楨は寝返りを打つと隅のほうに縮こまった。今日の鴻才は特別早く帰ってきたのだった。彼が家で夕食をとることはめったにないが、曼楨がそのことを問いただしたことはない。彼が外でひどく遊び歩いていることはわかっていた。今日は雨のためにでかけるのが億劫になり、早く帰ってきたのである。彼はベッドに腰を下ろし、靴をスリッパに履きかえて言った。

「なんで一人で寝てるんだ？ ん？」言いながら彼女の膝をなでまわした。今日はどういうわけか、また曼楨を好ましく思ったのだ。こういう時、曼楨は自分の憎悪をねじ伏せるのに精一杯で精魂尽き果ててしまう。彼女はそこに横たわったまま、身動きもせず、声も立てなかった。鴻才は部屋が暑いのでスリッパに履き替えると、扇風機がある客間に降りていった。

曼楨はベッドに横たわっていた。部屋の窓は閉め切っているが、路地のどこかの家が流しているラジオの音が聞こえてくる。琵琶(びわ)を爪弾(つまび)く音にあわせて中年男性が歌っているが、女性のような裏声を交えた歌声だ。はっきりとは聞こえない。琵琶の音はもともと雨の音に似ているが、こんな暗い日に雨を隔てて聞いていると、いっそう寂しげに感じられる。

この雨の後、翌日は気温が下がった。曼楨は母に為替を送るために、傑民に電話して仕事帰りに家に寄ってもらうつもりだったが、いきなり偉民から電話がきた。母はもう上海に来ていて、今は偉民のところに泊まっているというのだ。曼楨はそれを聞くとすぐ偉民の家に急ぎ、母と娘は再会した。顧夫人はここまでくるのに大変な苦労を重ねていた。まず一輪のリヤカーに乗ったのだが、車を押していた人夫が兵として徴発されてしまったので、百十里の道を歩いてきたのである。この日は寒かったし、列車でも凍えてきたので、咳が止まらず、声も枯れていた。しかし上海に着いてからはとにかく話しっぱなしだった。顧夫人が着いたときには偉民はまだ帰ってきておらず、まずは自分の嫁とその母に向かってひとしきり自分の経験を話すしかなかった。偉民が帰ってきてからもう一度繰り返し、偉民が電話で傑民を呼ぶと傑民にももう一度訴えた。いま曼楨に話しているのは四回目というわけだ。なんと、六安は陥落後また中国軍が取り戻していたのだった——淪陥区（日本が占領した地域。この時の上海を含む）の新聞ではもちろんそんなことは報じない。顧夫人はもともと六安の郊外に住んでいたのだが、家は二度にわたる戦禍でとうに失われてしまったので、市内に住む親戚の家に身を寄せていた。日本軍が市内に入ってきた時には例によって姦淫や略奪があったが、幸い親戚の家は老夫婦二人きりだったし、いくらの蓄えもなかったので損失も大きくなかった。六安は陥落して十日後、中国軍によって取り戻されたのである。顧夫人は少し落ち着いたこの機に乗じて急いで上海に行くことにした。ちょうど他にも何人か逃げようとする人がいたので、よく状況を知る人にガイドになってもらい、隊伍を組んで上海までやってきたのだ。

顧夫人が偉民の家にやってきたとき、偉民たちは一間しかない家に住んでいて、板で間仕切りした小さな空間を岳母である陶夫人の寝室としていた。陶夫人は顧夫人と会うと心中後ろめたくなり、自分がこの空間を不法占拠しているような気がした。彼女は自分の娘よりなお熱心に娘婿の母をもてなしたが、親切にしすぎて客が主人になってしまうようなことになったり、逆に先方に不快を感じさせたりしないように気をつけねばならず、そのために進退窮まっていた。顧夫人は親切かと思えば冷淡になる彼女の態度がかなり不自然だと思っただけだった。偉民の妻は琬珠という名で、表面上は気立てよく振る舞っていたものの、顧夫人はなんとなく自分は余計者なのだという気がした。

やがて偉民が帰ってきたので、母と息子の二人はしばらく話をした。帰ってきたばかりの母に向かって貧乏をかこつべきではないと思ったものの、何気ない話をしていても、どうしてもそちらのほうに話がいってしまう。教師の待遇はもともと苦しいものだが、とりわけ今は物価が高騰しているので生活はどんどん厳しくなっていた。琬珠がそばで口を挟み、自分もどこかで何か仕事を探し、いくらかでも稼いで家計の足しにしたいと言った。

偉民は答えた。

「今の上海じゃ仕事を探すことは本当に難しい。だけど儲けることは簡単なんだよな、だからこんなに成金が出てきてる」

陶夫人は横にいて口出ししなかった。彼女の考えでは、娘が仕事を探すのは二の次で、たとえ仕事があったとしても、どうせ貧乏から逃れることはできない。むしろ偉民が腹を括るべきなのだ。あんなに金持ちの姉がいるではないか。祝鴻才は今あれほど儲けているのだから、偉民をとりたてることだってできるだろう。身内なのに、どうして一緒に稼ごうと言ってくれないのか。陶夫人はいつもそう考えてしまうので、曼楨を見るたびにむしゃくしゃして不機嫌な様子になった。この日曼楨がやってくると、みんな座ってひとしきり話をした。曼楨は自分の母と陶夫人は絶対に気が合わないだろうと感じた。だいたい二人の老女が一緒に住むと、それぞれ譲ろうとしない生活習慣があるためにうまくいかないものだ。それに何といってもここは狭すぎる。曼楨は仕方なく、母を自分の家に連れて行くと言った。偉民は言った。「それもいいね。姉さんのところは広いから、母さんをゆっくり休ませてあげられる」

こうして、顧夫人は曼楨が家に戻るとき一緒についてきたのだった。

祝家についた時、鴻才はまだ戻っていなかったので顧夫人は曼楨に尋ねた。

「鴻才さんはいまどんな商売をしてるの？　順調なんでしょ？」

「あの人たちがやってることは本当に見てられないわ。米を買い占めるのでなければ薬を買い占めてる。何の良心もなしにね」曼楨がなおも昔のように鴻才にいらいらしていると は思っていなかったので、顧夫人はその場では取り繕うように笑うしかなかった。

「今はそういうご時世なんだから、他にやりようなんてないでしょ」曼楨は答えなかった。

顧夫人は曼楨に生気がなく、顔色もくすんでいるのを見て眉を顰めた。

「体は大丈夫なの？　ねぇ、昔朝から晩まで仕事をしていたから体を傷めちゃったのよ。あの頃は若かったから持ちこたえられたけど、年をとってくるとこたえてくるもんだね」

曼楨も母と言い争おうとはしなかった。仕事というのも痛い話題だったのだ。彼女はもと もと鴻才と最初に取り決めをして、結婚後も続けて働くと宣言していた。その時の鴻才は もちろん唯々諾々だったのだが、彼女が外で働くことに対してどうしても警戒しており、 結局彼女に辞職しろと騒ぎ立てたのである。あのときはいったいどれほど喧嘩したかわか らない。最終的には彼女も心底疲れ果てて、仕事を辞めてしまったのだ。

「さっき偉民の家でね、偉民の嫁が仕事を探して家計の足しにしたいって言ってた。お金が足りないからってことなんだけど、全部わたしに聞こえるように話してってね——嫁さんの母親を住まわせているぶんには金がかからないとでも言いたいのかねぇ……まったく、息子なんて育てても何の意味もありゃしない」顧夫人はそういうと思わずため息をついた。

栄宝が学校から帰ってきた。顧夫人は孫をみるなり聞いた。

「まだわたしを覚えてるかい？　わたしは誰？」さらに曼楨に向かって笑って言った。

「この子、誰に似てると思う？　どんどん似てきたよ——おじいちゃんに瓜二つだね」

曼楨はちょっと虚を衝かれて聞いた。「父さんに？」彼女の記憶の中の父親は八の字の髭を蓄えた痩せぎすな面持ちだったが、母の記憶の中の父はずいぶん違うものなのだろう。きっと父が若い時の様子だけを覚えていて、好ましい顔立ちさえ見ればすぐに父の面影を見つけ出してしまうのかもしれない。曼楨は思わず微笑した。

曼楨は女中に点心を買いにやらせようとしたが、顧夫人は言った。

「気を使わないでちょうだい、わたしは何も食べたくないよ。ただちょっと横になりたいだけ」

「道中疲れたのね」

「そうだね。なんだかとても辛くてね」

二階ではもうベッドを整えていたので、曼楨は母に付き添って上がっていった。顧夫人が横になると、曼楨はそばに座って話し相手になり、また六安が陥落したときの話になった。母は豫瑾の話をしようとしなかったが、曼楨のほうはずっと気になっていたので聞いた。

「六安が陥落したって聞いた時は本当に心配したわ。母さんは一人きりだったし。あとで豫瑾もいることを思い出して、もしかしたら助けてくれるんじゃないかって思ったけど」

顧夫人はふん、と鼻を鳴らして言った。「豫瑾のことは持ち出さないでちょうだい。わたしが六安についてから、結局一回しか会いに来なかったんだよ」

ここまでいうと突然思い出し、枕の上で上体を起こしてそっと言った。「ああそうだ、言っておかなくちゃ。豫瑾の奥さんは死んでね、豫瑾は捕まったんだよ」

曼楨は驚いて聞いた。「え？　どうして、あんなに元気だったのに――」

顧夫人はどうしても最初から話したかったので、自分が豫瑾に腹を立てた経緯も一通りぶちまけた。聞いていた曼楨はいたたまれない気持ちだった。顧夫人は順序だてて話し、豫瑾も訪ねてこないし自分も訪ねようとしなかったのだと言った。

「さっき偉民のところではこの話はしなかったんだよ。陶家の人に聞かれたら、まるでわたしたちが親戚に馬鹿にされているみたいに聞こえるからね。まあそれはいいとして、戦争になった時にはね、噂ではどんどん状況は厳しくなるし、わたしは一人で郊外にいたっていうのに豫瑾はちっとも訪ねてこなかったんだよ。さて、それから日本人が来て豫瑾を捕らえていったのさ。病院の看護師はみんな輪姦されてね、噂では豫瑾の奥さんも乱暴されて、それで命を落としたって。なんてことだろうねえ、この話を聞いてほんとに……。

あの子にとってはわたしみたいな貧乏な親戚は眼中になかったんだろうけど、なんといってもわたしはあの子の成長を見届けてきたからね。お嫁さんとは付き合いはなかったけど、こんな酷い死に方をするとはねえ。豫瑾は捕まってからどうなったものかわからないよ。わたしが出た頃は町は混乱の極致でね、ただ病院の機器は全部持ち去られたっていうのは聞いた——上海で買いつけたあの機械が目をつけられたんだよ」

曼楨は愕然としていたが、やがてしょんぼりと言った。「明日豫瑾の奥さんの実家に行って聞いてみるわ。もしかしたらもっと詳しいことを知ってるかも」

「奥さんの実家？　もう内地に移ったって豫瑾は言っていたよ。上海が戦争になった時、たくさんの人が出ていったからね」

曼楨はまたしばらく言葉を失ってしまった。豫瑾はただ一人彼女を心配してくれる人だったのに、もうこの世にいないかもしれないのだ。ただ茫然と座っていると、顧夫人が急に近寄ってきて彼女の額を触った。それから自分の額をさすり、眉間に皺をよせて何も言わずにまた横になった。

「母さん、どうしたの？　熱がある？」顧夫人は短く返事をした。

「お医者さんを呼んだほうがいいんじゃない？」

「いらないよ、道中ちょっと風邪を引いたんだ、午時茶（ウーシーチャー）（漢方薬茶の一種）を一杯飲んだらよくなるよ」

曼楨は午時茶を探し出すと女中に煎じるよういい、栄宝にはおばあちゃんの邪魔になるので下に降りて遊ぶよういいつけた。栄宝は一人で客間で紙飛行機を折って遊んでいた。これも先日傑民が教えてくれたのだ。飛ばしてみるとずいぶん遠くまで飛ぶ。栄宝は飛ばして追いかけては息を弾ませて笑い、屈みこむと拾い上げてまた飛ばした。そこにちょうど鴻才が入ってきたので、栄宝は「父さん」と呼んで立ちつくすと後退りをした。鴻才は思わずいらいらして言った。「どうして俺を見ると逃げるんだ！　そこにいろ！」

鴻才にとっては、曼楨が来てからというもの、息子が母親べったりで自分に懐かなくなったのが痛いところだった。栄宝がソファの後ろに縮こまっていたのを引きずりだして鴻才は怒鳴った。「なんで俺を見るとすぐにこそこそ隠れるんだ？　え？　言ってみろ！」

栄宝はわっと泣き出した。鴻才は叱りつけた。「何を泣くんだ、まだ叩いてもいないのに！　怒らせると本当に叩くぞ！」

二階にいた曼楨は子供の泣き声を聞くと急いで降りてきた。鴻才が帰ってくるなり子供を叩いているので、駆け寄って彼を引っ張ると言った。

「どうしたの？　何もしてないでしょ」

鴻才は鬼の形相になって言った。「俺の息子だから俺が叩くんだ！　こいつは俺の息子じゃないのか？」

曼楨はとっさにかっとなり、怒りのために身震いしたが、彼のことは構わずに子供を懸命に引っ張って逃がそうとした。鴻才はまだ栄宝を追いかけて何度か叩き、腹立たしげに言った。「いったい誰がそそのかしたのやら。俺のことを仇のように見るんだからな！」

女中が一人入ってきてとりなすと栄宝を連れて出ていった。栄宝がまだ泣いているので、女中があやした。「泣いちゃだめ、泣いちゃだめですよ。おばあちゃんのところに連れていってあげるから」

鴻才はそれを聞くと驚いて尋ねた。「なんだって？　この子のおばあちゃんが来ているのか？」

曼楨のほうを向いて尋ねたが、曼楨は冷たい顔で答えようともせず、ふいっと二階に上がってしまった。女中のほうが部屋の外から答えた。「奥さまのお母さまが来られて、二階にいらっしゃいます」

鴻才は遠来の客が来たと聞くともう癇癪を起こすわけにもいかず、衣服を整え、捲り上げていた袖もおろして二階へ上がった。

鴻才は顧夫人の咳払いを聞くと奥の部屋へ入っていき、横になっていた顧夫人に一言「お義母さん」と挨拶した。顧夫人は急いで上体を起こしてベッドに座ると挨拶をし、今回避難してきた経緯を話した。顧夫人のほうから近況を尋ねると、鴻才はまず苦境を訴えた。物価が上がって生活は苦しく、いつも収入が支出に追いつかない。しかし彼には、ひとしきり苦労を訴えたあと、本当に貧乏だとは思われたくないのでそれから収入をひけらかすという癖があった。その日も友人数人と華(か)なんとかという豪華なレストランで食事をしてきたのだと話した。五人で適当に食べただけで、目を剝くほどの金額を使ってしまったのだという。

曼楨はそこに入ってこようとしなかったが、女中が午時茶を持ってきた。鴻才は顧夫人の具合があまりよくないと聞いて言った。

「お義母さん、何日か休んでくださいね。よくなったら芝居にお連れしましょう。今の上海は以前よりもっと賑やかになっていますよ」

女中が夕食の準備が整ったと言いにきた。今日は顧夫人が階段を降りたり上ったりしなくていいように二階で食べることにし、顧夫人には粥を用意させたのだが、顧夫人は少しも喉を通らないというので、やはりいつも通り、夫婦二人と子供とで食べることになった。曼楨は栄宝の顔を拭いてやったが、まだ瞼が少し赤くなっている。食卓は静まりかえっていて、咀嚼(そしゃく)する音だけが異様に響いた。三人は正方形のテーブルについていたが、まるで黒雲が頭上を覆い、三人の頭の上に傘をかざしているかのようだった。

鴻才が突然言った。「このコックはなってないな、いったいなんでこんなものを作ったんだ！」

曼楨は黙っていた。しばらくすると鴻才はまた腹立たしげに言った。「食えるものが一つもないじゃないか！」

曼楨はやはり取り合わなかった。すっぽんのスープがちょっと遠いところに置かれていたので、手の届かなかった栄宝が立ち上がってとろうとしたところ、鴻才が箸を伸ばして栄宝の箸を打った。

「なんて食べ方をするんだ！　全くなんの行儀も知らないな！」栄宝の箸は音を立ててテーブルに転げ落ち、この子の涙も一緒にテーブルクロスに落ちた。曼楨は、鴻才がわざと言いがかりをつけているのだとわかっていた。鴻才が彼女を傷つけるためには子供を使うしかないのだ。彼女は相変わらず無関心なそぶりで食事を続け、一言も喋らなかった。栄宝もこういうのには慣れていて、すすり泣きながらも箸を拾った。また飯碗をもってご飯を食べ始めたところで、骨のないところをむしった大きなすっぽんの塊が栄宝の飯の上に現れた。曼楨が碗に載せてやったのである。栄宝はもう泣き止んでいたのだが、これを見るとどういうわけかまた涙がぽろぽろとこぼれた。

曼楨は思った。こんなことでは、この子はきっと消化不良を起こしてしまう。食事になるとほとんど毎日こんな様子で、もう耐えられない。鴻才もどうやらこの雰囲気に我慢できないようで、早めに食卓から離れようとする。飯があと半碗足らずになると一息に食べてしまおうとするのだ。頭を仰向けにして、飯碗をまるで顔にかぶせるかのように持ち上げ、せかせかと箸で飯をかき寄せるので、箸が碗にあたる音がまるで雨垂れのようにあたりに響いた。彼はご飯を食べ終わる前にはいつもこうするのである。鴻才にはちょっとした癖がいくつもあった。たとえば洟をかむ時、いつも一本指で鼻翼を押さえ、塞いでないほうの鼻をふん、とやって飛ばすのだ。短く鼻を鳴らす時のような感じである。別にどうということもないし、特にだめな習慣ということもない。しかし曼楨のほうは悪癖を身につけてしまっていた。鴻才のこういう癖を見るたびに、彼女の顔に憎悪からくる痙攣（けいれん）が走るのだ。目の下の皮膚が攣（つ）って皺がよるのが自分でもわかるのだが、どうしても止めようがない。

鴻才の箸は、このときまだかっかっかっと音を立てて碗の底を叩いていたが、曼楨は飯碗を置いて立ち上がり、奥の部屋に入っていった。顧夫人は曼楨が入ってきたのを見ると熟睡しているふりをした。表の部屋での話し声はもちろん全部聞こえていた。いくらも会話があったわけではなく、彼女が聞き取ったのは強張った沈黙だけだったが、それでもとにかく、鴻才と曼楨がうまくいっていないのは一朝一夕（いっちょういっせき）のことではないとわかった。こんなふうに朝から晩まで夫婦がいがみあっていたのでは、この家に来た客は全く身の置きどころがない。さっき鴻才は自分を歓迎するようなことを言っていたが、親戚というのはもともと〝遠きにありて思うもの〟、長居すればきっと様子が変わってくるだろうと顧夫人は思った。こんなことなら、やはり息子の家のほうに行こう。あちらには嫁の母親が住んでいてみんな表裏があるのが嫌だけれど、なんといっても息子と一緒に住むほうが大義名分が通っているし、気もつかわないですむというものだ。

顧夫人は病気がよくなればすぐ偉民のところへ行こうと決めた。ところが一向に具合がよくならず、一週間あまり寝込んでしまった。曼楨の家では諍い(いさか)が起きない日は一日たりともなかったが、顧夫人は間に立って取りなすこともできず、ひたすら聞こえないふりをしていた。こっそり曼楨に意見しようかとも思った。母としての心得や夫の操縦術についてはあれこれ言いたいことがあるのだが、曼楨を前にするとどうも口にしづらくなってしまう。顧夫人にもわかっていた。曼楨は今母親に対して無条件の愛情など持っていない。残っているのは責任感だけだ。

顧夫人の病気は一応よくなった。しかし起き上がって動けるようにはなったものの、ずっと食欲が戻らず、いつもどこかしらの具合が悪いので、曼楨は医者にかかって検査してもらうよう勧めた。顧夫人は最初はうんと言わず、こんなことでいちいち医者にかからなくてもいいと言いはるので、曼楨は鴻才と親しい魏という医師を勧めた。よく知っている医師ならまあ信頼できるし、きちんと診てくれるだろうということで、その日の午後、顧夫人は曼楨と一緒に行ってみた。この魏医師の診療所はビルの中にあった。ビルの正門の外にはたくさんの三輪自転車が停まっていて、多くの車夫たちがひまそうに立っている。曼楨はそこに、自分の家の車夫である春元が立っているのを見つけた。春元も曼楨を見るとはっと驚いたものの、すぐには彼女に挨拶しようとしなかった。曼楨は訝しく思った。もしかしたら、我が家以外でもこっそり客を乗せて余禄を得ているのだろうか。よその人を乗せてここに来ているので、後ろめたく思っているのかもしれない。彼女はその時は彼に構おうとせず、母と一緒に正面玄関を通ってエレベーターに乗り、上階へ向かった。

魏医師の診療所は繁盛していて待合室の椅子はいっぱいだった。曼楨は受付を済ませてから母のために窓際の椅子を一つ探し出し、自分はそのそばに立った。向かいに置いてあるソファには男性と女の子の二人が座っているだけでまだ空間に余裕があったが、この二人の間に女性が割り込んで座るというのは常識から言って憚られる。女の子は十一、二歳くらいのようだ。色白の面長で、どうもあまり丈夫ではなさそうに見える。つまらなそうに座って、男性用のラシャ帽を胸にかかえてぐるぐると回しているのがなにか温かい感じがした。おそらく父親の帽子なのだろう。この子のそばに座って新聞を読んでいるのがきっと父親だ。曼楨は思わず気になってそちらをちらちら見てしまった。とても家庭的な、絵になる情景だ。

その人は新聞に遮られていて上着とズボン、靴と靴下しか見えなかったが、なんだか見覚えがある。そこで曼楨は愕然とした。鴻才が今朝このいでたちで出かけたではないか。——ここには病気を診てもらいに来たのか、それとも魏先生に用事があるのか？　おそらく子供を連れて診てもらいに来たのだ。まさか彼の子供？　道理でさっき正門で春元に会った時、まるで幽霊に会ったかのような目つきで彼女を見たわけだ。彼女と母が入ってきた時、鴻才はすぐに二人を見つけたので新聞に隠れ、顔を出さないようにしたのだろう。曼楨もこの場ですっぱ抜きたくはなかった。たくさんの人がいる前で騒ぐのは具合が悪いし、母もここにいる。母を巻きこんだらもっと面倒なことになるだろう。

ビルの窓からは遠くまで見渡せる。曼楨は指をさして言った。

「母さん、来てみて。ほら、あれがわたしたちが昔住んでいたところよ。あの教会の尖塔の後ろ。見えるでしょ？」顧夫人は立ち上がって彼女のそばにやってくると、一緒に窓によりかかって下を見た。曼楨は口ではおしゃべりしながらも、目の端では新聞を読んでいた男性が立ち上がって外へ出ようとするのをとらえた。さっと振り返ると、その人は急いでこちらに背を向け、手を後ろに組んで壁の額に入っている医師の資格証明書を眺めている。その後ろ姿は明らかに鴻才だ。

鴻才はひたすら額に入った医師の証明書を見つめていた。そのガラス面は暗くて、ちょうど窓辺に立っている二人の様子を映し出している。曼楨はまた向こうを向き、顧夫人と一緒に窓によりかかって下に広がる街道を眺めた。鴻才はガラス面でそれを確かめると、さっさと逃げようとした。ところがちょうどこの時、顧夫人がくるりと室内を向き、目を閉じると笑って言ったのだった。「ああ、下の方を見ていると目眩がしちゃう!」

顧夫人は窓を離れてさっきの椅子に座り、そそくさと出ていく鴻才の後ろ姿を目にしたが、特に気に留めていなかった。ところがあの女の子が一声叫んだ。「お父さん、どこに行くの?」

この女の子の声に、待合室で所在なく座っていた病人たちは一斉に鴻才に注目した。顧夫人は「えっ」と一声上げて曼楨に言った。

「あれは鴻才さんじゃない?」鴻才は逃げられないと知り、しかたなく振り向いて笑った。「あれ、お義母さんたちも来てたんですか」顧夫人はその女の子が「お父さん」と呼びかけたのを聞いて非常に怪しいと思い、とっさには言葉が出てこなかった。曼楨も黙っている。鴻才も固まってしまったが、しばらくしてようやく笑いながら言った。

「これは僕の義理の娘でね、何の娘なんだよ」

それから曼楨を見た。「あれ、言ってなかったっけ？　何がどうしても俺に義理の親になれって言った（八九頁の割注参照）もんだからさ」

待合室中の人がみな、その女の子も含めて彼を見つめていた。鴻才は続けた。「で、俺がこの魏先生と知り合いだから、どうしてもこの子を連れていって診てもらってほしいって言われてね。この子、お腹を壊してるんだ。――で、お前はなんで来たんだい？　お義母さんの付き添い？」

そういうと頷いてみせ、礼儀正しく言った。「そうそう、お義母さんは魏先生に診てもらうべきですよ。すごく丁寧に診てくれますからね」

鴻才は焦っていたので口数が妙に多かった。顧夫人は力無く答えた。「曼楨がどうしても行けって言うもんだから。もうほとんど治ってるんだけどね」

診察室のドアが開き、中から一人病人が出てきた。看護師がうしろからついてくると「祝さん」と呼んだ。鴻才の番になったのだ。彼は微笑むと「じゃあ、お先に」と言い、子供をひっぱって中に入っていった。その子は医者に診てもらうのが少し怖いようで、ぼんやりと鴻才の帽子を持ったまま彼と手を繋いでいたが、二、三歩歩いたかと思うといきなり振り返り、そばにいた女性を大声で呼んだ。「お母さん、お母さんも来て！」

その女性は彼女たちの隣のソファに座って脇目も振らずにグラフ誌を読んでいたのだが、

そう呼ばれてしまうと雑誌を置いて立ち上がらざるを得なかった。鴻才は困り切っていたが、その場では言い訳するのも間に合わず、ばつの悪い様子でその女性と子供と一緒に中に入っていった。

顧夫人は喉の奥で軽く咳払いをすると、曼楨のほうを見た。向かいのソファが空いたので、曼楨はさっさと腰を下ろすと顧夫人を手招きして微笑んだ。「母さんもこっちに来たら？」顧夫人は一言も発さずにやってきて曼楨と並んで座った。曼楨は適当に新聞をとって読み始めた。別に冷静を装っている訳ではなかった。鴻才にほかに女がいたからといっても特に何も感じない――もはや彼女の感情を揺さぶるものなどなかった。曼楨はただ、自分たちの辛い関係に疲れ切っていた。彼女が思ったのは、彼が外でこういう娘をもうけているということは、もしかしたら息子もいるかもしれないということだけだった。もしも息子が栄宝だけではないのなら、離婚したとしても彼女が栄宝を扶養させてもらえるかもしれない。離婚したいという考えはずいぶん前から持っていた。

顧夫人は受付の銅の札を手でいじくりながらちらちらと曼楨を横目で見ていた。またそっと咳をしている。曼楨は思った。あとで母さんを家まで送りとどけたら、できれば楊さんの家に行ってみよう。ここ数年、彼女は人との付き合いを避けており、友達とはみんな連絡を絶ってしまっていたが、前に家庭教師をしていた楊家の二人の子供とだけはずっと仲良くしていた。息子一人と娘一人で、息子のほうはもう大学を卒業し、ある弁護士のところで補佐を務めている。あの子に紹介してもらって弁護士に話を聞いてもらおう。なんといっても知り合いに紹介してもらう方がよい。少なくともぼられることはないはずだ。

診察室に通じる小さな白いドアはぴったりと閉じたままで、中に入った三人はなかなか出てこない。魏先生はおそらく鴻才とのよしみがあるのでとりわけ丁寧に診断し、鴻才とあれこれおしゃべりをして、外の患者を好きなだけ待たせているのだろう。随分経ってようやくドアが開き、中にいた三人がぞろぞろと出てきた。この時、顧夫人と曼楨はしっかりと見届けた。その女は年のころ三十くらい。面長で小さな目は色っぽく、真っ赤な頬紅を髪の生え際まで塗りつけている。黒いラシャのオーバーを着ているが、履いているのは刺繡のあるほっそりした黒い靴で、履き口には白い緞子のパイピングがついており、爪先にはやはり白の大輪の菊が刺繡されていた。鴻才は彼女の後ろからついてくると、さっと彼女を追い抜かして前に進みでた。

「こちらは何の奥さん。こちらは僕の岳母で、こちらが僕の妻だ」その何夫人は近寄ってこようとせず、向こうのほうから笑顔で頷いてみせただけで、鴻才にも頷いて微笑すると子供を連れて行ってしまった。鴻才は顧夫人のそばにやってきて座ると、無理に話題を探して顧夫人の機嫌をとりながらおしゃべりをし、ずっと彼女たちに付き添った。三人は一緒に診察をしてもらって出てくると、そのまま一緒に帰った。鴻才は後ろめたくもあったのだが、一番恐れていたのは曼楨がその場で騒ぎ立てることだったので、そうならなかったことに本当に安心した。これから先は、どうせもう見られてしまったのだから曼楨が何か言うのを恐れることもない。しかし彼は曼楨に対しては、いったいどういう心理的作用からくるものか、彼女をほしいままに侮辱する時があるにもかかわらず、何とも言えない恐れのようなものを感じる時もあったのだった。

彼は自分の三輪自転車を顧夫人と曼楨に譲り、自分は別の輪タクを雇って帰った。顧夫人は三輪車に乗るのをいつも怖がるので春元はとりわけゆっくりと漕ぎ、だんだん鴻才の車からおくれていった。顧夫人は帰る途中、さっきのあの女について曼楨と話をしたかったのだが、春元がいたので憚られた。聞かれてはいけないような気がしたのだ。曼楨は春元に薬局に寄ってもらい、医師の書いた処方通りに薬を買ってから家に帰った。

鴻才はもう家に着いていて、客間に座って夕刊を読んでいた。顧夫人は出かけたことでまた疲れてしまったので、上階にのぼると服のまま横になった。処方してもらった丸薬を飲んだところで曼楨が部屋の前を通っていくのが見えたので声をかけた。

「ねぇ、この説明書になんて書いてあるか読んで」曼楨は部屋に入ると、その丸薬の説明書を取り上げて読んだが、顧夫人のほうは枕から頭をあげ、まわりに人がいないのを見ると曼楨に話しかけた。

「さっきのあの女はどういうことだったんだろうね」

曼楨はかすかに笑うと言った。「そうねえ、あのこそこそした様子から見て、きっと鴻才の別宅なんでしょうね」

「だからだったんだね。鴻才さんが家であれこれ難癖をつけるのは、外に女がいるからなんでしょ? ねぇ、言わせてもらうけどね、あんただって悪いところがあるよ。あんたの頭にあるのは子供のことばかり、鴻才さんのことはちっとも構ってないじゃないの。どういう人かはあんたもよくわかってるはずなんだから、ちょっとはご機嫌をとってあげなくちゃ」

曼楨はただ俯いて説明書を眺めていた。顧夫人は彼女が返事をしようとしないのを見ると、曼楨もおかしいと思った。いつもちょっとしたつまらないことで鴻才と喧嘩しているくせに、いざこんな大事になったら、あっさり見逃してはいけないのにどうも譲歩しているように見える。この子はどうしてこんなにぼんやりしているんだろう。嫁にいった娘の母としては、なんとか和解をさせるしかない。ふたりの離反をそそのかしてはいけないのだが、この状況には本当にやきもきしてしまう。

曼楨はまた、金銭面にも全く無頓着で、鴻才の収入に手をつけて自分のへそくりにする気が全くなかった。曼楨は、鴻才の金は不正に儲けたものだと思っていて全く関わりたがらないのである。顧夫人はそれだけは本当に馬鹿げていると思ったので、しばらく黙ったのちにまた口を開いた。

「あんたがわたしの話を聞きたがらないのはわかってるけどね。あんたの家にここしばらく泊まって横から見てたんだけど、ずっと前からあんたに言いたいことがあってね。他のことはともかく、鴻才さんの手元に余裕があるうちに自分のお金を少し貯めておかなくちゃ。朝から晩まで喧嘩してるでしょ？　万一関係が壊れてしまったら、家で使うお金だって出してくれなくなるよ。自分の手の届くところでいくらか貯めておかなくちゃね。あんたがいったいどういうつもりなのかわからないけども」ここまで話すと寂しさに襲われた。子供達はどんなことがあっても自分には話してくれないのだ。顧夫人はため息をついて続けた。「やれやれ！　あんたたちが毎日毎日言い争ってるのを見てると、本当に心配でたまらないよ！」

曼楨はくるりと瞳をめぐらせると微笑んだ。「本当にね。わたしも母さんがうるさがってるとは思ってたわ。そのうち母さんの具合がよくなったら偉民のところで何日か泊まったらどう？　あっちは静かだから」顧夫人は、まさか娘がこんなふうに自分を追い払いにかかるとは思っていなかったのでぎょっとした。「それもいいね」

そして考えを巡らせた。きっと曼楨は鴻才と大いに喧嘩して、あの女と手を切れと迫る決心をしたのだろう。激しい言い争いになるだろうから、自分がいたら何かと不都合なので避難させるのだろう。顧夫人はしばらく考えこんでいたがやはり安心できず、懇々と言い聞かせた。

「もう我慢できないから言わせてもらうけどね、鴻才さんと喧嘩するといってもやりすぎはいけないよ。鴻才さんにも立場を残してあげなくちゃ。さっきの子はもうずいぶん大きかったから、あの女とも一年そこそこという付き合いではないでしょ。もしかしたらあんたと結婚する前からかもしれない。それだけ長い仲なら、手を切れというのは難しいだろうね」

曼楨は頷いた。顧夫人がなおも話を続けようとしていたところ、突然階段口から女性が「曼楨姉さん」と呼ぶ高い声がしたので顧夫人はびっくりしてしまい、小声で曼楨に聞いた。

「誰だい？」曼楨もとっさに見当がつかなかったが、弟の嫁の琬珠がにこにこと入ってきたのだった。曼楨は急いで彼女を座らせ、琬珠は笑って言った。

「偉民も来てるの。お母さん、少しは良くなりました？」鴻才も偉民について上がってきた。鴻才は今日偉民夫妻をとりわけ熱心にもてなそうとした。

「せっかく二人が来てくれたんだから、傑民も呼んで盛りあがろう」

そういうとすぐに偉民に電話をさせ、使用人に言いつけてレストランから出前をとらせた。

「お母さんは麻雀がお好きでしたね？　今日は何局か打ちましょう」顧夫人はそんな気分ではなかったが、曼楨を見ると顔色も変えていない様子だ。曼楨本人がゆったり構えている以上、顧夫人も機嫌良くしているしかない。女中がすぐに麻雀卓を据え、偉民夫婦と鴻才が顧夫人に付き合って麻雀を打ち始めた。しばらくして傑民が来ると、曼楨は彼のそばに座っておしゃべりをした。傑民は「栄宝は？」と聞いて探しに行った。しかし鴻才がこの場にいるので、栄宝は猫を見た鼠のように遠くに立ったままだ。傑民が話しかけてもまともに返事しようとしない。顧夫人は振り返って笑いかけると言った。

「今日はどうしたの、おじさんが嫌いになった？」

傑民は立ち上がって顧夫人の後ろに立つと牌を見ている。麻雀卓に当たっている強烈な照明が一人一人の顔を照らしていて、曼楨が座っているところから見ると奇妙な感じがした。この照明の下に座っている人も立っている人も、みんな彼女から遠く離れてしまったようだ。談笑の声すらも異様にぼんやりして聞こえる。

彼女が今心中で画策していることは、実家のこの人たちには誰一人として相談できない。母にはもちろん絶対知られてはいけない。知られたら最後、驚き慌てるだけではなくて全力で阻止しようとするだろう。偉民と傑民は鴻才にずっと好感を持っていないし、彼女が嫁ぐことを決めた時も賛成しなかったが、結婚してもう何年も経った今になって離婚するというのにはやはり賛成しないだろう。曼楨のように三十を過ぎた女の場合、夫がひどく虐待するとか全く金を渡さないとかでない限り、たとえよそに女を作ったとしても、大っぴらにしているのでもないならば、まだ妻の面子を立てていると見なされる。彼女のためを思うなら、どんな人に尋ねてみても、みんな離婚する理由などないと言うだろう。偉民の岳母がこんな話を聞いたら、きっと曼楨は頭がおかしくなったと言うに違いない。このあと離婚を進める時、もしかしたらいっとき偉民の家に居候させてもらうことになるかもしれない。その時は自分の母と陶夫人という二人の老女と一緒にぎゅうぎゅうになるしかないだろう。そこまで考えると思わず苦笑してしまった。

鴻才は麻雀を打ちながら曼楨の表情に注目していた。今日の彼女は機嫌がいいようで、少なくとも顔に活気があり、いつものように無表情ではない。そこで彼は、曼楨はさっき自分を疑ったとは限らないと考えた。たとえ少し疑ったのだとしても、大っぴらに咎(とが)めるのはやめたのだろう。心の中の重石が取れたので、鴻才は今晩は夕食の約束があるから出かけると言い出した。傑民に無理強いして代わりに雀卓につかせると、自分は三輪自転車に乗って出て行った。曼楨は、鴻才が誰かと食事をするならば、しばらくしたら春元が帰ってきて家で食事をするはずだと考えた。主人が外で食事をする時、車夫はいくらか食事代を受け取るが、たいていの場合はやはり車を漕いで主人の家に戻って食事をし、もらった食事代を貯めておくものだ。曼楨は女中に言いつけた。

「もし春元が食事に戻ってきたらわたしのところに呼んでちょうだい。ちょっと話があって、買い物に行ってもらいたいから」

レストランに頼んでいた出前はもう届いていたので、みんなは半荘（ハンチャン）打つと食事をし、食後また続けて打った。曼楨は一人で階上に上がり、戸棚の鍵を開けた。手元にゆとりがあったわけではなかったが、あるだけ数えていると春元が上がってきて部屋の入り口に立った。曼楨は彼を部屋に入れると、一重ねの札束を手渡して笑った。

「これはさっきわたしの母があんたに下さったものよ」春元が見るとかなり分厚い束で、しかもみな高額紙幣だ。こんなに多額のご褒美をもらったことは今までない。あの婆さんは外見はぱっとしない田舎者のようだが、こんなに気前がいいとは。春元は思わず満面の笑みになった。

「ああ、ありがとうございます！」言いながら、春元にもわかっていた。きっとこの金は若奥さまが出したものなのだろう。今日医者のところで旦那さまと女が一緒にいるところに出くわしたので疑っているのだ。旦那さまたちの行動を一番わかっているのは普通は車夫だから、それで聞き出したいのだろう。思った通り、曼楨はドアの外を見に行った。女中たちがみんな階下で食事をしているのはわかっていたが、それでも用心深くドアに鍵をかけると彼に問いただしはじめた。彼女はもう全てわかっているというふりをして、ただあの女がどこに住んでいるのかを知りたいだけなのだと言った。春元は最初は知らないふりをし、自分も今日初めてあの女に会ったのだ、と言った。おそらくあの女性は旦那さまの取引所を訪ねたんでしょう。自分は取引所から三人を乗せてお医者さんのところへ行ったんです。彼女一人が子供を連れて診療所から出てくると、他に輪タクを呼んで帰っていったんですよ。きちんと作り上げられた言い逃れを聞いて曼楨は微笑んだ。

「きっと旦那さまから口止めされたんでしょうね。大丈夫、話してくれても絶対にあんたの悪いようにはしないから」そう言うとまた彼のことを褒めあげた。曼楨は日頃から使用人にはとても丁寧だが、本当に怒らせればやはり解雇されてしまう危険がある。それに春元も、曼楨はいつも約束を守ると知っていた。旦那さまに自分が密告したとは決して言わないだろう。それで彼も口を緩め、彼女の住所をありのままに言っただけでなく、その来歴も洗いざらい話したのだった。もともとあの女は鴻才の友人の何剣如が捨てた妾だったのだ。鴻才が彼女を紹介して何夫人だと言ったのは、ある意味本当だったのである。その何剣如は彼女との別れ話を鴻才に代行してもらったのだった。それをきっかけに鴻才は彼女とねんごろとなり、結局半同棲に至ったのだが、それが去年の春のことである。春元は続けた。

「この女には連れ子もいましてね。今日病気を診てもらってたあの子ですよ」それを聞いて曼楨はかなり意外に思った。あの子は鴻才の子ではなかったのか。あの女の子が鴻才の帽子を懐に抱いていじくっている様子はなんとも印象深かった。鴻才はあの子にとても優しくしていたが、それも父性愛の投影のように見えた。おそらく鴻才は日頃からあの子をとても可愛がっているのだろう。彼も自分の家では辛い思いをしていて、他人の子と一緒にいる時のほうが家庭の楽しみを味わえるということか。曼楨はそう考えると、口元にうっすらと苦笑を浮かべた。これは運命が彼女にしかけた皮肉なのか。

この数年、彼女はもちろん苦しかったが、彼も幸せではなかったのだ。子供のためと言いながら、子供も巻き込まれて苦しんでいる。最初は自分が犠牲になればいいと思っていた。もともと自殺するに等しい心情でいたのだ。もしも本当に自殺していれば、死んでしまってそれでおしまいだっただろう。生きることは死ぬよりなお恐ろしい。命は悪い方へ、さらに悪い方へと無限に進んでいくことができる。初めに想像していた最悪の状況よりももっと酷い方へ。

彼女が一人テーブルの角にぼんやりとよりかかって考えごとをしているうちに、春元は一階へ降りていった。階下からは洗牌（シーパイ）の澄んだ音がうっすら聞こえてくる。部屋の中はごく静かで、ただ青白い蛍光灯が発するかすかな音だけがジージーと響いていた。

最大の難題はやはり子供のことだ。鴻才は毎日栄宝を叩いたり罵ったりしているが、決して曼楨に子供を譲ろうとはしないだろう。彼には息子一人しかいないのはもちろん、たとえあと三人四人いたとしても同じことだ。ああいう人の心理として、自分の血を分けた人間をよそに放つということはできないのだ。もちろん今、彼女は鴻才の弱みを握っている。彼とあの女の関係について、きちんとした証拠を掴むことができれば法律上離婚が許されるだろうし、子供は彼女のものになるだろう。しかし、もしも彼が金を惜しまずに根回しをしたら、勝負はまだわからない。だから結局は金の問題なのだ。彼女はさっきまで札束をとめていた輪ゴムを持ち、手にはめてひっきりなしに弾いていたが、思わず勢いよく弾いてしまい、かなり手がひりひりした。

今のこの時期は、仕事を探すには最悪だ。まっとうな商売はみな停滞していて、どこも人減らしばかりしている。新たに人を雇おうとするところなどあるはずがない。それに彼女はもう若くもない。彼女にまだ、道なき道を打開しようとする元気があるだろうか。

そのあとの生活の問題は比較的容易に解決できるだろう。この点については彼女はまだ自信を持っていた。しかし目の前の費用はどうやって工面したらいいだろうか——裁判をするには金がいる。……本当にどうしようもなくなったら、子供を連れて淪陥区から逃げ出せばいい。あるいは、のちのち鴻才が悪辣な手段に出てあの子を攫ったりしないよう、まず栄宝をどこかに隠すべきかもしれない。

彼女は突然、蔡金芳のことを思い出した。子供を蔡家にあずけることができれば一番理想的だ。鴻才は彼女に金芳という知己がいることを全く知らない。金芳とはもうずいぶん会っていないが、まだあそこに住んでいるだろうか。鴻才に嫁いでからというもの、彼女は金芳たちの家を訪ねたことはなかった。金芳の前であれほど悲憤慷慨していたのに、結局自分から前言を翻して祝鴻才に嫁いでしまったので、あまりに面目なくて知らせることもできなかったのである。今思うと、本当に自分が犯した過ちをつくづく後悔するしかない。以前のことは、鴻才が悪かった。そのあとのことは、彼女が嫁ぐべきではなかったのだ……彼女が悪かった。

## 16

世の中にはしばしば思いがけないことが起こるものだ。世鈞の義姉は、以前はあれほど熱心に世鈞と翠芝の間を取り持っていたのに、翠芝が嫁いでくるとこの二人の嫁はしっくりいかなかった。翠芝は子供っぽいままだったし、義姉のほうはあれこれ勘繰る癖があり、血のつながりのある従姉妹同士だというのに、あるいは関係が近いからこそか、しょっちゅう摩擦を起こした。一つには世鈞の母親がかなり贔屓をしたからだ。〝新しいおまるは匂わない〟（新しければ七難隠す）と俗にいう通り、新顔は何かとちやほやされるものだ。それに沈夫人は息子可愛さのあまり、当然世鈞のほうの肩を持つことが多かった。こうしたいざこざは世鈞とは無関係に起こったのだが。

家庭の矛盾がだんだん深まってくると、翠芝は世鈞に早く分家したほうがいいと提案した。そうすれば、まるでいつも寡婦とその息子をいじめているように言われなくても済む。分家についてはしばらくの間案を温めてからとうとう実行した。毛皮の店も売り払った。義姉は小健と二人で住むことにし、世鈞は上海で仕事を見つけた。ある外資系企業の工業技術部に職を得たのだ。こうして沈夫人と翠芝は世鈞について上海にやってきた。

沈夫人はどうしても上海に慣れることができなかった。それに長男の嫁という共通の敵がいなくなったので、沈夫人と翠芝も次第にいがみあうようになった。沈夫人は翠芝が世鈞にそっけなく、しばしば彼を馬鹿にするような態度をとるのが気に入らなかったし、世鈞がいつも彼女に頭が上がらないのにも腹を立て、時には我慢できず夫婦の間に介入して翠芝と諍いを始めた。もうこんな年になっているのに、沈夫人はまるでまだその辺の主婦のようにちょっとしたことで腹を立てては実家に帰ってしまう。弟のところに二、三日滞在しては、いつも世鈞に迎えに来させた。沈夫人はずっと南京に帰りたがったが、あんなに次男の家庭に肩入れしておきながら、彼らが核家族を作るとすぐ追い出されたのか、と長男の嫁に笑われるのが嫌だった。

最終的に、やはり沈夫人は南京に帰り、家を一軒借りて二人の使用人と住むことになった。世鈞はしばしば母に会いに帰省した。しばらくして翠芝が子供を産むと、子供も連れて一緒に一度帰った。男の子だったので沈夫人はたいそう喜び、翠芝とも仲直りということとになった。それからしばらくして彼らは上海に戻った。

子供を産んでからもっと綺麗になるという女性がいるものだが、翠芝がまさにそうだった。豊満なのだがすらりとして見える。彼女は男と女を一人ずつ、二人の子供を産んだ。この頃、世の中は激動していたが、彼女の心境は一貫してとても落ち着いていた。若奥さまの生活では、果物の中からウジ虫が出てくる以上の危険は存在しない。

戦争が終わって、叔恵(しゅくけい)が帰国することになった。世鈞は空港まで迎えにいき、翠芝も一緒についてきた。叔恵の家族はまだ到着しておらず、空港はがらんとしていて静まり返り、まるで戦時中の品薄の百貨店のようだった。空のカウンターに、つるつる光るリノリウムの床。時折スピーカーの音声がやかましく響く。若く美しい女性職員が手に持ったマイクでアナウンスしているのははっきりと見えているのだが、聞こえてくる声をどうしても彼女と結びつけられない。いったいどこからこんな声が聞こえてくるのか分からず、少し気味が悪いような気がした。二人でそのあたりをうろうろしているうち、世鈞が言った。

「叔恵もこの間にきっと結婚しただろうな」

翠芝はしばらく黙ってから口を開いた。「もしも結婚してたら、どうして手紙に書いてこないの？」

世鈞は笑った。「あいつはいつも冗談が好きだからさ、僕たちを驚かせようとしてるんじゃないかな」

翠芝は顔を背けて面白くもなさそうに言った。「でたらめに推測してどうするの、叔恵が来たらすぐわかることじゃない！」

世鈞は今日は嬉しくてたまらないので、彼女のうんざりした様子には全く気づかず、なおもうきうきしながら言った。「もしまだ結婚してなかったら、僕たちでとりもってやらなくちゃな」

翠芝はこの言葉を聞くと本当にかっとしたが、なんとか我慢して冷笑するしかなかった。「叔恵の年になれば結婚したいなら自分で探すでしょ、あんたの助けなんかいるもんですか！」

沈黙のあとで翠芝は再び口を開いたが、語気はかなり柔らかくなっていた。「明日は叔恵を招待しましょうよ。袁(えん)さんのところのコックに来てもらってご馳走を作ってもらいましょ」

世鈞は微笑した。「いやあ、あのコックに来てもらうと相当高くつくよ。叔恵は他人じゃないからそんなに大袈裟にしなくても」

「叔恵はあなたの親友でしょ。長い間会ってなかったのに、まさかそれっぽっちのお金をけちるわけ？」

「そうじゃないよ、家に来てもらっておおごとにするよりは、外で食べたほうが人も少ないし思い切り話せるからさ」

翠芝はさっき無理に抑えた怒りがまた込み上げてきたので声を荒らげて言った。「あっそう、じゃあもう知らないわ、ご馳走するのもしないのも好きにしたらいいけど、そんなにむきにならなくったっていいでしょ」

世鈞はむきになどなっていなかったが、翠芝にこう言われるとかえって顔が赤らんできてしまった。「むきになってるのは君だろ、なんで僕なんだ？」

翠芝が言い返そうとしたとき、世鈞は遠くから許夫人がやってくるのを見た。彼がそちらの方に挨拶しているのをみると、翠芝もきっと叔恵の母だろうと悟り、二人はどちらも怒りをおさめて満面の笑みで許夫人を迎えた。叔恵の父の裕舫は抗戦（日中戦争）期に重慶（抗戦期に臨時首都が置かれていた）に行ったきりまだ帰ってきていなかった。世鈞はもともと許夫人を誘って一緒に空港へ来ようと思っていたのだが、許家の娘婿の一家もみな来ることになったので、結局世鈞が先に空港へ行くことになったのだった。その場でひとりひとり紹介しあったが、叔恵の妹はもう二十歳すぎの若奥さまになっていて、紹介されなければわからないほどだった。立ったまま談笑しつつ世鈞が聞いた。

「叔恵の手紙には結婚したかどうか書いてましたか？」

許夫人は軽く笑った。「結婚して離婚したのよ。もう二、三年前の話だけど。手紙にも詳しく書いてなかったわね」

みんなは思わず静まり返ってしまった。叔恵の妹の夫が言った。

「アメリカでは今じゃみんなそんな感じですよね」

世鈞も口ぶりを合わせて聞いた。「アメリカ人だったんですか？」

許夫人は静かに微笑んだ。「中国人よ」

中国人の夫婦が外国で離婚する例というのは滅多にないだろうと世鈞は思った。しかしこの数年のことは消息が途絶えていてわからない。もしかしたら状況が変わったのかもしれないし、アメリカナイズされた華僑のお嬢さんだったのかもしれない。だが聞いてみることはしなかった。しかし許夫人のほうは、まるで彼のこの質問を予想していたかのように微笑みながら付け足した。

「やっぱり留学生だったの」

叔恵の義弟の母が口をはさんだ。「紀航森の娘よ」

世鈞は紀航森というのがどういう人か知らなかったが、その口ぶりから察するにきっと有名人か金持ちかなのだろう。それからまたしばらくの沈黙があった。そこで世鈞は笑って口を開いた。

「それにしても、行ったきりで十年も経つとは思わなかったですね」

許夫人が答えた。「本当に。まさか戦争が始まって帰れなくなるとはねえ」

妹が続けた。「やっとお兄ちゃんが帰ってくると思ったら今度はお父さんが戻れないんだもの、本当にやきもきしちゃう」

世鈞は聞いた。「おじさんからは最近便りはありましたか」

許夫人が答えた。「まだ船を待ってるの。年越しに間に合えば運がいいほうだわね」

話しているうちに時間が過ぎ去り、飛行機は予定時刻に到着した。みんなが押し合いへし合いしながら待っていると、小さなスーツケースを提げ、レインコートを手にかけた叔恵の姿が低い金網越しに見えた。空港というのはいつもそうだ。時間と空間が交わるところだというのに何もかもが平凡なのである。平凡なためにがっかりし、がっかりして笑ってしまう。と同時に、やはり嬉しくて笑ってしまいもするのだ。叔恵は相変わらず男振りが良かったが、母たるものは別の眼差しで見ていた。許夫人は娘に言った。

「叔恵は痩せたわね。あんたはどう思う？　随分痩せたわ」

あっという間にみんなが彼を囲んだ。叔恵は世鈞とがっしりと握手をしたし、翠芝とももちろん握手をした。しかし自分の家族とはやはり中国式に距離をとって挨拶を交わした。妹の夫とは初対面だった。翠芝は今日はとりわけ寡黙だったが、これは当たり前のことだった。許夫人とは初めて会ったのだし、家族の再会という場面の中に交じっている他人なのだから。妹が聞いた。

「ご飯は食べたの？」

「飛行機で食ったよ」

世鈞はスーツケースを持つと言った。「まず僕たちの家に来いよ」

許夫人は言った。「今は上海で家を探すのは難しくってね。あんたが来てから相談するとして、まずはホテルを取ろうと思ってたのよ。でも世鈞がどうしても自分の家に泊まれって言ってくれてね」

叔恵の義弟の母が言った。「うちに二、三日泊まりなさいよ。せっかくだからみんなでにぎやかにすごしましょ」

世鈞は聞いた。

「お宅は白克路（バーキル・ロード）（公共租界を東西に走っていた通り。今の鳳陽路）でしたよね？　うちから近いから、叔恵はおばさんに会いに行けますよ」

翠芝も言った。「やっぱりうちに泊まってよ」何度も勧めたので、叔恵も承知した。

みんなは車を二台呼び、ぎゅうぎゅう詰めで帰った。まず白克路に寄ると、叔恵の義弟の母はみんなに寄っていけと言った。今日は豊澤楼（ほうたくろう）（外灘近くの老舗ホテル、国際飯店のレストラン）で叔恵の歓迎会をするのだと言う。世鈞と翠芝はこの日ちょうど別の約束があったので、車から降りなかった。許家の親子は久々の再会で積もる話もあるということで、叔恵は今日はこの妹の夫の実家に泊まり、明日世鈞の家に移ることになった。翠芝は叔恵に微笑みかけた。「じゃあ今日はわたしたち帰るけど、絶対に来てね」

世鈞と翠芝の二人は家に戻った。彼らの家は大きくはないが、玄関前には切り芝を敷き詰めている。翠芝が犬好きなので犬を遊ばせる空間が必要だったし、子供も庭で遊べるからだ。上の子はもともと貝貝（ベイベイ）（子供を慈しむ呼称）と呼ばれていたが、妹が生まれてからは大貝（ダーベイ）と呼ばれるようになり、妹は二貝（アルベイ）と呼ばれていた。もう学校から帰っていて、二貝は客間でパンを食べていた。床中にパン屑が散らばっていてアリがたくさんたかっている。彼女は床にうずくまってそれを見ていたが、世鈞が来ると彼を呼んで言った。

「パパ、パパ、アリさんを見て、行列してるよ！」

世鈞はしゃがみこむと笑った。「アリさんは並んで何してるんだい？」

「並んでね、配給米を運んでるの！」

世鈞は笑った。「ほほう、配給米を運んでるんだ」

翠芝が通りかかると二貝を叱りつけた。「ちょっと、パンはテーブルで食べなさい。床にしゃがんでたら汚いでしょ」

二貝は笑った。「ママ、見て！　みんなで米を取り合いしてるんだよ！」

翠芝は世鈞に言った。「本当にあなたったら！　ちゃんと叱りもしないで一緒に騒いでるだけなんだから」

「この子の話はすごく面白いと思うよ」

「そうやってあなたはこの子を甘やかすだけでわたしばっかり悪者にするわけね。だから子供は二人とも、あなたばっかりに懐いてわたしのことを敬遠するんだわ。床をこんなふうにしちゃって。アリはいったん場所を覚えたらまた来るようになるわよ。明日はお客さんが来るっていうのになんてことかしら。こっちを片付けたって間に合わないじゃないの」

翠芝は書斎を片づけて叔恵に寝泊まりしてもらうつもりでおり、使用人にワックスをかけさせていた。家の中が混乱しているので犬は興奮して、人の後ろについて出たり入ったりするのだが、床はワックスをかけたばかりなので何度も滑って転びそうになる。

翠芝はふと思いついて世鈞に言った。「この子、知らない人を見たら噛むかもしれないわ。明日は亭子間（ティンズジェン）（四五六頁の割注参照）につないでおかなくちゃね」

翠芝は常日頃、自分の犬が人を噛むと認めたことがない。去年世鈞の甥の小健が大学受験のために上海に来て彼らの家に泊まった時に噛まれたのだが、翠芝は小健のせいだと言っていた。彼が臆病なために犬から逃げたりしなければ、嚙まれるはずはなかったと言うのだ。今回は例によらず犬をつないでおこうと言ったので、家中の人はみな珍しいことだと思った。

二貝と犬は世鈞について二階に上がった。世鈞の書斎に置いてあった本は全部亭子間に移されており、ぐちゃぐちゃに床に積み重ねられていたので、思わずあれっと声を上げた。「どうして僕の本がみんな床においてあるんだ?」そこへ犬が来て床に置いてある本を嚙み始め、彼が長らく定期購読しているエンジニアリングの雑誌をめちゃくちゃにしてしまった。世鈞は慌てた。

「こら、嚙むな!」二貝も「嚙むな!」と言いながら本を一冊取り上げて犬をぶとうとしたが、犬には当たらずに本が遠くへ飛んでいってしまった。二貝はもう一度両手で分厚い本を抱えたが、まだ投げないうちに世鈞に取り上げられた。

「全くお前ときたら!」そこで二貝は泣き始めたが、半分は母親が二階に上がってくる物音が聞こえたための嘘泣きだった。子供達は翠芝の性格をよくわかっていた。世鈞が子供を甘やかすといつも文句を言うのだが、いざ本当に世鈞が子供をしつけようとすると、必ず子供の肩を持つのである。

翠芝は亭子間に入ってくると、二貝がわんわん泣いているので世鈞の持っていた本を奪い、顔を顰めた。

「全く、あなたときたら子供相手にむきになるなんて。本で遊んでるなら遊ばせておけばいいじゃないの。泣かせたりして！」二貝はこの言葉を聞くとさらに泣き声の音量を上げた。世鈞はそれには取り合わず、積み上げてある箱の上に雑誌を置くことに集中していた。翠芝は眉間に皺を寄せて言った。「あんたたちのせいで何をしに上がってきたか忘れちゃったわ。そうそう、思い出した。ちょっといいお酒を買ってきてよ。ジョニーウォーカーがいいわ、黒ラベルね」

「叔恵が洋酒が好きとは限らないよ。うちにはまだ上等の青梅酒（チンメイジウ）が二瓶あったじゃないか。目先を変えてあげようよ」

「叔恵は中国のお酒は好きじゃないわ」

「そんなことあるもんか。僕は長年の知り合いなんだぞ、それくらいのことを知らないとでもいうのかい？」叔恵が何を好きで何を嫌いかを翠芝に教わるなんておかしなことだと世鈞は思った。翠芝が叔恵にいったい何回会ったことがあるというのか。

「そうそう、覚えてないかい。僕たちが結婚したとき叔恵は随分飲んでたけど、あれは中国の酒だっただろう」彼が突然結婚式の日の話をしたので翠芝は驚き、思わずあの日叔恵が大いに酔っ払い、宴席上で彼女の手を握った時のことを思い出した。今思い返すと、傷心のほかにも胸に迫る感慨を感じる。なんとなく、叔恵が出国を決めたのはあのときの衝撃のせいだ、自分のせいなのだと思えてならなかった。

その場では翠芝はなにも言わず、身を翻すと行ってしまった。世鈞は適当に本を整理すると一階に降りたが、翠芝の姿が見えないので女中に聞いた。

「奥さまは？」

「お出かけになりました。お酒を買いに行くと言って」世鈞は思わず眉を顰め、女のこういう虚栄心というのはどうしようもないと思った。もちろん彼にも彼女の気持ちは理解できた。叔恵は自分の一番の友人だからおろそかにはできないと言うのだろう。しかし叔恵は家族同然なのだから、そんなに気をつかう必要はないのに。書斎に行ってみると、ワックスはかけ終わっているものの家具はまだ乱雑なままだ。翠芝は中途半端に大掃除をして家をぐちゃぐちゃにしたまま放り出して出かけてしまったのである。彼女はなかなか帰ってこなかった。もう空は暗くなってきている。八時には夕食の約束があるが、それも翠芝が決めたことなのだ。世鈞は我慢できず何度も時計を見て、女中が夕刊を持って入ってくると言った。「李ばあや、書斎の家具を片付けてくれないか」

「わたしがやったらうまくいかないと思います。やっぱり奥さまのお帰りを待ちましょう」

翠芝は大小さまざまなものを買い込んでようやく帰宅し、輪タクの車夫が手伝って荷物を家に運び入れた。酒のほかにグラスを一セット、大きな花束を二つ、アイルランドリネンのテーブルクロスが一枚、イタリアのコーヒーを二缶、新型のコーヒーメーカーを一つ。世鈞は言った。「君が長いこと戻ってこないから、袁さんの家に行くのを忘れてしまったのかと思ったよ」

「忘れてしまうところだったわ。もうちょっと早く思い出してたら電話して断ったんだけど」

「行かなくったっていいよ——ご馳走になったら借りができちゃうし」

「今何時？　早く断っておいたらよかったけど。今じゃもう間に合わないわよね」そして続けた。「いい煙草を二缶ほど買っておくのを忘れてたわ。ついでにハムを買いに抛球場（パオチウチャン）（租界にあった競技場）まで行ってきたのよ——あそこの店しか美味しいのは置いてないから。使用人には任せられなかったのよ、自分で選ばなくちゃ」

世鈞は笑った。「ちょうどハムを食べたいと思ってたんだよ」

翠芝は少し驚き、信じられないというような口調で言った。「あなたハムが好きだった？　どうして今まで聞いたことなかったのかしら」

「言わなかったことはないさ！　僕が食べたいというたびに、君はいつも抛球場まで行かなくちゃ、自分で選ばなくちゃって言ってたよね。というわけで、今まで食わせてもらってないんだよ」

翠芝は返事をせず、慌ただしく花瓶を探して花を活け、客間と食堂、書斎に分けて飾った。書斎まで行くと中を一目見て叫んだ。

「まあ、なんでこの部屋はまだこんなに散らかってるの？　あなたって本当に何もしてくれないのね、どうして片付けさせなかったのよ！　李ばあや！　陶ばあや！　全く役立たずばっかりだわね。この家はわたしがいないと回らないんだから！」花瓶を置くところがないのでまた客室に持って戻り、壁を見ると言った。

「忘れてた。物置から中国画を二枚出してきてここに掛けなくちゃ」

世鈞は言った。「行くんだったら早く準備してくれよ」

「なんでわたしのことばっかり急かすのよ。あなたは座ったまんま動いてないじゃない」

「僕は五分もかからないからね」

翠芝はやっと身支度を始めようと浴室に向かった。そして、寝室に戻ってきて着替え始めた。世鈞は引き出しをひっくり返して言った。

「李ばあやは？　僕のシャツが一枚もないんだけど」

「煙草を買いに行かせたわ。シャツは替えなくてもいいわよ、洗ってくれたことはくれたんだけど、まだアイロンをかけてないから」

「なんでアイロン済みのが一枚もないんだ？」

「忙しいからでしょ。李ばあやだって年だし」

「わからないなあ、うちの使用人は役立たずばかり。なんで一人も仕事ができるのがいないんだろう」

「有能な人だっていないわけじゃないわよ。袁の奥さんがこの前薦めてくれた人は有能で仕事が早いって言ってたわ。でもうちは人を招いて麻雀することがないでしょ。チップの臨時収入がないからって断られたのよ。アスピリンはどこに置いたの？」

「見なかったな」

翠芝は階段口まで行くと叫んだ。

「陶ばあや！　陶ばあや！　薬瓶を持ってきてちょうだい。この間大貝が風邪を引いた時に飲んでたやつよ」

世鈞は聞いた。「なんでいまアスピリンがいるの？　頭が痛いの？」

「花瓶に一個入れとくと花が長持ちするのよ」

「それ、今やらなくちゃいけないこと？」

「帰ってからじゃ遅いのよ」

翠芝が髪を梳いているところに陶ばあやがアスピリンを持ってきたので、彼女はまたスリッパで階下に駆け降りるとすべての花瓶に一錠ずつ入れて行った。世鈞は腕時計を見て言った。「八時五分だよ。早くしてくれないか」

「すぐに行けるわ、陶ばあやに輪タクを呼ばせてちょうだい」

しばらくすると世鈞は階下で叫んだ。「輪タクが来たよ。まだかい？」

翠芝は二階から答えた。「せっつくのはやめてちょうだい、慌てちゃうから。箪笥(たんす)の鍵、あなたが持ってるんでしょ？」

「僕は持ってない」

「あなたが持ってたじゃない！　絶対にあなたがどこかのポケットに入れたのよ」世鈞は仕方なく、服の表と裏にあるいくつかのポケットを全部ひっくり返した。結局鍵は翠芝が見つけたが、彼女はそれについては何も触れず、箪笥の扉を開けて首飾りをいくつか取り出すとつけてみた。

翠芝はとうとう下に降りてきた。階段を降りながら言った。

「陶ばあや、もしも誰か電話してきたら、袁さんちの番号を教えてちょうだい。わかった？　番号を知らないんなら李ばあやに聞いて。大貝と二貝をよろしくね。李ばあやが帰ってきたら早めに二人を寝かしつけてあげて」

輪タクに乗ると彼女はまた大きな声で言った。「陶ばあや、犬に餌をやるのを忘れないでよ!」

二人が並んで輪タクに座り、ブランケットをかけたところで翠芝は世鈞に言った。

「やだ、ちょっとひとっ走りして箪笥の二番目の引き出しにあるコンパクトをとってきてくれない? 大きくないほう――あのスエードのカバーがついてるほう」

「鍵がないよ」翠芝は一言も言わず、バッグから鍵を取り出すと世鈞にわたした。世鈞も何も言わず、輪タクから飛び降りると庭を横切り、二階に上がって引き出しを開け、コンパクトを取って戻ると鍵と一緒に彼女に渡した。翠芝は受け取るとハンドバッグにしまってから言った。

「あなたが急かしたのが悪いのよ、慌てちゃったじゃないの」

袁家に着くと、他の客たちはもうとっくに揃っていた。主人は袁駟華(しか)、主人の妻はペニー・袁といい、一緒に出迎えると握手を交わした。ペニーは知り合いの中では〝ファーストレディ〟として知られている才色兼備の女性だ。痩せていて背が高く、細い眉に細いアイラインを入れ、瓜実顔に完璧な化粧を施している。声は非常に尖ってかぼそい。どういうわけか、英語を話すときはさらに一オクターブ高い声になり、まるで芝居の裏声のようだった。彼女は鳥が囀(さえず)るように世鈞に言った。

「お久しぶりですわね。最近はいかが？　お忙しいんでしょ？　ブリッジはなさる？」

「うまくはないですけど」

「謙遜なさってるのね。確かにブリッジは頭を使いますけど……」彼女はくっくっと笑ってから、確かに上手くない人もいる、と続けた。彼女は一貫して世鈞を〝できない男〟だとみなしていた。世鈞は自分と会った時に何も話すことがないようなのだ。もちろん人はいいのだろうけど、平々凡々としていてなんの特徴もなく、特に出世もしていない。金儲けができないだけでなく、翠芝が持ってきた持参金も全部家庭のために使い果たしてしまいそうなので、彼女は翠芝のために憤慨していた。

話をしているうちにペニーはまた笑って言った。

「翠芝は本当に幸運だわね。世鈞は人柄もいいし真面目だし、遊び歩いたりしないし」

彼女は夫のほうに少し口を尖らせてみせると笑って続けた。「うちの駟華なんてどれほど秘密があるか知れやしないわ。外での付き合いが多すぎて誘惑も多いのよね。あんまり出歩かないでくれたらいいのに」世鈞のような品行方正な夫を見くびっているという口ぶりだった。彼女の夫がよその女にちょっかいをかけてばかりいるのは誰もが知っていた。ペニーはこの点で翠芝にはかなわないと感じていた。しかし彼女は負けず嫌いなので、かなわないのがわずかこの一点だけだとしてもやはり負けを認めたくないのだ。

今日の客は多くはなく、ちょうど一卓分だった。ペニーの子供も同じ食卓で食べ、子供の保母も付き添っていた。子供には絶対に保母が必要だし、保母以外に、主人夫妻に注射を打ってくれる看護師もつけるというのが裕福な家での流行で、こうでなければ格式に合わないかのようだった。袁家の保母は看護師も兼ねており、一家全員が彼女をミス楊(よう)と呼んでいたが、もうそんなに若くはないし醜かった。ペニーがどこで彼女を見つけてきたのかはわからない。男主人が女好きなので、こういう女性でなければこの家では長く勤められないのだ。

世鈞は李の奥さんという人の横に座って蟹を食べていた。李夫人は丁寧に料理を説明した。「これは陽澄湖(ようちょうこ)（蘇州にある淡水湖。ここで獲れる上海蟹が高級品とされる）産なんですよ。おととい人に頼んで特別に持ってきてもらったんですって」

世鈞は笑った。「え、おとといのなんですか？」

李夫人は慌てて言った。「あら、生きたまま持ってきたんですよ、湖水に入れて。一桶一桶水草も入れて運ばせたんですって」

「そいつはすごいですね、大変な手間だ」この李夫人とは何度か会ったことがあるものの、本当に話題がない。たしか彼女の夫が蘭心(らんしん)石鹸の経営者だと聞いたことだけを覚えていた。至るところでこの石鹸の広告を見かけるので世鈞は言った。

「知らなかったんですけど、蘭心石鹸というのはご主人が経営されているんですってね」

李夫人はくすくす笑うと言った。

「あの人は何でも手を出すんですよ」

そういうとすぐに顔を横に向け、別の人と話を始めた。

食後はブリッジとなり、世鈞は付き合わされたが、翠芝は遊び方を知らなかった。それでも十二時をすぎるとようやく解散となった。輪タクに乗って帰る時、翠芝が言った。

「さっき食事のとき、李の奥さんはなんて言ってたの？」

世鈞には意味がよくわからなかった。

「李の奥さん？　特に何も。蟹の話をしてたよ」

「違うわよ、あなたが何か言ったらくすくす笑ってたじゃない」

「ああ、石鹸だよ。蘭心石鹸。誰かが李さんが経営者だと言ってたからさ」

「なるほどね。なんだか機嫌を損ねたように見えたもんだから。蘭心石鹸は最近皂精（ザオジン）（液体洗剤）を出したのよ。李さんがいま入れ上げているダンサーのあだ名は小妖精（シアオヤオジン）（中国語の「妖精」には男をたぶらかす女という貶意あり）っていうんだけど、今はみんな彼女のことを皂精と呼んでるの」

世鈞は笑った。「他人のそんなこと知るもんか」

「あなたもなんだってそんなこと思い出したの。言わなくてもいいのに石鹸の話をするなんて！」

「なんでいつも僕と誰かの会話に聞き耳をたてるんだい？　もう聞かなくていいよ」

「心配なのよ。あなたが話すといつも誰かの気を悪くさせるから」

世鈞はそれを聞いて思わず考えた。むかし曼楨は俺の話は面白いと言ってくれていたな。もちろん、あの頃は俺たちが一番うまくいってた時だったから、彼女のいうことが当てになるとは限らなかったが。しかしこの年になって、いらぬことを言うのではないかと心配されるとはな。

彼は長い間曼楨のことを思い出したことはなかった。おそらく叔恵が戻ってきたから昔のことを連想してしまったのだろう。

翠芝がまた言った。「ペニーは本当に肌が綺麗ね」

「僕には彼女のどこが綺麗なのかわからんな」

「あなたは気に入らないだろうと思ってたわ。あなたは女の人はみんな好きじゃないものね」

世鈞は翠芝の友達はほぼみんな気に入らなかった。どんな女性にも興味を感じないのだから、彼の愛情が不誠実とは言えない。しかし翠芝は、世鈞は自分にも興味がないと感じていたので、彼という人は生まれつきのぬるま湯気質なのだと結論づけていた。世鈞自身もそう思っていた。しかし彼は今、もしかしたら自分は考えていたよりも情熱的だったかもしれないと思った。でなければあの頃、どうして曼楨とあんなに愛し合うことができたのか。あんな恋愛はおそらく一生に一回きりのものなのだろう。一生に一回あれば、それで十分なのかもしれない。

翠芝が「世鈞」と呼んだ。さっきも呼んだのだが聞こえていないようだったのだ。彼女は少し怖くなって笑った。

「ねえ、どうしたの？　何を考えてたの？」

「僕かい……僕の人生を考えてた」

翠芝は腹立たしくもなり、おかしくもなって言った。

「何言ってるの？　今日はどうしちゃったの——怒ってるの？」

「なんで？　誰が怒ってるんだい」

「怒ってて当然なんだからそうじゃないようなふりはやめてよ。あなたのことはなんだってわかってるんだから」

世鈞は思った。そうだろうか。

家に着いた。世鈞は車代を払い、翠芝は呼び鈴を押した。李ばあやは寝ぼけ眼（まなこ）で扉を開けると続けざまにあくびをし、また寝床に戻った。翠芝は二階にあがろうとして世鈞に向かっていった。

「あら、何か臭わない？　ガスみたいな」世鈞は空中の臭いを嗅いでから言った。

「いや、別に」

彼らの家は七輪を使っていたが、ガスこんろも備えていた。

「どうも李ばあやのことは安心できないわ。まだガスこんろを上手く使えてないの。ちゃんと栓を閉めなかったんじゃないかしら」

二人は一緒に二階に上がったが、世鈞は相変わらず無言だった。翠芝は今日の彼の様子は何かおかしいと思い、不安になってきた。階段を上がりながら、彼女は突然頭を彼に寄せて優しい声で言った。

「世鈞」

世鈞のほうも機械的に彼女を抱き寄せたが、ふと言った。「ああ、今わかったよ」

「何が？」

「ガスの臭いだ」

翠芝はあまりに興醒めしてちょっと黙っていたが、淡々と言った。

「じゃあ見てきてちょうだい。ついでに犬を放してあげて、李ばあやは絶対忘れてるだろうから。ずっと吠えてるのが聞こえるでしょ」

世鈞は厨房に行って調べてみたが、ガスこんろのスイッチは全部きっちりと閉めてあった。もしかしたらパイプに漏れがあるのかもしれない。明日ガス会社に電話しなければ。彼は庭につながったドアを開けて犬を連れ出した。ドアを軽く閉め、真っ暗な庭に出た。芝生には虫のすだく声が響き、しっとりと夜露で濡れている。涼しい風が顔に吹きつけてきて、ほろ酔いだったのも醒めた。

二階の彼らの部屋には灯りがついていた。明るい窓の中で、翠芝の影が行ったり来たりしているのが見える。翠芝は彼に腹を立てた時によく言うのだった。

「どうしてわたしたち、結婚しようなんて思ったのかしらね！」彼にもわからなかった。あの時は曼楨のことで辛くてたまらなかったことしか覚えていない。あれは父が死んだ年だった。なんとかして憂さをはらそうと、あの夏はほとんど毎日愛咪（エイミー）の家にテニスをしにいったのだ。丁（てぃ）というお嬢さんがいつも一緒にプレーしてくれていたから、今思えばあの丁嬢と結婚する可能性だってあった。ほかにも親戚の女の子何人かとしょっちゅう顔を合わせていた時期もあった。彼女たちの中の一人と結婚ということも大いにあり得たのだ。何かちょっとしたきっかけがあれば、翠芝とは結婚しなかっただろう。今になってそう思うとなんだかおかしい気がする。

幼い頃彼女と一番最初に出会ったのは世鈞の兄の結婚式で、彼女はベールガールを、彼はリングボーイを務めたのだった。あの時はベールガールの女の子がとても憎らしいと思ったものだ。彼女は彼を馬鹿にしていた。彼女の家族が彼の家を馬鹿にしていたから。今では、翠芝はしょっちゅう「わたしたちの最初の出会いはとてもロマンチックだったのよ」と言っている。彼女はいつも人にはそんなふうに話すのだった。

世鈞は犬を連れて入ると玄関を閉めきり、犬をもとどおり台所に繋いだ。さきほど彼と取り合った本を二貝が一階に持って降りていたので、拾いあげて亭子間に戻すことにした。ところが亭子間に乱雑に本が積み上がっていたので今度は思わず整理を始めてしまった。適当に一冊を手に取って溜まっていた埃を払う。『新文学大系』（中国初の現代文学全集。全十巻、一九三五年に刊行された）のうちの一冊で、ずっとどこにやってしまったのかわからなかったものだ。叔恵のために部屋を片づけたのでなかったら、まず手に取ることはなかったろう。適当にぱらぱらとめくったところで、ふと中に一枚の便箋が挟んであるのを見つけた。四つ折りにしてあって、紙はすでに黄ばんでいる。曼楨が昔くれた手紙だ。曼楨からの手紙と写真はとうに全部処分してしまっていた。取っておいたところで辛くなるだけだからと思ったのだが、この一通だけは残しておいたのだった。あの時も、なぜかこれだけは捨てられなかったのだ。彼は思わず座り直すと、この手紙を読み始めた。父の病気のために南京に戻っていた時に曼楨が書き送ってきたものだろう。

世鈞へ

いまは夜です。家族はみんな寝てしまっていてとても静かです。弟たちが買ってきたこおろぎの鳴く声だけが響いています。ここ二、三日で急に寒くなってきました。あなたは急いで出発したから、冬服は持って行かなかったんじゃない？　あなたはこういうことはいつも無頓着だから、寒くなったら服を着込むということも思いつかないんじゃないかと心配しています。どうしていつもこういうことが気になるんでしょう。自分でもくどいと思うけど……。何を見ても、誰かが何かを言うのを聞いても、それが全然関係のないことでも頭の中で二転三転し、あなたのことを思い出してしまうんです。

昨日は叔恵の家に行きました。叔恵が家にいないことはわかってたけど、彼のご両親に会いたくて。ずっとあなたと同居していたから、あなたの話が聞けるのではないかと思ったんです。叔恵のお母さんはたくさんあなたの話をしてくれましたよ。全部わたしの知らなかったことでした。以前のあなたは今よりもっと痩せていたとか、学校であった細々したこととか。こういう話を聞いて本当に嬉しかったんです。あなたが行ってしまってしばらく経って、わけもなくなんだか不安になってしまっていたから。世鈞、覚えていてね。この世界で、永遠にあなたを待っている人がいることを。どんな時にも、どんなところでも。とにかくそういう人間がいるのだということを覚えていて。

この最後の一文を読むと、まるで彼女が今彼に向かって話しているような気がした。はるかな歳月を隔てて、まだ彼女の声が聞こえる。彼は思った。まさか、彼女はまだ俺を待っているのだろうか。

続きにはこうあった。「ここまでは昨日の晩に書いたんです。なんだか無意識のうちに――」ここで突然おしまいになり、便箋はほぼ半分が空白のままで、署名も日付もなかった。思い出した。この時彼は南京から戻り、事務室まで彼女に会いに行ったのだった。彼女はちょうど事務室で彼に手紙を書いていたところだったから、手紙は書きかけのまま、続きは書かれなかったのだ。突然、以前あったことの一つ一つがありありと目の前に浮かんだ。曼楨と出会って以来のいきさつを全て思い出した。最初に彼女に会ったのは、あれはいつのことだったろう。数えてみるともう十四年だ！――そうだ、十四年になる。

# 17

「世鈞！」という翠芝の声がしたので彼は頭を上げた。バスローブを羽織った彼女が部屋の入り口に立ち、訝しげな目で自分を見ている。

「ここで何してるの？　こんな時間なのにまだ寝ないの？」

「すぐ行くよ」ずっと座っていたので足が痺れてしまい、もう少しで立ち上がれないところだった。そこであの手紙を本に挟むとその本を閉じ、元の場所に戻した。翠芝が言った。

「今何時かわかってる？　もうすぐ三時よ」

「どうせ明日は日曜なんだから早起きしなくてもいいだろう」

「明日は一日叔恵につきあうって言ってたじゃない、あまり寝坊はできないわよ。目覚ましは十時にセットしてあるわ」世鈞は何も言わなかった。翠芝はもともと少し後ろめたく感じていた。もしかしたら、叔恵のことになると自分が熱くなりすぎることを彼に見抜かれたのかもしれない。だから今日の彼の態度はおかしいのかも。

世鈞は目覚ましが鳴る前、空が明るくなる頃に二度起きた。おそらく蟹のせいだろう、腹を下したのだ。叔恵は昼食を取りにやってきたが、世鈞は下に降りてスープを少し飲んだだけだった。長年会っていなかった親友というのは、ごく親しくもあるが、またよく知らぬ人でもある。話の内容も、懐に深く突っ込むでもなく、表面を撫でるように浅いのでもなく、お互いに腹を探り合うという感じでなんだか不思議な心持ちだったが、だからといって愉快であることに変わりはなかった。三人で一緒に話をしていると、世鈞はまた曼楨を思い出した。彼らは永遠に三人一組であるような気がしていたものだ。彼と叔恵と一人の女性と。叔恵も同じように考えているだろうか。

食後に翠芝はコーヒーを淹れにいった。サイフォン式のコーヒーメーカーを使える使用人はいないからだ。叔恵はちょうどアメリカの状況を話していた。戦時中で人材が必要となったため、チャンスはかなり多かったし、待遇も良かったという。世鈞は言った。

「君は本当にがんばってチャンスをものにしたんだね。あの時一緒に行かなかったことを後悔しているよ。君の言った通りだ、ここでぐずぐずしていても何にもならない」

「どこにいたって生活していくのは同じことさ、楽しけりゃそれでいいじゃないか」

「僕たちのこういう暮らしは本当につまらないものだけど、振り返ってみるとやっぱり意味があるようにも思うんだよね。他はともかく、二人の子供がいるだけでも。人生ってこういうもんじゃないかな」叔恵は思わず彼をちらりと見て何かを言いかけたがやめた。そこに翠芝がコーヒーを持ってきたのでその話題もこれきりとなった。

食後、叔恵はまた別の友人に会いにでかけた。昔の同僚を訪ね、以前の知り合いについてあれこれと話しているうち、その同僚は曼楨が自分たちの工場を訪ねてきて住所を置いていったと言った。去年のことで、どうやら彼女は結婚して離婚したらしいという。叔恵はその住所を書き留めておいた。その同僚はちょうどこの日所用があるというので日を改めての再会を約束して別れたが、叔恵はふと気が向いたので曼楨を訪ねてみることにした。彼女が住んでいるところは都会の中の静かな一角で、まるで上海ではないようだった。石畳の路地を進んでいくと、一帯には石庫門（シークーメン）（四八四頁の割注参照）の住宅が立ち並んでいたが、突き当たりには木の柵があり、柵の中は大きな共用の中庭になっていた。黄昏時で、中庭ではちょうど女中が一人、音を立てておまるを洗っている。どぶの脇には上下に植木鉢が並べられていて、夾竹桃（きょうちくとう）もあれば常緑の盆栽もあった。

ここの住人が一軒だけというはずもなく、ほかに主婦風のでっぷりした女性が中庭で洗濯をしていた。壁に沿って置いたテーブルの上で洗濯物に石鹸を塗りつけている。叔恵は笑顔で尋ねた。

その女性は顔を上げて叔恵を上から下まで見ると、女中に向かって聞いた。「すみません、顧という女性はこちらにお住まいですか？」

「顧さんはまだ帰ってないわよね？　部屋の扉に錠前がかかっていたわ」叔恵はしばらくためらってから、ノートの紙を一枚破りとり、自分の名前と義弟の実家の電話番号を書いてその女性に渡した。

「お手数ですけど、顧さんが帰ったら渡していただけますか」こうしてそそくさと去った。

半時間ほどすると、果たして叔恵の義弟の実家に電話があった。義弟の母が電話口で丁寧に応対した。

「今はお友達の家に泊まっているんです。そのお宅の電話番号は七二〇七五ですから、そちらにおかけになってください」

その番号には翠芝が出た。

「許さんは今お留守です。お名前をうかがってよろしいですか？　……はい、お電話番号は三……五……一……七……四。……はい、いえいえ、どういたしまして」

世鈞はその日ずっと具合が悪く、二階で横になっていた。翠芝は電話を切ると上がってきて言った。

「顧っていう女の人から叔恵に電話があったわ。誰のことかわかる？　あなたたちの前の同僚じゃない？　南京に来たことあるわよね」

世鈞は茫然とした。「わかんないな」そして、心の中で思った。昨日曼楨を思い出したところで今日電話がくるなんて、まるで人智を超えたところで繋がっているようではないか。

「まだ結婚してないのかしら」

「結婚はしただろう」

「なのにまだ顧って名乗るの？」

「結婚しても元の姓を名乗る女の人だって多いよ。それに昔の同僚と話すならそのほうがわかりやすいだろ」

「あの時、お義母さんは叔恵のガールフレンドだと言ってたし、一鵬(いっぽう)はあなたのガールフレンドだと言ってたわ——あなたたちときたら！」そういうと笑った。世鈞は何も言わなかった。翠芝も少し黙ってから言った。「叔恵はあなたに自分の離婚の話はした？」

世鈞は笑って言った。「そんな話をする余裕なんてあるもんか。今回叔恵と一対一で話したことなんて数分もないしな」

「いいわ、わたしのせいってことね。今度叔恵が来たらわたしは遠慮するわ、あなたたちが好きなだけ話ができるように」

しばらくすると叔恵が帰ってきた。二階に上がってきたが、果たして翠芝は席を外した。世鈞は聞いた。

「翠芝に聞いたかい、さっき顧っていう人が君に電話してきたって」

叔恵は笑った。「きっと曼楨だよ。今日訪ねていったんだけど会えなかったんだ」

「彼女が上海にいるってことも知らなかったよ」

「ずっと会ってないのかい？」

「会ってない」

「どうも結婚したけど離婚したらしいよ。僕と一緒だね」こう言われたのは叔恵の離婚について尋ねる大きなチャンスだったが、世鈞は自分の感慨に耽っていて叔恵のことは全く頭になかった。彼女は豫瑾と離婚したのか。どうして――？　なぜ？　どちらにしても俺のためでないことははっきりしている。俺のためだとしたらどうだというんだ？　俺に今いったい何ができる？

曼楨の名を聞いて世鈞が想いにひたっているのを見ると、叔恵は話題を変えた。そこに翠芝が入ってきて世鈞に聞いた。

「少しよくなった？」

「今日は僕はだめだ。君が叔恵につきあって食事に行ってくれるかい」

叔恵は言った。「家で食べてもいいじゃないか」

「だめだよ、君は長い間上海を離れてたんだから、あれこれ見にいかなくちゃ」

翠芝も言った。「そうしましょうよ。もともと夕食の準備はしていなくって、外に食べにいくつもりでいたの」

叔恵は言った。「おかずなんてなくてもいいよ、今日は出かけるのはやめにしないか。僕も午後中出かけてたし、家でゆっくりしようよ」

そういっても二人には逆らえず、翠芝はもうどのレストランで食べるかとか予約をしないでいいかとかいう相談を始めた。世鈞が彼女に早く着替えるように言ったので、叔恵はやむなく一階で待つことになった。

鏡の前に座った翠芝が髪を梳かしはじめたのを、世鈞はベッドに寝そべって見ていた。彼女は時には髪を上げ、時には下ろし、時には内巻きにし、時には外巻きにし、ここ数年でいったいどれほど髪型を変えたかわからない。今日は髪を艶(あで)やかに後ろにまとめ、高々と大きなシニョンに結い上げたので、ふくよかで美しい面立ちがいやが上にもひきたてられた。彼女と外出する時、世鈞にとって一番恐ろしいのは出発前に彼女が身支度を始めることだった。本当に長時間待たされるのだ。今日は自分が付き合う必要はないので、冷静に彼女を観察する余裕があった。それにしても翠芝は本当に全く老けない。今日はとりわけ、今までのどの日よりも若く見えるようだ。目もとても明るく、まるでデートの前にわくわくしている少女のように見える。彼女は大きな緑の牡丹がプリントしてある濃紺のシルクの旗袍に着替えた。世鈞は微笑んで言った。

「君は今日は本当に綺麗だね」

翠芝はこれを聞くと意外に思いつつも、嬉しそうに笑った。「まだ綺麗って？　もうこんなに老けているのに」

子供二人は映画から帰ってきて、二貝（アルベイ）は鏡台のそばに立って母親が化粧をするのを見ていた。大貝（ダーベイ）のほうはもう二貝と出かけるのは嫌だと言った。スクリーンを見たいと言ったり怖いと言ったり、一番盛り上がっているところでトイレについてきてほしいと言ったりするからだ。大貝は普段は口数がとても少ない子で、めったに笑顔を見せない。世鈞は思った。人間が九歳の時、頭の中ではいったい何を考えているのかな。自分だって同じ時期を過ごしたことがあるはずなのだが、自分が覚えているかぎり、その年頃には彼はもうとても物分かりがよかったので、目の前にいる分別のない子供とは似ても似つかないように思った。

翠芝が出かけると、子供達も一階に降りて食事を始めた。ようやく一人で静かになれたので、世鈞はさっき曼楨の名を聞いたことを思いだした。思い出した途端にしまった、と思った——翠芝がメモに書き留めた電話番号は、きっと叔恵がちぎって持っていってしまっただろう。そう思うと、彼はもともとバスローブを羽織ってベッドに寄りかかっていたのだが、もう座っていられなくなってすぐ下に降りた。電話のそばには小さなメモ帳を置いているのだが、一番上のページには、はっきり「顧　三五一七四」の走り書きが残っているではないか。叔恵がひとりで一階に降りたのは随分前だから、もうこの番号を自分のアドレス帳に書き留めたのだろう。すでに電話したのかもしれない。とすると、今晩のこの一、二時間のうちに、この見慣れた吹き抜けの空間に彼女の声が二度も登場したということになる。灯りのもと、彼女の声と笑顔がすぐそこに見えるような気がした。自分だって電話してみてもいいのではないだろうか。昔馴染みだ、長い間会ってないのだから、本来なら当然電話すべきだ。曼楨だって、ここが彼の家とは知らなかったかもしれないが、叔恵がさきほど電話したのなら、きっと彼女にそう話したことだろう。彼から電話しないほうが礼儀知らずなのではないか。まるで家に電話されるのは迷惑だったと言わんばかりではないか。過去のことはもう過去のことなのだから、口を開いてすぐ責めるようなことはできないし、だいいち口に出す必要もないだろう。もう若くもないのだから、少しは鷹揚に振る舞うべきだ。当たり障りのない話をすればいいのだ。幸い曼楨が相手なら話題がないという心配はない。今日は一人で家にいるのだから、翠芝に聞かれるというおそれもない。翠芝は彼が誰かと会話をするとすぐ聞き耳を立てるくせに、彼女に向かって話をすると聞こうとしないのだ。しかし、今がいい機会だと思うと余計に申し訳ないような気がした。

ためらっていたところで、李ばあやの呼ぶ声がした。

「あら、旦那さまも降りてきましたね。下で召し上がるでしょう？ 今ちょうど食事を上までお届けしようとしていたところでした。奥さまがスープを温めて召しあがるようにとおっしゃってました。あとはお粥用のおかずもいくつか用意しましたよ」

それを聞いた二人の子供は騒ぎ始めた。「お粥食べたい！ パパ、ご飯にしよう！」

世鈞は電話番号を書き写すと、子供たちと同じテーブルについて、子供二人があれこれ脱線しつつ今日の映画について話すのを食べながら聞いた。食後、彼は一階で夕刊を読みはじめた。この時には具合がよくなってきたので、さきほどがんばって叔恵と一緒に出かけなかったことを後悔しはじめた。おそらく曼楨に電話するのをやめたのでより一層寂しさを感じたのだろう。二人に早く帰ってきてもらいたかった。今回叔恵が帰ってきてから、まだ思う存分話していないのだ。今日はきっと深夜まで語りあえるだろう。子供たちは二人とも寝てしまった。時計を見るともう十時に近い。おそらく叔恵たちは食事のあと別のところに行ったのだろう。この間翠芝は、どこかのナイトクラブのパフォーマンスが素晴らしいと聞いた、と言っていた。

待てど暮らせど二人が帰ってこないと思っていたら、李ばあやが沈（しん）家の上の奥さまが来たと知らせてきた。今は小健は上海の大学に進学しており、世鈞の義姉は息子が一人で上海に暮らすのは安心できないというわけで一緒に越してきたのだった。しかし翠芝と仲が悪いのでこの家には滅多に来たことがない。小健が犬に嚙まれてからは特に気を悪くしていた。

その義姉が来たと聞くと、世鈞はその来意を推測した。おそらくは小健のことだろう。小健は向上心がなく、大学での成績は悲惨なもので、毎日遊び回っているらしい。もちろんそれも、義姉が甘やかしすぎたのが悪いのだが。この前小健は世鈞の家に金を借りに来たのだが、まるでちんぴらのような装いをしていた。金を借りたことについて小健は母親には黙っていたはずだが、今になってばれたのかもしれない。今晩やってきたのはその金を返そうというのだろう。しかし世鈞の予想は外れた。義姉は今日客があったのでレストランで食事をしていたのだが、そこで翠芝と出くわしたのだという。義姉の宴席は階上の一室だったが、翠芝と叔恵は階下のボックス席にいた。義姉が彼らの前を通り過ぎたとき、翠芝が涙を拭っているのを見たと言うのだ。義姉は相手は叔恵とわかったが、叔恵のほうは彼女だとわからなかった。何年も会っていなかったし、義姉は、今では完全におばあさん然とした身なりになっていたからだ。翠芝は全神経を叔恵に集中させていて、義姉に気づかなかった。二人は話をしていなかったと言う。義姉は声をかけることをせずにさっさと二階の宴席に向かった。おひらきになって一階に降りてみると、二人はもういなかった。義姉は一度は帰宅したものの、考えれば考えるほどこれはおかしいと思い、夜中ではあるが世鈞のところまで動静をうかがいにきたというわけだ。これは一大事で、自分が翠芝の親戚だからといって隠しだてはできないと思ったのである。彼女は自分では、これは正義のためには骨肉の犠牲も厭わないという精神で、決して人の災難を見て喜んでいるわけではないと思っていた。翠芝がまだ帰っていないと聞くとさらに確信を持ち、笑顔で尋ねた。

「どうしてあんた一人を家に置いていったの?」

世鈞は腹具合が悪かったので行かなかったのだと言った。

義姉弟は近況を伝えあうと小健を話題にした。義姉の口ぶりからすると、どうやら小健があちこちで放蕩していることには気づいていないようだ。世鈞は彼女に告げておくべきだろうと思った。でなければ自分にも落ち度があることになってしまう。こそこそ小健に金を貸したりしたのはまずかった。しかし彼女との会話の中でこの話を始めるのは容易ではなかった。少しでもしくじると、まるで借金取りのようになってしまうからだ。そもそも義姉は身贔屓で、彼女にとって小健は永遠にとびぬけた好青年なのだから、彼の悪いところなどほとんど口にすることができなかった。義姉は世鈞が何度か口ごもり、言いたいことを言えない様子であるのをみると、きっと何か口にできない隠しごとがあるのだろうと想像した。自分は翠芝の母方のいとこだから、きっと彼女の不貞について相談しようか迷っているのだろう。

「何か言いたいことがあるんじゃないの？　大丈夫だから言ってちょうだい」

世鈞は微笑んだ。「いいえ、特になにも——」

世鈞が続きを言うのを待たずに義姉が言った。「翠芝のことでしょ？　翠芝もよくないわね、あなたの面子を全く考えもせずに男の人と外で食事して涙するなんて——わたしだって余計な口出しはしたくないけど、翠芝のあの様子は本当になってなかったわ。わたしだからよかったようなものの、他の誰かに見られたらどうするつもりなんだか」

世鈞は咄嗟にはついていけず、しばらくしてから言った。「ええと、今日のことですか？　翠芝は今日は叔恵と出かけてますよ」

義姉は淡々と答えた。「ええ、わたしもわかったわよ。以前しょっちゅう南京に来てうちに泊まってたでしょ？　あちらはわたしのことはわからなかったけどね」

「彼は帰国したばっかりなんです。昨日のことですよ。本当はみんな一緒に出かけるはずだったんですけど、ちょうど僕は今日体調が悪くって、それで翠芝に付き合ってもらうしかなかったんです」

「出かけるのは構わないけど、人前で泣いてみせるっていうのはどういうこと？」

「それは見間違いでしょう。義姉さん、そんなことあるわけないですよ。叔恵は僕の一番の友人だし、翠芝はちょっと強情ではあるけどそれ以外に何かしでかすなんてありえません」そういうと笑った。

「じゃあいいんだけど。あんたが信じてるならそれでいいわ」

どうやら義姉は気を悪くしたらしい。もともと小健がやりたい放題に遊び歩いていることを教えてやろうと思っていたが、こうなるともちろん口にはできない。翠芝の悪口を聞いてから小健の悪行を教えたりしたら、まるで仕返しのようで火に油を注いでしまう。それでそのことは持ち出さず、別のことについて義姉とよもやま話をした。義姉の怒りは終始収まらず、長居もせずに帰っていった。彼女が帰ってしまうと世鈞はため息をついて思った。天下泰平であることが許せないタイプの人というのは、どうも心理状態が正常ではないんだな。若くして寡婦になったわけだから、彼女だって旧社会の犠牲者ということになるんだろう。

十一時を過ぎてから翠芝は一人で帰ってきた。世鈞は聞いた。

「叔恵は？」

「家に帰ったわ。あちらの奥さんと約束してたんですって」世鈞はがっかりしたが、どこまでダンスを見にいったのか、どことどこにいったのかなどを聞いた。翠芝は彼がずっと一階で自分たちを待っていたと聞くと申し訳なく思った。「早く寝たほうがいいわよ」

「もうよくなったよ、明日はいつも通り出かけられる」

「じゃあ明日は早起きしなくちゃ。なおさらゆっくり休んだほうがいいわ」

「今日一日中寝てたんだ、ずっと横になってて飽き飽きしたよ」

翠芝は義姉が来たと聞いて尋ねた。「何の用だったの？」

世鈞は本当のことは言わなかった。彼女たち二人の溝はもうかなり深いのだ。翠芝が泣いていたというのは笑い話だが、そんなことを言ったら彼女は怒るだけだろう。翠芝には涙の気配どころか、不機嫌そうな様子も全くなかった。

翠芝は二階で休むようしきりに言い、今日はとりわけ優しかった。彼が寝るのに飽き飽きしたというので、翠芝は亭子間（ティンズジエン）（四五六頁の割注参照）から世鈞に本をとってきてあげることにした。彼女は茶碗を持って部屋に入ってくると、その本を彼のベッドの上に放り投げた。その時、本に挟んであった便箋がひらひらと床に落ちたのだ。世鈞はそれを見るなり、急いでスリッパをつっかけて拾おうとしたが、翠芝はいち早く屈んで拾うと何の気なしに広げてみた。

世鈞は言った。「返してくれよ──見るようなもんじゃないからさ」そういうと手を伸ばして奪おうとした。

翠芝のほうは手紙を渡そうとせず、読みながら驚いた表情を浮かべて笑った。

「あらまあ、ラブレターじゃないの！　どういうことかしら、誰にもらったの？」

「ずいぶん前の話だよ。返せよ！」

翠芝は意地になって手紙を高々とかかげ、一字一字音読し始めた。

「〝あなたは急いで出発したから、冬服は持って行かなかったんじゃない？　あなたはこういうことはいつも無頓着だから、寒くなったら服を着込むということも思いつかないいんじゃないかと心配しています。どうしていつもこういうことが気になるんでしょう──〟」ここまで読むと、翠芝は思わずくすくすと笑い始めた。

世鈞は言った。「返せよ」

彼女はさらに声を高くし、流行の演劇調を真似たわざとらしい声で読み続けた。

「〝何を見ても、誰かが何かを言うのを聞いても、それが全然関係のないことでも頭の中で二転三転し、あなたのことを思い出してしまうんです〟」

彼女は世鈞に笑いかけた。「まあまあ、あなたにこんな腕前があったなんてねえ。誰かさんをこんなに夢中にさせるなんて！」

そしてさらに続けた。

「〝昨日は叔恵の家に行きました。叔恵が家にいないことはわかってたけど、彼のご両親に会いたくて。ずっとあなたと同居していたから――〟」

ここで翠芝は「そうだわ」と言い、世鈞に言った。「わかったわ、これってあの顧のお嬢さんよね。ぼろぼろのムートンで南京に来てた。叔恵のガールフレンドだなんて言ってたけど、わたしは信じなかったわ」

「どうしてだい？　綺麗じゃなかったから？　おしゃれじゃなかったから？」

翠芝は笑った。「あらあら、あなたの心の恋人を侮辱しちゃったかしら。そんなに怒っちゃって」彼女はさらに芝居がかった甘ったるい声を張り上げた。「〝世鈞、覚えていてね。この世界で、永遠にあなたを待っている人がいることを。どんな時にも、どんなところでも。とにかくそういう人間がいるのだということを覚えていて〟――あらあら、彼女、まだあなたのことを待ってるんじゃない？」

世鈞は本当に我慢できなくなり、腕力で手紙を取り上げようと声を張り上げた。

「返せよ！」

翠芝はどうしても返そうとせず、二人は争い始めた。世鈞はもう少しで彼女を叩くところだった。翠芝は突然悲鳴を上げると手を引っ込め、怒りで顔を真っ赤にさせて言った。

「いいわよ、持っていきなさいよ！　誰がそんな歯が浮くような手紙なんて読みたいもんですか！」

　言いながら肩をいからせて出ていった。

　世鈞はしわくちゃに丸まった便箋を握り締め、もっときつくまるめるとポケットに入れた。怒りのあまりにぶるぶる震えてしまう。彼は服を着ると階下に降りていった。翠芝は階下でソファに座り、大きめのパールを編み込んだバッグを作っていたが、出かけようとする彼を見ると淡々と声をかけた。

「あら、こんな時間に出かけるの？　どこに行くの？」

　その口ぶりにはもう言い争おうとする気配はなかったが、世鈞は一言も言わずに出ていった。

　門を出ると、前の道路は真っ暗だった。二つほど通りを行き過ぎると、ネオンがだんだん増えてくる。世鈞は薬局を見つけると中に入って電話をかけた。曼楨がどこに住んでいるかはわからない。あるのは電話番号だけだ。かけてみると、男性が電話に出た。顧さんをお願いしますというと「ちょっとお待ちください」と言い、かなりの間待たされた。世鈞は、きっと曼楨の家は電話を引いていなくて、となりの電話を借りているのだろうと思った。電話の向こうは騒がしいから、もしかしたら店なのかもしれない。子供の泣き声も聞こえる。彼は突然自分の二人の子供のことを思い出し、もう何もかも構うものか、という先ほどの決意が揺らぐのを感じた。何の実も結ばないとはっきりわかっているなら、なぜわざわざことを荒立てる必要があるだろう。今になってから彼女を自分の家庭のいざこざに巻き込むなんて、余計に彼女に申し訳ないではないか。電話からは自動車のクラクションの音が聞こえてきた。遥か遠くからぼんやりと聞こえてくるその音は、まるで夢の中のようだ。

この電話をかけたことを後悔して切ろうとした時、突然女性の声がした。しかし聞こえてきたのは「もしもし、呼びに行ってますからお待ちくださいね」との一言だ。もう呼ばないでくださいと言いたかったが、もちろん間に合わない。彼は悄然と電話を切った。申し訳ないが、曼楨には無駄足を踏んでもらうしかない。

彼は薬局から出ると街を歩いた。真夜中近くで、歩道には誰もいない。おそらく一日中寝ていたせいだろう、なんだか体がふわふわするような気がして、しばらく歩くと疲れてきたが、まだ家に帰りたくはなかった。さっきは曼楨に無駄足を踏ませて申し訳なかった。今その分、自分も歩くことにしよう。初秋の風が顔に吹き付け、際立って涼しさが感じられた。この感覚は久しぶりだ。盲人の指が自分の顔を探り、どれほど変わったか、どれほど老けたか知ろうとしているような気がした。彼は彼女も老けただろうとは考えもしなかった。

さきほど世鈞が家を出ていったのに、李ばあやは注意していた。もともと李ばあやは翠芝の帰りを待っていただけで、翠芝のためにドアを開けたら寝るつもりだった。しかし何か騒ぐ音が聞こえてきたかと思うと、それが何か確かめる間もないうちに、ハイヒールで階段を降りてくる音が聞こえてきたのだ。明らかに喧嘩だ。もちろん李ばあやが聞き逃すはずはなく、台所のそばでどうでもいい仕事をしながら窺っていると、世鈞が身なりを整えて降りてきた。出かけるようだ。これはさらに奇妙なことだった。世鈞は今日一日ちゃんとした服も着ていなかったのに、こんな時間に着替えてどこに行くつもりだろう。それに翠芝が彼にどこに行くか尋ねているのに答えようともしなかった。これは今までになかったことだ。李ばあやにはわかっていた。今日来た沈家の上の奥さまが言っていたあの話のせいに違いない——李ばあやは全部聞いていたのだ。彼女は家事をするには少々耄碌していたが、盗み聞きをすることにかけては誰にも負けない。上の奥さまはうちの奥さまと許さんが怪しいと言っていた。旦那さまは信じようとせず、奥さまのことをかばっていたが、あれはきっと面子のためにその場ではそう言うしかなかったのだろう。だから客が去り、奥さまが帰ってくると、別のことにかこつけて奥さまに言いがかりをつけたのだ。そういうことはよくある。李ばあやは我慢できずに翠芝の様子を探ってみた。やはり翠芝は今日上の奥さまが来たことしか知らず、世鈞が何を聞かされたかについては知らなかった。李ばあやは上の奥さまが言ったことをすべて翠芝に教えてやったのだった。

世鈞が戻ってきた時、翠芝はもう寝室におり、ベッドの上に座ってパールのバッグを編んでいた。顔色は冷たい。彼はネクタイをほどきながらゆっくり話した。「変な心配はしなくていいよ。僕たちの間に第三者なんていない。ずいぶん昔のことだし」

翠芝はすぐに敵意剝き出しで聞いた。「何の話？　第三者って誰？　なんのことを言ってるの？」

世鈞はしばらく黙ってから言った。「あの手紙のことだよ」

翠芝は彼をちらりと見ると微笑んだ。「ああ、あれね！　とっくに忘れてたわ」その口ぶりは、十数年も前のラブレターのことでしつこく騒ぎ立てるなんて、あなたはなんてつまらない人なんでしょう、と告げていた。

世鈞はただ一言答えた。「ならいいさ」

彼はこんど叔恵に会ったら、まだアメリカで研鑽を積む機会があるかどうか聞いてみようと思った。長い時間を無駄にしてしまった。もちろん今と昔では比べものにならない。叔恵自身もアメリカに戻るかどうかは状況次第らしいが、まず一度北方に行ってみるというのなら、北方でいい仕事があるかどうかも見てもらおう。北方で仕事が見つけられるなら環境を変えるのも悪くない。しばらく翠芝から離れることができる。しかしこのあたりのことについては、今のところ叔恵に話すつもりはなかった。あいにく叔恵はあれからずっと彼を訪ねてこないし電話もかけてこない。世鈞はだんだん心配になってきた。もしかしたら翠芝があの日、叔恵の気を悪くしたのではないだろうか。ここ二、三日は翠芝と気まずくしていて、こんなことも彼女には聞きたくなかったので、結局自分で叔恵に電話した。叔恵は忙しいのだと繰り返した。なぜ忙しいかといえば、考え方を変えて数日のうちに北方に行くことに決めたからだった。機会があれば東北のほうに行ってみたいともいう。慌ただしい通話で詳しい話ができなかったので、とりあえず金曜日に夕食をとりに来てもらうことになった。

金曜の午後、世鈞は翠芝の前では思う存分話ができないので、早めに叔恵を迎えにゆき、どこかで座って話してから家に連れて帰るのがいいと思いついた。電話をしてみたがつかまらない。彼はほとんど家にいないのだ。そこでいちかばちか、職場から直接彼の家を訪ねてみることにした。叔恵の義弟の家はレースクラブ（イギリス人が作った競馬場。上海の中心、今の人民公園のあたりにあった）の裏の路地にあって、交通は至便だが普請はかなり古かった。共用の中庭は緑滴る蔦で一面におおわれており、窓にかけられた青竹の簾の緑が映えてとりわけ鮮やかだ。小糠雨が降ったのでセメントは濡れている。裏口にしゃがんでこんろに火を熾している女性がおり、炎のゆらめきが目に入った。世鈞は番地の表示を数えながら歩き、ある家の勝手口に向かって声をかけた。

「許の旦那さまはいますか？」

かまどの前にいた女中が声を張り上げた。「若奥さま！　お兄さまにお客さまです！」

叔恵の妹が子供を抱いて出てくると、笑顔で家に入るよう促し、彼の前を歩いて案内した。ある部屋の前で立ち止まると、小声で声をかけた。

「母さん、沈先生がいらしたわ」その様子はいかにも不自然だった。そこで世鈞は、彼女がさっき浮かべた笑顔もどうもぎこちなく、そわそわしていたことを今さら思い出した。どうやら今日来たのはまずかったらしい。

「叔恵がいないなら、また日を改めておばさんに挨拶にくるよ」

しかし部屋の中の許夫人はもう立ち上がっていて、世鈞を笑顔で迎えた。叔恵の妹は世鈞を部屋の入り口まで連れてきていたので、部屋の中にもう一人女性の客がいるのはすぐわかった。しかしこの部屋は妙に細長く、中はとても薄暗い。それにまだ灯りをつける時間でもなかったので、最初はそれが曼楨とはわからなかった。しかしすでに耳の中で轟音がはじけ、ずいぶん離れたところにある別の身体に血潮がたぎり、ある種の音波になって襲ってきたかのようだった。それとも、自分の本能の衝動だったのだろうか。でも部屋の内側にいた人は暗がりに目が慣れていたから、外から入ってきた彼をはっきり見たはずだ。彼女はおそらく先に彼だとわかっただろうし、「沈先生がいらしたわ」という声も聞こえていただろう。

この家の敷居は伝統的な中国風で、半尺以上（一尺は約三十センチ）の高さがあった。入るのにも片足ずつで相当気をつかうので、許夫人が何を言ったのか聞こえなかったが、曼楨が笑顔で「あら、世鈞も来たのね！」と言ったのは聞こえた。その口調は不自然なほどに軽やかだった。みんなはかなり上ずった声で話したが、音量はおさえられていて、まるで遠くから響いてくる澄んだ笑い声のように耳元で反響した。何を言っているのかもわからず、しばらく経ってからようやく意味を悟るという具合だ。許夫人は言った。

「今日はみんな来てくれたのに、叔恵のほうが出かけちゃってるなんてね」

曼楨が答えた。「わたしがいけないんです。四時に約束したのにたまたま今日は忙しくって、こんな時間になってようやく来たんですから。待っていられなくなって出かけちゃったんですね」

許夫人の態度はとても自然だったが、いつもよりお喋りで、沈黙が降りかかってくる前に急いでその隙間を埋めようとしていた。まず叔恵がこのところどうして忙しいかを説明してから叔恵の妹を話題にした。以前世鈞が算術を教えてやっていたときはまだ幼かったのに、いまではもう子供がいるのだ。それから曼楨に、最後に会ったのはいつのことだったか尋ねた。あれこれ年月を数え上げたものの、彼女と世鈞が何年ぶりに会ったのかとは聞こうとしなかった。叔恵が今日世鈞の家で食事することになっているのを許夫人が知らないはずがない。しかしそれも決して口にしようとはしなかった。もちろん、世鈞の家庭のことは一番口にしてはいけない話題だ。それからまた裕舫（ゆうほう）の話をした。しばらく話したのち、曼楨が帰ると言ったので、世鈞も言った。

「僕も帰らなくては。また改めておばさんに挨拶に来ますね」そう言って裏口に向かった。

叔恵の妹はまた見送りに出てきてくれた。少女時代、彼女は世鈞たちが恋人同士なのを知っていた。今またこうして、二人が肩を並べて去っていくのを見送ったのだ。

世鈞は今まで、再会の情景をどれほど思い浮かべてきたことだろう。しかしそれが現実になると、今まで考えてきたのとは全然違っていた。どんな気持ちなのか自分でも説明できず、上の空になってしまう。路地に出ると天地が全く違ったものになったような気がした。すべてが小さく遠く見えて、まるで望遠鏡を逆さまに覗いているようだ。驚いたことに、外はまだ明るかった。彼女はずいぶんやつれていたが、彼女のようにやや角張った顔は、多少痩せたところでそんなに衰えたようには見えない。彼女が昔と全く同じではなくてよかった。でなければきっと夢の中のような気がして、現実とは思えなかっただろう。

曼楨は微笑んだ。

「本当に――何年ぶりかしら？」

「君が上海にいるなんて知らなかったよ」

「わたしも、あなたは南京にいるものだと思ってたわ」口にした一言一言はすべて周囲の奇妙な静寂に飲み込まれ、二人はまた黙りこんだ。

歩き続けて、もう大通りまで来てしまった。世鈞は曼楨にどこに行くのか聞かなかったが、食事に誘おうともしなかった。二人で一台の輪タクに乗るのはいかにも目を引くし、どうしたってこの雰囲気を壊してしまう。きっと彼女は帰ると言うだろう。そこでそのまま歩き続けていると、ずいぶん先のほうにネオンサインが見えた。レストランだ。世鈞は言った。

「一緒にご飯を食べようよ、もっと話をしよう」

曼楨は笑ってやはりこう言った。「わたし帰らなくちゃ。まだやることがあるの。そのうち叔恵と遊びに来て」

「ちょっと座っていこうよ、ご飯は食べなくてもいいから」彼女は何も言わなかった。かなりの距離を歩いて一緒に中に入った。そう広くない店内は騒がしかった。ちょうど混み合う時間だ。世鈞はそれを見て、突然叔恵が食事をしにくる約束になっていたことを思い出した。きっともう家に来ているだろう。ボックス席につき、注文をすませてから世鈞は言った。

「ちょっと電話してくるよ」

そして笑顔で付け足した。「絶対帰らないでよ、僕は見張ってるからね」

電話は店の奥のほうに据え付けてあった。でなければ心配のあまり電話をかけずにすませたかもしれない。彼はダイヤルを回し、薄暗い灯りのもとで、遠くに座っている曼楨を見ながら翠芝の声を聞いた。まるで違う世界にいるかのようだ。窓から見えるのは果てしなく続く大通りばかりだ。自動車が行き交う音がさらに激しくなった。大きなガラスには青紫色のネオン管があしらわれているが、裏から見るとそれがどんな綴りなのか、はたまたどこの国の言葉なのか、自分はいまどこにいるのかもわからなくなってしまう。

彼は言った。

「叔恵は来たかい？　僕は家で飯を食えなくなってしまった。先に食べててくれ。叔恵には待っててもらってくれよ、僕は飯を食ったらすぐ帰るから」人を呼びつけておきながら自分は帰らないなどという無責任なことをしたのは初めてだ。叔恵にはまた今度謝ればいいとして、翠芝のほうは彼の言葉を聞くとすぐ爆発するだろうと思った。彼女と口論するつもりはなく、曼楨に聞かれないためにも言うだけ言ったらすぐ電話を切るつもりだったのだが、意外にも翠芝は何も言わず、どこにいるのかとか、いったい何をしているのかなども聞かなかった。まるで予感していたかのようだ。

世鈞は電話を切ると、横に板壁で仕切られた個室があるのを見つけ、曼楨のほうに近寄って言った。

「あっちに行こう、ここはうるさすぎる」店員はそれを聞くと、彼らの急須や茶碗をみな中に移動させ、白い綿の暖簾をかけてくれた。曼楨が入って中を見ると、いろんなものがぎっしり並べられた丸いテーブルが一卓、他にあるのは隅に置いてあるコート掛けだけだ。曼楨はコートを脱いで掛けた。以前、彼が毎日工場から家まで彼女を送っていたころ、彼女の家族はみんな察しがよくて、誰も部屋に入ってこようとしなかった。彼女がコートを脱ぐのを待ちかねて、すぐに彼女にキスしたものだ。今は？　彼女もあのことを思い出しているだろうか？　覚えていないはずがない。彼は何か適当なことを言ってこの場を紛らわせようとしたが、どうしても何も思いつけなかった。彼女に何か話してもらいたかったが、彼女も何も言おうとしない。二人はただ立って向かいあい、お互いを見ていた。もしかしたら彼女も彼にキスしてほしいと思っているのかもしれない。しかしキスしたからどうなるというのか。数日前、あれこれ考えて彼女を訪ねるのはやめにしたのだった。今だって状況は同じではないか。揺るぎない現実は、どうやっても覆しようがないのだ。彼は目に痛みを覚えた。涙がわきあがり、喉も塞がってしまった。思わず彼女を見つめたが、彼女の唇は震えている。

曼楨は言った。

「世鈞」

彼女の声も震えている。世鈞は返事をせずに彼女が続きを言うのを待った。自分は喉が詰まって声の出しようもない。曼楨はしばらく黙ってから言った。

「世鈞、わたしたち、もう戻れないのよ」

彼にはそれが真実だとわかっていたが、耳にするとやはり衝撃を受けた。彼女の頭はもう彼の肩に置かれている。彼は彼女を抱きしめた。

彼女は彼がよく見えるように後ろに下がり、しばらく見てから彼の顔にキスをした。耳の後ろの温かいところへ。それからまた下がって彼を見つめると、さらにしばらく黙ってから言った。

「世鈞、幸せ？」

世鈞は答えたかった。幸せってなんだ。どういう解釈をするかによるよ。そんなこと聞くべきじゃない。普通の友達みたいに「まあまあだよ」なんて答えられやしない。胸いっぱいのこの辛い気持ちをどうして彼女に伝えられないのだろう。紳士を気取っているために、別の女の欠点をあげつらうことができないからだろうか。男らしさのために、自分の過ちを認められないからだろうか。それとも単に翠芝を庇いたいのだろうか。もしかしたら、愛とは熱情でも懐かしさでもなく、ただ歳月なのかもしれない。年月が重なれば生活の一部分となるのかも。そう思いながら、黙り込んでいて口を開こうとしないのも一つの答えになってしまうと思い、口を開いた。

「君さえ幸せなら」

言った瞬間、誤ったと思った。さっきの沈黙を答えにしたのも同然ではないか。彼は絶望に駆られながら彼女をさらにきつく抱きしめた。彼女も恋しさのあまり、片手でひっきりなしに彼の顔を探っていた。彼は彼女の手を握ってキスしたが、そのときその手に深い傷痕があるのをみつけた。以前はなかったものだったので、微笑みながら尋ねた。

「あれ、これはどうしたの？」

世鈞には、どうして彼女の表情がすっと冷静になり、すぐに答えようとしないのかわからなかった。彼女は俯いてその手を見た。ガラスが刺さった傷だ。あの日祝家で、彼女が大声で叫んでいるのに誰も応えてくれないので、絶望のあまりガラス窓を割り、それで手を切ったのだった。あの時はひたすら世鈞に会える日を待ち望み、その時彼にどんなふうに話そうかと考えていた。夢の中でも何度も彼に訴えた。そんな夢を見た時は、いつも泣いて目を覚ましたものだ。そして今、本当にこうして彼に話をすることになったのだが、彼女は最も淡々とした口調で話した。もう何年も前のことになってしまったから。店員が入ってくるかもしれないので、二人はもうテーブルについていた。世鈞は聞けば聞くほど衝撃を受け、無表情なままただ青ざめていった。そんなことが起こったのに、彼はただぼんやりしていただけで何も知らなかったのだ。一番腹が立つのは自分の無能さだった。今になって粉骨砕身(ふんこつさいしん)しても、もう彼女を救うことはできないのだ。曼楨はずっと彼のほうを見ようとはしなかった。彼を見たら話し続けられなくなるかのように。祝家から逃げ出したのに結局鴻才(こうさい)に嫁いだところになると、彼女はどんどん早口になり、それから離婚したのだと言った。無数の曲折を経て、なんとか彼女は子供の親権をかちとった。多額の借金をして裁判に臨んだのだ。

世鈞は聞いた。

「今はどうしてるの？　お金は足りている？」

「今は大丈夫。借金の返済も終わったの」

「そいつは今どこにいるの？」

「あの人のことを持ち出してどうするの？　もう終わったことよ。あれはわたしもよくなかったの。なんであんな馬鹿なことをしたのか、本当に後悔してる。あの頃のことを思い出すたびに悔しくなるわ」もちろん、鴻才に嫁いだことを指しているのだ。世鈞にはわかっていた。世鈞が結婚したと聞いて自暴自棄になったからだろう。そこで言った。

「その時きっと……僕が君を失望させたからだよね」曼楨は急に顔を背けた。涙をこぼしているのに違いない。

世鈞はとっさには何も言えなかったが、しばらくしてから低い声で囁いた。

「あの時、君のお姉さんに会いにいったんだ。お姉さんはあの指輪を僕に返して、君が豫瑾と結婚したって言ったんだよ」

曼楨は驚いて言った。「え、姉さんがそんなことを？」

今度は世鈞のほうが自分に起こったことを話した。まず曼楨の母が、曼楨は祝(しゅく)家で病気の療養をしていると言ったこと。祝家に行くと曼楨はここにはいないと言われたこと。それで彼は、曼楨は自分に会いたくないのだとばかり思ったのだ。南京に帰って手紙を書いたが全く返事がなかった。後でもう一度彼女を探しに行ったら一家はもう上海を離れており、さらに姉を訪ねると、妹はもう結婚したと知らされたのだった。あの時は、まさか彼女の姉がそんなことをするとは想像もできなかった。それにまたちょうど別のところから、豫瑾が最近上海に来て結婚したと聞いていたのだ。曼楨は言った。

「豫瑾はそのころ結婚したのよ」

「内陸部。抗戦のときに田舎で日本人に捕まって、奥さんは日本人に殺されてしまったの。それからなんとか釈放されて重慶に行ったのよ」

世鈞はしばらく悄然としてから聞いた。「彼は元気かい？　便りはあるの？」

「何年か前に、親戚が貴陽（きよう）（貴州省の省都）でばったり豫瑾に会ったの。それから手紙がくるようになって、借金を返す時にも力になってくれたわ」

豫瑾と彼女の交情から考えて、彼が曼楨の借金返済を手伝ったのは当然のことだろう。世鈞はちょっとためらったが、やはり我慢できずに、何気ないふうを装って聞いた。

「彼は再婚してないの？」

「してないんじゃない？」

それから彼に笑いかけた。「わたしたちはどちらも寂しさに慣れちゃったの」

世鈞は急に恥ずかしくなった。まるでここに豫瑾がいれば自分が免責されるかのようではないか。彼は実際には、すべてを壊しつくして曼楨の運命を償いたいという気持ちでいっぱいだった。テーブルの上で彼女の手を握ると、しばらく黙ってから微笑んだ。

「今日君に会えてよかったよ。他のことはどうにでもなる。決心したよ、取り返せないことなんて何もない。どうしたらいいか考えさせて」

彼の言葉が終わらないうちに、曼楨は激痛が走ったかのように小声で叫んだ。「そんな話はしないで！　今日一度会えただけで、どんなに……どんなに嬉しかったか！」そう言うと曼楨は両の目から涙を溢れさせ、俯いて手の甲で目を拭いた。

彼女はずっとわかっていたのだ。彼女の言った通りだ。彼らはもう戻れない。今になってわかった、どうして今日はずっと現実感を失っていたのか。世鈞は時間と戦っていたのだ。この前彼女と最後に会った時は、あまりにも突然で別れを言うことすらできなかった。今日ここから出たら、もう彼女と永久に会うことはない。きっぱりと別れを告げるのだ。死別も同然に。

彼らがこの一室で永遠の別れを告げていたころ、彼の自宅でも別れを惜しむ会話が交わされていた。翠芝が電話を切り、叔恵に世鈞は食事を取らないことになったと告げると、部屋の空気はすぐ不自然になった。翠芝は特に話もないと見ると、出ていって食事の支度をするよう言いつけた。子供二人はもう食事を終えていた。李ばあやは心得たもので部屋に入ってきて給仕をしようとせず、陶ばあやまで姿をくらませてしまった。女中たちはどんなに愚かでも、こういうことにかけては言われずとも気をきかせるものなのだ。叔恵は別のところでほろ酔いになってから来ていたが、それはもしかしたら彼ら夫妻と食事をとるのを恐れて、半ば自衛していたのかもしれない。今は翠芝しかいないので余計に緊張してしまった。

食卓で、二人ともあたりさわりのない話題を探したが、どうもすぐに話すことがなくなってしまう。翠芝は沈黙のあとに淡々と言った。

「わかってるわ。わたしがまたあの話をするんじゃないかとびくびくしてるんでしょ」

叔恵はもともと翠芝に腹を立てていた。あの日食事をした後、彼女があんなに感情を露わにしたからだ。翠芝にももちろんわかっていた。ここまで来た以上、二人の間の可能性は関係を持つことしかない。しかし叔恵と世鈞の友情を考えれば、そんなことはあり得ない。だから彼女はもう恐れることなど何もないように思った。女とはこういうものだ。ただ想いを打ち明けたいだけなのである。男のほうは、若い時を除けば口先では恋愛を語りたがらない。

叔恵が怒ったのは、その誘惑があまりに強いものだったからだ。しかし何日か会わないでいると、今度はまた彼女に申し訳ないような気持ちになった。彼はほろ酔いで彼女を見つめ、突然立ち上がると近寄ってきて、名残惜しそうに微笑みながら彼女の髪を撫でた。翠芝は座ったままぴくりとも動かなかった。顔には何の表情も浮かべず、彼のほうを見ようともしない。ただ相変わらず寂しげな、それでいて柔らかな様子だった。叔恵はひたすら彼女の髪を撫でつつ、微笑みながら彼女を見ていたが、ふと言った。

「実は、儀娃と君の性格はちょっと似てるんだ。まあ君にははるかに及ばないけど……それとももしかしたら、年のせいで僕の心境が変わったのかもな」こうして自分の結婚のいきさつについて話しはじめたのだった。実際、彼の当時の心理はおかしなものだった——もちろん彼はそうとは言わなかったが——当てつけてやりたいという気持ちがあったのだ。翠芝の母親が彼にあんなふうに接したのはほんのわずかな間のことだったし、何年も経ち、しかも太平洋を隔てているのだ。石夫人がこの縁談を知ることなどあり得ないとは重々わかっていながら、それでも腹いせをした気になったのだった。彼は言わなかったが、翠芝には想像ができた——きっと自分よりも裕福で、人目を引く令嬢だったのだろう。

儀娃は子供を欲しがらず、いつも妊娠を恐れていた。そのために何度喧嘩をしたかわからない。彼の収入はまずまずだったが、アメリカの生活水準は高いので、やはり彼女にとっては不十分だった。叔恵は彼女自身の金をも彼女に自由に使わせず、苦労するよう迫った。彼女の金を使っての生活が長くなると、どうしても軽蔑されるようになるからだ——少なくとも潜在意識では。喧嘩の表向きの理由はいつも避妊についてだった。彼女はこのことについてはかなり神経質で、結局彼は煩わしさのあまり、彼女を相手にしなくなった。それから彼女に過ちをおさえられ、離婚を迫られたのだ。離婚したいというならそうするまでだ——承諾しないわけにはいかなかった。でなければ、まるで彼女から生活費をせびっているようではないか。

過ちをおさえられたというのはもちろん別に女を作ったということだったが、叔恵はこのことは口にしなかった。戦時のアメリカでは、こんなことはごく普通だった。彼は結婚が遅く、その前にももちろん色恋沙汰はあったが、最もわかりあえると感じたのは翠芝だったし、また彼女に一番長く憧れてもいた。この時灯りの下で向かい合っていると、晩の風が吹いてきてクリーム色のラシャのカーテンを揺らした。女性のスカートのように風に揺れている。美しくしとやかに、入ってきたいのにやはりためらっているというように。窓の外の夜は漆黒だ。その長いスカートはずっと空中を漂っている。今すぐにでも出ていくように、ドアの前にいるのに入ってこようとしないように。それを見ていた二人は、何かをなくしたような、この世を無駄に生きているような心地がした。

翠芝は突然笑顔で言った。

「あなたはもうすぐ再婚すると思うわ」

叔恵も笑った。「そう?」

「あなたの将来の奥さんはね、きっと若くて、綺麗で――」

叔恵は彼女の言葉が終わるのを待たずに続けた。「お金持ち」二人は声を揃えて笑った。

叔恵は言った。「君はこれって悪循環だと思うだろう?」

そしてさらに付け加えた。「ねえ、これは君のせいだよ。僕はどうやら一生こうやって生きていくしかないんだ。衰えて誰も好きになってくれなくなるまではね」笑い声が響く中で、翠芝は一抹の寂しい勝利と満足を覚えた。

# 訳者解説

本書『半生の絆』は、張愛玲著『半生縁』(台湾皇冠出版社、一九六九)の全訳である。翻訳には同社の二〇〇一年版、『張愛玲典蔵全集』第一巻を用いた。

張愛玲作品にはすでにいくつか日本語訳がある。アン・リー監督の『ラスト、コーション』(二〇〇七)など、ヒット映画の原作者として覚えていた読者もおられるだろうから、作家のプロフィールについてはごく簡単な紹介にとどめよう。張愛玲は一九二〇年、上海に生まれた。清朝の重臣、李鴻章の外曾孫にあたるという名門の出身だが、両親は不仲で愛玲が十歳の頃離婚している。張愛玲は寄宿制のミッションスクールを卒業したのちにロンドン大学に合格したが、欧州の戦争のために香港大学で学ぶことになった。香港大学でも成績優秀でオックスフォードゆきの奨学金を勝ち取ったものの、日英開戦のため、学業半ばでやむなく日本占領下の上海に戻っている。一九四三年に短篇「沈香屑 第一炉香」(濱田訳『中国が愛を知ったころ』岩波書店、二〇一七所収)で作家デビューすると、瞬く間に上海文壇の寵児となった。人民共和国建国後まもなく上海を去って香港に移り、さらに一九五五年に渡米。そのまま一度も帰国することなく、一九九五年にロサンゼルスで没している。本作は、張愛玲の上海時代に着想され、米国時代にリライトされた長篇である。以下は小説の内容に踏み込んだ解説になるので、できれば本篇読了後にお読みいただきたい。

本作の前身である『十八春』は張愛玲初の長篇小説で、一九五〇年に上海の新聞《亦報》に梁京という筆名で連載された。日常をこまやかに描くラブストーリーかと思いきや、後半は一転してヒロイン曼楨にこれでもかとばかり不幸が襲いかかるので、連載終了時には曼楨の運命を変えてほしいという読者の手紙が押し寄せたという。

『半生の絆』では、第二次大戦終結をうけて叔恵が帰国しているので、世鈞と曼楨の再会も一九四五年の秋だと考えられる。つまり二人の出会いはその十四年前、一九三一年の旧正月だ。しかし前身の『十八春』では、世鈞と曼楨の再会はタイトル通り出会いから十八年後の一九四九年になっている。中華人民共和国成立直後のことだ。また、『十八春』では、叔恵は共産主義に共鳴し、上海を離れてアメリカではなく延安（中国共産党の根拠地）へ赴いている。そして建国後、世鈞も翠芝も、曼楨も張慕瑾（『半生の絆』では名前が張豫瑾（ちょうよきん）に変更された）も祖国復興に尽力するため東北へ向かうという結末になっていた。

なぜこのような違いが生まれたのだろうか。

張愛玲は日本占領下で一世を風靡した人気作家だったが、まさにそのために「日本に近しい人物」として終戦直後から非難を浴びていた。さらに、彼女は一九四四年に胡蘭成（こらんせい）という政論家と結婚したのだが、彼は日本の傀儡政権で役職についており、終戦後すぐに漢奸（かん）（漢民族の裏切り者）として指名手配を受けている。日本占領下で栄華を誇った文化人として、また漢奸の妻として、終戦後の張愛玲は厳しい状況に置かれていた。やがて国共内戦が始まり、国民党軍の敗色が濃厚になると、共産主義には馴染めないと判断した文化人が次々に中国を去り、台湾や香港、そして米国や欧州を目指した。一九四七年に胡蘭成と離婚した張愛玲は、いっときは中国に残ろうと決意したようだ。梁京と名を変えて執筆した『十八春』は、著名作家張愛玲への批判から身を隠しつつ、新しい体制に馴染もうとした試みだった。戦争中に張愛玲が書いたヒロインの多くは石翠芝のような深窓の令嬢だったが、曼楨は令嬢とはほど遠い階層で、旧社会に抑圧されながらも、最終的には祖国と共に立ち上がる勤勉なヒロインとして描かれた。一九五〇年の張愛玲にとって、曼楨の物語は人民共和国に受け入れられるための突破口だったのだろう。実際、前述したように『十八春』は連載時から大きな反響を呼び、梁京とは誰かという謎はちょっとしたブーム

『十八春』連載時、張愛玲は三十歳だった。一九六〇年代に米国で執筆した自伝小説『小団円』(生前未発表)の冒頭で、彼女は三十歳の時の自分をこう切り取っている。

もうすぐ三十になるというとき、彼女はノートにこう書いた。「さらさらと雨の音が響いていて、小川のほとりにいるみたい。いっそ毎日降ればいいのに。あなたが来ないのは雨のせいだと思えるから」

三十歳の誕生日の夜、ベランダにさす月光を寝床から見た。コンクリートの柵は、まるで倒れた石碑のようだ。一千年前の、晩唐の青い月光を浴びている石碑。しかし彼女にとっては、たった三十年でもいろいろなことがありすぎた。過去はすでに墓碑のように重く心にのしかかっている。

この時の張愛玲は、映画監督の桑弧と恋愛関係にあったことがわかっている。来ぬ人をアパートで待つ女性の姿は、曼楨にも重ねられているかもしれない。監督桑弧、脚本張愛玲のペアは戦後初期に『奥様万歳(太太万歳)』(一九四七)などのヒット映画を生んだが、二人の関係は進展することなく、張愛玲は一九五二年に中国を永遠に離れることを選んだ。遅い決断だった。彼女はぎりぎりまで上海を離れることを躊躇っていたようだ。

渡米後の張愛玲は、ほどなく米国人の作家と再婚して永住権を得た。台湾や香港の読者向けにリライトされた『十八春』は、『惘然記』とタイトルを変えて一九六八年に台北の文藝誌《皇冠》で連載されている。「惘然」とは失意のさまを表すが、ここでは李商隠(『半生の絆』一章にも引用されている晩唐の詩人)の詩「錦瑟」を踏まえている。「此の情追憶を成すを待つ可けんや　只だ是れ当時已に惘然たり」。広く人口に膾炙しているこの詩句は、「追憶のために心が乱れるのだろうか。いや、当時交歓のさなかですら、愛を確固として摑むことはできなかったのだ」と解釈できる。翌一九六九年に単行本となったとき、タイトルはさらに『半生縁』と変えられたのだが、『惘然記』は張愛玲の別の短篇集の書名として採用された。『半生の絆』に限らず、「惘然」という感覚は張愛玲文学の基層をなしていると言えるだろう。

『十八春』が『惘然記』および『半生縁』として台湾で発表されるまでの過程で、後半部分が大きく書き換えられ、やや無理のあった親共的な色彩はぐっと薄まった。それでも、張愛玲自身は物語にまだ綻びが残っていることを認めている。曼楨には下に妹が二人いるはずだが、ほとんど言及されていないのはその一例だろう。また、曼楨を助ける金芳と霖生はおそらく人民共和国の読者を意識した善玉キャラクターなのに、平板な造型であっという間に姿を消してしまう。名家に育った張愛玲にとって、金芳のような小市民を描くのは限界があったのかもしれない。日中戦争が背景なのに、抗日意識がほとんど描かれていないことに不満を覚えた読者もいたようだ。

しかし、こうした欠点にもかかわらず、『半生の絆』は作者自身にも読者にも愛される物語となった。六〇年代に友人に宛てた手紙の中で、張愛玲は「とにかくこれがラブストーリーなのは確かです。中国人は今にいたるまであまり恋愛をしないし、ラブストーリーすら恋愛を語るものになっていません」と綴っている。『十八春』には、人民という新しい読者層に迎合しようとする要素があったかもしれない。しかし作家の言うとおり、本作は何よりもまず紛れもないラブストーリーである。愛が成就した後、幸せすぎて人混みから遠ざかった世鈞の姿。世鈞が結婚したと聞いた時、曼楨が感じた窓枠の揺れ。主人公二人の心情描写は今も色褪せていない。脇役の感情もこまやかに描かれている。何かを期待して豫瑾に会いに行った曼璐や、婚礼の宴で叔恵をじっと見つめた翠芝も読者の心を打ったことだろう。悪役の鴻才すら、血のつながりのない愛人の娘を愛おしむ描写によって奥行きを与えられている。

上海らしい笑いもちりばめられている。世鈞がケチャップをぶちまけたり、一鵬がいきなり結婚したりする場面は、喜劇脚本を得意とした張愛玲ならではと言えるだろう。世鈞には抜けているところが多く、叔恵が自分たちの恋に気づかないことに呆れる一方で、自分の妻が彼に恋していることに最後まで気づかない。こうした焦れったさもまた本作の持ち味である。

改作時、張愛玲は結末について多少迷ったらしい。たとえば、ラストで世鈞が家に帰ってみると翠芝も叔恵も消えているというオープンエンドなど。最終的には永遠の別れが選ばれたのだが、結末にはそう拘らなくてよいのかもしれない。前述の短篇小説集『惘然記』の序で、張愛玲はやや唐突に「愛とは、その値打ちを問うものではない」と書いている。世鈞と曼楨は出逢い、惹かれあった。そしてその恋はお互いの真心にもかかわらず実らなかった。結果によってその時その時の感情に「値打ち」がつけられるものではない――それは張愛玲の描くラブストーリーに一貫してみられる態度でもある。

時を経て、このラブストーリーは中華圏では人気のコンテンツとして根付いたようだ。一九九七年には香港のアン・ホイ監督が『十八春』を原作として映画化している。『半生の絆』は二〇〇四年に舞台化もされたほか、何度もテレビドラマになっている。直近では、二〇二〇年に『情深縁起（チンシェンユエンチー）』というタイトルでネットドラマが配信された。原作は読んでいないがドラマに夢中になったという若いひともいるようだ。張愛玲は映画化するなら曼璐と曼楨は一人二役がいいと考えていたようだが、残念ながらそのような演出をしたものはないらしい。

翻訳者が『半生縁』を読んだのは一九九〇年代、大学院生だった頃のことだ。世鈞がよく確かめもせず指輪を捨てたところで激昂して本を放り出してしまい、しばらく続きが読めなかったことをよく覚えている。今回再読してみて、改めて曼楨の強靭さに気づいた。彼女は、「女は既成事実に従うしかない」という周囲の「常識」に従わない。他の書き手なら、姉夫婦に陥れられたとき、あるいは世鈞の結婚を聞いたときに、曼楨が自死するという悲劇に仕立てたかもしれない。しかし曼楨は打ちのめされながらも自分の判断に従って生き抜く。彼女の芯の強さは、台湾海峡の両岸を問わず共感を呼んだことだろう。叔恵との再会のあと、曼楨がひとり橋をわたるシーンは特に印象深い。橋の名前は記されていないが、これは上海のランドマークとして知られる中国初の全鋼橋、外白渡橋（ガーデンブリッジ）で、最先端をいく都市のシンボルとして、映像作品でも文学作品でも繰り返し描かれてきたものだ。その有名な橋が、本作では名を呼ばれることもなく曼楨の絶望を受け止める。この箇所にかぎらず、本作ではめくるめく都会ではなく、地に足のついた生活の場としての上海がこまやかに描かれている。

翻訳にあたっては、方蘭による既訳『半生縁　上海の恋』（勉誠出版、二〇〇四）および英訳版 Eileen Chang, *Half a Lifelong Romance*, tr. Karen S. Kingsbury, Penguin Books, 2014を適宜参照した。また、林麗婷さん（龍谷大学）と鄭洲さん（神戸大学）による入念なネイティブチェックに大いに助けられた。当時の建築から、食べ物、ファッション、交通事情、そして台詞にこめられた裏の意やストーリーの展開に至るまで、お二人との会話を通じて翻訳の精度を上げることができたことに深く感謝する。もちろん、免れ得ないであろう誤謬は全て翻訳者の責任である。

張愛玲に魅せられて中国文学研究を始めたわたしが、長篇の翻訳という本懐を遂げることができたのは早川書房の茅野ららさんのおかげである。千載一遇の機会をいただいただけでなく、校正の宮本いづみさんと共に不慣れな翻訳に最後まで並走してくださったことにお礼を申し上げたい。温かみのある装画は千海博美さんによるものだ。上海の路地（弄(ロン)堂(タン)）に佇む曼楨と世鈞だが、特にお願いして曼楨にはトレードマークだったグレーのムートンを着せてもらった。この一冊を通じて、どうか張愛玲の魅力が、少しでも日本の読者に届きますように。

二〇二五年二月

本書では、一部差別的ともとれる表現が使われていますが、作品の性質、時代背景を考慮し、原文に忠実な翻訳を心がけた結果であることをご了承ください。

ハヤカワ epi 文庫は、すぐれた文芸の発信源（epicentre）です。

訳者略歴　神戸大学大学院人文学研究科教授，翻訳家　訳書『中国が愛を知ったころ 張愛玲短篇選』張愛玲　著書『少女中国　書かれた女学生と書く女学生の百年』　共著書『ファンキー中国　出会いから紡がれること』など

# 半生の絆

〈epi 115〉

二〇二五年三月二十日　印刷
二〇二五年三月二十五日　発行
（定価はカバーに表示してあります）

著者　張愛玲
訳者　濱田麻矢
発行者　早川浩
発行所　株式会社 早川書房
郵便番号　一〇一 - 〇〇四六
東京都千代田区神田多町二ノ二
電話　〇三 - 三二五二 - 三一一一
振替　〇〇一六〇 - 三 - 四七七九九
https://www.hayakawa-online.co.jp

乱丁・落丁本は小社制作部宛お送り下さい。
送料小社負担にてお取りかえいたします。

印刷・株式会社亨有堂印刷所　製本・株式会社明光社
Printed and bound in Japan
ISBN978-4-15-120115-8 C0197



本書は活字が大きく読みやすい〈トールサイズ〉です。